T0267933

El estilo
de los elementos

RODRIGO FRESÁN

El estilo de los elementos

RANDOM HOUSE

Primera edición: enero de 2024
Primera reimpresión: enero de 2024

© 2024, Rodrigo Fresán
Casanovas & Lynch Literary Agency, S. L.
© 2024, Penguin Random House Grupo Editorial, S. A. U.
Travessera de Gràcia, 47-49. 08021 Barcelona

Printed in Spain – Impreso en España

ISBN: 978-84-397-4297-5
Depósito legal: B-17.819-2023

Compuesto en La Nueva Edimac, S. L.
Impreso en Liberdúplex
(Sant Llorenç d'Hortons, Barcelona)

R H 4 2 9 7 5

Para Ana y Daniel.

Sus nombres grabados, imborrables, inmunes.

Sin secretos ni mentiras, siempre de verdad.

De corazón.

La vida de todo hombre es un diario en el que quiere escribir una historia y acaba escribiendo otra; y su momento de mayor humildad recién acontece cuando compara ese libro tal como es con aquello que se juró que sería.

JAMES MATTHEW BARRIE, *The Little Minister*

¡Vamos! ¡Juega! ¡Inventa el mundo! ¡Inventa la realidad!

Cuando retrocedo hasta los más antiguos recuerdos de mí mismo (interesado y divertido, casi nunca admirado o asqueado), compruebo que siempre he tenido leves alucinaciones. Algunas son auditivas y otras ópticas, y de ninguna de ellas he sacado demasiado provecho.

VLADIMIR NABOKOV, *Look at the Harlequins!* y *Speak, Memory*

Pocos de los relatos por contar que uno guarda dentro llegan a ser contados, porque el corazón rara vez confiesa a la inteligencia sus necesidades más profundas; y pocos de los relatos por narrar que uno guarda en su cabeza llegan a ser narrados, porque la mente no siempre dispone de una voz que darles. Incluso cuando la voz está ahí, y la lengua se vuelve ágil, como con el licor o con el amor, ¿dónde está ese sensible y admirador par de orejas?

WILLIAM H. GASS, A Revised and Expanded Preface to
In the Heart of the Heart of the Country

Bienvenido, hijo mío
Bienvenido a la máquina
¿Dónde estuviste?
Está bien, nosotros sabemos dónde estuviste

Bienvenido, hijo mío
Bienvenido a la máquina
¿Qué soñaste?
Está bien, nosotros te dijimos qué soñar

PINK FLOYD, «Welcome to the Machine»

Llega un momento cuando comprendes que todo es un sueño, y que tan sólo esas cosas preservadas por escrito tienen alguna posibilidad de ser reales.

JAMES SALTER, *All That Is*

¿Es esto parte de un guión, o esto es algo real?

PAUL THOMAS ANDERSON, *Licorice Pizza*

Aquí el autor. Me refiero al autor real, al humano vivo sosteniendo el lápiz, no a alguna persona abstracta y narrativa.

Todo esto es verdad. Este libro es realmente verdadero.

Obviamente, antes necesito aclarar algo.

DAVID FOSTER WALLACE, *The Pale King*

Ah, pero entonces yo era tanto más viejo.

BOB DYLAN, «My Back Pages»

MOVIMIENTO PRIMERO:

Ahí; o,
Principios elementales de composición

Hay lugares que recuerdo
Toda mi vida aunque algunos hayan cambiado
Algunos para siempre, no para mejor
Algunos ya no están y algunos permanecen.

JOHN LENNON & PAUL MCCARTNEY, «In My Life»

Cualquiera podría juzgar la naturaleza de aquellos tiempos
por estos hechos.

SUETONIO, *De vita Caesareum*

Todo lo que queda por reportar es esto: yo fui parte de ello.

WERNER HERZOG, *Eroberung des Nutzlosen*

Una nota del lector para el lector:

Aunque los eventos narrados en este libro tengan una cierta similitud con aquellos de esa larga *malaise*, mi vida, muchos de los sucesos y personajes que aquí figuran han sido creados únicamente por mi imaginación. En tales casos, todo parecido es pura coincidencia y niego desde ya toda responsabilidad por su relación con personas o acontecimientos reales. Al crear tales personajes me he valido con toda libertad de mi imaginación basándome apenas en ciertos patrones de mi vida pasada.

En gran parte —y por esta razón— pido entonces ser juzgado como un escritor que practica el género fantástico.

FREDERICK EXLEY, *A Fan's Notes*

Pero ¿es esto absurdo? ¿Un personaje es «real» o «imaginario»? Si piensas eso, hipócrita *lecteur*, sólo puedo sonreír. Ni siquiera piensas en tu propio pasado como real; lo vistes, lo doras o lo ennegreces, lo censuras, jugueteas con él... en una palabra, lo ficcionalizas, y lo dejas en un estante: a tu libro, a tu autobiografía romántica. Todos estamos en fuga de la realidad real. Esa es la definición básica de *Homo sapiens*.

JOHN FOWLES, *The French Lieutenant's Woman*

La amistad, la historia y la literatura me han proporcionado alguno de los personajes de este libro. Cualquier parecido con individuos vivos o que hayan existido realmente o en la ficción es pura coincidencia.

GEORGES PEREC, *La Vie mode d'emploi*

Otra nota del lector para el lector y/o apunte para futuro manual de (des) *instrucciones* / Estaba decidido: cuando fuera grande, no sería escritor. (¿Se dice *fuera* o se dice *fuese*?; ¿será algo a marcar en rojo y corregir en azul?; ¿qué tendría para decir al respecto *The Elements of Style*?; aunque a él entonces le gustaba más *fuera*, porque *fuera* podía leerse, también, como parte de un ¡*Fuera de aquí, escritor!*).

Cuando fuera grande, en todo caso.

Y él viéndose acorralado (él, que aquí no soy yo; pero al que sí leo bajo luz primero para transcribirlo a oscuras después, o viceversa, verlo en sombras y reproducirlo iluminado) lo tenía muy claro entre tanta tiniebla encandiladora: optaría por ser lector antes que escritor.

Ser lector y así poder leerse antes que escribirse, se dice que se dijo.

Ser lector absoluto (ser alguien que entendiese a la lectura como un oficio casi santo) era para él, antes que nada y después de todo, como ser escritor pero con la ventaja añadida de no tener la necesidad o la obligación de escribir para serlo.

Ser lector omnisciente al que se narra del mismo modo en que se puede ser narrador omnisciente para quien lee.

Ser lector calculador porque se podían leer tantos más libros (libros buenos) en el mismo tiempo en el que apenas se podía llegar a escribir uno (libro que quién sabe cómo sería).

Ser lector mágico porque escribir era poner orden en el desorden mientras que leer era tener el poder de reordenar ese orden que, en principio y finalmente, no lo era tanto.

Ser lector memorioso para recordar para siempre y con placer ese libro al que su escritor acaba queriendo olvidar; pero recién luego de que este le haya demandado tanto trabajo y hasta sufrimiento (un escritor escribe para intentar, en vano porque no deja de retocarlas, volver a ver las cosas como si las viese por primera vez; un lector, en cambio, incluso al releerlas, siempre va a verlas como por primera vez gracias a ese escritor que no pudo conseguir eso). De nuevo: se escribe para olvidar lo que una vez se escribió mientras que se lee queriendo recordar para siempre lo que se leyó.

Ser lector puro era como dedicarse más al estilo de los elementos que a los elementos del estilo.

Además, se decía él, leer y nada más que leer (pero siendo muy autoralmente consciente de ese acto) era como una acción de heroica resistencia: porque era muy posible que muy pronto, para entonces y para siempre, ya no hubiese lectores.

Que ya no quedasen lectores para *leer*.

Que se hubiesen ido todos a leer otras cosas más bien poco lectoras o lectivas. O cosas no de letras sino de *iletras* a las que ya ni siquiera se les exigía educación y buenos modales y corrección ortográfica. Cosas como si fuesen cosas escritas pero no por eso *escritas*. Cosas incluso no escritas sino *de/generadas* por máquinas (y, en revistas, advirtiendo junto al título de los minutos que llevará leerlas). Cosas hechas con pocas letras y, también, con pequeños símbolos que ahorrasen el uso de toda letra (como si todas esas palabras gratuitas se cobrasen como en los tiempos en los que la velocidad para comunicarse requería de telegramas). O cosas utilizando al venerable punto y coma y el paréntesis para enviar un guiño sonriente que recordaba más a mueca embobada con tic nervioso o tic enervante. O cosas ni siquiera *escritas* sino, tristemente, *dichas* (esos audiolibros que son como el equivalente a ese GPS que, con acento elemental y sin ningún tipo de estilo, siempre llevaba por el mal camino y al que ahora eran cada vez más quienes lo preferían a ese clásico y tanto más imaginativo y aventurero acto de leer mapas de papel y tinta).

Ah, el temor a perderse leyendo en lugar de que —como debería ser y sentirse— esto los envalentone. El miedo a no saber dónde están, a no entender qué pasó, a tener que aprender a entenderlo para comprender cómo fue que llegaron allí sin nadie que los ayude a encontrarse porque sólo se tienen a sí mismos, a solas, como con un libro.

Y, ah, hubo un tiempo en que los jóvenes leían a escondidas libros adultos y para ellos prohibidos o aún «difíciles», mientras que hoy los adultos leían libros infantiles *à la mode* a la vista de todos y casi con orgullo (y con asco, mareos, náuseas, ¿primeros síntomas?).

Así que, pensaba él antes de todo eso, ser lector era hacer y conducir correctamente una buena acción: era un accionar en la dirección buena. Porque era el lector quien necesitaba protección. Porque siempre existirían genios o idiotas (a veces casi imposibles de distinguir unos de otros; y él había visto a muchos de cerca pero con distante precaución, para que no le mordiesen o arrojasen su mierda a través de los barrotes de sus jaulas) tan empeñados en el muy a menudo salvaje acto de contar y redactar sus historias.

En cambio, los lectores eran animales domésticos mucho más frágiles e inconstantes y requiriendo de cuidados y en riesgo por la cada vez menos atención que se les ofrendaba. Sí: estaba seguro él (como lo estoy yo ahora) de que llegaría un tiempo no muy lejano en el que los lectores comenzarían a extinguirse pero no muriendo (como los escritores). Los lectores —a diferencia de los escritores— no dejarían de escribir por estar muertos sino que dejarían de leer y seguirían viviendo. Los lectores —a diferencia de los escritores, de los agonizantes escritores *en serio*— serían como esos canarios que se colocan dentro de jaulitas en los fondos de las minas para advertir, con el apagado de sus pequeños pulmones, de que comenzaba a faltar aire, y que lo mejor era salir de allí lo más rápidamente posible. Con la particularidad de que los lectores —los lectores poco serios y siempre con sonrisas tontas, la complementaria contraparte a escritores como ellos— serían más resistentes a la asfixia. Y así continuarían en lo suyo sin importar que la atmósfera ya fuese (fuera) tan irrespirable como ilegible. Y, cuando ya no pudiesen entender, se limitarían a irse volando de allí. Mientras tanto y hasta entonces, todos ellos entendiendo cada vez menos todo lo que leían por considerarlo «complicado» y «excesivo» y quejándose por verse enfrentados a superar unas pocas decenas o cientos de caracteres en cada oración que debían ser lo más cortas y claras posible. Y, mucho peor, indignándose si esas palabras intentaban además, con estilo, algún tipo de visión y dicción personales más allá de lo clara y meramente descriptivo y funcional. Y más cruel y doloroso aún era el tormento *inhumano* si estas palabras, horror de horrores, brotaban de las mentes y bocas de personajes «con los que uno no puede simpatizar o sentirse identificado» (como le señalaría alguien que sería tan importante para él y con quien, sí, simpatizaría y se sentiría identificado).

Y, sí, esta era la mejor forma de reconocer a lectores menores aficionados a escritores menores: esa idea de que sentir mucho o de hacer sentir mucho es sinónimo de maestría sin pensar que se puede sentir mucho más ante lo que no tiene nada que ver con uno mismo y que, por lo tanto, el conseguirlo es algo mucho más digno de mérito y elogio.

No como en lo que vendrá, en lo que ya está aquí.

No como ahora, como entonces, como en lo de a continuación.

No será sencillo poner orden en lo sucedido y en lo que le sucedió y en lo que seguirá.

No es fácil plantarse frente a una vida no ajena pero sí extraña y sentirla propia al leerla. Sobre todo no es sencilla la postulación de la primera parte de esa vida que se quiere creer como inocente y sin dificultades; pero que sólo empieza así por acabar resultando exigente como fórmula científica en pizarrón y cuyos componentes a menudo chirrían con esa tiza que la va escribiendo en blanco sobre negro.

La infancia y la adolescencia —breves pero a la vez eternas una vez concluidas— no fueron sino que siempre son y serán otro planeta al que ir y del que volver. Una y otra cuentan y se redactan y son en principio dictadas con un estilo universal en lo físico pero propio e intransferible en lo mental y (si lo que se ambiciona es ser sincero y lo más fiel posible a lo sucedido) difícilmente «simpático» o con el que identificarse fácilmente si no se trata de la propia infancia o adolescencia. Un tiempo de vida en el que —resistente a la influencia y rigor de maestros— se conserva durante unos años esa capacidad para fantasear en presente a la vez que avistar en perspectiva y simultáneamente múltiples posibles modelos del porvenir.

Todos estuvieron allí, sí, todos fueron infantes (que no es lo mismo que ser infantil, lo que puede sufrirse o más bien hacer sufrir hasta el último día de la ancianidad) y adolescentes (que no es exactamente el adolecer), pero cada uno a su propia e inconfundible e inimitable manera y, sí, de nuevo, *estilo*. No por familiar tristeza en relación a compartida alegría sino por, exactamente, todo lo contrario.

Por falta de familiaridad.

Y es que los reinos de la infancia y la adolescencia son algo en su esencia no imperiosamente elegíaco pero sí inequívocamente singular (y lo singular siempre suele ir y venir acompañado de una cierta melancolía) en su carácter solitario sin importar que se las viva, que se las *experimente*, rodeado por más personas que nunca en el laboratorio de la vida. Nada más solitario que la acción de formarse y deformarse. Y por eso los huertos de los kindergartens y los ya más boscosos senderos de colegios primarios y secundarios intentan ofrecer algo de compañía. O, al menos, de agrupar a todos esos pequeños individuales individuos a los que se invita a relacionarse y compartir experiencias sabiendo que, en verdad, nada de todo eso alterará demasiado a su indivisible y aislado núcleo.

No hay ni hubo ni habrá dos infancias ni adolescencias iguales (sean estas felices o tristes o, más seguro, mezclando risas y lágrimas) como, se supone y se da por hecho, no hay pupilas o huellas digitales similares. No: las infancias y adolescencias no pueden mirarse y tocarse primero para luego ordenarse en dos o tres o cuatro grandes bandos o humores.

Y está Muy Bien 10 que así sea.

Así, la infancia y la adolescencia como algo siempre al alcance de la mano aunque se escurra entre los dedos y, a su vez, como algo muy lejano. Algo nostálgicamente imposible a lo que volver a acceder en cuerpo y alma. Pero, aun así, la infancia y la adolescencia se pueden revisitar cortesía del siempre bajo riesgo de inminente naufragio navío S.O.S. Memory. Subir a bordo allí al grito de «¡Al abordaje!», como gritaban aquellos románticos y atigrados piratas malayos, con krisses entre los dientes, siempre listos para ser leídos.

Y entonces proyectar al futuro por el solo placer de pensar en la felicidad que le dará el acordarse de esos y estos tiempos lejanos en los que él ya no quería ser escritor pero, también, en los que, de nuevo, sí fue más lector que nunca: porque entonces el no leer ficciones equivalía a vivir una realidad que era la muerte y que, ah, estaba tan mal escrita (no leer era estar mal acompañado, leer era estar muy bien acompañado a solas). Tiempos en los que –felizmente infectado, saludablemente enfermo– él de pronto parecía buscarle y encontrarle a casi todo lo que vivía y malvivía y moría fuera de los libros un referente literario. Una contraparte ficticia para su no-ficción. Algo que así, paradójicamente, era como si cobrase y ganase una mayor trascendencia haciéndolo sentir a él tanto más digno de ser contado. Pero –por favor, de rodillas, piedad, prometamos no volver a hacerlo– de ser contado por otro.

Tiempos en los que todo parecía inolvidable aunque eso no le impidiese ahora inventar un término. Una etiqueta que no le sirve ni sirvió de mucho entonces (porque entonces no tiene mucho que recordar y/o olvidar) pero que jamás imaginó que utilizaría tanto ahora, tantos años después, volviendo a todo aquello.

El término es *Nome* y –piensa y se convence y cree, creo– es la abreviatura contracturada de *No Me Acuerdo*.

Y lo de Nome se le hizo (se me sigue haciendo) gracioso e ingenioso; aunque le inquiete el continuar sin entender muy bien del todo su funcionamiento ni de dónde viene.

Sí: Nome como contraseña o coartada para precisar el no poder precisar el qué y cómo es lo que hace que se acuerde de esto y no se acuerde de aquello sin que el método de su olvido parezca seguir lógica aparente (aunque el Nome, de ahí su N mayúscula, parezca ensañarse especialmente con los apellidos y cambiar unos nombres por otros o confundir títulos y omitir lugares que, no mucho tiempo atrás, él nunca hubiese omitido o confundido de depender única y exclusivamente de su memoria, de su inolvidable memoria).

El Nome al que a veces imaginamos como microorganismo con púas y otras como gigantesca bestia plagada de ojos y tentáculos al que se le escapan todas las ideas y recuerdos.

El Nome como algo tan bárbaro como desamparado.

Así, a veces, me acuerdo de que se acuerda de cosas dignas de un olvido casi instantáneo y otras veces se le borran cuestiones importantes y decisivas de su vida. Pero, ya resignado a lo que sea y a lo que es y no a lo que fue, también le gusta que *Nome* –si se lo lee rápido y sin cuidado– *suene a name*. A *nome*nclatura identificatoria de algo singular (en su diccionario español tanto como en su diccionario inglés *nome* aparece como sinónimo «en desuso», aunque ahora más en uso que nunca, de *nombre*) pero, también, indeterminado y plural. Y, claro, a un *nom* en francés y a *nome* en italiano y a *name* en alemán y a *namae* (名前) en japonés. El Nome (*¿No me? ¿Yo no?*) trascendiendo idiomas, pero hablando en una sola y única lengua que es la de ese miedo que no sabe de fronteras aquí y allá y en todas partes. El Nome como algo parecido al *ahora lo ves, ahora no lo ves*, al *ahora lo recuerdas, ahora lo olvidas*.

El Nome como la parte roja de un lápiz impidiendo leer la parte azul de ese mismo lápiz (y más información para el uso de este lápiz de dos cabezas gemelas más adelante).

Y le gusta (me gusta) aún más que la abreviatura pase solo por omisión del verbo: que, condensando la frase *no me acuerdo*, lo que no se recuerde allí sea el verbo *acordarse* (sinónimo también de *acordar*, como de ponerse de acuerdo con el recuerdo).

Y no me gusta (no le gusta) tanto el sentir que se está convenciendo de que todo lo anterior se le ocurrió a él.

Y nos incomoda sospechar que el origen del Nome (y *none*, en inglés, equivaliendo a *nadie*) no sea tan sencillo; pero no nos acordamos de otra cosa. Así que, mejor, acordarse de que esa es la explicación de su comienzo, de que fue así, de querer creerlo, de creer creerlo, de creerlo y quererlo.

Y (detalles sórdidos más adelante, *more to follow*) él *no* lo sabe, pero yo *sí* lo sé y yo *sí* me lo sé a él quien *no* me sabe aún, porque faltan años para que me conozca, porque todavía es muy pequeño y aún está en eso de conócete a ti mismo.

Lo sé.

¿Qué sé yo? Yo —como si fuese enciclopedia fantasmal y automitológica— lo sé todo.

Yo soy como su Fantasma de Navidades Pasadas y Presentes y Futuras en la ventana del departamento de enfrente: porque yo estuve y estoy y estaré allí junto a él.

Y soy yo quien decido entonces que sea él quien me dé testimonio de todo aquello, de todo esto, de todo ello, para luego, de inmediato, tomar nota y darle forma.

Y soy yo y nada más que yo (quien desde siempre no quiso escribir o eso cree creer ahora y por eso quiere quererlo) el culpable de una cierta densidad en estas páginas introductorias.

Páginas que, de nuevo, tanto y cada vez más suelen irritar e inquietar a lectores poco versados en todo aquello que no los incluya o, al menos, los considere. Esos lectores que serían tanto más felices si en lugar de reflexiones les ofreciesen —de entrada y hasta la salida— el diálogo entre no más de dos románticos y neo-góticos personajes acompañados de una mínima descripción física de los mismos, los mismos de siempre. Y (porque nada provoca más desconfianza que un libro que era y sería o será y no quiere ser otra cosa que nada más que un libro) mejor aún si todo proviene de un cómic próximo a ser película o de una serie de televisión lista para fan-fiction o cosplay o tatuaje. Esos lectores que amasen tanto a ese escritor, que lo amasen al punto de ser el único escritor al que leen y, por lo tanto, el único digno de su amor único a un único amor.

Disculpas nada culposas a todos ellos. La placentera culpa es toda mía para este estilo de los elementos que, espero (aunque sin la menor expectativa de ello, lo advierto), pronto quedará atrás luego de que estas páginas hayan sido leídas a los saltos o salteadas por su naturaleza antipática y poco presta a la autoidentificación de extraños siempre en busca de reconocerse a sí mismos en lo de otros. Pero, también, lo aclaro y lo admito: se trata de algo adrede y buscado. Las primeras páginas/minutos de *todo*, tanto de un libro como de una relación con cualquier persona (y, paradójicamente, pocas relaciones más personales existen que las que se entablan con un libro al alcance de cualquiera), deberían exigir, siempre, un cierto esfuerzo y proponer una cierta dificultad. Una tan laboriosa como grata —no apremiante sino *premiante*— conciencia previa al *de verdad* conocerse o al reconocerse en aquello que no tenía ni tiene nada que ver con uno pero, de pronto, ya es parte de la propia vida. Como cuando se aprende a nadar o a amar o a escribir y leer o a hablar otro idioma que es el que acabará comenzando a comunicarnos con alguien o comunicándonos algo extraño hasta entonces para nosotros. La expresión «se me hizo cuesta arriba», que para tantos equivale a denostar algo, a mí siempre me pareció una forma apenas velada de elogio al desafío al que uno se enfrenta así como, finalmente, también alabanza para con uno mismo luego de coronar la cima y mirar hacia abajo y admirar todo lo que se ascendió. Una vez alcanzado ese punto se impondrá, espero, la bien entendida y tanto más legible *leggerezza* en la mirada y voz del protagonista infantil y adolescente hasta alcanzar la edad de mi última y definitiva y espectral reaparición.

Si hay suerte, entonces y pronto, menos oraciones serpenteantes, más párrafos breves, más momentos descriptivos que reflexivos, más sensaciones puras. Sensaciones *infantiles* y *adolesciendo* en el más sano sentido de la palabra.

O tal vez no.

Pero prometo intentarlo (intentaré, por el momento, entrometerme lo menos posible) para que él lo logre.

Aquí más o menos me aparto yo para que más y más se arrime él.

Separándonos juntos.

De ahí que antes (piensa él, porque quiero que él lo piense) se imponga cierta y real forma de cortesía para justificarse y presentarse del modo más presentable y justo posible.

Así.

Land.

Sin complicaciones, aunque se tratase de un nombre nada común.

En dos palabras: sin dificultad.

En una palabra: fácil.

Y es que ya había muchas palabras complejas y difíciles y acomplejadas y dificultosas: porque había muchos escritores alrededor de Land.

Demasiadas palabras de esas. Demasiados escritores de aquellos.

Para empezar sus propios y palabreros padres (que no eran *exactamente* escritores aunque, pero, bueno, ah, uh...).

Y la mayoría de los amigos de sus padres (que sí eran *precisamente* escritores o querían serlo).

Y los amigos de los amigos de sus padres quienes siempre estaban a punto de mutar a enemigos o (mejor y más precisa e imprecisamente dicho) a no exactamente amigos ni enemigos sino a teóricos y practicantes de una cordialidad inestable y volátil y como sujeta a imprevisibles alteraciones atmosféricas. Todos presentándose como impulsivos fenómenos, como esas súbitas tormentas que, de pronto y cada vez más seguido, obligaban por un rato a invernar al verano o veranear al invierno en un mundo donde ya no hay estaciones que anunciar porque no hacen falta: porque el mundo corría a horizontal alta velocidad hacia su descarrilamiento más allá de toda parábola climática y calendario prefijado.

Así entonces, sin importar próxima parada, en movimiento, marcar territorio y plantar cimientos y erigir persona.

Así, pueden ustedes llamar Land a quien parecía haber tomado desde el principio semejante decisión: la de no querer ser escritor (lo que, de nuevo, no implica el que yo ahora, tanto tiempo después, no exactamente lo escriba pero sí que lo reescriba o transcriba a él).

Land, por supuesto, no era su verdadero nombre ni apellido; pero aquí él no se lo da (se lo doy yo luego de que alguien me lo diese) pero sí lo acepta para sí mismo.

Land —pienso que piensa— era y es un buen nombre.

Una buena *marca*.

Una firma fácil de memorizar entre tanto olvido complicado.

Un sonido que sonaba a mandato imposible de desobedecer para cualquier sumisa criatura como él.

Una sílaba alusiva y simbólica y recordable que equivalía a muchas cosas en pocas letras.

Land —*last but not least and forever and ever and beyond the Infinite*— era, sí, el nombre que le pondría alguien de aquí a un tiempo. Y se lo pondría como si fuese una medalla, un premio, una recompensa, una corona mitad laureles y mitad espinas.

Así (cuando nadie pensaba que pensaba en eso) pensó Land: «Allá vamos: ¡Land a la vista!».

Land también *funcionaba* bien a la hora de aludir lateralmente a conceptos líquidos y espectrales pero a la vez sólidos y vivaces y tan firmes y bien ubicados.

Como *Tierra*.

Como *Patria*.

Y al mismo tiempo (El Nombre trascendiendo a todos los Nombres de Países por venir y a los que irse, El Nombre que será fácilmente comprensible y fácil de manejar en todas partes) sin por eso privarse de una cierta resonancia internacional. Land como sigla o acrónimo secreto (¿*Learning and Nurturing Development*?) o como apelativo o argot de robot que viene a paralizar la Tierra o, al menos, a su colegio: al colegio al que va y del que viene Land.

Y el suyo es un colegio estatal pero «de moda» entre la *intelligentsia* local y cuyas contadas plazas/pupitres se reparten entre los padres como si fuesen premios de lotería.

El colegio es el Gervasio Vicario Cabrera, n.º 1 del Distrito Escolar Primero. Su nombre honraba a un patriota de la independencia nacional pero importado y héroe y mártir en la batalla de Canciones Tristes. Y allí iban todos: la ropa cubierta por un guardapolvo inexplicablemente blanco y almidonado y por lo tanto tan disciplinadamente fácil de arrugar y de ensuciar y de manchar (y Land nunca entendió del todo si la misión/acción de esta última prenda, *guardar*, era la de proteger del o la de acumular polvo) a su vez recubiertos por abrigos (también llamados, tan gráficamente, sobretodos, y adquiridos en tiendas con nombres como Harrods o Widmerpool's) y como de otra época. Y el pelo corto y humedecido por un fijador con nombre aristocrático y de un color turquesa casi luminiscente (Land no recuerda cómo se llamaba, cuál era su marca; pero su envase y el color y la consistencia y ese olor y ese súbito frío en su cuero cabelludo le son, sin embargo, inolvidables. Y el solo invocarlo le trae tantos recuerdos. Y de pronto el recuerdo surge y se entrega y Land se entrega al recuerdo y a su etiqueta con un aristocrático escudo de familia se entrega Land).

Y en el colegio Gervasio Vicario Cabrera, n.º 1 del Distrito Escolar Primero, cuando le preguntaron su nombre por primera vez y él lo respondió en voz alta y desde su pupitre, por lo bajo, su maestro y sus compañeros (sus *compañeritos*, más detalles sobre esta especie más adelante) se extrañaron al oírlo. Algunos se rieron. Los compañeritos, no los maestros. Y le dijeron sugiriéndole si en lugar de Land no sería una especie rara del diminutivo del nombre de ese galante taxista de una muy exitosa telenovela a la que todos ven (padres de Land incluidos) para después poder hablar de ella adjudicándole propiedades y significados y valores que, seguro, su creador jamás había imaginado, pero que no podía sino aceptar encantado por el tan bienvenido malentendido.

Pero no: Land.

Es Land (aunque lo suyo y el suyo tenga su origen en otro caballero andante pero no con un taxi por armadura).

Land como Land, insiste él ofendido y negándose a toda corrección y reescritura (aunque disculpa a sus maestros: después de todo estos van a enseñarle a leer, a ser un lector). Y lo hace sin entender muy bien por qué (sintiendo que, secretamente, miente acerca de algo por lo que no hace falta mentir) y como si, un poco celebrante y otro poco ofrenda, obedeciese a una orden impartida en las alturas y desde su futuro por la voz de una diosa cazadora de voces y todavía invisible y desconocida, pero ya regidora de una mitología sólo suya aunque aún apenas intuida y soñada y por crear y creer.

Así (cuando nadie pensaba que pensaba en eso) pensó Land: «Presente».

Y, presente, no está en casa donde tantas veces se siente más bien ausente, pero sí está en ese «segundo hogar»: la escuela.

Y Land no va a admitir ni permitir el que de pronto allí todos *también* —mucho menos su propio nombre propio, habrase visto y leído— se sientan escritores autorizados a corregirlo, a editarlo. Como si los maestros y compañeritos fuesen no sus padres pero sí sus súbitos padres adoptivos o insoportables hermanastros unidos no por tipo de sangre sino por número de grado y letra de aula. (Land es hijo único o, más bien o para mal, único hijo: ni mayor ni menor. Land es experimento que se lleva a cabo una sola vez; aunque también es verdad que una noche escuchó a sus padres susurrando algo raro, algo sobre un «hermanito perdido», y prefirió no seguir oyendo). Miembros de una especie de otra familia con la que pasa la mayoría del tiempo y que es como si esta se encendiese y apagase entre las ocho de la mañana y las cinco de la tarde y, regularmente, funcionara educadamente bien o muy bien o excelente pero rara vez con insuficiencias a no ser, pronto lo sabrá Land, en lo que hace a las Matemáticas de las que sabrá poco y nada con muy malos y erróneos resultados.

En cualquier caso (esa es la idea, la buena idea) Land está a salvo *allí*, se siente seguro por lo previsible. En esa pequeña ciudadela escolar dentro de Gran Ciudad (ciudad cuyo nombre alude, irónica o equívocamente, a una atmósfera beneficiosa y respirable). Segundo hogar donde, por suerte, por unas horas y materias, las reglas estarán claras y no están torcidas como en su primer hogar.

Y allí todos hablan o intentan hablar el mismo idioma.

A ver, todos juntos, repitan, dicten, escriban:

Land.

L-A-N-D.

Land que en inglés (idioma en el que Land cada vez se habla más a sí mismo, tal vez para así sentirse más ajeno a todo lo que le pasa en español; y, ah, le gusta tanto que en inglés toda primera letra de palabra de un título, y no sólo la primera de la primera palabra, vaya en mayúsculas) significaba y ordena alfabéticamente: Área, Campo, Conexión, Continente, Estado, Hogar, País, Parcela, Región, Terreno, Territorio, Tierra, Solar. Y, como verbo, Amarrar, Amerizar, Aterrizar, Cesar, Conseguir, Contraer, Dar, Desembarcar, Ganar, Llegar, Lograr, Posar y, por fin, Terminar.

Y, por el momento, dejar de pensar en el colegio porque ahora Land está de vacaciones (de invierno) aunque, se sabe, pocas veces se piensa más en el colegio que durante las vacaciones sean estas de la temperatura que sea.

Así que Land sin uniforme escolar y a solas ahora (en Ciudad del Verano, sus abuelos como presencias próximas pero que no habitan su vida privada aunque esta esté tan bien provista por ellos) como en un inicio o final. Partida o llegada legitimando como territorio digno de mapa a todo enclave fantástico pero verdadero que frecuentaba y leía y releía frecuentemente, porque nunca se relee más y mejor que durante la infancia. El cuento que se pide se repita cuando aún no se sabe leer pero sí se memoriza (esta es la variante primera y primaria del hacer memoria) deviene en la novela que pronto se leerá una y otra vez hasta volverla inolvidable. Así, todas esas *lands* que, aunque tan distantes, Land siente tan próximas y que (a diferencia de las tanto más comunes y poco imaginativas Ir*land*a, Tai*land*ia, Ho*land*a, Groen*land*ia, Nueva Ze*land*a o Is*land*ia) no figuran en ninguno de los manuales con los que estudia en el colegio. Así, la arratonada Disney*land* (albergando varias otras *lands*), la subterránea Wonder*land*, la tempestuosa Prospero's Is*land* (donde se advierte al joven viajero de breve ayer de que el pasado no es sino un prólogo), la Shangri-*Land* (Land siempre supuso que se escribiría así o, si no, corregirlo, porque debería escribirse *así*), la Fairy*land*, la atesorada *Treasure Is*land, la Never*land* (cuyo mapa en *Peter Pan* era como «la mente sin fronteras de todo niño», porque todo niño es una is*land*) y la esmeralda *Land* of Oz (donde no en la película pero sí en los libros —no es que nada sea casual sino que todo es casual— aparece un pérfido y patético destronado Rey Nome en esa tierra que no tenía nada que ver con su propia y plateada *land* de reflejos argentados, siendo más bien *Land* of Uff, y a la que no le vendría mal pulido a fondo y forma).

Y, claro, su propia y belicosa y fuera de la ley *No Man's Land*.

Una *land* que, sentía Land, lo aproximaba más a tener los pies bien plantados en el suelo en un lugar y tiempo en el que estaba como suelto y flotante y estremecido y elástico. («Las décadas, desde el fin de la Segunda Guerra Mundial, en verdad empiezan no en 0 sino en 5: los instantáneamente utópicos y acuarianos '60s en 1965 y estos de inmediato degradados y cancerianos '70s ahora mismo, en 1975; del mismo modo en que los '40s lo hicieron en 1945 y los '50s en 1955 con "la idea de una nueva forma de juventud" y la apertura de la velocidad comestible de McDonald's y la puntualidad de "Rock Around the Clock" y el sabor licuado de "Tutti Frutti' y el apogeo y vida-en-muerte de James Dean... Cinco años... Cada cinco años... Por eso, cuando a uno le preguntan cuándo sucedió algo, siempre responde que hace cinco años, aunque no sea exactamente así. *Todo* sucedió hace cinco años y *todo* sucederá cada cinco años, dentro de cinco años, en el año con un número 5 en él», le había escuchado Land decir a su admirado César X Drill en una de esas reuniones ahumadas y alcohólicas en los trasnoches de sus padres; y más, muchos más detalles sobre César X Drill más adelante).

Así (cuando nadie pensaba que pensaba en eso) pensó Land: «¿Qué año es?».

Así que ahora era el fin de los '60s y el comienzo de los '70s. Era 1971-72-73-74-75 en todas partes al mismo tiempo.

Cinco años, sí. Como los cinco años de esa misión de cinco años de la nave USS Nome (NC-1701) —por algún motivo Land recordaba ese número con una exactitud que no podía replicar en lo que hacía a las tablas de dividir— en esa serie de televisión que viajaba a las estrellas. Y allí —anunciaba una voz al principio de cada episodio— la humanidad se lanzaba a «explorar extraños nuevos mundos» (pero Land se había enterado de que esa serie se había emitido durante sólo tres temporadas en dos años y que por eso sus episodios se repetían mucho).

Y entonces, fuera y a este lado de su televisor, nunca un principio de algo nuevo pareció más algo sin finalidad clara.

Época y sitio cuando y donde nadie oía a nadie, porque todos hablaban al mismo tiempo: monologando sin pausa y con muchas réplicas, como en un terremoto que no dejaba de replicarse a sí mismo.

Y de ahí y por eso que tenían mucho éxito esos programas radiales de trasnoche que sus padres oían y que no le dejaban dormir a él. Emisiones nocturnas en las que locutores habla-bla-blaban de todo y de nada (de guerras en combustibles junglas lejanas o de la cercanía de la próxima última moda ya dispuesta a ser penúltima marcada por largo de faldas y ancho de pantalones) y festejaban sus propios chistes y supuesto ingenio con una derrumbada risa cavernosa y nasal a la que se le adivinaba algún tipo de congestión explosiva e ilegal.

Pero sí: lo de Land, ahí y entonces, como ideal alias para tanta arena movediza y espejismo.

Land ascendido a denominación, no para disimular sino para hacer más evidente su inminente y para siempre condición de desterrado a la vez que algo de lo que agarrarse para no ser arrastrado por la arremolinada corriente.

Land como la herramienta (para arar y sembrar y cosechar) un campo. Y, a su vez, Land como la tierra –Tierra de Land– en la que se plantaban las semillas de la memoria.

Sí: el recuerdo en el acto, el acto de recordar (siempre más fallado que fallido), vuelve propio todo lo ajeno.

Como si fuese un tatuaje cuyo sentido sólo su portador comprende; aunque no por eso se le haga fácil de explicar qué representa o justificar por qué se lo hizo tanto tiempo antes y sin arrugas en esa piel que ahora desfigura la tinta del diseño. Y, de pronto, eso que era un corazón ahora se asemeja más a una lágrima. O, de nuevo, a semillas. Semillas que, a la vez y aún germinando, hacen que lo propio sea materia más volátil y difusa que nunca, como llevada y traída por vientos cambiando de dirección y fuerza. Como esos sueños a los que les cuesta tanto dormir (y para los que la noche insomne no es una agradecible elipsis sino, apenas, un capítulo más y de más).

Ahí, Land con ojos abiertos y mirando hacia atrás mientras se avanza en el intento de comprender todo aquello que alguna vez sucedió y que, evocándolo, vuelve a suceder. Retocado y aumentado o disminuido pero siempre brotando y creciendo. Land como un campo de ensueño donde lo que se cultivará y soñará no será otra cosa que el propio campo. Un sitio en el cual no destilar sino refinar y no fundar sino refundar toda una ciudad a partir del momento en que Land es consciente de ella y de su latido junto al suyo. El corazón del corazón de una Gran Ciudad por siempre infartada. Una Gran Ciudad y toda una época y un sentimiento colectivo pero, sí, particular y privado y personal.

Así, catalogar sus elementos y su estilo, evaluarlos y valuarlos con cadencia de informe para inmemorial y memoriosa Academia. Y hacerlo poniendo límites a todo aquello convencido de que no los tiene. Y de que todos aquellos en todo aquello no dejaban de moverse por temor a que, en la quietud, se descubriese el que estaban yendo a ninguna parte.

Sí: para Land y los de su edad las constantes alteraciones en las vidas de sus padres equivaldrán al asentarse en una especie de nomadismo gitano-metropolitano a lo largo de calles y avenidas y parques y paseos por Gran Ciudad.

Land tiene diez años.

Land recuenta y cuenta que ya ha contado con casi una casa/ departamento por año de vida cortesía de la abundante falta de urbanidad y exceso de inmoderación inmobiliaria de sus progenitores.

Land viene y va desde y hacia las ya incontables separaciones-reuniones de sus padres a las que ellos se refieren y definen, editorialmente, como *paréntesis* y, en ocasiones, como *paréntesis entre paréntesis*. Por eso —su vida conteniendo otras vidas— Land tiene que prestar mucha atención a todo y estudiarlo en detalle entonces (para que a su vez yo, entre paréntesis, pueda aprendérmelo ahora) porque ahora lo ves y lo vives y ahora ya no lo ves ni vives allí. Memorizar él y memorizarlo yo a él para que así lo uno y el otro sean Historia.

Y, como en el colegio (colegio que Land pensaba sólido e inamovible pero que muy pronto dejará de serlo), no levantar la mano y pasar al frente y dar la lección frente a maestro y compañeritos sino ante sí y mí mismo.

Y comenzar, tal vez, con un «Call me Land».

Y desde ahí y entonces, claro, improvisar a partir de un puñado de datos más como en examen oral que escrito. Dar la lección para no recibir la lección. Y si la asignatura a rendir es algo que bien podría llamarse *Ciencia de la Infancia*, entonces (improvisando o alargando el pronunciamiento de una simple idea, perder tiempo y salir ganando) las chances de ser exactamente inexacto son infinitas, ilimitadas, posibles y pasibles de toda imposibilidad y posibilidades.

La infancia es un gran invento acerca de cuando se es pequeño. La infancia está escrita con lápiz negro de mina blanda y cuyas palabras y errores ortográficos resultan fáciles de borrar con la goma de ese mismo lápiz que por un lado escribe y por el otro borra lo escrito salvo que esté «pasado en limpio» con tinta que se encima sobre el grafito, como afirmando un tatuaje. (Con los años, Land leería y vería muchas infancias y adolescencias imposibles. Todas dotadas de una irreal estructura y belleza. Incluso en situaciones tan extremas como la de salir de excursión a la búsqueda de un cadáver acompañado por amigos o huyendo con y de sus padres anarco-contraculturales o agentes soviéticos con la policía pisándoles los talones y, tras sus pasos, epifanías y ritos de paso claramente demarcados en las esquinas de un bosque o en los claros de una ciudad. Y Land se diría a sí mismo que nada pudo haber sido así: tan ordenado y dramáticamente perfecto. Porque a esa edad aún no se es autor de la propia novela. Y todo lo que se hace y se cuenta —incluso cuando se lo intenta contar a los adultos que apenas fingen interés y se arman y desarman de paciencia— está más cerca del verso libre y hasta malcriado que de la prosa sujeta y bien educada).

La infancia —de nuevo— es una invención que recién comienza a funcionar como tal demasiado tarde: cuando ya todo ha pasado y se lo contempla desde cada vez más lejos pero sintiéndolo cada vez más cercano.

La infancia que es ese tiempo en el que se cuentan al infante cuentos de hadas porque la infancia es, en verdad, una novela de brujas y de brujos y de embrujados (y de padres y de madres que frecuentemente se parecen más a demandantes y demandables padrastros y madrastras) desbordando de palabras mágicas con truco y de desencantados encantamientos.

La infancia en varias citas recopiladas por Land. Land tiene tantas citas, para Land las citas son lo único que tiene donde encontrarse. Land es Citaman y las citas no son su lanza sino su escudo. No son algo que lo vuelva invulnerable pero sí —distrayendo a sus enemigos— que lo hace menos vulnerable con una ayudita de sus amigos. Land esgrime citas cuyos autores no han sido víctimas del Nome porque las escribió en su momento en una libreta, no muchos años después pero ya fuera de allí. Y se cita ahora con ellas para releerlas: «Cualquiera que haya sobrevivido a su infancia posee suficiente información acerca de la vida como para que le dure por el resto de sus días», FLANNERY O'CONNOR, *Mystery and Manners: Occasional Prose*; «Cuando eres un niño y eres tú mismo es cuando conoces y ves todo de manera profética», JEAN RHYS, *After Leaving Mr. Mackenzie*; «Siempre hay un momento en la infancia en el que una puerta se abre y permite entrar al futuro», GRAHAM GREENE, *The Power and the Glory*; «Ya crecido: y esta es una cosa terriblemente difícil de ser. Es tanto más fácil saltarse esa parte y pasar de una infancia a otra», FRANCIS SCOTT FITZGERALD, *The Crack-*

Up; «Nunca es demasiado tarde para tener una infancia feliz», TOM ROBBINS, *Still Life with Woodpecker*.

La infancia que es un juguete para adultos y al que, casi siempre, estos empiezan y acaban rompiendo sin garantía ni posibilidad de arreglo y, mucho menos, de cambio o devolución de lo invertido en él.

«Se rompió», dicen entonces con voz infantil cuando intentan no decir ni decirse «Lo rompí».

Y a veces hasta lloran cuando lo dicen.

¿Cómo empezar entonces? ¿Cómo *volver* a empezar o, mejor y más apropiadamente, como *ir* a empezar?

¿Empezar por sus padres como en esas novelas del siglo xix en las que es casi obligado el dar cuenta de cómo era el mundo justo antes de la llegada del héroe y de quiénes eran aquellos que lo trajeron a él; porque sólo así podría entenderse la viva naturaleza y el valor exacto del, sí, *heroísmo* del recién llegado?

Sus padres entonces.

Los padres de Land.

Sus autores desde un punto de vista genético-biológico y todo eso: el sitio del que se salió para entrar para volver a salir.

Uno y otra.

Sus padres que no eran exactamente escritores porque eran precisamente editores.

Sus padres que tenían una editorial pequeña y artesanal y prestigiosa y hasta envidiada por las más grandes y tradicionales editoriales.

El motivo para esto era que sus padres habían demostrado tener aguda visión y fino olfato en la caza de jóvenes e inéditos talentos. Sus padres salían de safari en busca de escritores en ciernes sobre los que se cernían y capturaban sin apenas necesidad de utilizar ese lápiz de madera y mina mitad roja y azul (en imborrable duelo eterno y danza incesante y sin goma de borrar) con el que primero se marcaba en rojo al errático error/ errata y luego se lo corregía sugiriendo o imponiendo en azul lo que se pensaba correcto o mejor. O algo así se hacía con ese lápiz siamés (Land no está seguro de ello pero, así es como más o menos se neutraliza a toda inseguridad, así lo cree y así lo seguirá creyendo).

Aunque los padres de Land no parecían salir de cacería sino, más bien, se limitaban a sentarse en su campamento a la espera de que, desesperadas por el hambre, esas fieras con tantas ganas de ser atrapadas cayeran en la tentadora trampa. De hecho, ahora tenían que espantar a la mayoría de ellos cuando los sentían acercarse en la oscuridad y el frío a la hoguera de su editorial, con la lengua fuera y los ojos húmedos, rogando por ser domesticados y enjaulados y exhibidos al público lector en el más despistado de los circos.

Ahí estaban y aquí venían todos esos narradores frescos quienes —por haber sido escogidos y publicados por los padres de Land— de pronto «se ponían de moda». Y así trascendían lo estrictamente literario y súbitamente —además de ser portada casi obligatoria en los suplementos de libros— tenían acceso a artículos de opinión acerca de todo tema y hasta a programas de televisión donde departían con hasta entonces lejanos famosos mucho más famosos que ellos, de cerca y acerca de cualquier otro oficio y género incluyendo a políticos y deportistas y modelos como Nome y Nome y Nome.

Sus padres eran, sí, editores legendarios (se sabe que un editor se vuelve legendario mucho más rápido que un escritor).

Y lo eran en tiempos que ahora y desde ese ahora tenían, también, un cierto aire de incierta leyenda.

Sus padres entonces rigiendo regios («Me siento regio» era por entonces una expresión muy expresada desde todo trono) en aquellos tiempos hechizados y en un pasado remoto no tanto en años sino en velocidad y distancia. Pasado todavía lento que, casi sin aviso, pronto aceleraría a fondo y forma para que todo sucediese más rápido, para que así hubiese más espacio para que sucediesen más cosas.

Pero entonces no, no entonces aún.

Entonces, todavía, algo de sosiego.

Los eternos minutos previos al vertiginoso disparo de largada para salir disparado.

Un pausado proceder justo antes de lo que se conocería como la procelosa e improcedente La Transformación. Nombre que llegado su momento —su largo momento— le fascinaría a Land; porque no podría sino compaginarlo con películas *sci-fi* que se ocupaban de variadas mutaciones que casi siempre salían mal, muy mal, por culpa de una mosca entrometida zumbando desde el teletransportador de la derecha a la izquierda y de nuevo a la derecha.

Entonces y ahí —por si las moscas— nadie tomaba demasiadas precauciones. La vida se transmitía, novedosa y en un constante noticia de último momento, en vivo y en directo, y eran muchos los que pronto no estarían del todo seguros de poder volver a estudios centrales.

Ahí y entonces la metamorfosis de un paisaje en el que había apenas cuatro canales en blanco y negro a los que se cambiaba haciendo girar a mano y no a distancia una rueda como de caja fuerte. Y los teléfonos se limitaban, inmóviles, a ser teléfonos y no a ser casi todo e incluyendo a constantes y oraculares mensajes informando de un inminente y sin salida fin del mundo tal como se lo conoce (Land y yo, juntos y ahora, tanto tiempo después, con la nariz y la boca cubiertas por mascarilla, los recibimos, impuros e inclusivamente, en un teléfono al que usamos pura y exclusivamente como teléfono. Mensajes que apenas recibidos los leemos y los borramos del todo. Esas caritas llorando, esas manitos rezando; pero no pudiendo borrar ese reflejo nervioso, la mano al bolsillo, cada vez que suena un móvil en una película o en una serie haciendo pensar automáticamente que es el propio y que nada de eso se sentía o existía cuando los teléfonos se quedaban en casa. Y entonces miramos al cielo esperando que se haga presente el adiós de todas las cosas futuras para enseguida optar por concentrarnos en el eterno e invulnerable y siempre imposible de postergar pasado. Ese que no es al que aquí se vuelve sino aquel al que nunca se deja atrás porque nunca deja, porque no se deja, porque jamás lo permite ni lo permitirá).*

---

* PAUSE y ya lo sé: no suelen gustar las entrometidas e interrumpidoras notas al pie. Se las considera incómodas y malolientes y como con encarnadas uñas largas y callos. O, peor aún, como prolongación/intromisión de esas molestas y penetrantes y violadoras páginas introductorias que aquí ya se

Allí y entonces —como se dijo y dije— los padres de Land son editores aunque se mueren (pero no hasta el punto de dar la vida, tampoco dramatizar ni exagerar) por ser escritores.

Land (a Land no lo engañan) se da cuenta de˙ ello porque sus

---

creen superadas y felicitaciones a todos los que pasan a la siguiente fase. Pero esta nota al pie (primera y única, lo prometo, miento: habrá otra más adelante en otra parte y en otra Gran Ciudad) es necesaria como de tanto en tanto resulta conveniente el descender a un ático o ascender a un sótano para rescatar en nombre del mañana a un objeto del ayer que explique mejor que nada y hasta justifique por completo el aquí y ahora. Esta nota al pie, lo juro, es pertinente en lo individual y este me parece un buen momento para introducirla aquí (y estoy casi seguro de que hasta *The Elements of Style* —más detalles más adelante, enseguida— la aprobaría y justificaría). Esta nota al pie es también más que adecuada y oportuna en lo general, como uno de esos pequeños detalles en una de esas miniaturas panorámicas como las de Hieronymus Bosch a las que, cuando se las mira fijo, se las descubre no retratando la irrealidad sino a otra versión de la realidad (o mejor aún: como la parte de atrás del tríptico que sólo podemos ver al cerrarse y unirse a su otra mitad, a otra nota al pie a la inmensa Creación de un pequeño Dios que lee todo lo escrito). Porque —por dar sólo un ejemplo ilustrativo de tantos otros posibles— esa pareja de padres de Land *no* es esa pareja, no, ¿sí? Es otra. Es *esta*. Rostros reorganizados a los que se les da otros nombres. Nadie es nadie. Y así todos. Y así todo... La realidad sólo existe para permitir la existencia de otra realidad. La época (entendiendo por *época* un lugar determinado en el tiempo y en la Historia) es, en cambio, la misma pero ligeramente... un poco... uh... ah... eh... uhhhh... Cuentan que los piadosos hassidim suelen contar una historia en cuanto a que, en el mundo por venir, todo lo que habrá allí será igual a como lo es en este. Todo —incluso las notas al pie— será igual a como lo es en este mundo, sólo que «apenas un poco diferente». Y *apenas* es aquí, claro, la palabra clave. *Diferente*, también. Y *poco* un poco, por supuesto (otra de *esas* palabras, *supuesto*, que en mi diccionario significa tanto «Considerar como cierto o real algo a partir de los indicios que se tienen» como «Considerar como cierto o real algo que no lo es o no tiene por qué serlo»). Y basta de consideraciones como esta. Y disculpas por estas palabras de un hombre un poco enfermo en un planeta muy enfermo y para el que ya no hay cura pero sí hay (es lo único que hay) interferencia sin remedio.

Así (cuando nadie pensaba que pensaba en eso) pensó Land mientras pienso yo: «¿Quién es? ¿Quién habla aquí? ¿Hay alguien ahí, detrás de esa cortina verde, tirando de palancas, moviendo engranajes? ¿No es algo maravilloso y casi mágico que este aparato acorazonado y fluorescente funcione hoy tan bien como funcionaba entonces?» y PLAY: jugar, actuar, fingir, representar, funcionar, ejecutar.

padres no dejan de repetirlo. Y se sabe: negar algo muchas veces es una afirmación en sentido contrario. Negados y negándoselo a sí mismos. Juntos o por separado. O el uno al otro: como si cantasen una de esas canciones country con chico y chica dando versión diferente de su existencia en común en las lacrimosas estrofas, alternándose en el relato, pero sólo para, luego de cruzar el puente, ponerse de acuerdo en el jubiloso estribillo. Y lo que ahí entonan los padres de Land, tan entonados en su desafinación, pegadiza e insistentemente es: «¡Qué suerte ser editor y no ser escritor!». Aunque, según la hora y el humor, lo digan con cierta tristeza o rabia: ambas siempre sonrientes y tal vez escondiendo la ausencia de alguna proteína clave. O que se reafirmen en ello acaso queriendo creer, desesperadamente, que es a los escritores a los que les falta *algo* para poder ser como ellos, para vivir la vida como ellos la viven en plan viva-la-vida. Los muy vivos editores (por entonces no abunda aún la especie intermedia del agente literario para imponer algo de equidad a la vez que jugar su propio juego alimentándose de ambas partes) como organismos darwinianamente más fuertes y evolucionados y que se nutren de aquellos a quienes editan para, paradoja irónica, poder subsistir a la vez que permitiendo la subsistencia de los escritores y... Minué: tu turno de hacer una reverencia, mi turno de saludar.

Los padres de Land no dejan de repetir a todo aquel que se les ponga a tiro y a tipo que —es una época muy política y, por lo tanto, también muy esotérica— una sucesión de pitonisas y adivinos de diferentes sabores se lo han confirmado. Tarotistas, lectores de manos, contempladores de bolas de cristal, arrojadores de huesos y redactores de cartas astrales no dejan de augurarles que «seríamos grandes escritores, pero... claro... nuestra misión en la vida es otra». Y ambos entonces asumen un aire humilde y miran a los cielos como santos inmolándose en misión divina.

Años más tarde, Land leería en una novela (una novela de alguien a quien conoció de niño) que esto de adivinar/predecir a un «gran escritor» siempre en potencia era maniobra habitual de todo embaucador más o menos ocultista. Uno de esos que, misteriosamente, jamás utilizan su talento para apostar en las carreras de caballos o en la Bolsa y retirarse del atender a desesperados por creer en lo increíble. La explicación es sencilla: como buena parte del mundo sabe leer y escribir, lo de ser o poder ser escritor resulta profecía de inmediato verosímil para casi cualquiera sin importar que alguna vez siquiera se haya sido lector serio o en serio (rara vez se predice la opción de ser experto en física cuántica o genio de la arquitectura o incluso electricista o cualquier otra disciplina y oficio que exija un aprendizaje y entrenamiento previo o talento probado e indiscutible). Y lo más importante de todo: el de escritor se trata de un destino siempre posible de postergar. Mientras tanto y hasta entonces, seguro, convencidos de que se madura o de que se está gestando interior y secretamente una incontestable y crepuscular obra maestra e inmortal sobre el ascenso y decadencia del propio linaje y todo eso. Y hacerlo del mismo modo en que se espera a esa también adivinable y afortunada pareja ideal: porque así lo determina esa larga y sinuosa e ininterrumpida y casi proustiana línea del amor en la palma de una celosa garra en celo y siempre lista para arrancar un corazón palpitante.

Digámoslo así: los tal para cual padres de Land —por amor al arte y no exactamente odio pero sí desprecio a casi todo lo demás— son *intelectuales*.

Y la letra cambia aquí —en ese *intelectuales*— más a una un tanto ilegítima bastardilla que a casi cursi cursiva para definirlos. Porque a Land (a quien le encanta cuando se produce esa alteración tipográfica en cuentos y novelas y el modo en que eso modifica a la voz con la que lee en silencio para los demás pero tan clara y resonante para él) le interesa que su... condición... su... especie... la de sus padres... se pronuncie con una cierta intención: alterando el tono de voz con una mezcla de burla y respeto y de, sí, *intelectualidad*.

El sitio del éxito profesional e *intelectual* como editores de los padres de Land se llama Ex Editors (jugando con eso de Ex Libris a la vez que invocando a la cada vez más presente partícula *ex* en un panorama donde todo es cada vez menos *in* y más *out*; y donde todos se definen más por lo que no les gusta que por lo que les gusta o por lo que, *ex*, alguna vez les gustó mucho pero ya no les gusta nada y, mucho menos y mucho más, no les gusta que les guste a los demás).

Y Ex Editors se apoya (más allá de nombres que vienen y van o acaban yéndose a fracasar a una editorial más grande luego de un éxito «de culto» en Ex Editors) en dos bien torneadas piernas, así como en la ya desde un tiempo inminente posibilidad de una tercera pata del trípode como el de esas naves marcianas e invasoras.

El primer pilar de Ex Editors es César X Drill: alguna vez mítico guionista y dibujante de historietas y ahora neo-periodista investigador de turbios episodios históricos y nacionales y contemporáneos. César X Drill es el creador de la historieta por entregas y con gran éxito de ventas (así como merecedora de gran aprecio por parte de la *intelligentsia*) titulada *La Evanauta*. Todos la leyeron y la releen y la comentan una y otra vez y, lo que es más importante, la *interpretan*. Adultos y niños, ricos y pobres, apocalípticos e integrados, los de derecha y los de izquierda y los ambidiestros. Y *La Evanauta* hasta aparece en una tira de esa otra tira tan popular como ella, siendo leída por una nena complicada y por su pandilla de amigos, todos expertos en el arte de atormentar a sus padres desnombrados y desnortados con preguntas complejas (aunque a Land no lo engañan y en esa otra historieta los roles están invertidos: los hijos hablan como los padres y los padres los escuchan en el más filial silencio).

«El éxito de *La Evanauta* es muy fácil de explicar: siempre estuvo pensada para querer a todos y para que todos la quieran. Es un modelo que le queda bien a cualquiera y que funciona tanto en almuerzo improvisado a último momento como para largamente planeada hasta el más mínimo detalle cena de gala», restará importancia, sumándosela, César X Drill en su única entrevista televisiva flotando ahora y para siempre en el mundo virtual sin importar el que quede alguien que pueda verla y escucharla.

Flotando como La Evanauta.

En *La Evanauta*, Eva –la «Sustancia» de la Primera Mujer– es expulsada del Paraíso por «inestable» y «volátil» y de «comportamiento impredecible» (Adán opta por hacer las paces con el Creador y se queda del lado de adentro y recibe nueva compañera mucho menos problemática a la que nada le interesa menos que morder con sabiduría y todo eso). Y desde entonces, expulsada y solitaria, La Evanauta vaga a través del tiempo y del espacio. Y funciona como «receptáculo» de sucesivas grandes hembras a colmar: Cleopatra, Boudicca, Juana de Arco («Esa telegrafista histérica a la que le habla el más histérico de todos», sentencia César X Drill en ese programa de televisión), Emily Brontë, Madame Curie, Anne Frank hasta, circular, alcanzar una última encarnación de su nombre en... en... en Nome.

La Evanauta había sido un gran éxito más o menos un par de décadas atrás. Y sus entregas semanales eran hasta hace poco botín de coleccionistas porque no abundaban las colecciones completas. Así, los padres de Land habían tenido una gran idea: recopilarla por primera vez en forma de libro de tapas duras y edición de luxe, prologada y anotada por su creador, en tiempos en los que las historietas aún no eran ascendidas –pero faltaba muy poco para ello cortesía de semiólogos– a categoría de clásicos. Así, la primera «novela gráfica» del país (por supuesto no faltaba quien la consideraba «la primera del mundo») a la vez que regalo ideal para toda fiesta animada o festival animal de, sí, *intelectuales*. Y ahora los padres de Land intentaban convencer a César X Drill de que escribiese y dibujase (o que por lo menos escribiese; ellos ya se encargarían de buscar y encontrar a un dibujante que imitase bien su estilo, que no era demasiado complejo) una continuación de *La Evanauta* transcurriendo «aquí y ahora, en este momento histórico de nuestra historia». Y César X Drill les decía –con una sonrisa no incómoda pero que sí se quería incomodante– que ya lo había hecho; que ya estaba hecha y ya fue; que él nunca se repetía; que ahora «estaba en otra» y que «me interesa más actuar que escribir: ahora quiero pasar a la acción»; que todo eso «ya me queda muy lejos y lo que ahora oigo es como una vocecita que todo el tiempo me repite: *evita esa mujer... evita esa mujer...*». Lo que a César X Drill no le impedía, tampoco, privarse de comentarle a los padres de Land con voz incierta y cierto sadismo (y en referencia a casi cualquier cosa, como sintonizando súbito cambio de programación, guiñándole de reojo un ojo cómplice a Land) cosas como «Esto sería genial para un nuevo episodio de *La Evanauta*, ¿no? Imagínense, el Apollo 11 aluniza y allí ya está La Evanauta, ella, esa mujer... Y entonces tal vez retomarla luego de haberla fundido con ya-saben-quién, con su santa momia... Y escribir y dibujar algo que sea como uno de esos cuentos de fantasmas pero sin fantasma de Henry James pero con el fraseo y dicción de un vital cuento con muerto inminente de Ernest Hemingway». Y enseguida César X Drill se sacudía teatralmente con un «¡Brrrr!», como para sacarse esa idea de encima. Y (mientras los padres de Land temblaban pensando en que estuvieron tan cerca del milagro pero ya no) César X Drill añadía que ahora estaba concentrado en una primera novela «basada en hechos reales, pero proponiendo una realidad alternativa». Y César X Drill sonreía detallando algo a lo que los padres de Land oían como si se tratase de un mensaje de los cielos, pero que Land no podía sino pensar que era algo que a César X Drill se le estaba ocurriendo en el momento con el único propósito de atormentar a sus editores.

Así habló César X Drill (y así escuchó Land): «Mi novela empieza con... alguien... cuyo nombre no diré porque no hace falta... Alguien quien *sí* muere y *no* vuelve de su largo exilio al otro lado del océano y en lo alto, tras las puertas de hierro que rodean a su castillo. A diferencia, como sucedió en nuestra dimensión, de su volver para morir... O tal vez vuelve y demora un par de años más en morirse; por lo que se ve obligado a cerrar él mismo la caja de los truenos que abrió... *Vuelve* es el Verbo y ya saben a quién me refiero, ¿no?... Entonces su historia, y por ende la nuestra, cambia. Porque quizás lo que suceda es que ese hombre se olvide de volver: sea el paciente cero de una enfermedad que deviene en un olvido total, no sé si planetario, pero sí nacional... Y hay alguien quien escribe y tacha y reescribe todo eso desde su casa en los altos de una ciudad lejana... Y entonces todo lo que estaba siempre inconcluso termina... ¡Al fin!... Lo nuestro ya no es una historia interminable, ya no es una histeria sin fin. Se va a titular, podría titularse... ¡Mayúsculas!... *El Señor en la Fortaleza*».

Y los padres de Land asentían como esos perritos de plástico sobre los tableros de los taxis.

Aunque hay ocasiones en las que Land (nativo secreto de Midwich, alusión geográfica a explicar) captaba casi telepáticamente cierta tensión en sus padres cuando salía −y sale seguido y entra para quedarse− el nombre de César X Drill.

Y, ah, por ahí −en rojo sobre azul sobre aire amarillo− circulaba, primario, un colorido Nome al que mejor no darle mucho Nome en cuanto a que la Nome de Nome, durante uno de los tantos *paréntesis* con el Nome de Nome, «Nome Nome» con Nome Nome Nome. Nome al que mejor dejar en punto muerto, en puntos suspensivos, en punto y coma y en coma, en punto no final: porque no habría sido algo tan *importante* después de todo. Y lo que más importaba era la Nome Nome entre los Nome, así que mejor punto seguido y a seguirla.

Y Land hasta piensa (pienso yo ahora que piensa entonces, pensando en aquello, meta−multi−temporal, fundiendo pero no confundiendo aquellos años con estos días) que tal vez no estaría mal prestarles a sus padres su Nome para que los ayude a resolver o al menos olvidar el problema. Pero después lo medita un poco y Land se dice que mejor no: que no sería raro que sus padres se quedasen con su Nome y no se lo devolviesen. Y que, al reclamárselos él, le dijesen que está confundido, que se acuerda mal y de algo que no sucedió: que Land nunca se los dio, que qué es eso del Nome.

Además, César X Drill le cae muy bien a Land.

Y −mejor no acercar el Nome a su memoria− no quiere terminar de recordarlo.

Y, ah, la sonrisa siempre grave y la ceja siempre aguda de César X Drill en un ángulo de toda reunión a la que no se llamaba *fiesta* para no rebajar sus pretensiones *intelectuales*. No era, seguramente, que César X Drill fuese el hombre más feliz del mundo: pero −pensaba Land estudiándolo lo más de cerca que podía− no cabía duda alguna de que sí era el más feliz de ser quien era y de no ser tantos otros, incluyendo a todos los invitados. Salvo esa vez en la que Land, buscando el baño, entró a una habitación de una de sus farras (César X Drill era como

The Great Nome, el personaje de esa novela cuyo protagonista jamás asistía a las casi bacanales que organizaba en su propia mansión a las orillas de una bahía). Y esa habitación era su escritorio y ahí se escuchaba una música de piano, variaciones suaves pero poderosas, que se las arreglaba para atenuar los gritos y risas que llegaban desde la sala. Y allí Land vio por primera vez la vista de César X Drill escribiendo. Y verlo era como contemplar a un hombre en agonía, retorciéndose de dolor, sus gemidos confundiéndose con los del pianista en ese disco girando en un rincón de la habitación cuyas paredes parecían recubiertas por una segunda piel de papel de libros apilados sobre libros sosteniéndose y apoyándose entre ellos. Ahí, César X Drill extirpando o amputando de y a su cabeza cada palabra —escogiendo la correcta y justa entre todas las posibles— para trasplantarla al papel, tecleando teclas con las puntas de los dedos como atendiendo a los bordes de una herida que jamás cicatrizaría del todo. Y era así como aparecía César X Drill en su foto más famosa, su foto oficial. Allí, sin pelo arriba y el pelo apenas largo detrás, la nariz como el pico de un pájaro sobre la que se posaba armazón pesado y lentes tan gruesos que hacían que sus ojos pareciesen peces ciegos tras el cristal blindado de un acuario profundo. Y ahí César X Drill ignorando al fotógrafo y agarrándose la cabeza (esa cabeza de forma tan rara, más ancha de un lado que de otro, como si casi estuviese de perfil mirando de frente), apoyándose sobre los codos, mirando una página ahí abajo como se mira a un abismo sin fondo y...

Así (cuando nadie pensaba que pensaba en eso) pensó Land: «He aquí una nueva razón para *no* ser escritor: por lo que veo nada indica que uno se la pase muy bien escribiendo y en cambio sí estoy seguro de que uno se la pasa muy bien leyendo».

Y entonces César X Drill dejó escapar un grito muy raro y Land se asustó y también gritó un más normal grito suyo.

Y César X Drill lo descubrió allí, en el marco de la puerta, y le explicó con una sonrisa triste que quería ser, sin conseguirlo, tranquilizadora.

Y así habló César X Drill (y así escuchó Land): «Ah, Land, no te asustes... Estaba escribiendo y yo escribo así... Soy Sísifo (y ya sabes quién es Sísifo por esa enciclopedia mitológica tuya), pero, según Albert Camus, Sísifo era feliz porque tenía perfectamente claro cuál era su trabajo y su razón de ser en el mundo... Y el problema (aunque más que un problema es para mí una solución) es que los *verdaderos* personajes en lo que yo escribo no son las personas sino las oraciones de las que se componen... Mis personajes son las palabras, unas detrás de otras... Y a veces les tengo que gritar o rezarles, como si más que oraciones fuesen plegarias, para que se queden quietas y me dejen escribirlas para así poder escribir a los personajes... Pero eso no es todo, eso es sólo el principio, Land. Porque el verdadero núcleo de todo libro, el auténtico protagonista, es su idioma. No el idioma en el que está escrito sino el idioma *dentro* de ese idioma. Eso que ahora yo busco y persigo. Eso que no es otra cosa que un estilo único dentro del estilo ya reconocible y propio de su autor: su elemento secreto, su lenguaje aprendido para ese libro en particular que, si todo va y sale bien, enseñará a sus lectores para que lo hablen leyéndolo y que, si no consiguen aprenderlo, les sacará la lengua y les gritará como grita un loco... Y eso que oíste es mi imitación (más que lograda debo decir) del Wilhelm Scream. El grito y efecto sonoro que se usa en muchas películas cuando alguien es baleado o cae desde una gran altura o sale despedido por una mediana explosión. Aunque, originalmente, se lo archivase en los registros sonoros del estudio Warner Bros. como "Grito de hombre devorado por cocodrilo". Grito utilizado por primera vez en una escena de *Distant Drums*, de 1951, en la que los héroes huyen por un pantano de los Everglades perseguidos por indios seminolas. Pero a mí no me engañan: ese no podía ser otro que el grito primal del Capitán Hook a quien conociste como Capitán Garfio, devorado por un cocodrilo que antes se ha tragado su mano y su reloj y... No, en serio: su origen se le atribuye al actor y cantante Sheb Wooley. Y su grito, su grito sagrado, fue recuperado por primera vez para *The Charge at Feather River* en 1953 y puesto en boca del personaje del soldado Wilhelm al ser alcanzado por una flecha apache o comanche, no recuerdo... Desde entonces ese grito −efecto de sonido a sobregrabar– salta de película en película y de actor en actor. Y cada vez que voy al cine o veo televisión presto mucha atención y me preocupo por escucharlo... Y lo escucho. Nunca falta, nunca falla... Y así soy yo, Land. Ese es el tipo de cosa que más me interesa. Y salto de una cosa que me interesa a otra... Y tal vez te parezca algo infantil de mi parte pero no es así: ese es el tipo de cosa por la que alguien, desilusionado por casi todo aquello que interesa a sus contemporáneos, decide interesarse. En mi caso: un grito».

Y detalle importante y definitivo: César X Drill es mayor que sus padres y sus amigos. Les lleva como mínimo más o menos década y media a todos los del llamado «El Grupo». César X Drill pertenece a la generación anterior a la de los padres de Land y posterior a la de los padres de los padres de Land. Y es considerado y querido como a un por-siempre-joven a la vez que eterno sabio tribal. César X Drill tiene cincuenta y cinco años y es entendido y atesorado por los padres de Land y sus coetáneos más como a un primo o como a un tío admirado que como a un hermano mayor; porque César X Drill es tan pero tan diferente a los propios hermanos mayores de El Grupo: para ellos tan pequeños y minúsculos y como conservadores en conserva. Y algo que a Land le intriga mucho: César X Drill parece haber tenido siempre esa misma edad, nunca haber sido joven, un poco como ese bailarín de película: no el que canta en la lluvia sino el que zapatea por paredes y techo.

El segundo pilar sobre el que se erigía Ex Editors era Moira Münn: autora de best-sellers de «sexo y burguesía» y con títulos como *Los infieles a sí mismos*, *Sábanas rotas*, *La quiebra*, *Final de boda* o *Las otras*. Autora también –acaso mucho mejores que sus novelas– de declaraciones en reportajes, en muchos más reportajes que el reportaje a César X Drill. Palabras a encomillar con los dedos y del tipo «Mi madre me puso Moira porque es de familia irlandesa y así se llama la Virgen María por ahí... Pero a mí me gusta más el que Moira también signifique *excelsa* y *eminente* y *única*... No está mal ser así ya desde el nombre propio, ¿no?...

Me dicen que así se llamaban también ciertas deidades grecorromanas y pioneras en el feminismo que andaban todo el tiempo con una tijera cortando y decidiendo cuándo y qué y cuánto les tocaba o no a los hombres. Perfecto. Compro y, por favor, envuélvanmelo para regalo». O «Nunca supe muy bien si decir *no recuerdo nada de lo que pasó* luego de acostarse con alguien es un elogio o un insulto». O «¿Que si soy una oportunista?... Bueno... Digamos que creo... No: digamos que estoy segura de que todos somos oportunistas si nos dan la oportunidad de serlo». O «Una noche muy larga en The Factory, tan larga que se pasó de largo el día siguiente hasta morder la noche siguiente, Andy Warhol me miró y dijo: "Una chica siempre es más hermosa y frágil cuando está a punto de tener un ataque de nervios". Desde esa doble noche, yo estoy siempre a punto de tener un ataque de nervios... Se nota, ¿no?».

Y las conquistas más sexuales que amorosas de Moira Münn siempre dejaban muchos muertos en sus masivamente acampadas camas de batalla.

Y los vestidos en los que se envolvía Moira Münn siempre eran espectaculares y mostraban demasiado a la vez que ocultaban mucho así como sus minifaldas eran mini-minifaldas y sus escotes eran maxi-escotes. «¿Qué te parece este nuevo modelito histérico, Land?», le preguntaba ella para incomodarlo; y Land le respondía que le recordaba a los de las bárbaras viajeras intergalácticas en esas películas más cómicas que cósmicas. Y Land la mira y la lee y la *entiende*; pero es como si aún no contase con las palabras exactas para entenderla y explicarla más allá de esa sensación de estar cerca de algo que atrae por peligroso, que es peligroso porque sabe que atrae.

Y Ex Editors era la única editorial que por entonces ponía faja/marcador de páginas a sus libros. Y los padres de Land no dejaban de pelearse acerca de a quién de los dos se le había ocurrido la frase que se leía abrazando a todos los títulos de su autora máxima (probablemente se le había ocurrido a Moira Münn para de inmediato convencerlos de que era idea de ellos, de uno o de otra, y divertirse tanto al verlos pelearse por eso). En cualquier caso, allí se proclamaba: «Nuestra Edith Wharton y nuestra Ayn Rand y nuestra Virginia Woolf y nuestra Simone de Beauvoir y nuestra Erica Jong y nuestra Françoise Sagan y nuestra Jacqueline Susann: Nuestra Moira Münn».

Y no: Moira Münn no era una autora de culto, Moira Münn era un culto en sí misma.

Sus padres le contaron a Land que a Moira Münn la habían invitado varias veces a almorzar a ese muy popular programa de televisión (conducido por una señora que a Land, en ocasiones, le recuerda a un hada madrina y otras a una bruja madrastra) al que todos rezaban por ser invitados. Programa al que César X Drill se negó a ir porque «ya sabemos cómo es César». Programa al que, juraban, una vez los invitaron pero (otro de sus comentarios recurrentes) «no pudimos ir porque nos llamaron del colegio para decirnos que no habías llegado al baño y... o que te habías roto la cabeza y sangrabas como un cerdo; pero al final lo tuyo no fue para tanto, ni hubo que coserte... Y claro, obvio: por haber avisado a la tele de que no íbamos a último momento ya nunca más nos pidieron volver».

Y esto es verdad: en una pared del salón de su *petit-hotel* con vistas a un cementerio de clase alta, Moira Münn tenía escritas dos listas encolumnadas de nombres. En una, en azul, figuraban los nombres de con quienes ya se había acostado; y en la otra, en rojo, los nombres de aquellos con los que se quería acostar o, mejor dicho, lo aclara ella misma, los de «los que me faltan por acostar». De ahí que los visitantes se busquen y se encuentren ahí (y una noche Land tiembla aún más de lo que suele temblar frente a Moira Münn cuando, al fondo y abajo de la cada vez más breve segunda hilera, descubre, en lápiz rojo y casi invisibles, las palabras *Land / Dentro de unos añitos*). Y allí hay también una cabeza de jirafa (cuello incluido) embalsamada. El salón tiene tres niveles de altura (*dúplex* es una palabra que por entonces se pronuncia con un jadeo casi sensual; *tríplex* es alarido multiorgásmico) y el cuello y la cabeza van desde el piso de abajo y alcanzan hasta arriba del todo. Y en una *soirée* de Moira Münn le presentaron a Land al rígido padre de la indisciplinada anfitriona. Un marcial coronel que había cazado a esa jirafa no se sabía si en safari africano o (leyenda urbana) en batida secreta por invitación exclusiva en el Zoológico a pocas cuadras de allí (y el Zoológico queda frente al Jardín Botánico y a Land siempre le intrigó eso en Gran Ciudad: los animales separados de la jungla por apenas una calle, como divorciados uno de otro pero cercanos). El hombre explicó entonces con voz de alto mando: «Fue algo que me pidió Moirita para su quinto cumpleaños. Y si de algo sé yo mucho es de obedecer sin protestar a las órdenes de mis superiores. Ahora estoy esperando órdenes, órdenes importantes... No de Moirita... Y lo único que puedo adelantarles es que cuando lleguen esas órdenes van a poner orden en tanto desorden». Y entonces, al saludarlo con respeto, Land no pudo evitar sentir un escalofrío (cómo olvidarlo, leyó esa parte varias veces) parecido al que sintió Jonathan Harker cuando conoce al en principio tan hospitalario conde Drácula en su atesorada edición completa y original de *Drácula*, libro del que casi no se separa y que duerme bajo su almohada para protegerlo de todo indeseado y sediento visitante nocturno. Porque, pensó Land, nada ni nadie da más miedo que alguien que se sabe terrorífico e intenta pasar por simpático. Pero lo cierto es que Moira Münn (y por ahí Land supo de la sanguínea y sanguinaria condesa Erszébeth «Elizabeth» Báthory) lo pone aún más nervioso con su flequillo y sus minifaldas que su padre militar y cazador. Y le recuerda, también, a ese personaje de historieta local: la supuestamente angelical pero diabólica cómplice de fechorías de un vividor en descapotable y siempre acelerado a fondo, siempre viajando al fondo del bar y a las profundidades de la boîte aguantando la respiración mientras bebía un *on the rocks* tras otro a la salud del gran pueblo que, estaba seguro, sólo quería ser como él pero sabiendo que como él hay uno solo; y una vuelta más para todos a cuenta de su tío, también militar, mientras él baila y baila con esa novia que nunca será esposa ni quiere serlo y que a Land le recuerda tanto a Moira Münn.

El tercer lado del triángulo de Ex Editors aún no estaba del todo trazado pero, para los padres de Land, prometía gran y firme trazo: el Tano «Tanito» Tanatos. Ex secundario al desnudo en ese tan popular y peludo musical hippie acuariano del que ha conservado un pelirrojo peinado afro un tanto desconcertante en alguien tan pálido y pecoso. Joven autor de un cuento ya considerado antológico y publicado por primera vez en un suplemento cultural un fin de semana. Un cuento del que todos hablaron mucho apenas después de leerlo. Un cuento titulado «Todos los nombres se pronuncian en mi nombre». Tano «Tanito» Tanatos, quien —desde hacía ya un tiempo que empezaba a ser considerable— prometía volumen de relatos que, hasta donde se sabía, tenía título y no mucho más: *Cuentos sueltos*.

«A ver si se juntan y se atan de una buena vez por todas», le gruñían los padres de Land, quienes habían conocido al Tano «Tanito» Tanatos al contratarlo inicialmente para que se encargase de la corrección y composición de textos en la editorial y luego incluyeron a «Todos los nombres se pronuncian en mi nombre» (adelantado y tan leído unos días antes en ese suplemento) en el volumen colectivo *Nuevos Aires: Antología de buenos y airados escritores de acá nomás*. Pero el Tano «Tanito» Tanatos hablaba más de escribir con la boca abierta de lo que escribía con la boca cerrada. Y cambiaba mucho de novias (algunas mostraban con orgullo los rastros de los golpes recibidos como si se tratasen de estigmas santos hasta que se cansaban de la violencia de sus éxtasis orgásmicos en los que aseguraba haber sido «poseído por el espíritu de Edgar Allan»). Y disfrutaba, demasiado, de la bendita condición de maldito que se había concedido él mismo (y, ah, es tan fácil jugar a ser un maldito: lo difícil es ser considerado maldito por los demás, malditos sean, maldita sea). Y no era muy alto y por eso se la pasaba queriendo ganar como fuese esos veinte centímetros que le faltaban; y, no ganándolos, los compensaba intentando rebajárselos y rebajando a todos los que lo rodeaban y lo miraban desde arriba. Y nada le producía más placer al Tano «Tanito» Tanatos (y parecía alcanzarle y sobrarle con eso) que todos los nombres de los cuentos y los nombres de los demás cuentistas de su edad, incluidos o no en esa antología, se comparasen a la baja con «Todos los nombres se pronuncian en mi nombre». Cuento que hasta ese escritor y cuentista ciego… ese escritor… Nome… había comentado en un reportaje —con su habitual costumbre de no saber si celebraba o condenaba— con un «Me lo leyeron, sí. Es un muy buen primer y último cuento, ¿no? Para qué seguir escribiendo luego de haber escrito algo *así*, ¿no?».

Y, sí, el cuento allí y entonces, en el casi inexistente país de origen de Land, era un género más importante que el de la novela. Y todas las grandes novelas de entonces eran como novelas-en-cuentos o cuentos-en-novela. Y tal vez esto se debiese, había teorizado César X Drill en aquella entrevista al aire y en el aire —así habló César X Drill (y así escuchó Land)—, a que «nuestro país sólo puede contarse en cuentos: empezando y terminando sin parar ni pararse a transcurrir. Contar el cuento de aquello que cae en la cuenta de que jamás será novela. Es un país episódico, fragmentado, atomizado... Todas nuestras grandes novelas son así: no hechas pedazos sino hechas en pedazos. ¡Ajuste de cuentos a la novela, ja!... Siempre ha sido así, desde el principio... Y hasta nuestros padres fundadores e hijos fundidores tienen varias vidas en una, ¿no? Nunca llegan a ser del todo singulares... ni duraderos... ni únicos. Próceres y deportistas y artistas y políticos... No tienen una vida de novela, tienen varias vidas de cuentos. Siempre fueron y están siendo varios: siendo otros muy diferentes a los que fueron y a los que volvieron y a ver qué pasa, a ver si así... Empezando y terminando para volver a empezar... Tal vez por eso, ahora que lo pienso, mi novela favorita sea aquella firmada por la dama de compañía Murasaki Shikibu y posible alias de Fujiwara no Kaoriko. Aunque también se sospecha, como sucede con Homero, que su autora no fuese una sino varias. O varios. Sí se sabe que fue escrita a principios de milenio. Se titula, la leí en traducción del japonés al inglés, *The Tale of Genji*. Y, sí, atención: se llama *El cuento de Genji* o *La historia de Genji* aunque sea una novela... Y tiene más de mil páginas, pero aun así su trama es episódica, como la de ese otro monumento de otra época que es el de Proust. En *Genji*, como en Proust, hay apenas sexo y mucha seducción. Y todo, luces y sombras, se lee y ve como contemplado y conversado como a través de la niebla o de un biombo o de paredes de papel... Y, como debería serlo todo Gran Libro, es tan clásico y experimental al mismo tiempo... Pero volviendo a lo nuestro, a nosotros, a lo de aquí... Somos como un experimento que nunca acaba de experimentar y de experimentarse... Y me permito una nueva interferencia para recordar aquello de William S. Burroughs en cuanto a que se dice de algo que es *experimental* cuando el experimento salió mal... Ergo, el nuestro es un país muy experimental y muy poco clásico. Sí: para bien o para mal el nuestro no es un país de un único y largo aliento sino de demasiados breves suspiros. Somos los geniales maestros del más desalentado suspiro. El año que haya un Mundial de *eso*, ganamos. Invictos. Seguro».

Y César X Drill y Moira Münn habían sido una de esas tantas parejas efímeras de las que se habla eternamente. Una de esas parejas más cuento que novela, pero cuento de novela. César X Drill, muy alto en esa lista azul en la pared de Moira Münn, siempre dijo que «no pude resistir acostarme con esos dos puntos acostados en su apellido; son como los de la mordida de un vampiro, pero no de una víctima de vampiro sino de un vampiro en sí... Y, hey, Land, especialista en la materia: ¿quién, en primer lugar, mordió a Drácula?... Y otra cosa: ¿dónde está el drama de que Drácula te muerda? Él se alimenta, uno se vuelve inmortal, ya no hace falta ir a trabajar y se duerme durante el día y se sale todas las noches, y te puedes convertir en murciélago y en lobo y en niebla, ¿no? Es decir: todos salen más o menos ganando... Y tampoco es tan grave que te den asco las cruces y el ajo... Y eso de no reflejarte en espejos: ¿cuál es el problema de no poder verse ahí si uno ya no envejece?... Además, no hay hombre ni mujer que se resista a un vampiro o vampira aunque, para guardar las formas, al principio finjan resistirse un poco, un poquito... Pero, bueno, volviendo a Moira: como La Evanauta. Ya pasó. Y yo ya los pasé a esos dos puntos. Y punto y aparte».

Y la verdad es que Moira Münn probablemente sintió lo más parecido al amor que jamás sintió con y por César X Drill quien, también, sintió algo parecido a *algo* que jamás había sentido. Algo que tal vez no fuese amor sino una forma exótica de esa habitual para él curiosidad que lo hacía cambiar no de ocupaciones pero sí de preocupaciones. Moira Münn se le habría hecho *interesante* a César X Drill hasta que, pensaba Land, este perdió el interés o lo dejó caer y no se agachó a recogerlo.

Y Moira Münn quería ser madre: al menos por un rato, por un par de años, como era entonces de rigor y de falta de rigor.

Y, dicen, César X Drill quería seguir no siendo padre.

Y por eso ahora los dos eran grandes amigos y confidentes y cómplices o algo así.

Y, tan cerca, pero fuera y llamando a la puerta sin que se la abriesen nunca del todo (se lo invitaba a pasar para luego pasar de él), el Tano «Tanito» Tanatos entraba y se servía una y dos y tres y diez y once copas hasta que ya no estaba y sí en llamas.

Y, ardiendo en un recoveco de la fiesta, el Tano «Tanito» Tanatos admiraba hasta casi el odio a César X Drill. Y, celoso de él, lo saludaba con un «Ave, César, el que va a escribir y triunfar te saluda», porque sabía que César X Drill detestaba que lo llamaran César así, a secas.

Y es que el Tano «Tanito» Tanatos (aunque lo negase) estaba tan evidentemente enamorado de Moira Münn. Y (aunque también lo negase) nada le dolía más que el no figurar en ninguna de sus listas emparedadas pero a la vista de todos. Entonces el Tano «Tanito» Tanatos siempre explicaba la ausencia de su nombre allí porque alguna vez había proclamado, casi altivo, su certificada esterilidad. «Conmigo se cierra la puerta», bramaba copa en alto. Incapacidad que, aseguraban las malas lenguas que lo conocían y lo habían más menos que más degustado de cerca, no era otra cosa que impotencia conservada en *spiritual* alcohol de diferentes gradaciones y variedades y de ahí los golpes en la cama a sus encamadas. Otras veces −copa número once− el Tano «Tanito» Tanatos afirmaba que su nombre no estaba en las listas de Moira Münn porque ella «lo llevaba en su corazón». Y −proseguía delirante y tremendo− se lo reservaba a él para un futuro tatuaje o para un tatuaje ya escondido, para una última risa a reír mejor.

Y viendo y escuchando todo eso como si lo leyese, Land abría por primera vez *Historia de dos nomes* y allí, al principio, eso de «Era el mejor de los tiempos, era el peor de los tiempos, la edad de la sabiduría, y también de la locura; la época de las creencias y de la incredulidad; la era de la luz y de las tinieblas; la primavera de la esperanza y el invierno de la desesperación. Todo lo poseíamos, pero no teníamos nada; caminábamos directo al cielo y nos extraviábamos por el camino opuesto. En una palabra, aquella época era tan parecida a la actual, que nuestras más notables autoridades insisten en que, tanto en lo que se refiere al bien como al mal, sólo es aceptable la comparación en grado superlativo».

Así (cuando nadie pensaba que pensaba en eso) pensó Land: «Eso. Exacto. Igual. Como si no hubiese pasado desde entonces. Como si hubiese que volver a empezar. Todo el tiempo. Todos los tiempos. Más como cuento que como novela. Un cuento que termina para que otro cuento diferente, pero que es más o menos el mismo, o con los mismos personajes en el mismo lugar y momento, pero diferentes a como habían sido, pueda y puedan volver a empezar sin final claro a la vista».

Y —leído eso y pensado eso otro— Land cerró ese libro para seguir más tarde sin sospechar que la segunda Gran Ciudad de su propia historia estaba ya casi a la vuelta de la esquina.

Y Land (aclarado ya lo anterior, suficientes preliminares y digresiones *à la* Tristram Nome, personaje al que aún no conoce pero al que ahora yo ya sí permito remitir con mi aprobación y beneplácito) decide entonces tal vez no lo más inspirado pero sí lo más práctico: empezar por el principio.

No (después de una cauta aproximación) por el de sus padres que se agota rápido y lo agota enseguida sino por el otro principio: el principio principal.

El principio que se supone siempre diferente y —a diferencia del final— siempre puede comenzar en cualquier momento, incluso ahora mismo, o recomenzarse dentro de muchos años. Un principio al que siempre se puede volver porque es —¡títulos de apertura!— *El Principio Principal.*

No *el* principio sino *su* principio.

Y por su principio, por el principio de Land, se entiende, algo acaso un poco ampliado y colectivo y no estrictamente personal y reducido a su persona. Algo que de algún modo también contenga y cobije al principio no sólo suyo sino también al de los suyos: al de su camada, al de todos los hijos de todos los otros padres amigos de sus padres y madres de El Grupo.

Todos esos hijos un tanto ingrávidos y casi naciendo juntos. Todos dados a luz con voltaje similar: porque todos esos padres y madres decidieron tener hijos, grupalmente, más o menos al mismo tiempo.

Los hijos como *target*.

Los hijos como si se hubiese tratado de una moda irresistible en la que se impuso panza para ellas, repitiendo como muñecas que «nunca me sentí mejor y, además, ya no tengo que preocuparme por estar flaca»; y, para ellos, sonrisas más bien raquíticas y obligadas y listas para cambiar de tema a tema más divertido. Entonces fue como si el «estar esperando» (a diferencia de lo sucedido con generaciones anteriores, donde se entendía a todo el asunto como inevitable mandato y siguiente casillero a llenar en las primero horizontales y luego verticales palabras cruzadas en el crucigrama de la vida) fuese una impostergable instrucción imposible de no acatar para tener una vida de película. Uno de esos films que todos tienen que ver y, en ellos, los hijos como actores de reparto a repartir y a quienes, en más de una ocasión, se desearía poder cortar en el montaje final. O uno de esos restaurantes al que todos tienen que ir. O uno de esos libros que hay que comprar o decir que ya se leyó con el mismo apetito con que ya se comió o fascinación con que ya se vio.

Y un sábado por la noche, en casa de sus abuelos, Land ve una película inglesa estrenada dos o tres años antes de su nacimiento. Se titulaba (Land ya se interesa mucho por conocer el título en el idioma original de todo y tal vez por eso ahora y por ahora yo parezco haber sobrevivido un tanto al Nome) *Village of the Damned*, pero en su televisor se llamaba *El pueblo de los malditos*. Y —basada en una novela titulada *The Midwich Cuckoos* de un tal John Nome, a quien entonces se anotó buscar— narraba lo que sucedía cuando, en un pequeño pueblo de la campiña inglesa llamado Midwich, se producía un extraño fenómeno de sueño/desmayo colectivo. Enseguida, al despertar, todas las mujeres descubrirían que estaban embarazadas, incluso las muy jóvenes y vírgenes. Y pocos meses después —menos de los nueve de costumbre y el mismo día y al mismo tiempo— todas ellas iluminaban a sombríos niños y niñas. Todas y todos muy similares entre ellos y como hermanados por la misma metálica mirada y el mismo corte de pelo de peluca color plata. Peluca/corte de pelo que recordaba un poco al de ese pintor de botellas de gaseosa y latas de sopa y billetes de dólar y «amigo íntimo» de Moira Münn a quien había pintado previo pago. Y, además, todos esos niños y niñas eran poseedores de habilidades telepáticas y de lectura veloz y una gran inteligencia. Una mente tanto más avanzada que las de las tanto más lentas y simples y poco inspiradas mentalidades adultas de Midwich. Todos ellos y ellas eran ya más sabios y fuertes que, supuestamente, aquellos que los habían gestado y traído al mundo y...

Land y los suyos se sienten un poco así.

Y comprenden que deberán hacer lo que sea, sin llegar a los extremos extremistas de los niños de la película ni a esos cortes de pelo (entonces, por primera vez, los niños llevan el pelo de muchas diferentes maneras: algunos lo llevan muy largo «para no tener que llevarlos a la peluquería» y otros lo llevan muy corto «para no tener que llevarlos a la peluquería»).

Y Land y los suyos son plenamente conscientes de que, como a los niños de esa película, no les será fácil garantizar su supervivencia en esa Tierra bastante extraterrestre a la que han arribado.

Land y los suyos son como invasores invadidos.

Y repiten una y otra vez (un poco en broma, un poco en serio; que, como se sabe, es una manera de ser serio sin querer serlo) esa frase de esa serie con marionetas en la que a nadie pareciera preocuparle que se vean los hilos que las manejan y donde se reitera, verde y circularmente, un «Esta es la voz de los mysterons» (marcianos en el doblaje): la voz de una raza de computadoras del Planeta Rojo que dominan la materia y el arte de la «guerra de nervios» y que, como *Midwich Cuckoos* (y, más detalles adelante, *Body Snatchers*), son diestros en el arte de la usurpación y de la reproducción. Y todos ellos juegan —como en esa otra serie también paranoide— a conseguir bloquear las articulaciones y paralizar sus meñiques: particularidad anatómica que permite diferenciar de los terráqueos a esos recién llegados desde «un planeta agonizante». La diferencia es que ellos, Land y los suyos, no han arribado a muy buen puerto. También, de algún modo, han llegado a otro (les gusta esta rima que enseguida se convierte en otra contraseña) «mundo moribundo».

Y se trata de un lugar donde las parejas de padres (los padres otra vez, los padres que se niegan a guardar distancia y ya están aquí de nuevo) duran poco pero son rápidamente renovadas. Y las mudanzas (de casas y de parejas) se multiplican. Un espacio interior al que los hijos parecen haber sido convocados para funcionar como vibrantes y privados juguetes prolongadores de las infancias de sus mayores ya un tanto disminuidos en sus capacidades prácticas y motoras por fatiga de materiales o por descontrolado exceso de sustancias más o menos controladas. Un dominio dominado en el que el desconcierto e incredulidad de los nativos ante «lo que hicimos» alcanza ahora registros fuera de toda escala. Sí: los padres y madres descubren que no sólo han *tenido* sino que también *tienen* hijos. Que los adquirieron y que (contrario a lo que sucede con tantos otros artículos que consumen y que, aunque no se den cuenta, los consumen a ellos) no leyeron el prospecto/recibo. Y no es que estuviese escrito en letra muy pequeña; pero allí se advertía/avisaba de efectos secundarios como responsabilidades sin fecha de vencimiento y de que no se admitían cambios y, mucho menos, devoluciones.

Sí: son parejas que, a diferencia de las que los precedieron generacionalmente, han decidido tener, casi todas, hijos únicos (a lo sumo y como mucho dos hijos, uno detrás de otro, «para que no se aburran y jueguen entre ellos» alias «para cuando nosotros ya estemos aburridos de jugar con ellos»). Y que, también, se han impuesto que todos esos hijos sean únicos e invariablemente «geniales» desde siempre y por siempre. Pero, claro, el problema es que esas mismas parejas también alguna vez «geniales» no duran demasiado. En cambio, las de sus padres (las de los abuelos de Land) eran como dos barcos que se cruzaban en la noche, sí, pero era una noche que duraba medio siglo o más aún. Las de ahora (las de los hijos de los abuelos de Land y de casi todos los demás abuelos) son como un barco con exceso de pasajeros y escasez de salvavidas que se cruza en la helada noche con un iceberg o es torpedeado por un submarino al que se creía aliado cercano hasta que decidió alejarse y cambiar de bando y todos a los pocos botes y sálvese quien pueda. Y entonces se comprende que lo de «genial» —como lo de «interesante»— es una categoría un tanto ambigua cuando no casi imposible de graduar o de administrar. Geniales eran, también, siempre, sus interesantes parejas cuando las conocieron, y ahora apenas las reconocen, las consideran más bien idiotas o, peor aún, predecibles en todo lo que dicen o hacen.

Y la reiterada pasión nómade dura aún tanto menos que el tanto menos frecuente aunque sedentario amor.

Así, esas parejas ahora devenidas en parejas de padres y madres, a menudo, subsisten apenas más que esa fiesta a la que El Grupo convocó para celebrar el estreno de la maternidad/paternidad de esa misma pareja. Obra que, arribado el líquido y ceniciento amanecer, con todos los ceniceros llenos y las botellas vacías (los hijos más o menos mayores pero en muchos casos sin llegar a los dieciocho años son rutinaria y periódicamente enviados a comprar y reabastecer esas noches con blancos alcoholes rusos y negros cigarrillos franceses sin ningún problema o precaución o prohibición de venta a menores de edad), ya baja de cartel por malas críticas y falta de público y telón. O, sencillamente, porque los actores protagonistas se declaran «indispuestos». Y no: aquí no hay nada de esa catarsis pequeño-burguesa en pecadoras películas Made in USA de meter y mezclar en un bol las llaves de los autos (casi ninguno de El Grupo tiene auto, todos caminan a todas horas y por todas partes, como poseídos) y sacar un llavero a ciegas y que esto determine con quién se irá uno o una sin importar con quién llegó una o uno. Esto, lo de aquí, Industria Nacional, es más de atropellados pero atentos peatones que de expertos conductores distraídos. Esto es algo donde no se necesitan las llaves y los llaveros porque las puertas están siempre abiertas —sin candados ni cadenas— y ni siquiera tiene el supuesto encanto del tabú a romper o, al menos, a agrietar. Esto es algo de algún modo más meditado en su inconsciencia. Esto es algo donde la falta no es tal ni es cuestión ocasional porque siempre está presente. Esto es algo donde no hay caliente azar sino fría estrategia; aunque no haya demasiado cálculo y no se escriba en cauteloso lápiz primero para recién después pasar en limpio y en firme con tinta. Hay abundantes tachaduras. Y no hay suficiente papel secante para tanto manchón en papelón. Y cuando se quiere borrar con esa goma bicolor (a diferencia de lo que sucede con el lápiz de editar, aquí la mitad azul es la que se usa para eliminar las emplumadas letras y números más resistentes a la corrección, mientras que la mitad roja se dedica a eliminar las levedades a lápiz) se suele hacer demasiada fuerza. Y todo acaba resultando en impresentable y desprolijo agujero en la página; aunque esta hoja sea de papel más grueso, como las de esos cuadernos escolares de Land más caros y con tapa más dura y nombre de prócer que empezó como primer presidente y acabó como otro de tantos exiliados patriotas.

Y la cuestión no pasa tanto —o no pasa solamente— por la práctica del sexo sino que lo que prima es resucitar la teoría del espíritu vanguardista, de Viena en los '00s y de París en los '20s y de New York en los '40s y de Londres en los '60s.

Así, artísticos amores por amor al arte e intercambio de fluidos como si se tratase de manifiestos estéticos y donde antes hubo romance sin sexo ahora hay sexo sin romance.

Y hasta hay breves períodos de soledad acompañada, de separados a la espera de volver a juntarse, con el anterior o con la próxima. Y, en tanto esto ocurre, se dicen cosas como «Es impresionante estar separado. Es lo mejor de ambos mundos: uno/una ya tuvo hijos y vuelve a estar como estaba antes de tenerlos y pensaba en cómo sería tenerlos y, hey, ya no se tiene que pensar más en eso o sentir intriga alguna por el tema, porque ya sabe cómo es... Y lo más importante de todo: se descubre que aquel invento imperfecto que eran nuestros padres de pronto resulta ser la más grande y útil y explotable creación en toda la servicial historia de la humanidad. Ahora nuestros padres se han convertido en abuelos, en los abuelos de nuestros hijos. De ellos y para ellos. Para que jueguen con ellos como juguetes a la vez rompibles y resistentes».

Y todos los demás asienten como si hubiesen recibido un secreto inmemorial pero, a la vez, futurístico. Y lo hacen sospechando que, cuando llegue el momento, ellos no van a funcionar tan bien: ellos no van a ser muy buenos abuelos. Pero para qué cavilar acerca de cuestiones tan oscuras e invisibles por la distancia. Falta mucho. Falta tanto. «Y ojalá que mi hijo/hija no tenga hijas/hijos… Que no tenga que cuidarlos yo y que ellos no tengan que cuidarlos y así me cuiden a mí», piensan. Y de ahí y por eso y ya desde ahora: repetirles a los hijos una y otra vez —como una orden subliminal y manchuriana— que el mundo por venir será muy duro y apocalíptico. Y que no tendrá mucho sentido traer niños a un paisaje en el que sufrirán tanto. Y que…

Enseguida, ya nadie piensa en eso, ya nada de eso importa demasiado: el show debe seguir, la muestra deber ser exhibida, el *vernissage* debe ser abierto de par en par o, incluso, si se da, de trío o de cuarteto.

Y (también durante esa misma o cualquier otra fiesta) ya se ha formado otra pareja. Y se lo anuncia entre trompetas triunfales. Como en esos por entonces muy populares programas de televisión en los que el matrimonio parece ser el trofeo y triunfo definitivo y sin retorno pero que (Land lo lee en las revistas) al poco tiempo se descubre como penitencia para los concursantes. Miserables en todo sentido quienes de inmediato comparecen ante prensa y cámaras para declarar que no pueden precisar lo que les pasó pero sí por qué ahora les pasa el separarse agotada la euforia de la alucinación.

Aunque la posología y (des)composición de las parejas de los padres cercanos a los padres de Land es otra y siempre está como en período de pruebas. Y —escucha Land— están los y las que incluso aseguran que lo suyo no es adulterio sino que se acuestan con otras y con otros para así, sólo yéndose para poder volver, comprobar que están con los hombres y las mujeres de sus vidas a las y a los que jamás dejarán de serles infielmente fieles. Y hay —twist y *pas de deux* y swing y *pas de trois*— intercambios y giros y salidas en puntas de pie de danzarines por un costado del escenario y que pase el que sigue y que siga-siga-siga el maldito baile de resistencia en la tierra en que nacieron y en la que ¿acaso no matan a los caballos con mala pata, eh? Pero mejor no pensar mucho en eso, piensa Land. Pensar equivale a detenerse y a ser descalificado y expulsado de esa pista circular. Y, entonces, rollerball y al compás del tamboril con ardiente frenesí: alteración previsible de coreografías y combinaciones que todos fingen como sorprendentes pero a las que, también, «se veía venir».

Y aquí vienen y allá van.

Y se inician las cuentas regresivas, las explosiones en el momento del lanzamiento o la imposibilidad de reingreso y los efectos secundarios de encuentros cercanos de tercer y cuarto y quinto tipo. Y es como si todos viviesen en el más problemático de los Houston y verse obligados a mudarse a Midwich y...

Muy pronto hay muchos, demasiados y fuera de todo cálculo hijos únicos. Pero son hijos únicos múltiples. Con diferente padre o madre y tantos hermanos (porque, por supuesto, a nadie le gusta eso de «hermanastros» sonando tanto a anticuado y derrotado folletín con problemas de herencia y descendientes ilegítimos pero justicieros). Hijos a los que se les explica que sus padres y madres ya no vivan juntos poniendo como ejemplo, para que lo entiendan mejor y más armoniosamente, un «Es lo mismo que les pasó a los Beatles: se querían tanto que tuvieron que separarse».

Así, todo lo que necesitas es amor pero el dinero no puede comprarlo. Así que se lo regala o se lo pierde. Así, demasiado pronto e improvisadamente, se forman nuevas bandas con los viejos miembros y demasiados sesionistas invitados para compartir sesiones donde, en voz alta, interpretan sus sueños (lo que no significa, necesariamente, el hacerlos realidad) e imaginar utopías más que poco posibles. Y ya no suenan tan bien como alguna vez sonaron. Y pronto, dentro de El Grupo, hay familias atómicas y atomizadas con hasta cinco hijos únicos pero unidos entre ellos para siempre, como en jauría o manada o cardumen o bandada. Y, sí, entre ellos, todos observan y saben lo que piensan los demás (y, ah, es tan fácil leer las mentes tan simplemente sofisticadas de sus padres; para Land sus padres son un libro abierto) mirando con esos ojos color Midwich que es como si hubiesen olvidado que están equipados con algo llamado párpados. Ojos que no dejan de contemplar lo que nadie quiere ni contempló contemplar. Ojos que, por razones de seguridad y según la circunstancia, prefieren estar todo el tiempo abiertos o todo el tiempo cerrados: viendo lo que no deberían ni querrían haber visto. O no viendo lo que les gustaría haber visto pero que no está allí. Y que, de estarlo, como insisten sus padres, no se ve, es invisible o es mentira, de verdad. Pero Land y los suyos no pueden apartar la vista como no se la puede apartar de un accidente al costado del camino o de un cuerpo defenestrado y cubierto por una sábana.

Ojos que ven, corazones que sienten.

Y ven todo y sienten mucho.

Así que mejor Nome.

Así que mejor, así que peor...

Land mirando a ciegas, leyendo a la vista. Land que parecía habitar entonces, en los últimos años, otra parte tan sólida como inasible de su infancia.

Land como uno de los primeros en llegar a todo lo por venir en una galaxia invadida por hombres y mujeres, sí, *de letras*.

Land leyéndolos a todos.

Fuera de las películas y de los libros. Peor escritos. Land ha aprendido a leer no hace mucho, pero eso no importa en absoluto; porque todos a su alrededor son *tan* fáciles, tan previsibles y, enseguida, *tan* aburridos de leer. Pero, a diferencia de lo que sucedía con un libro o con una película o con las series, Land no puede cerrarlos ni cambiar de canal.

Ahí, siempre, todo el tiempo.

El Grupo, en grupo, puro grupo.

Y está claro que, seguro, no todos los padres pertenecientes a una clase media *intelectual* son o tienen por qué ser *así*.

Pero *así* son los que Land conoce y reconoce.

No se van, no se acaban. Y, cuando se piensa que ya se fueron y fueron, siempre hay un siguiente episodio.

Así, omnipresentes hasta en sus habituales ausencias. Sus cuerpos y sus rostros son apenas los recipientes y receptores desde los que, demandantes e incuestionables, se emiten («Cuando los papás hablan, los chicos se callan y escuchan y aprenden», se dictamina con retrógrada modernidad) constantes e ininterrumpidas e interminables opiniones y frases. Citas a ciegas con risas miopes. Dobles sentidos y triples saltos mortales de palabras que, sin red, no demoran en pasar de la viva voz a la página que se querría inmortal.

Sí: todos escriben, lee Land.

Y ya desde casi el principio −todos reescriben− pidiéndoles/

ordenándoles a sus hijos que no les digan débiles y frágiles por tan ordinarios y comunes *papá* o *mamá* sino que los llamen por sus energéticos nombres de pila. Y diciéndoles con voz que suponen emocionada y emocionante que, en verdad, lo que ellos quieren no es otra cosa que «ser tu mejor amigo» o «ser tu mejor amiga». No sólo quieren ser amigos (lo que ya es raro) sino, además, el mejor (ignorando el hecho de que buscar y encontrar a sus mejores amigos es una de las tareas primeras y retos iniciáticos más gratos a la vez que exigentes para todo niño). Y por encima de todo y bajo ningún concepto quieren que les digan «Mamita» o «Papito» o alguna de esas palabritas/derivados por el estilo que, con diminutivos, los hacen sentir disminuidos. Les da una mezcla de mucho miedito con algo así como un poco de asquito. No: quieren que los llamen por sus nombres, los que figuran en sus documentos (como mucho hacen la concesión de un diminutivo clásico y común). Y no esos que no son exactamente nombres (son más bien cargos, profesiones, responsabilidades, deberes) y que son los que les dieron sus hijos a cambio de los nombres que les dieron ellos para que figuren en sus documentos.

Y Land oye eso, lo de «mejor amigo» y lo de «no me digas *así*».

Y Land se dice que tal vez sea por eso que en Gran Ciudad se festeje el Día del Niño y el Día del Amigo, pero no el Día del Hijo.

Y Land se pregunta cómo al desde hace tanto tiempo ausente responsable del asunto —al Creador de Todas las Cosas en el que él no cree aunque a veces quisiera creer— no se le ocurrió el que las orejas tuviesen, también, párpados o algo parecido. Algo como pequeñas persianas o puertas. Algo que cerrar para que ciertas palabras (y es que las palabras son aún peor que los hechos, porque son hechos que, además, hablan) no entren en su cabeza y se queden en su memoria.

Y es entonces cuando Land inventa (yo creo, creo de creer y no de crear, que Land crea de crear; y que es entonces cuando se le ocurre, aunque no haya sido ni vaya a ser así) lo ya mencionado, lo que se acuerda para paliar todo olvido: *Nome*.

Y Land lo invoca y recita y repite con la misma mágica entrega y sin devolución con que otros dicen y piden y ruegan *¡Abracadabra!* o *Ciérrate, Sésamo* o *Amén*.

Así (cuando nadie pensaba que pensaba en eso) pensó Land, pienso yo que así piensa como no podía pensar por entonces pero sí sentir sin palabras: «¿Y cómo es posible que alguien de mi edad ya mire a sus padres y los piense *así*? ¿Es justo? ¿Está mal? Seguro que *no* está bien, pero... Yo debería estar pensando en otras cosas: no pensando en que no hay que pensar en esto o en aquello porque no me toca todavía pensar en estas cosas. No me corresponde. ¡Soy un niño! Y la infancia está para preocuparse por otras cuestiones y no por cuestiones adultas y mucho menos preocuparse por cuestiones de los supuestos adultos pero tan infantiles... No puedo pensar *así*... No es justo... Tampoco se me hace muy bien esta mirada mía sobre mis padres y sus amigos. Sobre El Grupo. Es vulgar, es lo más fácil, es injusta e imprecisamente generalizadora. Es un lugar común, aunque también se sepa que los lugares comunes han tenido que dedicar mucha energía y caminar mucho para llegar a ese común lugar... A veces siento que es como cuando La Evanauta exclama: "¡CLARIDAD TOTAL Y ABSOLUTA!". Y entonces La Evanauta lanza un rayo rosado desde su tercer ojo para que penetre en la frente de alguien y entonces le permita ver a esa persona −víctima, pero también privilegiada− lo que vendrá: la consecuencia de sus acciones, lo imperdonable de su crimen. No El Futuro pero sí *su* futuro. Y, también, implacables vistas al por qué acabaron así por cómo son ahora. Y la posibilidad de cambiar ese destino. Ahí, el comienzo de su final con toda precisión y no cómo se había decidido recordarlo. Y sí, parte de su premio-castigo es entender al *ahora* como si lo entendieran desde el *después* pero en el mismo momento en que está teniendo tiempo y lugar... Y yo a veces me siento un poco así. Viendo demasiado. Claridad Total y Absoluta de todo lo tenebroso y parcial y relativo y maldita sea... *Nota para archivar donde corresponda*: los pronunciamientos místico-despóticos de La Evanauta son mucho mejores que los del Silver Surfer o los del Doctor Strange».

Y después, una vez más, a intentar dormir (contándose un cuento a sí mismo, ese del Hombre de Arena, metiéndose en todas partes de su cuerpo y mente) confiando en soñar con cosas ajenas, lejanas, que no se parezcan a nada de lo que sucede cuando, en vano, Land trata de soñar.

Pero no es fácil; porque para soñar después hay que dormirse antes. Y alcanzar una cierta profundidad. Y que el sueño llegue, al menos, a la altura de la boca para poder tragarlo y ser tragado por el sueño: cuando se ronca no es uno sino el sueño quien resopla ahí dentro. No es el caso de Land, quien siempre apenas duerme, porque no se le permite internarse más adentro y ahí está otra vez: sólo mojándose los pies dormidos y enseguida desvelados en las orillas del sueño. Allí donde cada vez hay más incontables ovejas negándose a saltar cercas hundidas en médanos mientras Land, al margen y en el borde, reza por la venida de una ola gigante que nunca llega, nunca llega a romper y llevarse a todo y a todos mar adentro y sólo dejarlo a él, en su cama, flotando y, por fin, durmiendo y soñando.

Así Land, por las noches, de pronto despertándose por el ruido de una copa rompiéndose o por el sonido de alguien rompiendo a llorar entre carcajadas como de psicópata. Quiebres y brotes aquí y allá. «Escúchelos, los hijos de la noche. ¡Qué música que hacen!», como diría Drácula apreciando los aullidos de los lobos. Pero estos son los padres de las noches. Land lo escucha todo y los escucha a todos aullar desde su habitación: tan próximo y tan distante de esas fiestas largas de sus padres. Reuniones sin guión claro ni sentido lógico. Entonces Land siente a los integrantes de El Grupo como tótems muy secundarios pero aun así rigiendo sus desvelos. Rezándoles y dedicándoles ofrendas para que, por favor, no aparezcan o que sí desaparezcan. Todos tan olímpicamente modestos en el sentido menos humilde del término (pero al mismo tiempo tan titánicamente fervorosas en sus bacanales) que ni siquiera figuran en las entradas y salidas más breves de esa enciclopedia mitológica greco-romana por fascículos que Land compra cada semana. Y a Land le gusta mucho la palabra *fascículo* porque le suena a continuidad, a puntual disciplina, a algo más o menos médico (tener fascículos) pero que no es enfermedad sino rareza que inmuniza y no enferma y que no tiene nada que ver, pero sí mucho que leer, con esas enfermedades infantiles (el dolor de cabeza, el dolor de panza, el dolor de hacerse-el-enfermo) que vienen y van y van y vuelven como si se tratasen de misteriosos y febriles mensajes desde lo más alto. Y Land había llegado a esa enciclopedia en cuotas empujado por el viento en las velas de una de sus películas favoritas de entonces: *Nome y los argonautas*. Pero —y fue ahí donde lo aprendió y lo supo— lo que se leía era mucho más asombroso que lo que se veía. Leer de cerca era ver más lejos. Leídos en página (ya fuesen esqueletos luchadores, monumental Talos de metal, arpías atormentadoras, hidra de siete cabezas, vellocino de oro, divinos oráculos cegados por el resplandor oscuro de sus visiones a los que Land siempre imponía el rostro y la elocuencia de César X Drill) los efectos especiales eran mucho mejores en tinta y papel y blanco y negro y, sí, tanto más divertidos que cuando Land los veía en pantalla y en colores. En especial esa pequeña alberca en cuya superficie los inmortales contemplaban, como si fuese en una pantalla de televisor, la odisea de esos mortales porque «no hay vuelta atrás en este viaje: los dioses quieren divertirse y son crueles, pero con el tiempo los hombres prescindirán del creer en ellos y regresarán a esa nada de la que surgieron». Alabados fuesen entonces esos fascículos enciclopédicos que le ofrendaban a Land la versión oficial y verdadera de lo fantaseado y adorado y, claro, adaptado libre y libertinamente de la infidelidad hollywoodiense. Ahí, una deidad cada siete días. Fascículos ilustrados con cuadros de grandes pintores del Renacimiento y escultores del mundo antiguo (y no: todavía no salió el fascículo dedicado a Morfeo, hijo de Hipnos y de Nix; y Land no hace otra cosa que esperarlo porque tal vez allí encuentre alguna solución a su problema y su desvelo). Y, en cada uno de ellos, las idas y vueltas de divinidades (a diferencia de las por siempre ausentes en otras religiones sólo haciendo acto de presencia para pedir cuentas y exigir sacrificios e impartir caprichosos y más bien incorrectos correctivos) tan felices de interactuar y hasta emparejarse con los mortales. Y, en la última página, complejísimos y fértiles y más bosques enteros que individuales árboles genealógicos donde todos se cruzaban con todos para germinar o marchitarse y brotándose en constantes conflictos generacionales. Luchas viscerales e intestinas entre padres inmortales y atronadores comportándose como animales salvajes e hijos más o menos mortales pero casi siempre ensordecidos y enmudecidos y domesticados dentro de sus jaulitas tan poco domésticas. Ramas y raíces de El Grupo que a Land le recordaban, en eso sí, un poco al desorden olímpico —más de orgiástico y violento Coliseo que de filosófico y reflexivo Partenón— en las relaciones de sus padres y alrededores.

Fiestas como esas galas en las que en los versallescos palacios se desmontaban las puertas para que todas esas recámaras y escenas sueltas se convirtiesen en un gran largo travelling horizontal y sin fronteras.

Fiestas nuevas y *nouvelle vague* de estructuras caprichosas y fluir incoherente.

Fiestas que, más de una vez, eran varias fiestas en una misma noche: con precuelas y secuelas y tomándose breve respiro entre una y otra, como en esa costumbre antigua de dividir la noche en «dos sueños», para luego seguir, desenfrenados y sin freno, a toda marcha y sin límite de velocidad.

Fiestas como el más esparcido de los esparcimientos.

Fiestas con mucho *swing* y mucho *punch* y mucho *esmowing*.

Fiestas que —se dice Land— a veces llegan a ser misas negras u orgías rojas, aunque no le conste que así sea. Además, no sabe muy bien qué es eso de *orgía* y a los únicos negros que Land ha visto los ha visto en las películas. E incluso allí, en ocasiones, son negros pintados como ese Baltasar en el que Land nunca creyó, porque a menudo él y sus dos amigos se olvidan de venir y, cuando se acuerdan y vienen, no son los padres sino los abuelos.

Fiestas donde todos los corazones se abrían para que todos los vinos fluyesen.

Fiestas en ese departamento decorado con muebles pop y tantos espejos y almohadones plateados y muchos pequeños objetos por todas partes. Juguetes para adultos. Juguetes para distraerse de esos otros juguetes que son los hijos de… (hijos de padres amigos de padres de hijos, tipología esta a precisar y explicar en mayor detalle más adelante) y a los que no hay que cuidar tanto. Y que si se rompen nadie tiene la culpa y se pueden comprar otros: péndulos y caleidoscopios y esas lámparas de lava o electrostática y carteles con letras fosforescentes anunciando bandas de rock extranjeras que jamás llegarán a tocar en Gran Ciudad, porque esa ciudad queda muy lejos de todo. Y hasta un pequeño y farmacéutico tarro de porcelana donde se lee «Ext: Cicuta» y que Land nunca se atreve a abrir por temor a que no esté vacío. Y todo eso funcionando, para los compañeritos del colegio de Land, como feria de atracciones y «casa favorita». Casa de la que los compañeritos no quieren irse cuando sus padres para los que no son hijos de... sino simplemente hijos (y quienes observan todo allí con curiosidad y algo de temor) pasan a buscarlos al anochecer para llevarlos de regreso a ambientes más controlados. Y, sí, la cama de Land está en un hueco en el suelo, como las de los... los... help!... los Nome en *Help!* Y ahí, en un rincón privilegiado del living, hay hasta una gran virgen adquirida en remate de iglesia y ahora recamada de dardos que sus padres y amigos desclavan y vuelven a arrojar luego de persignarse con exagerado y blasfemo dramatismo (y lo hacen incluso para siempre renovada incomodidad de los abuelos de Land cuando, de tanto en tanto y según denuncian sus padres, «caen de visita sin avisar»). Y tarimas/escenarios en las que subirse a declamar cualquier cosa: lo primero que se pase por la cabeza, y también lo segundo y lo tercero y, ah, a todos se les pasan tantas cosas por esas cabezas perdiendo la cabeza primero y luego extraviando el resto del cuerpo.

Fiestas en las que siempre llegaban desconocidos conocidos por todos o en las que reincidían «los mismos de siempre». Directores de cine y de teatro y actores de cine y de teatro y artistas plásticos. Y muchos publicistas, que querían ser o pensaban que eran escritores. O publicistas considerando al slogan y al jingle un género literario por encima de cualquier otro. Y convencidos o queriendo convencerse de que no tenía sentido alguno perder tanta energía o hacer mucha fuerza en cuentos o novelas pudiendo ser todo lo anterior al mismo tiempo y más rápido y divertido y productivo: escribir y dirigir y hasta actuar personajes de sí mismos (y ahí estaba Guillermo Aleluya Nebel *a.k.a.* Guillermo Nebel *a.k.a.* Willy Nebel *a.k.a.* Nebel anunciando que «Ya van a ver cuando yo publique primero y escriba después. Y aviso: no va a ser en Ex Editors, va a ser en una editorial como Dios manda después de que yo se lo mande... Ahí se les va a acabar a todos ustedes la felicidad ja ja ja ja»).

Y todos, entarimados, hacen anuncios por el estilo casi a los gritos, frases y melodías arrojadas al aire de un mercado persa. Y lo hacen para consumo de una multitud selecta de «Locos Lindos» (y Land nunca entendió eso de que la locura pudiese llegar a ser considerada *linda* o algo atractivo: no puede *ser lindo* el *estar loco*, piensa). Todos supuestamente hermosos dementes y únicos (despreciando a tanto cuerdo feo poco original) y de esos que sólo desean que les compongan una balada horrible. Como esa que a Land le da tanto miedo cuando, al final, la cantante se pone a cantar gritando o a cantar a los gritos sobre lunas rodantes y maniquíes que guiñan ojos. Todo como salido de episodio por suerte extraviado de *The Outer Limits*: esa serie que comienza con un televisor de imagen descompuesta que —advierte una «Voz Controladora»— no tiene sentido que el televidente intente recomponer, porque ha perdido toda posibilidad y oportunidad de cambiar de canal y de casa y de fiesta. Y exactamente así siente y padece Land a lo que suele ocurrir por esas noches despiertas en su casa: como algo fuera de control y a lo que no se puede bajarle el volumen ni apagar.

Un bestiario empeñado en el anecdotario.

Historias (mal) ejemplares.

Fiestas pobladas por personas con personalidad muy *cool* y muy *chic* y muy *in* y que se consideraban muy sociables, pero lo que no soportan es la idea de estar solas, a solas, tan sólo acompañadas por y de sí mismas.

Fiestas en las que los unos a los otros se dicen cosas horribles pero graciosas, con afecto. Cosas que se aceptan como formas de bizarra cortesía y de cariño y de ¡cómo-te-quiero! (y, sí, la clave está en ese *cómo* más interrogante que admirado). Sí: allí y entonces, ser agresivo con alguien es tenerlo en cuenta, considerarlo digno de ser amorosamente insultado.

Fiestas que quieren emular o imitar a la portada tan poblada de famas y famosos de ese álbum de, de nuevo, Los... The... Los... The Nome.

Fiestas en las que había invitados principales e infaltables como estrellas en el cielo. Como estrellas vivas y vivaces. Entre ellos César X Drill (el único cuya presencia le alegra y hasta espera Land). Y Moira Münn (quien proclama a los gritos que terminó tres novelas más y le sonríe a Land *esa* sonrisa con demasiados dientes apenas velados tras labios demasiado afilados). Y el Tano «Tanito» Tanatos (enfilando directamente hacia los licores y recitando en inglés algo sobre un cuervo que no deja de decir *Nevermore* con una pronunciación que a Land le suena a graznidos espantosos).

Fiestas a las que puntualmente pero sin hora clara de salida también arribaban hermosos dementes, balando y berreando, turnándose como archienemigos en alguna de esas otras series que Land se contaba en la oscuridad de su cuarto a ver si así se dormía. Episodios repetidos (pero con la gran virtud de ser autoconcluyentes) y que vio tantas veces y que ahora vuelve a oír aunque se tape los oídos. Un elenco que incluía al poeta agonista y suicida en cámara lenta apodado (su nombre real es algo tan común que ya es olvidable incluso antes del Nome) Silvio Platho: porque tiene por costumbre, sollozante, la de acabar metiendo la cabeza en el horno de sus anfitriones. O a la pareja de psicoanalistas lisérgicos de Sarah y Abraham Zimmerman (quienes preferían no decir «pacientes» sino «sacrificados hijos»). O Malena «La Mexicana» Mantra, quien se dedica a producir libros horoscopistas-adivinatorios-junguianos según los glifos aztecas (y, también, es otro de los éxitos de Ex Editors porque, según los padres de Land, «la gente siempre es muy idiota y parece preocuparle, inexplicablemente, tanto más lo que pueda llegar a pasarle que lo que le está pasando o le pasó»). O a ese otro que se llama… Federico Nome Nome… pero que no deja de cantar que «Tengo un algo dentro que se llama El Coso» y que «Es peligroso ponerse a pensar en El Coso» y quien a veces grita «¡Soy una estrella porque salgo de noche!». (Land a veces lo vuelve a ver delirando y delirante –Land yendo de la cama a la cocina y recién importado desde la casa de sus abuelos– en la televisión, los domingos por la noche, en ese programa de «cómico político» con humeante smoking que los extraviados y visiblemente agotados por lo que hicieron a solas el fin de semana padres de Land no se pierden nunca). O la que canta con voz trémula y aguda y como de maléfica de Nome Disney esa otra canción sobre «boludos» (término que, en principio, Land no puede sino entender como relativo a algo con forma de bola, a seres esféricos y rodantes, siempre cuesta abajo y rumbo a un abismo). O la poco modélica modelo Nena, madre (la trae envuelta en una manta peruana: es una bebé de ojos enormes) de la que en unos años será Piva, la top-model internacional Piva. Piva, quien llegaría a filmar con el genio maldito Lyndon Bells. Piva, quien obsequiaría primorosamente a una Nena vieja, ya recosida por numerosas cirugías plásticas, uno de los terrores más terribles para su generación: el de acabar siendo una madre de... El de terminar reconvertida en apenas madre de alguien más «conocida» que ella. (Y, ah, Piva morirá joven y de enfermedad nueva y rara. ¿El Coso? Y su funeral será una performance de/con cuerpo presente y sujeto por cables que lo hacían cambiar de pose y fotografiada por Helmut Newton. Y quienes aún frecuentarán a Nena en su retiro en un balneario al otro lado del río contarán, entre indignados y divertidos, que esta repetía una y otra vez: «Al final la Nena va a vivir más que la Piva»). Todos y todas en fiestas en las que se intercambiaban camas y pastillas. Y pistolas de pulso poco firme y nuevas aplicaciones de lo físico-químico: fórmulas e instrucciones para la confección y ensamblado de explosivos y bombas, como si se tratasen de recetas de cocina o listas de ingredientes y medidas para cocktails que hasta hace poco nunca eran molotov.

Fiestas donde todos vibran y resplandecen como peces de las más oscuras profundidades: cuerpos dorados pero con mandíbulas carnívoras.

Fiestas en las que todos se ríen mucho (y se dicen tan orgullosos de su «humor inteligente»); pero en verdad se reían mucho de los demás. Y no les causa la menor gracia que se rían de ellos. Y, si alguien se reía de ellos, es porque son idiotas o porque les tienen envidia o porque no tienen ni entienden lo que es el «humor inteligente».

Fiestas de El Grupo a las que, graciosamente, se denominaba como «Terapia de El Grupo».

Mientras, en «la habitación de los chicos» (que es la habitación de Land y que súbitamente es la de todos) los hijos de... se defendían unos de otros con aquella expresión de moda tan infantil y a la vez tan seria: «A mí me rebota y a vos te explota» acompañada por un, por cualquier cosa, «Te lo juro por Dios» (como si Dios estuviese dispuesto a salir de garante de absolutamente todo).

Y todo podía pasar en ellas (fiestas) o con ellos (festivos).

Y Land sólo deseaba que pasasen de una vez.

Y que lo dejasen dormir: porque al día siguiente tenía colegio y examen. Y nadie le hacía caso entonces ni cuando fingía ser sonámbulo (o, más bien, un *zonámbulo*: mitad zombi y mitad sonámbulo, los ojos cerrados con llave, prefiriendo esa oscuridad dentro de él a todas esas luces ahí fuera) y se acercaba a alguna ventana abierta del living para ver si así reparaban en su cansancio ya casi suicida y en verdad mucho más verosímil que los anuncios mortales a viva voz de Silvio Platho.

Pero no y nada y a la mañana siguiente sí levantarse como un sonámbulo de verdad. Y ese despertador, casi un juguete, con agujas fosforescentes y un fondo con el rostro de Bela Nome en *Drácula* sonando sin que haga falta: porque Land ya está despierto, porque nadie sopló su noche en vela.

Y nada le motivaba menos a Land que el salir de la cama habiendo dormido mal, pasar junto a la puerta entonces herméticamente cerrada de la habitación de sus padres (¿estarán allí?, ¿habrán salido en la madrugada?, ¿habrán vuelto?, ¿hay alguna diferencia en ello?), y atravesar una sala que era como un campo de batalla donde se ha festejado el comienzo de las hostilidades y lamentado el alto el fuego del amanecer y hasta la próxima batalla. Mientras tanto, esta es la hora favorita de Land en su casa: porque entonces siente que, como los criados en aquellas novelas del siglo pasado, vive solo allí y que es el amo y señor de ese lugar. Ese living tan poco living-comedor y muy living-devorador. Ese living agonizante y todavía cubierto por el verdoso humo de cigarrillos (que en unas horas buscaría contrarrestarse, en vano, con espirituales palitos de incienso aroma «Aliento de Buda» o «Ruta de Katmandú» y que nada pueden hacer contra el tufo residual de tanta carnalidad y maledicencia aún rebotando entre las paredes). Y por atonales sobras de desperdiciada comida que luce como si hubiese sido arrancada a las carcasas de animales todavía vivos. Y por vasos de los que, en ocasiones, Land se arriesgaba a beber sus fondos para así jurarse que él nunca bebería esas cosas; porque con el vicio de la chispeante y vital Coca-Cola (otro de esos nombres inmunes al Nome) le alcanza y sobra, en ese momento de la salida al colegio, tan apagada y moribunda pero, de golpe, un poco espirituosamente flotante.

Sí: la de sus padres es la última generación que, demasiado tarde, se dirá que no sabía que beber mucho era sinónimo de alcoholismo y que fumar era muy malo para la salud (así, embarazadas que fuman y embarazadores que sirven copas a hijos de... porque «mejor que lo hagan en casa con nosotros que en cualquier lado»). Y es también la primera generación que repetirá una y otra vez la palabra *cáncer* (hasta entonces patrimonio de gente mayor) como si se tratase de un nuevo look extranjero al que, pensándose invulnerables hasta entonces, ellos nunca habían pensado vestir y desfilar. Cáncer al que Land imaginaba como esas pequeñas grietas en la pintura de muchos de los cuadros exhibidos en *Mi Museo Maravilloso*: uno de esos libros no para leer sino para mirar leyendo que más mira el lector Land. Una recopilación de obras de arte clásicas y famosas reunidas (en un libro de formato ancho y largo que complica su ordenamiento y ubicación en los estantes de su biblioteca y, por eso, suele estar en el suelo junto a su cama o sobre su pequeño escritorio, su *lectorio*, donde Land lee y no escribe otra cosa que no sean los deberes del colegio) funcionando como introducción al arte para niños que le regalaron sus abuelos un par de cumpleaños atrás. Y en muchos de los cuadros allí incluidos (y el efecto era más notorio en los retratos, en los rostros y cuerpos de aristócratas pálidos o de divinidades refulgentes) esa textura como de rompecabezas armado que no era la de arrugas exactamente sino de otra cosa: de algo que se extendía por debajo de la piel y, como de pronto desperezándose, surgiendo a la superficie y brotando sin importar clima o estación para atenazar a sus portadores. Cáncer como mala semilla de palabra más mala aún. Palabra que había llegado para imponerse local y terminalmente y, sí, cáncer es el signo zodiacal de Land. O tal vez fuese que Land –como ocurre con tantas otras palabras– de pronto conoce y almacena su significado. Entonces es como si fuese algo flamante y estuviese esperando a ser decodificado por él. Como cuando lee con un diccionario y no encuentra la palabra que busca y se dice a sí mismo —con una mezcla de orgullo y de temor— que esa no puede sino ser una palabra recién hecha, nunca enunciada hasta que él la *activó* y la registra con sus ojos como si se tratase del ON en los flancos/ventrículos de un grabador casi de juguete y con forma de corazón que acaba de ser desenvuelto. Así, a su manera, al menos esa es la impresión que tiene. Así, Land a veces sospecha —he aquí uno de los tan liberadores como esclavizantes dones de la infancia— que toda idea de novedad para él lo es sólo cuando, su memoria cada vez más exigida y acumulante, escucha o registra algo por primera vez.

Porque después de todo y no hace mucho el padre de un alumno (no un compañerito, alguien en otra aula) de su colegio murió de cáncer. Como Nome Freud (alguien que de un tiempo a esta parte se ha convertido en abuelo de todas las familias y de todos los inconscientes padres que recién ahora parecen conscientes en sus inconscientes de que Freud *también* murió de cáncer); y así se lo informan a Land cuando este les comenta que ese alumno está muy triste porque su padre murió de esa enfermedad y archivar/grabar *cáncer*. Y sus padres siguen hablando de Nome Freud como si fuese alguien que cualquier noche de estas se dejará ver en alguna de sus reuniones.

De ahí que entonces Land viva en un complejo trance constante. Acumulando información. Siendo programado y desobedeciendo obedientemente (HAL 9000 en *2001: A Space Odyssey* será pronto un inconfesable héroe secreto para él, sigla y título para él y para mí inolvidable por el momento) y, en ocasiones, hasta auto-desprogramándose: porque hay ciertas cosas que mejor olvidar ante el riesgo de que se vuelvan inolvidables; como tantas de esas fiestas que mejor olvidar como se olvida un sueño que no se hace realidad porque nunca llega.

Así (cuando nadie pensaba que pensaba en eso) pensó Land: «Oh, Gran Destructor de Todas las Fiestas De Este Mundo y Aniquilador De Todos Los Anfitriones y Padres Que No Dejan Dormir: yo te invoco para que vengas en mi ayuda y acabes con todo festejo... ¡Nome Sellers y no Nome Freud: ven aquí!... Acude en mi ayuda y obedece a mi encantamiento que te pondrá bajo mis órdenes y derriba todo hasta que nada ni nadie quede en pie. Y así te reclamo recitando tus palabras mágicas: *Birdie Num Num... Birdie Num Num...*».

Pero, enseguida, sus plegarias no han sido, no son, escuchadas y mucho menos atendidas. Y aquí viene y aquí vienen a otra fiesta. Y la espacial y psicodélica odisea de sus padres (todas esas luces surgiendo desde más allá de sus infinitos) es, también, una *paternidad* pirotécnica: se apaga y falla en las cuestiones más básicas y cotidianas pero destaca y explota, fogosa, en las grandes ocasiones. Sus padres anteponen todo aquello que pueda resultar caótico e inolvidable (y por ende una buena historia) a toda rutina organizada y funcional. De ahí su amor por estas fiestas y reuniones que, en su imposibilidad de ser predichas, sienten como algo perfectamente normal y aceptable. Estar o no estar «de fiesta» se les hace una cuestión tanto más trascendente que eso de ser o no ser.

Sí: los festivos padres de Land son lo que se entiende como padres pertenecientes a la variedad *divertidos*. Ese tipo de padre que muchos de sus compañeritos del colegio —ya lo dije— cuando vienen a casa de Land a estudiar y a jugar envidian y disfrutan intensamente por dos o tres horas, por el tiempo justo y la dosis exacta pero aun así muy fuerte y concentrada. Abundan entonces las golosinas con mucho azúcar (y esos terrones de azúcar de colores). Y, ah, todos esos libros al alcance de sus zarpas, libros «de arte» pero con tantas mujeres desnudas. Y los padres de Land les montan a los invitados a tomar el té unos shows inesperados (para sus compañeritos, no para Land) y los dejan a todos ultrasonando como diapasones hasta alcanzar el nirvana. Y luego, satisfechos (y más satisfechos todavía los padres de Land, porque imaginan a los chicos volviendo a sus casas y narrando sus proezas), todos los compañeritos regresan a sus verdaderos padres. Padres que lo único que le preguntan a Land es cómo le va en el colegio o a veces, acaso incómodos por lo escaso de su repertorio, incomodan interesándose por el tener-o-no-tener novia (a diferencia de los padres de hijos de... quienes hacen las preguntas más extrañas y, por lo general, preguntan preguntas para las que sólo ellos mismos tienen las incluso más extrañas y nunca del todo acertadas respuestas). Padres que

—de nuevo— no es que sean aburridos, pero que sí no son tan divertidos aunque sí tanto más dignos de confianza en lo que hace a su funcionamiento en cuestiones como comidas más o menos elaboradas/variadas o en horarios regulares o en dejadas/recogidas a las puertas del colegio.

Y, cada vez más seguido, Land comienza a sospechar que hay un serio problema de comunicación entre él y sus padres. Que es como si hablasen en un mismo idioma pero en diferentes dialectos.

Ejemplos:

Land quiere un gato refinado y sus padres le traen un perro inmundo.

Land quiere aprender esgrima y sus padres insisten con el básquet; y lo engañan asegurándole que el básquet es exactamente *eso* a lo que juegan los Harlem Globetrotters, todos los años, en ese «palacio deportivo». Lugar al que también, por dulce y bienintencionada cortesía de sus abuelos de compañía, era llevado los fines de semana. Abuelos que lo acompañan a ese estadio cubierto y allí someten a Land una y otra vez a la visión esplendorosa de patinadores sobre hielo en una Gran Ciudad donde —una de las grandes frustraciones de Land— nunca nieva y mucho menos se patina sobre navajas por sus calles y plazas. Pero un par de codazos en ambos ojos bastan para que Land ya no vuelva a intentar encestar nada.

Algo parecido le sucede con una brevísima escala en karate luego de mencionar que —es inesperadamente bueno en eso— le interesaría competir en el equipo de ajedrez del colegio.

Land, poco tiempo después pero muy lejos, querrá un saxo (Land entonces deseará sonar como —ráfaga inesperada de nombres completos que no se han olvidado y que debo aprovechar antes de que deje de soplar— el saxo en Pink Floyd y en Gerry Rafferty y en Al Stewart y en Supertramp y en Billy Joel y en The Rolling Stones y en Paul Simon y en Van Morrison y en David Bowie y en Bruce Springsteen and the E Street Band y en Lou Reed y no en los discos de ese... de ese... ya pasó y volvió el Nome, Gato Nome a quien alguna vez vislumbra en alguna paternal fiesta trasnochada y cuya música le produce una jaqueca nerviosa). Sus padres, siempre atentos a no estarlo (y luego de, inevitablemente, «interpretarle» que en realidad se refiere no al *saxo* que suena sino al *sexo* que asoma), le traen en cambio una guitarra criolla. Instrumento en el que (por apenas un par de clases y sin razón alguna, teniendo en cuenta que sus padres desprecian toda esperanza de folklore nacional) un profesor intenta enseñarle a Land sollozantes chacareras y recias milongas.

Por suerte, por el momento, Land sólo quiere libros. Y los libros son una sola cosa pero de la que hay y que contiene a miles de cosas diferentes sin dejar de ser una.

Y sus padres no se los traen pero sí le dan dinero (y cuando no se lo dan Land lo «encuentra» en bolsillos y billeteras de sus padres) para que se los vaya a comprar él. En una librería cercana (allí, Land roba alguno poniendo en práctica técnicas que, perfeccionadas, le serán muy útiles para su supervivencia mental dentro de unos pocos años pero ya en otro mundo).

Así (cuando nadie pensaba que pensaba en eso) pensó Land: «Me mudaría aquí hoy mismo... A esta librería... Seguro que, aunque esté abierta hasta tan tarde, duermo más y mejor».

La librería se llama Mefisto, y los vendedores ya lo conocen a Land y lo celebran como a una atracción de *carnival* gótico. Un «monstruito» que, después de haber leído una voluminosa *Drácula*, les pide novelas «en Primera Versión Completa, por favor... en Edición Original». Porque las de esa colección de clásicos adaptados para su edad ya son para él casi como un perro, como una guitarra, como una pelota pesada imposible de embocar, como un kimono kumite, como una zamba desesperanzada: como tantas cosas que no es que ya no quiera sino que jamás quiso.

Cosas que sí quisieron y siguen queriendo sus padres quienes, defensores a ultranza y por completo de la «originalidad» (pero no en versión completa ni original; porque lo de ellos es tan parecido a lo de tantos padres como ellos, a cada vez más, todos copiándose entre ellos hasta ser tan previsiblemente repetidos en lo que querían creer irrepetible), le dicen una y otra vez eso de «Te queremos mucho, muchísimo, más que a nada en el mundo... pero eso sí: te queremos a nuestro modo, te queremos como nadie te quiso o te quiere o te querrá».

Así (cuando nadie pensaba que pensaba en eso) pensó Land: «Dios me salve de Padres Míos, que están en la Tierra...».

Así, Land también los quiere, pero los quiere sin opción personal posible. Porque Land intuye que lo más sano será querer como todos. De manera más o menos convencional, como cualquier hijo: poder pedir helado de vainilla o de chocolate o de fresa o de limón y no de esos sabores raros que siempre eligen/exigen sus padres. Dejar la rareza para otras cuestiones que tengan que ver más con la relación con uno mismo que con las relaciones con los demás. Conjugar el verbo *querer* del modo más regular y simple y presente y continuo en que se pueda y se quiera. Y querer es poder. Aunque en más de una ocasión Land sueñe (*soñar* está más cerca del *desear* que del *querer*, pero no son lo mismo y, se sabe, Land duerme poco y mal) con estar en otra parte y dentro de mucho tiempo.

Así, Land en su piyama (o *pijama*, como se escribe en alguno de los libros que Land lee en traducciones «de afuera», despreciadas por sus padres pero que a él le aportan los seductores sonidos de palabras nuevas para él y sólo para él, como *guateque* o *jaleo* o *letargo* o *traspié* o *golfo* y expresiones como *a pie juntillas* o *de pacotilla* o *me parto de risa* en lugar de *me muero de risa*). Land en piyama estampado con planetas y soles y estrellas, no como traje espacial sino traje de hacer y de ganar espacio.

Land flotando y todavía recordando ese cada vez más difuso sueño que ha tenido y que, para él, es uno de *esos* sueños. Y para Land todo sueño es uno de *esos*: porque los considera tan difíciles de alcanzar y de ahí que, una vez, por una rara vez alcanzados, sean tan valiosos para él. Y este —se dice al mismo tiempo que lo sueña— es el más valioso de todos.

Land sueña ese sueño en el que una mujer joven y hermosa (en realidad no mucho más grande que él, pero distanciada por esos pocos pero tan decisivos y separadores años que a su edad son como oceánicos cielos) volaba por los aires. Volando no para volar sino para enseguida caer, pero no aún. Ahora, todavía no, sí dentro de unos pocos años pero que son muchos: porque son *esos* años entre la infancia y la juventud. Allí está: suspendida en lo más alto de un obelisco de agua entre rayos y centellas y palmeras y (¿por qué tantas campanadas?, se pregunta Land; ya te enterarás de por qué, le respondo yo) doce más doce campanadas. Con un brazo en alto, sosteniendo algo que parece una punta de flecha conectada por un cable a un corazón eléctrico con la misma firmeza y serenidad artúrica con que se sostiene una espada que ya nunca volverá a enfundarse en su gran vaina. Una mujer a la que él no conocía, pero que pronto conocería como chica, ya siendo ambos adolescentes. Una chica que lo bautizaría. Y, pasados unos pocos años largos como toda una vida, una mujer que ya nunca más volvería a ver ni a oír (sobre todo a oír) hasta encontrarla, duplicada a la perfección, en otra que aún no había nacido. Una mujer/chica con un rostro hermoso pero raro. Una mujer/chica que (como cuando yo la vi y Land la verá por primera vez y recién en un tiempo será y era casi una ex niña) conservaba aún en el momento del adiós esa extraña forma de mirar que tanto lo conmovería y me conmovió. Mirando como si mirase fijo hacia delante pero, simultáneamente, como si mirase a los lados. Mirando como mira un ave, un caballo, un delfín. Una mujer/chica que, aunque no la hubiese vuelto a ver desde entonces, hasta dentro de muy poco y dentro de muy mucho, Land y yo seguiríamos viendo: pensando tanto en esa mujer. Y, por lo tanto, imaginándola en una nunca del todo nítida versión adulta: como en esos hipotéticos y algorítmicos retratos de niñas raptadas hace años y jamás rescatadas y —si no muertas y pequeñas para siempre— creciendo en alguna parte, como en otra dimensión de un metaverso. Entonces Land pensando y soñando con esa mujer/chica y preguntándose de dónde habría salido esa aún desconocida y cómo habría hecho para entrar en sus sueños. Preguntándose y pensando en si tal vez no sería alguna actriz en alguna escena de algún film o de alguna serie (como aquella enamoradora aventurera francesa de película con vestido metálico o aquella vengadora inglesa en un ajustado traje gatuno y negro junto a ese tipo con aires de aristócrata top y top-secret) que se le quedó grabada y girando en falso pero de verdad por alguna circunvalación de su cerebro. Alguien a quien él aún no podía saberlo pero sí ya *ensayarlo*. Prueba y error (y por primera vez, qué pasó, *qué es eso* que le está ocurriendo entre las piernas) como en la *sci-fi* de una droguería loca en la que un *Dr* mutaba a *Mr* y donde ya se comenzaba a estimular con ardor y celo a sus hormonas andrógenas.

Entonces Land preguntándose también cómo era que, hasta hace minutos, inolvidable, él comenzara a olvidarla porque la había soñado (la respuesta es que ese había sido un sueño profético y, por lo tanto, hasta entonces y cuando corresponda, su soñada yacerá en la más animada de las suspensiones y volviendo de tanto en tanto como el ya pasó de lo que ya pasará).

Aun así, algo que rescatar y destacar: hacía mucho que Land no dormía tan profundamente. Y Land no puede sino pensar que esa mujer/chica soñada fue la que hizo posible que durmiese de este lado para despertarse del otro.

Así (cuando nadie pensaba que pensaba en eso) pensó Land: «¿Qué hago con este sueño ahora? ¿A quién se lo doy? ¿Y si se lo cuento a alguien y no me lo devuelve? ¿O, peor aún, me lo *interpreta*?... Mejor me lo guardo».

Luego, ya en pie, Land rumbo a la cocina para prepararse algo de desayuno.

Sus padres, por supuesto, no se ocupaban de «esas cuestiones infantiles» y hasta era posible que, desde sus propias y ya olvidadas infancias, ya ni siquiera conociesen esa parte y hora del día. Así, la despensa está casi llena de cajas de alimentos sintéticos y polvos instantáneos y de fácil preparación. Después —como quien se escapa de un incendio invisible pero avasallador aunque nadie pueda verlo y mucho menos sofocarlo desde fuera— salir de allí a un mundo tal vez no demasiado mejor pero al menos sin demasiados escritores. Lejos pero nunca del todo distante de ese alienígena planeta de sus padres pero que para él nunca será del todo familiar. Planeta donde Land (en órbita irregular acompañado por tantos desorbitados) los escuchaba sin querer y sin comprenderlos para así no dejar de repetirse: «Cuando sea grande no quiero ser como ellos, no quiero ser uno de ellos, no seré ellos, no, no, no, ¿sí?».

Pero (todavía faltaba bastante para ser grande) por el momento Land convivía entre esos seres que se querían tan extraños pensando que en eso residía la originalidad. Como si, de nuevo, él fuese un somnoliento astronauta perdido en el espacio y deseando tanto ser rescatado. Extraído de allí, pero por otros. Por potencia extranjera o extraterrestre, daba igual. Y así nunca volver a casa o, por lo menos, quedarse para siempre en la casa de sus abuelos, o en la escuela, o en cualquier otra parte menos esa. Aunque algo le dice que sus padres enseguida ubicarían con inexplicable precisión su paradero e irían no en su rescate sino, apenas, a buscarlo para salir a dar una vuelta, una vuelta llena de ángulos, de esquinas.

Así (cuando nadie pensaba que pensaba en eso) pensó Land: «Cada vez que veo esa propaganda en la tele que se pregunta y pregunta a los padres eso de "¿Sabe usted dónde está su hijo a esta hora?" yo siempre me respondo: "Estoy a todas horas perdido en la calle y, socorro, siguiendo a mis padres quienes me llevan a donde no debería estar"... Y en todo caso y ya que estamos: ¿en realidad no deberían ser los hijos quienes deberían preocuparse por dónde están los padres a esta hora?». Y esperando a que comenzase la película, antes del noticiero del cine, pasaban esas imágenes con una canción lastimera y su «A esta hora exactamente, hay un niño en la calle... hay un niño en la ca-aaa-lle...». Y luego unas autodenominadas Madres Aleluya (pero con edad de abuelas) pasaban entre las butacas con unas alcancías-latas a pedir una contribución. Y Land siempre dudaba en si meter ahí unas monedas porque, se decía, no estaba bien dar limosna para uno mismo, porque ese niño en la *ca-aaa-lle* era exactamente y a casi toda hora él mismo.

Y, ah, sí: esas súbitas caminatas que a Land le recuerdan todo el tiempo a esa canción cantando que caminante no hay camino (o *ca-aaa-lle*) sino que se hace camino al andar y al (otra canción con la misma voz) vagabundear donde se empieza con un «Harto ya de estar harto, ya me cansé...». Y así, entonces harto de estar cansado de ser caminante (y a veces incluso perdiéndose o ser perdido), es como Land nunca aprenderá a conducir un automóvil. Y así también en el futuro evitará taxis y autobuses y metros incluso por largas distancias dentro de esta o aquella más o menos gran ciudad porque siempre entendió a sus piernas como único medio de transporte posible.

Y caminar por esa Gran Ciudad (Land no lo sabe aún pero lo sentirá tantas veces dentro de tantos años) es como caminar por fragmentos de otras ciudades. Como pasearse por diferentes atracciones temáticas en las que, apenas unas cuadras después, se tiene la desorientada sensación de haber llegado a otra ciudad dentro de esa misma ciudad. No es una sensación muy poderosa entonces para él, porque todavía no tiene ni hay referencias externas y mundiales más allá de las proyectadas y televisadas y que, a menudo, son a su vez escenografías en un estudio de cine o de televisión. Pero algo sí parece ser cierto: la estética pop de los años '60s —a diferencia de lo que, escucha Land, ocurre con otras grandes y para él remotas metrópolis tan retiradas del incandescente centro del mundo— parece haber llegado a Gran Ciudad con fuerza avasalladora resultando más en imitación desaforada que en falsificación prolija en los territorios que domina El Grupo de sus padres. Aun así, en verdad, para Land tan sólo existe el mínimo contexto interno: toda vista aún va a dar a la espalda de los padres, vista al frente, ahí delante hacia alguna parte, caminando para que se los siga, rápido, más rápido aún.

Y hay algo perturbador en esto: los hijos hacen lo que hacen los padres, sí; pero Land ha oído rumores, en el colegio, de culturas y tribus exóticas donde son los padres quienes suelen hacer lo que hacen los hijos cuando están con ellos.

Pero tal vez sean leyendas, delirios, alucinaciones..., se dice Land queriendo creer en que nada de eso pueda ser verdad.

Lo cierto es que no importa la hora: puede ser una mañana de feriado o de sábado antes de que Land sea *abuelizado* (adoptado por sus abuelos) o una noche de cualquier día laboral/escolar. Entonces, sus padres como electrizados y sacando a Land de la cama sin importar frío o calor, oscuridad o luz. Vistiéndolo rápido o cubriendo su piyama/pijama con el sobretodo largo que Land se pone sobre el guardapolvo escolar. Y, sin aviso previo ni dirección clara (y hasta en ocasiones, con cierta perversión, intentando convencerlo a Land de que es él quien se «muere de ganas de salir a dar una vuelta» y quien los «obliga» a ellos a acompañarlo), lanzándolo a largas maratones junto a ellos. A trayectorias con tracción a sangre (de nuevo: ninguno de sus padres, como no sabrá él, sabe conducir; nunca han tenido auto) y cursos de recorrido variable o impreciso pero, se camine por donde se camine, con ciertas constantes inevitables. Porque, en lo que hacía a las caminatas con sus padres, Land sabe –pintado de sol y grana, ingrávido y gentil como pompa de jabón– que *sí* hay camino. Y que, ay, al volver la vista atrás se ve la senda que pronto, inevitablemente, se volverá a pisar. Una y otra vez.

A saber, a recorrer, a caminar, con febril fervor de Gran Ciudad:

Lo mejor de todo, para Land. Lo que justifica salir de casa para entrar en ellas. Las librerías todas con nombres tan sofisticados que juegan con títulos de libros o apellidos de personajes. Las librerías insomnes pobladas por personajes casi cadavéricos que, imagina Land, probablemente sean los comisionados a sueldo de surtir con volúmenes a la biblioteca del Conde Drácula así como de múltiples ediciones originales de *Drácula* a esas mismas librerías. Y *Drácula* –hito que amerita para Land el ser mencionado una y otra vez– es la primera novela que Land lee en «Primera Versión Completa» y que Land disfruta y administra para que le dure lo más que se pueda pero, vampirizado, cada vez puede dosificar menos. Y es la primera novela que, también, no sólo la lee sino que además la *piensa* (¿Cómo es que Drácula aparece tan poco, en tan pocas páginas del libro, pero está presente todo el tiempo? ¿Parte del ser vampirizado será esa súbita compulsión de todos los personajes por escribir sobre el vampiro? ¿No es genial esa idea de que Drácula, para que pueda entrar en una casa, primero debe ser invitado?). Y Land la termina pronto para volver a comenzar a leerla. Y, sí, es el primer libro que lee dos veces. El primer libro que relee como si fuese la primera vez. (Y lo lee por las noches y bajo las mantas, para atenuar resplandores y sonidos festivos desde el living, y con una linterna, y es que ningún libro se lee mejor que así: rodeado por la oscuridad, iluminado, iluminando más que nunca, las letras como grabadas por esa misma luz, la página como no de papel sino de alabastro). Y *Drácula* es el primer libro que Land leyó y que, al leerlo, se olvida de que está leyendo; porque, de improviso y sin esperarlo, ya no lo lee ni lee todo eso sino que lo vive: lo vive leyéndolo. Land no tiene un libro en sus manos sino que Land está en manos de un libro. Y los bordes de las páginas a veces cortan las huellas en sus dedos y dejan el rastro de pequeñas manchas de sangre en el papel y está bien que así sea: más alimento y más vida para el Conde, piensa. Y Land está ahí dentro, Land es parte del libro. Land le abre la puerta a ese libro —se la abre como a Drácula, invitándolo para que ya nunca se vaya— y para que entre en él y así entrar él en el libro. Y Land ve a todos los personajes aunque ellos no lo vean a él. Personajes quienes, por momentos, pareciera que lo miran de reojo, con disimulo, como si se preguntasen qué está haciendo allí ese chico con ropa tan rara y entrando y saliendo de su historia como si entrase y saliese no de un libro cerrado sino de una librería con sus puertas siempre abiertas.

Y por eso Land sí entiende —casi mejor que nadie, se dice— ese gran honor para tantos por el habitar una Gran Ciudad en que las librerías se multiplican como en una plaga y se vanaglorian de cerrar muy tarde o de, incluso, estar abiertas toda la noche. Y, sí, varios amigos de sus padres son libreros (y hay que saludarlos y hacerlos «sentirse importantes» para que expongan mejor y recomienden más los títulos de Ex Editors), pero estos raramente son invitados a sus fiestas del mismo modo en que no se invita a un servil camarero a sentarse a la mesa de los amos y señores y chupasangres del castillo.

Así (cuando nadie pensaba que pensaba en eso) pensó Land: «No quiero estar aquí... No quiero salir de allí».

El encerrado olor a rugido de leones bordeando el Zoológico donde, tal vez, organiza sus «safaris» el padre de Moira Münn.

Así (cuando nadie pensaba que pensaba en eso) pensó Land: «No se quejen tanto, animalitos: tienen cama y comida y pueden dormir bien por las noches y ni siquiera están obligados a actuar para Walt Nome».

La casi asfixiante fragancia de un espinoso bosque rosado con un jardín japonés en su centro donde algunas veces sus padres y una docena de locos lindos festejaron Año Nuevo saltando entre arbustos como personajes de *Sueño de una noche de...* Nome, con Land no medio dormido sino apenas un cuarto dormido sobre un banco duro y tajeado por nombres y corazones y consignas por el pronto retorno de quien se fue pero vuelve.

Así (cuando nadie pensaba que pensaba en eso) pensó Land: «En cualquier caso, dormir mal fuera de casa está más y mejor justificado... Y hasta es posible que aquí se duerma mal mejor que en mi cuarto».

El sabor repetido e invariable (*marron glacé*) de un helado que sólo se consigue en *esa* heladería y (nada de gustos vulgares y de los que se consiguen en todas partes, ordenan sus padres) al que, por *eso*, única opción posible, hay que pedir una y otra vez.

Así (cuando nadie pensaba que pensaba en eso) pensó Land: «Vainilla... Frutilla... Chocolate... Limón... Dulce de leche...».

Y todos los destinos anteriores —y Land prefiere ni pensar en eso— no son más que escalas técnicas donde repostar de camino a la verdadera meta, a las demasiadas Mecas: a todas esas casas de amigos de los padres de Land donde probablemente «pasó algo o pasa algo o seguro que algo va a pasar».

Y, claro, algo pasa y pasa Land, a quien se recibe como a un pequeño príncipe gracioso y centroeuropeo al que adular pero a la vez sabiéndolo completamente inofensivo: las manos de todos revolviéndole el pelo hasta la jaqueca, los labios llenándolo de besos ruborizantes que comienzan a confundirlo e inquietarlo, las voces indicándole la habitación donde puede sentarse a «mirar libros» o donde aguardan otros pálidos y azulados hijos de... tan confundidos como él.

Todos ellos reconociéndose instantáneamente como hermanos de sangre y de armas.

Todos ellos mirándose entre ellos y (Bienvenidos a Midwich)

transmitiéndose telepáticamente un «todo-esto-acabará-algún-día-y-alguna-noche-paciencia-paciencia».

Todos anticipando ya el momento en que, dentro de tantos años, se cruzarán por otras grandes ciudades y entonces se reconocerán con contraseñas casi masónicas o con esas cálidas señales de fríos desertores sin que hagan falta las palabras. Porque para entonces todos ellos serán fugitivos e intercambiables.

Y, sí, habrán vivido (no todos, algunos no sobrevivieron) para a veces contarlo (de nuevo, no todos; algunos se las han arreglado para provocarse negaciones por hipnosis) a sus propios hijos antes de apagar todas las luces para que comience la fiesta del dulce sueño que ellos nunca tuvieron por culpa de tantas ácidas e insomnes fiestas. Contárselo a sus inmensos pequeños –con voz juguetonamente lúgubre pero con seriedad sincera– cuando se portan muy mal o se portan muy bien. Contárselo como si se tratase de uno de esos cuentos que dan bastante miedo (el justo) y alientan al sueño (de los justos). Historias tremendas para antes de cerrar sus ojitos y haciéndoles suspirar un «Qué suerte que es nada más que un cuento». Porque a esos pequeños se les hará imposible el convencerse de que algo *así* sucedió, que pudo haber sucedido. Porque les cuesta creer que los ogros y maléficas de la historia son y fueron «los locos de mis abuelos». Aquellos a quienes, cuando se los consulte al respecto (otra vez, no todos, algunos ya no están o no están del todo, aunque nunca hayan estado demasiado), les aullarán a sus nietos que todo eso es invento de sus padres. Y luego les recordarán que «te he dicho que nunca me digas abuelo o abuela. Me gusta más que me llames Big Bang o Súper Crack o… Y no lo olvides nunca: yo no quiero ser tu abuelo, yo quiero ser tu mejor amigo… Y ahora vamos a jugar a que yo te robo todos tus juguetes y te los escondo y te apuesto lo que quieras, te apuesto todos tus juguetes, a que jamás vas a descubrir dónde están y… uy… me parece que lo rompí y, mierda, qué mal hechos que están los juguetes de ahora».

Pero antes de todo eso, ahí está el hijo de… Land con todos los otros hijos de… de los demás.

Hijos de hijos que ya no son hijos pero que tampoco son exactamente padres.

Hijos que a veces se sienten padres de padres.

Hijos de… que se van a dormir luego de una cena idéntica a la de la noche anterior y a la de la próxima noche y después de una ducha nunca del todo reparadora (aunque para algunos no haya agua caliente; porque a la hora de alquilar o de comprar se impuso la vista desde el balcón o la cercanía de un bar famoso a la funcionalidad de caldera y cañerías y «ya te ducharás en el colegio después de Educación Física… Siempre es mejor una ducha de realidad que un baño de realidad, ja… ¿Ah, no te podés duchar en el colegio?… Uf… Ya lo exigiremos en la próxima reunión de padres con los maestros… Bueno… Entonces te bañás el fin de semana cuando te vayas con tus abuelos… y no te olvides de llevarles la bolsa con tu ropa sucia para que la laven y la planchen, porque a tus abuelos les *encanta* hacerlo»). Y, a veces, si se puede, si los dejan, dormidos, esos hijos de… sueñan con que caminan de noche por calles y casas de una Gran Ciudad que no reconocen. Una Gran Ciudad en la que, si hay suerte, despertarán a la mañana siguiente.

Pero no es fácil despertarse después si no se puede antes dormir.

Y Land salió tantas veces. Land siempre vuelve a salir y ahora vuelve a visitar a sus salidas. Land salió a lugares a los que… (y se corta la voz de Land, fin de cassette mientras transcribo su monólogo aluvional, esa forma de entender y de destender con la que sólo se cuenta en la infancia cuando se trata de contar; y no encuentro la siguiente cinta, y me tiemblan las manos y entonces pongo otra; y esto es una interrupción pero no tropiezo por baldosas amarillas en veredas rotas; esto es muy importante para comprender y delimitar tantas cosas; ya habrá tiempo para precisar otros destinos en los devaneos de Land por Gran Ciudad cuando encuentre la cinta correspondiente y…).

Ahora un poco de mito-antropología temprana y, a su manera, análisis de, sí, *elements of style* en lo que hace a la diversa fauna que habita ese (palabra nueva para Land, una de sus favoritas y que lo hace sentir un poco científico de ciencia-ficción a la vez que la siente y casi paladea como palabra *adulta* y que lo hace sentir más grande y mejor educado) *ecosistema* más que lugar compuesto por y descompuesto en lugares.

Land no pasando al frente para demostrar lo que aprendió sino enseñando lo que sabe: lo que no estudió para un examen puntual sino para una constante y sorpresiva prueba fuera de horario.

Saquen los cuadernos, tomar nota.

Atención.

Por un lado están los «compañeritos» y por otro —separados por una frontera invisible pero a la vez tan inevitable y clara— están los «hijos de...».

A sus amigos «de verdad», a sus amigos suyos, a sus amigos por elección, a los amigos del colegio, Land los llama «los compañeritos» (denominación súbitamente problemática, porque de algún modo entra en competencia y se confunde con el politizado y muy de moda «compañeros» de los adultos). Y, sí, Land pronto dejará de ver compañeritos (salvo a uno de ellos que, al mismo tiempo, como una de esas criaturas mitológicas en esa enciclopedia por fascículos, es mitad esto y mitad aquello: era hijo de... y era, también, compañerito).

Unos y otros —hijos de... y compañeritos— tienen algo en común y muchas diferencias; aunque, como en la Antigüedad siempre novedosa de Atenas y en Roma, unos y otros adoraban lo mismo, pero en distintas encarnaciones y con apelativos diferentes.

Los compañeritos son apellidos ordenados alfabéticamente al pasar lista cada mañana en clase; los hijos de... son nombres desordenados al azar según caiga quien caiga y quien vaya y venga cada noche a casa.

A los compañeritos, Land los saluda dándoles un firme y mosqueteril apretón de manos manchadas con tinta de lapicera supuesta aunque laboriosamente lavable. Mientras que los hijos de... se reconocen entre ellos dándose una casi piadosa palmadita en el hombro: como sacudiéndose rastro de escamas solidificadas y matutinas de ese fijador para el cabello o como si espantasen a una peligrosa avispa invisible siempre a punto de clavarles aguijón con veneno, como consolándose por lo que les ha tocado compartir por descendente dictamen de sangre y clase *intelectual*.

Los compañeritos eran esos amigos con los que Land conversaba acerca de cosas «de su edad». Cosas como «De acuerdo, el Hombre de Acero —y el acero no es resistente a todo, ¿no?— se cambia dentro de cabinas telefónicas y lleva su súper-traje bajo el simple-traje pero... ¿de dónde saca esas botas rojas?... y, ¿en serio uno se convertía en alguien diferente e irreconocible por el solo hecho de usar anteojos?». O se discutía (entre otras cuestiones de suma importancia sobre sus propios cuerpos, cuerpos que ya iban camino de ser juguetes de carne y hueso) si el comerse las costras que coagulaban sobre las lastimaduras o los pellejos de piel quemada y muerta por el sol del verano era canibalismo (el tema estaba muy presente por ese avión que se cayó entre altas y nevadas montañas y cuyos enseguida hambrientos sobrevivientes procedieron a...), o si los «pedos de verdad» de los demás olían siempre peor que los propios, o si los eructos eran «pedos de la cara», o si... Todos ellos chicos que le mostraban y demostraban a Land —como si habitasen un alternativo pliegue dimensional— la posibilidad de otra especie de infancia. Una infancia *infantil* o, si se quiere (pero mejor no empezar a pensarla con ese término), una infancia *normal* y donde aún no abundaban los padres «separados» o, peor aún, «separándose».

En cambio, los hijos de los amigos de sus padres son otro tipo de amigos. Son los que Land ha bautizado como «los hijos de...». Y en más de una ocasión, no son «chicos normales». Y tienen «problemas de adaptación» debido a que —por lo general y en un número que a Land se le antoja estadísticamente imposible— son, según sus padres, todos «genios». No tanto el infantil lugar común de un escúchenlo contar ese chiste o aquella adivinanza o imitar a ese cómico de la tele o asómbrense con ese truco con pañuelo y monedas o no te imaginás al gol que metió ayer, sino un fuera de tiempo y de sitio mirá lo que está leyendo o lo que escribió o lo que dibujó o un a qué no sabés lo que dijo ayer... Esperá que lo voy a buscar y lo despierto y que lo diga él mismo, ella misma, y está y queda claro a quiénes salieron, ¿no?... Y, sí, ahí están, de nuevo y otra vez, yendo de la cama al living, el show del mostrarse y mostrarlos debe seguir: medio dormidos, un cuarto despiertos y un cuarto sin entender muy bien qué hacen ahí, fuera de su cuarto a esas horas: qué quieren que hagan, por qué les hacen eso. (Con el tiempo, Land comprobará que la mayoría de ellos entonces no eran más que chicos agrandados; y que toda esa expansiva y exhibicionista precocidad derivaría, inevitablemente, en una desbordada disfuncionalidad juvenil y adulta de ojos vidriosos de muñecos y dientecitos de roedor. Grandes-por-siempre-chicos con graves problemas para digerir tanta promesa incumplida por los demás y por ellos mismos. Y recién entonces comprendiendo que hubiese sido tanto mejor para ellos el ser herméticos y observadores durante la infancia para así luego no remontar cabalgata de errores originales y comunes como si se tratasen de, sí, *genialidades*, cuando en verdad no era otra cosa que meter la pata y rompérsela una y otra vez, mientras todos alrededor pensaban en qué bueno sería sacrificar a ese impurasangre). Y, se dice Land, es como si parte del tratamiento de compensar esa genialidad y tenerlos a raya por parte de los padres fuese, ya de entrada, el haberles puesto e impuesto nombres autóctonos de aire sojuzgado o de una internacional e inestable delicadeza. Nombres como Nahuel o Isadora o Lautaro o Valentino o Anahí o Esmé o Catriel o Segismundo o Irupé o Siddhartha o Atahualpa o Trulalá o Nome. Nombres que los alcanzaron en sus cunas y los perseguirán hasta su lecho de muerte llamándolos a los gritos y a los susurros como para castigarlos por sus vanos nombres vanidosos. Nombres raros —nombres *folk*— en boca de sus padres, paseándose casi desnudos en sus casas y delante de ellos «porque así lo hacen en los países nórdicos» o algo así.

Y, sí, claro, alguna vez Land escuchó cómo, casi a escondidas, sus padres (aunque nunca se le haya comunicado directa y oficialmente, la genialidad de los hijos de su generación es tema de discusión y competencia de y entre padres geniales y no de hijos, que son geniales por virtud de sus genes y nada más que por eso) *también* lo definían a él como «genial» y de ahí, por lo tanto, que su nombre estuviese inspirado en el de caballero cantante de gesta de libro francés o algo *así*.

Y, lo siente mucho, lo sabe, pero no, muchas gracias.

Land no quiere ser caballerosamente genial porque conoce

de cerca a demasiados supuestos genios (el 99% de los amigos de sus padres, aunque el grado de su genialidad varíe al alza o a la baja según el día y, sobre todo, la noche) y nada quiere menos que empezar o acabar siendo *así*.

Y Land nunca estuvo del todo seguro en cuanto a que el genio sea superior al talento del mismo modo en que otros –tan sabios y sin ganas de perder el tiempo– antepusieron la buena educación a la inteligencia.

Y Land –quien se precia de tener muy buenos modales y, seguramente, es un prodigio de adaptación entre inadaptados– conversa con algunos de los hijos de... en su habitación. O en las de ellos, según dónde les toque reunirse a los padres que no parecen con muchas ganas de ser padres de... Porque incluso los cumpleaños que se suponen infantiles terminan convertidos en adultas y adulteradas farras con el alivio y valor añadidos de que –se autoconvencen de ello– no son ellos, los padres, quienes envejecen sino los hijos de..., sus hijos. Genios, sí; pero para sus geniales padres son hijos cada vez menos geniales a medida que se acercan a la pubertad y adolescencia y empiezan a mostrar signos de cierta independencia y hasta rechazo hacia todo lo mucho de tan poco que se les enseñó en casa, en casas. En departamentos con ascensores con espejos enfrentados en los que contemplarse, multiplicados, durante el ascenso a otra de esas noches sin final o mañanas sin principio, sin una cama que las separe a unas de otras.

Sitios y ocasiones a y en las que los menores son llevados (las noches de la semana o los sábados a la mañana, antes de ser distribuidos y recolocados en casas de abuelos por el fin de semana) para ser exhibidos y comparados y, de algún modo, puestos a medirse entre ellos y ellas. Pero lo cierto es que a ninguno y a ninguna nada les interesa menos que enfrentarse los unos con las otras como disfuncionales atletas olímpicos. Porque los hijos de... se sospechan maratónicamente perdedores y agotados ya en la línea de partida y hasta deseando que ese disparo de largada los alcance a (palabra de traducción) bocajarro y los deje en coma y disfrutando, por fin, de un sueño largo y tendido. Sobre todo aquellos con hermanos o medio hermanos o cuarto de hermanos más pequeños que, de pronto, son responsabilidad suya: como si se tratase de sus adoptados más hijos que hermanos de juguete con los que se los obliga a jugar y a cuidar. Y saben también, de nuevo, que ya comienzan a aburrir o a cansar o a incomodar un poco a sus progenitores (la genialidad de los hijos de... castrando o atontando la genialidad de quienes la concibieron y certificaron). Porque el aumento de edad de los hijos de... les recuerda y refleja cada vez más el aumento de edad propia. Y los padres de los hijos de... son más o menos conscientes de que, en su inconsciencia, no calcularon bien que el trabajo iba a durar tanto y la diversión tan poco. Y que, tal vez por haber renunciado a él, ahora Dios jamás los tendrá en cuenta a la hora de solucionarles el problema exigiéndoles que sacrifiquen a sus hijos. Y entonces –cuchillo en alto y listo para bajar y ofrendar– fingir que no lo escuchan aunque enseguida y en el acto el Creador truene que no lo hagan, que fue todo nada más que una prueba para comprobar la potencia de su fe y la pasión de su entrega.

No, en absoluto, nada que ver: allí, nadie quiere ganarle a nadie porque no hay nada que ganar. Los hijos de... son todos iguales, son todos lo mismo. Todos miran no hacia La Meca sino hacia Midwich. Y todas sus historias pueden ser diferentes pero su moraleja es idéntica. Ahí están, aquí vienen, los hijos de... Todos como fabulosas víctimas de sus fábulas y de las fabulaciones de sus padres (y a Land por momentos le tienta contar algo suyo, tal vez eso del «hermanito perdido», pero prefiere más no admirar pero sí asombrarse por lo que oye en boca de los otros que competir con lo suyo). Así que opta por sentirse espectador y apreciarlos como si se tratasen de una cruza de equilibristas con payasos con domadores con magos con, sobre todo y más que nada, freaks de circo.

Damas y caballeros y Land:

El chico que derribó con una maza la pared de su habitación para «expresar su ira y creatividad» (el mismo que había arruinado el tapado de visón de su madre con plasticola de colores y se había tragado un dibujo de Picasso de su padre para «nutrirse»). La chica que le cuenta a Land que en cuanto pueda se va a cambiar su nombre por el de «la pistolera Etta Place» y que en su cuarto tiene un póster de la película *Butch Cassidy and The Sun-*

dance Kid: «un fotograma muy ampliado de la escena final» con los «bandidos yanquis pero no imperialistas» sitiados por el ejército boliviano, «el mismo que mató a ya sabemos quién», y listos para salir escupiendo plomo para un último duelo al sol (y la chica les reza y les pide a ambos que cobren vida y le metan una bala entre los ojos al «marido-de-mamá-que-no-es-mi-padre» cuando entra allí por las noches y se sienta en el borde del acantilado de su cama para «demostrarte lo mucho que te quiero aunque no seas mi hija»). El que explica, desconsolado y entre lágrimas, que «mis padres siempre me dijeron que yo era adoptado, pero acabo de descubrir que son mis verdaderos padres». La que es muy pequeñita y tiene voz como de disco a 45 RPM, pero que en verdad es más grande que muchos de ellos y es así (tamaño y tono) porque, se dice, su madre no dejó de beber no como un cosaco pero sí como una zarina durante su embarazo. El muy pequeño de verdad que se lamenta porque «los míos se la pasan diciendo que ellos desprecian lo del Día del Padre y Día de la Madre por "invento comercial", pero esas mañanas me gritan porque no les compré nada de regalo... y yo no tengo dinero». El que cuenta que su «psico» les dijo a sus padres que tiene rasgos de monstruo precoz porque todos los asesinos en serie suelen matar animales en su infancia y él se la pasa arrojando huevos crudos al suelo. La que es forzada por sus padres a sacar de paseo a su mal apalabrado tío con síndrome de Tourette. El otro que explica que quiso llorar y no pudo mientras veía por televisión el reciente *putsch* al ahora suicida presidente del país de al lado (y a Land le impresiona y se le hace notable que diga *putsch* y no *golpe*). La recién operada de apendicitis que, al abrirla, descubrieron a su estómago lleno de uñas que no paraba de comerse «pero que, ojo, esas no eran mis uñas» (o eso juraba ella). El que está castigado por un mes sin televisión porque «me olvidé y les dije *Papi* y *Mami*». La que está «criando» un dóberman para... El que nunca habla y suspira siempre. La que decidió ser tuberculosa para «vivir envuelta en vapores mentales, de menta, y ver menos, ver todo lo que me rodea como al otro lado de una niebla o nube que me cubre y me protege de tanto enfermo». Ese cuyo padre tiene fotos suyas junto a políticos y revolucionarios importantes y con barba y habano (y parece sentir un raro orgullo por ello). Esa a quien sus padres dejaron sola y cuidando a su hermanita y le dijeron que volvían en unos días pero ya van dos o tres semanas y entonces vino esta noche «a ver si de casualidad estaban acá». Ese otro que hace unas semanas fue llevado a dar una vuelta por, casi recita, «organización terrorista parapolicial anticomunista de ultraderecha para luego ser canjeado por mi madre» pero que ahora, uff, no solo le dice a Land que cuando sea grande quiere ser escritor sino que, uff-uff, «ya soy escritor» y que después confía, con una especie de felicidad que Land no puede entender, que «nació muerto y con una costilla de más» o algo así. Aquel que cuenta que le «silenció» la campanilla al despertador de su desmadrada madre («lo desarmé como a una bomba de relojería») y que también suele desenchufar el teléfono para «quedarse dormido» y no ir al colegio sabiendo que su madre no es que se quede dormida sino que «directamente no se despierta y nunca escucha el despertador... pero igual lo desarmo por deportividad». La que explica que «mi relación con mis padres es del tipo militar: honro y obedezco al rango, pero no por eso respeto a la persona debajo de esas medallas que suelen ponerse entre ellos o a sí mismos». El que dice que quiere «llegar a Santo Padre», a ser el primer Papa judío y que su nombre al ser elegido será Jesús II. Y ese otro al que vieron nada más que una sola vez, en su cumpleaños, pero que con eso les alcanzó y sobró; porque les comunicó, con sus pupilas tan grandes que parecen dos pupilas en cada ojo, y antes de pedir un deseo y de soplar las velitas: «Chicos, tengo algo poco deseable que revelarles: todos ustedes son personajes de un sueño que estoy teniendo... Y cuando yo despierte...».

Y así los hijos e hijas de... se conocen y así quisieran no haberse conocido nunca, pero aun así les consuela el tenerse los unos a los otros. Porque ahí y entonces (intercambiando información acerca de sus educaciones como si fuesen espías encontrándose a mitad de puentes cubiertos por la niebla) descubren algo paradojal e inesperado. Aunque, si se lo piensa un poco, sea algo tan lógico: todos sus padres, queriéndose tan transgresores y diferentes y singulares, acaban haciendo todos lo mismo y configurando una nueva y poco original tradición a la hora de hacer tan bien las cosas mal. A su manera, así, sus padres son más tradicionales y predecibles que sus abuelos, salvo que resultan tanto más incómodos para los hijos de... de igual modo que ahora ellos lo son para sus propios padres: los abuelos.

Y de nuevo: nada les atrae menos a los hijos de... que el hacerse únicos merecedores de ese trono incómodo que se resignan a compartir no monárquica sino democrática y hasta comunísticamente.

Ellos no quieren ser ellos o como se supone que ellos tienen que ser.

Y, más allá de sus irreconciliables diferencias, todos tienen algo en común y no es la genialidad. De nuevo y ¿ya pensó en esto?, ¿ya desgrabé y transcribí esto?, ¿no se...?, ¿no me...?, ¿Nome?

Todos tienen mucho sueño y pocos sueños.

Y todos lucen cortes de pelo siempre un poco extraños: con huecos fuera de lugar en los que se ve el cuero cabelludo o con patillas asimétricas o con gorros que les han ordenado no quitarse hasta que se les «arregle» el cabello; porque la culpa es de «la forma rara de tu cabeza y no mía: yo te lo corté muy bien». Pero sus cortes poco y nada se parecen a los de quienes llevan el pelo de manera supuestamente normal y corto, como exigen sus colegios. Y los hijos de... casi salen corriendo y se esconden debajo de sus camas (cuando ya no se puede postergar más el trámite o los abuelos se olvidaron de llevarlos a la peluquería para que los «esquilen y dure más») cuando sus padres se sienten súbitamente «inspirados» y les cortan el pelo como si se tratase de una performance, llegando a hacerlo incluso en el centro de una de sus fiestas. Otra de las tantas maneras de ser «creativos» y de, sí, «abrazar el caos» y todo eso. Y entonces a Land le da tanto miedo la velocidad de esas tijeras anfetamínicas chasqueando metálicas junto a sus orejas y piensa en Vincent Van Nome.

Y lo más importante de todo y lo que los une y los distrae: a todos los hijos de... les gusta leer. Mucho. Leer dentro de un libro ayuda a no ver dentro de una casa. Leer abriga y ahí afuera hace tanto frío.

Y, entre temblores, aún mucho menos les interesa a Land & Co. entrar en pugna con esa sub-raza de seres elegidos (como los elfos de Tolkien, pero también con mucho de montaraces del Norte y capitanes de las revolucionadas Tierras Libres luchando contra poderes cada vez más oscuros) que son los más grandes y mayores hijos de…, los hermanos mayores para los que sus hermanos menores son como hobbits.

A Land, todos ellos le llevan una eternidad de siete-ocho años de edad. Y todos tienen ya algo de estoico y de victoriosamente vencido. Y sus padres los contemplan con una mezcla de mal disimulado orgullo y envidia. Y también les tienen un poco de miedo. Y, además, a veces, sí, tienen miedo por ellos. Y Land se pregunta si ese miedo será señal de amor o nada más que otro síntoma de preocupaciones que no están muy dispuestos a asumir intentando distraerse y excusarse de toda responsabilidad y preocupación con un «Ya son grandes y saben lo que hacen… Y si no lo saben, entonces ya lo aprenderán porque ya son grandes».

Y ellos, los hijos de… mayores (quienes no pueden ver lo que ya les espera sin mucha demora) miran a Land apenas de reojo y como a algo más parecido a una mascota. Y tienen una relación (Land escuchó el término por ahí, una tarde en que sus padres volvieron especialmente alterados de su «terapia de pareja») pasivo-agresiva con él. Relación para Land tan parecida a la de ese más maduro pero no tanto Corredor Enmascarado con ese otro joven y meteórico corredor de carreras, quien no sospecha que este es su hermano que se fue de casa hace años luego de discutir con su padre. Ese corredor siempre corriendo: como si huyese de algo y sin meta que cruzar, con ojos tan redondos a pesar de ser japonés, al mando de ese auto dibujado y animado que Land y sus compañeritos copian en sus cuadernos y desean tanto sin entender muy bien por qué o para qué porque, de tenerlo, no podrían conducirlo (y no: su modelo no se consigue en jugueterías de Gran Ciudad y un compañerito le ha dicho, como si fuese un secreto, que lo venden en países lejanos e inalcanzables para ellos).

Sí: a veces los acelerados y desenfrenados hijos de… mayores tratan a Land con simpatía. Ellos con el boceto de barbas y camperas de jean, ellas a las que les quedan tan bien las pecas y los vaqueros. Extraños de pelo largo y muchachas con ojos de papel. Y lo invitan a Land a habitaciones casi secretas o prohibidas para pequeños donde tienen clavadas en las paredes fotos de guerrilleros *for export*, y pósters de chicas semidesnudas en trigales y como cubiertas por vestidos ligeros y casi transparentes envueltas por una niebla de sol, y tapas de discos de bandas que Land no conoce y que le cantan a rasguñar las piedras y a su muerte y a solamente morir los domingos (y, sí, los domingos a la noche son la muerte para Land) y a empezar a quedarse solo (y Land ya empezó, empezó hace tanto con eso, que a veces siente que ya está terminando de quedarse solo). Y en ocasiones los mayores hijos de… hasta le prometen a Land que «una de estas noches te llevamos de cacería».

Otras veces y sin ningún motivo lo tratan de manera muy antipática (y, sí, hay hijos de… grandes que en más de una ocasión pueden ser unos grandísimos hijos de puta, piensa Land). Y le dicen que no los moleste y que se vaya a otra habitación porque ellos «tienen que hablar de cosas que no son asunto tuyo y de las que no te conviene enterarte». Y que «ahí está esa revista *Playboy* para que te diviertas a solas pero bien acompañado» (y Land acepta la revista y no la abre, porque le daría tanto miedo el que allí adentro estuviese la húmeda mujer-chica de su sueño y le daría tanta pena que allí adentro no estuviese la mojada mujer-chica de su sueño). Y, de salida de la habitación, Land escucha que uno de ellos dice «Para matar a la serpiente hay que cortarle la cabeza». Y Land no puede sino preguntarse si después de todo eso no es igualmente válido para cualquier otro animal, pero mejor no comentárselo.

Y Land no se enoja demasiado con ellos porque no puede sino sentir una cierta piedad por todos esos grandes hijos/hermanos mayores. Y siente esto sin saber muy bien por qué lo siente aunque de algún modo lo sienta, lo intuya. Ahí, todos esos chicos y chicas brillantes que −no conformes con haber tenido que aguantar los combates entre sus progenitores− ahora eran absorbidos por el huracanado ojo de una nerviosa guerra donde se combatía por establecer quiénes eran más dignos de ser padres. Pero esta vez no padres de ellos ni «mejores amigos» sino Padres de La Patria, sea lo que sea eso. A Land le recuerdan un poco, también, a aquellos gladiadores rebeldes pero sin un digno y heroico… ¿Nome?… ah, sí… sin un Espartaco que los inspire y aúne. Todos dicen ser Espartaco, sí, pero, sorpresa, no hay ningún Espartaco real. O sí hay demasiados que se creen Espartaco pero no lo son. O son, más bien y más mal, una mezcla de Lentulus Batiatus con Marcus Licinius Crassus a los que, más que conmover los ideales más colectivos, no conmueven sino que mueven los más personales de los intereses.

Y todos ellos y ellas ya son para Land como seres de otro planeta.

Y sus preocupaciones son otras y parecen vivir otra vida.

Y es una vida más peligrosa e intensa.

Y tienen esa edad imprecisa y casi fabulosa que empieza a los dieciocho años y que no se sabe bien cuándo termina; porque a esa edad y por algún tiempo que puede llegar a extenderse hasta una década, resulta imposible saber cuán vieja es la gente joven (propiedad que, tarde o temprano, se pierde y, de pronto, todos lucirán, oscurecidos, los impropios años que tienen o incluso más años de los que les corresponden). Sólo que muchos de ellos serán por siempre jóvenes: inmortales en su muerte no sólo los domingos sino cualquier día de la semana y con horario corrido. Alcanzados luego de tanto correr, sin auto fabuloso que los salve, con tantos otros autos en los que serán metidos no al volante sino en el asiento de atrás o en el baúl y disparo no de largada sino de llegada y no para ganar sino para perder, para darlos por perdidos. Y sí, en algunos casos, todos ellos y ellas ya parecen portar, como tatuada casi invisible sobre su cara, la cruz de un destino fatal y sin nombre ni ubicación precisa. La cruz de gladiadores crucificados y todos sin nombre o con un mismo nombre para todos que más que un nombre es una condición: la de ahora los viste, ahora no los verás más. Todos y todas en los principios de todos esos finales atravesados por balas, o arrojados desde aviones, o con sus cables fundidos por sobrecarga y apagados para siempre. Land ya puede anticiparlos si primero entrecierra sus ojos y después los mira fijo. *Nomen nescio*, N.N., Nome Nome. Sin nombre luego de dar ese nombre por no conocido, por desconocido y por no reconocido y por desaparecido. Desapareciéndolo, desapareciéndolos: sus almas rotas, sus cuerpos extrañados y, tanto tiempo después, demasiado tarde, sus calaveras sonriendo al saberse por fin encontradas y reconocidas.

Así (cuando nadie pensaba que pensaba en eso) pensó Land: «Los quiero a todos, los quiero mucho… No los voy a olvidar nunca más o, al menos, haré mucha fuerza para jamás dejar de recordarlos… No importa cuántos sean. No importa cuántos vayan a ser o no ser: siempre serán muchos, demasiados, incontables».

Y lo cierto es que, por el momento y a la hora de la más terrible verdad, todos ellos —pequeños-medianos-grandes hijos de…— sólo pueden concursar por la poco deseable pero muy reñida y espinosa corona de laureles por quién tiene los padres más locos e irresponsables: los padres más «geniales», quienes nunca dejarán de batirse entre ellos y revolverse los unos contra los otros por el cetro de la originalidad experimental educativa y juguetona pero siempre tramposa y muy mal perdedora.

Y —todos pierden, sí, la casa gana, y la casa es de los padres— ya pueden guardar los cuadernos.

Y, de nuevo, otro examen sorpresa.

Era en broma, no se asusten: pueden elegir lo que más les guste o interese, composición/redacción tema «Mis juguetes favoritos» o «Mis programas de televisión preferidos» o «Las golosinas que más me gustan» (y a ver si, mientras tanto, encuentro esa otra cinta donde Land dejó registrados lugares y paseos de Gran Ciudad).

Y tal vez sea verdad eso de que mejor jugar porque mucha televisión hace mal; pero jugar a mirar mucho el televisor masticando caramelos de goma ayuda a no ver tantas otras cosas y noticias de último momento en vivo y en directo y volvemos a estudios centrales.

Y lo más curioso de todo para Land es que los hijos de… y los compañeritos tengan los mismos juguetes y que vean más o menos las mismas cosas en televisión. Que sintonicen lo mismo todos los días de la semana y que se regalen regalos parecidos para sus cumpleaños. Cumpleaños que es cuando y donde se produce la entre incómoda y fascinante ocasión/sensación de juntar a compañeritos y a hijos de…

Y Land nunca llega a estar del todo seguro de si disfruta o si sufre de ese momento en que tiene que abrir los regalos delante de todos los demás. Sobre todo cuando son libros que no piensa prestarle a nadie porque siempre se los han devuelto tarde o con el lomo agrietado y esquinas de páginas dobladas, como si hubiesen ido a la guerra. Y a Land le gusta conservar sus libros como si fuesen nuevos y nadie los hubiese leído aún. Pero tampoco es que la pase muy bien cuando él es apenas un invitado que será recompensado a la salida con una pequeña bolsita de golosinas y algún pequeño juguete de plástico.

Y así ahí están: todos juntos ahora, estudiándose entre ellos con una mezcla de inquietud singular y maravilla mutua y absoluta indiferencia.

Y esto se vuelve aún más perturbador cuando todas sus diversas voces (los compañeritos intentan aplicar algo de lo aprendido en el coro de clase de Música, los hijos de... suenan más bien a rejunte de simios sin planeta) se unen durante unos eternos y agónicos segundos en ese «que los cumplas feliz». Letra y música para algo que Land siempre ha entendido como una forma encubierta de admitir la obligatoriedad de *cumplir* como forma de esclavizada obediencia: de madurar y de envejecer y de no perder pero sí de gastar el tiempo sin comprender muy bien qué tendrá que ver la posibilidad de ser cumplidamente feliz con todo aquello. Y claro: el efecto es aún más inquietante porque, sí, todo *eso* está *cantado*. Y Land casi puede sentir (crujido de engranajes y de poleas del cual no debería ser plenamente consciente sino hasta dentro de unas décadas) cómo en ese preciso instante, como en los de ciertas frenéticas comedias musicales que de pronto se aquietan y se vuelven reflexivas y habladas, él *crece*, y se deteriora un poco, y está más cerca de su final por más que este esté aún tan lejano.

También es irrefutable que la suya (la de Land y la de los hijos de... y la de los compañeritos) es una infancia sin demasiadas ocurrencias o, mejor dicho, donde no suceden demasiadas cosas *infantiles*.

O sí.

Pero se funden y confunden con las cosas infantiles de los padres mientras, desde las autoridades, se suele reiterar a la «población» que no es bueno portarse mal. Y que, de hacerlo e insistirse en ello, hay una amplia variedad de sanciones disponibles en menú a disposición de y para su aplicación en la «ciudadanía». Las recompensas y premios, en cambio, son más bien pocos. Y nunca acaban siendo tan atractivos como se los mostraba en las fotos y bases para participar en el concurso. Abunda, sí, el desconsuelo de premios consuelo.

Y —en el caso de Land y de los hijos de...— suceden y son demasiadas las cosas que no deberían sucederles ni deberían ser o en las que participar o no participar.

Como el que las mejores películas sean las prohibidas para menores de 14 o 18 años y, aun así, suelan estar incompletas por censura a alguna escena considerada «peligrosa» para toda edad por invisibles y atemporales guardianes del honor.

También, claro, hay cada vez más rumores de personas que se ausentan de los sitios que solían frecuentar para, se dice, protagonizar escenas donde los cortan y recompaginan y les explican que más les vale dejar de meterse en «cosas peligrosas» y que —si insisten en aceptar ciertos papeles y roles y personajes— las críticas especializadas a recibir serán aún peores y más dolorosas.

Así, de nuevo, para Land y los de su edad no hay aún tantas opciones de nada.

Ahí están y estuvieron y siguen estando los clásicos del dibujo animado que no dejan de reestrenarse años tras año en copias de colores cada vez más descoloridos y precedidos por absurdos noticieros para pantalla grande en los que todos esos seres reales parecían pésimos actores.

Y los juegos a los que se juega en las plazas pobladas por árboles centenarios de raíces al aire y tan poderosas como ramas (Land no lo sabe aún, pero dentro de no mucho esos árboles australes serán para él sustituidos por tropicales palmeras jóvenes) son los mismos que se juegan desde hace décadas y pasan, principalmente, por perseguir y ser perseguidos, por atrapar y ser atrapados. Manchas variadas y policías y ladrones. Aunque también hay algo bueno en todo esto: la cómplice felicidad (aunque esto no demorará en cambiar y dejar de ser así para siempre y hasta nunca) de que los libros que él lee sean los mismos que leyeron a su edad tanto sus padres como sus abuelos.

Los mismos héroes y los mismos traidores y las mismas victorias y fracasos por encima de las diferentes ediciones. Y apenas la nada novedosa novedad de alguna más impertinente que bien educada variación futurista que lleva a Nome Crusoe a Marte o a Nome Hood al asteroide de Sherwood. Sí: tres generaciones de infancias agujereadas y unidas, hilvanadas por el mismo hilo dorado de una misma imaginación aventurera. Nada más y nada menos que una ilustrada continuidad en contraposición a tantos de esos frustrantes y hasta maleducados *(continuará...)* de los cómics al final de alguna revista y que no aparecían en ningún libro: porque en los libros era uno quien estipulaba hasta dónde leería esa noche o esa tarde o esa mañana o si, mejor aún, leería todo el día. Y, ah, ese deslumbramiento al descubrir que el héroe de este libro reaparecía en otro libro y eso no era un *(continuará...)* sino, más bien, un *la aventura continúa*.

Así, hay mucho de lo poco que hay, pero nunca faltan libros. Y a los libros se los puede releer cuando más y mejor se desee: los libros nunca se acaban porque siempre pueden volver a empezarse. Los libros nunca se acaban y aún rotos o accidentados jamás dejan de funcionar y lo que nunca hay que hacer es perderlos, olvidarlos.

Y releerlos es volver a ser feliz.

Así, esa condición privilegiada de los libros se traslada para Land a todo lo demás: todo se repite y se revisa. Todo se aprende y se sabe de memoria, porque pocas cosas dan más placer que regresar a lo que se cree haber dominado a la perfección para descubrir entonces que siempre hay algo que se había pasado por alto o se había escurrido por debajo. Detalles minúsculos o datos vitales (una sonrisa casual, una decisión temeraria) que, por momentos, le hacen sospechar a Land que, cuando los libros están supuestamente cerrados y descansando, en realidad se siguen escribiendo, corrigiéndose, editándose a sí mismos para ser mejores de lo que ya eran. Y Land se pregunta respondiéndose si en verdad no serán los libros quienes leen a sus lectores. Y —a medida que los conocen y avanzan en esas vidas de quienes los sostienen— si los libros no irán cambiando para así satisfacer más y mejor a sus lectores de acuerdo a sus gustos y necesidades. Los libros como motores de movimiento perpetuo que movilizan a quien los enciende con sus ojos. Sí, Land ya está casi seguro de que es así su ejemplar de *Drácula* que por estos días lee y no deja de releer. A veces retrocede varios capítulos, como si se tratara de uno de esos *resumen de lo publicado* en los cómics, que cada vez le interesan menos y lo defraudan más. Y así lo hace para que *Drácula* le dure y viva más y demorar más en llegar a una última página que, ya está convencido de ello, será seguida por, de nuevo, la primera página.

Lo que permite —ese eterno retorno— conocer a ese poco de todo hasta el más mínimo detalle. El tiempo que se pasa en cada lugar y se dedica a cada objeto es mayor. Y la concentración es mucho más concentrada y duradera a la vez que más vale cuidarla mejor para que no se rompa.

Abrir entonces Pequeño Catálogo *raisonné* Land (compartiendo título con ese primer libro sobre pintores y pinturas clásicas al que Land no deja de mirar fijo, pensando en que los cuadros, como ese cuadro jardinero y delicioso y en tres partes y puertas que al cerrarse muestran algo más, *también* pueden leerse y contarse y retocarse, aunque no sea uno quien los haya pintado ni los quiera pintar) de y en su *Mi Museo Maravilloso*:

Todos esos coloridos juegos «de mesa» con billetes que lucen más limpios y valiosos y estables que los tan arrugados y rotos billetes de verdad (y, ah, el esquelético sonido de los dados chocando dentro del cubilete y luego desparramándose sobre el tablero junto a todos esos apellidos de calles y avenidas conocidas o todos esos nombres de países lejanos y exóticos de pronto al alcance y conquista de la mano y de las fichas). Y aquel que se llamaba Mente Prodigiosa y, mediante electricidad y clavijas, ofrecía la recompensa de encender una pequeña lamparita si se optaba por la respuesta/opción correcta (pero había algo de perturbador en ello, porque equiparaba a la suerte de elegir bien al azar con la ilusión de ser inteligente; concepto que, volvía a pensar yo por Land, malcriaría futura vida y modo de crecer y relacionarse de tantos hijos e hijas de...). Y las batallas navales con una límpida jerga —*agua, tocado, hundido*— que quizás ya preanunciaba buena parte de cómo se sentirán todos ellos en una inminente y sucia guerra por librarse en tierra nunca del todo firme. Y esas palabras a ahorcar y esas cruces y círculos a alinear en una hoja de papel: el jugador escribiendo y dibujando y atendiendo su propio juego. Y, por supuesto, ajedrez y damas. Y, sobre todo, Senku o *Peg solitaire* o *Solo Noble* (que tiempo después y más lejos Land suplantará con el *Master Mind*): ideal para hijos únicos y jugadores a solas y, de paso, para convencerse de que se está desarrollando inteligencia y habilidades estratégicas y de que era posible anticipar el futuro con un par de movimientos y sentirse tan pero tan clásico.

La excepción ocasional de algo a control remoto (pero con cable de corta distancia) y generalmente de anatomía robótica o automovilística. Pero son especímenes contados y escasos y difíciles de conseguir o recibir. Son muy caros. Lo que sí abunda y se impone es el latón y las llaves que dan cuerda y, en ocasiones, lo que camina hacia atrás cuando debería andar hacia delante: como ese pequeño muñeco con sombrero y maleta cubierta por calcomanías con nombres de destinos exóticos.

El proyector de juguete –descendiente directo de *lanterne magique*– con rollos de papel imitando (mal) celuloide que a veces se incendia, igual que el celuloide en los cines de verdad y que, seamos sinceros, nada tiene que hacer comparado con la magia ancestral de esas manos proyectando sombras en la pared.

Los bloques de plástico y madera (en versión importada y de *clicks* perfectos, o nacional y en donde hay que apretar con más fuerza para conseguir los *clucks* de algún tipo de unión) para construir primero y hacer volar todo por los aires después.

Las zapatillas y lapiceras de diferentes marcas (y, con ellas, la primera percepción de las diferentes clases sociales a partir de los diferentes precios) y los «marcadores» con fibra que se anuncian con un aviso donde aparece un chico (sin dudas un hijo de… publicitando allí por mandato de su padre publicista) sosteniendo la cajita en la que se guardan y de la que se sacan de a uno, envase del tamaño de un paquete de cigarrillos, haciendo como que los fuma aspirándolos profundo y con ojos desorbitados.

Los soldados de surtida época y uniforme y nacionalidad que, al ir juntándose, pelean todos juntos contra todos juntos: centuriones de la Legión versus oficiales de las SS y mohicanos alistándose en la Legión Extranjera. Da igual, es siempre la misma guerra interminable. Y algunos de estos soldados eran desmontables y permitían interesantes y ocurrentes y delirantes alteraciones históricas. Y aquí viene un mutante escuadrón de caballeros de Camelot con cabeza de pieles rojas sobre dromedarios beduinos y guerreros del Faraón con kilt escocés. Y Land se pregunta cuánto faltará para que salgan a la venta soldaditos de alguna de las varias denominaciones de novedosos guerrilleros locales para alinearlos junto a húsares franceses o para ponerlos a combatir contra zulúes de KwaZulu-Natal o a enfrentarse a astronautas despresurizados en una estación espacial a reclamar con un «para el pueblo lo que es del pueblo».

Los masticables (larga vida a los por alguna misteriosa razón siempre pocos de color verde, fuera de aquí los acaso por el mismo motivo demasiado abundantes de color rojo). Y los caramelos de compañías diferentes pero de un único sabor indeterminable y poco duradero (y no es cierto aquello de esos de sabor tan raro, tan poco caramelístico, que juran durar media hora sin disolverse pero sí es verdad que son los que más le gustan a César X Drill, siempre en sus bolsillos, convidando a Land). Y esos pequeños corazoncitos que sí se disuelven enseguida bajo la lengua como medicinas alternativas. Y gatitos de menta y pequeñas bananas recubiertas de chocolate. Y ese novedoso chocolate como prisma triangular. Y las golosinas gomosas que no se tragan, y que a Land le gusta pensar que más que mascarlas las (otra palabra de traducción) masculla, pero que invitan a dominar el arte de hacer globos (algo tan admirado como la habilidad para silbar) y que hasta tienen el raro gesto de incluir (al no estar repartidas según los signos zodiacales o fechas de nacimiento) predicciones de carácter general que van de lo obvio y previsible a lo abstracto y sobrecogedor. Y Land recuerda, entre ellas, unas que le produjeron una gran inquietud: «Todo lo que crees saber no es más que todo aquello que no sabes» o «Quien sólo se adelanta a su época, será alcanzado por ella alguna vez» o «Pronto harás un largo viaje en avión...» y, más alarmante aún, culminando con un «... pero con muy poco equipaje». Y, por encima de todo, haciéndolos sentir que vuelan, la Coca-Cola. Esa divina ambrosía digna de dioses y diosas olímpicos coleccionables que infla y satisface pero nunca llega a colmar del todo. Pero es la Coca-Cola la que colecciona a todos los hijos de... y compañeritos. Y ahí está la clave del misterio: todos ellos son, en verdad, el ingrediente secreto y externo que completa y potencia y hace irresistible a su fórmula de pasado medicinal y hasta adictivo. Siempre hay espacio para otra dosis, otro trago, otro vaso, otra botella. Los que optan por la Pepsi-Cola (esa torpe falsificación con sabor a Coca-Cola vieja y gastada) son considerados traidores y cobardes y personas de poco carácter. Otras variedades gaseosas inferiores (con sabor a limón o naranja o pomelo o incluso esa enigmática «agua tónica» cuya virtud es la de no intentar parecerse a la primera y única) sólo se consideran cuando se acabó o «no queda» Coca-Cola. Pero Coca-Cola siempre hay. La generación de Land ha comenzado a consumirla desde que tiene memoria (tal vez por eso su nombre es inmune a todo Nome). Y así ya ha quedado establecido —y se lo repite con orgullo patrio— que Gran Ciudad es una de las metrópolis de mayor consumo de Coca-Cola en el mundo. Y ese sonido al destapar una botella por primera vez (antes de que se impongan las tanto menos emocionantes tapas a rosca) pone a Land y a los de su edad a salivar pavlovianamente, sus orejas paradas, su sonrisa con lengua afuera. Es el sonido de algo que empieza sin haber terminado nunca y que precede al sabor de lo que nunca decepciona y siempre sigue e invita a seguir saboreándolo. Sí: la Coca-Cola es como la versión líquida de la televisión. Se supone que emboba, que hace mal, que no es buena; pero sin ella sus vidas serían la muerte. Así que la beben (en ocasiones a Land le gusta imaginar que es como esa bebida humeante que, en aquella película, hace una bestia del hombre) y casi la siente correr por su cuerpo, como una nueva sangre burbujeante y dulce que, alcanzado su cerebro, lo acelera, lo hace sentirse una locomotora que pide más y más Coca-Cola para su caldera.

Los trenes de juguete siempre corriendo en círculo. Trayectoria breve. Nunca se mantiene el interés suficiente en ellos como para comprar más vías y hacer más complejo su recorrido. El interés por ellos descarrila pronto (salvo que se sea fanático de esa marca alemana y resignarse al cómo esas costosas réplicas a escala transitando por pueblos bávaros van reclamando todo el espacio de la habitación hasta que un día se descubra que ya no se puede entrar o salir de allí). Lo mismo sucede con las pistas de carrera y esos autos que siempre salen despedidos en las curvas. Y Land allí, sentado en el centro de ese círculo, como una parte más de ese juguete: Land como la parte más aburrida aburriéndose cada vez más rápido de jugar a eso tan aburrido y pensando en cómo seguirá la tanto más divertida historia en ese juguete llamado libro que está leyendo. Libro que es un juguete que es como si fuese el control remoto que lo controla a él y está tan bien que así sea y rendirse para no darse por vencido sino por vencedor.

Los álbumes a llenar pero nunca completados; porque pronto se comprende que «la más difícil» de las figuritas (a las que luego él conocería, en otras partes pero siempre allí, como dioses que cambian de nombres al cambiar de sitio, aunque siempre presentes, como *barajitas* primero y como *cromos* después) es casi inexistente. Los fabricantes imprimen muy pocas. Y son muy pocos los que han visto a «la más difícil»: es muy fácil de *no* ver. Y los afortunados que la tienen la muestran poco o mienten que la tienen pero no la sacan de sus casas (y, cansados de esperar, algunos compañeritos incluso la dibujan y colorean tal como la imaginan y la pegan en el sitio correspondiente del álbum).

Y, no, eso no es hacer trampa: eso es hacer justicialista justicia.

Esos camiones de material irrompible y pintura metalizada. Y, de acuerdo, *de verdad* son irrompibles. Pero son *tan* feos (y no tienen ni una sola parte movible y, por lo tanto, rompible; como las puertas de esas otras tanto más costosas miniaturas británicas y tanto mejor coloreadas y más detalladas y a guardar dentro de sus cajitas) que no produciría ningún placer el romperlos de poder romperlos. Ni siquiera merecen el gran esfuerzo de intentarlo. Su única virtud es ser duraderos cuando y donde nada dura: porque por ahí y entonces nada es lo suficientemente duro para durar.

Los frágiles long-plays de canciones infantiles «pero adultas» (en especial los de María Nome Nome con esa dulce pero a la vez firme voz, como de institutriz, para rimar melodiosamente cosas un tanto alucinadas y alucinantes). Y los de ese «grupo de instrumentos informales» con el que Land y los hijos de… tan informales se ríen tanto (y eligen a su favorito entre sus miembros, como si fuesen súper-héroes, y el de Land es *ese*) en especial con esa parodia de himno patrio de los gervasiovicariocabrerianos siempre vencidos y con ese lamento de malevo de padres divorciados. Y aquel otro de vinilo de colores con hits de pop local donde lo que más intriga a Land son los corales *ja-ja-jás* y *sha-la-lás* y *ding-dongs* y *sucundún-sucundúns* al costado de las voces cantantes, como comentarios al margen, como dionisíacas indicaciones de un editor apolíneo. Canciones en las que él advierte de que está hecho un demonio feliz aunque culpando a ella de la posesión ardiente, o tiritando entre olas y viento, o lamentando que ella ya lo olvidó pero él no puede olvidarla. Y esta última canción produce un extraño efecto en Land: como si recordase algo que aún no sucedió pero que pronto le sucederá. Y los discos de The Nome que son expertos creadores de canciones para mirar (y el vértigo de Land, cuando lo llevan al cine a ver su *Yellow Nome*, al escuchar a la altura de la casi última melodía que los malvados y vencidos Blue Meanies juguetean con la idea de mudarse al casi inexistente país de Land para seguir pintándolo todo color gris petrificado). Y los long-plays de sus padres con «canciones de protesta» a las que Land rebautizó como «canciones a protestar»: porque no las aguanta, porque no cree en ellas, porque le suena un poco raro eso de protestar cantando o de cantar protestando.

Y —tanto para unos como no tanto para otros— ese momento de expectativa pura y mecánica: girar una perilla y el brazo en movimiento y la púa descendiendo para clavarse en los surcos del sonido. Y, cada vez más, rayones y saltos y cicatrices de vinilo convirtiendo a esa música de todos en algo personal y único, rebotando y repitiendo lo que Land ya sabe pero que no está mal oír con otra voz. El inabarcable e inacabable y el siempre seguir leyendo hasta el fin de ese día que es la vida entera: *Having read the book... book... book... book...*

Y los libros, los libros, los libros, los libros.

Y, entre libro y libro y al mismo tiempo (como si fuesen todas esas ilustraciones que Land ya no quiere ni necesita en sus flamantes versiones originales de cuentos y novelas completas), el eco constante de revistas de historietas y esa otra, en inglés, dedicada a las películas de monstruos y que de tanto en tanto Land captura, importada, en alguno de esos kioscos de las esquinas de Gran Ciudad, sus flancos de metal cubiertos hasta el último centímetro por papel impreso en todos los colores. Ahí están las revistas mexicanas, que son las traducidas de Estados Unidos: Batman y Superman, sufridos hijos de... si alguna vez los hubo y, en ocasiones, protagonizando «aventuras imaginarias» repletas de imposibilidades y contradicciones para con sus mitos firmemente establecidos y que, en más de una oportunidad, Land imaginaba y aventuraba y deseaba para él mismo, para que su irreal realidad fuese otra más normal y más sólida. Pero sus favoritas entre todas ellas —y son muchas— son las de aliento más o menos sobrenatural cortesía del *Believe It or Not!* de Nome Ripley. Y las adaptadoras de clásicos y de cine y de series. Y las que se ocupaban de biografías de famosos y de infames («Vidas Ejemplares» se llamaba esa sub-especie cuyo título él leía con algo que no podía ser sino el más anticipatorio de los escalofríos) bajo la cabecera común y para Land un tanto oximorónica de *Domingos Alegres*. Porque a quién podía alegrarle el que fuera domingo: esa lenta pero constante y refleja introducción al lunes donde se lamentaba el volver a clase sin saber muy bien por qué, porque después de todo no estaba tan mal eso. Y, muy de tanto en tanto y casi a escondidas, Land incluso se arriesgaba a leer aquella serie romántica y supuestamente sólo para chicas pero tentando con sus «secretos del corazón» (y allí, el avistamiento aún lejano, pero cada vez más próximo y preciso, de una forma de amor que ya no es simple y consecuente acompañamiento a aventuras corsarias y mosqueteriles sino que, de pronto, parece ser la aventura en sí misma). Revistas que, además, traían propagandas de productos tan extraños como esos Sea Monkeys que Land nunca llegaba a comprender muy bien qué eran y cómo se hacían y que tal vez, pensaba Land, era la sustancia que embarazaba con *Midwich Cuckoos* o reproducía a *Body Snatchers*. Y los cómics europeos (con galos y cowboys y una chica más o menos desnuda de labios entreabiertos siempre atada en posiciones imposibles y un marinero maltés en todas partes). Y hasta alguna del país de al lado que dentro de poco sería más cercano que nunca para Land (con un siniestro Doctor Mortis; y Land se preguntaba por qué el oficio de doctor siempre es tan asociable a las historias de terror y enseguida se responde que la suya es una pregunta muy tonta y obvia). Y las locales, donde (más allá de La Evanauta y de esas revistas de lomo grueso que parecen contener a todas las variantes posibles de un paladín de muchos músculos y pocas palabras) los súper-héroes eran desbancados por súper-próceres nacionales. Todos juntos en cabildos y asambleas que a Land se le hacían, en esas estampas patrias, peligrosamente parecidas a las fiestas de sus padres o, por separado, entre humo de pólvora o nieve de cordillera. Todos muy bien ilustrados, año tras año, según la fecha patria a honrar en semanarios para niños. Patriotas quienes —si se los estudiaba un poco más a fondo de lo que postulaban los programas escolares— se descubrían invariablemente como gloriosos perdedores o acababan en el exilio o envenenados y arrojados por la borda o montando muertos a caballo o con su lengua podrida y sin poder hablar pero escribiendo últimas palabras como «Si ves al futuro, dile que no venga». Y el favorito de Land entre todos ellos (después, claro, del en las revistas nunca considerado Gervasio Vicario Cabrera) era ese con cara de bulldog y con diferentes personalidades: maestro, presidente, militar, escritor… Un prócer diferente y que no tenía nada que ver con los demás próceres tan parecidos a esos inverosímiles y afeminados galanes de cine mudo. Todos ellos tan entallados en trajecitos con luminosas medallas más dignos de matadores de toros que de libertadores de países. En cambio, su prócer preferido —enfundado en ropaje pesado y amplio que no buscaba disimular un cuerpo de músculos gordos– era un viejo verosímil quien, además, era muy cariñoso y responsable con su diminutivo hijo adoptivo. Alguien quien, para Land, lucía como el Gran Abuelo de Todos los Abuelos. Y, además y para su gloria, era un auténtico superdotado de múltiples personalidades pendulando entre la civilización y la barbarie. Y –detalle que le inquietaría tanto dentro de un tiempo a Land y que se le hacía lo más patológico de todo y de todos– alumno de asistencia perfecta. Alguien a quien se cantaba y cantaba Land en un himno, sin llegar a comprenderlo del todo, que la niñez le había construido «de amor» un templo en su pecho, como si se tratase de uno de esos novedosos trasplantes de corazón de los que todos hablaban. Alguien autor de un libro muy raro y de quien se alababa el que la lucha había sido su vida y su elemento y la fatiga su descanso y calma. Y tal vez, pensaba Land, a esa contradicción complementaria (lo de la fatiga como descanso) se debía eso de no faltar jamás a la escuela (a pesar de que su primer nombre fuese el de ese desaulado último día del fin de semana). Ahí estaba junto a todos los demás en esas revistas que, además, se vendían como «educativas y complementarias al material escolar para reforzar lo que los chicos aprenden en el colegio y así colaborar con la tarea de los maestros». Y Land no podía sino sospechar que ahí estaba ocurriendo algo raro y fuera de lugar: una variante de conspiración editorial. Por no mencionar –pero mencionaré de nuevo– la afrenta casi personal para Land y sus compañeritos de que en ninguna de sus páginas jamás se mencionaba al soldado raso Gervasio Vicario Cabrera volando junto a su caballo sobre las líneas enemigas para acabar con los altos mandos realistas. Y luego, cuando Gervasio Vicario Cabrera intentaba volver por tierra junto a los hombres de su regimiento, ser capturado por los suyos, acusado de alta traición, y fusilado veloz y sumariamente. Y, después y demasiado tarde, al enterarse los altos mandos de su hazaña, ser honrado y ascendido a general y convertido en colegio estatal pero «de moda». Un colegio que era templo no construido *por* la niñez sino *para* la niñez. Un templo crecido en el pecho de Gervasio Vicario Cabrera acribillado por las balas de los suyos.

Las series de televisión extranjeras. La del Zorro era una de las más comentadas y cantadas (por la canción en la secuencia de sus títulos) y había impuesto en los recreos el juego del «espadeo» donde el brazo se convertía en espada y todos acababan muriendo y llevándose las manos al pecho y maldiciendo al rival en el duelo. (Aunque a Land lo que más le interesa y con lo que más se identifica es, por todas las razones incorrectas y por propia experiencia, con la locuacidad gestual de ese criado sordomudo del espadachín enmascarado). Y la de aquellos tres tarados que no dejaban de golpearse entre ellos y aun así eran inseparables (y Land ha visto a compañeritos completamente dóciles convertirse en máquinas hiperviolentas luego de ser expuestos varias veces al influjo de este trío de psicópatas). Y las de atómicos monstruos japoneses (con trajes de monstruos japoneses) y paladines ultra-astro y magníficas y justicieras naves. Y todos esos coloridos dibujos animados no en blanco y negro (la variedad también japonesa con ojos y bocas tan abiertos que parece que jamás podrán cerrarse) pero sí en televisor blanco y negro. Y todas esas series que parecían sostener sus tramas, sin importar su género, sobre el concepto de parejas protagónicas tan disparejas hasta resultar perfectamente complementarias (a Land le gusta mucho esa que reúne a un aristócrata educado en Harrow y a un bribón de los bajos fondos de Manhattan devenido en millonario especulador en Wall Street; y cómo es que de pronto se acuerda de todos estos nombres innecesarios y no de tantos otros para él imprescindibles). O aquella con submarino y aquella otra con nave espacial (pero en ambos puentes de mando sus tripulaciones siempre sacudidas de un lado a otro). O la de ese ladrón internacional que, al decirse su nombre, le aparecía una aureola sobre su cabeza y arqueaba sus cejas como intentaba, sin lograrlo, hacerlo Land frente al espejo del baño, poniendo cara de protagonista y padeciendo el mal de quienes piensan que hay un error en el destino. O la que tenía un «villano invitado» y muchos CRASH! BANG! KAPOW! O la que empezaba tentando a sus protagonistas con una, si deciden aceptarla, «misión imposible» cuyas instrucciones se autodestruían en unos segundos para que un fósforo encendiera la mecha de esa música compuesta por alguien quien —se lo presentaron—

una vez vino a una fiesta de sus padres, pero se fue muy rápido, tan rápido como se consume un fósforo. O la infinidad de *sitcoms* apoyándose en siniestras o prolijas familias muy normales y no tanto (familias con las que Land, inevitablemente, establece comparaciones) y en las que las madres cocinaban mucho, ya fuesen tarántulas en su salsa o huevos revueltos con jamón, pero cocinaban chasqueando los dedos: tan felices de hacerlo y de saberse alimentadoras de la casa.

Y todas, sin aviso, repitiendo regularmente episodios. Lo que frustraba pero, con la costumbre y resignación a ello, acababa permitiendo a Land y a sus compañeritos e hijos de... descubrir cosas nuevas o comprender que los recordaban y los habían filmado y remontado en su memoria mucho mejor de lo que en realidad eran.

Y no saben si esto (si esa especie de súper-poder) es algo bueno o algo malo.

En cualquier caso, es lo que hay.

Es lo mucho de muy poco que hay.

Los programas infantiles nacionales con un clown: el primero al que Land recuerda entre todos y quien (tiempo antes de que la figura del clown fuese abducida, comprensiblemente, por el género del terror) no deja de cantar/preguntar/demandar un inquietante «Yo soy Payasín... Yo soy Payasín... ¿Se acuerdan de mí? ¿Se acuerdan de mí?», como si el tenerlo siempre en mente y en el recuerdo fuese la energía de la que él se alimentaba. Y otro con tres infames payasos importados que aúllan sobre gallinas y dos tipos saludándose a los gritos, y aquel otro nacional que se dice pescador pero no para de cantarle al «auto de papá». Y los programas cómicos cuyos sketches, a menudo infantiles, son los mismos con mínimas variaciones semana tras semana (algunos incluyen a mujeres más o menos vestidas, otros más refinados a un personaje de pésimos modales y nula cultura instruido por un desesperado profesor). Y aquellos donde se practicaba subliminalmente la patafísica con un «Me saco el saco y me pongo el pongo» o el existencialismo más serio preguntándoles a los niños «¿Qué gusto tiene la sal?», adelantándoles un poco ejemplar «Trabajás, te cansás, ¿qué ganás?», resignándolos ya a un «¡Qué suerte para la desgracia!», y diagnosticando un «Tengo los nervios nerviosos» y «¡Mirá cómo tiemblo!» mientras se buscaba la redención de un «El movimiento se demuestra andando... pues andemos», y hacerlo «Ya mismo y sin cambiar de andén», y a la caza de «Un gestito de idea». Y lo más importante para Land (quien no podía sino temblar ante ese para él tan imposible como añorado «Quédese tranquilo y duerma sin frazada») en uno de ellos: allí se exigía un «¿Y la *aneda*?» considerando que si lo que alguien estaba contando no incluía *aneda* o *anécdota* no tenía razón de ser y mucho menos de ser narrado (la primera vez que lo vio, Land escuchó *moneda* en lugar de *aneda* y su error le pareció un acierto: la anécdota como esa moneda que, según había leído en esos fascículos mitológicos que coleccionaba, se le entregaba al barquero Caronte para cruzar a la otra orilla del espectral Aqueronte). Y, lo más importante, ese algo que todos los hijos de... fuera de casa, a la madrugada, no dejan de decirse a sí mismos porque saben que jamás serán escuchados: «Mamá, ¿cuándo *los* vamos?» (acaso refiriéndose a que se vayan todos ellos, *los*, que *los* salgan de su vida). Y, claro, sólo lo hacen porque no esperan respuesta alguna. Ni de mamá ni de papá (que en el caso de Land, además, no tenían auto de papá ni de mamá). Porque mejor no volver a oír esa posible respuesta. Porque saben que esta será el supuestamente adulto pero en realidad tan infantil «Todavía no. Está divertidísimo. Nos quedamos un ratito más, ¿sí?».

Y se quedan, claro.

Y ya es la medianoche y los televisores dejan de emitir luego de que un sacerdote despida a todos con «un momento de meditación» mientras, alrededor de Land, en una de esas fiestas, nadie parece dispuesto a meditar ni por un momento.

Y, claro, esos grandes contados pero tan contables acontecimientos: la noche de la llegada del hombre a la Luna, por ejemplo. Sus padres organizan, por supuesto, una «fiesta alunática» con televisor encendido en un rincón del living al que nadie salvo Land presta atención. Allí, Land preguntándose si se transmitirán imágenes del cráter Clavius, cerca de Tycho, donde en
. unos años, junto a bases tranquilas con hoteles y casinos, desenterrarán ese rectángulo negro y cantante y sonante que él ya vio

en un cine y quiere volver a ver en otro cine: porque nunca se ve más o mejor que en la oscuridad de un cine. Allí Land queriendo convencerse de que su dieta —polvorienta e instantánea— era como la de los astronautas.

Y, por unos minutos, el sombrío Silvio Platho se sienta a su lado y mira y comenta: «Deprimente... Y vaya a saber uno si esto que nos muestran es cierto y no es una farsa... Aunque sea verdad, no entiendo a qué o por qué vamos allí. No hay nada salvo rocas y polvo... Tampoco entendí por qué el ofrecerle la Luna a la mujer amada siempre se ha entendido como la forma más extrema y entregada del amor romántico... Es como prometerle el vacío absoluto y la ausencia total... La nada... La Nada... Además, ¿no dicen que es la Luna la que rige las molestas mareas de la menstruación? No sé: no me parece algo muy agradable de ofrendar... Lo único que vale la pena de estar en la Luna, se me ocurre, es que tiene vistas a un planeta donde, dicen pero, de nuevo, vaya uno a saber si es cierto, hay altas probabilidades de algún tipo de vida más o menos inteligente... Tristísimo todo... Me dan ganas de ir a la cocina y encender el horno y...».

Y el noticiero que transmite la noticia está conducido por una pareja que se hace chistes con doble sentido y flirtean entre ellos. Pero, de pronto, ya no hay tiempo ni espacio para ese tipo de gracia y la Luna lejana es superada por lunáticos cercanos y como cantándole a la Luna que va rodando por esa misma avenida en la que vive Land: porque cada vez se informa más acerca de secuestros y de asesinatos y de hombres y mujeres a los que hacen ver las estrellas primero y a los que luego se eclipsa para después arrojarlos, con perfecta puntería, al centro de agujeros negros. Y entonces, para Land, la súbita noción y reconocimiento de un lado oscuro, de que alguien ha soltado y dejado salir a todos los oscurantistas. Y entonces el falso alivio de que por suerte ahora viene el pronóstico meteorológico. Y después sigue esa película extranjera de la que su presentador nacional no dudará en contar argumento y final antes de que se emita y, por lo tanto, hay que levantarse rápido a bajar el volumen o taparse los oídos o aprovechar para ir al baño (y nunca se está más solo o con uno mismo que en el baño, bajo esa luz implacable y solitaria, los ojos como ciegos por no querer verse) a llorar a solas por la tristeza de la propia y secreta película de la vida.

Los partidos de fútbol, para quienes les interesa eso y a muchos les interesa mucho. No es que a Land no le interesase, pero a sus padres nunca les interesó y entonces... De ahí que, cuando le preguntan cuál es su equipo favorito, Land haya escogido uno al azar (ninguno de los dos más populares, uno de segunda o tercera fila, para no complicarse con pasiones de apasionados). Y Land hasta se ha aprendido su alineación de memoria (muchos de sus compañeritos saben más acerca de esos tipos de aspecto fiero y no muy deportivo que de ellos mismos). Y que esté al tanto del resultado de su último partido para que así lo dejen pensar en paz en esas novelas en las que se practican deportes mucho más extremos como el de dar la vuelta al mundo en ochenta días o viajar submarinamente o al centro de la Tierra o ir, de nuevo pero antes, de la Tierra a la Luna.

El programa ese del domingo donde los miembros de una casta de apellido italiano se la pasaban insultándose y traicionándose (sin ser de la mafia, pero no hacía falta: la ametrallante violencia verbal era la misma) para acabar siempre reconciliados frente a una sacra fuente de ravioles ante la que el patriarca, invariablemente exclamaba un, para Land incomprensible luego de todo lo anterior, «¡No hay nada más lindo que la familia *unita*!».

Lo siguiente a eso, que duraba horas y horas y que para Land era como atreverse a espiar un futuro cercano pero para el que le parecía quedaban aún milenios por transcurrir. Un programa donde equipos de diferentes colegios secundarios se batían ferozmente a lo largo de diferentes pruebas de conocimiento y habilidad y humillación para ganar el viaje de fin de curso hacia algún sitio. Lugar donde luego, invariablemente, solían tener accidentes de variable gravedad producto de sus (malas) conductas o de la desesperación casi criminal del chofer del autobús que los llevaba y los traía y, en ocasiones, los abandonaba a mitad de camino como si se tratase de una a superar y sobrevivir prueba más fuera de programa.

Y, por suerte, lo de antes, el día anterior: el adorado sábado, cuando todavía faltaba tanto para volver a casa.

Allí y entonces, Land frente a un televisor más antiguo pero de pantalla más grande y degustando abuelísticos y exquisitos platillos. Sabores elaborados y orgánicos que jamás habían oído ni querían oír acerca de la hamburguesa prefabricada marca Nome acompañada por puré en polvo instantáneo marca Nome (y, ah, pocas veces Land agradeció tanto los efectos de este olvido como en estos dos casos). Allí, en cambio, en lo de sus abuelos, alimentos sólidos y variados y de diferentes texturas y colores y sabores. Y muy sustanciosa sopa de letras sin errores de ortografía que Land lee con fruición. Y sus abuelos son de ese tipo de personas que, antes de arrojar un pedazo de pan a la basura, le dan un beso; y Land también lo besaría si no se lo tragase hasta la última miga: porque el pan en las mesas de sus abuelos es dorado y crujiente y perfumado, y no como el que suele masticar en los sillones de lo de sus padres, que parece un derivado directo de ese telgopor que hace ese ruido que pone los pelos de punta y las náuseas de vértigo. Y ya no, por cuatro o cinco comidas, eso del único aliciente a la vez que distracción de los dibujos impresos en el fondo del plato apareciendo a medida que él iba trazando senderos en esa pasta blanca. Sustancia que se conseguía mezclando polvo con agua y leche y a la que, para consolarse, Land equiparaba a aventurero piscolabis (otra de esas palabras misteriosamente extranjeras pero en su mismo idioma) de los viajeros interplanetarios.

Entonces y allí —Land despatarrado en el sillón de la casa de sus abuelos— ese ciclo sabatino y continuado de películas de géneros cambiantes. Por lo general el canal parecía preocupado por atraer muy diversos humores y preferencias posibles bajo el rótulo-estandarte común de algo que los programadores del canal entendían que aunaba a todas las especies y géneros posibles: *Cine de Súper-Acción*. Y así, en sucesión polimorfa y perversa, se programaba y emitía una de guerra (mayoría de Segunda Guerra Mundial); una de época (prehistóricos, gladiadores o semidioses, galantes caballeros medievales, o más bien irrespetuosas adaptaciones de clásicos de la literatura donde, a menudo,

Land detectaba el efecto sonoro de ese mismo grito colgando de diferentes cuerdas vocales, ese grito cuya historia le había contado César X Drill); una comedia con idiotas (sus preferidas son esas de Nome & Nome con los monstruos universales como invitados) o con enamorados o con enamorados como idiotas durmiendo, como si fuesen hermanos, en una misma habitación pero en camas separadas aunque, al levantarse, siempre con mejilla pegada a mejilla y mirada soñadora al horizonte; una de indios y cowboys (que en ocasiones podía alternarse con algún policial *noir*, que no era otra cosa que la natural evolución de aquellos sombreros y plumas y pistolas ahora en ciudades mucho más anchas y altas pero, de nuevo, con ese mismo grito a la hora de morir); y, de tanto en tanto, esas dos películas musicales de los recién separados The Nome con abuelo mortal y culto asesino y canciones ya inmortales y matadoras.

Y, al caer la noche, por suerte y por fin, «una de terror».

Son las favoritas de Land, quien se precia y se enorgullece no de que no le den miedo sino de que le den no-tener-miedo. Sí: Land se ha aficionado a todo el horror sobrenatural tal vez para así atenuar las bajezas de espantos naturales y de tantas grietas no en mansiones apartadas sino en cercanos apartamentos (así se les dice a los departamentos en el doblaje) con alguna mancha de humedad a interpretar dándole forma, como las de ese test que un día le hicieron o le harán. Por lo general, monstruos atómicos (sus preferidos son esos cangrejos gigantes y telepáticos que «asimilan» las mentes de aquellos a quienes devoran y que siempre suelen ser miembros de alguna «expedición científica» poco entrenada en maniobras de rápida evacuación). O alguna adaptación de relato de Edgar Allan Nome (cuyo espíritu era el que había «poseído» al Tano «Tanito» Tanatos). Adaptaciones que no tenían mucho que ver con el original (Land ya los ha leído al completo, en tres volúmenes) pero que repetía decorados y actores (ese con bigote que sobreactuaba tanto y se llamaba Vincent Nome) como si todas transcurriesen dentro de la más recurrente de las pesadillas. Y una de las que más le gustaba era la de ese siempre aterrorizado por ser enterrado vivo con esos sepultureros silbando esa tonada que a Land nunca le salía bien silbar. Y ahí y entonces —y por encima de todas— Land siempre esperaba que volviese a emitirse *Mr. Sardónicus* o *El doctor Sardónicus* o *El barón Sardónicus*. Su título a veces cambiaba, como si su protagonista misteriosamente hubiese ascendido profesional y social y aristocráticamente. Pero en todos los casos y sin importar las variantes de su status el personaje mantenía invariablemente esa sonrisa petrificada por la culpa de haber violado la tumba de su propio padre en el nombre de la codicia despertada por un billete de lotería ganador (los abuelos de Land jugaban mucho porque una vez les había «ido muy bien»; los padres de Land nunca jugaban a ningún tipo de sorteo popular por considerarlo «cosa de viejos»; lo de ellos, lo juvenil y vigoroso, era la rifa de intimidades entre íntimos; aunque a Land poco y nada le costaba imaginarlos desenterrando los futuros cadáveres de sus padres/abuelos para recuperar un número premiado). Y, ah, ese momento inesperadamente meta-ficcional en *Sardónicus* cuando, cerca de la despedida, el director y productor de la película interrumpía la acción y preguntaba a los espectadores si preferían perdonar o castigar al monstruoso Mr. o Doctor o Barón. Y, claro, Land leyó (y César X Drill se lo confirmó) que nunca se encontró el metraje alternativo para acatar/proyectar la supuesta opción piadosa. Y ni falta que hacía: porque todos querían que el malvado acabase mal. Y Land —una y otra vez, cada vez que volvía a ver esa película— no podía sino sentir algo de acaso inconfesable pena por el monstruo. Porque por un lado Sardónicus le recordaba un tanto a sus condenables/indultables padres. Y por otro le recordaba al estado de sus propios dientes: la dentadura de Sardónicus (quien, mientras paseaba por su mustio jardín, apretaba muelas y mostraba caninos y decía aquello de «Sólo los hijos feos de la tierra florecen aquí») era aún peor que la suya. Aunque no mucho peor. La incorregible dentadura de Land era —dicho esto con flemática piedad— una dentadura británica. Una boca sin ningún aliento novelístico y en la que, más bien, cada diente parecía ir por su lado y contar su propia historia sin ninguna relación con la de los otros dientes, como en esos libros más *con* cuentos que *de* cuentos en los que un escritor se había limitado a rejuntar todo lo que tenía suelto en sus cajones sin preocuparse por acomodarlos con un sentido común y un buen encaje. Allí, a no pedir de boca de

Land, una incisiva y poco esmaltada revuelta de molares y colmillos por cortesía de sus cada vez más esporádicas visitas al dentista; porque, según sus padres, el dentista que era «genial» había mudado su consultorio a una nueva dirección que «ya no nos queda cómoda». Y entonces era el dentista cómodamente genial o ningún otro. «Nosotros queremos lo mejor para los dientes de nuestro hijo», explicaban a familiares (nunca a sus amigos, no hacía falta) para justificar la poco mordiente mordida de Land y el que demorase tanto en triturar el asado (por y para eso, mucho mejor, las blandas hamburguesas de caja y el casi líquido puré de sobre). De ahí, también, que una vez hubiesen llevado a Land para que lo examinasen a la facultad de odontología a pedido de un primo lejano de su madre que estudiaba allí. Y que entonces los estudiantes acudiesen desde todas las aulas para contemplar la boca abierta de ese paisaje devastado con sus bocas más abiertas aún y sus ojos todavía más abiertos que sus bocas. Todos turnándose y empujándose para iluminar mejor con sus pequeñas linternas esa Hiroshima (maxilar superior) y esa Nagasaki (maxilar inferior) de un totalmente rendido Land. (De todas formas, Land puede considerarse afortunado: otro hijo de…, por los mismos motivos de «comodidad», recién accederá a los anteojos en su mayoría de edad y descubrirá que el mundo era otro y muy diferente al que él *no* había visto hasta entonces. «¡La gente tiene diferentes texturas!», se maravillará con los ojos muy abiertos).

En cambio, las direcciones «cómodas» son otras y, para Land, son muchas, son demasiadas. Son imposibles de sintetizar en redacciones escolares a la hora de «Mi Lugar Preferido Que No Sea Mi Casa». Así que mejor contemplarlas fugazmente, como quien pasea a lo largo de una cerúlea sucesión de dioramas de Museo de Ciencias Naturales, de uno de esos museos por siempre clásico y jamás anticuado. Un no demasiado maravilloso Museo de Geografía/Historia Personal donde ahora Land —como acordonado y rogando no ser toqueteado— se siente bien enseñado a la vez que mal visitante. Exhibido y colgado y sin saber muy bien qué o quién es y cuál era su técnica. Preguntándose si, cuando avisen de que están por cerrar, él deberá ir caminando rápido hacia las puertas. O, por lo contrario, si deberá quedarse ahí que ni pintado: dentro para siempre, tan expuesto y sin salida.

Pero, antes de eso, de nuevo (y aquí está el cassette que yo no encontraba, que se confundía con otro, que no estaba bien numerado; nuevos viejos materiales para completar el mapa de sus incursiones y excursiones), Land salió *tantas* veces.

Land saliendo sin salida. Land entrando una y otra vez en una salida tras otra. Land quien siempre vuelve a salir y ahora vuelve a visitar a sus salidas acompañado por mí, oyendo su voz que alguna vez entró y ahora vuelve a salir de ese grabador.

Land salió a lugares a los que, se dice entonces, alguna vez podrá decir que nunca volverá pero a los que entonces se veía obligado a regresar una y otra vez. Land yendo y viniendo y de algún modo consciente de que esos lugares que conoce y reconoce, más temprano que tarde, acabarán no siendo parte ni partes de ese espacio donde ahora los situaba para así poder ubicarlos con mayor facilidad. Lugares que, llegado un momento, no serían otra cosa que dispositivos mnemotécnicos que le ayudarán a encontrarse a él mismo y a mí a reencontrarlo (dime por dónde vas y te diré de dónde vienes). Lugares no en el espacio sino —estuviese donde estuviese entonces, lejos o cerca— en el tiempo. Dando vueltas a las vueltas.

Vueltas de idas y más vueltas dadas por Land con esa especie de atuendo especial que luce por entonces: una gorra de cuero negro y una chaqueta impermeable negra que le hacen lucir como un Hell's Angel enano sin motocicleta o como aquel Ringo Nome a solas y casi fugitivo de sí mismo en aquella película. Uno y otro —Ringo y Land— apenas escondiendo la necesidad de hacer de su soledad algo digno de ser compartido y de que su inocencia quizás esconda una pizca de culpa.

Pero no.

El único efecto que obtiene Land de su traje-de-salida (y sin darse cuenta de que se trata de algo que sus padres mal alientan) es la de ser un hijo de... diferente a tantos otros hijos de... y así muy digno de ser paseado y desfilado junto a ellos (quienes, por supuesto, enseguida serán también uniformados por sus padres).

Y hasta es fotografiado en engorrado y espera que no engorroso «retrato oficial» por el mismo fotógrafo que tomó esa foto famosa de César X Drill y Moira Münn en la que aparecen, inexplicablemente, asomados a una ventana de una casa para siempre en llamas. Ahí, Land con su traje oficial, colgando de una pared de su cuarto en el equivalente de lo que, tiempo atrás, eran esos retratos de pequeños lords y de pequeñas princesas. Land mira esa foto suya y no puede dejar de mirarla. Y le gusta pensar que esta foto es su equivalente a aquella foto de César X Drill enfrentándose al abismo blanco de la página vacía. Es la foto por la que será recordado en esta época particular de su particular vida, se dice Land.

Así, Land —con la cabeza cubierta y el cuerpo a prueba de trombas— cumpliendo con un itinerario intersectando otros itinerarios. Una enorme red de encuentros y desencuentros casuales pero a la vez programados por puro instinto animal y olfato tribal de sus padres (y sin necesidad alguna de ayudarse y orientarse con redes sociales a las que arrojarse o arrojarlas en el acto mismo de juntarse sin sospechar que todos son cazadores y todos son presas). Cruces e intersecciones que son como los descritos —con voz en off que por momentos pretende ser graciosa y por otras amenazante— en esos para Land demasiados documentales sobre bestias más o menos peligrosas. Fieras que se las arreglan para reconocerse y juntarse y hasta (para más o menos falso nerviosismo del locutor y menos o más verdadero de los maestros que los llevan en excursión al cine) aparearse entre ellas con una emisión de ultrasonido, una vibración de antenas, una combinación de emplumados colores, un rugido de garganta profunda o un trompeteo de honda trompa.

Entonces, los padres de Land con otros padres de hijos de… en sitios que eran como escenografías con entradas y salidas para actores que se creían, todos, protagonistas de la propia obra. Todos tan adictos al protagonismo que se prestaban, parlamentando, a ser secundarios de las obras de los demás siempre y cuando estos le devolviesen, casi de inmediato, la atención y la gentileza elevándolos a las primeras líneas de los créditos de apertura a tantas puertas abiertas, a tantas otras obras donde trabajar y aparecer y figurar.

Aquí y allá y en tantas partes, como figuritas (más fáciles que difíciles, porque están todo el tiempo ahí, más al alcance de los pies que de las manos) en un álbum lleno desde hace ya tanto. Pero, aun así, un álbum presentado como *pièce de résistance* en una de esas vitrinas, en el centro de una galería y bajo una cúpula pintada de dioses antiguos, donde se mira y no se toca pero sí se comenta y se escucha, como en un eco.

Oíd y ved, mortales, la ruta sagrada y así (cuando nadie pensaba que pensaba en eso) pensó Land: «No... Otra vez... No... Pero, bueno, al menos espacios abiertos y aire libre y salir de casa».

Plazas (no más de dos o tres) con estatuas de héroes a caballo siempre señalando hacia algún lado. A veces, los caballos parecen quedarle grandes o chicos al prócer de turno (es posible que los caballos sean siempre el mismo, que hayan sido fundidos en el mismo molde). Y Land siempre sigue con la mirada el rumbo al que apunta ese lustroso índice ilustre. Y lo cierto es que jamás ve nada digno de interés o de conquista allí: la calle, la vereda de enfrente, en ocasiones otra estatua señalando a quien señala no la distancia inalcanzable de sus ambiciones sino, más bien, en una cierta manía compartida en sus mitos y algo de resignación, presintiendo que eso a lo que se señala jamás se alcanzará porque las estatuas no se mueven. Las estatuas en sí mismas, en cambio, invitan al movimiento y le resultan a Land más intrigantes y, en ocasiones, hasta dignas de ser trepadas y escaladas y coronadas cuando nadie vigila. Pura estática y con todos esos broncíneos laureles no reverdecidos sino *enverdecidos* por el más reverencial de los óxidos y que, piensa Land, tiene que ser la tonalidad exacta de ese Monsieur tuberculoso e hipnotizado en un trance mesmérico, justo un minuto antes de su muerte, en el terrorífico blanco y negro de un televisor de sábado. Y, en esos parques, a Land le agradan aún más esas pendientes cubiertas de césped en cuyo punto más alto se finge, pero con tanta vitalidad, que se ha recibido una bala en el corazón. Y entonces dejarse caer como una piedra que rueda luego de lanzar el correspondiente Wilhelm Scream que a Land cada vez le sale mejor de su boca. Y, sí, para bien o para mal, es una época ideal para perfeccionar aullidos en honor a las mejores mentes de varias generaciones listas para, sin retorno, volverse dementes o ser destruidas por criminales de alto rango.

Así (cuando nadie pensaba que pensaba en eso) pensó Land: «No me han dado... Estoy herido, pero porque no me han dado...».

Centros experimentales donde todo lo que allí pasa se justifica con la palabra *happening*. Allí, Land expuesto a obras de teatro supuestamente infantiles (pero vanguardistas) en las que, sin excepción, tiene lugar ese momento tan temido. Esa escena en la que —con un gesto supuestamente transgresor pero repetido, una y otra vez, sábado tras sábado— los actores bajan del escenario a la platea para atormentar a los pequeños espectadores y hasta llevándose a alguno con ellos para convertirlo en un «participante» en la obra. Y Land no cree en Dios pero sí cree en dioses. Y, al ver a esos histriónicos degenerados acercarse a él, Land se encomienda al embriagante Dionysos/Baco de sus fascículos enciclopédicos, al protector del teatro y de la diversión, para no ser él el escogido. (Desde entonces, cada vez que a Land le hablan de «la magia del teatro», siempre se dice que, cada vez que se vio obligado a ir y a diferencia de lo que uno se pregunta frente un mago, lo que él se preguntó no fue «cómo lo hizo» sino «cómo y por qué fue que lo hice»).

Y en alguna contada e infrecuente ocasión, cuando los abuelos consiguen convencer a sus hijos con un para ellos muy fuera de lugar y en mala hora «de verdad, por favor, este sábado no podemos, tenemos un velorio» (Land los comprende y los imagina asomándose a los bordes de un ataúd o por fin yendo a ver películas para adultos o tomando el té con amigos o, simplemente, descansando luego de toda una vida), los fines de semana se extienden hasta casas de las afueras de Gran Ciudad, en los comienzos del campo o sobre pequeñas islas al final del río. Casas en las que Land y otros hijos de... miran televisión mientras en el jardín los padres —*what's happening?*— se entregan a una performance que «no hay que contarle a nadie, porque es un secreto secretísimo, ¿sí?». Allí y entonces los hijos de... no hacen nada demasiado diferente a lo que hacen en Gran Ciudad:

miran televisión para intentar no ver —haciendo disminuida vista gorda ya casi en los huesos por tanto forzado esfuerzo— lo que sucede a su alrededor (Land se recuerda distrayéndose con una serie rarísima, con un vampiro muy diferente a Drácula, porque era un vampiro que vivía en familia y con muchos problemas familiares dignos de telenovela y tanto más terroríficos que los de «una de terror»). Entonces y allí, más allá de los bordes de Gran Ciudad (pero no mucho más allá porque los padres de los hijos de... suelen ser más bien alérgicos al exterior *interior*; Land tiene la sensación de que sus padres y los demás padres son felices prisioneros de un encantamiento que no les permite trasponer demasiado sus límites salvo cuando se trata de volar a otros países, de ser posible, transoceánicos) los padres se cubren el rostro con pasamontañas («Me lo tejió la Nonna», dice alguno con una mezcla de orgullo y de pudor y de ternura) y visten ropa con estampado *chic-camouflage*. Y tienen *noms de guerre* como La Flaca o El Negro, El Flaco o La Negra, o El Flaco Negro o La Negra Flaca. No son alias muy imaginativos, piensa Land, como si los leyera con tan pocas ganas de leerlos y diciéndose que, seguro, el alias escogido por César X Drill —quien de tanto en tanto se da una vuelta por allí y dice dos o tres cosas y se sube a su pequeño automóvil en el que apenas cabe— tiene que ser mucho mejor. Y los padres de los hijos de... practican tiro al blanco con rifles y pistolas y la tarde huele al sabor del plomo de esas réplicas militares que a veces Land se mete en la boca para así, mejor, no decir nada acerca de lo que tiene tanto para decir. Los padres de los hijos de... juegan no a los soldaditos sino a los guerrilleritos. Y desenrollan planos —como si se tratase de mapas de tesoros piratas— de esa gran tienda por departamentos y «capitalista», en calle peatonal, próxima a ser «intervenida» por ellos. Y, supone Land, esta es la verdadera «familia política» de sus padres (y a Land siempre le intrigó eso de que se pudiesen juntar palabras como «familia» y «política», dos conceptos que se le hacen imposibles de acoplar y que, de hacerlo, nada bueno saldría de ello, ni en la guerra ni en el amor). Y es, sí, una familia política que —a diferencia de la de los abuelos/suegros de Land— sus padres no quieren derrocar sino instaurar. Un nuevo orden comunal a partir de su desorden individual. Y alzan puños y cantan canciones de versos revueltos como en sopa de letras y en las que, se supone, ellos son «los oprimidos». Y Land y los hijos de... los oyen y se ríen. Y, deprimidos, se dicen: «Si estos son los oprimidos entonces nosotros somos los exprimidos por los oprimidos». Y todo tiene un aire de hobby, como de aeromodelismo de club; pero es una afición con mucho de aflicción. Algo más peligroso y con cada vez mayores posibilidades de estrellarse con todo su pasaje, hijos de... incluidos: esos menores que siempre se distinguen y destacan y precisan a la hora del recuento de toda catástrofe aérea. Esas ocasiones en las que se recomienda con optimismo vertiginoso ajustarse el cinturón y poner la cabeza sobre las rodillas para así no morir (o morir bien atados a los asientos y, por lo tanto, ser más fáciles de identificar) al precipitarse desde miles de metros de altura y, si hay suerte, sobrevivir para acabar comiéndose los unos a los otros.

Así (cuando nadie pensaba que pensaba en eso) pensó Land: «No... Otra vez... No... Ahí no».

Un barbárico bar con grandes ventanales pintados por los que se puede ver hacia fuera pero no hacia dentro. Así que hay que entrar para que a uno lo vean y recién entonces poder ver a los que ya están ahí. Lo que, en ocasiones, es todo un riesgo: porque abundan entre los clientes las enemistades tan súbitas como fulminantes así como las infidelidades tan meditadas como efímeras. Algunos pareciera que llevasen allí, sin salir, desde hace semanas: atornillados al suelo como muebles de barco encallado en tromba. Y todos se reconocen entre todos, pero ninguno parece conocerse del todo, como suele suceder en una organización secreta y anarquista y poética como la de esa novela que está leyendo Land. Es un bar al que se vuelve una y otra vez (la mañana de los sábados, antes de Land ser entregado a sus abuelos). Un bar en el que hay un barril lleno de maníes gratis. Ese barril que a Land le recuerda a aquel otro barril en la cubierta de su atesorada *Hispaniola*, rumbo a una isla lejana, sintiéndose un poco como Jim Nome, escuchando tantas cosas que no debería oír. Y Land no puede dejar de imaginar lo que, más temprano que tarde, sucederá allí con algún hijo de... de pronto descubriendo, porque sus padres no se preocuparon por descubrirlo antes, que es alérgico a eso que (Land no puede creerlo cuando lo lee en un libro) no es un fruto seco sino una legumbre. Y así, durante semanas, Land se lo pasa comentándolo con la menor excusa e intentando insertar la palabra *maníes* en toda conversación. También le vale (como se les dice en las revistas mexicanas de historietas) *cacahuates* o *cacahuetes*; acaso para así ayudarse a creer que está un poco más lejos de todo esto y un poco más cerca de todo eso.

Así (cuando nadie pensaba que pensaba en eso) pensó Land: «No... Otra vez... No».

Un restaurante «para pobres, pero de moda» famoso por sus spaghetti/tallarines y sus manteles de papel.

Allí, un mediodía, Land reconoce a uno de sus héroes: ese viejo actor español de nombre Nome Ibáñez Nome que protagoniza para la televisión *Historias para No Dormir*. Título con una especial resonancia para Land quien —ya se sabe, otra vez— casi no duerme sin que hagan falta historias. Land lo contempla desde lejos —pero jamás imaginando que lo tendría tan cerca— con admiración y respeto. Y le sorprende un poco que sea tan bajo de estatura y que esté vestido con pantalones y chaqueta de jean. No da miedo, no. Da casi pena, y pocas cosas inquietan más que la súbita normalidad de un monstruo. Los padres de Land le dicen que vaya hasta su mesa y le pida un autógrafo. Y, tan tímido, cada vez más tímido, Land se resiste; pero su padre y su madre lo obligan y se lo exigen (tan satisfechos de sí mismos mientras se lo dicen por, inesperadamente, sentirse didácticos y educativos) con un «Si no se lo pedís, siempre recordarás este día y te arrepentirás de no haberlo hecho; no hay que dejar pasar las oportunidades como esta, Land». Y Land decide ir más que nada para que dejen de atormentarlo con sus predicciones y para castrar esa autosatisfacción que parecen sentir más y más: como si lo iluminasen con una gran enseñanza estilo monje-maestro Shaolín instruyendo a Pequeño Saltamontes en esa otra serie de TV de moda. Y Land se acerca a la mesa de su ídolo y le pide su firma. Y el hombre, sin aviso y de golpe, arroja su tenedor al suelo y golpea la mesa con su puño y aúlla: «¡Me cago en la leche y en los cojones de este chaval que no me deja comer mi pasta en paz!». Y ahora, sí, por fin, el pequeño hombre da mucho miedo y parece medir más de dos metros. Y Land retrocede incluso más horrorizado que cuando lo ve en televisión caracterizado como el maldito Usher o el mesmerizado Valdemar o el vengativo Hombre que Volvió de la Muerte. Y Land tiene miedo pero al mismo tiempo experimenta un raro orgullo y placer por haber sido escogido como víctima. Y vuelve como ajusticiado y casi moribundo y temblando junto a su padre y su madre quienes −por supuesto, porque la culpa no puede sino ser suya− le preguntan, casi acusadores y anticipando las preguntas constantes de otros televisores por venir y encender en otra ciudad de otro país de otro mundo: «Pero ¿qué le dijiste? ¿Qué te dijo? ¿Qué dijiste para que se enoje así?», le dicen su padre y su madre.

Así (cuando nadie pensaba que pensaba en eso) pensó Land: «No... Otra vez... No».

Una Avenida Más Ancha del Mundo (que se cruza corriendo a pie e intentando ganarles a esos semáforos con la sádica costumbre de cambiar su luz justo a mitad de camino, sobre todo cuando en su centro exacto suele ponerse a llover o a caer granizo). Y nadie parece tener demasiado entusiasmo por poner en el mapa a la más corta o la más estrecha. Y una Avenida Más Larga del Mundo (que se surca en taxi sólo para ir a otras partes que nunca están en esa avenida). Y nadie parece tener demasiado entusiasmo por poner en el mapa a la más corta o a la más estrecha. Y otra avenida más profunda y a la que se admira como «La Calle Que Nunca Duerme» y que no, no se llama AveniLand pero bien-mal podría ser así. Una vía que se vadea y explora muy lentamente (con muchos altos, como en esas películas de ríos selváticos) y arteria donde crecen bares poco pacíficos y en los que fluyen sanguíneos duelos *intelectuales*. Contiendas como el ya predecible pero nunca renovado enfrentamiento entre dos representantes de las dos principales «capillas literarias» del momento. Los vanguardistas templarios (conjurando alrededor de la revista *Zigurat*) y los realistas terrenos (publicados o queriendo ser publicados por la multinacional editorial Terra luego de que muchos de ellos hayan sido «descubiertos y alimentados por Ex Editors», acusan y condenan los padres de Land). Y allí hay también académicos comportándose como enfrentados alumnos de diferentes liceos o detestándose como veros nobles veroneses. Todos desafiándose a dirimir diferencias «a la salida» y «más vale que no te vea intentando sentarte a mi mesa». Y unos y otros se arrojan teorías y estéticas por la cabeza y se respira esa excitación que se produce cuando se finge estar entendiendo no sólo lo que se escucha sino también lo que se dice. Y no se quedan quietos ni un minuto y cambian de silla como en ese juego de las sillas a perder o ganar. Esa es, para Land, la verdadera «batalla del movimiento» a la que llama esa canción infantil. Y todo lo *intelectualizado* está, de pronto, también *politizado* (y con el tiempo Land tendrá muy claro que los buenos escritores salen perdiendo mucho de lo que ya tenían muy bien ganado cuando juegan a lo político, y que los malos escritores entran allí ganando lo que nunca tuvieron). Y es raro porque, para Land, los amigos de sus padres y los otros padres de... jamás habían estado o habían sido *así*. Nada les había importado menos que los demás. Y, mucho menos aún, los pobres quienes, de pronto, ya no eran pobres sino «gente humilde» a la que iban a visitar como en una rara forma de turismo aventurero para filmarlos y cantarles y actuarles y leerles (y Land, temblando, había escuchado que ya incluso planeaban llevarlo a alguna de esas incursiones a «villas miseria»: término que él no podía sino superponer a las ilustraciones de novelas que mostraban a esos suburbios entre nieblas con niños muertos de hambre apenas con fuerza para sostener un tazón hambriento pidiendo más comida). Y todos volvían tan excitados y emocionados de esas tierras exóticas y hasta peligrosas por haber «hecho obra» y «por cómo nos aplaudieron... te juro que son el mejor público que hay» y «te aseguro que son los mejores pacientes que jamás tuve: no podés imaginarte los sueños que tienen... son sueños muy realistas y muy fáciles de interpretar». Y comentaban sus andanzas y lances en esas mesas de café como si fuesen los claustros de la Royal Geographical Society. Y allí hay barbas y bigotes y cortes de pelo que parecen diseñados por J. Robert Oppenheimer

(¡me acuerdo del nombre completo!) y de una complejidad que ningún padre podría ejecutar sobre otro padre. De ahí que se lleven a cabo en peluquerías «de onda» donde se experimenta con ondas y rizos y hasta se personalizan calvicies prematuras. Y todos están vestidos mitad Oxford y mitad Machu Picchu. Y todos lucen los ingeniosos sobrenombres que cada uno se ha puesto a sí mismo (antes de que otros les pongan otros peores) y que de ese modo, con insistencia prusiana, se han arreglado para que germinen y florezcan. Abundan los «El Pibe» y las «La Colorada» y los «El Loco» y las «La Rusa» y los sonidos onomatopéyicos (generalmente derivados de esta o aquella palabra que pronunciaban mal o más cuando tenían tres años) y los nombres en español traducidos a sus diminutivos en inglés pero suplantando la *y* por una *i*. Y falta el aire puro y sobra el fuego amigo pero cada vez menos amigable. Y todos se definen más por lo que no les gusta/odian que por lo que aman/les gusta. Y se exige «compromiso» con uno u otro bando y alineación de este o de aquel lado. Y más vale armarse para la lucha, más hipnótica que *himnóticamente* con, sí, la pluma y con la espada y la palabra que enseguida devendrá en casi mortal grito sagrado con muchas más variaciones y modelos que el de Wilhelm. Grito cada vez más rodeado de murmullos blasfemos por las calles de una metrópoli cada vez más necrópolis. Y, de nuevo, cuando César X Drill pasa por ahí (tiene su gracia que el café más belicoso de todos se llame La Paz) pasa rápido: casi no se lo ve llegar y, de pronto, ya no está o Land lo contempla alejándose como un héroe al final de una película más eterna que larga, cansado de tanta desértica estupidez, su rostro cubierto de arena, dejando atrás y en silencio a una caravana de vociferantes beduinos, yendo de regreso a casa.

Y ahí, también, varias apetitosas pizzerías y muchas librerías nutritivas.

Y teatros con obras de vanguardia (que se expresa básicamente desnudándose).

Y una cinemateca en un noveno piso al que Land subirá para ver caer y levantarse sin decir palabra a tantos cómicos antiguos y donde contemplará por la primera de muchas veces a ese niño fugitivo que le encendía una vela y le rezaba a un escritor por fin llegando a la orilla del mar o a esos ejércitos infantiles combatiendo por el botín de botones o a un magnate anciano añorando al trineo de su infancia. Y un cine exclusivamente dedicado al irritante a la vez que deprimente celuloide soviético (Land ve allí esa de ciencia-ficción con planeta que absorbe y corporiza los recuerdos de quienes lo orbitan compitiendo con el monolito alien-evolucionista de aquella otra de ciencia-ficción que entra a ver para salir de verla diferente, para ya nunca volver a ver películas como alguna vez las vio). Y otros cines que son casi habitáculos donde parecen ofrecerse sólo films lejanos y gélidos para aprender a tener próximas y fogosas y existenciales crisis de pareja que se miran de frente y de perfil y dialogan como si cada palabra fuese una oración completa. Y una sala más que sólo proyecta las producciones de un capitalista y roedor imperio y donde a Land y a otros hijos de... los llevan a ver, una y otra vez, una con un padre un poco (científico) loco pero muy dedicado a sus pequeños hijos a los que les restaura un auto transformándolo en imaginativo ingenio volador y aventurero. (El padre de esa película es viudo pero, apenas subliminalmente, los recién divorciados padres de hijos de... lo adoptan y lo adaptan a su nueva condición de «separados». Y cantan a los gritos su canción con estribillo de motor ruidoso entendiendo a la muy paternal viudez del protagonista como simbólica apología de su propia y flamante condición en la que, esperan, pronto les llegará la hora de bella y joven novia adinerada de película).

Los padres de los hijos de... son como niños, sí.

Así (cuando nadie pensaba que pensaba en eso) pensó Land: «Sí... Otra vez... Sí».

Y esa avenida va casi a dar a otra calle llena de otras salas de cine. Cines donde comienzan, de nuevo, a prohibirse películas o a impedirse estrenos con amenazas de bomba, algunas llevadas a cabo como muy logrados efectos especiales. Aunque, más allá de algunos heridos, nunca consigan matar del todo a los cuestionados films en cuestión que, de inmediato, se convierten en algo mucho más deseable y a proyectarse en sótanos reconvertidos en modernos *remakes* de antiguas catacumbas cristianas. Pero no es lo mismo: no hay nada como el cine en un cine. Y ahí está el milagro en la Tierra de esa calle de palacios con carteles con estelares y colosales hombres y mujeres. Entre ellos —nacionales— un sanguinario gaucho ensangrentado y fuera de la ley con un cuchillo entre los dientes y una semidesnuda y extática diosa virgen con fiebre y apodo de gaseosa favorita de Land. Y dos estafadores de ciudad —importados— con el mismo rostro que aquellos cowboys asaltantes de trenes en el póster de esa hija de... Y una divina decadente invitando a un cabaret. Y alguien asegurando que los dioses eran cosmonautas precolombinos y que (como yo recuerdo a Land ahora, obsesionado desde siempre con culturas desaparecidas y continentes perdidos y la para él muy buena idea de que la Estrella de Belén sea un ovni y que los vampiros más sexys provengan del planeta Drakulon) se los podía recordar desde el futuro. Y aquella otra que tanto le gusta y le impacta con un gran barco dado vuelta por una ola gigante. Y, en las marquesinas de esas salas, neones en llamas y nombres invulnerables al Nome. Nombres como Iguazú y Atlas y Metropolitan y Ocean y Monumental y París y Ambassador y Luxor y Electric y Arizona y Paramount y —favorito de Land— el dedicadamente fantástico Gothic. (Y, sí, cómo es que Land se acuerda de estos nombres y no recuerda nombres tanto más importantes, o será que no eran *tan* importantes y estos sí lo son; ¿habrá sido Land *tan* feliz allí o exagera, o exagero, esa felicidad para así velar y quemar y cortar y desenfocar ciertas tristezas?). Y algunos de esos cines ofrecen programas continuados (se puede entrar en cualquier momento y jugar a adivinar qué pasó antes o esperar a que la película vuelva a empezar y ver el comienzo como si fuese un flashback) y sesiones dobles y hasta triples, combinando géneros, como si fuesen una versión gigante del programa multipeliculero de los sábados televisivos. Y, dentro de ellos, leviatánicas, esas pantallas blancas y enormes en las que de pronto cabían mares y ciudades y desiertos siempre poblados por titanes.

Y veinticuatro fotogramas por minuto y persistencia retiniana y memoria a reproyectar y letras en la parte de abajo de todo como sosteniendo a todo lo que se mueve y habla arriba de ellas.

Y en las puertas de esos cines hay fotos pegadas: segundos capturados de las escenas en movimiento ahí dentro y a las que

Land mira antes de entrar como si fuesen páginas arrancadas a un libro. Fotos como partes sueltas de una historia confusa que Land compagina antes de entrar, cuando todavía todo es pura suposición (ese programa en papel a cambio del que hay que dar una propina obligatoria informa de poco más que de la duración de la película acompañada de una frase del tipo «una aventura inolvidable que te quitará el sueño entre risas y lágrimas»). Fotos que al salir él vuelve a ver y recompagina ya sabiendo de qué se trataba todo para que así todo continúe en su memoria luego del *The End*. Y, sí, a veces resulta que lo había adivinado todo, que había puesto a las fotos en el orden correcto antes de sentarse y de que se apagaran las luces de la sala. Y se siente tan bien y a la vez tan mal cuando eso sucede o sucedió eso —que ya es apenas otra breve secuencia consecuente en la película de su vida todavía pendiente de montaje definitivo y calificación—, porque Land no está del todo seguro de si eso que hizo y que siente es más como escribir que como leer.

Y Land va al cine para seguir leyendo (subtítulos en español a voces en otros idiomas). E incluso, cuando aún no sabía leer, ya desprecia las películas «dobladas» para niños y prefiere *entender* lo que dicen ahí abajo a partir de lo que hacen ahí arriba.

Y allí, entiende Land (quien ya odia a mucho de lo conocido y a muchos de los conocidos), aprende a odiar por primera vez a lo desconocido y a los desconocidos: a todos esos que se sientan justo delante de él y hacen ruido con el celofán de caramelos y hablan en voz alta en la oscuridad durante la proyección y quienes —se dice Land— deben ser los mismos que, cuando leen, lo hacen moviendo los labios y susurrando y de tanto en tanto emitiendo una pequeña burbuja de saliva que no se parece en nada a los globos de las historietas. Esos que al leer lo hacen como si fuesen seres primitivos que aún carecen de la capacidad de hacer que las mudas palabras en la página se conviertan en rugientes imágenes dentro de sus mentes. Esos que le hacen entender a Land por qué lo mejor es y siempre será leer a solas: porque leer es la forma mejor acompañada de la soledad.

Entonces, para Land, a los que no le dejan dormir en paz se añaden los que no lo dejan soñar tranquilo.

Así (cuando nadie pensaba que pensaba en eso) pensó Land: «No... Otra vez... No».

Y esa calle va a dar a otra calle. Una calle por la que (para maravilla enseguida normalizada de Land) se puede caminar por la calle. Sin autos: sólo personas a diferentes velocidades y de muy variados modelos. Y algunas chocan entre ellas y se saludan efusivamente o se maldicen en voz baja. Y allí, una oceánica galería antigua en cuyo centro y cúpula había un eco al que preguntarle para que te respondiese y que acabará resultando muy importante para Land por ser muy importante para César X Drill. Y esa tienda por departamentos que es la que está en los planos y planes «secretos y secretísimos» de los padres de Land y de muchos de sus amigos. Y otra puntual y cardinal galería –nada palaciega y mucho más comunal pero moderna– con negocios de aroma hippie. Y a Land allí le interesa especialmente la librería que hay allí, aunque es como tantas otras y mucho más pequeña que Mefisto. En cambio, la tienda de discos es como ella sola. Allí conviven sonidos rock de última moda con vocerío de tribus africanas, enervantes melodías como en susurros cuyos *versinhos* siempre terminan en *inho* o en *inha*, plegarias budistas, fiestas y cantares para la libertad, cánticos de ballenas *prima donnas*, prodigios del contrapunto barroco súbitamente sintetizados y música clásica que se pone de moda-moderna por sonar o silbar en alguna película o publicidad y cuyas portadas muestran motivos que, a diferencia de las de los discos de pop, no tienen nada que ver con lo que contienen y hacen sonar. Y allí, por los altoparlantes de esa disquería, Land oye por primera vez aquella canción donde dialogan y se cuestionan un padre apacible y un hijo revolucionado junto a aquella otra que se pregunta dónde juegan los niños (respuesta: los hijos de... suelen jugar en los mismos sitios en los que juegan sus progenitores). Y esa en la que la voz que surge por entre un amoroso arrebato de trompetas afirma que «Yeah, dijo que estaba bien / No olvidaré todas las veces que esperé pacientemente por ti / Y tú harás justo lo que elijas hacer / Y yo estaré de nuevo solo esta noche, querida mía». Y esa otra voz que repite una y otra vez estar llamando a las puertas del paraíso pero siendo por siempre joven. Y a Land todo eso se le hace un tanto contradictorio y no entiende casi nada de eso aún (pero sí lo entiendo yo y vuelvo a pensar que, muchas veces, las canciones no nos leen pero sí nos cantan el futuro). Y la que casi ruega un «Recuerda... La vida no es más que un recuerdo». Y esa otra de un Beatle a solas consigo mismo, más a solas que nunca, gritando «¡Mamá, no te vayas! ¡Papá, vuelve a casa!» para que todos los hijos de... que pasan por ahí lo escuchen y tiemblen sabiendo que ese tipo de desgarradoras plegarias no suelen ser escuchadas y mucho menos atendidas o que, a veces hasta es peor, sí lo son. Y los hijos de... se dicen que ninguno de ellos canta tan bien pero, seguro, lloran mucho mejor. Porque están mucho pero mucho más solos que ese Beatle; porque los padres y madres ausentes de los hijos de... —a diferencia de la y el del Beatle— están más que presentes y en casa y no se van y, si se van, se la pasan volviendo. Son padres y madres calientes dentro de heladeras, despiertos bajo camas, tejiendo su tela y colgados de arañas, en placards donde no hay monstruos porque —se lo juran a sus hijos— los monstruos no existen a no ser que los monstruos (y no Papá Noel) sean los papás y mamás a los que nunca hay que llamar así sino por sus nombres «de verdad» porque así les será más fácil ser los mejores amigos de sus hijos e hijas.

Así (cuando nadie pensaba que pensaba en eso) pensó Land: «No... Otra vez... No».

Un río demasiado ancho como para avistar la orilla de enfrente (lo que para Land lo convierte en un río sin la gracia de un río y con la aún menor gracia de un mar sin olas). El río está junto a un aeropuerto pequeño (aunque en verdad sea al revés). Un aeroparque en el que, al aterrizar o despegar, los aviones casi despeinan a los que pasan por esa costanera y todos no dejan de predecir un «Uno de estos día va a pasar *algo*». Y allí también hay unos carnívoros kioscos parrilleros y una playa casi náufraga donde desembocan las aguas fecales de Gran Ciudad. Playa a la que varios padres de hijos de... —con más final que fina ironía o principio de demencia— han bautizado con el mismo nombre de un prestigioso y exquisito balneario de la *Côte d'Azur*. «La Playita» es el nombre para los hijos de... (no quieren complicarles aún más sus vidas con francés a pronunciar, suficiente tienen ya con la conjugación de sus vidas en español) y a la que sus padres los llevan para que tomen sol a la vez que ellos acuden a comparar/reforzar previos bronceados de lámpara ultravioleta sin protección alguna. Land y los suyos, en cambio, son embadurnados de pies a cabeza con un líquido espeso que enseguida deviene en costra digna de Vesubio. Y luego sus padres los pierden de vista o les sugieren que se pierdan. (Y, cuando a veces los hijos de... se pierden, los padres aplauden para encontrarlos; pero a Land en ocasiones le da la impresión de que aplauden de felicidad porque se han perdido; y cuando reaparecen les dicen que no lloren, que estuvieron perdidos no más de cinco minutos, sin comprender o recordar que el tiempo de los pequeños es tanto más largo y lento y pesado y denso que el de los grandes). Y es en ese río donde una mañana cae un avión que lleva a varios bailarines de ballet. Y en el que una noche arde un buque restaurante. Es un río bastante desastroso, sí (y lo será aún más; porque pronto serán arrojadas allí personas desaparecidas en la tierra para que desaparezcan aún más profundamente bajo sus aguas). Y Land justo está allí (sus padres y amigos han organizado una fiesta al aire libre y suben y bajan de taxis como si se tratasen de carruajes —más francés— *très belle époque*) cuando de pronto ese barco arde y ninguna ola gigante viene en su ayuda para apagarlo. Y Land viendo a ese barco envuelto en llamas (el sábado pasado en ese ciclo multi-temático televisivo pasaron una película sobre la desafinada y descuidada tragedia del *Nome* y la afinada disciplina de la orquesta del *Nome*) se siente honrado testigo de una de esas catástrofes que pasarán a los libros de Historia, se dice. Lo ve y no puede dejar de mirarlo y se pregunta si allí habrá también una orquesta que no deje de tocar mientras todo se hunde y se ahoga y difícilmente salga a flote.

Y Land aún no sabe nadar (el club de natación más cercano queda aún más lejos que el consultorio del dentista más genial, así que no «queda cómodo») pero ya es todo un experto en, para no ahogarse, aguantar la respiración arriba y fuera del agua.

Así (cuando nadie pensaba que pensaba en eso) pensó Land: «No... No... No...».

Y todos esos caminos conduciendo a una Roma de plano disperso pero cuyas arterias y acueductos y vías están secretamente interconectadas y, luego de tanta escala preliminar, su destino y clímax es uno y definitivo. Ya se lo apuntó: el de las demasiadas casas/departamentos de demasiados amigos de sus padres. Allí, en ocasiones, Land es llevado ya vestido con el guardapolvo y maletín-valijín de colegio del día siguiente para que así salga por las suyas de allí, casi al amanecer, en dirección al colegio Gervasio Vicario Cabrera, n.º 1 del Distrito Escolar Primero. Departamentos/casas en los que Land, con suerte, dormitará en habitaciones extrañas y (lo bueno es que lo aíslan un poco del ruido) cada vez más profundamente sepultado por la avalancha de abrigos de los que van llegando. Alud del que Land emergerá la mañana después de la noche antes (a veces junto a algún otro hijo de…) para luego caminar por veredas mojadas con olor a pan caliente y periódicos recién hechos. Land entonces como un cataléptico desenterrado vivo apenas reanimado y nada animado e intentando silbar en vano rumbo a su aula.

Land es el niño que volvió de la muerte, sí.

Y allí y allá y en todas esas partes, Land preguntándose qué hace fuera de casa a esas horas (porque nunca es *a esa hora*, siempre son varias horas las que pasan) cuando debería estar dentro de su cama.

Y Land preguntándose también a quién (de elaborarse en el futuro un atlas/inventario/archivo de todos esos sitios por los que va y viene y de todos esos objetos y reliquias) podría interesarle todo esto. Y cómo harían para no marearse y perderse entre tanto desconocimiento exótico para ellos. Y se responde (yo hago que se responda) que, seguramente, la técnica a utilizar sería la misma que se practica —con sudor, sí, pero también con alegría— cada vez que se adentra en las comarcas y desfiladeros y linajes de alguna de esas sagas *fantasy* con espadas y brujerías. O cuando se teletransporta a las galaxias complejas y nunca armoniosas de *space operas* donde todos —en el futuro, pero un tanto anacrónicos— parecen todo el tiempo tan maravillados por tanto avance futurístico. O cuando se vaya a vadear pantanos sureños de un condado de nombre tan raro.

Sí: este es su mundo y −contrario a lo que repite una y otra vez una canción de moda− Land no es feliz ni nada de lo que siente se trata, espera, de lo mejor de él para dar a los demás. Pero es lo que hay, lo que es, lo que alguna vez dejará de ser para así convertirse en recuerdo del futuro: algo que tuvo tiempo y lugar pero, recordándolo tanto después, se presenta y representa teñido de un inevitable color por venir.

Y entonces Land −sintiéndose personaje, más leído que visto− asume posturas reflexivas y profundas, como posando para un artista invisible que es él mismo pintándose un retrato invisible (por algún motivo nunca esculpiendo una estatua de aire; porque las estatuas a diferencia de muchos de los cuadros, se dice Land, son exclusivamente para los héroes, y él no quiere serlo).

Entonces, figurita de difícil autorretrato que sólo él puede ver y afirmar y firmar sin por eso alterar su posición que, decide, no es otra que esta y es ahí y así.

Así (cuando nadie pensaba que pensaba en eso) pensó Land: «Aquí. Aquí estoy. Aquí sí me encuentro. Aquí no me muevo y de aquí no me muevo».

Porque, se vaya a donde se vaya −no hay mejor sitio al que llegar después de tanto partir−, Land siempre sabe que todo acaba para empezar en una biblioteca.

Las muchas bibliotecas domésticas (lo que no significa que estén domesticadas) como telones de fondo entintados y empapelados para que, de nuevo, Land pose (no para ser visto sino para *ver*) con y junto a ellas.

Su mejor pose.

Ser recordado *así*.

El lector Land frente a una biblioteca y −tendría su gracia, sonríe− retratado al revés: de frente a ellas.

Y Land siempre se preguntará si esos escritores que insisten en fotografiarse dándoles la espalda a los estantes (cuando en verdad deberían fotografiarse de espaldas al fotógrafo y leyéndolos, agradeciéndolos, temiéndolos, amándolos) se sentirán respaldados o, en realidad, perseguidos por esas bibliotecas. Acosados o apoyados por lo que fue y seguirá siendo. Empujados hacia delante por la memoria y el olvido de todo lo que se escribió (permaneciendo en los libros) y de todo lo que se leyó (desvaneciéndose en sus cabezas); deseando que algo de todo eso los alcance en lo que ellos escribieron, en lo que se leerá de ellos. Y diciéndose que, si hay suerte, tal vez, alguna de esas bibliotecas les hará sitio y los contendrá. Y que, dentro de mucho, desde allí, sean ellas las que se pregunten quién será ese niño que las mira en ellas tan fijo, que las lee tan fuerte, casi sin moverse y casi sin respirar y apenas conteniendo la admiración. Ese niño que estará ahí y, sí, *a esa hora exactamente*: sintiendo una mezcla de miedo y de alegría cuando —pasa seguido— esa biblioteca lo asuste y salude y reconozca haciendo que alguno de sus libros dé un paso al frente y caiga desde un estante. Y que, en el suelo, se abra de par en par en una página que él leerá buscando allí un mensaje, un consuelo, un «Bienvenido, aquí te esperamos, aquí te estuvimos esperando durante tanto tiempo». Y un libro cae y se abre y lo que lee ahí Land es «Un padre, dijo Stephen, batallando contra la desesperanza, es un mal necesario». Y el libro tiene título y nombre de uno de los mejores personajes de su enciclopedia mitológica. El nombre de ese que luego de una larga guerra demora tanto en volver a casa; pero esta novela caída para ser levantada —lee Land en su solapa— no trata sobre él y se ocupa de apenas un día en la vida de su protagonista. Y Land espera a ver si cae otro libro y tiene algo para decirle acerca de una madre. Y no tiene que esperar mucho porque cae otro libro del mismo estante, mismo autor, con la palabra *adolescente* en su portada, y en la página en la que se abrió Land lee: «Tu madre te trae al mundo, te lleva primero en su cuerpo. ¿Qué sabemos acerca de lo que ella siente? Pero lo que sea que sienta, al menos debe ser real. Debe serlo».

Entonces Land leyendo las bibliotecas de casas (de sus amigos o de los amigos de sus padres) en las que, por entonces, aún suele haber bibliotecas. Land se posiciona frente a esos estantes y (lee títulos y autores) los lee. Y ahí y entonces todo libro no leído y del que nada se sabe tiene la virtud de poder ser sobre cualquier cosa (e imaginar eso no es salir a escribir: es imaginar lo que se podría llegar a leer, se justifica Land). Libro que incluso puede tratar sobre él mismo, ser su libro y ser suyo, ser este. Y se complace cuando algún libro coincide con el de la biblioteca de su casa (o con la creciente biblioteca propia de su habitación: algo tanto más importante que una habitación propia). Y se inquieta cuando hay alguno (hay muchos pero, orgullo suyo, son cada vez menos) que no conoce y que no tiene y que le gustaría tener y que nada le impide tomarlo prestado sin pedir permiso. Y, cuando nadie lo mira, abre alguno y lo hojea y ojea y le gusta descubrir dentro de ellos —como si fuesen de esas cosas sin digerir que se ha tragado un pez o una serpiente— fotografías familiares de gente que él no conoce, boletos de tren, estampitas religiosas y tickets de compras marcando el sitio por el que se iba o se fue o del que no se volvió a salir nunca. Y a Land le interesan mucho los ocasionales subrayados. Algunos incomprensibles para él porque no se trata de grandes frases citables pero, seguramente, que funcionaron como un dedo en el ojo de quien las marcó y que, seguro, derivaron en parpadeo o en guiño o en lágrima. Y le conmueve el hallazgo de las menos frecuentes anotaciones al margen (que en ocasiones no son más que el anzuelo de signos de interrogación o la estaca de signos de admiración) funcionando como intervenciones escritas en márgenes y orillas de las páginas. Mensajes de parte de quien desde allí —descalzo y mojándose los pies— lee sobre lo que escribió otro y que, de haber justicia, debería poder leer desde lejos en el tiempo y en el espacio el autor de ese libro. Y sí: de tanto en tanto Land se roba alguno de esos libros. Y lo hace —se lo dice a sí mismo como si se lo leyese— «por una buena causa».

Y (agotada la gracia de los juegos de mesa o para aliviar la ausencia de no siempre contar con alguien con quien jugarlos, porque sus padres los consideran «burgueses e imperialistas») Land se inventa un juego a solas pero muy bien acompañado. Se trata de pararse frente a todos esos libros y leer sus lomos y compaginar títulos hasta que formen oraciones y, en ocasiones, hasta pequeños relatos: *La montaña mágica* que se alza *Bajo el volcán* del que surgen *Todos los fuegos el fuego* para *La guerra y la paz* que se enseñará como una *Historia universal de la infamia*, *A sangre fría* abriendo *Las venas abiertas de América Latina* que resultarán *Las ilusiones perdidas* y las *Grandes esperanzas* lanzándose *En busca del tiempo perdido*, ¿lo entiendes, *Facundo*? A veces, también, elige un único título y lo convierte en letra de canción: al *Dalí par Dalí* de Draeger, por ejemplo, le ha compuesto algo que entona en su cabeza con la consonancia casi épica de uno de esos modernos y francos *chansonniers* vestidos de pantalón y camisa negra y lanzando su chorro de voz a las alturas de L'Olympia.

¿Será esto más o menos como escribir?, se pregunta Land.

¿Estará faltando a su promesa de *no* hacerlo?

¿O tal vez, peor, será algo similar a editar, a parecerse a lo que hacen sus padres, a quienes bajo ningún concepto quiere parecerse?

Se tranquiliza, se dice que no.

Se jura que no es ni una cosa ni la otra.

Por una parte, de nuevo, Land jamás ha visto o ha sabido que sus padres hagan uso de alguno de sus varios y claramente decorativos lápices siameses de dos puntas: mitad rojo y mitad azul. Lápices con los que, le cuentan, trabajaban los grandes editores (o con el que la nada editada Moira Dünn encolumna en su pared los trofeos conseguidos y las presas por capturar). Esos editores (no sus padres) como autores confidenciales en lo que hacía a la ingeniería subterránea e invisible de un texto ajeno. Operarios de sala de máquinas bajando a los cimientos casi secretos de cúpulas de catedralicias galerías. Su eco tachando y cambiando y sugiriendo y organizando: entregados y preceptivos destiladores de libros —a vivo trazo pero sin voz propia- escritos por esos otros geniales en lo suyo, pero en más de una ocasión ignorantes aunque tan *savant* en lo que hace a estructura y solidez de materiales.

A Land le encanta esa palabra: *savant*. Palabra que no le cuesta pronunciar aunque sea francesa (y una vez Land la escuchó en una, en otra, de esas conversaciones confidenciales entre sus padres pero siempre sobre él, quienes cambiaron de tema y metieron rápido unos papeles en un cajón al entrar él, y Land la buscó en un diccionario francés-español y... luego la escucharía en boca de César X Drill y...).

Por otra parte, lo que hacía Land —se decía, se convencía, se diría años después con la aguja de *otra* nueva vacuna colgando de su brazo– era como lo que se hacía con los adictos al darles una droga más mansa, como la metadona para paliar la adicción a la indomable heroína.

Aunque también hay casas (lo admite: son las casas de compañeritos y no las de hijos de...) en las que los únicos libros que Land detecta son las hoy extintas enciclopedias cuyos nombres prometen saberlo todo. Y alguna Biblia. Y aquel con un burro. Y ese otro con una gaviota. Y ese titulado *El Nomecito* donde un niño insoportable e interplanetario no deja de exigir que le dibujen un cordero y miente aquello de «lo esencial es invisible a los ojos» (porque si algo no puede verse difícilmente pueda considerarse esencial; y, a no engañarse, el amor no es invisible; el amor se ve y se corporiza en aquello que se ama, teoriza Land, quien todavía puede teorizar sobre el asunto porque no ha sido aún conmovido por su práctica; pero no falta mucho, falta menos). Y también hay allí las hoy también extinguidas guías telefónicas en las que a veces Land busca nombres graciosos y llama a esos nombres y les hace alguna broma a una voz que suena ya acostumbrada a sufrir sin capacidad de respuesta. A veces, también, la línea telefónica se «liga» y Land escucha conversaciones ajenas. Casi todas aburridas, pero algunas perturbadoras. Como aquella en la que alguien le dijo a alguien un nombre que Land creyó reconocer de alguna fiesta de sus padres, y dio una dirección, y concluyó con un, como si lo editara, «A este me lo borran rapidito». Y entonces esa voz se despidió con un nombre en clave (Halcón Rojo) que a Land le sonó como al de algún Coloso de la Lucha.

Y claro, mejor aclararlo: por entonces Land no piensa en esas cosas profundas sumergiéndose en ellas para enfrentarse a ellas con tanta disciplina y oxígeno en sus pulmones y cerebro y músculos no muy desarrollados. No olvidarlo, por favor: Land es pequeño. Y sus reflexiones sobre grandes cosas están construidas y armadas por mí con los más *clucks* que *clicks* de plástico y madera. Son estas estructuras endebles (que yo ahora apuntalo desde lejos) y de las que enseguida Land puede distraerse cuando se hace la hora de dedicarse a cuestiones más urgentes.

Porque es casi noche de domingo y entonces Land deja de mirar la biblioteca para ver la televisión.

Sí: a Land le gustan más los libros que la televisión pero (después de todo la suya es la primera generación que ha nacido con el ojo sin párpado de ese aparato encendiéndose y apagándose) necesita ver la televisión antes para después saber que le gusta más leer libros. Y es que a veces la televisión consuela y distrae no mejor pero sí más rápido, del mismo modo que un vaso de Coca-Cola no es más nutritivo que uno de leche aunque sí refresque mejor. Porque entonces (domingo tras domingo, a ese tiempo deprimente y terrible en que todo chico siente claramente cómo comienzan ya a entibiarse los hasta entonces fríos motores por la proximidad de un lunes caliente) llega la hora señalada de *Colosos de la Lucha*. Y ese es el nombre de otro de los programas de televisión que Land y todos sus compañeritos no dejan de ver (y no es el nombre exacto del programa, pero es el que ahora le doy a Land para que se lo dé y así desorientar por un tiempo al Nome). Lo ven, claro, para tener algo de lo que todos —más allá de diferencias de clase y de coeficientes y de gustos— conversar al día siguiente. *Colosos de la Lucha* uniforma y unifica. *Colosos de la Lucha* es de todos aunque a la mañana siguiente siempre estén —luego de no levantarse temprano durante el fin de semana— medio dormidos y medio despiertos, entre el superficial insomnio y el trance profundo.

Colosos de la Lucha es un show de *catch-as-catch-can*: un peleado vale todo. Y quienes lo protagonizan son combatientes caracterizados (algunos llevan simples máscaras y otros más complejos aunque un tanto pobres disfraces) como diferentes personajes que van de lo histórico a lo grotesco pasando por lo cómico. Hay momias y payasos y samuráis y marcianos y hasta un mercenario con aspecto demasiado guerrillero (traje de camuflaje, barba, boina, habano) que de pronto, sí, se ausenta de la troupe porque mejor no meter ideas raras en las cabezas de los pequeños. O, seguramente, se haya recibido alguna obligatoria sugerencia de parte de algún uniformado militar auténtico (pero nadie se pierde y todos se transforman allí; y Land lo reconoce casi de inmediato reinventado como El Mafioso Benedetto Vendetto). Y algunos de ellos hasta *humanizan* a marcas y a productos y no son otra cosa que publicidad apenas subliminal, le explican a Land sus padres, quienes alguna vez quisieron comprar/vender una luchadora-mujer que fuese La Evanauta: «Pero César casi nos mata, perdón, X; no soporta que le digamos César y por eso se lo decimos todo el tiempo, ja».

Ahí, vestidos de domingo, todos esos luchadores modernos pero a la vez anticuados y circenses cuentan con poderes particulares y tomas personales y golpes propios. Todos son maestros del dolor fingido y de la caída planeada. Y en el colegio (¿se acordó ya Land de acordarse de que el Gervasio Vicario Cabrera, n.º 1 del Distrito Escolar Primero, es un colegio primario y primal, unisex, sólo para varones, y que las chicas son para él un misterio aún casi inalcanzable?; porque a Land las hijas de... siempre le parecen un tanto desequilibradas hasta para amarlas en secreto; aunque los respectivos padres de hijos de... alienten uniones y tal vez fantaseen con fundar dinastías) todos tienen su coloso favorito. (El de Land es Men-Tol: un súper-cerebro que, a la vez, promociona unas pastillas para la halitosis y lee los pensamientos de sus rivales y así *mentoliza* y mentaliza y anticipa sus estrategias y patadas voladoras o paralíticas o piquetes de ojos o cortitos; y quien, en ocasiones, cuando el duelo es importante y contra algún archi-rival, renuncia a sus píldoras para derribar a su oponente con su vaho bucal que, ganada la victoria, de inmediato desactiva cortesía de «ese gran producto para niños y adultos que refresca e higieniza nuestras bocas»). Y Land y sus compañeritos se saben de memoria las canciones que presentan y representan a los Colosos: todas muy graciosas y ocurrentes y, en ocasiones tanto mejores, que el luchador al que le cantan. Y hasta coleccionan sus pequeñas figuras de plástico que vienen dentro de unos chocolatines marca Nome con sabor, también, a plástico. Y Land prefiere las figuras plásticas a los Colosos de carne y hueso; porque estas no incluyen sus historias, sus orígenes, sus rivalidades fabulosas, y están como vacías. Son para él como esos bustos de próceres de segunda fila cuyas hazañas no conoce porque (excepción hecha de Gervasio Vicario Cabrera, de quien ningún hijo de... que vaya a cualquier otro colegio jamás ha oído hablar y mucho menos ha tenido que memorizar sus fechas) no se estudian en el colegio: son como primos lejanos que no tiene. Son como recipientes a llenar con la historia que él les ponga y les imponga.

Y Land, viéndolos en ese televisor enorme y cúbico (verticales y horizontales y esfumándose por momentos, porque la recepción no es muy buena y todo el tiempo hay que reajustar esa antena que es como orejas de un conejo de metal), se pregunta cómo es que a ninguno de los responsables de *Colosos de la Lucha* se les ocurrió subir al ring a un personaje que se llame El Intelectual. Un coloso cuyo «poder» fuese el de vencer a sus contrincantes nada más que con «la fuerza de las ideas». Con la prosa y el verso y el ensayo. Con la pluma y la palabra y no con la espada. Con el palabrerío. Allí, El Intelectual lanzando teorías y postulados y, en ocasiones, ni siquiera levantándose de una mesa de bar que forma parte de su atrezzo. Así hasta agotar a sus contrincantes y —debilitados y con la guardia baja por taparse los oídos con las manos— darle espacio a El Intelectual para que aseste su golpe definitivo: La Pipa Mortal. Entonces, El Intelectual poniéndose de pie casi con desgana y clavándoles su pipa que nunca era igual: a veces era muy ornamentada y marfilina, otras estaba hecha con una mazorca de maíz, otras era como la de ese detective un poco loco quien estilaba afirmar, más en sus películas que en sus libros, que todo era *elemental* y —aunque esto no fuese en absoluto cierto— la solución era siempre la más obvia y sencilla. O mejor aún, se corrige, se edita Land rojo y azul: no El Intelectual sino El Intelectualoide. Renombre que, para Land, no sonaba despectivo ni a menosprecio sino, por lo contrario, a algo raro y enaltecedor. Algo como de *sci-fi* con científico culto o —esa categoría que todos mencionan por esos días que no son domingo— psicoanalista desmenuzando términos a asociar con situaciones. El Intelectualoide, quien se metió en una cápsula y se teletransportó a otra para salir de allí metamorfoseado como impensable pensador, como pagano adorador de nuevos dioses, como son ahora muchos de los amigos de sus padres.

Pensando en esto, Land se imagina el living de su casa como si fuese un ring y a los amigos escritores de sus padres luchando entre ellos.

Y, en alguna ocasión, ni hace falta imaginarlos: porque hay

noches en las que Land oye ruidos y gritos desde su cama y se levanta y camina por el corredor hasta la sala.

Así (cuando nadie pensaba que pensaba en eso) pensó Land: «Tengo sueño... No tengo sueños: tengo pesadillas».

Y ahí —de pronto iluminados y de pronto a oscuras y otra vez iluminados— ve a este estrangulando o pateando a aquel o a ese otro mientras aquella muestra las uñas y tira del pelo a esa otra. Entre chillidos que no eran muy diferentes de las risas. El nivel de violencia de entonces, tanto física como verbal, es algo digno de considerar. Hombres con hombres. Hombres con mujeres. Mujeres con mujeres. Patadas y bofetadas. (Y Land se dice si este grado de exhibición sónico-agresiva no será otra forma de sentir que el mundo de sus padres rompe así con el mundo de sus abuelos: donde la voz nunca se alza en público y, mucho menos, los cuerpos se derrumban a la vista de todos).

Así, allí y entonces, este gritaba «Me quiero ir a la mierda» y aquella gritaba «Este país se va a la mierda». Y Land pensó entonces en que era muy raro que para ellos —los supuestos y sabios adultos *intelectuales*— la palabra *mierda* equivaliese tanto a posibilidad de otro comienzo lejos como a caída libre en el más inmediato y negro de los pozos sin fondo. Irse uno o que se vaya todo equivalía, indistintamente, a dos mierdas que eran parte de una misma mierda imposible de no pisar o de que no pisara.

Sí: esa mierda era una mierda que quería irse y que se iba a la mierda.

Qué mierda, qué mierdas.

Y Land enseguida se prohíbe pensar *así* porque así, supone, es como piensan los escritores. O, peor aún, como piensan aquellos que *quieren* ser escritores (y que van siempre con una pequeña libretita de mierda encima y en la que anotan cosas como las cosas de mierda que acaban de ocurrírsele a él pensando que eso que se le ocurrió es una mierda).

Y una vez más, nunca suficientes: Land *no* quiere ser escritor y, mucho menos, ser escritor como estos.

De nuevo, lo mismo de siempre: es como ver un episodio

repetido demasiadas veces de una serie mala. Pero es lo que hay, ya se dijo, no hay tantos canales de televisión, no hay mucho para ver. Propagandas, hay más, hay muchas. La publicidad televisiva es, por entonces, considerada y entendida en Gran Ciudad como una de las bellas artes o como escuela filosófica o ciencia exacta. Propagandas de chicas shockeantes y muy «monas» que venden jabones y cigarrillos, sí. Y aquella en la que un hombre se enteraba de que iba a ser padre y hacía caras muy raras con su cara y luego servía y brindaba con un vino que todos decían que era intragable (tal vez de ahí esas caras anticipadas, supone Land). Y esa en la que un sonriente vendedor parecía volverse loco y −como en un éxtasis de poseído− arrojaba al suelo delicados platos de porcelana para así vender una vajilla irrompible, tan irrompible como esos horribles camiones de juguete. Y aquella otra con la mirada del adiós, subjetiva y desesperada, de alguien ahogándose mar adentro y cada vez más lejos de playa estable y tierra firme.

Y al salir la luna y entre programas y publicidades, terminado *Colosos de la Lucha*, llegaban otra vez esos seres supuestamente humanos (pero mirando con ojos que a Land le recordaban demasiado a los de esos hombres solos en las plazas observando jugar a los niños) ahora conversando tiernamente con las marionetas de un topo sinuoso o de un pingüino enciclopédico. Y después esa familia con seis niños que más que aconsejar ordenaba, marchando en fila casi castrense, un vamos a la cama que hay que descansar.

Pero Land no formaba parte de esa descansada familia.

Porque lo cierto es que siempre se viene de una familia como se viene desde una tierra distante: la familia es, en verdad, el medio de transporte del que uno, tarde o temprano, se baja para emprender el viaje del destierro hasta encontrar el puerto de una familia propia o errar eternamente a solas contra viento y marea.

Y Land −temprano de edad y tardío de horario y náufrago sin horario− ya estaba solo y su soledad no tenía descanso.

Así que aquí vuelve a ir y venir el show que protagoniza a la vez que contempla. No *Colosos de la Lucha*. Más bien *Pigmeos de la Bronca*. Siempre listo a ser sintonizado en vivo y en directo para y por Land (en su cama pero sin reposo ni respiro) y transmitido desde el living de su casa para sufrimiento y queja de vecinos que amenazan con «llamar a la policía». Y a veces la llaman y a veces viene. Y entonces están los que se descuelgan por el balcón. O los que buscan refugio en la habitación de Land y (¿es en serio?) le ruegan que «no haga ruido» con un dedo sobre sus labios. O Silvio Platho aprovechando para encerrarse en la cocina y meter su cabeza en el horno.

Y, damas y caballeros, en el próximo combate de la noche…

Y ahí y entonces Land, dejando de pensar en eso. Land pensando en que tal vez alguien prendía y apagaba luces en la sala o que, quizás, ha estallado la más relampagueante y eléctrica de las tormentas. Pero no: lo que reventaba al final del pasillo —que Land *sí* puede creer pero, tambaleante, *no* puede recorrer a pie juntillas— eran flashes enrojeciendo ojos ya enrojecidos por esas casi juguetonas cámaras portátiles y modelo… ay… *Fiesta* que serían borradas de la faz de la Tierra con la llegada de los teléfonos móviles. Cámaras que por entonces eran inevitables e imprescindibles (también lo eran los grabadores de cassettes o cinta) porque a sus padres y a los amigos de sus padres les gustaba fotografiarlo y registrarlo todo, sin parar. Documentar sus vidas. Seguros de que todos y todo —tanto en lo mucho positivo como en lo poco negativo— era y eran parte asegurada de la Historia. Así, todo lo que los incluía era algo histórico que debía y merecía ser capturado como trofeo para su casi inmediata o futura exposición. Y años más tarde, Land y yo, mirando alguna foto vieja sobreviviente (¿envejecen las fotos?, ¿acaso no es su razón de ser el no envejecer?, se preguntará y nos preguntaremos), escucharíamos una canción donde se cantaba que «las personas se tomaban fotos entre ellas para probar que realmente habían existido». Y, como en una revelación, se dirá: «Ah, claro… Ah, eso era *eso*…». Y Land mirará esa foto y, en uno de sus bordes, se descubrirá a sí mismo: movido, conmovido, como queriendo salir de cuadro. Y, viéndola, recordará también el momento preciso cuando fue tomada. Y pensará entonces en que, en ocasiones, se recuerda de las fotos mucho más y mejor su largo antes y después invisible que ese instantáneo momento preservado para siempre.

Pero ahora y entonces, sus padres y sus amigos (los padres de los hijos de...) fotografían todo, constantemente. Sin importarles el invertir luego pequeñas fortunas en laboratorios a los que les pagan extra (las instantáneas Polaroids son un rumor lejano y raro y el no tener que esperarlas y, a la vez, la de pronto lenta a la vez que veloz aparición de lo capturado le resta todo atractivo al rito) a cambio de tener las copias más rápido. Pagan de más para que ya estén listas y poder pasárselas los unos a los otros en la siguiente fiesta fotogénica; intercambiándolas y siempre en busca, aquí también, de la escurridiza y «más difícil». Aquella que no llenará su álbum infinito pero que al menos los colmará de satisfacción hasta los próximos cuartos oscuros de sus fiestas donde, en más de una ocasión, se iluminará aquello que no debería nunca revelarse. Fotos y más fotos de más personas mirando fotos, como cantaba esa canción. Como si temiesen que, de no contar con esa evidencia, lo suyo sería inexistente y no habría forma de probar su irreal e histérica realidad histórica.

Y, de pronto, en más de una foto, resulta que *esa* es la inesperada última foto que le sacaron a alguien. Alguien a quien se llevaron para mostrarle fotos de otros y para que (en esas fotos de esos otros en las que también sale él o ella) enmarque y revele nombres a cambio de que, tal vez, aquellos que se las muestran no velen, en su nombre, a su nombre y al de los suyos.

Y cuando se acaba y se corta el rollo (alguien ha incorporado no hace mucho a las fiestas una cámara Super-8 con sonido para así «generar documentos de mayor valor histórico que, además, puedan ser proyectados en las sesiones y happenings del sábado a la mañana») todos se van con su película a seguir fotografiándola y filmándola y peleándola amigablemente a otra parte.

Y entonces llega el turno de las peleas a solas de sus padres.

La pelea de fondo sin fondo.

The Main Event.

Sus padres son, a su manera, Colosos de la Lucha, pero sin ningún atractivo anecdótico ni canción que los anuncie y justifique.

Y están solos.

Uno contra otra.

Y sus combates no se resuelven en cinco minutos —como en la televisión del domingo— sino que se extienden a lo largo de la semana: en inesperados espasmos, súbitos y empezando e interrumpiéndose pero nunca culminando de golpe o a los golpes. Lo de ellos, sí, es una disciplina poco rigurosa en la que no hay ni vencedores ni vencidos. Son para Land —espectador cada vez menos expectante— nada más y nada menos que Papá versus Mamá versus Papá versus Mamá quienes se pelean todo el tiempo porque, le explican a Land, «lo que pasa es que nos queremos mucho: la gente que no se quiere de verdad es la que nunca se pelea».

Las rutinarias peleas de los padres de Land y a las que Land —para dotar de algún colosal interés a la minúscula catástrofe— no puede evitar comparar con las de esas colosales y combativas mutaciones en las películas de monstruos japoneses.

Su padre es Godzilla.

Su madre es Mothra.

Land es Tokio.

Pero ahora, de noche, esa noche, los que luchan son Silvio Platho versus el Tano «Tanito» Tanatos. Discuten y se empujan, pecho a pecho, rebotando el uno contra el otro pero sin llegar a los golpes, acerca de si la «Nueva Gran Novela Continental» debe ser «política y adoctrinadora» o si, por lo contrario, ni siquiera debería transcurrir en el presente o, mejor aún, transcurrir lejos, en otra parte. Tanatos está borracho y se cae. Y entonces Platho se levanta y declara que tiene que pensar en todo esto a solas y se va a la cocina a, sí, hacer exactamente eso.

Enseguida, luego de una breve pausa para comer algo, llega el turno del duelo ya clásico entre los profesores universitarios y hermanos Lucho y Pucho Cohen-Farrelli: ambos enfrascados en una interminable batalla dialéctica desde que, no hace mucho, el primero publicó *Psicoanálisis y marxismo* y el segundo *Marxismo y psicoanálisis* (alguien apuesta a cuál edición de ambos títulos será la primera en ser prohibida y ahí parece estar el verdadero dilema y la auténtica competencia entre los Cohen-Farrelli).

Y Land los ve y no los cree (Land no puede creer lo que está viendo), aunque tampoco cree que nada de lo increíble pueda cambiar alguna vez para él por algo en lo que creer y a lo que entregarse: el supuestamente dulce sueño y no este agrio insomnio.

Land lleva ahora otro piyama/pijama. Uno con dibujos de plumas y tinteros y de páginas en blanco y de páginas manchadas y estrujadas (diseño exclusivo de una amiga de sus padres y dueña de la boutique infantil Mis Trapitos luego de triunfar con la línea de ropa para mujeres «à la europea» Miss Trapeaux).

Y Land exige y ruega por silencio; «¡Necesito dormir, mañana tengo un examen!», gime gimiendo.

Pero nadie lo escucha porque —es imposible hacerlo— nadie lo puede escuchar entre tanto súper-bati-fondo.

O —mejor dicho y peor hecho— aunque sí lo miren pero no lo vean, nadie le lleva el menor apunte a ese menor de pronto aún más empequeñecido de lo pequeño que ya es (aunque a Land ese piyama/pijama ya le quede un poco chico, aunque Land ya se esté adentrando en esa edad de crecimientos bruscos y estiramientos casi elásticos).

Y, de pronto, Land tiene la sospecha primero (¿será posible semejante «aborrecible crueldad» a la altura de la infligida al Conde de Montenome?) y enseguida tiene la seguridad de que sus padres lo hacen a propósito.

Todo *se lo hacen* a propósito.

Todo lo que hacen y no deberían hacer y todo lo que no hacen y deberían hacer.

Todo eso —el propósito de todo eso— es parte de su educación, de su deforme formación.

Land comprende entonces que sus padres lo mantienen despierto, no lo dejan dormir y lo exponen a semejantes radiaciones, porque desean convertirlo en un escritor. En el escritor que no pudieron ser ellos por falta de talento o voluntad. Así que a él le tocará hacer sus voluntades. Sus padres quieren, sí, *editarlo* como victoriosos Frankenstein a su Criatura (se lee como el sediento Drácula pero se escribe y se edita con el corte y confección de Frankenstein, piensa Land luego de que César X Drill le hiciera pensar, viéndolo en su estudio, en su sepulcro-laboratorio, en *Drácula* y en Frankenstein: en la felicidad de leer y en el tormento de escribir). Y sus padres no parecen conscientes –Land leyó el libro y vio las películas– de que luego, casi enseguida, la Criatura no trata muy bien a Victor Frankenstein (y hasta que no lee la novela y aún después de leerla, a Land le cuesta mucho dejar de pensar en que Frankenstein no es el monstruo sino el doctor; pero enseguida se dice que, claro, el doctor es quien resulta ser el verdadero monstruo). Y le intriga que a La Criatura le guste mucho leer pero que nada le interese menos que el dejar por escrito su autobiografía; porque para eso ya está otro, un marino (y Land no puede sino preguntarse cómo es que hay tantos marinos que escriban tan bien en las novelas; o que todos escriban tan bien enfrentados a un monstruo; y Land se responde que tal vez tenga que ver con el miedo: tener miedo tal vez dé buena letra, quizás el miedo sea uno de los elementos más imprescindibles del estilo). Y mucho menos saben sus monstruosos y cortadores y confeccionadores padres aquello que dijo un escritor (con esa *l* tan rara en su nombre, Czesław Nome, si mal no recordará Land tiempo después) en cuanto a que cuando un escritor nace en una familia, eso no significa otra cosa que el final de esa familia. El escritor de la familia es el borrador de la familia primero y luego el reescritor de la familia a borrar del mapa primero para luego poder meterla en un libro. Y entonces darles miedo, sí.

Pero, claro, tal vez la clave esté en que sus padres (y en eso ellos tienen *algo* de razón) no se consideran *una familia.*

Y, aseguran, condiciones no le faltan a Land no para acabar con una familia sino para empezar a ser escritor.

No hace mucho ambos fueron convocados a una «reunión de padres» (por lo general, todos los maestros temen y tiemblan ante la fecha del arribo de las reuniones de padres de hijos de… porque se ven resignados a escuchar sus «ideas de educación avanzada que leímos en una revista extranjera a aplicar de inmediato»). Pero en esta oportunidad su presencia fue solicitada por La Maestra Magistral y Moderna. Por, para los padres de Land, la única maestra «en serio» del colegio Gervasio Vicario Cabrera, n.º 1 del Distrito Escolar Primero: por la docente educadora de lo que entonces se conoce como «Actividades Artísticas». Y allí se enteran, casi al borde de las más emocionadas y hasta agradecidas lágrimas, de que Land (en busca de las peores calificaciones o, por lo menos, queriendo pasar lo más desapercibido que pudiese) había optado, a la hora de la «Redacción Tema Libre», por evitar las obvias elecciones de sus compañeritos. No: las suyas no habían sido esas páginas con letra primaria donde se fundían el deseo desaforado de hazañas deportivas con, como mucho en lo que hacía a la literatura, admiradoras revisitaciones de (vade retro, Nome) Sandokán y D'Artagnan y Diego de la Vega y Capitán Nemo que, claro y oscuro, es más que posible que en cualquier momento se convierta en Capitán Nome. Por lo contrario, Land se decidió entonces, con todo lujo de detalles y a lo largo de varias páginas, por no contar nada porque nada quería contar Land. Actitud que de inmediato fue apreciada por La Maestra Magistral y Moderna (aunque ella no lo sepa ya preparada para desvanecerse como por arte de magia, de la magia más negra) como un muy personal y particular *estilo*. Algo así como un muy poco común «existencialismo precoz». «Nouveau roman!», exclaman los padres de Land. Y La Maestra Magistral y Moderna —cada vez más respetada por los padres de Land con cada segundo que pasa— les cuenta que la semana pasada se hizo un test de aptitudes y coeficiente a toda la clase. Y que Land sobresalió en él (con excepción de lo que se refiere a Matemáticas); y, claro, esas eran las páginas *savant* acerca de las que cuchicheaban sus padres y que escondieron en un cajón cuando entró Land.

(Land encontró ese examen varias décadas después y, por un lado, admiró el que sus padres no le dijesen nada entonces y no lo rebajasen/ascendiesen a un simple «genio» como a todo hijo de... que se preciase de tal y así no certificarlo a tan temprana edad como legítimo superdotado: ese destino donde, por lo general, fracasar estrepitosamente según pasan los años. Pero, como contraparte, Land tampoco podía alabarles demasiado que no se hubiesen tomado algo de trabajo para conducirle subliminalmente hacia territorios que no fuesen aquellos a donde les interesaba que llegase Land para clavar su estandarte: el de ellos y no el suyo).

Antes, entonces, en el salón de profesores del colegio Gervasio Vicario Cabrera, n.º 1 del Distrito Escolar Primero, La Maestra Magistral y Moderna les pide autorización (y de inmediato lo autorizan los padres de Land) para «ponerlo a competir» con los campeones de Redacciones Tema Libre de otros cursos. Land ya ha oído acerca de ellos. El detestable y pulcro Nicolasito Pertusato. Y ese otro cuyo nombre Land no recuerda entonces (por entonces no es Nome, no lo supo hasta tiempo después) pero al que detesta igualmente y cuya vida y obra, así como las de sus padres modelos-publicistas-performers y finalmente terroristas-chic, Land seguirá a prudente distancia con el correr y tropezar de los años.

Y, ah, los padres de Land son entonces *tan* felices.

Y lo son porque la sola existencia (y no existencialismo) de la posibilidad de que Land «nos salga escritor» implica la continuidad de esa curativa peste de la que se benefician editoriales y librerías (además, aunque no lo admitan, también el aumento exponencial de la posibilidad de que Land los cuente a ellos sin corregirlos pero sí mejorándolos).

Está claro: para los padres editores de Land tener un hijo es una cosa, pero tener un hijo escritor es otra.

De ahí que Land y sus padres salgan de esa reunión con ánimos diferentes. Land en deprimido silencio (¿escribir para competir?, ¿leer en público y en voz alta?, ridículo; se lee a solas y en silencio) mientras que sus padres, eufóricos, lo arrastran hasta la librería más cercana. Y allí le compran y entregan (como si se tratase del cáliz de la Última Cena o la Excalibur de Arthur Rex o, mejor y más apropiada aún, la Durendal del guerrero Roland) un pequeño libro, en inglés, titulado *The Elements of Style*. Y le piden que lo sostenga sobre su pecho y le toman una foto conmemorativa y, por supuesto, histórica (y en ella Land, más que orgulloso exhibidor de un premio, parece uno de esos presos a los que, minutos antes de entrar en prisión, se fotografía sosteniendo una placa con su apellido y número de expediente y tipo de delito en código).

Y, sí, sus padres le van a regalar *The Elements of Style*, varias veces, tan cumplidos cada aniversario de su nacimiento, desde entonces hasta sus catorce o quince o dieciséis o veinticinco años (para entonces Land ni siquiera se molestará en abrir el paquete con la etiqueta de la librería e iba allí a cambiarlo por lo que fuera).

Y Land imaginó en principio que el libro trataba de algo científico (como esa tabla de elementos periódicos) o, incluso, de algo relativo a la hechicería alquímica: algo sobre la tierra y el agua y el fuego y el aire y, tal vez, también, el éter.

Pero no.

En absoluto.

Aunque, de algún modo, ese libro *sí* intentaba separar los componentes básicos de una materia buscando la exactitud a través de la combinación de proporciones exactas de diversas sustancias.

Mala cosa, pensó. Algo difícil de entender.

The Elements of Style era algo que se presumía incuestionable manual para escritores firmado por un tal William Strunk Jr. y más tarde expandido y potenciado por E. B. White, alguna vez estudiante de Strunk. El libro había sido publicado por primera vez en 1920 y –según el texto en la contraportada– desde entonces era venerado y utilizado como combinación de Tablas de la Ley y Piedra Rosetta y Máquina Enigma tanto por aprendices de escritores como por escritores de los que había que aprender. Un manual de instrucciones que inculcaba la idea de que uno, antes de escribir como *uno* (y esto era no sólo imprescindible sino hasta de buena educación, respetando protocolos establecidos y etiqueta probada), debía aprender a escribir de manera correcta y como *todos* escriben. Partir «del mantra de este libro: que toda palabra *cuente*». Y así, primero alcanzar un cierto dominio de lo plural antes de abocarse a la búsqueda (seguramente infructuosa y sólo ocasionalmente meritoria y menos aún justa y justicieramente reconocida y celebrada) de lo singular.

Antes *los elementos* y recién después *el estilo* (cuando Land, casi de inmediato, se dijo que primero debería ir *el estilo* y luego *los elementos*).

Y allí primero se enunciaba la regla y, a continuación, se daba un ejemplo extraído de alguna novela o cuento.

Así página tras página.

¿Era *eso* el regalo indicado para un niño de su edad?

Seguramente no.

¿Dónde estaban las bicicletas (a las que Land aprenderá a montar recién superados sus once años en otra Gran Ciudad, cuando se la preste un vecino), los juegos jekyllhydeanos de química (con ese efervescente azul de metileno, de tonalidad similar a ese fijador para el cabello que les obligan a usar en el colegio, que es su favorito a la hora de agitar tubos de ensayo), las pelotas o, incluso, los ya mencionados libros que leían y reescribían automáticamente sus amigos sobre piratas malasios y condes vengativos y mosqueteros franceses y capitanes submarinos que se compraba él o que eran provistos casi a escondidas por sus abuelos cortesía de sus muy bien preservadas bibliotecas infantiles que después habían sido las de sus hijos antes de ser padres?

¿Y acaso sus padres no parecían casi compulsivamente empeñados en reescribir a su manera y desobedecer todos los elementos en el estilo de sus antecesores, de sus propios padres, en lo que hacía a la metodología a utilizar en la redacción de las infancias de sus descendientes? ¿Acaso sus padres no vivían en un casi constante desconcierto por tanta orden y contraorden, modernismo, libre flujo de conciencia y monólogo interior pero siempre a los gritos tan pelados como peludos?

«¿Es que no lo entendés? Si se cuenta bien, si se narra con corrección, uno es dueño del propio destino: de la novela de su vida», le instruyen sus padres como abriéndole la puerta a un misterio profano al entregarle ese libro. Y Land –primero rojo de casi furia y luego casi azul de aguantar la respiración– sintió, de inmediato, ganas de corregirlos. Casi de tacharlos. De decirles que, hasta donde ve y lee él, todo aquello que le rodea y que siente cada vez le acorrala más y que sólo querría no escribirlo sino, arrancando sus páginas, dejar de leerlo. Decirles que se le hace (todo, como postuló César X Drill, parece empezar y terminar y volver a empezar y terminar constantemente) más una desordenada recopilación de cuentos con mal desaliento que una historia de coherente largo y buen aliento marca Men-Tol.

Y a los padres de Land, además, no les importa en absoluto que *The Elements of Style* esté escrito en inglés («¿Y si lo traducimos para la editorial pero adaptándolo a nuestros usos y costumbres y usando, como ejemplo de cada regla, libros de nuestros autores? Y hasta podríamos pedir una ayuda del Ministerio de Educación, ¿no? ¡Genial!», se dicen el uno al otro y se dicen y le dicen a Land que, además de pelearse, eso *también*, tener las mismas ideas al mismo tiempo, es el amor, «el *verdadero* amor, ¿no?»).

Y el inglés es un idioma que ellos no hablan por falta de pericia. Torpeza que —de tanto en tanto, no muy convencidos y siempre cuando es lo que toca y exige la ocasión— disfrazan de desprecio anti-imperialista estilo Yanqui-Go-Home y Viva Vietnam. Idioma que sus propios padres (los abuelos de Land) jamás consideraron digno de atención alguna porque después de todo el celuloide venía subtitulado en el suyo. Pero el inglés es una lengua a la que Land y su generación ya parecen entender/hablar casi por ósmosis y acto reflejo: como si la respirasen, como si fuese infecciosa espora extraterrestre para, de inmediato, exhalarla con impecable pronunciación.

Y Land recibe el libro y casi llora luego de haberse enterado de lo mal que le ha salido su jugada y de la ahora fortalecida admiración hacia él por parte de una maestra: La Maestra Magistral y Moderna quien, evidentemente, no tenía todas sus facultades intactas y que pronto —víctima histórica-política de La Transformación— sería arrojada desde un avión a ese mismo río donde Land vio arder un barco en la noche.

Y sus padres, encantados con la «Redacción Tema Libre» con la que Land había obtenido la máxima calificación, no demoraron en incorporarla al álbum sobre su vida (álbum que, en realidad, era acerca de la vida de Land con ellos, con sus vidas). Álbum que venían armando desde su nacimiento y en el que constaban mechones de cabello, algún diente, fotos y registros de primeras palabras en páginas abigarradas y de letra cambiante. Álbum que, de algún modo, ya extrañaban a futuro a todos esos inconmensurables soportes audiovisuales que almacenarán no sólo infancias sino vidas enteras en tan poco espacio. Todo eso convirtiendo a todo el artefacto en algo bastante parecido a lo que —en películas por venir y a ser vistas por Land— eran los dossiers y archivos que los asesinos en serie compilaban por amor al arte y a la muerte en sus guaridas y madrigueras de ciudades retro-futuristas donde nunca parecía dejar de llover pero, a la vez, nadie parecía conocer aún el uso práctico de algo llamado *paraguas*.

Así que desde entonces —desde el haber recibido semejante diagnóstico en la escuela— Land entregaba las hojas en blanco esperando no haber creado un nuevo estilo aún más Nada, todavía más inexistencialista.

Y no era que no se le ocurriesen ideas.

Se le ocurrían muchas.

Demasiadas.

Por ejemplo, a Land se le ocurrió una serie de novelas con niños estudiantes en una escuela para hechiceros. Y otra con vampiros y hombres lobo adolescentes no encolerizados sino inexplicablemente escolarizados (¿los monstruos iban a la escuela?, ¿cambiaban de escuela al no envejecer?, ¿no pasaban nunca de grado?). Y un par —aunque de manera más difusa, por no contar Land aún con la experiencia y documentación pertinentes— protagonizada por una arrolladora joven tatuada y perforada y gótica y vengativa con los hombres, y otra con arrollada joven desnuda y gimiente y sometida y perforada por un joven y perverso millonario de folletín gótico en una «habitación roja del dolor» o algo así. Y otra más: una novela que sería judeo-holocáustica-testimonial a titularse *El vendedor de seguros de vida de Auschwitz*. Pero apenas se le ocurrían cosas así y por el estilo, casi avergonzado de sí mismo, Land se concentraba para que se desdibujasen primero y se perdiesen y olvidasen después sin ayuda de Nome alguno. Y, al mismo tiempo, Land dudaba de su resistencia absoluta a este filón y cepa y veta que él mismo vetaba: porque se aproximaba el fin de su educación primaria. Y desde que —para su indignada incomprensión— comenzaron a invocarse entradas y salidas de trenes en problemas de regla de tres supuestamente simple pero para él muy compleja. Y, en ellos, problemáticos cálculos de horarios y de kilómetros que, hasta entonces, él sólo entendía como datos literarios. Y se habían insertado comas entre los números y enseguida letras (Land no podía evitar el preguntarse dónde estaban cuando más los necesitaba los casi *soviet* comisarios de *The Elements of Style* y por qué no tomaban medidas disuasorias y ejemplarizantes al respecto ante semejante comportamiento tan fuera de lugar).

Y entonces Land tuvo perfectamente claro que ya no entendía ni entendería nada de ninguna ciencia exacta. Y que tal vez, si potenciaba aquello de lo que sí parecía saber por reflejo, eso –pensaba ingenuamente Land– podría influir positivamente en promedios que lo ayudasen a entrar a esa Acrópolis de colegio secundario al que deseaban mucho entrar no tanto los hijos de... y compañeritos como los padres de compañeritos e hijos de... Padres quienes deseaban que sus hijos cruzasen cada mañana los arcos de ese portal y así ser automáticamente miembros privilegiados de una minoría ilustrada sin necesidad ni mandato previo de ser *intelectual*; aunque si se era *intelectual*, tal vez aún mejor, mucho mejor.

Pero el anterior no era un pensamiento lo suficientemente inspirador para Land. Y así también «olvidaba» y «perdía» sucesivos ejemplares de *The Elements of Style* que sus padres no dejaban de reponer de inmediato (Land sospechaba que habían comprado múltiples copias que almacenaban en el compartimento secreto de algún placard de la casa o de la oficina de Ex Editors).

Y, claro, como cabía suponer, *The Elements of Style* era casi tiránico en la promulgación y obediencia de tronantes e incuestionables leyes en cuanto al buen y mal uso de palabras y de expresiones. Pero a su vez y a menudo –como suele ocurrir con los dogmas más totalitarios a la hora de la autojustificación– *The Elements of Style* se escabullía en voz baja con excusas como «La forma de nuestra lengua no es rígida; y en cuestiones de su uso no contamos con un letrado cuyas normas sean incuestionables». O «En lo que hace al estilo, el siguiente capítulo será como una *mystery story*... No existe explicación satisfactoria para la naturaleza del estilo, no hay guía infalible para la buena escritura, no hay garantía de que aquel que piensa bien pueda escribir bien; no hay llave que abra esa puerta; no hay regla inflexible por la que los escritores puedan trazar su curso de antemano. Así, a menudo, los escritores se guían por estrellas que, perturbadas y perturbadoramente, no dejan de moverse en el cielo». O «Todo lo que parece estar mal también podría estar bien siempre y cuando despierte algún tipo de emoción en un lector a determinar».

Y entonces Land entendió algo que sus padres que querían

que él fuese escritor –y que muchos más quienes querían ser escritores sin necesidad de tener padres como los suyos– no entenderían jamás: los manuales de/para escritores son sólo útiles cuando aquel que los lee ya escribe, ya *es* escritor. Ya es escritor porque ya escribe luego de haber leído mucho más de lo que lleva escrito. Los manuales para/de escritores no son manuales para *empezar* a escribir sino (aceptando alguna sugerencia o confirmando alguna certeza) manuales para algo mucho más difícil: para *seguir* escribiendo. Si no, su eficacia no es otra que la de una bicicleta fija para aprender a mantener el equilibrio o la de un salvavidas para aprender a flotar. (Mucho menos útiles eran incluso aquellos firmados por escritores que lo único que pueden intentar hacer es el dar consejos para escribir como ellos, para como está escrito lo de ellos). No hay peor lectura que un manual para escribir para todo aquel que nunca escribió o no sabe cómo o qué escribir, se dice y se repite y se convence de ello Land. Para ellos, un manual de escritura es lo más parecido (ahí está, junto a una bolsa donde vomitar de ser necesario) a estudiar con imposible atención y esperanza en caída libre a esa lámina plastificada en el bolsillo del respaldo del asiento delantero de un avión. Ese folleto (y falta menos para que Land lea el primero de ellos: auténtica *airplane reading*) instruyendo en cuanto a lo que se debe hacer justo antes de que se venga abajo todo sin que, por supuesto, nada de lo que allí se recomienda fuese a impedir que todo *no* se venga abajo.

Y entonces, tanto tiempo más tarde y entre turbulencias, pienso en que Land piensa en que, después de todo y antes que nada, *The Elements of Style* (entendido más como temor sagrado a obedecer y seguir pero nunca alcanzar su pleno significado) podría funcionar como compendio de mandamientos. Leyes no para que Land las siga (no para seguir escribiendo luego de su triunfo temático y redaccional y liberador) sino para que Land pueda seguir a Land.

Una serie de mandatos (a obedecer o no, pero amenazadoramente precedidos por un signo que a Land le recuerda a una pequeña aunque mortal daga) alrededor de los cuales intentar componer su propia vida. Su parte verdadera. Imaginándola y dotándola (pero no escribiéndola) de alguna estructura, de alguna belleza para con los años recordarla como si la soñase.

Y Land se dice (y me dice y le digo que diga) que el no vivirla, pero sí revivirla, será no sólo la mejor venganza sino también la mejor reconciliación con su pasado.

Así, desde allí entonces, de aquí en más, así y así no, nunca, por más que así sí lo instruya y predique *The Elements of Style*:

† El estilo debe ser un refuerzo y mejora de la escritura.

† No separe cada oración en dos o más oraciones.

† Elija un diseño adecuado y respételo de principio a fin.

† Haga del párrafo la unidad de composición.

† Ponga las declaraciones en forma positiva.

† Utilice un lenguaje definido, específico y concreto.

† Omita palabras innecesarias.

† Evite una sucesión de frases sueltas.

† Exprese ideas coordinadas en forma similar.

† Mantenga juntas lo más que pueda las palabras relacionadas entre ellas.

† En los resúmenes o recuentos de una determinada acción o episodio, permanezca siempre en un solo tiempo verbal.

† Colóquese siempre en un segundo plano.

† Escriba de una manera que resulte natural.

† No sobreescriba.

† No sobreestime al lector.

† Use ortografía ortodoxa.

† No explique demasiado.

† No inserte demasiadas opiniones propias en voz o pensamiento de los personajes.

† Evite las palabras elaboradas y/o extranjeras.

† Prefiera siempre lo establecido a lo poco convencional.

† Use figuras retóricas (símiles y metáforas) con moderación.

† No exagere el uso de paréntesis ni de puntos suspensivos.

† Insisto: utilice el mismo tiempo verbal en todo momento. Cambiar de un tiempo verbal a otro hace parecer al escritor alguien con incertidumbre e irresolución.

† Asegúrese de que el lector sepa quién está hablando y de qué está hablando.

† Sea claro.

Y, claro, todo lo anterior a desobedecer intriga a Land a la vez que lo comprende casi de inmediato. Primero: que es un tanto extraño que un libro que pretende instruir acerca de los diversos elementos del estilo no haga otra cosa que abogar por su total omisión o, peor aún, por promover un estilo indistinto y común. Segundo: que los elementos de *ese* casi vulgar y simplemente cómodo más que pragmáticamente refinado estilo propuesto por el tal William Strunk Jr. no son ni serán nunca del estilo de Land (ni del estilo que yo quiero darle a Land para que Land tenga, en retrospectiva ahora pero desde una posterior perspectiva, como estilo en sus elementos o en elementos para su estilo).

Así (cuando nadie pensaba que pensaba en eso) pensó Land: «De nuevo... Por favor... ¿Hay alguien ahí?».

Como, por ejemplo, ahora y entonces, en otra de esas noches blancas. Land, aguantando las ganas de llorar, volviendo a su cuarto y metiéndose entre las sábanas.

Y diciéndose que algún día nada de eso/esto (todo lo que oye primero desde su cama para luego ir a ver y, nada que ver, volver enseguida a la cama para seguir oyéndolo) será un buen cuento.

Porque Land jamás será un escritor, jura, se lo promete, lo cumplirá cueste lo que cueste el *no* serlo.

Y, sí, la novedad de que el desafío pase por el *no* hacer algo del todo en lugar —como hasta entonces es lo habitual para él— del sí conseguir un poco de algo.

Y así, pensando en eso, Land por fin se duerme.

Tiene cansancio y no sueño pero sí sueña de nuevo con esa mujer/chica: volando por los aires y entrando y saliendo de piscinas, como si remontara el curso de un largo río de piscinas. Piscinas que aún para él (quien todavía no aprendió a nadar porque nadie se preocupó por enseñarle) no son *piscinas* sino *piletas*. (Y algo le dice a Land —de tanto en tanto le ocurre, como si captase la muy débil transmisión de un mensaje secreto— que, de fracasar y hundirse sin salir a flote en su intento de *no ser* escritor, la palabra *piscina* sería algo muy pero muy importante en su obra; algo casi tan importante como lo será, dentro de muy poco tiempo, en su vida).

Y entonces Land, ahí, lejos pero cada vez más cerca, agua y tocado y hundido y ahogado.

¿Y cuál es entonces el a la deriva y flotante y simbólicamente amniótico estilo inicial o *movimiento primero* —cuando consigue dormir– con el que Land sueña y se despierta para soñar despierto? ¿Cuáles son los elementos que componen el estilo en la obertura de su autómata-biografía (y de cómo contarla)? ¿Y de qué manera y en qué orden y proporciones los combinaría para conseguir así la fórmula más o menos exacta de sus días y noches?

Ah, bueno, cómo definir a todo el asunto…

En ocasiones, a Land le gusta pensar que contempla lo suyo y a los suyos como si los viese y oyese en una pantalla moderna.

O desde los palcos más envidiados de la ópera o, de ser posible, mejor, a través del *théâtrophone* con el que los parisinos de principios del siglo XX escuchaban *Die Zauberflöte* desde sus domicilios.

O como si fuese un muerto en el Inframundo mirando en un televisor o a través de esos microscópicos prismáticos a los vivos.

O como un distante extraterrestre observando remotamente a los terráqueos.

Sí: Land siguiendo el curso de su vida no con la exactitud obligada de una biografía ni con las elipsis libertinas y maleducadas de una *biopic* sino, más bien, ubicándose entre una y otra, justo donde yo lo ubico. En esa tierra de nadie a reclamar y poseer. Advirtiendo, al mismo tiempo y de tanto en tanto (para que no se olvide), de que todo esto sucedió; pero que, también, nombres y lugares y fechas ya no son los que eran. Y, por supuesto, que pensamientos y dichos y acciones han sido convenientemente alterados tanto para no importunar a la memoria de los ausentes como para no inquietar la amnesia de los presentes, de los muertos. Los muertos que no pueden defenderse y los vivos que suelen ser indefendibles.

Entonces, así y entonces, los nombres y títulos verdaderos responderían a una cierta verdad, mientras que los inventados serían recreaciones, mutaciones, aleaciones: partes de un viejo mundo nuevo no por venir sino que, de algún modo, nunca llegará o llegaría a pesar/pasar de todo. Unos y otros precisando imprecisiones y retrocediendo hacia delante, dando patadas eléctricas o notas al pie, recibiendo cortocircuitos al pisar charcos o vadear lagunas del ayer de orillas inciertas e imprecisas. Los elementos necesarios para el estilo de cómo se cuenta una vida y mejor si esa vida no es la propia. Porque las cosas nunca fueron como se las recuerda y, por lo tanto, se cree que son; porque la memoria no sólo es lo que se recuerda o se quiere recordar o no sino *también* lo que se olvida o se decide olvidar. O, mejor aún, lo que se recuerda, aunque no haya sucedido del todo o exactamente así. En este sentido, la imaginación no es más que otra forma de memoria. Y –como hasta los sueños menos chistosos pero tan olvidables como chistes, tan difíciles de preservar– la memoria y la imaginación, asociándose y mezclándose, son el combustible para poner en funcionamiento no a una máquina del tiempo sino a una máquina de negar el tiempo a la vez que a una máquina de *hacer* tiempo.

Y tiene que haber algo de infernal y no de paradisíaco en esa idea de que, en el momento de la muerte, toda la vida desfile, acelerada y sin freno, frente al agonizante; porque entonces se moriría con plena conciencia de que mucho de lo que se recordaba no había sucedido o que había sucedido, sí, pero no como se lo recordaba. Entonces, de pronto, de improviso, en el ejercicio del recuerdo, se experimentaría como por primera vez lo alguna vez acontecido. Sólo que volviendo a acontecer con modificaciones y actualizaciones a partir de nuevos avances científicos y descubrimientos históricos. Y el desconcierto sería aún mayor si se muere con alguna de esas enfermedades mentales-degenerativas: ¿qué era todo eso?, ¿quiénes eran todos esos? Algo equivalente a lo que, con los años, se supo en cuanto a que aquellos dinosaurios en diferentes gamas de verde o de gris en verdad habían tenido plumas multicolor. Una gran decepción para Land, como también eso de que una tonta gallina fuese descendiente directa y supuestamente evolucionada de un imponente Tyrannosaurus rex. Y qué suerte que recién se supo –y Land se enteró de todo esto, conmigo– cuando ya era adulto. Porque no cree que hubiese podido soportarlo de niño (cuando por suerte, en las películas de súper-acción, los fornidos cavernícolas convivían con dinosaurios de bracitos raquíticos sin importar eras geológicas o evolutivas) tan ocupado como estaba soportando otras cosas más peliagudas que emplumadas. Cosas que, con el tiempo, no se habían visto atenuadas sino, por lo contrario, sus melenas y desmelenes parecen aún más nudosos y enredados y difíciles de peinar por haberse ya fosilizado para siempre y no, apenas, fijadas y editadas por aquella gelatina capilar por unas horas escolares.

Otra vez: lo que se creía rigurosa biografía no era más que la *biopic* calavera y licenciosa que, de pronto, se recompaginaba e incorporaba a esas fechas y personas descartadas para así ser más fiel que nunca, paradójicamente, al ser reimaginada. En vida y reviviéndola con la ayuda de un lápiz rojo como atardecer y azul como cielo recién amanecido. Y entonces todo organizado no en bloques o en panorámicos episodios sino más bien como en minúsculos pero muy concentrados fragmentos: como abstractas piezas sueltas de un puzzle figurativo —armándose de a poco mientras su cabeza se rompe— que recién encuentran su sentido al figurar como parte de una gran figura.

Y, de acuerdo, lo admito: todo esto anterior (que tal vez quedaría mejor como otra autónoma nota al pie, pero prometí no reincidir más de otra vez en ellas y esto será más adelante) es una más que inoportuna y descolocada y fuera de lugar interferencia e instrucción de mi parte.

Suficiente, muy bien, mejor.

Volver a irse para quedarse con Land.

Y así todo lo que se cuenta acerca y cerca de Land se vuelve no a contar sino a recontar (como tantas de esas vidas ajenas que hice mías a cambio de una buena paga, más detalles más adelante) y no sucedió *allí* y *entonces* sino que sucede *aquí* y *ahora*.

Y aquí y ahora es invierno porque, en el pasado, en su pasado, para Land *siempre* es invierno.

Aunque no: no es *exactamente* invierno.

Tampoco es otoño.

Es como una quinta estación entre esas dos estaciones (aunque las cuatro estaciones clásicas parecían entonces tanto mejor definidas y delimitadas y delineadas que ahora mismo, cuando Nome Vivaldi seguramente optaría por un imprevisible remix-loop-sample de las cuatro juntas latiendo entre sequías e inundaciones desubicadas; y los pronosticadores meteorólogos se han dado por vencidos y se limitan a anunciar, no del todo seguros, horarios de salidas y puestas de sol y de luna; porque las estaciones ya no son lo que eran, no están donde estaban, no se puede viajar desde ellas o llegar a ellas como en otros tiempos, en otros climas).

Entonces, el elegante tránsito entre dos estilos. La sutil diferencia entre el sepia y el ocre que, como todas las cosas que se suponen iguales, nunca lo son del todo. Porque no es cierto, no es verdad, no son lo mismo: el sepia es feliz y el ocre es triste o, al menos, no es tan feliz y sí es menos feliz.

Y esa estación entre dos estaciones —esa estación en la que nadie baja y nadie sube— es a su vez una mezcla de ambas tonalidades. Es una estación instantáneamente nostálgica ya en el mismo tiempo en que transcurre. Es una estación extraña a la que Land extrañará. Frío y lluvia y, sí, le encanta a Land que así sea: un clima decididamente transilvano.

En cambio el verano (que no plantea esas inquietudes, el verano es tan constante en su veraneo) queda para Land en otra parte, lejos de la Gran Ciudad donde vive.

El verano está en la otra ciudad en la que revive.

En Ciudad del Verano.

En esa pequeña ciudad que puede cambiar un poco de nombre o de sitio pero que es, siempre, la ciudad donde transcurren las vacaciones, sus vacaciones.

La ciudad de sus abuelos, que son para Land como una entidad de cuatro cabezas: siempre juntos, fundidos e indistinguibles entre ellos. Unidos en su amor por Land y por el amor que Land siente por y en ellos (para Land, como para muchos hijos de... y a diferencia de lo que les ocurre a muchos de sus compañeritos, sus cuatro abuelos son importantes y están todos al mismo nivel, ninguno de los cuatro es descartable, sacrificable por tener peor humor o hacer regalos más feos que los de los otros). Van y vienen juntos, como en un solo paquete que, milagrosamente, contiene a las cuatro mejores figuritas. Y sus abuelos nunca son más inseparables entre ellos que en su ciudad. Una ciudad a la que los propios abuelos vuelven entre diciembre y marzo porque «nos mudamos a Gran Ciudad para ayudar a los chicos cuando nació el chico de ellos... y nos fuimos quedando allí sin que nos diésemos cuenta porque nuestros hijos...».

Los cuatro abuelos tienen entonces dos departamentos en

Gran Ciudad. Los compraron luego de que un billete de lotería compartido les ganase uno de esos grandes premios findeañeros y provocase el despecho de otra de las mini-rebeliones de las que se nutre la gran rebelión de sus hijos. Ya se precisó: los padres de Land piensan que jugar a la lotería es como el té con masas o ir a misa con ostias. Gesto obsoleto y vetusto y que, de ganar algo allí, ese dinero debería ser dedicado no a algo tan burgués como inversiones inmobiliarias sino a la financiación de «proyectos artísticos» (lo que sobró, y sobró bastante luego de la compra de esos dos departamentos fue, en cualquier caso, más requisado que entregado para/por la fundación de Ex Editors).

Y en «nuestra ciudad» los abuelos conservan las casas familiares ahora reconvertidas en residencias de verano: casas más grandes en sitio más pequeño. Una casa frente a la otra. Los cuatro abuelos se conocen desde «que tenemos memoria y nuestros hijos se conocen desde que nacieron», dicen con algo que a veces es maravilla y otras pasmo y, apenas admitiéndolo, algo que tal vez habrían evitado de haber podido anticipar sus consecuencias.

Y Land va de una casa a otra jugando a cruzar la calle varias veces al día, como si fueran viajes de un planeta a otro en una misma galaxia. Y tiene una habitación en cada una de las casas donde también le gusta jugar a que es el doble encontrado de sí mismo en una dimensión paralela y alternativa.

Cada diciembre, terminadas las clases, Land viaja allí en tren. Solo.

Sus padres lo llevan a esa estación, que es como un inmenso palacio hueco que, también, recuerda a las estaciones de otra parte, de otro país, de otro reino. Y la estación de tren ya es como un viaje en sí misma. Y allí los padres de Land no esperan a que el tren salga para, le dicen, «no emocionarnos de más». Y Land se asoma por la ventanilla del vagón y los contempla alejarse trotando y lanzando carcajadas y haciendo la V de la victoria que más de un desconocido les contesta con otra victoriosa V pensando que ellos son tan felices porque, triunfales, todos unidos venceremos y triunfaremos. Pero no. Ellos son felices porque a solas y con Land lejos la van a pasar mucho mejor.

Y el tren arranca y Land también se siente feliz (no tanto

durante los primeros minutos, temiendo que se convierta en uno de esos problemáticos trenes de enunciado de regla de tres cualquier cosa menos simple para él). Pero, de nuevo, no. Es un tren como los de las novelas y no como los de los manuales matemáticos. Es un tren impuntual pero puntualmente literario. Y el tren entra en varios túneles (un tren que más que un tren es, en principio y en el principio de su viaje, como un túnel del tiempo) antes de salir a la luz al final del túnel. A un campo abierto y plano y vacío durante horas: un paisaje que es como el boceto para el boceto de un paisaje. Y a lo largo del largo viaje, con un libro largo en sus manos y ojos, Land se pregunta si el mundo de los adultos no será como todo eso: en fuga y movido, que se contempla desde la ventanilla del vagón. Algo a veces puntuado por el remanso calmo y reflexivo de la fugaz pausa de un andén casi desierto sin un pueblo detrás que lo respalde. Y, después, campos y vacas tan quedos y quietas que es como si fuesen de juguete. Y, de tanto en tanto, personas cubiertas de polvo saludando al costado de las vías, algunas montadas a caballo, y cuya única función parece ser esa y tal vez hasta les paguen unas monedas por eso: la de saludar a los trenes que pasan y que, a veces, les devuelven casi con desgana el reconocimiento de algún pitido o una súbita bocanada de humo eléctrico.

O —vuelve a preguntarse Land— si, por lo contrario, el mundo de los adultos será en realidad no el paisaje sino el tren en sí mismo. Sacudiéndose, con el lomo como arponeado, imposibilitado de cualquier dirección que no sea la de ir y la de volver pero, también, siempre listo para descarrilar. Aquí. En la parte más vieja y lejana del Nuevo Mundo que jamás llegó a crecer y a desarrollarse y donde, también, nació César X Drill (y hay una foto, otra foto famosa de César X Drill, con él de chico y en la que luce flotando de la manera más peculiar y a un metro del suelo, atado a una cerca por una soga que le rodea el tobillo para no volarse por un viento como esos que soplan ahí abajo del mapa en cuyos ángulos, a veces, aparece una cara resoplando vientos).

Y, ya en camino y en riel, Land también se pregunta (pero prefiere no llegar a responderse imaginándolo) qué estarán haciendo o deshaciendo *ya mismo* sus padres sin hijo de... De nuevo a solas, como cuando decían que les gustaría tener un hijo y después decir tantas otras cosas aún más raras: ambos aún con menos límites y limitaciones de lo habitual, perdidos y encontrándose en Gran Ciudad. Y enseguida Land se dice que mejor no pensarlo. Mejor cerrarse a todo eso abriendo ese libro de ese escritor francés que fantaseó tantos viajes extraordinarios y a quien ahora Land lee y viaja, una novela aventurera transcurriendo en un sitio muy cercano a la lejana Ciudad del Verano.

Y la otra ciudad, Ciudad del Verano, no es un sitio muy aventurero aunque, por momentos, parezca moverse un poco, como si quisiese levar anclas e irse a otra parte silbando melodías melancólicas. Por lo contrario: Ciudad del Verano es el mundo de los más adultos aún. El mundo de los adultos que se sienten adultos y que no tienen problema en que así sea, porque ni siquiera llegan a pensar que el crecer deba ser algo problemático o traumático. Ese es el mundo de sus abuelos. Allí, todo parece en su sitio y funcionando y los días son largos y las noches tienen la brevedad del sueño profundo y reparador; porque nada se rompe allí y allí Land recuerda cómo era que se conjugaba el verbo *dormir* sin estar sujeto a los sujetos *fiestas, discusiones, reuniones, peleas*, etcétera.

Y también hay un río, pero un río normal: un río lo suficientemente ancho como para merecer un puente respetable pero que, al mismo tiempo, permite ver su otra orilla. Otra orilla que —de saber nadar Land— podría alcanzar a nado, aunque no sea lo más recomendable, porque ese es un río temperamental y arremolinado por su cercana desembocadura en el océano. Y hay un aeropuerto del que despegan y aterrizan aviones sólo para que Land vaya a verlos aterrizar y despegar preguntándose cómo serán por dentro. Y hay un cerro al que se sube por un camino en espiral y que —para orgullo de Land y envidia de sus compañeritos de Gran Ciudad— es nada más y nada menos que aquel donde mató y murió con gloria y eternos laureles Gervasio Vicario Cabrera. Cerro que a Land —cada vez que lo sube y baja en el auto de sus abuelos que sí saben manejar y que comparten los cuatro, ese ruidoso Nomë, y cómo le gustan a Land esos dos puntos horizontales, le gustan mucho más que los de Münn— le recuerda y acaso le provoca el vértigo de Jonathan Harker, a bordo de ese carruaje siempre al borde, rumbo al castillo del Conde. Y, sí, la presencia de Harker —ese voluntarioso agente de bienes raíces de Londres— le es extremadamente útil a Land para sentir cómo se siente en numerosos momentos de su infancia tan poco infantil. Sin saber muy bien qué va a pasar (y mucho menos imaginar) en el siguiente capítulo aunque sí disfrutando ahora del consuelo y de la pausa de lo que sí sabe encontrará en la tranquilizadoramente tan previsible Ciudad del Verano. Lugar cuya principal virtud es la de convertir en algo tan remoto a la sin control Gran Ciudad.

En Ciudad del Verano hay tormentas de arena y tornados de agua y cuevas y acantilados y playas blancas y casi cólquidas y mitológicas donde los lobos marinos y los lobos de mar aúllan a la luna que parece tanto más llena y próxima que la luna de Gran Ciudad, sí. Y hay una casa en las afueras: una *mansión*, como las de las novelas. Verjas reverdecidas por los años, tejados en pico, estatuas sosteniendo sus balcones, ventanas circulares en lo alto, un tumulto de demasiadas chimeneas. Y una fuente en el jardín de la que brotaba la efigie de una hermosa mujer, como soñada, como aquella de aquel sueño suyo, lanzando rayos de agua por los ojos que, a cierta hora y al atravesarlos la luz del sol, se convertían en pequeños y privados arcoíris. «Londres», «Abadía», «Carfax», piensa Land. Y se dice que algún día querría tener una casa así pero —y esto le da un poco no de miedo pero sí de cierta inquietud— se imagina en ella no junto a su familia sino a solas. Y cuando piensa eso hace todo lo posible por dejar de pensar en eso, por pasar página.

Pero de nuevo: allí lo que más y mejor hay es la ida de Gran Ciudad (como si fuese ella quien salió de viaje), que ha quedado atrás y que, comparativamente y en la distancia, se le hace a Land tan futurística. Este, en cambio, otra vez, es un mundo antiguo pero nunca anticuado. Es como un libro clásico. Un sitio en donde existe apenas una librería (pero esa es *la* librería en la que Land compra la versión completa y original de *Drácula*);

y en el que la radio local no hace otra cosa que emitir añejas y lacrimosas baladas (y en la casa de sus abuelos el tocadiscos está como injertado en un gigantesco arcón, del tamaño del ataúd de un enano alto, y la música que hay allí es de sopranos y tenores con pelucas y lunares postizos, muchos de una tal Nome Pons); y donde el único canal de televisión se enciende y comienza a emitir, luego de siestas forzosas y sudadas, recién a las seis de la tarde y hasta poco antes de la medianoche. Canal donde, sin embargo, Land descubre maravillas. Felicidades como la de la ya mencionada *The Twilight Nome* y la de *Nome Hitchcock Presents*. Pequeñas y terribles historias (como esa del lector que sobrevive a holocausto nuclear y tiene por fin todo el tiempo del mundo para leer y se le rompen sus gafas y…, como esa otra del ventrílocuo que en realidad es el muñeco mientras que el supuesto apuesto ventrílocuo es el muñeco y…) presentadas y despedidas por anfitriones que, de cruzarse con ellos Land seguro que no lo insultarían, como aquel otro al que se acercó en aquel restaurante empujado por sus padres para rebotarlo entre histriónicos gritos de histérico. Y lo que hacen esos presentadores en esas series Land lo entiende como el mejor trabajo posible en todo el mundo: contar el cuento sin tener que protagonizarlo. Y, sí, a Land le parecen mucho más didácticas que *The Elements of Style* a la hora de teorizar acerca de la práctica de la mejor manera de contar algo. Y lo único que inquietaba un poco a Land era el que Nome Serling firmase tantos de los guiones de *The Nome Zone* (Nome Hitchcock había demostrado ser más astuto apenas dando la bienvenida y despidiéndose) y se complicase innecesariamente la vida de ese modo. Como si no se diese por muy bien hecho y satisfecho con el verlo todo de cerca a la vez que desde fuera y conocerlo todo de antemano: con saber de dónde se viene y a dónde se va y si se llegará o no. Cosa que los escritores (y Land no podía olvidar esa visión de César X Drill como retorciéndose en agonía sentado en su escritorio, escribiendo o queriendo escribir, intentándolo) casi nunca conocían desde un principio. Y que, si había suerte, recién iban descubriendo a medida que avanzaban casi siempre a ciegas y, en muchos casos, perdiendo el rumbo varias veces. Y —aunque muchos se engañasen a sí mismos al respecto— raramente alcanzando aquello que se habían propuesto en principio para, sin confesarlo, acabar conformándose con verlo de lejos como Moisés a una para él muy poco cumplida Tierra Prometida.

Sí, se decía y preguntaba Land: por qué no mejor, mucho mejor, contemplarlo todo como desde un Gran Cielo. Ser un dios indiferente, desentenderse de sus creaciones a la vez que fingir una cierta sorpresa y hasta regocijo por sus casi siempre equivocadas decisiones para recién intervenir, puntualmente demasiado tarde y muy de tanto en tanto, con algún castigo bíblico.

Ser Rod y ser Hitch.

Ser Land y ser yo.

Estar fuera de todo pero dentro del tiempo.

Y allí, en Ciudad del Verano, sus abuelos creen en el pasado porque en su presente ya no les sucede mucho más que las preocupaciones por las idas y vueltas y por las revoluciones de sus hijos y por cómo afectarán a su nieto que ahí va y, por suerte, aquí viene con ellos, bendito sea.

Y sus abuelos creen en Dios.

Un Dios no del todo diferente al que imagina Land en su indiferencia, pero aun así amado y temido. Lo que a sus abuelos no les impide el, ocasionalmente, permitirse leves pecados. Más bien deslices inocentes como (uno de sus abuelos-hombre) el de repetirle una y otra vez, para regocijo de Land, quien siempre festeja el dicho con una carcajada, un «Ve con Dios, Land, pero no hables con desconocidos».

Y a veces, afortunadamente pocas, oír allí la intromisión de la demasiado conocida voz de sus cada vez más desconocidos para ellos hijos pródigos y padres del supuesto hijo prodigio pero nieto prodigioso Land. Voz que de pronto se escucha y se acepta más como por arte de magia que por milagro. La voz de sus padres quienes han renunciado a las creencias de sus infancias y a creer en sus infancias (a las que exagerada e injustamente recuerdan casi como algo digno de Nome Dickens), y quienes ahora sólo tienen fe y juran por ellos mismos y por los portentos propios de su supuesta madurez. Iluminados por conocimientos y reconocimientos que se explican con un «Lo comprendí meditando» o con un «Otra de las cosas que vi en terapia» y rematando con un admirado a sí mismo «¡Todo lo que conseguimos yéndonos de allí!». Repentinas inspiraciones a medida y a menudo detonadas por la insistencia en la frase/sonido que no hace mucho les concedió una personita trascendental más parecida a dibujo animado de Nowhere Man parlanchín que a ser humano. O por ese otro oráculo al que acuden a enumerar sus pecados dos o tres veces a la semana acostados en un diván pero, para los abuelos de Land, obteniendo tanto menos que ellos de rodillas en un mucho más económico confesionario sólo los domingos y hablando de manera tanto más sencilla y comprensible y sin tantas interpretaciones para ser perdonados y perdonarse mucho más rápido. Pero para los padres de Land la religión de los abuelos de Land no tiene gracia alguna frente a esta no nueva pero sí de pronto muy de moda ciencia seria. Todos se analizan, todos encuentran y pagan y compran ahora la excusa perfecta para poder hablar nada más que de sí mismos. Todos interpretan en lugar de actuar. Y mientras la humildad obligada del reclinatorio en toda iglesia perdona faltas, el omnipresente soberbio diván en un único consultorio es mucho más práctico y cómodo: porque el confesarlas recostado justifica las conductas más despatarradas. Y así los hasta entonces inconscientes pueden ahora argumentar que es El Inconsciente (¿otro posible gladiador de *Colosos de la Lucha*?) quien, singular y no colectivo, les hizo hacer eso o, mejor aún, no hacer aquello. Y es que toda culpa transmuta en inocencia si antes se la encripta sabiendo de antemano su solución y así autoconvencerse de que la decodifica uno mismo pero con la indispensable ayuda de un guía. Y entonces representarla —se la vuelve a presentar— no como error sino, de pronto, como virtud que deviene de la experiencia. Así, todo es disculpado y justificado porque todo tiene su razón de ser, hasta el comportamiento más irracional, por cosas de las que otros son virtuosamente culpables. Y así como en una ronda infinita, tomados de las manos, cantando lo que toque cantar. Y su madre y su padre (quienes cuentan con un analista para cada uno y un tercero en común) no dejan de repetir que todos sus «psicos» analizan y anotan hasta la última de sus palabras y así ellos dos se sienten tan personajes, tan escritos, tan elocuentes y tan dignas de atención sus voces.

Pero sí: de pronto en Ciudad del Verano suena el teléfono y resuena la súbita y estremecedora manifestación sónica de los padres de Land vía teléfono larga distancia (la llamada es programada varias horas antes con una operadora) le trae a Land pequeñas réplicas de temblores lejanos en Gran Ciudad. No sólo a Land sino, también, a sus cuatros abuelos (quienes ya han sufrido varias veces las muestras del pesado negro humor por teléfonos negros y pesados de sus hijos, llamándolos a la madrugada y gritando que están siendo asesinados por alguien que se ha metido por el balcón o por una de las pasajeras «chicas relocas» que, según cuenta un mito urbano, hornearon y sirvieron hijo pequeño a sus patrones; pero que, en casa de Land, se encargan de lavar y de planchar y de poner el orden luego de una de esas muchas noches desordenadas). Pero esas inquietudes pasan enseguida. Pasa eso (todo eso queda lejos y atrás y, aunque todavía quedan semanas por pasar, más adelante) y pasan ellos: sus padres. Las llamadas desde Gran Ciudad son muy costosas y se oye mal. Y en ellas le hacen a Land una veloz serie de preguntas obvias, como si las leyesen en una lista, que involuntariamente y por previsibles tienen más gracia que las bromas sádicas a los abuelos. Y además siempre está la sospecha de que hay alguien oyendo a la sombra de los cables. Así que no son más que breves despachos de su casa que, desde allí, es para Land «La Casa del Resto del Año en la Gran Ciudad del Resto del Año».

Departamento tan diferente a las dos casas abuelísticas de sus vacaciones y en las que Land se toma vacaciones, también de esa casa en Gran Ciudad. Un respiro profundo de sus muebles tan agradables a la vista y tan incómodos al cuerpo (y cambiando siempre de lugar en habitaciones que ahora eran comedor siempre hambriento y la semana siguiente estudio reprobado o invernadero marchito o salón para meditar intrascendencias o indeseable cuarto de invitados, de muchos y demasiados invitados), de las lámparas líquidas colgando desde el techo y de los suelos espejados y de los pósters que cubren las paredes y las conciencias como manifiestos generacionales: ese vienés oracular con barba y puro autorizando todo complejo como si se tratase de don tan codiciado, ese líder guerrillero vestido para matar, ese capital filósofo-economista con aires de amo del mundo, ese imaginador Beatle a solas y ya no los cuatro, ese escritor nacional nacido en el extranjero y ahora fumando en París, ese filósofo-economista, ese hijo de Dios de los abuelos pero ahora de actualizado aspecto desafiante y contracultural y tercermundista y creyéndose en vano independizado de la voluntad de su progenitor violador de vírgenes y abandónico y demandante. Pósters (panoramas psicodélicos con seres voladores encimándose a paisajes bucólicos y lejanos del Viejo Mundo del que llegaron, el retrato de algún antecesor próximo pero con aire de siglos de antigüedad del que ya comienza a confundirse nombre y parentesco) que intentan empapelar y cubrir el recuerdo de cuadros en las casas de los abuelos de Land; o de esas cajitas musicales con bailarina giratoria, o de esas bolas de cristal con plácidos pueblitos alpinos que, al agitarse, desataban tan avasallantes como contenidas tormentas de nieve.

Aunque en ocasiones, las tormentas se las arreglaban para vencer sus fronteras naturales o escudos protectores y sus efectos eran tan devastadores que (Land está seguro que *The Elements of Style* lo recomendaría como recurso dramático) es pertinente volver sobre ello para así remarcar su condición cíclica y tóxica y estar prevenido en cuanto a la siempre inminente posibilidad del desastre. Sí: de tanto en tanto —en muy pocas poco oportunas oportunidades, pero más que suficientes— sus padres se aparecen sin aviso por allí. Por la Ciudad del Verano de Land, por la ciudad en la que ellos nacieron. Nunca al mismo tiempo (generalmente coincidiendo con alguna de sus separaciones). Y asegurando, como para que nadie se ilusione demasiado (pero en verdad inquietando mucho) que se quedarán «una semana o dos». Aunque enseguida tanto uno como otra aguantan muy poco la para ellos criminal escena de su sureño pasado provinciano. Y salen huyendo de allí dos o como mucho tres días después de haber llegado. Y dejan tras su paso una avalancha de reproches (no por conocidos menos dolorosos para sus abuelos) por todo lo que «sufrieron aquí» durante sus infancias. Y, aclaran turbios, una y otra vez, de nuevo, que recién lo dicen ahora aunque ya lleven años diciéndolo (el ajuste de cuentas como receta, agítese antes de usar, sacudiéndose a sí mismos como las ya mencionadas tormentosas bolas de cristal en las casas de sus padres) porque «Ustedes nos educaron para que no nos demos cuenta», porque «Lo tenía bloqueado», porque, insisten, «Todo salió en conversación» con sus respectivos terapeutas. Y son esos terapeutas (ambos con librito de ensayo publicado en Ex Editors) quienes les indicaron, una y otra vez y como «tarea», el que se lo «expusiesen» a sus padres: que los hicieran «partícipes» de sus padecimientos creciendo desde hace años y recién ahora (pero una vez más) en flor y listos para ser podados y adornar los floreros de las casas familiares hasta que se marchitasen y apestaran y que, por fin, hubiese que tirarlos a la basura y cambiar el agua podrida. Es decir: «Tenemos el permiso y el deber de explicarles todo esto que ustedes nunca entendieron pero que nosotros entendemos; así que no se lo tomen a mal, es por el bien de todos; y, más que nada, por el bien de ustedes».

Y los abuelos de Land escuchan todo (*todo* es una palabra que a menudo, si se la repite mucho, acaba siendo sinónimo de *nada*, bien podría señalar *The Elements of Style*) y no entienden nada de todo y dicen aún menos. Y alguno de ellos —todos pero por turno y a solas para que Land no los vea ni escuche— lloran en atronador silencio. Y a Land, que sí los ve y los escucha, les da tanta pena verlos así. Pero, después de todo, además de nieto de ellos, Land es hijo de esos. Y esos están aquí porque ellos los trajeron al mundo. Y Land piensa y se siente un tanto miserable al pensarlo (pero no puede evitarlo) que por un rato y para variar, ya era hora, él no está en la línea de fuego. Que no está mal que de tanto en tanto sean otros los expuestos a las emisiones de sus padres y que de algún modo es justo que sean los padres de sus padres, sus creadores *à la* Frankenstein. Fueron ellos quienes los dieron a luz y los educaron para que, electrificados, sean *así* autorizando si no propiciando su electrizante unión.

Y así, habiendo «procesado» la descarga de sus «devoluciones», los padres de Land (para ellos parece no haber nada menos lindo que la familia *unita*) se van pronto de allí: como no queriendo seguir recordando, como perseguidos por recuerdos que no quieren que los alcancen y a los que acusan de nunca haberles alcanzado para sus «necesidades».

Y sobre todo (y es de *eso* de lo que enseguida huyen, comprende Land) nada pone más ansiosos a sus padres que el escuchar en voz de sus propios padres las historias o «las versiones» de sus inicios como hijos.

Nada cruel, todo divertido. Sus abuelos podrían entonces tomarse revancha con sus hijos, devolverles las «atenciones» de tantas bromas telefónicas y desveladas, piensa Land; pero son demasiado buenos padres como para hacerlo.

De ahí que Land —con un guiño cómplice a sus abuelos— se tome ese derecho en sus nombres. Así, a los padres de Land nada les pone más nerviosos que Land no deje de pedir más y más al respecto: detalles, anécdotas, fotos que los presentan como niños viejos y hasta con trajecitos y vestiditos anticuados de colores desvaídos y desmayados y mantones de bautizos y ambos de primera comunión (rito este último en el que Land no fue iniciado porque «Todo eso se terminó y confórmense con que lo bautizamos por ustedes y para que se dejasen de joder con eso de que se podía ir al limbo o no sé qué») y rizos de cabellos que parecen arrancados a muñecos malditos. Todo conservado en muy prolijos y tradicionales álbumes (nada que ver con los psycho-archivos dedicados a Land por sus padres). Todo prolijamente establecido como si fuesen reliquias santas de quienes devinieron pecadores (sus abuelos no pueden el evitar insinuárselo a sus hijos veloces y visitantes con el constante reiterar de tan cautos como evocativos «pensar que eras tan tranquila» o «pensar que eras tan obediente»). Dichos y objetos que atestiguan, para Land, el sumo misterio y la leyenda verdadera de cuando sus padres no eran padres: la historia familiar anterior a su familiar historia entendiendo a la familia como algo de lo que se viene y de lo que uno se va. Sí: esa historia que tiene un antes que no se conoce y un después que no se conocerá. Un Más Allá pero en el pasado y donde la familia es como una tierra lejana y próxima al mismo tiempo y en el mismo sitio y en todas partes. La prehistoria, sí. Y —pensará Land años más tarde— seguramente de ahí la generalizada obsesión de los niños con los dinosaurios, pero sólo con los dinosaurios aún sin plumas. Fósiles y conspirativos y secretos *billets autographes* (Land ha acuñado la expresión de las páginas de una novela de espadachines) desde un mundo en el que él aún no existía y al que llegaría para cambiarlo para siempre aunque sus padres pensasen en un principio que nada cambiaría. Y a eso, en cuanto editores, es a lo que se dedican tachando o corrigiendo partes que dicen no entender cuando en verdad no quieren entenderlas.

Los padres de Land no quieren ver/reconocer nada de eso allí, en esos álbumes, en sus espectrales apariciones de cómo alguna vez fueron pero ya no son y, lo más terrible de todo, de cómo nunca querrían haber sido. Aunque, en cambio y casi a modo de conciliación, le recuerdan a Land y a los abuelos de Land (quienes ya no son sus padres en actividad aunque les sigan pidiendo dinero) que no dejen de tomarle fotos a Land. Fotos que luego des/ordenarán en sus ya mencionados «álbumes muy locos» acompañadas de textos explicativos con letra pequeña y oraciones circulares, como apostando a un nuevo y mareante modelo de infancia y a una forma de preservarla tan diferente a la que preservó a las suyas (álbumes, de nuevo, que en realidad son más de/sobre ellos que sobre/de Land: Land es alguien a quien editan).

Y Land demora en darse cuenta pero finalmente comprende y admira lo expeditivo de sus súbitas y breves expediciones a Ciudad del Verano: enfrentados al *sentimental journey* de sus orígenes que sienten tan poco original, los padres de Land —superados pero no en el sentido en que suelen usar eso de *superados*— cambian de tema primero y enseguida cambian de lugar. Son, por una vez, eficientes. Y a la mañana siguiente ya no están allí, en la mesa del desayuno (sí: el desayuno con los abuelos es largo y perfectamente orquestado e incluye el jugo de naranjas recién exprimidas y huevos «como más te gusten», como en las series de TV norteamericanas). Los padres de Land (y lo que Land descubre es que sus abuelos lo saben a la perfección y utilizan esta táctica/técnica cuando ya no los aguantan más) reaccionan frente a su pasado remoto como vampiros ante un espejo con forma de cruz y ornado por ristras de ajos. No pueden soportarlo. Es demasiado para ellos. Así que ambos retroceden mostrando los colmillos y gruñendo y no se hacen niebla sino humo. De nuevo, una vez más: sus padres han huido como muy poco jesuíticos ladrones en la noche.

Y Land vuelve a preguntarse cómo es que se aguanta obligadamente a ciertas personas con un «es que son familia» cuando debería ser al revés: «como son familia, como yo no los elegí, no tengo por qué aguantarlos». (Y, claro, es tanto más difícil desarmar una vieja familia que armar una familia nueva). Y Land finge tristeza ante la partida de sus padres para así poder sacarle algún partido a la situación: el regalo de parte de sus abuelos de algún libro o de alguna revista. Entonces retorna una calma que —en sus primeras horas y tal vez durante apenas un día— Land confunde con aburrimiento. Calma que enseguida asciende y se establece y se estabiliza en una placidez a la que Land no puede sino asociar con los efectos del opio descritos en esas novelas de aventuras en Oriente. Novelas que ahora lee, tan feliz, al sur de todas las cosas de sus padres, por un par de meses que se pasan volando y que acaban en el más forzado y forzoso de los aterrizajes, por más que Land vuelva en el mismo tren que lo trajo y que ahora lo devuelve a Gran Ciudad.

Y hasta el verano que viene, sin que Land sospeche que este ha sido su último verano tanto allí como allá.

De regreso, los colores son otros. Colores que son los colores de un calor de verdad caluroso. Colores como desteñidos por el sol húmedo del verano que Land no pasó en Gran Ciudad. Colores como los de las películas y las series de televisión de aquellos tiempos, de los años '70s, donde en cines y televisores todo y todos parecían como azotados por el resplandor que sigue al estallido de una bomba atómica y conversando con desdentada dicción. Todos dialogando de una pantalla a otra con una lengua hinchada por deshidratación que no les cabe dentro de la boca y abundando en sofocados monosílabos y sudorosos primeros planos de sonrisas torcidas y cejas enarcadas y bigotes de ellos con vigor de barbas y labios de ellas que parecen siempre a punto de dar o de recibir o de, pensándoselo mejor o peor, negar o negándose a un beso porque hace tanto calor y hay que almacenar saliva en la propia boca.

Y allí, dentro y fuera, en salas o en canales, todos consiguen estacionar sus autos en las calles en el acto y todos los teléfonos públicos funcionan.

Y en la radio suena una y otra vez una canción titulada «Children of the Revolution» que los padres de Land y sus amigos cantan a los gritos sintiéndola como dedicada a ellos. Pero no: no es el auto-himno auto-hipnótico que ellos quieren creer sino que se refiere ya —Land lo intuye de algún modo— a sus desatendidas y destendidas camadas. A Land y a los suyos, a esos huérfanos con padres, a los más nietos que hijos: «But you won't fool the children of the revolution», yes, sí: no van a engañar a los hijos de la revolución, a los hijos de... la revolución. En cualquier caso, toda efímera canción de moda es cuestión pasajera. Incluyendo a esas como susurradas y que llegan desde las playas carnavalescas de ese otro país de más arriba y que parecen como entonadas por narcotizados y por narcóticos. Incluyendo a aquellas con cuello alto y complejas e insoportables y orales armonías ascendentes *pa-pa-rapa-pá-ma-má* y descendentes *dubi-dubi-dús*. Incluyendo esa otra acerca de volver a los diecisiete (como si alguna vez se hubiesen ido de ahí y de entonces). Incluyendo también a esas «de protesta» y donde se pide que «la tortilla se vuelva» y se exige que los pobres coman pan y los ricos «mierda-mierda» que parece ser de un sabor diferente al de aquella mierda a la que algunos se quieren ir o a la mierda a la que ya se va el país todo. Pero no se precisa el qué debe comer la clase media *intelectual*; aunque, está casi seguro Land, seguramente no sea otra cosa que hamburguesas prefabricadas con instantáneo puré en polvo. Y los hijos de... se conjuran y conspiran y se ponen de acuerdo para rayar ese disco de mierda a la altura de esa canción de mierda con un clip. Pero no sirve de mucho: esa canción pronto es sucedida por la siguiente. Y suena. Y todas ellas se inclinan, reverentes y rendidas, ante aquella omnipresente y omnisónica y siempre en lo más alto del Hit Parade. A toda hora y en todas partes y a viva voz de boca en boca y de oreja en oreja.

La Marcha.

Land no deja de oírla marchar en y por todas partes.

En la calle y en bares y en los trasnoches paternales: a veces entonada con un toque burlón y paródico, pero casi siempre con voz que se quiere y se desea emocionada. Más vociferada que cantada mientras se hace un gesto raro con el brazo/mano mitad abanicarse, mitad abofetear. (¿Sería eso un «gestito de idea» como el que demandaba ese cómico de la televisión?, se preguntaba Land; ¿eso que le recordaba inevitablemente a aquellos saludos como de reflejo automático, como si el codo fuese rodilla, que hacían los malos de la película en todas esas películas de guerra mundial, en desfiles militares y en acontecimientos deportivos?). Y toda la letra de La Marcha estaba conjugada en un indefinido futuro a determinar: *triunfaremos, daremos*. Entonada desentonadamente por *lo muchachó* que —en una maniobra casi meta-vanguardista— cantaban esa marcha dentro de la misma marcha (y a Land le irrita un poco ese acento singularmente mal puesto en el plural *muchachó* al que habría que marcarlo en rojo/corregirlo en azul).

Y nada le intriga más a Land, ahí, que eso de «El Primer Trabajador». Alguien a quien El Primer Lector Land no puede sino imaginar (porque, aunque se lo considere prócer, lo suyo no aparece ilustrado en esos didácticos semanarios infantiles a los que, se veía venir, no demoraría en volver, como en sus viejos pero gloriosos tiempos) con la fornida estampa de un antiguo guerrero de cómic construyendo torres babilónicas contra un fondo de un atardecer CinemaScope. Alguien que sólo hace un alto y deja a un lado sus herramientas de trabajo para enfrentarse con un hacha de mango largo que luce insostenible (pero que para El Primer Trabajador no parece pesar más que una pluma) y con ella combatir a un déspota faraónico al que llaman «El Capital». Y El Primer Trabajador todavía está lejos. El Primer Trabajador fue expulsado a tierras extrañas por su osadía y lleva décadas vagando por desiertos mesopotámicos. Pero ahora vuelve. El Primer Trabajador está cada vez más cerca, más cerca aún, como Drácula: Land casi puede tocarlo y sus padres no quieren otra cosa que abrazarlo y que los abrace. El Primer Trabajador moldeado pero manipulador y «Gran Conductor» de algo a lo que se define como «La Gran Masa del Pueblo». Material al que Land imagina como una especie de plastilina (esa materia que, misteriosa e inexplicablemente para Land, abduce y reproduce las imágenes de las historietas al presionarla contra el papel) y que amalgama y absorbe a todo lo que se le acerca. Pero, aquí y ahora, mágica y celeste y blanca y lista para ser amasada y revivida como el Golem ese de esa otra película. Criatura a la que, al principio, Land desprecia porque piensa que tiene algo que ver con el gol (y no con una versión judía de *Frankenstein*), con el fútbol, con todas esas gargantas vociferando que van a reventar a su rival en estadios estremecidos. Y que ahora, además, aseguran que los van a reventar, poco deportivamente, en cualquier parte, no sólo en tardes de domingo, sino a lo largo y ancho y a toda hora de todos los días de la semana. (Y con los años Land sabrá que, sí, la letra y música de La Marcha tenía su orígen en el robo a sendos himnos de equipos de fútbol y se diría que, claro, así quedaba todo muy claro y oscuro).

Y sus padres y amigos, siempre a la moda, están seguros de que El Primer Trabajador puede oírlos sin importar la distancia cuando cantan su nombre en su nombre y a su gloria esa música maravillosa y tan popular que acabará guiándolo de regreso a casa. A otra pirámide, como calesita/tiovivo, en el centro de esa plaza y sacar/ganar sortija/sortilegio para entrar a esa casa de gobierno color rosado y (César X Drill se lo contó a Land) en sus orígenes pintada con una mezcla de cal y sangre de los mataderos de vacas. Y, sí, sangre derramada ya desde el principio de la historia del lugar.

Y sus padres y amigos llegarán a ir a «buscarlo al aeropuerto» a El Primer Trabajador (y Land se da cuenta de que la palabra *aeropuerto* sube cada vez más alto en el ranking de menciones, aunque cada vez en contextos más subterráneos). Y algo raro y tremendo ocurrirá ese día. Land lo ve por televisión y es casi como una mezcla de todos los géneros de todas esas películas de todos los sábados aunque sea miércoles: historia y amor y aventura y muerte y miedo. Y guerra. Y zombis. Y por un instante Land cree reconocer en la pantalla, en vivo y en directo, a sus padres. Ellos y todos los demás corriendo y huyendo por un bosque como el de una de esas películas de terror y con cuerpos colgando de árboles de frutos extraños, como en aquellas postales antiguas y linchadas, en otro al Sur que está al Norte. El locutor del noticiero que transmite desde «el lugar de los hechos» con voz temblorosa y cámara que tiembla más aún, dice primero «masacre» y luego «Matanza» (lo segundo se refiere al nombre, inolvidable de inmediato para Land, de un río al que se arrojan las personas para escapar de balas que muerden como pirañas; lo primero no es nombre de sitio sino de situación). Y a Land lo de *masacre* y *matanza* tan seguidas una de otra se le hace más bien de estilo elemental y redundante y digno de lápiz rojo-azul pero, piensa también, que no hay cosas más difíciles de corregir que las redundancias en la cada vez más obviamente inverosímil vida real. Y ese día sus padres volverán a casa al anochecer, cubiertos de barro y con manchas de algo que podría ser sangre pero mejor no preguntar. Y los acompañan algunos de sus amigos (Silvio Platho no tiene fuerzas ni para abrir el horno). Y todos parecen desamorados cowboys y gladiadores y *marines* y góticos *poe-ticos* recién emparedados o bajo el suelo. Todos escapando de indios o de leones o de sus tumbas más profanas que profanadas. Todos con ojos enrojecidos por las lágrimas y los gases y balbuceando (pero aun así enamorados de no se entiende muy bien quién o qué) frases más idiotas que dementes. La parte de arriba de sus caras horrorizada y la de abajo sonriendo por efecto, se dice Land, de la súper-acción experimentada. Y Land los mira pero no los ve (es decir: no los comprende). Y, viéndolos como nunca se verán a ellos mismos, Land se pregunta qué hacen, a qué juegan. ¿De verdad piensan que saldrán ganando y no entrarán perdiendo? ¿No saben que tienen hijos, que sus hijos *tienen* que tenerlos aún por unos cuantos años? ¿No se les hace esto suficiente *militancia*?

Y Land comprende y reconoce que, desde entonces y para siempre, la «lectura» que pueda hacer de ellos estará siempre contaminada por un cierto e inevitable maniqueísmo a partir de la educación recibida por películas y cómics y novelas en las que resulta tan fácil confundir al gran Tigre de la Mompracem con alguien que prefiere morir de pie que vivir arrodillado. Y, claro, Land no puede dejar de pensar en la tercera opción —la más sabia a la vez que astuta— que es la de sobrevivir sentado.

Y Land sobrevive a todo eso como puede.

Y lee nunca de pie o acostado (salvo por las noches o en Ciudad del Verano) y mucho menos de rodillas. Lee en silla y con escritorio incluso en su casa, como si siguiese/quisiese seguir en clase y en escuela: aprendiendo o intentando comprender a través de ficciones aquello que lo rodea y que le parece cada vez más improbable e increíble.

Puesto a tener claro alguna cosa, lo cierto es que Land ya ni siquiera está seguro ni sabe qué gusto tiene la sal.

Y sus padres finalmente le enseñan a Land unas fotos de El Primer Trabajador (otro póster en paredes de algunas y cada vez más casas y en las paredes de todas las calles). Y a Land le desconcertó tanto (no sólo a él, también a varios hijos de... con los que conversa sobre el asunto) que aquel a quien imaginaba todopoderoso y con su acero en alto, como a un titán joven y colega de Hiperión y de Crono (no confundir con Cronos, advertían sus fascículos mitológicos), tuviese más bien la pinta de un jugador de póker profesional pero no demasiado honesto. Alguien quien, entre mano y mano de la partida, solía salir a un balcón con las manos en alto y la sonrisa más alta todavía a tomar el aire que brotaba de gargantas coreando su nombre. Alguien quien —después de saludar desde lo alto, como desde una cabina de d.j. o, mejor dicho, de J.D.— oía y tarareaba un poco de esa popular «música maravillosa» por unos minutos largos como lo son los eternos minutos históricos. Y luego volvía adentro para seguir jugando a hacer trampa.

A Land le extraña (aunque ya nada le extrañe de sus padres) el juvenil o más bien infantil fervor de sus padres ante semejante individuo tan poco (otras de esas palabras de traducción) lozano y lustroso: tan poco parecido a otros ídolos utópicos del momento. Y le extraña aún más que en alguna de esas fotos El Primer Trabajador apareciera como embutido dentro de atavío militar (¿acaso no era que los militares...?) luciendo más bien como uno de los menos creíbles Colosos de la Lucha.

Y le sorprende (aunque esto tampoco le sorprenda demasiado) que sus abuelos lo maldigan cada vez que escuchan su apellido, el de El Primer Trabajador, y que entiendan al amor que sus hijos le profesan como una (otra) forma de odio y rebeldía contra ellos.

Sus abuelos (a quienes sus hijos acusan ahora, además, de «ser gorilas» y Land los imagina entonces como esos simios parlantes en esa película que se supone que transcurre muy lejos, en otro planeta, pero al final no) le cuentan a Land la historia de El Primer Trabajador. Sus idas y vueltas. Su «ayuda y generosidad más bien interesada» para con los malos malísimos de esas películas guerreras y mundiales de los sábados también con el brazo en alto pero gritando «Heil» todo el tiempo. Su esposa muerta (cáncer otra vez) y embalsamada y extraviada y «Jefa Espiritual de la Nación»; y de cómo, antes de que ella muriese, mes a mes sus «esbirros» pasaban por el negocio de sus abuelos a exigir «una contribución». Esta y esto a Land le despierta cierto interés: eso de Jefa Espiritual de la Nación. La ve como a una médium medio-muerta, atrapada entre el Más Aquí y el Más Allá, a bordo de una cápsula-ataúd. La fantasea como la dueña de una fábrica de fantasmas al servicio y a las órdenes de su fantasma. La tiembla como a una de esas góticas enterradas vivas de película febril de sábado por la noche: inmóvil pero en súper-acción y como en otra de terror, como a una gata negra de corazón delator en compañía de las inolvidables Ligeia y Berenice y Morella y Madeline Usher. La aprecia como a una especie de aprendiz de La Evanauta exigiendo sacrificios en su nombre (por las dudas, en principio prefiere no verla en pósters para no decepcionarse; aunque pronto es imposible no verla y ella, al menos, sí aparece siempre mítica y como envuelta en colores santos y resplandores milagrosos). Pero aun así, enseguida (si de lo que se trata es de admirar historia de posesivo y de poseídos más seguros y constantes en lo suyo), lo cierto es que para Land es mejor seguir leyendo *Drácula*. Releyendo en boca y letra de Jonathan Harker que «Por lo visto, todas las supersticiones del mundo se han reunido en los Cárpatos, como si fuera el centro de una especie de remolino de la imaginación popular. Si esto es cierto, mi estancia allí resultará sumamente interesante».

Land lee eso extrañando ya aquellas noches lejanas en las que lo único que se oía en Ciudad del Verano eran perros ululando como lobos corales en el desfiladero del Borgo en lugar de todos esos salvajes de El Grupo dando alaridos al otro extremo de ese siempre arremolinado pero nada interesante pasillo de su departamento en Gran Ciudad. Allí, Land muerto de miedo —pero más vivo que nunca y a salvo— mientras pasa esas vívidas páginas repletas de no-muertos y, ahí afuera, no dejaban de multiplicarse quienes próximamente serían no-vivos.

Y el primer muerto de Land es El Primer Trabajador. El Primer Trabajador quien ya no volverá a trabajar, a no ser que la inmortalidad sea el más cómodo y redituable de los trabajos. El Primer Trabajador yendo a su tumba sólo para así poder volver de ella. De nuevo: como Drácula.

Hace frío pero hay sol, cree recordar Land.

Y es lunes, pero los «largaron antes» del colegio por muerte de presidente. Y, también, por temor a lo que la muerte de ese presidente pudiese llegar a provocar. Así que las autoridades del colegio Gervasio Vicario Cabrera, n.º 1 del Distrito Escolar Primero, han optado por liberar a sus galeotes, y que cada uno regrese a su puerto y puerta como pueda.

Y, sí, hay algo raro en el aire: una cierta densidad atmosférica que, se pregunta Land, tal vez sea la de una fecha histórica en el acto de solidificarse como lava ardiente expulsada por un volcán de días en vivaz Pantone rojo-almanaque por cortesía de un ya azulado difunto recién hecho y de inmediato difundido por todos los noticieros y ediciones extra de diarios.

Y entonces la sorpresa para Land, a la salida del colegio, de encontrarse a uno de sus abuelos anunciándole que hay que ir a festejar. Y su abuelo lo lleva a su librería favorita, a Mefisto, y muy tentador, le dice: «Hoy todo lo que quieras es tuyo».

Al día siguiente, es su otro abuelo quien pasa a buscarlo por su casa y les dice a sus entonces luctuosos padres que se lo lleva a Land al cine a ver «en pantalla gigante, para que aprenda, la película de un héroe indiscutible y auténtico: Lawrence de Arabia». Y ahí Land fascinado y con los ojos llenos de arena y todavía sorprendido de que la película comenzase con la muerte y el funeral del protagonista y pensando en que lo más parecido a T. E. Lawrence que él conocía era César X Drill: alguien entrando en mundos ajenos para refundarlos y hacerlos un poco suyos para después batirse en la más triunfal de las retiradas como quien cambia de ropaje y de bandera y de campo de batalla. Y a la salida de esa película tan larga, su abuelo le confió dándole un golpe cómplice con su codo: «Y ahora, como postre después de semejante banquete, vamos a despedirnos del Grandísimo Hijo de Puta». (Y nada impresiona más a Land que ese infrecuente y mayúsculo «Hijo de Puta» en boca de su abuelo).

Así que Land y su abuelo cruzan la calle desde el cine hasta ese edificio monumental pero que no era otra cosa que la versión a escala de otro en otra parte, igual pero no idéntico que ese obelisco próximo a recibir anillo de compromiso giratorio donde se leería un ensordecedor *El silencio es salud* (y Land se acuerda de ese lugar, cerca pero lejos, al que alguna vez lo llevaron sus abuelos, de camino a ese museo con muchos esqueletos gigantes; y que se llamaba La Ciudad de los Niños; y que, parece, juran y hasta se indignan algunos, no sus abuelos, se le ocurrió antes que a nadie a El Primer Trabajador y después, por supuesto, se la copiaron y robaron las ratas y ratones yanquis) y desde entonces, a veces, la sensación de Land de estar viviendo en esa mini-ciudad dentro de botella, sobreviviente a la destrucción de su planeta, en una historieta de... de... Nome.

Y allí todos lloraban y había una larga fila de personas, pero se avanzaba rápido y se llegaba pronto al Salón Azul (sí: la muerte es la corrección definitiva) donde se velaba a El Primer Trabajador.

Y pronto estuvieron frente a su ataúd que a Land le sorprendió porque tenía una forma redondeada, casi aerodinámica: como la de algo más cercano a esos receptáculos en los que en las películas futurísticas —luego de que su nave estallase y ser arrojados al espacio— los astronautas yacían en animación suspendida y a la espera de ser rescatados; como algo que poco tenía que ver con el recipiente donde disponer a quien ya era historia, a quien ya pasó aunque no quiera irse y vaya a seguir dando tantas vueltas y revueltas en el aire.

Y Land se asomó a los bordes de ese ataúd abierto como si lo hiciese desde las alturas de desfiladeros en la vieja Valaquia. Y Land miró fijo a El Primer Trabajador (parecía un muñeco que se quedó sin cuerda metido en su caja, el rompible presidente de juguete del supuesto País de los Supuestos Adultos). Y a Land le impresiona de nuevo que esté vestido de militar, que tenga dos algodones metidos en la nariz (como cuando a él, de pronto, le sangraba sin aviso), y le impresionaron aún más sus manos: eran manos enormes, eran manos como si tuviesen puestos guantes de carne de manos. Y Land las mira fijo y fuerte hasta que casi deja de verlas, como si hubiesen sido cortadas, como si hubieran desaparecido. Mientras, su abuelo mira al techo del salón y lo admiraba señalándole a Land detalles de la arquitectura del majestuoso salón.

Y luego salieron a la calle y su abuelo comentó «Qué alegría el haber vivido para verlo morirse».

Y respiró profundo y se golpeó el pecho como si fuese el rey de los monos o el rey Kong.

Y, de pronto, algo raro le pasa a la sonrisa de su abuelo. Y su abuelo se lleva la mano a un brazo y después al pecho. Y cae al suelo y tiene los ojos muy abiertos, como si lo viese o quisiera verlo todo. Y le sonríe a Land. Y es una sonrisa atemorizada que le dice a Land que no tenga miedo. Y alguien pide un médico a los gritos y viene un médico. Y le dedica al abuelo de Land unos dos minutos de golpes en el pecho y besos en la boca (con los años nada le sorprendería más a Land que cuando se informaba de que se intentaron «maniobras de resurrección durante tres horas», durante tanto tiempo muerto). Y después lo único que hizo el médico fue decir que «no hay nada que hacer». Y le cerró los ojos y en uno de ellos una sola lágrima: los muertos lloran cuando nacen, cuando nacen muertos. Y lloran porque ese corazón al que nunca le llevaron demasiado el apunte en toda su vida anterior de pronto los vuelve tan conscientes de ese último latido con el que ese mismo corazón deja de llevarles el apunte a todos ellos (y recién entonces Land lloró: porque tenía un número de años en los que todavía se pensaba en todos los muertos con los ojos cerrados, como en los programas de televisión para chicos de su edad; y no sería sino hasta dentro de un tiempo en que Land empezaría a ver muertos con ojos abiertos en películas y, por lo tanto, tanto más alarmantes y tanto más muertos porque era como si, ya muertos, no quisieran morirse o, algo más terrible aún, que pudiesen verse muertos). La última sonrisa para siempre de su abuelo, en cambio, siguió funcionando. Y, no, su abuelo no parecía vivir ahora en ese cliché del «parece dormido» (donde, por otra parte, no hay por qué descartar automáticamente a la posibilidad de la pesadilla) ni en el menos frecuente del dulce y feliz sueño. Lo de su abuelo es otra cosa y nada desea más Land que sea eso de descansar en paz o, por lo menos, que le den un armisticio eterno. Alguien le preguntó a Land si se sabía el teléfono de su casa. Y Land respondió con un por supuesto que sí (entonces aún se memorizaban números telefónicos y domicilios y cumpleaños como si se tratasen de capitales de provincia y batallas patrióticas y, esto se le hace raro a Land, más fechas feriadas de muertes que de nacimientos mientras ahora memorizaba la privada efeméride de la muerte de su abuelo compaginándola, como a vuelta de página de novela de trama impredecible, con la efeméride pública de El Primer Trabajador apenas memorizada). Y lo acompañaron (varias personas, desconocidos de pronto conocidos por él por la peor de las razones) hasta un restaurante. Y desde allí Land llamó a sus padres y sus padres no estaban en casa.

Y Land se dijo que en un solo día había visto dos cadáveres y no pudo sino preguntarse si esto no era señal de una nueva tendencia al alza.

Y, sí, lo era. Pero los cadáveres por venir serían invisibles, desaparecidos y, seguro, no sonreirían y —sin quererlo y mucho menos desearlo— darían sombría luz a todo un nuevo linaje de compañeritos hijos de..., de hijos de compañeros, de hijos de... de todos ellos quienes, sin saberlo, acaban siendo hijos de otros: de quienes borran la fidedigna memoria de sus verdaderos nombres para, con sus garras, garrapatearles encima la mentira de sus apellidos indignos.

Y de pronto (Land no pudo evitar seguir pensando en que la muerte de su abuelo es el comienzo de algo, el fin de tanto) todo parece cambiar. Una alteración en el cielo y en la tierra. Una vibración en el empedrado de las calles todavía empedradas que a Land le produce la sensación de caminar sobre el lomo de un brontosaurus dormido. Y una intermitencia en las luces de los semáforos que, como con los masticables, parecen estar más en rojo que en verde con el preventivo amarillo como amenazante advertencia de lo que puede llegar a venir, de lo que ya llegó a estas calles donde cada vez se calla más.

Y, a diferencia del desierto para Lawrence, Gran Ciudad no es limpia para Land. Y está cada vez peor escrita y, por lo tanto, cuesta mucho leerla y encontrarle algún sentido o dirección cuando Land y sus padres y sus otros tres abuelos llegan al cementerio. Land avanza por las pequeñas calles del cementerio —las hay más palaciegas y las hay muy humildes, hay mausoleos y hay cruces de madera— y va leyendo epitafios en las lápidas como si se tratasen de textos de solapa y contratapa de libros y como resúmenes de lo publicado. Y Land piensa entonces —es una idea infantil pero a la vez profunda, es una de esas ideas que se presentan no con la voz aguda de su presente sino con la voz más grave y que durará tantos más años hasta la hora de las últimas palabras— en que los cementerios son sitios a los que se va para ir haciéndose a la idea de la muerte y en los que, a modo de paga por ese servicio prestado, se deja un muerto. Los cementerios como esos sitios a los que los vivos van a pensar más que nunca en la muerte acompañando a muertos que ya no piensan en nada de eso. Pero, aun así, esas lápidas son ahora como sus voces, petrificadas pero perfectamente audibles y a las que Land les pone voz, diciendo y reclamando con un «Hey, aquí estoy... ¿Cómo es que no vienen a visitarme más seguido?... ¿Para qué piensan que compré este terrenito por el que me maté trabajando?... ¿Por qué se creen que dejé claramente estipulado en mi testamento que prohibía ser cremado?... ¿Pensaron que se iban a librar tan fácilmente de mí?... ¿Arrojar mis cenizas al mar o, como mucho, utilizarme en un estante para que no se caigan unos libros?... No, señor... No, no, no...».
Y es que a Land se le hace un tanto injusto el que si los vivos eran tan conscientes de su vida y de su breve fin, los muertos no pudiesen serlo de su muerte y de su eterno principio. Y, claro, se dice enseguida, será por eso que existen los fantasmas que no son otra cosa que muertos que se niegan a dejar de pensar en sí mismos como vivos o algo así, ¿no?

Y, por primera vez en muchas noches, de vuelta en el departamento, no hay fiesta ni reunión. Y Land se va a su habitación y se acuesta y duerme profundo. Y Land sueña con su abuelo. Y en su sueño su abuelo ya no es una persona sino un personaje. Y Land se despierta preguntándose si aquellos que han llevado una buena vida al morir se van al Paraíso dentro de los libros. Y allí y entonces ser leídos y recordados por toda la eternidad. Mientras quienes pecaron e hicieron el mal van al Infierno de tener que escribirlos y de nunca estar del todo conformes con ellos.

Y esto es verdad, la verdad es esta: no es que Land no quisiera ser escritor, sino que —ahora lo entiende— el escritor que a Land le gustaría ser ya es, ya existía, ya existe.

Y se llama César X Drill.

Y es el creador de *La Evanauta*.

Y es su padrino, porque Land (se trató en su momento y hace años, ya se dijo, cuando todavía existía algún tipo de gesto conciliador por parte de los padres de Land para complacer a abuelos de ambas ramas pero parecido tronco) fue católicamente bautizado. Y así sus padres, para que la ocasión tuviese algo de happening, convencieron a César X Drill de que sea el padrino y a Moira Münn para que fuera la madrina. «Son como de la familia», les explicaron a sus padres, quienes es la primera vez que los ven en persona; aunque sepan quiénes son, porque los vieron en la prensa y en la televisión.

Y, claro, en el colegio Gervasio Vicario Cabrera, n.º 1 del Distrito Escolar Primero nadie le cree a Land cuando cuenta y se enorgullece (una de las pocas cosas que le beneficia *de verdad* por ser hijo de…, hijo de sus padres) de que César X Drill sea su padrino.

Una noche, después de pensarlo mucho y de ensayar aún más lo que va a decirle (teniendo muy presente, todavía un tanto «traumado», dirían sus padres, por lo que le gritó aquel otro héroe suyo en aquel pobre restaurante), Land, con la guardia en alto y listo para veloz retirada, se acerca a César X Drill.

Y le explica la situación.

«Nadie me cree», le dice, se queja.

César X Drill entonces le pide a Land que le traiga uno de sus cuadernos escolares. «Mejor el de Historia», le especifica.

Y Land se lo trae y ahí, entre humo casi sólido en el aire y hielo derritiéndose en los vasos, César X Drill le dibuja a toda página una formidable La Evanauta. Allí, esa Furia mitológica y refulgente flotando en el espacio y rodeada por agujeros negros. Rayos radiactivos brotando de su cabeza y truenos surgiendo de su boca y dentro de un globo donde se lee —con catastrofista y vengativa tipografía evanáutica— un «¡¡¡VOLVERÉ Y SERÉ EONES!!!».

Land no puede creerlo y vuelve a su cuarto y no sabe muy bien qué hacer con tanta alegría, qué hacer con ella, dónde ponerla.

Y por una vez, es su (buena) emoción interna y no el sonido del (mal) ambiente externo lo que no le permite no cerrar los ojos pero sí el no dormir contando todos y cada uno de los minutos que le faltan y que va restando hasta que se haga la hora de encontrarse con sus compañeritos y mostrarles lo que César X Drill (como si fuese la más grande de las felices felicitaciones) le dibujó haciendo historia en su cuaderno de Historia ahora más histórico que nunca.

A la mañana siguiente, en el patio del primer recreo del colegio (luego de la clase de Moral y Cívica, lo que a Land siempre le suena un poco a Laurel y Nome o a Nome y Costello), Land hace circular su cuaderno. Y son muchas las exclamaciones admiradas de compañeritos. Hasta que el cuaderno llega a las manos de la aberrante excepción de Compañerito/Hijo de... Ese quien sabe y siempre supo a la perfección que César X Drill es el padrino de Land y quien nunca pudo soportarlo, como si esto se tratase de un juguete que jamás podrá tener. Compañerito/Hijo de... mira la página a contraluz con aire de experto, y dictamina: «Falso... Es una buena copia, lo reconozco... Por un momento casi caigo en la trampa, pero no se puede engañar a un experto evanáutico como yo».

Y Compañerito/Hijo de... le arranca la hoja al cuaderno y la rompe en varios pedazos y los arroja a los cielos.

Y se oye la campana/timbre y todos se forman en fila tomando automática distancia del compañero de adelante con el brazo extendido y la cabeza algo inclinada, como peregrinos o penitentes por imposición y no por deseo o convencimiento.

Todos arrastrando los pies de regreso al aula, recogiéndose en su recogimiento y de nuevo dispuestos a creer en aquello que les dicen deben creer si no quieren sacar mala nota.

Y Land, quien ya no cree en nada, con pupilas a las que les prohíbe la fabricación de lágrimas (las lágrimas que tienen gusto a sal salada), vuelve a su pupitre. Y más que sentarse se deja caer, como con un paracaídas cuya única y secreta función es la de no abrirse justo esa vez. Y ahora toca Trabajos Manuales: asignatura sobre cuyo nombre alguien no hace mucho le hizo un chiste (una mano subiendo y bajando rítmicamente a la altura de la entrepierna) que Land rió sin entenderlo. Land rió sin alegría mientras intentaba cumplir con el, siendo zurdo, sádico e imposible mandato de cortar un círculo perfecto en papel glacé metalizado con una tijerita de punta roma de esas que no le servirían de nada a la hora de apuñalar a Compañerito/Hijo de... Pero siempre mejor reír si todos se ríen: es una de las normas básicas de supervivencia en los recreos. En especial si nada importa menos que el fútbol. O el jugar a ese juego donde, sentados en círculos, como conformando pequeños cráteres de cuatro a seis personas, se arrojan al aire bolitas de cristal de colores como ojos de vidrio con un pétalo suspendido en su interior para, mientras una está en lo alto, recoger rápidamente otra y otra y otra de las que están abajo. Y así hasta ganarlas todas de una vez o que se perdiesen para siempre cuando lo que se arrojaba ahí dentro era a algún empujado compañerito. Y a veces eso de «hacerse el enfermo» (expresión rara porque aúna al fingir descomponerse con el componerse y crearse) o enfermarse «en serio» y sentir las manos como si fuesen dos globos y poco más: síntomas auténticos tanto más aburridos que los inventados. A veces —al principio, en los primeros grados— alguien se «hace encima» con una mezcla de vergüenza regresiva o de rebeldía contra el crecer y se lo llevan a un cuartito, no exactamente castigado, hasta que vengan sus padres a buscarlo. A veces, alguna pelea a golpes; pero son pocas y breves. Y esas peleas son tan menos largas e intensas comparadas a las peleas de los enfermos de verdad (algunos «cagones de mierda») que Land suele presenciar en su casa. Y, sí, de tanto en tanto algo inexplicable e inesperadamente terrible como lo sucedido a Land con su dibujo de La Evanauta.

En la siguiente fiesta, esa misma noche y con voz que quiere sonar firme y no lo consigue, Land le comenta a César X Drill no «lo que me hicieron» sino −más digno y estoico, piensa− «lo que pasó».

«Hmmm...», dice César X Drill y no dice ni hace nada más. No dibuja nada nuevo.

Y Land se va a intentar dormir ya sin la necesidad de aguantar las lágrimas: seguro que ha decepcionado a César X Drill, seguro que César X Drill renunciará a su puesto de padrino suyo para serlo del maldito Compañerito/Hijo de...

Pero al día siguiente, a la hora de la salida de clase, Land descubre en la puerta del colegio a César X Drill. Y está esperándolo y sonriéndole. A él. De inmediato (a pesar de no aparecer en muchas partes, se sabe cómo es César X Drill, porque se ha dibujado a sí mismo tantas veces como El Desresucitador: el archienemigo ni vencedor ni vencido y apenas secretamente enamorado de La Evanauta) todos los compañeritos de Land lo rodean y lo tocan para asegurarse de que es cierto, de que está ahí de verdad. Y César X Drill dibuja Evanautas para todos los compañeritos de Land «que es mi ahijado», repite varias veces. Y, cuando termina con los dibujos, pregunta cuál de ellos es el «experto en falsificaciones de La Evanauta». Compañerito/Hijo de... −como si estuviese aún dentro del aula− levanta la mano con una mezcla de orgullo y temor. Entonces César X Drill le pide el dibujo que acaba de hacerle y lo mira con atención y luego de unos segundos concluye: «Muy bueno... Casi me lo creo... Pero, como especialista evanáutico que soy, me temo que es falso». Y se lo devuelve a Compañerito/Hijo de... y le dice: «Por favor, siendo tan experto en la materia, te concedo el honor de que procedas...». Y Compañerito/Hijo de..., obligado y delante de todos, arranca la página dibujada de su cuaderno y la rompe y rompe a llorar.

Con una sonrisa, César X Drill comenta: «Ah, se ve que se ha emocionado mucho».

Y César X Drill se vuelve y le sonríe de nuevo a Land (a quien en un futuro le aguarda la destrucción de muchas más páginas) y le dice:

«Vamos a tomarnos un helado... Prohibido pedir sabor marron glacé».

Así (cuando nadie pensaba que pensaba en eso) pensó Land pensando en que, tal vez sea su proximidad y su contagio y su influencia, piensa un poco igual a como habla César X Drill: «¿Debo ir con él? De acuerdo: César X Drill me cae genial pero... ¿Lo conozco *de verdad*? ¿No es un poco raro que se preocupe y se ocupe tanto de mí? ¿Qué querrá?... Después de todo vivimos en una época donde todos van por ahí con al menos dos caras y varios perfiles y nunca se sabe muy bien si lo que piensan tiene que ver con lo que hacen o lo que hacen con lo que piensan... ¿Cuál era el nombre del dios ese?... Ah, sí: Jano... Es un dios raro porque es nada más que romano... No tiene equivalente en la mitología griega. Así que un solo nombre pero, de nuevo, dos caras... El dios de las puertas y de los comienzos y de los finales y al que se solía invocar en los principios de una guerra... El dios ideal para estos días, ¿no?... Y a propósito: ¿no es un poco raro e inquietante que todos los planetas de nuestro sistema solar tengan nombre de dioses todopoderosos menos el nuestro que se llama, vulgar e impersonalmente, Tierra, como eso que está en el suelo y pisamos todos los días?... ¿Por qué no Gaia?... ¿O Gea?... Y, además, todo indica que aquí es el único planeta donde hay, dicen pero, como me dijo Silvio Platho, vaya uno a saber si es cierto, "vida inteligente" entre comillas. O tal vez lo más inteligente fue lo que hicieron todos los habitantes de esos planetas con nombres endiosados: se fueron lejos, no se arriesgaron a estar tan cerca de nosotros, no quieren ensuciarse con la... Tierra. No sé, pero de algún modo me parece que esto, lo de no tener nombre, quiere decir, quiere decirnos, algo. Y que ese algo no es algo muy bueno... O tal vez el nombre que nos tocaba era Sísifo y, bueno, la verdad que mejor Tierra... Pero, bueno, qué importa. Lo único que importa y que me pone tan contento es que César X Drill viva en mi planeta se llame como se llame mi planeta».

Y así —sin pensarlo más— Land y César X Drill sortean escombros que nadie quiere ganar. El colegio Gervasio Vicario Cabrera, n.º 1 del Distrito Escolar Primero es lo último en pie allí. Sus alrededores son edificios ya derruidos o vacíos y a la espera de ser aplanados y asimilados a la prolongación de la Avenida Más Ancha del Mundo. Todo es nada más que tierra. Tierra sucia que ensucia, y así avanzan con precaución para no caerse y de no levantar demasiado polvo. Tienen que cuidarse de no pisar ningún cable eléctrico suelto, como el que en poco tiempo fulminará al compañerito y de inmediato poetita legendario Nicolasito Pertusato (un muerto que Land no verá ni sumará a su reciente colección de muertos; porque para entonces ya estará en otra vida, tan distante de esta que vive ahora y de esa muerte).

Y Land y César X Drill caminan unas cuadras y llegan a esa galería en cuyo centro hay una cúpula con pinturas torrenciales en las que vuelan dioses y diosas. Una cúpula que devuelve la voz a todo aquel que le grite.

Ahí hay eso, eso que hay ahí es eco.

«*Good Morning, Mr. Echo… Echo… Echo…* Es un fenómeno acústico producido cuando una onda se refleja y choca en una superficie y regresa hacia su emisor quien de pronto se descubre como receptor de sí mismo», le explica César X Drill a Land. Y añade: «Pero a este tipo de fenómenos mejor no entenderlos ni racionalizarlos, porque es mejor que preserven su misterio y entenderlos como magia sin truco, ¿no?… Aunque, si se lo piensa un poco, la definición que te acabo de dar del eco *también* es perfectamente aplicable a las también nunca del todo explicables y también, negras o blancas, mágicas relaciones y acciones humanas: algo choca con algo y algo regresa. Siempre».

«¡Hola! ¡Hola! ¡Hola!», repite una y otra vez maravillado Land.

Y César X Drill comenta: «Es muy raro que todos, para comprobar el funcionamiento del eco, siempre digan *Hola*, ¿no? ¿Por qué no decir *Adiós*? O por qué no preguntarle al eco algo importante… O, mejor aún, por qué no preguntarle algo que sea pregunta y respuesta al mismo tiempo. Algo de ida como *¿Sí? ¿Ahora? ¿No?* para que la respuesta de vuelta suene a *Sí: ahora no*».

Y esto no es lo único que César X Drill dice a lo largo de esa tarde. Y Land —aunque no tenga las palabras para agradecérselo— aprecia el modo en que este adulto le habla a él: considerándolo inteligente, pero no por eso perdiendo de vista y de voz que es un chico al que le habla. César X Drill habla de cosas desconocidas y complicadas, pero lo hace de manera didáctica, como el mejor maestro posible: César X Drill, no teniendo niños propios, sí sabe que no se trata de hablarles a los niños de cosas de niños sino de hablarles de cosas sin edad pero intentando ponerlas a su altura. Se trata de hacer ese esfuerzo que —sorprendentemente y en la experiencia de Land— siempre parecen más propensas a hacer aquellas personas que no han tenido hijos. De ahí que estas personas —huérfanas de descendencia— asciendan a relacionarse con los hijos de los demás con una curiosidad y disposición que los padres biológicos ya no tienen o perdieron en el momento exacto de convertirse en padres sabiendo que, a partir de entonces, habría obligaciones mucho más inmediatas e importantes que el darle sentido al mundo para luego entregarles ese mundo a sus hijos. Por eso, siempre pensó Land, si alguna vez él llega a tener un hijo (aunque lo duda mucho, cada vez lo duda más) se preocupará por que lea: por que encuentre allí dentro, en los libros, todo aquello que él nunca podrá darle aquí afuera. No: no se trata de saber o de precisar qué libro te llevarías a una isla desierta sino asegurarte de que esa isla desierta ya esté muy bien provista de libros antes de llegar allí. De ello dependerá el ser apenas un sobreviviente (un náufrago enloquecido bajo una única e iletrada palmera). O en cambio (no es lo mismo aunque lo parezca) ser un súper-viviente: poseer el súper-poder de poder contar con miles de vidas, como incontables árboles de un bosque, que se cuenten junto a la vida propia.

Y, sí, hay muchos nombres mencionados en lo que le dice César X Drill que Land no conoce; pero sí llega a reconocer algunas de las cosas que dicen esos muchos nombres entre los que ahora se cuenta, contando, el de César X Drill.

Para Land, César X Drill es —como el título de ese libro que tanto le gusta de G. K. Nome— *El Hombre Que Sabía Demasiado*. Y, sí, hay algo terrible en ese título que podría ser y ya pronto no será *El Hombre Que Sabe Demasiado* sino *El Hombre Que Supo Demasiado*.

Sí: son tiempos en los que saber demasiado es mucho más peligroso y tanto peor que el no saber nada. Son tiempos en los que mejor no saber nada.

Luego, César X Drill lo lleva de regreso a casa («Prefiero no subir, Land. La he pasado demasiado bien con un lector como para arriesgarme a pasar ahora por mis editores», le explica). Y los padres de Land no parecen haberse siquiera dado cuenta de que ya es de noche y de que su hijo no había vuelto del colegio a la hora acostumbrada. Y tal vez alguno de ellos, nunca los dos, en algún momento haya preguntado, no al otro sino al aire, un «¿Por dónde andará, Land? ¿O estará en su cuarto?» con la misma intensidad con que se pregunta el día de la semana. O con la que, ahora, le preguntan a Land por qué no «juega» a prepararse una instantánea hamburguesa con puré.

Y Land obedece.

Desde hace un par de semanas, en casa de Land ya no había una de esas «chicas» contratadas para que lo cuidasen y quienes, para sus padres, siempre debían ser «divertidas y re-locas» antes que eficientes y responsables. «Chicas» que eran cambiadas por un modelo nuevo cuando, más temprano que tarde, todas invariablemente iban «perdiendo la gracia» o, se descubría, que «esa *sí* que estaba *muy* loca» (como aquella que llegó a convencerse de que Land era ese hijo suyo que había entregado a las monjas hacía años, tal vez porque aquellos quienes decían ser sus verdaderos padres no parecían muy dedicados a él). Así que Land juega a cocinar, pero no de mentira sino de verdad. Y mientras cocina comida falsa –de pronto y auténticamente– es tan consciente de que él heredó tanto más de su padrino César X Drill que de sus padres. Que ahora son y serán también suyas su propensión al excelente chiste malo infantil y al juguetón juego de buenas y malas palabras y su adicción al malabarismo anafórico-polisíndetoniano-oximorónico-sinestésico-similístico-aliterante y al retransmitible retruécano y a la más desatada que libre asociación de ideas hasta entonces impensadas e impensables.

Y anochece y piensa Land (influido por César X. Drill) en que el anochecer es como el amanecer del hombre cansado. O del hombre perezoso. Cuando amanece está todo por hacerse; cuando anochece ya no hay nada que hacer salvo dormir pero, ah, se sabe, este no suele ser el caso de Land. Y tal vez pueda discutir esto la próxima vez que vea y oiga hablar a César X Drill.

Y Land no tomó nota (Land no escribe) pero sí escuchó y escuchó muy bien.

Y algo muy extraño (o no tanto): César X Drill, ahora, tanto tiempo después, como un sonido de larga distancia que no deja de resonar. Algo y alguien que chocó (o a quien chocaron) pero aun así regresa y no deja de regresar.

Y César X Drill habló y habla mucho, demasiado, de todo lo que sabe. (Y, claro, soy yo quien ahora hago que *así* hable César X Drill y que Land *así* lo escuche: soy yo quien quiero —aunque esto sea una virtual aunque virtuosa imposibilidad, un gesto de soberbia, un rasgo absurdo— que todos quienes nunca conocieron a César X Drill lo recuerden escuchándolo. Yo —más allá de la venganza y de la justicia, que a veces son lo mismo— soy el que desea y cumple para que oigan a César X Drill. César X Drill quien —con los años que en este mismo instante comienzan a transcurrir, en lo que hace a una casi última visión de su vida— tendrá demasiadas biografías oportunistas y ninguna oportuna autobiografía).

Y Land no entiende todo lo que le dice. No entiende casi nada. Incluso se llega a preguntar si el propio César X Drill se entiende a sí mismo. Aunque, también, cada cosa que le dice deja en Land una marca, una señal, un rastro a seguir (y todos los nombres y títulos en boca de César X Drill es como si fuesen resistentes al Nome). Sí se da cuenta Land de que César X Drill va y vuelve varias veces sobre la misma idea, como en variaciones sobre un aria, como si corrigiese notas en una murmurada partitura de aire: primero tentativamente y luego con una seguridad que, de pronto, vuelve a ser cautela, como si se acercara en círculos y muy despacio para no asustar a una presa a la que quiere dar caza primero para luego soltarla. Y César X Drill a veces le habla *de vos* y a veces *de tú*, como si se doblara y se tradujera y se editara a sí mismo. Más que hablar, César X Drill es como si transmitiera: como si él mismo hubiese sintonizado una emisora rara, como si César X Drill fuese un pararrayos que ahora descubre que en realidad siempre quiso ser antena.

Y Land (quien parece no recordar lo que oyó sino seguir

oyéndolo como a uno de esos mensajes grabados que se dejan caer, ni hacia arriba ni hacia abajo, en el vacío especial, sonando sin prisa ni pausa, esperando al día en que por fin alguien los recoja) le oye desde entonces. Desde esa tarde a la salida del colegio Gervasio Vicario Cabrera, n.º 1 del Distrito Escolar Primero, para la que nunca es tarde seguir oyendo hasta, por fin, entenderlo todo, como si en realidad y realmente lo leyera.

Así habló César X Drill (y así escuchó Land): «La realidad mal escrita no se puede corregir porque sus autores son personas incorregibles; del mismo modo en que las cosas locas que dice un loco resultan ser perfectamente razonables para esa única persona que *tenía* que oírlas y que, oyéndolas, cura a ese loco y lo redime como visionario».

Así habló César X Drill (y así escuchó Land): «Por otra parte, jamás entendí esa necesidad o ambición de *retratar* la realidad que, pienso, ya está lo suficientemente retratada fuera de los libros. Realidad que, me temo, no tiene nada que ver con eso que intentan, en vano, los escritores que se creen y se quieren realistas... Toda esa literatura decimonónica que se entiende como *realista* no lo es en absoluto porque carece de una de las condiciones básicas de lo real: el caos de la vida interior. Adictos a una estructura y dependientes de una gramática, para esos escritores todo es tan formal aun en un mundo ya tan amorfo. Y todo sucede fuera y poco y nada hay de reinterpretación privada y secreta de esa realidad. Y, cuando la hay, paradójicamente, suele aparecer ligada al género fantástico. A lo irreal. A esas novelas donde todos llevan y son como llevados por *journals*, intercambian cartas y dan testimonios de su espanto como poseídos y casi con el orgullo de haber sido escogidos para atestiguar lo imposible... Pero en los grandes autores "serios" del siglo pasado no existe esa fragmentación de lo real que es una de las características principales y absolutas de la realidad».

Así habló César X Drill (y así escuchó Land): «La realidad no tiene por qué ser, obligada o necesariamente, la verdad del mismo modo en que la verdad no está necesaria u obligadamente a ser la realidad... La realidad no es otra cosa que otro gusto adquirido e incluso, en más de una ocasión, un placer culpable... Aunque yo jamás entendí del todo eso de que un placer pueda llegar a ser culpable de algo, realmente».

Así habló César X Drill (y así escuchó Land): «Bien lo dice Erasmo, creo, sí, estoy seguro: "El espíritu humano está hecho de tal manera que llega con mayor facilidad a la ficción que a la realidad". Land: la realidad es una herramienta peligrosa y para exclusivo uso de la ficción. Eso sí, en serio, de verdad: hay que usarla con cuidado... Y no olvidar nunca que las baterías no están incluidas... Pero vos no tenés ese problema porque tú quieres tanto *no* ser escritor, ¿no?».

Así habló César X Drill (y así escuchó Land): «No se trata de ese famoso temor a la página en blanco, Land. Se trata del temor a leer, a la mañana siguiente, la negra página escrita la noche anterior».

Así habló César X Drill (y así escuchó Land): «Los escritores pueden dividirse en dos grandes razas. Están los que expresan de manera compleja lo que nadie pensó hasta entonces (son aquellos a los que se conoce, según el humor y la comprensión y apoyo de sus editores, como "los que son unos genios pero venden poco" o, no es lo mismo y es un poco mejor, "los que venden poco pero son unos genios"; y que se entienda: lo primero es una condena a muerte y lo segundo es cadena perpetua). Y están los que (aunque en más de una ocasión los celebre una cómoda y acomodaticia crítica acrítica) no son unos genios pero venden mucho y cuyo talento consiste en que redactan de manera bonita aquello que todos pensaban sin ponerlo por escrito y entonces hacen sentir al lector... ah... uh... "inteligente", diciéndose que ellos siempre habían pensado *eso* pero no sabían cómo expresarlo tan bien... Y lo curioso es que, en el fondo los primeros o en la superficie los siguientes, unos en más de una ocasión querrían ser los otros… Y adivina quiénes son mejores, a quiénes les va mejor, quiénes son mayoría, quiénes se cuidan entre ellos como perros y prefieren no acercarse demasiado al lobo solitario más que para pedirle una de esas frases elogiosas… ¿Cuál es la mejor de esas frases, Land? Yo creo que es la que Jean Cocteau le dedicó a Marcel Proust. Y es esta: "No se asemeja a nada que conozca y me recuerda a todo lo que más me gusta"… Hermosa… Todo escritor serio y en serio no debería aspirar a otra cosa que el ser digno merecedor de esa cita, de ser invitado a acudir a esa cita».

Así habló César X Drill (y así escuchó Land): «Y dicen que Mark Twain dijo que si dices la verdad entonces no te será necesario recordar nada. Pero parece que en verdad no lo dijo Mark Twain».

Así habló César X Drill (y así escuchó Land): «Y, tanto en la verdad como en la realidad como en la ficción y en la mentira, del mismo modo en que primero se aprende a leer y luego a escribir, conviene siempre (y no sólo en la literatura sino en todos los órdenes de la vida) aprender a *entender* antes de considerarse un *entendido*. De lo contrario, se puede caer para ya no levantarse en el más incomprensible de los malentendidos».

Así habló César X Drill (y así escuchó Land): «A saber, a ser sabio: preferir/decir siempre, humilde y noblemente, *no lo entendí* en lugar de soberbio y vulgar *no se entiende*. No sólo se ajusta mucho más a la verdad sino que hasta mejora/potencia la propia capacidad de comprensión y, de paso, contribuye a global evolución en lo cultural. Es decir: yo jamás me dije (y espero que no te lo digas nunca, Land) que *no se entendía* las primeras veces que intenté adentrarme en *Don Quijote* o en *El hombre sin atributos* o en *Ada, o el ardor* o en *Tristram Shandy* o en *En busca del tiempo perdido* (la primera vez que traté de entrar allí, chiste malo, lloré como una Magdalena, lloré lágrimas con sabor a *madeleine*) o en *La montaña mágica* o en *Ulises* o en *La muerte de Virgilio* o en *Moby-Dick*… ¿Ah?… ¿Cómo?… ¿Ya lo has leído?… Pero estoy seguro de que la *Moby-Dick* a la que yo me refiero ahora no es la que leíste vos... Ya vas a ver lo que te espera ahí... Ya verás lo que significa *embarcarse* en un libro... Pero como te decía: entonces, al intentarlo y no conseguirlo por primera y segunda y hasta tercera vez, opté por decirme que *no entendía* y nunca me dije *no se entiende*. Y, por lo tanto, continué llamando a esas ominosas puertas que no me consideraban digno de su apertura hasta que por fin, un hermoso día, se abrieron. De par en par. Y entonces —con la llave en mi mano— me sentí tan orgulloso de mí mismo. Porque, ah, por fin, yo *entendí* lo que siempre había sido —a su singular y genial manera— *entendible*. Ahá, Land: decir *no se entiende* es tonto y es de tontos. Y, además, es muy estúpido pensar que tanto Cervantes, Sterne, Melville, Proust, Mann, Joyce, Musil, Broch, Delalande o Nabokov (con sus frases largas y juegos de palabras y complicidades para *connoisseurs* y aprisionantes libres flujos de conciencia en sus respectivos *idiomas* que no son otra cosa que sus *estilos*) no entendían lo que, tan dadivosos con lo suyo, deseaban que todos *entendiesen* como lo entendían ellos... He aquí la razón del Gran Arte. Razón que pasa, paradójicamente, por primero hacer sentir pequeño a su destinatario para que este, perseverando, pueda experimentar por sí mismo la excitante e intransferible sensación de crecer, de ir creciendo. De no entender en principio para acabar entendiendo. Y descubrir entonces que su relación con eso ha sido tanto más intensa y trascendente y provechosa que cualquiera de esas otras relaciones en las que todo estaba claro desde el comienzo. Supongo que el verdadero amor debe ser un poco así, ¿no?... Tener la sabiduría —como se hace en el principio para equivocarse, para que eso sea tan sólo el principio— de no buscar a alguien o algo igual a uno e inmediatamente reconocible. Sino —como demandan todas esas criaturas simples que sólo leen casi a la caza de que los personajes les resulten simpáticos y puedan identificarse con ellos— por lo contrario, encontrar a algo o a alguien diferente y que te complemente y que te obligue a *aprenderlo* y *aprehenderlo*. Así, es uno quien debe ascender, con trabajo y disciplina, cada vez más alto y hacia lo que no entiende en lugar de pretender que lo que uno no entiende descienda a la altura de un comprensible (des)entendimiento. Sí: laboriosamente elevarse hasta caer en la cuenta con placer de espectador cómplice.

Y así acabar iniciado en algo cuyo mérito distintivo es el de ser interminable: sumando —aunque no te gusten las matemáticas, como a mí, Land— para y por el resto de la vida».

Así habló César X Drill (y así escuchó Land): «También, claro, si no hay capacidad, o incluso no hay ganas de entender, nadie debe ser ni será condenado por ello. Se puede sentir que todo eso no es para uno. Y, con pleno derecho, afirmar un *no me gusta* tanto más honesto y comprensible que un *no se entiende* y aún menos vergonzante, para los que se avergüenzan rápido y fácil, que un *no lo entiendo*. Y así dejarlo de lado. Y dejar de quejarse o lamentarse. Pero —atención— al dejarlo también dejándolo ser tal como es, como alguien quiso que fuese ahí dentro. Devolverlo a su sitio en perfecto estado y no maldiciéndolo luego de arrojarlo contra una pared. Y, ya fuera de allí, buscar y encontrar otra manera de sentirse feliz sin pensar en que hay unas felicidades mejores que otras. De acuerdo: es difícil llegar a pensar así, pero vale la pena alcanzar semejante diferente y particular y total y absoluta alegría».

Así habló César X Drill (y así escuchó Land): «Pero, atención, paradoja a pocos metros y a pocas páginas de distancia: una vez que te enfrentas a lo complejo y más o menos lo entiendes, descubrís que ya no volverás a entender del todo lo que hasta entonces te resultaba fácil de leer. De improviso, lo sencillo te resultará complicado pero, esta vez, lo será por todas las razones correctas. De pronto, sentirás que, sí, eso ya no se entiende al leerlo porque, mucho menos, se entiende cómo alguien pudo llegar a poner todo eso por escrito».

Así habló César X Drill (y así escuchó Land): «Todo lo anterior que te dije en cuanto a la ficción y a la lectura, a lo real y a lo irreal, al entender o al no entender, se entiende —si no lo entiendes aún— que vale para todos los órdenes de la vida, Land».

Así habló César X Drill (y así escuchó Land): «Ese es el undécimo mandamiento y es el más importante de todos: *Entenderéis*. Y esto incluye a un sub-mandamiento que es el de *Os entende-*

réis los unos a los otros. Especialmente entre hijos y padres. Te lo digo con la absoluta autoridad que me confiere ser un huérfano sin hijos y siempre haber pensado que lo más importante que puede decirle un padre a un hijo es "Prometo nunca decirte: *Te lo dije*"».

Así habló César X Drill (y así escuchó Land): «Y, sí, da un poco de miedo obedecer ese mandamiento. Sobre todo cuando no se puede estar muy seguro de que los otros involucrados tengan alguna mínima intención de obedecerlo. Pero por algún lado o por alguna parte se empieza. Por algo hay que empezar, para no volverse loco, ¿no?».

Así habló César X Drill (y así escuchó Land): «Y siempre me intrigó que en inglés se diga *going crazy*, es decir, *yendo* hacia la locura; mientras que en español se *vuelve*; y que *mental* sea sinónimo de *mad*. Y, sí, uno puede irse y volverse loco si piensa demasiado en este tipo de cuestiones. Volverse loco da miedo y, a la vez, uno puede volverse loco de miedo. El miedo da miedo. Al miedo le gusta dar y darse. Pocas cosas más generosas que el miedo, Land. El miedo da terror».

Así habló César X Drill (y así escuchó Land): «¡El Terror! ¡El Terror!».

Así habló César X Drill (y así escuchó Land): «Tengo entendido que te gustan mucho las películas de terror en general y la novela *Drácula* en particular, Land... Ah, hay tanto de malo y vulgar y monstruoso para temblar ahí fuera que está muy bien eso de buscar temblores más sofisticados y clásicos en los libros... ¡Lovecraft! ¡Tengo una carta suya! ¡Autenticada! Una carta en la que dice que "Nada constituye una parte tan íntima de un hombre como su biblioteca" y ¿te conté que una vez conocí a alguien que, ante la imposibilidad de bautizar a su hija Biblioteca le puso de nombre Alejandría?... Pero estábamos en esa carta... Me la regaló un ganadero fanático de La Evanauta... Gran escritor, Lovecraft... Ya verás... De hecho, lo suyo representa muy bien a todo por lo que estamos pasando, por lo que no va a dejar de pasar nunca de aquí en más, me temo... Me explico: tus padres son la tan terrorífica como aterrorizada primera generación de padres-hijos siempre a la busca de un padre adoptivo que los quiera y los comprenda luego de, sintiéndose tan heroicos por ello, haber roto por completo y sin sabiduría con sus padres biológicos. Rompieron con todo, incluso con lo muy bueno e instituido a lo largo de generaciones y paternidades. Y lo cierto es que lo que buscan ahora no es tanto un padre sino una Figura Paterna Universal. Un padre mutante que los celebre y los halague y los deje salir a jugar sin ponerles límites ni hora de irse a la cama... Tus padres, los jóvenes de hoy, ya no son la generación de los '60s sino la degeneración de los '70s. En verdad, la generación de los '60s es la tuya. Los chicos de tu edad fueron y son los verdaderamente irradiados por todo eso, por toda esa música y esos colores, y a ver en qué se convierten luego de semejante bombardeo atómico... Ustedes son los primeros de verdad primeros. En cambio la contaminada generación de tus padres... Ellos empezaron siendo como sus padres y el Gran Cambio los alcanzó ya más o menos grandes (sin que esto signifique menos o más maduros o adultos). Lo que les produjo una especie de desajuste-mutación, como las de esas películas de ciencia-ficción en las que alguien se agranda o se achica pero ya no se vuelve invisible... Toda generación, melodramáticamente, tiende a pensar que es la última. En cambio, la de tus padres, tragicómicamente, es la primera en estar absolutamente convencida de ser la primera generación. Creen que antes de ellos no hubo nada o, al menos, nada que merezca la pena o sea digno de haber sido registrado y de permanecer. Tus padres y su generación no tienen la menor conciencia del tiempo, no quieren tenerla, prefieren ni siquiera reflexionar o recordar de dónde vienen... Ellos ahora piensan todo el tiempo en que todo el tiempo es *su* tiempo: que les pertenece y que no se lo van a prestar a nadie... Ahí están: intentando mantener el equilibrio sobre la fina línea que separa a algo histórico de algo en ruinas. Es como si fuesen esos personajes de Lovecraft que no saben en qué se meten y mucho menos cómo salir, y que se confían a la eficacia de manuscritos legendarios cuyas leyendas ya no funcionan. Es como si, a partir de mitos traicioneros y de fieles mentiras, pobrecitos, ellos se hubiesen creído eso de que iban a cambiar al mundo, que harían realidad la Gran Utopía, que todos tendrían voz y voto y... ¿Sabes lo que es un camello, Land? Es un caballo diseñado no por una sola persona sino por un comité, ja... Pero, bueno, ya sabes. Esa idea de que la unión hace la fuerza cuando, en verdad, no acaba consiguiendo más que, al poco tiempo, poner en evidencia la inevitable desunión y el desafine de demasiadas voces... Y que *all you need is love* y que *imagine* y que *here comes the sun*... Y que hubiesen canturreado todo eso tan soleado sin darse cuenta de que tal vez se tratasen de tormentosos conjuros oscurantistas. Y que con ellos, añadiendo al caldero humeando sobre madera de Pinocchio todo ese sinsentido común, toda esa ideología de revolución *prêt-à-porter*, hubiesen despertado y traído de regreso —por error y pensando que sería muy diferente y tanto más divertido— a una entidad cósmica interdimensional y gelatinosa y llena de ojos y de tentáculos... No un color que cayó del cielo sino algo que destiñe y mancha y que ha surgido desde las tumefactas y tumorosas tripas de la Tierra. Un puntal de fuego, poderoso pero contenido en sus límites y brotando desde alguna profundidad. Un horror y una sombra y un susurro y una llamada y un apellido. Una cosa en el umbral y una avalancha en las Montañas de la Locura. Un espejo deformante donde todos los que se vean sólo verán lo que más desean ver, lo que mejor les sirve y les funciona pero, también, lo que acabará cegándolos. Algo que no choca y regresa sino que regresa para chocar, para atropellar y pasar por encima de todo y de todos. Algo que una vez despierto ya nunca volverá a dormir y que seguirá y seguirá hasta el fin de los tiempos. Algo que volvió y sigue volviendo y volverá. Y es que aquello que no deja de volver ya nunca llegará a irse».

Así habló César X Drill (y así escuchó Land): «Días atrás abrí un libro al azar, aunque uno nunca abre libros al azar, Land. Sabelo: son esos mismos libros los que nos envían una orden secreta e invisible y nos obligan a abrirlos abrirlos (decimos "Mis libros" aunque no seamos sus autores, decimos "Mis libros" aunque seamos nosotros quienes les pertenecemos a ellos). Y allí leí: "No hay camino de vuelta de las formas creadas a los procesos.

Ten en cuenta los procesos, nada más... La guerra en quienes no la conocen...". Pues eso: exactamente eso... Tus padres y los suyos, Land».

Así habló César X Drill (y así escuchó Land): «De nuevo: la generación de tus padres es algo peor que eso del escorpión encima de la tortuga. Es como un escorpión a lomos de un escorpión».

Así habló César X Drill (y así escuchó Land): «Nada más triste que despertarse en el fondo del río queriendo convencerse de que eso es tierra firme, Land».

Así habló César X Drill (y así escuchó Land): «Y no lo olvides nunca, Land. Tenlo siempre presente: una cosa es ser bruto por inevitable condición y otra muy distinta es ser ignorante por poco meditada opción... Y *tampoco* lo olvides nunca, Land: esa serpiente venenosa con la que te cruzas en un bosque y puede matarte en realidad está tan asustada de cruzarse contigo como vos de cruzarte con ella. Es decir: ambos querrían estar en otra parte... A veces pasa. Pasa bastantes veces. Ese deseo de no estar, de no ser».

Así habló César X Drill (y así escuchó Land): «Es el problema de los deseos: a veces se cumplen y se descubre que son muy pero muy indeseables... Como en ese cuento de la pata de mono... Ese cuento es muy bueno y es tremendo y seguro que te gustaría mucho, Land».

Así habló César X Drill (y así escuchó Land): «Y los deseos son un poco como creer en Dios. Creer en Dios es como jugar a la lotería y seguir jugando una y otra vez aunque nunca se gane nada con ello. O con Él. Y Dios siempre se expresa en voz alta pero con letra pequeña: eso de la "raza elegida", por ejemplo. De acuerdo, pero nunca aclara para qué los eligió, ¿no?... De ahí que buena parte de los mortales opten por ese premio consuelo: creer. Y que no es más que el falso alivio de un castigo. De ahí toda esa gente que exagera la gravedad de sus enfermedades y anuncia a los suyos la mala nueva muerte inminente para que estos la prediquen y recen por un final piadoso y luego, ya repuestos hasta la próxima falsa agonía, proclamar todos juntos que lo que los salvó fue la respuesta del "Señor" a sus plegarias... A la hora de creer en lo increíble, Land, yo siempre tuve mucha más fe en los cuentos y en las novelas, en las ficciones, que en esas igualmente ficticias pero creyéndose verídicas pequeñas Biblias vibrando como bombas de tiempo dentro de cajones en mesitas junto a camas de hotel... Creo más —adeste fideles— en esa noche oscura y tormentosa por escrito que en el iluminado palabrerío del pronóstico meteorológico en la voz de los noticieros de la noche o en el tronar relampagueante de los profetas a los que siempre parece emocionarles más el Apocalipsis que el Génesis, el Infierno más que el Paraíso».

Así habló César X Drill (y así escuchó Land): «Hay personas-trueno y personas-relámpago, Land. Y son muy diferentes aunque todo el tiempo vayan casi juntas. Y esto se vuelve aún más evidente si esas personas nacieron y viven en un atormentado país-tormenta donde escasean los paraguas y en el que, al mismo tiempo y clima, todos se creen impermeables a todo y que todo les resbala».

Así habló César X Drill (y así escuchó Land): «Una cosa es creer en uno mismo y otra muy diferente es sentirse Dios. Uno sólo puede ser el mesías de uno mismo y de nadie más, Land. Y, aun así, tampoco creérselo o creerse demasiado».

Así habló César X Drill (y así escuchó Land): «Y hay algo aún peor que creerse Dios. Y ese algo es creerse profeta nómade arrastrando a su pueblo a partir de sus visiones. En especial si se trata de un crédulo pueblo vencido que jamás será unido. Un pueblo con siempre cercana y expedita fecha de vencimiento. Un pueblo que no expía pero sí expira. Un pueblo al que se la tienen jurada desde siempre y al que nunca le van a cumplir lo prometido. Sí: lo peor de ambos mundos, lo peor de ser divino y de ser mortal y ninguna de sus recompensas y la Tierra Prometida que nunca se cumple y todo eso».

Así habló César X Drill (y así escuchó Land): «Y, también, supe que te impresionó mucho esa muy buena película sobre Lawrence de Arabia... Pero hay que tener claro que todo héroe en más de una ocasión no es más que un asesino que pelea a nuestro lado y de nuestra parte. Es decir: nunca hay ni habrá héroes que sean heroicos para todos... Sin ir más lejos...».

Así habló César X Drill (y así escuchó Land): «Nada más peligroso para una persona insomne como yo que los sueños. Sobre todo los sueños colectivos a los que uno se sube para descubrir que no hay asiento libre y que viajará incómodo y que, seguro, se equivocará de trayecto. O que, distraído, de pronto se descubrirá en el fin de la línea y en la última palabra-parada... Y más sobre las últimas palabras más adelante, Land, antes de que todo se rompa».

Así habló César X Drill (y así escuchó Land): «La especie humana es, por naturaleza, autodestructiva, Land. Y la autodestrucción no deja de ser una forma de destrucción. Todo ciclo vital termina con la muerte (y no es lo mismo el miedo a la muerte que el miedo a morir); pero, claro, hay seres a los que, virulentos como virus, esto no se les hace suficiente. Y entonces añaden el *matar* como guerrero requisito para antes de morir en paz. Esa idea de que sólo matando a algo primero recién después se lo puede volver inmortal... *Extintus amabitur idem*... ¿Sabías que buena parte de quienes hoy están vivos descienden directa o indirectamente del muy pero muy prolífico-genético Gengis Kan? Por algo será lo que es y son como son y somos como somos».

Así habló César X Drill (y así escuchó Land): «A lo que yo añadiría que, también y *además*, todos descendemos de la mujer de Lot o de Orfeo: no podemos resistirnos —aunque se nos prohíbe explícitamente y por nuestro bien— a mirar atrás. Miramos hacia atrás y entonces el adelante se complica: porque miramos mal el antes y después vemos peor. Y lo que no alcanzamos a discernir ayer, en lugar de aceptarlo así, optamos por inventarlo mañana, por completarlo contando apenas con atisbos de reojo. Y la mayoría de la gente cuando inventa algo no solo inventa: también miente».

Así habló César X Drill (y así escuchó Land): «Digámoslo así: la ficción es al Dr. Jekyll lo que la mentira es a Mr. Hyde».

Así habló César X Drill (y así escuchó Land): «La más civilizada ficción puede gustarte o no y hasta puedes modificarla, mientras que la bestial mentira simplemente es. Y, si intentas alterarla, bueno, nunca será ficción: siempre seguirá siendo mentira».

Así habló César X Drill (y así escuchó Land): «Lo mismo sucede con la Historia, que no es otra cosa que *otra historia* a la que se la pretende ratificar con una H mayúscula para así volverla más rigurosa y supuestamente cierta... Y no: no es cierto eso de que a la Historia la escriben los ganadores: la Historia la escribe cualquiera que se ponga a escribirla».

Así habló César X Drill (y así escuchó Land): «Toda historia y toda Historia tiene tres versiones: la tuya, la mía, y la verdad».

Así habló César X Drill (y así escuchó Land): «La mentira, en cambio, tiene tantas versiones como mentirosos. Y que gane el mejor de mentira y el de verdad peor».

Así habló César X Drill (y así escuchó Land): «Y esto lo dijo Montaigne, quien en uno de sus ensayos casi equiparaba al acto de recordar con el mentir en el acto; y, por favor, tenlo en cuenta desde ya, ahora que aún estás a tiempo de no caer en ello y volverte adicto: "Mentir es, en realidad, un maldito vicio... Me parece que nos entretenemos en castigar en los niños errores inocentes, sin razón, y que los atormentamos a causa de actos impremeditados que no dejan rastros ni tienen consecuencia. Solamente la mentira, y en menor medida la terquedad, parece formar parte de los errores cuyo nacimiento y cuyo progreso deberíamos combatir con sumo cuidado. Y esta crece a medida que el niño crece. Y una vez que se le ha dado a la lengua estas maneras falsas es algo increíble hasta qué punto es difícil hacerla despojarse de ellas… Si, como la verdad, la mentira no tuviese sino una cara, correríamos menos riesgos. Ya que tomaríamos por cierto lo opuesto de lo que dijese el mentiroso. Pero el reverso de la verdad tiene cien mil formas y un campo indefinido"… Y yo, que como Montaigne, me caí de un caballo y esa caída me cambió no la vida pero sí el modo de ver la vida, no puedo sino estar de acuerdo con él… Y no sé si te diste cuenta de que mi cabeza tiene una forma rara, como asimétrica y abollada por un lado, Land… Bueno, eso se debe a esa vez que, cuando era chico, en el… ja… campo indefinido, me caí de un caballo».

Así habló César X Drill (y así escuchó Land): «No es cierto que la mentira corra despacio y tenga patas cortas. Todo lo contrario. Si se la construye bien (y no apenas poniéndose en puntas de pie para lucir más alta de lo que en verdad se es) sus patas son como torres. Y, además, la mejor e incansable mentira siempre calza botas de siete leguas».

Así habló César X Drill (y así escuchó Land): «El peor tipo de mentiroso (y no olvidar nunca que vienen en dos modelos: el mentiroso que añade y el mentiroso que omite) es aquel que no es consciente de que miente luego de tanto fingir que dice la verdad. Y de fingirlo tanto llega un momento en que ya no finge. Porque es aquel quien primero se miente a sí mismo, se lo cree y se cree a sí mismo, y después puede mentir de verdad a todos los demás y luego –de ser descubierto aunque cada vez sea más difícil hacerlo– excusarse con un "Yo no les mentí, fueron ellos quienes me creyeron"».

Así habló César X Drill (y así escuchó Land): «¿Y no es paradójico que toda mentira sea, en verdad, una actividad donde son varios los implicados y, aunque no sean conscientes de ello, cómplices y voluntarios para la ejecución del truco mágico? Porque primero se necesita de alguien que la crea (y que en principio no la considere mentirosa) y luego de alguien que ya no la crea (y que, por lo tanto, la certifique como mentira). Mentirse a solas es tan tonto y sin gracia alguna como el mentirse a uno mismo».

Así habló César X Drill (y así escuchó Land): «Y de acuerdo: mentir es algo peligroso y destructivo y hasta estúpido. Aunque dejar de mentir sobre algo o alguien signifique también que ya no te interesa… Pero lo peor de todo, insisto, es mentirse a uno mismo y creer que eso es verdad. Pero el nunca mentir *también* puede ser algo peligroso y destructivo y estúpido. Nada más amenazador que esas personas que andan por ahí, creyéndose puras y hasta santas, lanzando sólo verdades como si fuesen armas arrojadizas y lastimando a todo aquel con quien se cruzan y poniendo en evidencia sus pequeños engaños y embustes inocentes con furia de inquisidor medieval. Son seres, estos autoproclamados "Dueños de la Verdad", a los que, de verdad, no te miento, mejor no conocer, Land».

Así habló César X Drill (y así escuchó Land): «Por eso es conveniente, de tanto en tanto, decir pequeñas e inofensivas mentiras, como purgándose, como disminuyendo la presión de la caldera. Porque si no se miente nunca entonces, un día terrible o una noche fatal, inevitable e irremediablemente, se estallará en una gran y destructiva mentira».

Así habló César X Drill (y así escuchó Land): «Lo que hago yo, por ejemplo —cada vez que me proponen eso del pregunta y respuesta ping-pong/lo primero que se te ocurre o lo del célebre Cuestionario Proust—, es mentir siempre. Nunca decir ni responder la verdad. Digo lo segundo o lo tercero que se me ocurre. Nunca lo primero. Y así me quedo satisfecho y puedo ser completamente honesto en tantas otras cuestiones y situaciones mucho más importantes. De verdad, no miento, será un secreto entre nosotros: te lo recomiendo de verdad. Y un consejo, una advertencia: a la hora de las pequeñas mentiras, miente siempre sobre cosas tuyas, personales. Nunca cometas el imperdonable crimen de señalar al cielo de la noche y mentir que identificas claramente esta o aquella constelación. Ni siquiera si lo haces para conquistar a una chica que te gusta mucho. En todo caso, mejor, invocar leyendas como aquella de que la Vía Láctea es una rajadura en la cúpula celeste por la que se filtra la luz del otro lado… Queda mejor… Yo una vez lo hice: eso de mentir y de inventarme nombres de constelaciones. Nombres que, por otra parte, ya son un invento en sí, porque ese es el nombre que les han impuesto los hombres a lo innombrable: nombres de leyendas para así volver más soportable al desbordado vacío de ese espacio sin condiciones de vida reales para la supervivencia de ninguna ficción. Y mucho menos de todos esos alias y apodos nuestros que le hemos impuesto sin pedir permiso o, al menos, sin siquiera haber tenido antes la cortesía de preguntarle cómo se llama en realidad todo eso que no nos pertenece ni jamás nos pertenecerá... Ah... Yo una noche lo hice. Yo señalé al cielo y mentí sin saber que le estaba mintiendo a una astrónoma... Nunca olvidaré el más que merecido desprecio en su cara... Y entonces me castigué a mí mismo con el premio de aprender los nombres de todas y cada una de las estrellas ahí arriba. Hemisferio Sur y Hemisferio Norte... Y es que no hay nada más despreciable que eso: mentir valiéndose de la ignorancia del otro... Sobre todo en cuestiones... cósmicas... La ignorancia —y no la esperanza— es lo último que se pierde y es lo primero que se encuentra... Mucho menos cuando están las estrellas de por medio. No se miente acerca de cosas tanto más grandes que uno y que estuvieron y estarán allí mucho tiempo antes y después de nosotros, Land».

Así habló César X Drill (y así escuchó Land): «Tiene su gracia: siempre hay alguien que te dice "Te voy a contar algo que no se lo puedes contar a nadie". Y te lo está contando y, claro, no debería hacerlo. Y todo indica que alguien se lo contó y, seguro, le dijo que no debía contárselo a nadie. Es decir: ya está mintiendo en el mismo acto de contarte algo que de verdad puede llegar a ser una mentira».

Así habló César X Drill (y así escuchó Land): «Nunca se miente más que cuando se cuenta algo (no importa que sea verdad) que se mintió que nunca contaría porque es un secreto que sólo es un secreto si deja de serlo».

Así habló César X Drill (y así escuchó Land): «Porque si se lo piensa un poco, la naturaleza o mecanismo de la mentira, que recién se acepta como tal cuando se la deja de considerar algo hasta entonces verdadero, es similar a la del secreto. Se necesitan dos para bailar ambos tangos. Sólo que una está pensada para contarse y el otro, supuestamente, no... Y porque el secreto —como la mentira— también necesita de por lo menos dos personas: de una que lo entregue y de otra que lo guarde (y que, a menudo, mienta que lo ha guardado en un sitio seguro). Porque un secreto (desde los primeros e infantiles secretos saltarines y juguetones hasta los calcificados y acalambrantes secretos de la vejez en la que se los habla a solas para así confesárselos a uno mismo con una voz irreconocible porque ya no queremos que sea la propia) no es tal hasta que es revelado y recién entonces comprendemos que era un secreto. De nuevo: el secreto como la mentira, que hasta que no es denunciada como tal lleva el disfraz de la verdad. Otra paradoja, sí: un secreto no es secreto hasta que se *sabe*, hasta que deja de ser un secreto y lo confidencial muta a confidencia que, se entiende, no tiene por qué ser algo manifiesto e irrefutable... Así también, un secreto que nadie conoce puede ser una verdad de mentira y una mentira por desenmascarar puede ser un verdadero secreto... O algo así... Me parece que me perdí un poco en lo que estaba diciendo. Pero, por favor, de verdad, no se lo digas a nadie. Y si se lo dices a alguien, Land, yo diré que es mentira, claro».

Así habló César X Drill (y así escuchó Land): «Cuando se trata de su metamorfosis o transformación, la mentira es una cucaracha mientras que el secreto es un escarabajo. Y puestos a retratarlos, el secreto es figurativamente abstracto mientras que la mentira es abstractamente figurativa. Meridiana claridad con paralela opacidad. Y uno y otra son bellas artes: algo digno de ser colgado bajo el riesgo de que te cuelguen. Y, seguro, una y otro son lo que nos diferencia de los animales».

Así habló César X Drill (y así escuchó Land): «Las mejores mentiras son verdades para nosotros. Y los mejores secretos son aquellos que jamás supimos. Pero esto casi nunca sucede: tanto la mentira como el secreto tienen un alto poder de contagio y gran potencia tóxica y suelen morir jóvenes y expuestos y desnudos ante todos, con sus cuerpos llenos de llagas, con sus ojos ciegos por haber visto demasiado o no querido ver nada... El verdadero y secreto arte consiste en que unas y otros crezcan fuertes y tengan una larga vida y que recién se conozca su verdadera naturaleza a la hora de la muerte de quienes los custodia o las propaga... A esa llamada *hora de la verdad* (no porque se acceda a un conocimiento hasta entonces secreto sino porque no habrá más tiempo para mentir, porque se acabará esa vida que es *las horas de las mentiras*) no es uno quien se va: se van los otros que, a no olvidarlo, son sus propios y respectivos unos... O algo así, Land... A veces —no se lo digas a nadie, es un secreto, te juro que no te miento, de nuevo— cuando más intento aclarar algo de verdad, más lo escondo y lo oscurezco todo».

Así habló César X Drill (y así escuchó Land): «Ser absolutamente diáfano: la verdad sólo será verdadera si es diáfana. La mentira es turbia y, por eso, el estilo de la mentira, que es estilo de la más verdadera y auténtica y constante de las paranoias, suele ser más interesante desde un punto de vista literario. La mentira suele ser una buena historia que hay que saber contar, mientras que la verdad no es más que la verdadera historia y no requiere de una gran habilidad para ser transmitida y a menudo no resulta muy interesante. De ahí la locuacidad de esos flamígeros predicadores prometiendo llamaradas eternas y nubes perfectas (¿es la religión un secreto o una mentira o ambas cosas?) y las pocas y un tanto obvias y poco seductoras palabras de quien te dice que, escucha, no te conviene saltar desde lo alto de ese acantilado».

Así habló César X Drill (y así escuchó Land): «Lo que me lleva a que tanto una mentira como un secreto tienen la obligación de no ser aburridos, de ser siempre atractivos. Conoces la historia de Pedro y el Lobo, ¿no?... Te voy a contar un secreto, Land: su moraleja no es, como piensan todos, un *No mientas*. Su moraleja es, en verdad, *Nunca cuentes la misma mentira más de una vez*. Del mismo modo, un secreto contado varias veces ya no es un secreto: es un secreto a voces».

Así habló César X Drill (y así escuchó Land): «Y por ahí andan esos otros dos mandamientos: el de *No tomarás el nombre de Dios en vano* y el de *No darás falso testimonio ni mentirás.* Esos a los que se suele desobedecer con un "Te juro por Dios que es verdad; pero no se lo cuentes a nadie: es un secreto"».

Así habló César X Drill (y así escuchó Land): «La mentira, en verdad, no es la voz sosegada e hipnótica de quien la cuenta —esa que en más de una ocasión comienza con un *Te voy a contar un secreto...* que en más de una ocasión apenas esconde a un *Te voy a contar una mentira...*— sino el arrebatado y magnético y reservado silencio de quien la escucha y la cree y jura no contarle eso a nadie·sabiendo que eso es mentira».

Así habló César X Drill (y así escuchó Land): «Y hay algo fascinante en el hecho de que cuando el secreto de una mentira se publicita como verdad, muchos desean que vuelva a ser algo cierto. Es decir: que vuelva a ser una verdadera mentira. Así, quienes son irradiados por esa fuerza secreta, mutan a personas que a partir de entonces serán por siempre desconfiadas y dudarán de hasta sus propias huellas digitales; mientras que otros, tal vez no más sabios pero sí más felices, optarán por creerse todo, cualquier cosa. De ahí que el mundo se divida entre traidores y traicionados, entre infieles y fieles».

Así habló César X Drill (y así escuchó Land): «Y tal vez esto te sirva alguna vez en la escuela. Espero que a mí me sirva cuando, inevitablemente, me toque... hmmm... pasar al frente a dar la lección... Y falta menos para eso... Estoy seguro... Y seguro que ese día no voy a poder faltar ahí para a partir de entonces faltar a todas las otras partes... Bueno... Esto lo leí en un archivo de la CIA que conseguí no me preguntes cómo... ¿Sabés lo que es la CIA?... Bueno, no importa... En el archivo se dice que, durante los interrogatorios, las personas por lo general miran a la izquierda cuando recuerdan algo verdadero y a la derecha cuando mienten. Yo miro siempre a la derecha, yo miraré siempre a la derecha: prefiero pensar que lo que recuerdo no es cierto. Signo de los tiempos, dicen... O tal·vez, mejor, mirar al frente en el más absoluto y estruendoso de los silencios».

Así habló César X Drill (y así escuchó Land): «Aunque no sea verdad eso de que el que calla otorga. El que calla NO otorga porque a nadie no se le puede ocurrir que el silencio no sea la más atronadora de las desaprobaciones, ¿sí, no?

Así habló César X Drill (y así escuchó Land): «Pero aun así... El silencio... Todos hablan y mienten hasta que ya no queda nada por hablar y mentir. Entonces, en ese silencio, se produce el secreto de la verdad, el verdadero secreto. Y el secreto, Land, es que la cosa, la realidad, en realidad no pasa por lo verdadero *o* falso sino por lo verdadero *y* falso».

Así habló César X Drill (y así escuchó Land): «Así, todos somos antepasados cómplices y silenciosos del modo en que se nos recordará (y se recordarán nuestras mentiras y secretos; y tener secretos y mentiras será como tener fantasmas, siempre ahí, aunque también invisibles como estrellas al mediodía) cuando ya no estemos y aunque sigamos. Y ese modo siempre, casi nunca, será como se pensaba de nosotros cuando estábamos vivos y éramos jóvenes y brillábamos como el Sol convencidos de que todo giraba a nuestro alrededor... Si hay suerte, uno será por fin olvidado. No hay condena peor, pienso, que vivir eternamente en la memoria de todos: porque para esos supuestos "afortunados" e "históricos" el futuro jamás existirá. Creo que algo así dijo...».

Así habló César X Drill (y así escuchó Land): «... Wittgenstein, Land: no te olvides de ese nombre. Ludwig Josef Johann Wittgenstein. Va a interesarte y hasta es posible que vaya a resultarte útil, a servirte de algo o de mucho... No, Land... Einstein es otro... Einstein era físico y buscaba la exactitud de lo físico. Wittgenstein era un filósofo. Y los filósofos, en cambio, investigan la inexactitud de lo mental. Los científicos buscan respuestas mientras que los filósofos encuentran preguntas. No la Teoría de la Relatividad sino lo Relativo de Toda Teoría... Del mismo modo, un poco, en que el ensayo busca, casi siempre en vano, responder a las preguntas que se hace la ficción. Preguntándose cosas como "¿A dónde va el presente cuando se convierte en pasado? ¿Dónde está el pasado?". Wittgenstein, podría apostarlo, va a ser tu filósofo favorito del mismo modo en que, vuelvo a apostarlo, Glenn Gould, el Wittgenstein del piano, va a ser tu intérprete de música clásica favorito. Un filósofo raro y un pianista raro. Y a Wittgenstein se le atribuye una anécdota que a mí me gusta tanto y que, además, me sirve mucho para entender el sinsentido de estos días. Cuentan que Wittgenstein una vez se cruzó con un colega filósofo y le preguntó: "Dime, ¿por qué todos dicen que se les hace de lo más normal y *natural* que durante milenios los hombres pensaran que el Sol giraba alrededor de la Tierra?". El colega le respondió: "Bueno, obviamente era así porque sin dudas *parecía* que el Sol, saliendo y poniéndose, giraba alrededor de la Tierra". A lo que Wittgenstein replicó: "Bueno, pero según la misma óptica y mirada, ¿cómo le hubiese *parecido* entonces a la humanidad el que la Tierra girase alrededor del Sol? Yo pienso que exactamente igual, ¿no?". Y así es con todo, así pasa con todas las cosas: toda mala teoría, cuando inevitablemente pasa de moda, si *funciona* bien, puede llegar a convertirse en una gran ficción o, al menos, en una anécdota divertida... Te cuento esto para que, de algún modo, entiendas y perdones a tus padres y a su generación tan centrada en sí misma y tan convencida de que todo gira a su alrededor negando toda evidencia heliocéntrica. Yo predigo: los héroes de su generación serán los perdedores que sobrevivirán como mártires... Y, ah, yo jamás me resignaré al premio consuelo de ser un mártir... Ellos, en cambio y entonces, viven y malviven, convencidos de que hacen bien, un momento de quiebre absoluto con el mundo de sus propios padres. Un contra-giro de apenas años a un giro de siglos. Un terremoto que se quiere cósmico pero que, sin embargo, luce y acaba resultando más o menos igual de lo que ya era y dejando todo casi igual a como ya estaba... De ahí que la más nublada que soleada clave está en aprender bien a ver lo que siempre se miró mal. Por eso hay personas que un día, como sin aviso, se descubren perdidamente enamoradas de una persona a la que se encontraban todas las mañanas en la oficina o detrás del mostrador de un bar o vendiendo el pan... Pero se demora un tanto en alcanzar esa sabiduría de enamorarse de lo que uno no es o no tiene y, por eso y en principio, se pierde tanto tiempo y se derraman tantas lágrimas amando a alguien parecido o igual a uno cuando el verdadero amor espera en la capacidad de apreciar lo diferente e incluso lo casi opuesto... No amarse sino amar y, si hay suerte, que sea otro quien nos ame. Amar de verdad, Land, no es recordarse todo el tiempo sino por fin poder olvidarse de uno mismo».

Así habló César X Drill (y así escuchó Land): «¿Cómo era ese chiste tan serio?... Ah, sí: el amor es Química, el matrimonio es Física y el divorcio es Matemáticas... Pero mejor no sigo por ahí, Land, porque a vos lo de las Ciencias Exactas...».

Así habló César X Drill (y así escuchó Land): «La capacidad de amor de los artistas puede subir hasta lo más alto o precipitarse a lo más bajo, pero muy rara vez es estable o se mantiene a mitad de camino».

Así habló César X Drill (y así escuchó Land): «Amar a una persona es también, de algún modo, *crear* a esa persona para que esta pueda creer en nuestro amor y responda con una fe acorde a él. He ahí la maldición y la bendición de los escritores... Los escritores geniales lo son porque poseen la capacidad de escribir como si mirasen un cuadro que están pintando ellos y, al mismo tiempo, ya lo están viendo colgado en la mejor sala del mejor museo del mundo sin recordar muy bien cómo lo pintaron. En cambio, los escritores de segunda clase (los escritores como pintores de domingo aunque escriban todos los días de la semana) tienen perfectamente claro cómo se les ocurrieron todas y cada una de esas letras. Y hasta se permiten enseñar todo aquello acerca de lo suyo que, sí, consideran inolvidable y digno de aprendizaje para magistrales aprendices perpetuos (magistrales tan sólo en su devoción) quienes, por lo general, suelen ser los más celebrados y premiados por siempre los mismos aprendices de lectores inconstantes. Esos a quienes premian y celebran y que surten a los pocos que leen con lo mucho poco destacable que ellos escriben para así sentirse mutuamente destacados... Esos, unos y otros, viven y trabajan en una suerte de cómoda y funcional neutralidad suiza. El verdadero artista, en cambio, siempre está en el campo de batalla, entre dos frentes, sin vanguardia ni retaguardia, y plenamente consciente de que en su mochila no ha empacado ninguna bandera blanca porque necesitaba ese espacio para cargar cosas más importantes como, por ejemplo, una de esas bengalas a disparar a los cielos de la noche e iluminar, al menos por unos segundos, su situación y a esa eterna oscuridad que lo rodea y lo tiene rodeado».

Así habló César X Drill (y así escuchó Land): «Para ir más lejos a la vez que entenderlo más de cerca, podría afirmarse que los artistas pueden dividirse a su vez en dos variedades: aquellos (los para mí auténticos) que sólo quieren hacer que todo vuele por los aires; y aquellos otros (los para mí menos legítimos) a los que sólo les interesa precisar dónde y de qué manera caerán todas esas cosas que los primeros arrojaron a los cielos por puro amor al arte primero para que luego ellos le saquen algún más que dudoso y mal identificado provecho… Esta clasificación de unos y otros, claro, no es trasladable al terreno de lo ideológico y lo político, donde no hay artistas sino arteros. Y nunca se distingue muy bien a quienes, como ya te dije, se ponen en puntas de pie para no sólo hacer creer sino también para creerse más altos de lo que son de aquellos que se arrastran como serpientes pero consiguen trepar hasta las ramas más altas y fructíferas de ese árbol».

Así habló César X Drill (y así escuchó Land): «Y entre unos y otros, todos aquellos finalmente culpables de haber sido tan inocentes sin comprender que para sentirse de verdad inocente primero hay que admitir y *sentir* algo de culpa… Aun así, yo los quiero… Me enternecen todas esas personas que necesitan más que quieren ser artistas. No para hacer una diferencia en la historia sino para así convencerse de que son parte de algo histórico, diferentes, elegidos… Hay algo casi conmovedor en ellos: en tus padres y en sus contemporáneos, que son menores que yo, y en esa voluntad de encontrarse entre ellos constantemente y de ser vistos aunque no puedan ni verse. En esa necesidad de sentirse parte de algo junto a otros. En ese salir a buscarse de ellos con una nostalgia por lo que nunca se conoció ignorando que la verdad se encuentra, si se tiene la fortuna de encontrarla, siempre a solas. Son como nostálgicos inmediatos, extrañadores instantáneos. Algo así como lo que sentía Adán antes de la llegada de Eva y, con ella, las complicaciones que jamás se pensó venían incluidas. Y, claro, supongo que eso puede resultar un tanto agotador para alguien de tu edad... Esas travesías por tantos sitios en tan poco tiempo. Pero aun así, intenta disfrutar de ese estar afuera y de que todos salgan. Pronto, quién sabe, tal vez lleguen años en los que la gente se quede siempre dentro, encerrada en sí misma, y sólo comunicándose con los demás desde muy lejos. Como si viviesen en otro planeta, metidos cada uno dentro de pequeñas jaulas, y ya sin ganas de salir de allí porque desde allí podrán ver todo sin necesidad de que los vean».

Así habló César X Drill (y así escuchó Land): «¡Kurt Vonnegut! Otro que puede y debe interesarte. *Slaughterhouse-Five* −¡otra vez el número cinco!− como libro extraterrestre que no sólo se ocupa de extraterrestres sino, además, de los libros que esos extraterrestres escriben. Libros compuestos por símbolos separados por estrellas. Libros sin principio ni final ni moraleja y que se leen como una hermosa sucesión de profundos momentos maravillosos contemplados al mismo tiempo. Libros que son como deberían ser las vidas: fragmentadas y atómicas y cambiantes y sin limitarse a narrar una única trama y más cercanas al libro de cuentos que a la novela. Libros que no es que sean muy diferentes a como podrían ser los nuestros si asumiesen, de una buena vez por todas, que deben tratar de todo al mismo tiempo en lugar de nada más que de una cosa ahora mismo».

Así habló César X Drill (y así escuchó Land): «*Slaughterhouse-Five* se publicó no hace mucho. Les ofrecí a tus padres traducirlo para Ex Editors y me dijeron que me dedicase a mis cosas, a lo mío... Me dijeron que "Vendería la centésima parte de uno de Münn y, claro, la millonésima parte de una nueva Evanauta". Y que lo de Vonnegut no era más que "otro clásico menor"... Ah... Pero para mí este es el don y el privilegio y la gran fortuna de los llamados *clásicos menores*. Y que es lo que yo aspiro a escribir: porque son los clásicos menores los que, con los años, crecen y crecen y crecen y, en más de una ocasión, acaban superando a los petrificados e inmóviles clásicos mayores. Así, *Slaughterhouse-Five* está escrito como desde años luz de distancia pero mirando muy de cerca lo que cuenta del más aquí y del más allá. Está escrito como uno de esos libros que no va a envejecer sino a rejuvenecer».

Así habló César X Drill (y así escuchó Land): «Los hijos son como clásicos menores que, si todo va bien, cuando se hacen grandes, superan a sus supuestos autores. *Supuestos*, dije...».

Así habló César X Drill (y así escuchó Land): «Es interesante cuando se lo ve desde afuera: los padres comienzan pensando que *escriben* a sus hijos y al poco tiempo descubren pasmados, sobre todo los padres de esta generación, que son sus hijos quienes los *reescriben* a ellos. Me pregunto si será por eso que yo no tengo hijos... Me pregunto si te gustaría, Land, que yo te escribiese como hijo adoptivo para que así pudieses reescribirme como padrastro más o menos adoptable. Aunque algo me dice que, con los padres que te tocaron y a los que acabarás *retocando*, yo, después de todo, no estoy *tan* mal...».

Así habló César X Drill (y así escuchó Land): «Idea para un premio literario: premiar a libro y no a escritor en el sentido de que el premio consista en una oportunidad para ese libro de poder ser mejorado y corregido. Una segunda encarnación y encuadernación. Me explico: premio a un buen libro pero que podría ser mucho mejor. Es decir: un premio no a un escritor sino a un reescritor. Aquí tengo una pequeña lista, por si te interesa... Los ordené de adelante hacia atrás y es que atrás hay menos nombres y más espacio».

Así habló César X Drill (y así escuchó Land): «La mayoría de los libros que se escriben son como serruchar árboles ya crecidos. Casi cualquiera puede hacerlo mejor o peor. Jesús, a no olvidarlo, era carpintero (y yo siempre pensé que eso piadosamente suyo de "inocentes de alma" no era y es más que un sofisticado pero cruel eufemismo para no decir "idiotas"). Es decir: Jesucristo —a diferencia de su Padre Nuestro— trabaja con material ya existente y, en ocasiones, mucho mejor aprovechado. El desafío para un escritor de verdad, para un Creador Absoluto, pasa, en cambio, por plantar el primer árbol de una especie hasta entonces desconocida. Y que, por supuesto, su madera no sea utilizada luego para hacer cruces crucificantes o lapidarias... Aunque nunca se sabe...».

Así habló César X Drill (y así escuchó Land): «Este afán de novedad y de originalidad no implica, por supuesto, desconocer o, peor aún, ignorar al pasado y a sus raíces tan profundas. Hay personas que creen en la reencarnación porque, después de todo, recordar es saber quiénes y cómo fuimos en vidas anteriores. Hay personas que sostienen que el pasado no es esa fundacional piedra hundiéndose en el estanque sino que es esas ondas que dejan en la superficie del agua, expandiéndose tanto hacia la orilla como hacia lo más profundo arrastrando la idea de que tal vez todo aquello por suceder no habrá sucedido solo una vez. Hay personas que dicen no tener memoria porque la memoria requiere de un cierto sentido del pasado y, para ellas, el pasado no pasó, no pasa, no pasará... *Teshuva... Kabbalah*: estar todo el tiempo volviendo al origen porque el origen nunca se va. Ser... sí... *original*. Hay personas que —habrá personas que— dentro de unos años no dejarán de preguntarte una y otra vez acerca del lugar donde naciste, de la época de la que provienes, de esa región sin edad que para vos y para ti siempre es y será el Sur sin importar dónde te encuentres parado o hacia dónde mires. Hay personas —como William Faulkner— que no tendrán ningún problema en confesar que todo artista está poseído por demonios y que será completamente amoral y robará o rogará o tomará prestado lo que sea, incluyendo el pasado de cualquiera y de todos, con tal de hacer su trabajo. Hay personas —como esos personajes de William Faulkner— que acaban convenciéndose de que las dos palabras más tristes en su idioma son *was* y *again* y que nombran a aquello que fue y a la vez vuelve a acontecer cada vez que se lo evoca. Hay personas —como esos personajes de Fitzgerald— que se preocupan en vano e ingenuamente acerca de la condición irrepetible o repetible del pasado. Hay personas que entienden al pasado como si fuese el medieval y consultable *Domesday Book*: un listado, una guía, un registro, un recuento de una Era Oscura. Hay personas que piensan que *pasado* es sinónimo de *trauma* y que no pueden dejar de pensar en *eso*. Hay personas que piensan que pensar mucho en el pasado es síntoma de estar deprimido o ser pesimista y no creer en el futuro. Eso de que todo tiempo pasado fue mejor y todo eso. Error. No es cierto, Land. Para mí no hay nada menos optimista y menos alegre que pensar en el futuro, en lo que no ha sucedido y quién sabe si sucederá (y ahí comprender que desear mucho que algo suceda es incluso más importante que el que ese algo suceda, porque piensas mucho más en ello, porque lo deseas con mayor intensidad). ¿Habrá algo más triste que eso? No lo creo. Y ya sabes, ya sabés: el futuro ya no es lo que solía ser. En cambio, el pasado siempre es muy novedoso. El pasado se la pasa renovándose. Y nos hace ver en presente lo que no vimos o no pudimos o no supimos ver. Y no nos obliga pero sí nos tienta a corregir nuestro cada vez más breve porvenir a medida que vamos hacia él. El cada vez más inmenso pasado jamás te falla y siempre cumple y —a diferencia del futuro, que todo el tiempo te dice que ya viene pero nunca llega— siempre es puntual… Eso sí: hay que tratarlo con cuidado y respeto. Hay que caminar sobre el pasado como en puntas de pies de plomo sobre hielo fino bajo el que hay cáscaras de huevos… Y es entonces cuando uno se da cuenta de que hay cosas terribles que nunca te pasarán pero que sin embargo sí te pasaron en el pasado sólo por el simple y a la vez complejo hecho de haber pensado tanto en que podrían llegar a pasar, a pasarte… Y, claro, por eso el pasado tiene algo de sobrenatural; porque todo lo que entendemos hoy como sobrenatural no es otra cosa que una forma de lo natural que recién podremos comprender mañana, cuando dispongamos de mayor conocimiento y ciencia y sepamos más y mejor lo que nos sucedió y por qué nos sucedió… Sí: ese infiel pasado al que recién después podemos entender y apreciar más fielmente. Nunca te olvides de eso y jamás olvides al pasado, porque el pasado no te olvidará nunca y, el día menos pensado, vendrá a buscarte y pedirte explicaciones… El pasado que te quitará el sueño y te devolverá el insomnio… El pasado con ojos muy abiertos: siempre estaremos allí, tarde o temprano, ahora mismo; del mismo modo en que, al igual que toda vida, toda novela, sobre todo las más modernas y futuristas, acaban siendo históricas y de época, ja... El pasado es el más salvaje de los animales domésticos o el más doméstico de los animales salvajes, da igual el orden de los factores... Y, ah, ahí están esos momentos tan imprevisibles, esas mordidas y rasguños, en los que uno, en presente, se acuerda de lo que pensó en el pasado acerca de lo que podría llegar a pasarle o no pasarle en el futuro, ¿te acuerdas?, ¿te acordás?... El pasado está ahí: siempre y para siempre. Al acecho y listo para atacarte con garras y colmillos. Nunca tengas piedad con el pasado porque el pasado jamás tendrá piedad contigo, Land. Y la manera no de vencerlo, porque eso es imposible, pero al menos de enfrentarlo y no darle respiro es la de contarlo una y otra vez hasta comprenderlo, a veces, no a partir de la vida propia sino con la llegada de la vida de los demás. Revivir la historia ajena como si fuese la de uno, los demás en primera persona, tener el control del relato de sus existencias aunque ellos piensen que son ellos quienes la llevan y la traen. Una vez dominado ese arte, recién entonces volver sobre la propia vida como si fuese la de otro».

Así habló César X Drill (y así escuchó Land): «Hay un dicho muy popular en el muy lejano reino en el que en verdad nací y del que he huido destronado por conspiradores y perseguido por asesinos, ja: *El guante perdido es feliz*, dice. Es decir: el guante que ya no se encuentra está mejor, esté donde esté, que el que sigue en nuestra mano, en nuestras manos... ¿Se entiende?... Y sí: todo proviene de una obsesión con una cierta culpa ante lo incompleto; y es con eso con lo que te embruja la memoria: la idea de lo inconcluso. Con el desear que todo hubiese sido una historia, que hubiese tenido algún significado pero que, en la mayoría de los casos, no lo ves ni la ves por completo hasta muchos años después. Por eso no es que se aprenda a escribir sino que se *desaprende* a escribir. Y *desaprender* es aún más complicado que aprender, Land. Todas esas certezas, todo eso que se cree saber o recordar a la perfección, todo eso que debe cuestionarse primero, olvidarse después y recién entonces —pasando parte de la vida en esa parte inventada que acaba siendo parte de la realidad, siendo incluso más real que la realidad misma— recordarlo a la manera de uno, con estilo propio, con memoria particular...

Por eso se escribe. Y cuando digo *escribir* no me refiero a, simplona y simplemente, *narrar* (como tantos solemnes mediocres que, para superar su mediocridad solemne, no pueden sino contar convencidos y, por desgracia, muy convincentes para lectores como ellos mismos, de que, al hacer lo suyo, están salvando a la humanidad toda). Escribir es otra cosa. Escribir es ser médium y espectro al mismo tiempo. O mejor: ser −¡ese es el espíritu!− un fantasma que invoca a los más o menos vivos. Escribir es un libro abierto pero con letra muy pequeña y misterios entre líneas. Un libro que demanda un cierto esfuerzo y buena vista, o anteojos de cristales tan gruesos como los de los míos, y recién luego otorga merecida y muy trabajada recompensa... ¿Para qué y por qué se escribe? Para ajustar detalles, mejorar momentos. Para poner las cosas en orden, para terminar de contarlas. Para que la manera en la que *fueron* ascienda a ser la manera en la que a partir de ahora, escritas, *son* y, por lo tanto, la manera en la que *serán* para siempre... Para conseguir una nueva y mejor versión de lo sucedido y hacer que esta vuelva a suceder, cada vez que alguien lee, como en verdad debió de haber sido. Un poco como en esas películas de época o de ciencia-ficción a los que algunos aguafiestas tienen la impertinencia de exigirles algún tipo de fidelidad histórica o exactitud físico-tecnológica... Todo mejor, todo mejor escrito... Se escribe para intentar comprender los modales con los que la gracia divina opera sobre algunos personajes muy relacionados entre ellos porque, en principio y finalmente, no son más que parte y partes de uno mismo a olvidar, a recordar, a escribir... Y hay que saber olvidar con elegancia y esfuerzo para recién luego poder recordar con gracia y facilidad, Land. Creo que eso es lo que tiene o debe tener todo escritor para ser un buen escritor: una olvidadiza a voluntad mejor memoria que la mayoría de las personas. O, al menos, una memoria mejor escrita, mejor escritora y no, apenas, buena narradora. Memoria primero y −elemental, mi querido Land− estilo después. Tener una vida con estilo primero y después tener estilo para contarla. No hay más que eso. Eso es todo».

Así habló César X Drill (y así escuchó Land): «La clave está en vivir el pasado no como se lo vive ahora (desde el presente) sino en el presente mismo del pasado (intuyendo ya y ahí, entonces, que todo eso alguna vez será algo digno de ser revivido y recordado; primero aprendiendo y luego poniendo en práctica el arte de combinar lo vivido con lo vívido). No vivir sino *sobrevivir* el y al pasado, en el sentido no de sobrevivirlo sino de vivir como sobrevolándolo todo el tiempo. Hacer eso. Lo que, cuando alguien te pregunta qué haces o cuál es tu profesión, suele resumirse y responderse, porque es más fácil y más rápido, como *escritor*... Pero eso no es exacto. Porque cuando uno escribe en verdad no hace otra cosa que reescribir, que releer lo que pensó antes para recién luego pasarlo a letras... Uno está todo el tiempo reescribiéndose y releyéndose a sí mismo. Uno no hace otra cosa que conocerse reconociéndose (aunque nunca del todo, y es por eso que lo sigue haciendo) una y otra vez: reléete y reescríbete y reconócete a ti mismo... Y —todavía eres muy joven pero ya te ocurrirá inevitablemente— si hay un misterio aún más grande que el de entrar a una librería y salir de allí con algo que no se buscaba porque ni se sabía que existía o sí pero, de pronto, ha llegado el postergado momento de poseerlo leyéndolo; ese misterio es el de entrar a una librería y salir de allí con algo que no sólo sí se sabía de su existencia sino que, además, ya se leyó. Si leer es, seguro, aquello que convierte al ser humano en algo más que un animal salvaje, entonces releer posiblemente lo acerque un poco más a la condición divina. "Uno no puede leer un libro: uno sólo puede releerlo", postulaba Vladimir Nabokov. Y añadía: "Un buen lector, un lector de primera, un lector activo y creador, es un relector... Cuando leemos un libro por primera vez, el procedimiento mismo de mover laboriosamente los ojos de izquierda a derecha, línea tras línea, página tras página, este complicado trabajo físico sobre el libro, el procedimiento mismo de aprender en términos de espacio y tiempo lo que trata el libro, esto se interpone entre nosotros y la apreciación artística. Cuando miramos una pintura, no tenemos que mover los ojos de una manera especial, incluso si, como en un libro, la imagen contiene elementos de profundidad y desarrollo. El elemento del tiempo no entra realmente en un primer contacto con una pintura. Al leer un libro, debemos tener tiempo para familiarizarnos con él. No tenemos ningún órgano físico (como tenemos el ojo con respecto a la pintura) que capta la imagen completa y luego puede disfrutar de sus detalles. Pero en una segunda, tercera o cuarta lectura, en cierto sentido, nos comportamos con un libro como lo hacemos con una pintura... Sin embargo, no debemos confundir el ojo físico, esa prodigiosa obra maestra de la evolución, con la mente, consecución más prodigiosa aún. Un libro, sea cual sea, ya se trate de una obra literaria o de una obra científica —la línea divisoria entre una y otra no es tan clara como generalmente se cree—, un libro, digo, atrae en primer lugar a la mente. La mente, el cerebro, el coronamiento del espinazo es, o debe ser, el único instrumento que debemos utilizar al enfrentarnos con un libro"... Así que de eso se trata, Land: de mirarse mentalmente una y otra vez como se mira a un cuadro, a un autorretrato. Y que su memoria nos hable de nosotros, nabokovianamente».

Así habló César X Drill (y así escuchó Land): «Mi escritor favorito es Vladimir Nabokov porque desprecia a casi todos los escritores... Y porque, con *Pale Fire*, Nabokov te soluciona la respuesta a esa pregunta tan estúpida (porque si naufragas seguramente se moje y se ahogue) de qué libro te llevarías a una isla desierta: *Pale Fire* tiene ficción y ensayo y poesía, es un *thriller* y es *campus novel* y es aventurerismo histórico, es *memoir* y es *delirium*, es sátira y es tragedia, es elegía por hija muerta y espectral y es anhelo inconfesable y gay por las intermitencias del corazón, es biografía y autobiografía, y está escrito en inglés por un ruso... Y porque es un maestro en el uso de ese signo —mi favorito, el punto y coma— que parece, haciendo comulgar a la conclusión con la pausa, una afirmativa contradicción en sí mismo... Y porque afirma —aquí lo copié en una libreta— que "la palabra *realidad* debería escribirse siempre entre comillas" y que "la locura es la enfermedad del sentido común y el genio es la más grande salud del espíritu... Los locos son locos porque han podido desmembrar el mundo conocido pero no pueden, o han perdido el don, de rearmarlo de la manera armónica en la que lo encontraron; el artista, en cambio, lo desarma a conveniencia completamente seguro del resultado final... Todos los niños, durante la gravedad específica de la infancia, poseen esa aguda capacidad, pero luego casi siempre la olvidan al verse impelidos a recordar tantas cosas ya preestablecidas". Y, leí eso el otro día, en una entrevista reciente que le hicieron y en la que Nabokov dice maravillas del tipo "Y ahora arribamos a la más triste historia jamás contada: *Ella está aquí. Él está allá…*". O aquello otro de "El infortunio es una buena escuela, pero la felicidad es la mejor universidad". Y porque Nabokov (quien pareciera ser un muy cariñoso muy buen padre) nunca deja de reescribirse a la vez que su hijo lo traduce al inglés o al ruso, también lo reescribe, lo corrige y lo acepta y reconoce no como hijo sino como padre».

Así habló César X Drill (y así escuchó Land): «Yo nunca conocí a mis padres, Land. Soy huérfano, como los de los libros. O, más bien, bastardo. El hijo de algún terrateniente poderoso con una sirvienta o el hijo de una hija de terrateniente con mozo de cuadra o algo así. Como en una de esas novelas románticas pero sin demasiado romance… Es más que probable que mis padres no estén muertos, aunque para mí siempre fuesen fantasmas… Nunca los conocí y a veces, cuando estoy aburrido, juego a que me cruzo con ellos en la calle y los dejo pasar y pasan. ¿No lo sabías?… ¿No te lo contaron tus padres?… Y *huérfano* suena mucho mejor que *bastardo*. Y *huérfano* es la última palabra en *Moby-Dick*. Y aparece mencionada, en singular, una sola vez en toda la novela; porque *huérfano* es una de esas palabras que basta con que aparezcan o se digan una sola vez para que se comprenda todo lo que pasó antes o sucederá después. Es una palabra que pide la palabra y, diciéndose a sí misma, ya dice todo lo que hay que decir… Ah… De chico me la pasé saltando de un orfanato a otro… Nunca me adoptaron… Lo que, supongo, me obligó a ser no un niño precoz sino un adulto prematuro: yo estaba tan adelantado que, de pronto, todo quedó atrás. Y entonces, de pronto, estaba solo. Y ya nadie admiraba o estimulaba mi precocidad o madurez. De pronto, yo era como un fenómeno de circo, pero sin carpa ni público. Solo yo. Y yo era y sigo siendo la carpa de mí mismo: pasen y vean, damas y caballeros, al asombroso hombre que se escribió a sí mismo y que no deja de reescribirse».

Así habló César X Drill (y así escuchó Land): «Los escritores también lloran y los reescritores lloran aún más, ja ja ja. Lloran para recordar reescribiéndose. Lágrimas pecadoras y perdonables. Lágrimas inolvidables. Pero, mientras lo hacen, los escritores ya están pensando en que ese mismo llanto podría contarse de manera muy alegre. Prometo intentarlo, intentaré reescribirlo; aunque a veces no sepa cómo y otras no me interese en absoluto hacerlo... Pero, de nuevo, tú no quieres ser escritor, ¿no?».

Así habló César X Drill (y así escuchó Land): «Me gusta mucho esa anécdota en la que alguien le pregunta a un sabio cuál es la diferencia entre la ignorancia y la indiferencia; y el sabio contesta: "No sé y no me importa"».

Así habló César X Drill (y así escuchó Land): «Así soy yo y lo que alguna vez supe o me importó al poco tiempo... Un sabio, se supone. Ay... Mi supuesta participación en actividades grupales, mi actividad política, mi militancia combativa, no es más que otro de lo que yo llamo *entusiasmos*; pero lo cierto es que no dejan de ser otra cosa que reescrituras... Intereses pasajeros como la lectura y traducción y reescritura de la novela policial o las historietas o la Historia, el ser budista pero sin la necesidad del dogma budista, las diferentes variedades de café y los muchos tipos de té, la escatología findemundista, los usos y costumbres de los guerreros espartanos, los rompecabezas (que yo armo sin mirar el modelo en la portada y con algunas piezas dadas' vuelta, sólo guiándome por sus formas), la polifonía medieval y su relación con la Serie de Fibonacci, las carreras de caballos, los giros de las estrellas en el cielo, el ajedrez, la gastronomía exótica (una vez comí cerebro de mono y sabía a tonto: chiste tonto), el Wilhelm Scream, la mnemotecnia jesuítica para la construcción de palacios de la memoria y la recopilación y comparación analítica de prospectos de medicamentos... Todo eso no es para mí más que una sucesión de puertos en los que desembarco por unos días para poner en práctica algún violento y pasajero oficio del que acabo autodespidiéndome. Me emborracho en la taberna junto al muelle y canto y grito y bailo y peleo. Pero pronto oigo la llamada de las olas y de los holas.

Y regreso a mi navío y vuelvo a internarme mar adentro... Esto de ahora mismo (esto de ir y andar por ahí luchando contra ultraderechistas y ultramilitares e intentando entender lo que piensan los ultraizquierdistas) no es más que una más revolucionada que revolucionaria escala rumbo a la cima de mis tan diversos y aparentemente irreconciliables intereses... Y no es mi primera revolución, Land... Yo ya estuve en otra, en una isla caribeña y rodeado por el mar... Y recuerdo que entonces, allí, un compañero de batallas llamado Serguéi, una vez me dijo: "Hay que ser muy precavido, cuando uno se entrega a estas causas y hace estas cosas, hay que tener cuidado de no preocuparse tanto por los detalles, por lo anecdótico, por lo... emocionante. Es como concentrarse mucho en la mierda pero no estar atento al oso que la caga...". Aquí y ahora es todo una mierda y nadie parece preocuparse por colmillos y garras... Y lo cierto es que, no se lo digas a nadie, yo ya voy de salida de estas cuestiones. Ya me cansé. Mi revolución es otra... No cuenten conmigo, como cantan The Beatles en «Revolution»... Es todo tan agotador, son todos tan agotadores. Tus padres, todos esos padres... Y son tantos... Y están todos tan revolucionados, sí, pero tan... burguesamente *politizados*... Y es irritante el que entiendan a la política como un juguete nuevo, un hobby pasajero, sin ser conscientes de que pronto el verbo *militar* por estos lados suele mutar sin ninguna dificultad y muy rápidamente al sujeto *militar*: a esos militares a los que tanto les gusta sujetar a los sujetos a quienes tanto les gusta el verbo *militar*... Y no hay nada más fatigoso que alguien que no se entiende a sí mismo pero exige a los demás que lo entiendan. Y que lo entiendan sin cuestionarlo o contradecirlo... Alguien que no sea capaz de entender que en estas cuestiones no hay jefes, que el verdadero jefe no es una persona sino algo que bien podría llamarse... uh... *La Situación*. Y que la situación cambia todo el tiempo... Son todos así, cada uno de ellos incomprensible a su muy propia y arrogante manera... Pero descubro, ay, que no es tan fácil salir de esto... No... Sí: no va a ser sencillo salir de esto... Debí recordar que uno piensa tanto en todo lo que puede llegar a salir mal que al final lo que sale mal es justo aquello en lo que nunca pensó porque pensaba en que todo podía salir bien... Y casi nadie es consciente de ello: todos están tan eufóricos pensando que van ganando la carrera que no se dan cuenta de que van por delante porque todo se ha detenido... Y, claro, no se detendrá para siempre y cuando todo vuelva a arrancar... No hay nada más difícil que dejar de hacer las cosas mal hechas, Land; porque las cosas mal hechas, a diferencia de las cosas bien hechas, nunca dejan de hacerse. Aun así, ahí arriba, confío en que cuando llegue a lo más alto de mi montaña, todo decantará en un único y definitivo entusiasmo. En un a titularse, mayúsculo y con mayúsculas, *El Entusiasmo*. Y de lo que se trata —el secreto de la más plena de las felicidades o de la más feliz de las plenitudes— es de por fin conseguir que El Entusiasmo coincida con La Situación... ¿Cuál será, de qué irá y de qué va y a dónde, cuál será esa última idea a ocurrírseme? ¿Esa idea que no se mata pero que tal vez me matará?... Ni idea... Y si lo sabía ya me la olvidé. Porque de eso se trata, de aprender a rememorarla... *And one fine morning...*».

Así habló César X Drill (y así escuchó Land): «Y espero que esa idea, que El Entusiasmo, verdaderamente sea más un secreto que una mentira. Y que, de nuevo, sea inolvidable».

Así habló César X Drill (y así escuchó Land): «Aunque los seres inolvidables suelen tener pésima memoria».

Así habló César X Drill (y así escuchó Land): «Y a veces me pregunto si esto será así porque, de algún modo, al saberse tan recordados por todas esas ondas eléctricas de memorias ajenas sintonizándolos, acabarían afectando y erosionando a su propia capacidad para recordar a lo demás, a los demás... y calla, memoria».

Así habló César X Drill (y así escuchó Land): «Esto no lo digo yo pero sí me gusta pensar que lo dijo el jesuita y arquitecto de palacios de la memoria Matteo Ricci, quien se había inspirado en los métodos para organizar la oratoria de los antiguos griegos. Eso de construir una especie de templo mental y, allí dentro, adjudicarle a cada una de las partes que lo componen y objetos que contiene algún recuerdo personal para así preservarlo en algo sólido y que no se disuelva... Y Ricci dijo (pensando en que alguna vez yo lo iba a leer pensando en que yo pienso lo mismo que él, en que podría haberlo dicho y pensado yo) que "Si bien todo el sistema de la memoria sólo puede funcionar si las imágenes permanecen fijas en las diferentes habitaciones que les hemos asignado, sería obvio basarnos en imágenes y habitaciones reales, conocidas tan bien por nosotros que jamás podríamos olvidarlas. Pero ese sería un error, uno de esos errores que se *cometen* mientras que los aciertos se *tienen*. Porque es entonces cuando aumenta el número de habitaciones e imágenes con que fortalecemos y potenciamos nuestra memoria"».

Así habló César X Drill (y así escuchó Land): «Entremos en esta librería... Toda librería es, a su manera, como una de esas estructuras mentales y memoriosas de Matteo Ricci... Ah, mira... El gran pecador Aurelius Augustinus Hipponensis... San Agustín de Hipona... mi santo preferido. Y también el de Wittgenstein, quien lo cuestionó en lo que hace a su idea de cómo los niños aprenden a nombrar, señalando, a todas las cosas del universo... Todas esas palabras como si fueran pequeñas vainas a ir pelando, una a una, hasta encontrar sus verdaderos significados. Todas esas palabras como si se las leyera casi antes de haber sido escritas e inscriptas para su uso definitivo y aplicación final en el Gran Lenguaje del Mundo. Todas esas palabras discutiendo acerca de cuál de todas ellas es La Gran Palabra... Pero, claro, san Ludwig cuestionó a san Agustín (porque cómo señalar a *sin*, a *con*, a *sentir*, a *querer*, a *perder*, a *extrañar*, a *olvidar*, a *recordar*) desde la admiración y adoración, como debe cuestionarse todo lo que de verdad importa y se respeta y se ama y se necesita y ayuda a seguir pensando del modo en que nunca se había pensado hasta entonces... A ver si lo encuentro, Land... A ver si lo veo por acá... Sí... Aquí está uno de sus libros... Mi favorito entre los suyos... Su autobiografía de infancia y adolescencia y juventud pecadora hasta alcanzar la más pura e iluminada conversión... *Confesiones*... ¿Y no es genial que san Agustín, luego de escribir un libro titulado *Confesiones*, escribiese otro titulado *Retractaciones* en el que retrocedía en el tiempo de su vida y obra para examinarlas y reescribirlas a conciencia haciendo un examen de conciencia?... Dejame que encuentre mi parte favorita... Es un poco larga, pero vale la pena, Land... Aquí está... Sí... San Agustín preguntándose "¿Qué es, pues, el tiempo? Si nadie me lo pregunta, lo sé; pero si quiero explicárselo al que me lo pregunta, no lo sé. Lo que sí digo sin vacilación es que sé que si nada pasase no habría tiempo pasado; y si nada sucediese, no habría tiempo futuro; y si nada existiese, no habría tiempo presente. Pero aquellos dos tiempos, pretérito y futuro, ¿cómo pueden ser, si el pretérito ya no es y el futuro todavía no es? Y en cuanto al presente, si fuese siempre presente y no pasase a ser pretérito, ya no sería tiempo, sino eternidad. Si, pues, el presente, para ser tiempo es necesario que pase a ser pretérito, ¿cómo deciros que existe este, cuya causa o razón de ser está en dejar de ser, de tal modo que no podemos decir con verdad que existe el tiempo sino en cuanto tiende a no ser?"... ¿No es genial, Land?... Y a continuación san Agustín confiesa: "De aquí que me pareció que el tiempo no es otra cosa que una extensión; pero ¿de qué? No lo sé, y maravilla será si no es de la misma alma. Porque ¿qué es, te suplico, Dios mío, lo que mido cuando digo, bien de modo indefinido, como: *Este tiempo es más largo que aquel otro*; o bien de modo definido, como: *Este es doble que aquel?* Mido el tiempo, lo sé; pero ni mido el futuro, que aún no es; ni mido el presente, que no se extiende por ningún espacio; ni mido el pretérito, que ya no existe. ¿Qué es, pues, lo que mido?... Lo que es cierto, incuestionable y claramente sabido es que ni lo pasado es o existe, ni lo futuro tampoco. Ni con propiedad se dice: *Tres son los tiempos: pasado, presente y futuro.* Y más propiamente se diría: *Tres son los tiempos, presente de las cosas pasadas, presente de las presentes y presente de las futuras.* Porque estas tres presencias tienen algún ser en mi alma, y solamente las veo y percibo en ella. Lo presente de las cosas pasadas, es la actual memoria o recuerdo de ellas; lo presente de las cosas presentes, es la actual consideración de alguna cosa presente; y lo presente de las cosas futuras, es la actual expectación de ellas. Si me es permitido hablar así, veo ya los tres tiempos y confieso que los tres existen. Puede decirse también que son tres los tiempos: presente, pasado y futuro, como abusivamente dice la costumbre; dígase así, que yo no curo de ello, ni me opongo, ni lo reprendo; con tal que se entienda lo que se dice y no se tome por ya existente lo que está por venir ni lo que es ya pasado"… Y esto que concluyó Agustín te será especialmente útil algún día, Land. Ese día menos pensado pero inmediatamente tan reflexivo cuando comenzarás a pensar más que nunca: "La edad de mi infancia, que ya no existe, está en el tiempo pasado, que ya no existe ni lo hay; pero cuando recuerdo cosas de aquella edad y las refiero, estoy viendo y mirando en presente la imagen de aquella edad… Todo esto lo ejecuto dentro del gran salón de mi memoria. Allí se me presentan el cielo, la tierra, el mar y todas las cosas que mis sentidos han podido percibir en ellos, excepto las que ya se me hayan olvidado. Allí también me encuentro yo a mí mismo, me acuerdo de mí y de lo que hice… A todas estas imágenes añado yo mismo una innumerable multitud de otras a las que doy forma con las cosas que he experimentado… Además de esto se han de añadir las ilaciones que hago de todas estas especies, como las acciones futuras, los sucesos venideros y las esperanzas"… Precioso, ¿no?… ¿Sí?… Ah, santos eran los de antes, Land; y estaban tanto más preocupados y ocupados en pensar a solas y en quietud que en andar milagreando en banda por ahí porque entendían al acto de pensar como un milagro en sí… Y, también, de paso, Agustín era muy astuto y, en su juventud, rogó aquello de "Dadme, Señor, la castidad y la continencia, pero no todavía". Y es también aquel quien primero, que yo sepa, pone por escrito la maravilla prodigiosa de contemplar a alguien, a un obispo de Liguria y futuro san Ambrosio, leyendo en sacro silencio y en recogida soledad, cuando hasta entonces acostumbraba a leer en voz alta y declamatoria. Aunque ya se sabe: leer en silencio es leer en y con la atronadora voz del silencio… Y seguro que lo entiendes: seguro que para vos leer en voz alta es como salir vestido a la calle y que todos estén desnudos, o a la inversa, ¿no?… Algo fuera de tiempo y lugar… A mí me gusta pensar que semejante visión de Ambrosio —quien inspiró a Agustín a convertirse a su religión— fue lo que le ayudó a creer en algo terreno pero a la vez divino. Y ese santo varón creyó en *eso*. Así, Aurelius Augustinus Hipponensis —viendo a alguien leer en silencio para luego describirlo por escrito para que a su vez otros lo leyesen en silencio– hizo el milagro de ser san Agustín. Ahí y entonces se transmutó y multiplicó en y a sí mismo... Algo mucho más impresionante, para mí y en mi libro, que eso de resucitar no para regresar sino para irse y exiliarse y, a diferencia de ya sabes quién, no volver nunca pero que, lo mismo, todos tomasen su nombre en vano... Ya ves: lo que quiso decir Agustín, adelantándose a filósofos y a físicos modernos, es que hay que tener siempre presente que no es posible el pasado sin el futuro...».

Así habló César X Drill (y así escuchó Land): «Y el tiempo tiene tantas habitaciones y pasa tan lentamente rápido, Land... Un minuto es mucho más largo de lo que se piensa y, ahora que lo pienso, tendría que existir algún tipo de caramelo que se disolviese exactamente en un minuto y con sabor a minuto. Podrían fabricarlos los mismos que hacen esos que, mienten, duran treinta minutos vulgares y todos parecidos entre ellos. Un siempre único minuto *nunca* es diminuto. En realidad un minuto es mucho más largo que media hora, que una hora: porque uno no puede mantener la concentrada percepción del paso de una hora completa, pero sí de un minuto. Se puede sentir y hasta *ver* a un minuto... ¿Has visto alguna vez algo más lento que un supuestamente veloz segundero, Land? Míralo y sentilo... A propósito: sí se puede viajar en el tiempo. Pero sólo en una dirección: hacia el futuro, y sólo de segundo en segundo».

Así habló César X Drill (y así escuchó Land): «De ahí la paradoja: crecer es reducirse».

Así habló César X Drill (y así escuchó Land): «Yo me quedé pelado muy joven, Land. De pronto, apenas a mis veinte años, se me empezó a caer el pelo. Fue tremendo, traumático. De pronto, calvo (palabra que me gusta más que *pelado*, que significa varias cosas y, por lo tanto, reduce el impacto de la cuestión). Pero no demoré en descubrir que lo verdaderamente terrible no es ser calvo (el destino alcanzado) sino estar quedándose calvo (el largo viaje rumbo a ese inevitable destino). Pienso que esta idea puede aplicarse a casi todos los órdenes de la vida. Incluyendo al de ir perdiendo de a poco la memoria. Incluyendo al de quedarse solo...».

Así habló César X Drill (y así escuchó Land): «... o mal acompañado. Vivimos tiempos marcados a sangre, sudor y lágrimas por cuatro pseudociencias: la política, el psicoanálisis, la publicidad y la literatura... De las cuatro yo elegí, creo, no sé si a la mejor, pero sin dudas a la menos culpable en estos tiempos que morimos. Y es la única de las cuatro (y que incluye al politizarse y al analizarse y al publicitarse) que se puede ejercer a solas y de día o de noche».

Así habló César X Drill (y así escuchó Land): «Ah... mira... Esta es una buena edición... Lo siento: no es una «primera versión completa» porque no existe versión completa de este libro que es una novela hecha de cuentos... Cuando tenía tu edad yo copié este libro desde la primera a la última página... ¿Por qué? ¿Para qué? No lo sabía entonces, pero ahora lo sé y no soy el único que hizo o hace algo así. Lo hice porque necesitaba sentir que, haciéndolo, engañaba sin mentir: yo estaba *escribiendo* una obra maestra. Tenía una obra maestra en mi mano y al alcance de mi mano y era mi mano la que la alcanzaba. Era como escribir y leer al mismo tiempo. Yo era mi propia Scherezade... *¡Satori!*... Todavía hoy lo hago cuando no se me ocurre nada que escribir para así, de algún modo, *engañar* a mi cerebro con que, físicamente, yo estoy obrando este milagro mental... Del mismo modo, lo compro ahora para mí pero de inmediato te regalo este libro para que te lo lleves de viaje y para que nunca vuelva a mis manos y ojos. Ahora es tuyo. *Las mil y una noches.* En él descubrirás, asombrado, que en todas esas páginas no figura ni una sola alfombra voladora. Y en las que, además, te lo cuento yo y no Scherezade, las historias de Aladino y de Alí Babá fueron añadidas por su traductor y reescritor francés. Lo que te quiero decir con esto es que... ah... me olvidé de lo que quería decirte. Espero que no fuese algo del tipo de tontería de "El lector es quien termina de escribir el libro" o algo por el estilo... Tal vez, lo mejor, será apartarlo de toda cuestión estrictamente literaria y ampliarlo a un "Jamás des nada o algo por completamente hecho", ¿no?… Estoy seguro de que *Las mil y una noches*, como manual, funciona mucho mejor que ese *The Elements of Style* con el que te torturan tus padres, Land… Pero lo de antes, lo más importante: la noche más importante para cada lector de *Las mil y una noches* siempre va a ser la noche mil dos. La noche después del final, la noche que sigue a la noche en que se terminó de leer el libro para así empezar a recordarlo, a reescribirlo. Lo que —por las dudas, advertencia, de nuevo— no es lo mismo que terminarlo de escribir. Me refiero a *La noche más allá*».

Así habló César X Drill (y así escuchó Land): «El Más Allá no es otra cosa que uno mismo, aquí y ahora, en la memoria y en el aprecio de los vivos. El Más Allá queda mucho más cerca de lo que se supone, Land».

Así habló César X Drill (y así escuchó Land): «El afecto fantasma: creer que las personas te quieren automáticamente y todo el tiempo desean que vuelvas de a donde te has ido».

Así habló César X Drill (y así escuchó Land): «El fantasma: el único "monstruo" al que se lo llama, invoca, convoca».

Así habló César X Drill (y así escuchó Land): «Vivimos en primera persona del singular y morimos —vivimos la muerte viviendo la muerte de los otros, nuestra muerte nos limitamos a morirla— en tercera persona del singular siempre en boca de la tercera persona del plural».

Así habló César X Drill (y así escuchó Land): «El problema no pasa por hablar mal de los muertos sino por el que los vivos sean tan malhablados… Y siempre me causaron gracia y vergüenza ajena esas escenas, en algún noticiero transmitiendo junto a un ataúd abierto, en las que un famoso le da el pésame a otro famoso por la muerte de un famoso… ¡Pero si no hay nadie más famoso que La Muerte!».

Así habló César X Drill (y así escuchó Land): «Otra de Wittgenstein, Land. Alguien tan santo como Agustín a la hora de pensar en lo sagrado: "La muerte no es un acontecimiento de la vida. No se vive la muerte... La inmortalidad temporal del alma del hombre, esto es, su eterno sobrevivir tras la muerte, no sólo no está garantizada en modo alguno, sino que, ante todo, tal supuesto no procura en absoluto lo que siempre se quiso alcanzar con él. ¿Se resuelve acaso un enigma porque yo sobreviva eternamente? ¿No es, pues, esta vida eterna, entonces, tan enigmática como la presente? La solución del enigma de la vida en el espacio y el tiempo reside *fuera* del espacio y del tiempo"».

Así habló César X Drill (y así escuchó Land): «A lo que me permito añadir: la muerte suele ser injusta; por lo que no tiene sentido alguno buscar las palabras justas para definirla... Tampoco entiendo muy bien a esas personas que, como si pudiesen verlo o sentirlo, miran al cielo cada vez que mencionan el nombre de un muerto. Yo, por lo general, cuando eso ocurre, cuando se revive a un muerto al mencionarlo, suelo mirar al suelo, mirar a bajo tierra».

Así habló César X Drill (y así escuchó Land): «Los muertos son apenas actores de reparto en la gran obra de La Muerte: la muerte se reparte entre ellos, les da letra y números en esas lápidas... Ah, el liberador último acto y telón de morir. Y no es cierto que uno muera siempre solo. Todo lo contrario: uno muere acompañado por esa monumental multitud que es La Muerte. Y de pronto es parte de algo inmenso. Y se deja llevar y sale, entre aplausos (y he ahí la explicación de que muchos de los que rompieron en llanto de pronto rompan en aplausos al paso de un ataúd), por un costado del escenario. Así, morirse no es otra cosa que dejar de ocupar un sitio o rol a la vez que se hace espacio para que, si hay suerte y justicia, lo ocupe alguien que actúe mejor que uno. Pero a no confundirse: no aplauden al muerto que, si lo piensas un poco, ahora no es más que un muñeco que alguna vez fue ventrílocuo. A lo que aplauden —para ver si así la contentan y la distraen de sí mismos y se ocupa de desocupar a otros— es a La Muerte».

Así habló César X Drill (y así escuchó Land): «No es posible morir feliz. Pero sí se pudo haber llegado a ser muy feliz en el momento exacto antes de morir... Lo que me lleva de nuevo a Wittgenstein, a las últimas palabras de Wittgenstein antes de morir».

Así habló César X Drill (y así escuchó Land): «Ahí y entonces, pienso, lo que corresponde y es de persona educada, es dar las gracias; porque siempre se ha agradecido el recibirlas en vida; y quien lo niegue es un desagradecido. Sólo aquellos que no fueron felices se preocupan tanto por ese trámite que es el pronunciamiento de últimas palabras a recordar por los vivos y, en más de una ocasión, a mentir o, por incorrectas y perturbadoras razones, intentar mantener en secreto».

Así habló César X Drill (y así escuchó Land): «Volviendo al tema de lo último que se dice: nunca entendí cómo es que todos aquellos que dejan firmado un testamento antes de morir no dejan también, establecidas, unas últimas palabras».

Así habló César X Drill (y así escuchó Land): «Tampoco entiendo a esos que instruyen que, a la hora de su muerte, no quieren llantos ni elegías sino risas y fiestas y que se cuenten anécdotas graciosas de quien acaba de irse para no volver... Es absurdo. Yo quiero que me lloren mucho. Ya habrá tiempo para fiestas, para muchas fiestas, más tarde, ¿no? Y para hacer bromas con y acerca del ausente. Yo, en principio de mi final, quiero lágrimas desgarradas y recuento de episodios emocionantes. Yo quiero tener una muerte bien muerta y espero no mal matada y, desde donde esté, poder verlos a todos llorar mientras yo me mato de la risa».

Así habló César X Drill (y así escuchó Land): «Y si es como escribió ese escritor ciego con quien recién nos cruzamos por la calle, antes de entrar aquí, lo de que "La certidumbre de que todo está escrito nos anula y nos afantasma", entonces nos queda el consuelo, afantasmados, de que todo lo escrito está por reescribirse. Ese alivio de que siempre se podrá seguir llamando a esa puerta con esos tres golpes que los falsos médiums suelen pedir a los auténticos fantasmas que nunca acuden. ¿Y sabes por qué no vienen, Land? No vienen porque están muy ocupados reescribiendo sus vidas con los ojos de la muerte antes de que sea demasiado tarde, en un sitio donde siempre será temprano porque ya nunca será tarde y se tendrá no todo el tiempo del mundo sino todo el tiempo del inframundo. En cualquier caso, te prometo que cuando me llames yo voy a venir. Te lo juro por mi vida. Te lo juro por mi muerte. No te miento, de verdad, sin secretos: podés creerme».

Así habló César X Drill (y así escuchó Land): «Y creer en fantasmas, creencia primordial y primigenia, es lo que entrena y ayuda a creer después en algún Dios, Land. De ahí la gran astucia de que, en inglés, no se diga (y puedes creerme en que no se trata de algo casual) *Holy Spirit* sino *Holy Ghost*. Es más fácil creer en un fantasma que en un espíritu… Y aun así el para mí sacro misterio de que haya tantas personas que crean en Jesucristo o le recen y digan estar en contacto con él y no crean en fantasmas o en sesiones espiritistas».

Así habló César X Drill (y así escuchó Land): «Los fantasmas les tienen miedo a los chicos que duermen con las luces encendidas… Pero supongo que ese no es tu problema: nunca dormiste bien, ni a oscuras ni iluminado, Land. Y no creo que creas en fantasmas sino en esas criaturas que viven entre el muerto y el fantasma: los verdaderos portadores y receptáculos de recuerdos y de mentiras y de secretos. Por las dudas, cuando me llames, antes apagá todas las luces».

Así habló César X Drill (y así escuchó Land): «¿Muerte prematura? ¿Qué es eso? Una muerte *nunca* es prematura… Nunca se muere joven, siempre se muere *muerto* sin edad. Se suele decir, por aquí y así nos va, como elogio, que algo "es la muerte" en lugar de "es la vida". Pero supongo que se debe a que la muerte no sólo dura más sino que nunca se acaba. Una muerte es un clásico, tal vez menor, pero seguro instantáneo… Y, como los clásicos menores, un muerto puede seguir creciendo más allá de su pelo y de sus uñas y ganar habilidades y virtudes que nunca tuvo aquí al ser reescrito por sus sobrevivientes… Me gusta pensar en que los muertos no caminan ni hablan sino que bailan y cantan; como en esas películas musicales donde, de pronto, alguien para explicar algo y explicarlo mejor, no puede sino empezar a dar saltos y lanzar estrofas. Como en esas películas que vi durante mi infancia convencido de que eran documentales: pensando que había gente *así* en otra parte, en las grandes ciudades; gente que se movía con tanta elegancia y agilidad, como piezas en el tablero del mejor jugador de ajedrez del universo».

Así habló César X Drill (y así escuchó Land): «Nunca, y cuando digo *nunca* quiero decir *nunca*, juegues al ajedrez con desconocidos, Land. En especial con esos jugadores que están en plazas o en lugares públicos a la espera de que alguien los desafíe... Son seres... Son *savants*... Son algo fuera de este mundo y que de tanto en tanto se materializan aquí y allá y están a la espera y a la caza de incautos... Son como esos seductores embotellados en Oriente, en el libro que acabo de regalarte, ofreciendo al incauto e ingenuo deseos que en verdad son los suyos... Es peligroso... Ganes o pierdas. Si ganás es aún más peligroso, aunque casi imposible... Si ganás es porque te dejaron ganar y entonces, ay, estás en problemas... Ahora te explico por qué...».

Así habló César X Drill (y así escuchó Land): «Hay algo de cierto en eso de ni vencedores ni vencidos... Y lo cierto es que nunca nadie sabe todo del todo... Toda historia tiene un antes que no conocemos y un después que no conoceremos... Por eso uno tiene que saber cuáles son sus principios y, también, cuáles deberían ser sus finales... Y elegir uno. Por eso lo que yo sí sé es cómo va a terminar todo y cómo voy a terminar yo. Es muy fácil saberlo. Es un final previsible. Va a ser uno de *esos* finales, me temo, me envalentono, que... Y no podré escribirlo (y supongo que esa es la postrera, entre muchas, demasiadas, mortificación para todo escritor: no permitirle escribir sus verificables últimas líneas) y mucho menos se me concederá la inclusión de algún detalle que no alterará la conclusión pero para mí será importante... Casualidades, causalidades: asombrosas pero incuestionables en la realidad, irritantes y más que dudosas en la ficción... Y yo elegiré las mías, yo ya tengo el lugar elegido: va a ser bajo la cúpula de esta misma galería, Land. Exactamente aquí donde te digo esto y lo que digo es como si yo me lo dijese a mí mismo. *Thank you, Mr. Echo.* En esta galería que es, originalmente, otra especie de réplica inspirada en edificios extranjeros, en París y en Milán. Como tantos edificios y plazas y paseos de esta ciudad que, nada es casual, empieza replicándose a sí misma porque se funda y refunda varias veces. Toda esta ciudad es *así.* Todos nosotros somos *así*: como un reflejo nunca del todo fiel y menos aún satisfecho o satisfactorio de otras personas, de otras partes. Nos la pasamos intentando pasarnos en limpio, salir mejor, con mejor letra, más azules que rojos. Otra corrección, otra reescritura más, sí. La lectura y la reescritura son el arte de la réplica: el escritor, escribiendo, replica su realidad y el lector, leyendo, replica la ficción de ese escritor. Y yo siempre quise escribir para poder leer. O viceversa. Una acción es el eco complementario de la otra... Esta galería, el eco de esa otra galería... Aquí esperaré a quienes me perseguirán sin darles el regalo de un Wilhelm Scream multiplicado. Y es que yo siempre quise saber cómo sonaría eso de "el eco de los disparos", ja, ¿ja?...».

Así habló César X Drill (y así escuchó Land): «Y voy a ir terminando aquí mismo. *Respice finem.* Aquí, en lo que yo siempre consideré mi lugar favorito de la ciudad, del mundo, del universo. Es una suerte saberlo y espero que llegues a saberlo también, Land. Espero que alcances a conocer tu sitio preferido en este planeta: porque no importa cuán lejos viajes en este mundo (y debes saber que no existe eso de estar en "el extranjero" sino que el extranjero siempre será uno allí donde esté) siempre ocuparás el mismo volumen de espacio te encuentres donde te encuentres o te pierdas donde te pierdas. No hay extranjero. El único extranjero es quien viaja y el único objetivo del viaje no está en llegar a una tierra extraña sino el de, se esté donde se esté, poder por fin *pisar* la propia tierra como si fuese la más extraña de todas consciente de que son los lugares los que hacen a la gente y no al revés. Esa patria a nunca olvidar que se llama *Ninguna Parte* y que está en todo sitio y que es de donde verdaderamente es uno; ese lugar donde uno puede ser El Escondido jugando a La Escondida en un lugar llamado El Escondite. Lo importante es saber y ser perfectamente consciente (y en esto reside la diferencia decisiva entre un vulgar turista y un noble viajero) de cuál es y dónde queda ese espacio. Ese espacio que es siempre uno esté donde esté y lo pongan donde lo pongan sabiendo que todo sitio al que viajes en el futuro no tendrá otra función que la de devolverte recuerdos, memorias, memoria... Y este fue y es y será el mío. Mi espacio exterior-interior. Lo supe ya cuando entré aquí por primera vez... Yo tendría más o menos tu edad, Land, y, de algún modo, ya nunca salí de aquí porque vuelvo siempre que puedo. Para mí, todo converge bajo esta cúpula. Mi Alfa y mi Omega. Por eso y para esto te fui a buscar a la salida del colegio y te traje aquí. Para que, cuando te enteres de que ya no estoy, al menos sepas dónde yo estaba cuando dejé de estar».

Así habló César X Drill (y así escuchó Land): «¿Eso es lo único que tienes para preguntarme luego de todo lo que te dije? ¿En serio?... No sé si sentirme honrado u ofendido... Digamos que un poco de las dos cosas... Y, no, nunca se lo revelé a nadie. Pero supongo que en los tiempos que corren y tropiezan y caen para ya no levantarse, mejor dejarlo aclarado y te lo voy a aclarar entonces. No mis últimas palabras por anticipado pero sí la razón de la vida de mi última letra: la letra que añadí yo al título de mis señas personales. La X. La X después del imperial e inevitablemente condenado nombre (ya sabes o si no ya sabrás que los primeros endiosados y luego maldecidos césares no suelen contar con buenos finales) que no me impuso alguien en mi partida de nacimiento. El apellido fue y es el de un profesor irlandés y patagónico que me iba a adoptar, pero que después se arrepintió... Vaya uno a saber por qué, mejor no ir a saberlo, ¿no?... Aunque no está mal porque *drill*, en inglés, es una herramienta que se usa para, también verbo, *perforar* y *taladrar*... Así que ya ves: soy una mezcla de conquistador con cobarde pero trabajador, en su justa medida y armoniosamente... Soy El Último Trabajador, ja... César también, sin acento, *cesar*, es un verbo no demasiado inspirador, ¿no? Así que, como antídoto, la X me la puse yo. Me la puse a mí mismo como quien corrige y termina y, espero, mejora un retrato volviéndolo autorretrato de una pincelada, de un plumazo. La X sin punto que no es inicial. La X huérfana que no está en bastardilla (torcida e imitando a la cursiva sin serlo, de ahí su nombre) y tampoco está entre comillas; aunque más de una vez me tentase el ponerla *así*, como si fuese un título. Mi título de bastardo. No es Xavier, no es Xaime, no es Xoan, no es Xonás. Tampoco es una X de Ex: no me refiero a un vulgar ex de ex-pareja sino a un ex de todas las cosas que fui y ya no soy aunque, modestamente, en todas ellas haya destacado. Lo que no significa tampoco que la X sea un número romano, o un 10, o una máxima y sobresaliente auto-calificación o la calificación para algo inconveniente y prohibido para menores a los que en más de una ocasión se considera no preparados para la visión de ciertas cuestiones y partes. No... Mi X significa X, Land. Nada más ni nada menos. Eso es todo y es mucho. X de lugar clave, de expediente secreto, de gen mutante y mutado y X-traterrestre, de rayo, de secreto a desenterrar y descubrir que lo que allí se ocultaba, bajo esa X en el mapa, era, exactamente, una X, porque el mapa es el tesoro. Una X de la que yo vengo, desde la provincia y el interior más externo, desde un fin del mundo que es tan inmenso que es como si nunca acabara de comenzar. Yo soy esa X, yo vengo de esa X».

Así habló César X Drill (y así escuchó Land): «Soy X. Soy el hombre invisible: a partir de ahora ya nunca podrán dejar de verme... ¿Quieres un caramelo? ¿Querés un caramelo Media Hora?».

Y Land lo escucha y lo escuchó y no puede ni pudo el evitar relacionar al profundo perforador César X Drill con ese personaje al principio no de las series (no es, su nombre completo completa aquí otros nombres y contiene al Nome, Rod Serling ni Alfred Hitchcock, no) sino de las películas de terror amorales y sin moraleja alguna. Ese hombre que, de nuevo, por saber demasiado, advierte de lo que vendrá, de lo que está llegando. Ese hombre que habla de más, sí, pero nunca de menos. Y —aunque él anticipase a Land que ya no lo verán más a partir de entonces verlo en todas partes– César X Drill, sí, como El Hombre Que Veía Demasiado. César X Drill como la versión glorificada y elevada y protagónica de ese aldeano en la taberna que se persigna al oír *ese* nombre. De ese mayordomo de la mansión que es enseguida despedido por el nuevo dueño porque a su esposa le da malas vibraciones con todas esas cosas raras que dice (y algo horrible les sucedió a los anteriores moradores, y la pareja joven y recién llegada hace el amor la primera noche allí y despiertan a *algo*). De ese empleado en la gasolinera/tienda de víveres (Land se refiere a estos lugares como se les dice en el doblaje en español pero hecho en el extranjero) que aconseja no detenerse y seguir de largo. O, peor aún, César X Drill como aquel Hombre con los Ojos de Rayos X en el cine de los sábados que acaba arrancándose los ojos porque ya no soporta todo lo que él ve y los demás no. Y no lo soporta no porque no lo vean sino porque prefieran mirar para otra parte y otro lado: parte rota y lado oscuro. Y –muy de tanto en tanto y mejor ejemplo de todos– César X Drill como el héroe anti-heroico y anti-todo sobreviviendo hasta más allá del final de esa pesadilla en coma profundo e imposible de despertar. César X Drill como ese maestro que se inmola en Midwich junto a esos niños terribles. César X Drill como ese hombre solo (pero acompañado por los espectadores en la oscuridad y en su oscuridad) gritando que ya están aquí, que los invasores han llegado, que son iguales a nosotros, que son réplicas perfectas pero sin sentimientos, y que no hay que quedarse dormido; porque para dormirse hay que cerrar los ojos, y si se cierran los ojos se deja de ver lo que sucede y…

Y, sí, cada vez son más las personas que –mientras todos duermen o cierran los ojos haciéndose los dormidos para que no les arranquen los ojos– desaparecen.

Y desaparecen cuando *los* van, cuando *los* vamos, mamá, mirá cómo tiemblo.

Y desaparecen ya mismo y sin cambiar de andén.

Y desaparecen porque, sí, sabían demasiado pero no veían demasiado, ve y sabe Land.

Y se sabe algo –se *ve* algo– recién luego de que se lo entiende.

Y Land *ve* que entiende *algo*.

Y a Land no le gusta entenderlo y quisiera no verlo y preferiría decir no: que no lo entiende ni lo ve claro sino, mejor, por esta única vez, que no se entiende y punto y aparte.

Y que por lo tanto —en su negación y huida, primero paso a paso caminando y enseguida a toda velocidad— no tiene por qué aprender a leer cómo leerlo o a entender cómo entenderlo.

Toda generación debe aprender a caminar: la generación de los padres de Land aprende, ahora, a salir corriendo. Y la generación de Land —recién dando sus primeros pasos— se ve obligada a salir corriendo junto a o tras sus padres aunque ya corran más rápido que ellos (también caminan más rápido de proponérselo, pero Land y los hijos de... siempre preferían ir por detrás, arrastrando los pies en esas caminatas que dentro de muy poco ya no serán o serán en otra Gran Ciudad).

Y así ambas generaciones —padres e hijos de...— se van volando.

Y (Land ya está acostumbrado desde hace tiempo a una cierta inversión de roles) ahora los hijos se parecen más al padre Dédalo y los padres más al hijo Ícaro. Y ese sol es cada vez más frío y distante en esa bandera quemada (la bandera de un sitio que es una mierda que se va y del que irse) por la que se mata y se muere y que es la muerte y donde, para definir a algo como sensacional o impresionante o genial, de golpe se lo hace con un necrófilo y enfervorizado «¡Mató mil!»...

Así, entonces, yo los recorrí de nuevo junto a él, los primeros movimientos de Land fueron breves y repetidos y cíclicos: los acotados y acortados trayectos de un lugar a otro dentro del lugar donde vivía y de ese lugar al colegio y a las casas de sus abuelos en Gran Ciudad y la insistencia en múltiples pero siempre los mismos destinos de esos paseos de sus padres y, como mucho y a más larga distancia, las casas grandes de sus abuelos en Ciudad del Verano.

Y de pronto, longitudes y latitudes singulares y únicas, visados en pasaportes y etiquetas en valijas: como en novelas y películas de aventuras, pero de manera distinta y por motivos muy diferentes.

Salir de allí para volver a entrar quién sabe cuándo y si el movimiento se demuestra andando... pues andemos, andemos más mal que bien.

Salir con lo puesto.

Salir desnudos y cubiertos con alquitrán y plumas, como en esas historietas de aquel cowboy.

Salir en la más vencedora y vencida de las retiradas hacia delante, como alguna vez se salió de Waterloo, de Dunkerque, de Saigón o (el caso de Land) de la casa a la que ya no volverá nunca más.

Salir olvidándose la sombra en un subterráneo y meándose no de risa sino de llanto.

Salir en autos, jets, aviones, barcos: se está yendo todo el mundo a repartirse por todo el mundo, por donde se pueda más que por donde se quiera.

Así, El Grupo se desagrupa.

Sí: sálvese quien pueda y la sensación, como en los preliminares de un tsunami, de que el mar se ha retirado permitiendo ver por un minuto (un minuto tan largo) todo aquello que yacía descomponiéndose en el fondo del mar. Todo eso ahí, expuesto y revelado, antes del avasallador retorno de la ola gigante que todo lo cubrirá y ahogará todo y avanzará sobre lo que se consideraba tierra firme pero ya no lo es.

Land lo sabe y lo *entiende* aunque *no entienda* (aunque no le *corresponda* entenderlo a alguien de su edad) por qué debe saberlo.

Y por eso trata de salvar lo que pueda salvar.

Su ejemplar de *Drácula* (a Land se le ha ocurrido, y enseguida se niega a que se le siga ocurriendo, una secuela titulada *Sin Drácula* en la que todos los personajes sobrevivientes se aburren muchísimo y se pelean entre ellos y no dejan de hablar acerca de «los viejos buenos tiempos»). Los libros (dedicados y autografiados) de *La Evanauta*. Los fascículos coleccionables de su enciclopedia mitológica. *Mi Museo Maravilloso* (Land todavía no ha resuelto el misterio de quiénes son esas dos personas al fondo de ese cuadro donde alguien grita en primer plano —¿será este el retrato de uno de esos mimos que no soporta?, y todavía no entiende cómo fue que la supuesta avanzada del Cubismo llegó para arrasar con esa auténtica revolución que significó la incorporación de la perspectiva luego de milenios aplanados). El libro con esos grabados de esqueletos mexicanos y coplas huesudas. *Las mil y una noches* que le regaló César X Drill (cuyo nombre ya no se menciona porque nadie sabe dónde está; nombre que, como ha dejado de ser el de él, Land ha incorporado a ese libro que César X Drill le entregó aquella tarde como si fuera el de un invisible visir al que se cree ver o haber visto en todas partes).

Y, cuando nadie mira, Land arroja *The Elements of Style* a los bajos fondos de una cama en la que ya nunca dormirá, en la que nunca durmió demasiado.

Y, ah, ese dolor nuevo pero para siempre: el dolor de sacrificar a una biblioteca propia, a parte de la vida, a todas esas horas que se pasó leyendo a la vez que creciendo junto a esa *bioteca*: su vida leída, todas esas vidas que leyó, su historia como lector de historias. Y, junto a ese dolor, la intriga (que no es otra cosa que una forma de distracción y de anestesia) de cómo y cuánto más pobres e inocurrentes serán las para él ahora casi inexistentes existencias de todas esas personas que nunca tendrán que dejar una biblioteca atrás, porque nunca la tuvieron, para ya nunca volver a verla y a leerla. Esa biblioteca que es un ser querido lleno de seres queridos (y perfectamente cuidados y protegidos) a los que ahora Land abandona no por decisión propia sino por mandato ajeno. Una biblioteca que es como alguien a quien nunca tuvo (pero a la vez a quien él dio a luz). Y esta es la primera de sus bibliotecas (la que alberga a lecturas muy primarias e infantiles con lecturas que ya no lo son tanto) y Land espera que sea la única que alguna vez abandonará; aunque ya intuya que son muy pocas las cosas en la vida que suceden sólo una vez.

Y que nacer y morir probablemente sean esas dos únicas cosas únicas.

Y dentro de mucho tiempo Land leerá que la gran y decisiva diferencia entre un exiliado y un *émigré* es que este último cuenta con el tiempo suficiente para empacar y despachar todos sus libros rumbo a su nuevo hogar.

Land es, por lo tanto, un exiliado.

Land hace primero una reverencia y luego se pone de rodillas ante su biblioteca y acaricia el lomo de sus lomos, como si fuese el de un animal sabio, y ahora une sus títulos hasta que estos cuentan una historia: la suya, la primera parte de su historia de lector (son muchos libros, pero no tantos como para que Land no haya podido ordenarlos, no por autor o editorial o género, sino por el orden en que los fue leyendo y, por lo tanto, esa primera biblioteca funcionando como una suerte de autobiografía suya hasta entonces escrita por otros). Luego Land se para frente a ella y les pide a sus abuelos (que están allí para ayudarlo a empacar) que le tomen una foto así. Sus abuelos le dicen que mejor mire a la cámara y él les explica que no: que las fotos hay que sacárselas mirando aquello que se admira y que no se quiere olvidar; que él nunca comprendió todas esas fotos con lo más importante de ellas por detrás de quien no lo mira pero parece tan satisfecho de que lo miren a él, de sentirse parte de esa maravilla, tras de sí, sin nunca en verdad serlo. O algo así (y Land tiene la sensación de haber dicho algo si no importante al menos *diferente* y sus abuelos lo miran con una mezcla de amor y respeto, la que probablemente sea la mejor mezcla posible entre todas las mezclas de sentimientos). Recién después del flash, Land le da la espalda a todos esos libros que ya no volverá a ver pero sí, a muchos de ellos, volverá a leer en otras ediciones (completas) y con otras portadas (menos coloridas y dibujadas y, de ser posible, Land odia este tipo de intrusión con todas sus pupilas, sin el supuesto pero impuesto e impostor rostro de los protagonistas). Pero estos, los de aquí, son los primeros. Sus primeros libros. Los que se quedan, los que no siguen ni lo seguirán a él aunque se los lleve dentro de él.

Y Land recorre las habitaciones y ahí está esa virgen martirizada por los dardos de la blasfemia (y su sonrisa es ahora más vengativa y satisfecha que piadosa y dolida).

Y Land piensa algo que, piensa, como otras veces, no estaría mal poner por escrito.

Y por eso lo deja de pensar enseguida.

Y lo que piensa para dejar de pensar Land es esto: toda casa familiar puede convertirse rápidamente en un museo huérfano. Y toda ciudad en la que se nació puede derrumbarse para que así se construya esa otra ciudad en la que se podrá ir a morir.

Y Land sale de allí pensando en que es una lástima no tener

una simbólica llave propia para poder arrojarla en una alcantarilla, no fuese cosa que alguien la encontrase y se le ocurriera meterse en esa casa pronta a ser pronto tomada.

Y, salido, Land comprende que él no va a morir en esta Gran Ciudad y que, probablemente, ya no va a vivir en esta Gran Ciudad. En esta Gran Ciudad que se está muriendo en vida y de a poco: pudriéndose a escondidas, como ese retrato de Dorian Nome en esa película de la que todavía no leyó el libro.

El innombrable César X Drill —a quien Land se resiste a dejar de nombrar— una vez le comentó que había visto *El retrato de Dorian Nome* en el cine. Y que como en la televisión en blanco y negro —y a diferencia de lo visto en ese ciclo de los sábados, donde la había visto Land— una inesperada sorpresa se volvía invisible. Ahí, en el cine, le contó César X Drill, la escena final, cuando Dorian Nome apuñala el retrato y toda la corrupción de sus pecados pintados salta a la carne de su rostro, se volvía, de improviso e inesperadamente (como en aquella otra con mago y bruja que Land sí había visto en el cine), en colores.

Sí: ahora Gran Ciudad es como el retrato de Nome Gray. Tan iluminada y rejuvenecida por la falsa eterna juventud de sus nuevos y ya no tan maravillosos jóvenes ardientes a quemarse pero, a la vez, descomponiéndose entre sombras pálidas, como televisadas con espasmódica y fantasmal mala sintonía, no para dejarlo ser sino para dejar de ser.

Es el comienzo de la inexistencia cuando y donde, como sabiéndose cerca del final, todo parece existir más que nunca.

Aquí empieza la existencia de su ciudad como algo casi inexistente y que ya extiende ese síntoma a todo su casi inexistente país: la novedad de lo que va a acabarse.

Y Land se acuerda de esa voz al principio de esa otra película invasora de sábado a la noche advirtiendo de que «A primera vista, todo estaba igual que siempre. Pero no era así. Algo había tomado al pueblo» para suplantar a sus habitantes por réplicas exactas sin necesidad de «amor o fe o belleza»; y entonces todos descubren que, si cierran los ojos y se quedan dormidos, no más sea por unos minutos, pueden llegar a ser «los próximos, los siguientes» y despertar sin necesidad de sueños en un mundo que se supone sin complicaciones ni tensión. Y estos invasores no son

Midwich Cuckoos sino *Body Snatchers*. Son usurpadores y ladrones de cuerpos.

Y hay también sonidos nuevos que a Land le suenan a efectos especiales.

Estallidos de bombas y rumores ensordecedores de amenazas de bombas y ráfagas de ametralladoras y sirenas (Land está convencido de que ya puede distinguir la sutil variación en el sonido de los motores de autos «yendo a buscar» a alguien del sonido de sirenas de autos volviendo con aquel a quien «encontraron» en el asiento de atrás).

Y el aire huele diferente. Huele como a un asfixiante perfume recién puesto a la venta y muy exclusivo pero a precio accesible para todos. Y es un perfume que viene en dos fragancias: la sofocante y dulzona «Me salvé» y la ácida y asfixiante «De esta no me salva nadie».

Y el verbo *chupar* de pronto significa otra cosa que no tiene nada que ver con esos caramelos nacionales que no acaban nunca y que, se supone, duran en la boca unos largos treinta minutos y que son los favoritos de César X Drill.

Y hay policías en la puerta de edificios de familia y allanando departamentos. (Varias veces entraron en el cuarto de Land, en el centro de la noche, inspeccionando y a la caza de «cosas»; como «material revolucionario» o esas ampollas de LSD que el padre de Land ha escondido bajo su almohada luego de ordenarle al hijo que no abra los ojos justo antes de que entrase un policía al que le dice: «Mire, duerme como un angelito, no lo despertemos, ¿no?». Y, ah, Land tiene que contener las ganas y decir ahí mismo que él *nunca* durmió como un angelito, que no sabe lo que es eso, que en lo que a él respecta los angelitos no duermen porque son los «de la guarda», los que guardan ampollas de LSD de sus padres diablitos).

Y un atardecer Land ve, en la esquina de donde vive, cómo un auto se detiene junto a una persona y abre su puerta trasera y de pronto y como por arte de magia, de magia negra, esa persona ya no está allí. Y toda la maniobra ha sido de una elegancia pasmosa: como en una coreografía perfecta que sólo puede conseguirse luego de mucha práctica. Y —a diferencia de muchos de sus compañeritos— a Land nada le interesa menos que los autos; pero, de pronto, sí sabe todo sobre esa marca y ese modelo y ese color de ese auto devorador de peatones.

Y así a los experimentales «elementos subversivos» se les impone el elemental estilo de las correctoras y disciplinantes y castigadoras «fuerzas del orden».

Y Land intenta no mirar a sus padres, de pronto tanto más hijos que su hijo: no rejuvenecidos sino infantilizados por el pánico. Sus padres pidiendo ayuda para la fuga a esos padres suyos (los abuelos de Land) que hasta hace apenas unas semanas no contaban para ellos (y, llegado el caso, cuando ya no podían evitarlo porque no les convenía, a los que siempre preferían pedir más o menos, más menos que más, perdón luego de que la falta se haya hecho presente que pedir permiso antes). Pero ahora sus padres necesitan desesperadamente que sus padres vuelvan a contar: como cuando les contaban cuentos y les aseguraban aquello de que los monstruos no existen. Así, los tres abuelos restantes suman recursos y auxilian a los padres en todo lo que pueden (El Grupo se ha desagrupado: ahora, cada cual y cada quien atiende su juego y el que no, el que no, una prenda tendrá); pero ya no pueden garantizarles la inexistencia de los demonios que aquí vienen marchando.

Los padres de Land han sido amenazados, acusados de comunistas, se han allanado las oficinas de Ex Editors, se han llevado ediciones completas de *La Evanauta* y los han interrogado acerca del paradero del *Most Wanted Man* de ese súbito Far West al sur y fuera de la ley: César X Drill alias Comandante X alias X a secas (y, sí, Land tenía razón: sus alias de batalla son tanto más dignos que los de los otros, son como los nombres del mejor Coloso de la Lucha).

Así que se envuelven cosas, se amortajan muebles, se regalan objetos, se rompen y se queman libros.

Y ahí está Land, dibujando, sentado en el suelo con un block sobre sus rodillas (cada vez le sale mejor La Evanauta, aunque sus padres le prohíban que la dibuje porque «es peligroso»). Y sus padres parecen haber descubierto que se puede hablar en voz baja y sin lanzar carcajadas. Y no dejan de repetirle, entre susurros (susurros en los que la furia convive con el terror y se llevan demasiado bien, pero cada vez hay más terror y menos furia en ellos), un: «Ni se te ocurra poner por escrito nada de lo que escuches durante estos días».

Para ellos —quienes alguna vez se sintieron tan peligrosos— ahora todo es peligroso, peligroso de verdad.

Y de pronto —por fin y por todas las razones incorrectas— los padres de Land *no* quieren que Land sea escritor.

Ahí fuera algunos todavía marchan al compás cada vez más fúnebre de La Marcha, otros cambian de baile y ahora desfilan al ritmo de secas botas sobre esos otros marchosos a los que ya fingen no haber conocido nunca.

Y unos y otros, todos desunidos, fracasarán.

Así (cuando nadie pensaba que pensaba en eso) pensó Land con, de golpe, una manera de pensar que hasta entonces nunca había sido la suya. Y que era la manera en que alguien chico se veía empujado a pensar como grande —un poco como el gran y preclaro César X Drill— para así intentar esclarecer lo que se le hacía incomprensible:

«Nunca los he visto así. Ahora los veo como no los vi nunca. Tan desamparados. Tan tristes. Mis padres y el mundo de mis padres... El Grupo... ¿Y será esto que siento una especie de pena al verlos así?... Hay algo terrible en el percibirlos como a esos animales en el medio de la carretera (por alguna rara razón para Land pero no para mí los imagina siempre como jabalíes) de pronto cegados por las luces de un auto que se acerca a toda velocidad. Y, claro, tal vez sería mejor y más cariñoso de mi parte retratar lo que les pasa como algo similar a lo de esos cuadros acerca de la caída de Troya o del hundimiento de la Atlántida. O, más precisamente aún, ese cuadro que está a doble página en mi libro, en *Mi Museo Maravilloso*, ese que se llama "La balsa de la Medusa"... Más mitología en el nombre pero no en lo que allí apenas flota y a lo que todos se aferran a la espera de ser rescatados... Medusa quien al final tuvo que enfrentarse a su propio destello en un escudo... Perseo la decapitó... Y ahí están todos ahora, sus padres y El Grupo: petrificados y pollos sin cabeza al mismo tiempo y horrorizados por el reflejo distorsionado de todo aquello que creyeron hazañas pero... Sitiados y hundidos y desesperados a la deriva. Todos juntos y sin espacio libre. Unos encima de otros. Manteniéndose a flote en aguas infestadas por tiburones. Sus padres y Moira Münn y el Tano "Tanito" Tanatos y Silvio Platho y todos los demás también... Todos menos César X Drill a quien no se puede, nunca se podría, ubicar en un cuadro con tanta gente pero tal vez sí como náufrago a solas. De nuevo: en una de esas islas de chiste, con una sola palmera y espacio apenas para estar de pie contemplando una columna de humo en el horizonte. Y la cuestión es si esa columna de humo es la de un barco que se acerca o que se aleja... Ahí están todos, sí... Tan expuestos, ahora, no de la manera en que tanto les gustaba que los vieran sino de la peor manera posible, de la manera en que nunca pensaron que los verían y en la que se verían... Sin nunca haber anticipado que podía llegar a pasarles algo así... Pero no: no hay grandeza clásica en su caída, cayendo. Cae uno. Cae otra. Caen varios, muchos. Ahí están: en el huracán de la oscuridad y bajo el vendaval de la Historia, con los ojos muy abiertos y escuchando eso que se acerca. Y que, si no se apartan rápido y pronto, les va a pasar por encima... Pobres... Pobres... Pobres... Pero ellos se lo buscaron sin darse cuenta de lo que buscaban, sin jamás imaginarse que terminarían encontrándose así, siendo descubiertos, tan desprotegidos, tan pobres, pobres y sin saberse la lección».

Y Land vuelve una mañana al colegio Gervasio Vicario Cabrera, n.º 1 del Distrito Escolar Primero, para despedirse de maestros y compañeritos (hace un par de semanas que no va; no va desde que se fueron sus padres a otra Gran Ciudad en otro país, donde lo esperan). Lo lleva su abuelo sobreviviente. Y el edificio del colegio ya está rodeado por máquinas topadoras listas para arrasarlo en un último asalto. Una parte del colegio (la del patio cubierto en la que se ponían las mesas para el almuerzo) ya ha sido derribada durante los últimos días en los que Land no fue a clase. Y Land ha llevado una pequeña bolsa de cuero en la que alguna vez hubo unos hongos alucinógenos que les trajeron a sus padres de un viaje (y cuyos efectos no fueron más allá del vómito y la diarrea) y la llena con un poco de polvo de esos escombros. Tierra de su verdadera y más estable patria dentro de Gran Ciudad. Tierra para llevarse con él y sólo así poder descansar lejos: como Drácula llenando sus ataúdes de suelo de su castillo en las afueras de la ciudad de Bran a implantar en un reino lejano donde lo espera Bram, se justifica y se distrae jugando con palabras Land.

Y luego, ya dentro, Land llama a la puerta de su aula y entra.

Y todos sus compañeritos lo miran raro, como tratando de enfocar su rostro y superponerlo al recuerdo de su rostro.

Y uno de ellos se le acerca y (absoluta normalización de lo anormal, anormalización de lo ya absolutamente normal) le confía: «Pensábamos que te habían secuestrado». Y se lo dice con el mismo tono casual y rutinario con que se suele decir «Pensábamos que estabas con gripe».

Y de espaldas al pizarrón escrito (pero que no es lo mismo que una biblioteca) y frente a todos, como si estuviese exponiendo trabajo práctico que no preparó muy bien pero que aun así espera aprobar, Land rinde un breve adiós y hasta pronto. Y todos le responden con otro adiós breve. Lo repiten como si Land fuese su maestro y no La Maestra Magistral y Moderna, quien contempla la escena y parece estar aguantando las lágrimas. Y Land los mira consciente de que, yéndose, se va a perder muchas cosas pero que, también, se va a librar de muchas cosas. Y sus compañeritos miran a Land como se mira a alguien que ya sabe mucho más que ellos acerca de muchas cosas de las que mejor no saber nada. Lo miran como a alguien que conoce a muchas de esas personas que ya han dejado de o ya no pueden hacer lo que acostumbraban a hacer porque, seguro, «algo habrán hecho». Ahí, presente y en presente, Land es de pronto la más futurística de las antigüedades: alguien que ya fue a la par de que ya se va y que, ido, dejando de ser ahí, acabará empezando a ser quien será allá, quién sabe dónde.

Y, sí, ahí fuera y cada vez más atrás y en retirada, todos se contagian de la miedosa gripe de todos y descubren que van a ser sometidos a examen difícil y que no van a dar una lección sino a recibir una lección.

Y la vanguardia a pleno sol pasa a ser retaguardia subterránea pero no underground.

Y se sale cada vez menos por miedo a no volver a entrar.

Y ya nadie responde a los teléfonos a las tres de la mañana, porque difícilmente se trate de una invitación a fiesta sorpresa. Y porque, sí, cada vez más seguido, se trata de una comunicación acerca de funeral no esperado pero sí no del todo sorpresivo. Un funeral de cuerpo ausente que, si no se tiene cuidado, puede llegar a ser el propio cualquier noche de estas.

Y todos juegan a La Escondida cambiando de escondites y rogando por no ser descubiertos.

Y todos rezan entre ellos muchas oraciones que empiezan con un «Habrá que ver» y Land no entiende si ese verbo es una nueva conjugación de *abrir* cuando todo parece cerrarse, mientras se cierran los ojos para ver lo menos posible de todo eso imposible pero que está sucediendo. Y de pronto se entiende muy bien que no es lo mismo decir «Se hizo de noche» y «Se vino la noche» que «Se nos hizo de noche» o «Se nos vino la noche». Ese *nos* –plural e inclusivo y con sitio para todos– hace (y deshace) toda la diferencia. Y hay demasiado espacio en ese *nos*. Caben todos y siempre hay más lugar libre para ser apresado. Y muchos de esos *nos* intentan por todos los medios escaparse de ese pronombre y repetir muchas veces *vosotros* y *ellos* y *tú* y *él* para ver si así pueden salvarse de ser conjugados junto a otros nombres, a nombres cada vez más innombrables.

Y se avisa de que todos aquellos que figuren en la agenda de César X Drill van a «ser tachados, de uno en uno, como en una de Agatha Nome». César X Drill que ahora pasó a la clandestinidad y, se dice, ha sido el autor (por supuesto, claro, cómo iba a no ser) *intelectual* de la voladura de la Pirámide de... Nome... en una de las orillas de Plaza de... Nome. También, parece (y Land no quiere pensar mucho en eso), ha participado en aquel atentado donde murieron varios...

Así se habla, cada vez más puntos suspensivos para intentar esquivar las rayas que tachan. Se habla cada vez más en código, en clave no de sol sino de eclipse: «Si uno es amigo de X, es automático enemigo de los Blue Meanies», se adoctrina con mucha menos pasión que aquella que llamaba al retorno de El Primer

Trabajador quien, aunque muerto, parece seguir volviendo y no dejar de volver en pintadas en paredes cada vez más paredones. Y ahora, ocupando su sitio, está otra, esa otra mujer con nombre en diminutivo y una especie de brujo que la acompaña y que, dicen, la tiene como hipnotizada y haciéndola ver cosas que no están allí y no ver cosas que sí están y pronto ni una ni otro estarán.

Y Land se acuerda de lo último que le dijo César X Drill y de lo último que César X Drill le dijo aquella tarde en la que le dijo tantas cosas. Aunque lo último no se lo dijo, sino que César X Drill lo escribió en una hoja de su libreta que luego arrancó y dobló en muchas partes. Y se la dio recién después de que Land tocase el botón del portero eléctrico para que sus padres le abriesen la puerta de entrada.

Lo que entonces le dijo César X Drill de viva voz (pero en voz baja) fue otra cosa.

Así habló César X Drill (y así escuchó Land).

«Ay, boy», le dijo César X Drill cuando la puerta se cerraba. Enseguida, Land abrió el papelito en el ascensor. Y allí, con tres palabras subrayadas, Land leyó: «En el principio era el Verbo y el Verbo era Uno y es Trino: Me voy a ir yendo».

Y entonces Land repitió en voz alta lo que César X Drill acababa de decirle: «Ay, boy».

Y a Land se le hizo muy raro que le haya dicho eso; porque César X Drill nunca le había dicho mucho en inglés más allá de alguna cita suelta (Land no demorará mucho en encontrar, al final de una novela, de dónde había salido aquel verde y luminoso «And one fine morning...»).

Y recién después Land comprenderá que había corregido mal y reescrito en incorrecto rojo lo que César X Drill le había dicho en perfecto y exacto azul. Entonces Land se dará cuenta de que —en realidad, en verdad, sin mentirle— lo que le había dicho con secreta y enrojecida voz de blues, así habló César X Drill (y así escuchó Land) fue:

«Ahí voy».

Así que ahora Land va de regreso. De algún modo tiene no que recuperar todo aquello, pero sí pasarlo más o menos en limpio y luego colgarlo de una soga para que se seque: la pesadez de lo húmedo aligerándose de a poco al ser contemplada por el fijo y ciclópeo ojo del Sol mientras se ruega que no sople demasiado viento idiotizante y se vuele todo lo que allí se puso.

Y luego doblarlo con el más preciso de los cariños.

Y después guardarlo en ese pequeño clóset bajo la escalera, acompañado de alguno de esos productos que espantan e impiden que las polillas hagan agujeros en sus ricas telas y bordados (el olvido tiene alas y antenas y hambre; la memoria tiene alas y antenas y aguijones y, a menudo, muere luego de clavarlos, pienso ahora que pensará Land entonces, no hace mucho, casi al mismo tiempo en que lo pienso yo).

Y, claro, abrir esa puerta lo menos que se pueda.

Toda esa gente que solía conocer es ahora una ilusión para él.

A veces, el eco de un apellido alcanza a Land como algo que rebota desde las galerías del pasado.

Y a veces, en noches de insomnio, se arriesgó y me arriesgué y nos arriesgamos a incursiones relámpago con la ayuda de esos llamados *motores de búsqueda* (nombre que evoca a esas vaporíferas fantasías victorianas no de los primeros pero de los sí más dedicados y consecuentes futuristas) y tecleamos unas señas particulares.

Y yo tecleo a Land tecleando.

Tanto tiempo después, cuando no duerme (y cada vez duerme menos y ahora no duerme, no porque no lo dejen sino porque no se deja, no se puede, es peligroso quedarse dormido porque dormirse puede significar quedarse) Land los busca en la pantalla de su computadora. Y al principio no los encuentra, o tal vez los encuentra pero no los reconoce: porque ellos han cambiado, han crecido, son adultos y diferentes a lo que alguna vez fueron. Pero luego Land se va acostumbrando no sólo a perseguir sino también a ir mejorando en la acción de alcanzar y atrapar a los fugitivos de su ayer. Y, sí, de vez en cuando, ahí están muchos de ellos, atrapados en las redes sociales; porque ahí está casi todo: los rostros maduros que, aun así, se las arreglan para conservar —como el *pentimento* bajo la superficie de un retrato si se lo observa de cerca y con cuidado y ligeramente de costado— los rasgos frescos que alguna vez tuvieron.

Y Land se entera de que alguno de ellos es ahora cardenal en ascenso a los cielos vaticanos; otra es cantante de «electric-bolero»; ese (el que decía haberlos soñado a todos) es físico cuántico; y esos son restaurador de muebles y director de cine que sólo desea llevar a La Evanauta a la pequeña pantalla de gran teléfono; y aquella se dedica a la cría de esos perros de caza y presa que de tanto en tanto sacrifican a un bebé de sus amos a su dios (y seguro que es una de esas personas que les pone a sus perros los nombres que más le gustan pero no se atrevió a ponerles a sus hijos porque son nombres raros, se dice Land que tal vez diría César X Drill después de decirse él mismo que, desde aquel perro por gato que le trajeron sus padres, Land no puede soportar a ningún perro).

Y, en ocasiones, Land descubre que alguien entre todos ellos y ellas ha muerto: que ya no está, pero que la noticia de su partida estará allí siempre, con detalle de enfermedades o de accidentes o motivos que no son del todo claros. Pero eso es lo de menos: pocas cosas más claras que la oscuridad de ya no ser.

Y a veces, más contadas aún, Land se cruza con alguno de ellos en vivo y en directo, en persona, y de algún modo se reconocen en el acto. Muchas veces en restaurantes étnicos —pescado crudo y hasta gusanos fritos— a los que llevan a sus hijos «para que conozcan algo más y algo mejor que las hamburguesas prefabricadas y el puré deshidratado de mi infancia». Y —entonces el tipo de electricidad que se genera y se consume cuando alguien se encuentra con alguien con quien no se encuentra hace mucho— no se atreven al abrazo, pero sí se dan la mano con una torpeza que acaba consiguiendo algo que diplomática e involuntariamente emula a los complejos gestos y señales de alguna orden secreta. Y se aprecian como sobrevivientes que alguna vez contemplaron el crepúsculo nuclear de todos aquellos que los dieron a luz y a sombra.

Y el tema es siempre e invariablemente no qué *hay* de ellos mismos sino qué *fue* de sus respectivos padres luego de que la mayoría de los hijos de... «se fueran de casa» muy jóvenes a «ganarse la vida». Movimiento veloz que sus padres entendieron invariablemente como algo producto de la excelente educación que les habían dado y no, en realidad, de la impostergable necesidad de los hijos de... por abandonar poco amorosos y nada dulces hogares. Todos no marchando sino marchándose con precoz pero exigente entrenamiento digno de *marines* que los había preparado para sobrevivir aún en las circunstancias más adversas trabajando sin necesidad de dormir mucho y alimentándose a base de alimentos en polvo. De ahí que los padres de la generación de los hijos de... hayan contado —por entonces con poco más o incluso poco menos de cuarenta años de edad— con una especie de segunda vida y juventud prolongada ya sin hijos que les permitió encarar nuevas proezas y desmanes surtidos.

Así es que —en esos encuentros casuales entre hijos de..., en ocasiones en algún funeral de algún padre ajeno, de alguien de El Grupo, levantando ataúdes, dejando caer cenizas, pidiendo apoyo a los demás para poder cumplir alguna absurda o incomprensible última voluntad— abundan las anécdotas. Las *anedas*, a intercambiar como si se tratasen de aquellas figuritas *no* difíciles por abundantes y repetidas para un álbum de familia repleto de recortes y quebradas y quebrantos. No es un ajuste de cuentas. Es —como dijo César X Drill— un ajuste de cuentos a partir de la desarticulada pero a la vez tan persistente y siempre a releer novela de sus infancias. Es dar testimonio no saliendo de armarios o placards o closets sino de debajo de camas y camas y camas en tantas mudanzas. Entonces y ahí —superada la incomodidad de coincidir con un testigo de viejos crímenes y antiguas batallas— todos se ríen de aquella noche en que hubo que ir a sacar a ese padre de la cárcel (como si fuese esa casilla en uno de esos juegos de mesa pero de patas de apoyo desparejado) luego de una fiesta peligrosa. Se ríen menos (pero se ríen un poco) de esa madre que se acostó con el novio de una hija de... Se recuerda esto y aquello. Se enumeran trabajos a los que sus padres renunciaron dando portazos o subidos a escritorios y nuevos oficios y carreras y deportes y cursos que encararon con frenesí adolescente (uno de ellos llegó a «diseñar» su propio método para aprender idiomas que partía del Yo hasta ir abarcando el resto del mundo pero, claro, nunca fue mucho más allá del *Yo*, del *I*, del *Je*, del *Io*, del *Ich*). Se asombran con «sorpresitas» sin chocolatín que las contenga y con «cosas de las que se enteraron mucho después» con forzada y resignada entereza y de las que hubiera sido mejor no enterarse nunca jamás. Se comparte el asombro ante la casi irrompible longevidad de padres cuya inoxidable salud de hierro (salvo alguna contada ocasión en la que, súbitamente, el sujeto estalló como por combustión espontánea) no parece haberse resentido en absoluto a pesar de la bestial ingesta de alcoholes y pastillas de colores surtidos durante décadas. Vigor dándoles amplio tiempo y espacio para —dicen esto siempre con una sonrisa casi malévola— «quemar las naves» y, de paso, hacer volar por los aires a esos muelles en los que las tenían amarradas con nudos imposibles de deshacer. Se conversa y compara el hecho de que unos muy pocos entre los hijos tuvieron la apenas buena o regular fortuna de heredar algo que no fuesen deudas. (Los padres de los hijos de..., por regla general, siempre anunciaban que no les dejarían nada, que todo lo gastarían mal o lo perderían bien como si eso fuese una hazaña. A la vez que amenazaban con suicidarse con el aire casual con que se comenta que hace calor o frío o *Ext: Cicuta* y tan conscientes de que no existía un *antes* del suicidio sino que el suicidio era puro después e *in absentia*. Y que, por lo tanto, no tenía ningún interés o atractivo para ellos así que, mejor, anunciar que concretar, como había sido en casi todos los desórdenes de sus vidas, como Silvio Platho: mejor que suicidarse uno es dar ganas de suicidarse a los demás). Y se comparte el que muchos *sí* habían recibido a sus padres como único e irrechazable a la vez que inaceptable legado. Y que ahora se tenían que hacer cargo de ellos y de sus postreros planes delirantes a los que justificaban como «forma de mantenerme joven y lúcido y no como esos viejos de mierda de mis amigos». Y por algún extraño motivo, casi epidémicamente, muchos padres repetían una y otra vez que estaban pensando en escribir novelas o cuentos autobiográficos «porque no dejan de ocurrírseme ideas geniales o no paro de acordarme de cosas geniales».

Así, los hijos de... (muchos de ellos ahora cuidadosos y responsables padres a secas y tardíos y casi crepusculares y con la vida ya resuelta y dispuestos a desaparecer cuando sus hijos aún tuviesen buena parte de la vida por delante y ya sin ellos encadenándolos como anclas) se reconocían como camaradas de viejas batallas. Pero, también, como Mamitas y Papitos satisfechos y felices por ser así llamados habiendo alcanzado la paz de ese gran oficio y vocación más común –la paternidad y la maternidad– aunque, se informase seguido, en un mundo en el que cada vez había más viejos sin hijos y más padres con la edad de abuelos. Y se preguntaban si –de rebote y por reacción a las más bien malas acciones de sus progenitores– ellos ahora eran padres obedientes con hijos que los estaban educando muy bien como padres. Se preguntaban si, al final, sus padres tan creativos, después de todo, no los habían creado a ellos como padres, tan diferentes, no a su imagen y semejanza sino todo lo contrario. Se preguntaban –por oposición y contrarreflejo y, finalmente, buen entrenamiento y duras experiencias– si no les debían algo a sus maleducados padres supuestamente maleducadores por ahora ser ellos, sus hijos, tan responsables como padres. Padres como estos que ahora –después de tanto y de todo y de tan poco– eran ellos luego de haber sido hijos como aquellos. Padres que no querían ser aceptados como mejores amigos de sus hijos pero sí querían ser padres aceptables. Padres que ni siquiera deseaban ser amigos de los amigos de sus hijos: con ellos y para ellos, tan sólo un «buenos días» y un «buenas noches» y mirarlos fijo para intentar descubrir si se los acabará odiando o temiendo por tal vez ser peligrosos para sus seres más queridos. Padres que sólo eran mejores amigos de otros padres y nunca de otros hijos. Padres que no eran necesariamente buenos padres, pero que sí necesitaban intentar serlo y que eran muy conscientes de esa irrompible ley natural: los hijos llegaban a esta tierra para preocupar mucho y para ocupar demasiado a sus padres; y eso es todo, amigos, mejores amigos. Padres que jamás regalarían esos otros ex éxitos de Ex Editors: *El pequeño libro de cocina para hijos hambrientos: recetas fáciles para que los niños cocinen aquello que los adultos jamás les cocinarán* o *¡El divorcio es divertido!: consejos para aprovechar (y aprovecharse) del nuevo papi-mami* (hay quien asegura que tras sus evidentes no Nomes sino *noms de plume* de Patty Pourée y de Alma Mahter se escondió nada más y nada menos que César X Drill). Padres que descubrirían algo cuya existencia no conocían y mucho menos sospechaban: que además de ser buenos padres (y/o «divertidos y originales») también se podía ser padres a (buena) conciencia. Padres menos preocupados por El Inconsciente y más preocupados por no ser unos inconscientes. Padres que no entendían al paso de los años como si fuese un castigo injusto y engaño personal y como impartido por uno de esos dioses entre coléricos y juguetones de enciclopedia mitológica (tanto más originales que ese dueto bíblico con padre enviando a hijo en misión suicida y que todas esas demasiadas vírgenes y santas y santos indistinguibles unos de otros), sino como algo natural y común a todos los mortales; algo que en verdad era el consuelo de un premio que les concedía el don y los capacitaba con el oficio de poder ver crecer a sus pequeños compensando con creces al desalentador castigo de ir empequeñeciéndose ellos. Padres que se daban cuenta de que los hijos no salen de ellos sino que los hijos los atraviesan, como un rayo de autentificadora negra luz vital o de electricidad energizante y, si no se la maneja con precaución, asesina. Padres que al *ser padres*, que al *transformarse* de hijos de… a padres de…, recién entonces comprendían qué era todo eso de *ser padres*, y eran finalmente conscientes de todo lo que no fueron sus padres aunque hubiesen sido padres. Padres que, también, debían cuidarse mucho de considerar todo eso que hacían, responsable y paternalmente, como si se tratase de algo épico cuando no era otra cosa que lo más normal (y que nunca debía perderse de vista que, en su caso, el listón estaba y está muy bajo y, por lo tanto, no debían dormirse en esos laureles tan fáciles y cómodos de llevar ahora, después de todo). Padres que harían cosas mal, pero las harían pensando en que las hacían lo mejor que podían hacerlas y así consolarse con un, bueno, pero mucho peor hubiese sido el no haberlas hecho y entonces ni siquiera haber llegado a ser malos padres porque nunca estuvieron allí haciendo de padres, siendo padres. Padres a los que honrar con esa definitiva forma del respeto que es la leve y amorosa falta de respeto a alcanzar recién luego de haberlos honrado y respetado y amado tanto como padres. Padres que, en ocasiones, querían y necesitaban tener más de un hijo para —cuando este crecía y comenzaba a dejar de ser nada más que un hijo— poder volver a sentir de parte de ellos esa dependencia amorosa e incondicional y absoluta y volver a vivir esa misma dependencia por ellos: hijos nuevos a enganchar y a los que engancharse para así poder renovar su adicción a seguir siendo ser padres.

Padres que, cuando se les preguntaba cuál era el secreto de un matrimonio tan largo como el de ellos —adoptando casi involuntariamente una posición de firmes y mirando al horizonte, como si recordasen emboscadas y escaramuzas de las que apenas salieron vivos— respondían: «La clave está en no divorciarse». (Y a Land esa respuesta le sonaba un poco tonta pero, también, bastante sabia). Padres que se aguantaban (en todos los sentidos del término) entre ellos en el nombre del ser padre y del ser madre y del tener hijos. Padres y madres que podían llegar a odiar el haber sido madres y padres junto a esos otros padres y madres, pero nunca odiarían el haber tenido esos hijos con ellos, con ellas, juntos. Padres novatos pero veteranos que —tal vez más parecidos a sus abuelos, padres con la misma edad de sus abuelos cuando sus abuelos estaban recién hechos y ellos eran nietos recién nacidos— pensaban primero en sus hijos antes de pensar en ellos. Padres más conservadores y con un instinto de conservación de sus hijos mucho más desarrollado. Padres que no sólo recorrían largas distancias en busca del mejor odontólogo u oculista para sus hijos sino que, también, se habían protegido a sí mismos con seguros médicos y de vivienda y de vida. Padres que no eran hijos porque tenían hijos. Padres que nunca serían ex padres, porque para ellos no existía eso de tener ex hijos. Padres que nunca amenazarían a sus hijos con suicidarse. Padres que —porque no son competitivos, porque sí son competentes— nunca se enferman cada vez que se enferman sus hijos. Padres vulnerables que más que sospechar saben que, por más que cuiden mucho a sus frágiles hijos, en los cruces y esquinas y escaleras y balcones y radiografías y diagnósticos y volantes y aviones y medicinas y drogas acecha siempre la posibilidad de que esos hijos dejen de crecer en sus vidas porque de golpe les ha crecido la propia muerte. Padres que —horror de horrores— en ocasiones vivirían, como muertos vivientes, el tormento inmortal y supremo de sobrevivir a sus hijos. Padres que no podían sino sentir que era a ellos a quienes —cuando sus hijos dejaban el nido, al verlos alejarse volando— les habían cortado las alas y morían como padres. Padres como Land nunca sería y por eso se sentía un poco —enumerándolos y clasificándolos y archivándolos— no progenitor pero sí un poco estadístico-censor y testigo-autoral de todos esos padres y madres. Todos y todas más que dispuestos a matar y morir por los suyos, que eran, a la vez, aquellos a quienes pertenecían. Todas y todos marchando en imperfecta pero entregada formación hacia el frente de esa batalla que no tendría final puntual ni resultado claro sino hasta el último día de sus vidas, recién entonces con sus cuerpos a tierra.

Allí y entonces los hijos de… intercambiaban entonces las figuritas, sí, más difíciles; como si se tratasen de estampitas religiosas de aquellos agotadores y paternales tormentos. Y allí, en las crónicas de sus descendientes, volvían a estar todos ellos. Y muchos seguían estando allí: los padres y las madres de los hijos de… formando aún al ataque y negando toda retirada, como jerarcas de ejércitos locos que jamás aceptarán siquiera la posibilidad de la pérdida. Todos en fila para el cansado pero siempre listo recuento de las últimas «hazañas» de esa raza ya casi extinguida. Todos desapegados pero pertenecientes a esa especie de especímenes especiales que nunca fueron instruidos en el arte de envejecer bien. Todos como si fuesen («Never, Land», como le prohibían sus padres) los infantiles *lost boys* de Neverland que jamás admitirían final de juego y partida de partida. Todos no regresivos sino nunca habiendo salido y sin volver aunque crean estar de vuelta. Todos —para ellos mismos nada de lápiz rojo, todo lápiz azul— renegando por los defectos del presente de los demás y negando las propias imperfecciones de sus pasados. Todos mirando a sus hijos de… con un raro orgullo y pensando, casi maravillados con ellos mismos, que al final salieron bien; mientras los hijos de…, también maravillados consigo mismos, pensaban en qué bien que salimos.

Land y su camada, por lo contrario, eran *tan* conscientes del tiempo, de la velocidad con la que iban ganando cada vez más lentitudes, del paso cada vez más firme de los años, de la concluyente evidencia de que hay cosas que ahora sólo vienen para anunciar que se van y que ya no volverán.

Así, están muy ocupados como para eso, para recordar. Y todo encuentro entre hijos de… (no se niega el vínculo que los une pero tampoco se trata de fortalecerlo) no es buscado sino casual.

Como aquel que Land tuvo a la salida de un cine de otra ciudad en el mismo idioma pero distinto acento, no hace mucho y décadas después, con Compañerito/Hijo de... Aquel Compañerito/Hijo de... quien, al verlo, sí lo abrazó con fuerza. Y (como anticipando los virulentos y contagiosos modales del Nome, ya preparándose para infectar a todo un planeta listo para el olvido) empezó a hablar *de vos* y no *de tú*. A hablar con la aceleración de quien, en realidad, está hablando solo y con él mismo mientras alguien lo escucha:

«¿Te acordás de la absurda satisfacción que nos daba que nuestro colegio, bautizado en el nombre del difuso patriota independentista nacional pero mexicano Gervasio Vicario Cabrera, fuese el n.º 1 del Distrito Escolar Primero? ¿Te acordás del cuidado imposible que debíamos tener para mantener blancos nuestros delantales y de esa sustancia azul y pegajosa, como la de la película *The Blob*, que nuestros padres nos ponían para fijar nuestro pelo, para disimular nuestras melenas pop sobre los cuellos encorbatados de nuestras camisas y que, según la publicidad en la tele, nos daba un aire "de masculina prestancia"? ¿Te acordás de cuando nos pusieron a mirar a cientos de alumnos, en el salón de actos, en un solo televisor, la repetición del momento del alunizaje, del pequeño paso y del gran salto, y de esa bandera que de pronto era mucho más que una bandera, y de la risa que nos daba el astronauta Michael Collins, que fue hasta ahí pero no pisó la Luna? ¿Te acordás de ese enorme patio cubierto donde almorzábamos y donde luego nos obligaban a ponernos en algo que no figura en los manuales de yoga y mucho menos en el Kama Sutra, pero que se llamaba "posición de reposo"? ¿Te acordás: los brazos cruzados sobre la mesa, la cabeza como hundiéndose en ese pozo, a la espera de que, en silencio y si mantenías la más absoluta de las quietudes y el mejor de los buenos comportamientos, una voz por un altavoz dijese el número de tu mesa y uno, no me acuerdo bien de cuántos cabían ahí sentados, junto a sus cinco o siete compañeritos pudiesen salir primeros al recreo más largo y digestivo del día? ¿Te acordás de que alguno incluso podía quedarse dormido; como ese chico con tan mala suerte, ese del hermano mayor "con problemas" y que todo el tiempo hablaba de Mickey Mouse y de unas escobas? ¿Te acordás del cuartito de los cagados? ¿Te acordás de lo raro e inquietante que era encontrarse alguna vez con algún maestro o maestra fuera del colegio y de que el primer impulso era, siempre, fingir no reconocerse, como si unos y otros fuésemos espías de incógnito en misión secreta en país extranjero lejos del colegio? ¿Te acordás de nuestra joven y subversiva profesora? ¿Aquella que en el último acto de fin de curso nos hizo aprender para que nosotros cantásemos, con nuestros diez añitos y el puñito en alto, frente a padres y autoridades, una feroz canción compuesta por ella acerca de oponer resistencia a la llegada de las topadoras que vendrían a acabar con nuestro querido colegio Gervasio Vicario Cabrera, n.º 1 del Distrito Escolar Primero? ¿Te acordás de que con esa misma maestra una vez fuimos varios compañeritos a tu casa a hacer un trabajo práctico y en el living estaba César X Drill haciendo cocktails molotov porque tus padres lo tenían escondido, y la maestra primero se asustó y después lo ayudó a hacerlos, y luego supimos que andaban juntos y que juntos eran explosivos? ¿Te acordás de que esa maestra fue expulsada a pedido de padres indignados y por el director del colegio, que fumaba cigarrillos marca Virginia Slims (y que después se supo que esa maestra había *desaparecido*)? ¿Te acordás de nuestros padres y de los amigos de nuestros padres y de los hijos de los amigos de nuestros padres? ¿Te acordás de mí?».

Y el Compañerito/Hijo de…, con ansiedad que quizás ya fuese primer síntoma del presentir que pronto no recordaría nada, parecía recordarlo todo. Todo menos esa mañana en la que le rompió a Land el dibujo que le había hecho César X Drill o esa tarde en la que César X Drill le hizo romper el dibujo que le hizo a él a la salida del colegio. Y Land se aguanta para no lanzarle un «¿Te acordás…?» al respecto. Después Compañerito/Hijo de… hizo una pausa, tomó aire, respiró profundo, y ofreció a Land una no poco recta línea de cocaína.

Pero ese encuentro había sido algo excepcional.

Porque por lo general, ninguno de ellos tenía mucho que decirse (o escucharse) porque hacía ya tanto que no se estudiaban. Y entonces, cuando se veían, solía serlo con ojos de mirada fugaz (porque el azar siempre lo es, el azar es como un viento que acerca por unos segundos para enseguida distanciar). Y a los pocos minutos que por momentos se hacían largos como horas (porque los minutos son muy largos, sí) cada cual seguía su camino. Siempre en dirección contraria a la del otro y sin mirar atrás. Porque ahora, después, todos se saben cómplices en el más imperfecto de los delitos. Y saben también que no han hecho otra cosa que, por un instante, volver a la escena del crimen: incrédulos ante lo sucedido pero sin embargo tan creyentes en que sí sucedió. Allí sigue estando ese lugar que ahora contemplan sin ver desde tanta distancia, desde ese otro lugar (ese sitio que es todos los sitios menos aquel en donde se vivió sitiado por la propia infancia). Pero ahí sigue todo aquello que, aunque ya no esté, parece seguir acechando a la vuelta de cada esquina de sus cada vez más angulosas y barridas memorias. Y, sí, al revisitarlo, todos ellos siendo cada vez más conscientes de que el sitio del que vienen es cada vez más, también, ese sitio al que ya no volverán. Un sitio del que salieron como, al final de una de esas películas, se sale de una casa embrujada. Una de esas mansiones fantasmales que arde o se derrumba a las espaldas de los sufridos y mortales héroes sólo para después, enseguida, reconstruirse, inmortal, por sí sola, como uno de esos juguetes de la infancia que se arman y desarman en piezas y que, por eso, son irrompibles. Y, por lo tanto, se sigue jugando con ellos, no se puede dejar de jugar, añadiéndole habitaciones y mobiliario a ese pequeño palacio de la memoria. Y en más de una ocasión, como cuando se jugaba hace tanto tiempo, se acaba perdiendo, llorando, hecho pedazos (que no es lo mismo que hecho piezas, los pedazos no vuelven a unirse fácilmente) y preguntándose qué pasó o cómo fue que pasó eso. Y si eso que se vio, que se volvió a ver, habrá sido algo que ya sucedió o el espectro insistente y constante de algo que no deja de suceder y no se puede olvidar. Y que por ello, sí, tan desprendida y generosamente, da miedo sin que nadie se lo pida.

Y acordarse de todo eso no es más que prueba incontestable y fehaciente de que aquellos fantasmas no existen (y de que por lo tanto no *dan* miedo, porque si existiesen ya no asustarían) pero sí de que estos fantasmas sí son reales (y que, por lo tanto, sí se les *tiene* miedo). Y de que no importa que uno no crea en fantasmas porque los fantasmas creen en uno. Y cada uno tiene los fantasmas que le corresponden, que le tocan, que le dan una palmadita en el hombro y primero *buuuh* y después *buuuá*. Porque los fantasmas (por eso hay más cuentos de fantasmas que novelas de fantasmas) son recuerdos sueltos y autoconcluyentes flotando por ahí. Fantasmas a la espera de ser absorbidos, sin ser conscientes de ello la mayoría de las veces, por una mente, por una memoria, que los recuerde. Sus visitas suelen ser breves. Vienen y van salvo que toque en suerte, buena o mala, una casa embrujada que no es otra cosa que una casa fantasma. O, si se lo prefiere, uno de esos inmemoriales y memoriosos palacios que tanto le gustaba recorrer a César X Drill cuando (así habló para que Land lo escuchase) decía que «Toda perezosa bravuconada de la adolescencia acaba siendo espectro de gran precisión que vuelve para hechizarte en tu madurez».

Los suyos, los de Land son, en cambio, fantasmales recuerdos sin que nadie salvo él los recuerde y los crea y los cree. Son suyos y nada más que suyos, aunque algún borde de sus sábanas con dos orificios a la altura de los ojos roce las sábanas de la memoria de otra sábana de otro hijo de... y sus inmemoriales cadenas más o menos oxidadas compartan algún que otro eslabón perdido o abandonado. Son, sí, la rareza de fantasmas tímidos y tan deseosos de pasar desapercibidos mientras se ven condenados no a recordar sino a condenar a otros a que recuerden.

Recuerdos casi no pidiendo ser recordados, reclamados.

Recuerdos sin un palacio que los corteje y los contenga.

Por eso Land no quiere olvidar, no puede permitírselo. O no puede olvidar, no quiere permitírselo.

Por eso Land es otro yo para así poder seguir invocando en mi nombre con otro nombre sin tanto Nome (y más detalles sobre todo esto más adelante).

Por eso Land reclamando a todos esos nombres propios que ya nadie nombra o que se nombran. Nombres impropios, como parte de un clan, de una estadística, de un género, de un momento, de una camarilla o de una época. O, mejor dicho, del espíritu (que no es lo mismo que un fantasma) de una época que aún está ahí, alerta, siempre listo para poseer poseíbles.

Y Land, con los años, se ha convertido en un poseedor profesional, alguien que vive de *editar* las vidas de los otros. Un biógrafo de terceras personas a las que, como un médium, les da voz en primera persona.

Y al que además le pagan bien por ello.

Land es una especie de *writer* pero (de algún modo sigue fiel a su promesa infantil) también es un *ghost*.

Alguien que, a su manera y de algún modo, además de médium es un fantasma. Entendiendo por fantasma algo que alguna vez Land leyó en un libro surrealista (y, se sabe, pocas cosas hay más realistas que el surrealismo real, bien hecho y razonado y no como puro y fácil delirio infantil de adultos que ya no pueden recordar o poner en práctica toda esa adultez que alguna vez tuvieron de niños).

Y lo que primero leyó Land (en silencio pero como con la voz de César X Drill leyéndole otros libros en el reverberar de esa librería en esa galería con eco) y luego subrayó en ese libro de autor hombre y francés, pero con título de nombre de mujer ruso, fue algo relativo a la desorientación causada por el término *embrujar* o *morar* o *habitar*. Desorientación porque obligaba a reconocer que entre algunos seres se establecen relaciones más peculiares, más inevitables, más inquietantes. Algo que sugería mucho más de lo que significaba y se atribuía al papel de un fantasma refiriéndose con ello a lo que primero se ha necesitado dejar de ser para luego ser *quien* realmente se es: alguien felizmente atrapado, sin exagerar en absoluto, por la imagen que se tiene de un «fantasma».

Y recién luego sentirse condenado a explorar algo viejo como si fuese algo nuevo: a volver sobre los propios pasos, a tratar de conocer lo que debería ser capaz de reconocer perfectamente, a aprender una mínima parte de cuanto se ha olvidado.

Algo en cuanto a que esa percepción de uno mismo no parezca desacertada al colocarla arbitrariamente en un plano anterior como representación acabada del pensamiento que no tiene por qué respetar la temporalidad.

Algo que, al ser hallado, implique al mismo tiempo una idea de pérdida irreparable, de larga penitencia o de vertiginosa caída cuya falta de fundamento moral será indiscutible.

Algo acerca de que sólo en la exacta medida en que se sea consciente de esta diferenciación se podrá revelar lo que, entre todos los demás, se ha venido a hacer en este mundo y cuál es ese mensaje del que se es portador y a la vez destinatario.

Y (repite) claro, oscuro: Land no sabe aún del todo qué es lo que ha venido a hacer claramente en este mundo y cuál es su oscuro mensaje. Mensaje que se ha vuelto mucho más oscuro y difícil de leer en tiempos tan mal iluminados. Y mucho menos lo tenía claro entonces: cuando él aún no era su fantasma pero todo su mundo parecía comunicarle un único mensaje.

Y el mensaje era: «Aquí empieza la Era de los Fantasmas».

Sí: antes de ser un aparecido hay que ser un desaparecido.

Entonces, en sus últimos días en Gran Ciudad, muchos de aquellos a los que Land conoció y frecuentó en caminatas de sábado de pronto desaparecieron para estar en todas partes.

Y eran fantasmas tan diferentes a los de libros y películas.

Y aún más diferentes a esos fantasmas «de verdad». Esos fantasmas que una vez vio Land o que, mejor dicho, se le aparecieron para que él los viera como si se tratasen de la anunciación espectral no acompañada del ruido de rotas cadenas sino de copas rompiéndose.

Fue hace tanto, en el departamento de enfrente al suyo y al de sus padres, en Gran Ciudad, poco antes de que, como en esas novelas fantasmales, los acontecimientos se precipitasen.

Ahí estaban. Esos vecinos. Frente a su piso y al otro lado del pulmón del edificio. Vecinos festejando la Navidad en julio, entre muebles elegantes y un arbolito enorme y frondoso y muy decorado: más un bosque de Navidad que un árbol de Navidad. Sus padres los contemplaron desde su ventana y dijeron que se les hacían muy «re-locos» y «re-divertidos». Y, comentaron entre ellos, que seguramente festejaban Navidad en invierno «porque seguramente eran europeos y les venía mejor el clima de invierno» y «que no estaría mal decirles de pensar en unir fiestas alguna noche de estas, ¿no?». Aunque, no demoraron en añadir, sintiéndose escandalizantes y acaso practicando para próxima festividad obligada junto a los abuelos de Land, «nunca entenderemos eso de meter un árbol dentro de la casa y colgarle cosas porque se supone que nació el hijo de Dios sin que su Creador lo reconozca hasta muchos años después y de la peor y más demandante y drástica manera posible».

Y, sí, oyéndolos Land pensó en que Jesucristo era el definitivo y sin retorno hijo de... (aquel a quien su Padre le había pedido morir, nada más y nada menos, que en el nombre del Padre, en su nombre). Y en que muchos de sus compañeritos lo tenían como compañerito imaginario (aunque sobre el tema se conversaba poco y nada en el colegio Gervasio Vicario Cabrera n.º 1 del Distrito Escolar Primero, donde no existía la materia de Educación Religiosa). Y en que a veces a él le daba un poco de celos el no poder creérselo, porque sus padres no le habían enseñado cómo hacerlo (alguna vez, siempre en Ciudad del Verano y tal vez por influjo subliminal de sus abuelos, creyó verlo de lejos; pero también podría haber sido un hippie de playa o algo así). Aunque su ausencia no era tan grave: Land podía no tener Espíritu Santo, pero sí acumulaba suficientes vivísimos y venerables espectros gracias a la lectura de tanta Sagrada Escritura.

A la mañana siguiente, cuando de camino al colegio Land le preguntó al portero quiénes vivían allí, en el departamento frente al suyo, el hombre lo miró raro pero, al mismo tiempo, no muy extrañado, porque después de todo Land era hijo de... de quienes era. Y el portero le respondió que ahí no había ni vivía nadie desde hacía años, que ese departamento estaba vacío y cerrado por una herencia complicada. Y Land le juró que la noche anterior ahí había gente, que hubo una fiesta como las de sus padres, aunque todos tenían mejor comportamiento y lucían menos *intelectuales*. Y estaban festejando la Navidad. En julio. Y entonces Land y el portero fueron hasta allí y abrieron muchas cerraduras con muchas llaves. Y, sí, ahí dentro no había nada ni nadie: todo allí era sólo ese polvo vacío del que se venía y al que se volvía.

Allí no había vivido nadie vivo en mucho tiempo.

Así (cuando nadie pensaba que pensaba en eso) pensó Land: «De nuevo: ¿Hay alguien ahí? Si estás ahí, por favor, da tres golpes».

Pero los pequeños golpes que anteceden al gran Golpe son otros, son muy diferentes. No quieren asustar, quieren aterrorizar. Los fantasmas de ahora, de entonces, en los últimos días de la infancia de Land son algo novedoso y diferente: una flamante especie. La de los fantasmas en su infancia que empezaron a aparecer luego de desaparecer y a los que nadie podía ver (en esto residía su poderosa potencia espectral) pero a quienes se los pensaba todo el tiempo prisioneros y más encadenados que agitando cadenas en torturantes sótanos o áticos. Descargas de electricidad en sus cuerpos cortesía y orgullo de una invención nacional junto a ese dulce espeso y marrón con que se tentaba a los prisioneros a cambio de nombres, a las huellas digitales que se les tomaba antes de borrarlas para siempre, a los bolígrafos con que se redactaba el informe de su desaparición con tinta no invisible sino invisibilizadora. Eran abuelos, padres, hijos, nietos. Todos eran aptos de ser *fantasmificados*. Así, de improviso, a veces se los contemplaba por una última vez, antes del momento último: en azoteas de medianoche, en piyamas/pijamas rayados y camisones/camisolas en flor y disparando al aire carcajadas de plomo. O rodeados por el ejército, en una última esquina, como en ese póster de *Butch Cassidy and The Sundance Kid* de esa hija de... O en el centro circular de una galería y, sí, ahora sí, no «¡Hola! ¡Hola! ¡Hola!» sino «¡Adiós! ¡Adiós! ¡Adiós!».

Ahora los ves y ahora no los ves. Truco para el que se conoce la ida pero no la vuelta: se sabe cómo hacer desaparecer a alguien pero no el cómo hacerlo reaparecer. Truco para el que se necesitarán miles de involuntarios voluntarios a participar en su último acto junto a Mister Mystery: tramposo Coloso de la Lucha, a muerte y fuera de reparto y de programa, y quien nunca perdona a sus rivales. Y todo aquel a quien entonces, dolorosamente, se cortase y cortara en dos volvería a ser unido y reunido jamás, nunca más, para siempre.

Cada vez que a Land, con los años, le preguntan en qué país nació, primero dice «A ver que lo piense un poco» (como si no pudiese recordarlo sin pensar antes en que tiene que pensarlo, en *verlo*) y recién después responde: «No me acuerdo».

Y, cuando vuelven a preguntarle cómo es posible que no se acuerde de en qué país nació, Land mira siempre a la derecha y luego a la izquierda y responde infantil y casi cantando: «Nomeacuerdo es el nombre del país en el que nací».

Y tiene su gracia y su desgracia: la infancia de Land transcurrió en Nomeacuerdo. Ahora, el resto de su vida transcurre —que no llore por él, que lo quiere cada día más, que no lo bombardeen, que no se puede defender— en Nome.

Y sin embargo (aunque preferiría que nada hubiese sido así, de que no sea por lo que fue, de que todo haya sido diferente y no sentir este impertinente orgullo por tal vez ser único) Land se acuerda de todo (de casi todo) y de todos (de casi todos)…

Ayer y ayer y ayer y no mañana y mañana y mañana.

Hoy.

REW.

PLAY.

Land se acuerda del momento en que salió de Nomeacuerdo.

Se acuerda del camino al aeropuerto, al amanecer, bajo un cielo rojo como el de alguna escena de esa película en la que se montaban camellos hacia el horizonte de Damasco y de Thalassa, Thalassa. Y, claro, todo amanecer trae consigo la engañosa calma de velar a las estrellas y hacer algo menos evidente y atemorizante a la inmensidad del universo. Siempre serán y se sentirán más tranquilizadoras y cercanas a los ojos las anónimas nubes (aunque anuncien tormenta) que las soleadas galaxias y constelaciones con nombres mitológicos y honrando a proezas ancestrales girando en la más profunda de las profundidades, razonó Land. Constelaciones colosales que nunca se rebajarán a señalar a quienes las señalan, aunque estas sepan su nombre, su signo del zodíaco y su fecha/hora de nacimiento/muerte por vivir y todo lo demás también de sus minúsculos señaladores. Estrellas verdaderas que nunca mienten pero saben todos los secretos.

Y a Land se le hace correcto salir de viaje a esa hora: el nuevo día de todos coincidiendo con el estreno de su vida nueva.

Land viaja en un taxi junto a sus tres abuelos, atravesando todas las pequeñas y muy diferentes ciudades dentro de Gran Ciudad. No lo sabe pero sí lo sospecha: esta será la última ocasión en la que la verá y en la que los verá.

La abuela recientemente condecorada como viuda se derrumbará, dentro de unos pocos meses, víctima de la emoción de sostener una escalera de color en sus manos pálidas durante una partida con amigas con más experiencia en la viudez que ella. Y lo hará lanzando una última y triunfal carcajada. Aunque estaba muy triste y «extrañaba mucho... había puesto una foto de la lápida de la tumba en su mesita junto a la cama... Y siempre se acordaba de cómo, antes de meterse en la cama, él se peinaba y se perfumaba comentando que lo hacía por si esa noche, dormido, conocería a la mujer de sus sueños para enseguida decir sonriendo que esa mujer era la que dormía a su lado y roncaba mucho», dirán sus amigas «de toda la vida». (Alguna de ellas a Land le daba mucho miedo; como esa que contó entre carcajadas que su marido siempre la maltrató y que ahora, que tenía Mal de Parkinson, para vengarse, ella sólo le preparaba «sopa para el desayuno y sopa para el almuerzo y sopa para la merienda y sopa para la cena y se la sirvo, y me siento a ver cómo se las arregla»).

Y, sí, debía de ser terrible vivir extrañando en la casa en la que siempre se había vivido; así que Land lo consideró (abuela victoriosa, las mejores cartas en la mano) como buen momento para dejarse ir, para perder la vida ganando en la muerte.

Los otros dos abuelos morirán al poco tiempo, accidentalmente o por un descuido («acto fallido», no dudó en diagnosticar alguien de El Grupo), por un escape de gas. Accidente que Land, cuando se lo cuenten, no podrá sino asimilar y reescribir como aquello que Silvio Platho (quien al enterarse lo entendió casi como una afrenta personal) venía mal interpretando desde hacía años. Sólo que sus abuelos representaron lo suyo con refinada discreción y sin espectadores: como debe escenificarse este tipo de ceremonia y, aun así, con mucho más éxito.

Pero antes, ahora, el aeropuerto es algo más parecido a un hospital que a otra cosa. Pacientes viajeros rogando por que no haya contratiempos para sellarles el alta en el pasaporte y así poder acceder a saludables alturas. De tanto en tanto, a alguno le informan de que «hay un problema»; y vienen a buscarlo, y probablemente se lo lleven, de y con urgencia, rumbo a la más intensiva de las terapias.

Un aeropuerto no se parece en nada a esos bulliciosos espacios donde, al final de las comedias, alguien llegaba rogando a la vez que exigiendo que se detuviese al avión en el que viaja la persona amada.

Ahora, allí, muy pocas personas y mucho y muy poco hospitalario silencio.

Silencio, aeropuerto.

Land había estado en este aeropuerto, por primera vez, un mes atrás: cuando sus padres habían volado en busca de otro sitio donde aterrizar. Ahora sus padres lo reclamaban desde muy lejos. Tal vez necesitaban de su ayuda para cocinar hamburguesas con puré. Tal vez el terror los había cambiado si no para bien tal vez para un poco mejor. Ojalá que así fuera, deseó Land como se le desearía algo a uno de esos ambiguos y geniales *ifrit* de *Las mil y una noches*. Pero mejor no, porque esos *djinns* disfrutaban demasiado del burlar a sus amos. Y, seguro, tenían todos patas de mono bajo esas babuchas puntiagudas. Y, además, estaba eso de los deseos «indeseables» que le había dicho César X Drill para que él lo escuchara.

Y hasta entonces Land nunca había viajado tan alto, tan lejos.

Y besos y abrazos y Land aferra contra su pecho su bolso con libros y revistas como si fuese un salvavidas o un equipo de primeros auxilios. Otros pasajeros a punto de embarcar lo miran con una mezcla de piedad y extrañeza y se preguntan en silencio por qué alguien tan pequeño viaja tan solo. Y enseguida se responden, en un silencio aún más profundo, que mejor no preguntarse esas cosas. El muy acondicionado y comprimido aire del aeropuerto está poblado de preguntas sin respuesta. Así que mejor no agitarlo demasiado ante el riesgo de que se ponga a dar explicaciones inexplicables, incómodas. Y que la respuesta soplando en ese aire como de refrigerador gigante no sólo sea la correcta, sino que, además, sea la inmejorablemente peor respuesta de todas.

Ahora, una azafata viene a buscar a Land para llevarlo hasta el avión. Y sus abuelos lo abrazan de nuevo como si no quisiesen soltarlo. Y lo acompañan hasta una escalera mecánica que, como si ya anticipase el ascenso del avión, sube hacia la vasta indiferencia de los cielos.

Así (cuando nadie pensaba que pensaba en eso) pensó Land: «Adiós, adiós a todo y a todos... Adiós a todo esto y, sí, creo en el ayer, pero también sé que mañana nunca se sabe y...».

Y de pronto, Land ve a un hombre quien, desde detrás de una columna, le hace señas para que se acerque a él.

Land (aunque nunca haya que hacerles caso a desconocidos según sus abuelos y aunque sus padres se la pasaran llevándolo a sitios conocidos pero desbordantes de desconocidos) va hacia él sin entender muy bien por qué lo hace.

Sí entiende, de un modo casi instintivo, que tal vez lo haga porque es un momento importante. Otro de esos momentos históricos pero, ahora, no de todos sino suyo y nada más que suyo: un episodio importante de su futura autobiografía que escribiré yo para hacerla nuestra. Una escena a repasar una y otra vez. A escuchar y volver a escuchar su voz en ese cassette en el que lo cuenta. A reescribir todas las veces necesarias y desde todos los ángulos posibles hasta captar su justa intensidad y hacerle la justicia que se merece.

Esto es vida.

Esto es su vida.

Esto será su vida cuando se cuente su vida.

«Lo primero que pensé es que ese era el tipo más raro que nunca vi», se oye y oigo allí, en ese cassette con voz de Land.

Y lo primero que piensa Land (lo primero que Land vive entonces) es en que ese es el tipo más raro que jamás ha visto: lleva gabardina como de detective y su cabello es naranja y su bigote es como antiguo. Es como un personaje secundario de uno de esos cómics de ese joven periodista, Nome, acompañado por insoportable perro parlante yendo del fondo del mar a la superficie de la Luna, con escalas en reino europeo al que se le perdió su cetro o en republiqueta sudamericana.

O no, mejor, sí: el hombre parece no un Nome verdadero pero sí uno de los disfrazados músicos de la imaginaria e imaginativa Banda de los Nome Solitarios del Sargento Nome.

O mejor aún, casi se anima Land: ese hombre podría ser El Intelectualoide. Ese Coloso de la Lucha con el que alguna vez él había fantaseado y que ahora —al verlo en carne y hueso— Land se da cuenta de que difícilmente podría ganarle a nadie, ni siquiera al siempre vapuleado por todos Be-Bop El Pa-jazz-ito.

Lo siguiente y último en lo que piensa Land al ver mejor y de cerca a ese extraño es que conoce a ese hombre, que lo reconoce, que sabe quién es.

«Es un maestro. Del colegio», les dice y les miente de verdad y en secreto a sus abuelos, para que no se preocupen.

Y Land camina hasta donde está César X Drill.

Así habló César X Drill (y así escuchó Land):

«Ave, Land», le dice.

Y lo abraza muy fuerte, como nunca lo abrazó y como nunca abrazó nadie a Land, ni siquiera sus abuelos, que abrazan con menos fuerza porque son menos fuertes o porque lo abrazan más seguido.

Y César X Drill mete algo en el bolso de Land: un sobre grande y pesado.

Así habló César X Drill (y así escuchó Land):

«En caso de emergencia», le dijo.

Y después César X Drill pone sus manos en los hombros de Land y lo mira fijo. Lo mira con la mirada con la que se mira a quien se sabe que lo está mirando por última vez. Lo mira como se mira a algo que no se quiere dejar de ver. Y le dice algo que, de nuevo, al principio, Land no entiende (la voz de César X Drill distorsionada, como si ya fuese su propio eco, o tal vez se trate de la acústica aerodinámica del aeropuerto) pero después y enseguida sí.

Así habló César X Drill (y así escuchó Land y así hace Land que César X Drill vuelva a hablar ahora):

«No dejes de escribirme, Land... No te olvides de escribirme... No te olvides de recordarme», le dijo y le dice César X Drill.

Y después desaparece.

Y César X Drill ya no está allí, es como si nunca hubiera estado.

Así (cuando nadie pensaba que pensaba en eso) pensó Land: «Sí... Siempre... Para siempre...».

Y su vuelo se anuncia por altoparlantes con la misma voz con que, en la televisión, se anuncia un próximo programa.

Y Land escucha eso y se dice que lo próximo que va a emitirse en el canal de su vida no lo vio nunca, que no es un episodio repetido de su serie, que es la primera vez que lo van a dar y que se lo van a dar a él. Y Land se pregunta si será algo bueno o, al menos, algo mejor que lo visto, emitido y vivido hasta hoy.

De todos modos, no hay otra opción.

Es lo único para ver ese día y a esa hora. En ese último día tan sólo para poder ser, al mismo tiempo, un primer día.

Pronto Land estará en el aire, sin publicidades ni interrupciones, protagonista principal y ya no pequeña estrella invitada, mirándose a sí mismo.

Y esto es un secreto, esto no es mentira: la verdad sólo puede comprenderse y apreciarse hasta en el más mínimo de sus detalles, nada más y nada menos que cuando se la contempla —tanto en el tiempo como en el espacio— desde muy lejos, más lejos aún, un poco más lejos, en lo alto, en el Gran Cielo.

Así, es extraño volver a sintonizar todo aquello como quien lo busca frente al espejo del pasado o abre esa ventana del ayer.

Sí, piensa Land: un espejo puede llegar a confundirse con una ventana, sólo que un espejo no puede abrirse ni cerrarse (los espejos en los baños no son espejos, son parte de las espejadas y trípticas puertas de botiquines, como ese cuadro de Hieronymus Bosch, nombre que aún no se *nomeniza*, y que tanto le gusta). No: Land quiere un verdadero espejo de verdad. Un espejo mirador desde donde mirarse mirar. Un espejo sincero y fresco que aún no se haya envilecido y enviciado con tantos rostros a lo largo de rajas y ancho de grietas de demasiados años. Un espejo terso y sin arrugas que nunca fue de cuento de hadas y no pierde tiempo con rostros por dormirse o recién despiertos. Un espejo que tan sólo reproduce todo lo que alguna vez lució nuevo e inocente y ahora tan antiguo y, sí, fantasmal. O tal vez siempre fue así; pero lo que ocurre es que quizás no se ve a un fantasma sino hasta cuando ya se está cerca, tan cerca, de ser un fantasma.

Entonces —en ese presente que dura apenas un segundo, pero un segundo que dura para siempre, hasta el final— la infancia de Land se apresta no ya a morir sino, fantasmagóricamente, como un aria a variar, a mutar en lo próximo, en lo cercano, en lo siguiente: en todo lo que no vendrá porque ya está aquí pero no exactamente, no del todo aún.

El sentido común de la infancia navegando a toda velocidad, a demasiados nudos imposibles de desatar, sin nadie en el puente de mando y hacia los tan afilados rápidos del sinsentido personal de la adolescencia.

Y aun así…

Porque la adolescencia no existe: la adolescencia (cada vez más larga y más infantil con el paso de las generaciones y degeneraciones) no es más que la vejez de la infancia.

Los primeros pasos y palabras de una vejez que allí comienza y que a partir de entonces se extenderá hasta el último momento de la vida: el único imposible de ser reescrito.

Ah, la vejez: esa cosa tan extraña que sucede y le sucede (y que le ocurre y se le ocurre) a un niño.

Niño que ahora pronuncia sus últimas palabras como niño.

Así habló y pensó Land (y así pensó y habló y escuchó Land): «Ahí voy».

Aquí viene.

MOVIMIENTO SEGUNDO:

Allá; o,
Palabras o expresiones por lo general usadas
de manera incorrecta

Vas a tener cosas de las que arrepentirte, muchacho... Esa es una de las mejores cosas que hay. Siempre puedes decidir si arrepentirte de ellas o no. Pero la cosa está en tenerlas.

ERNEST HEMINGWAY, «The Last Good Country»

Cuando mucha gente se reúne en los mejores lugares las cosas resplandecen... La cosa es tener a mucha gente en el centro del mundo, donde sea que se encuentre. Luego... las cosas resplandecen... Mi teoría es que cuando mucha gente se reúne en los mejores lugares, las cosas resplandecen todo el tiempo.

La presión de su entorno lo había conducido al solitario y secreto camino de la adolescencia.

FRANCIS SCOTT FITZGERALD, «Absolution»

> Estoy lejos, estoy lejos
> Estoy lejos en una tierra extranjera
> Aquí estoy, aquí estoy
> Aquí estoy en una tierra extranjera
> Lá-la La-la-lá-land...
> Lá-la La-la-lá-land...

RAY DAVIES / THE KINKS, «In a Foreign Land»

«El mundo es todo lo que es el caso», lee Land en ese libro que acaba de robarse de esa librería.

Se lo roba no en galería sino en centro comercial: lugares que se asemejan pero no son lo mismo y que, ahora, para Land, están tan lejos uno de otro.

Su Caso (y por propio es que lo asciende a mayúsculo) es ahora todo el mundo y es un mundo distinto al que alguna vez fue aunque esté en el mismo mundo, su vida que es una vida diferente a la que alguna vez fue aunque sea su misma vida.

Y, sí, Land prefiere pensar en su vida como en un *caso*; y en sus proximidades y cercanías cada vez más estrechas y acorraladoras y asfixiantes como en un *mundo*: Su Mundo en Su Caso.

Así duele y perturba menos, piensa Land pensando en que (cada vez le pasa más seguido y no se resiste a ello porque pensar es como irse a otra parte, a una parte pensada y no vivida) ha empezado a pensar más profundamente. A hundirse en sus pensamientos. A pensar ahí abajo, en Su Mundo, en si saldrá a flote de ellos o si acabará ahogándose por pensar tanto en Su Caso.

Su Caso (y a Land la palabra *caso* hasta ahora siempre le había sonado como asociada a investigaciones criminales y a nieblas destripadoras y a cadáveres en bibliotecas a los que, por momentos, se siente demasiado próximo) que es un caso aún por resolver y con dilema añadido al misterio: aquí la víctima y el victimario y el detective son la misma persona.

Y esa persona es él.

Su Caso (de nuevo, con particular y singular privada pero no detectivesca C mayúscula, para así distinguirlo figurativamente de la abstracción que se quiere plural y universal de ese caso que expone el libro que acaba de robarse) que, por momentos, es algo que le suena más a ese y a aquel «El Coso». A ese El Coso interior al que le cantaba ese loco lindo, no hace mucho pero como si hubiese sido hace una eternidad. A miles y miles de kilómetros, en su hoy por completo inexistente y por entonces casi inexistente país de origen. En aquella otra Gran Ciudad ahora en el pasado y, por lo tanto, de pronto un país extranjero para Land y donde las cosas —El Coso incluido— y los casos se abren y se hacen de manera diferente.

Su Caso, entonces.

Y sí: es peligroso ponerse a pensar en El Caso que Land lleva bien adentro, aunque es como si sus tentáculos se extendiesen al mundo entero: a Su Mundo cada vez más comprimido sobre sí mismo.

Y —Land sigue leyendo ya fuera de la librería— por suerte aún no se han impuesto esos delatores e implacables controles automáticos. El robo de libros (veloz incursión casi comando; la clave está en no dudar: entrar y capturar presa y salir, sin siquiera preocuparse por ser visto o descubierto) es aún algo artesanal y *unplugged* y hasta digno de admiración pero no de atención ahí y entonces, en el instante mismo del robo.

Y es que Land necesita libros, los necesita mucho; y, por lo tanto, no hace otra cosa que atender a esa necesidad. Porque si Land no lee (si no está todo el tiempo leyendo, si no se *cultiva*) se verá obligado a sembrar lo arado en surcos torcidos que nada tienen que ver o leer con los rectos renglones de una página. Y no será una buena cosecha.

Y es que allí —fuera de los frondosos y fructíferos y alimenticios libros y ficciones ajenas, en los resecos campos de su propia e incompartible realidad— ahora ya no crece nada bueno ni comestible ni nutritivo.

Leer para sobrevivir entonces.

Robar libros como si, en lugar de un delito, fuese un acto de justicia.

Y este libro —su última *adquisición*— está en esa colección tan buena y cuyas portadas tanto le gustan. Y es pequeño y no abulta. Y así, siendo edición pocket, el libro ha hecho deshonesto honor a su condición y se ha deslizado en el bolsillo de la chaqueta de Land con gracia de truco mágico sencillo pero eficaz: como si fuese una paloma, un pañuelo, un naipe, un arma de fuego cargada con la que no atacar a nadie pero sí ejecutar la ilusión aquella de atrapar una bala disparada entre los dientes y cuya explicación para lo que se creía imposible, suele ocurrir, es tan sencilla y hasta decepcionante.

Robar libros, en cambio, es algo mucho más complejo.

No es el primer libro que Land roba y tampoco va a ser el último. Land ha descubierto que tiene un casi súper-poder. Los libros —sin que nadie parezca verlo o darse cuenta de ello— parecen saltar a sus manos como si quisieran irse con él, como si deseasen ser adoptados.

Y —no preguntar cómo, no tiene explicación, no hay ardid aunque sí haya manipulación— luego de entrar a la inminente escena del crimen y de seleccionar a su inmediata víctima, Land sentía casi físicamente cómo era envuelto por un aura o halo que lo volvía invisible para los empleados de la librería. Algo que le capacitaba para hacer lo que quisiera, para llevarse lo que más deseaba. No importaba el volumen del libro o su valor: *ese* libro estaba allí para ser suyo, para ser raptado por el más amoroso de los captores, para salir de allí y entrar a sus ojos.

Y en algún momento (por acto reflejo o mecanismo de defensa se tiende a reglamentar a los milagros con la esperanza de así poder convocarlos a voluntad) Land se pensó como a un elegido, sí, pero quien no debía malgastar o degradar su don robando libros que no le fuesen a servir o que no le resultasen indispensables para su formación como lector. Y, por supuesto, Land enseguida se dijo a sí mismo que todo libro le era indispensable y, por lo tanto, digno del honor de ser robado y poseído por él.

(Y con el tiempo, claro, Land desarrollará ciertas técnicas más sofisticadas que el simple y físico ocultamiento bajo el abrigo. La de mejores resultados será la de escoger el libro a robar, irse a un rincón poco frecuentado de la librería, dedicárselo a sí mismo con bolígrafo ágil y trazo veloz, y luego acercarse a cualquiera de los empleados, mostrarle el libro y mentirle que alguien se lo había «regalado», preguntarle si tenían otro ejemplar porque quería regalárselo a un amigo, averiguar el precio, suspirar un «Es muy caro; mejor le presto el mío». Y salir de allí con su copia de algún *Collected Stories* de alguien —la categoría *Collected* o *Complete* era tan *robable*— delictivamente legalizado como de su propiedad. Y a veces, cuando el libro a robar había sido escrito por alguien próximo y vivo, Land no dudaría en auto-dedicárselo por ese autor con palabras emocionadas y agradecidas y firma que, por inventada, ya no era falsa).

Pero todavía faltaba para eso, para esos otros libros. Aunque Land rara vez deberá apelar a la puesta en escena de semejantes ilusiones. Lo suyo era y sería pura magia sin impuro truco: en verdad no robaba sino que devolvía todos esos niños perdidos a su legítimo dueño —él mismo— predicando un evangélico dejad que los libros se acerquen a mí.

Y el libro que Land roba ahora (el libro que le pide en el más elocuente de los silencios que lo lleve a casa) se titula *Tractatus logico-philosophicus.*

Y Land no lo sabe aún pero, gracias al *Tractatus logico-philosophicus,* muy pronto sabrá con qué título responder cuando le pregunten qué libro llevarse a una isla desierta. Y lo sabrá porque, sí, ahora ya sabe muy bien —lo sabe a la más imperfecta de las perfecciones— qué es eso de estar en una isla desierta, eso de estar aislado.

Y lo primero que intrigó a Land, ya en la cubierta del libro, fueron esas palabras terminando en *tatus* y en *icus*. Palabras remitiéndolo refleja y automáticamente (chocando sobre la superficie de su memoria y regresando a él, como en un eco) a un dibujo animado nacional y muy popular de su ya exportada y cada vez más lejana pero no por eso menos animada infancia y en el que su protagonista hablaba así: *perritus, sombreritus, bandiditus.*

También, además, el título tenía cierto aroma al latín de breviario de exorcista. Y Land acaba de ver esa película, que no pudo ver por prohibida para su edad en su casi inexistente país de origen. La vio aquí, no hace mucho (en una satánica doble matinée compartida con un pequeño Anticristo), con la boca llena de hot-dog gigante bañado en salsas extrañas, no asustado pero sí inquieto. No le daba miedo el demonio pero sí le perturbaba la posibilidad de ser poseído por algo externo y de pronto parte íntima suya. Algo por el estilo era una vocación, se dijo. Aun así, Land no pudo evitar el sonreír mientras esa niña regurgitaba géiser de vómito verde; porque el nombre del demonio posesivo, Pazuzu, le recordó también tanto a otro héroe de su niñez: un cacique con gran fuerza y siempre sacando pilas de billetes de abajo de su poncho, como por milagro más divino que diabólico aunque capitalista. Y Land se preguntó entonces si tal vez este indio todopoderoso no sería el tan mentado y cantado y marchado «El Capital» a combatir bajo las órdenes de aquel difunto pero sólido espectro de El Primer Trabajador, quién sabe, todo eso estaba y le quedaba tan lejos ahora...

Y, sí, tal vez ese libritus pequeñitus fuese una recopilación de conjuros para espantar espíritus malignos que podría llegar a resultarle más que útil a Land; porque cabía la posibilidad de que él, Land, también esté poseído por algún demonio capital que le hizo hacer todo lo que ha hecho o, mejor dicho, todo lo que ha dejado de hacer.

Lo segundo que le extrañó del libro (lo que casi hace que Land siga de largo y se olvide de la cuestión) fue que cada uno de los breves pronunciamientos que componían al texto tuviesen, en sus márgenes, números. Una para Land (por entonces más matemáticamente negado y anulado y reprobado que nunca; más detalles sobre este problema sin solución correcta más adelante) automáticamente incomprensible valoración con cifras y puntos funcionando como comas. «Bárbaros, las ideas no se matan y mucho menos se califican», se dijo Land entonces, evocando a su prócer favorito después de Gervasio Vicario Cabrera, allá atrás y hace tiempo; aunque esa cita no fuera suya ni la hubiese escrito en un rapto de cólera patriota entre montañas pero sí se la hubiera apropiado o adjudicado sin problema alguno. Otra mentira verdadera que para muchos era un secreto, pensó Land lógica y filosóficamente, otra de tantas secretas ciertas mentiras.

Aunque después, enseguida, lo que convirtió a ese pequeño libro en algo irresistible para él (en algo que debía tener porque era suyo incluso antes de verlo y robarlo) fue el nombre del autor. Era el nombre que había oído en boca con eco de César X Drill aquella tarde bajo una réplica de sonido que iba y regresaba desde lo alto de aquella galería con el eco de una cúpula en su centro.

Y el nombre era Ludwig Josef Johann Wittgenstein.

Y lo que terminó de marcar a ese libro como impostergable nuevo objetivo a ser sustraído por Land fue la foto del autor en la portada. Ahí, esa mirada como la de inocente prisionero de campo de concentración (de reconcentración) en sí mismo. Y a la vez la mirada de prontuario de alguien que acaba de cometer un delito imperdonable, un crimen importante y decisivo: algo que incluía decapitación y desmembramiento de un hasta entonces respetable y por lo tanto jamás cuestionado *corpus* de ideas. El no ajusticiable sino justo delito de alguien que ya nunca volvería a salir de ese sitio al que se ha entregado voluntariamente; porque quedaba más que claro en esa mirada pálida que ese hombre era un prisionero de sí mismo. Una mirada como de constante novato a la vez que de tenaz veterano. La mirada de aquel cegado por la luz del conocimiento. La mirada del que ha visto demasiado a la vez que la mirada de quien piensa un «yo no tengo nada que ver, a mí no me vean, a mí no me miren». La mirada, otra vez, de Hombre con Ojos de Rayos X. Y, de nuevo, sí: una mirada de hipnotizador hipnotizado que a Land le recordó —porque tantas cosas se lo recordaban— a la mirada del vértigo de César X Drill haciendo equilibrio en los bordes filosos de su escritorio mientras intentaba escribir, ser escritor.

Y, al abrir ese libro, esto fue lo que acabó de decidir a Land en cuanto a que ese *Tractatus logico-philosophicus* lo había estado esperando a él y nada más que a él: leyó en la breve introducción firmada por el autor —y saltándose el para Land siempre intrusivo prólogo/nota de los traductores— algo que Wittgenstein y la mirada de Wittgenstein advertían ya de entrada y cerrando la puerta y arrojando la llave. Allí Wittgenstein avisaba de que «Posiblemente sólo entienda este libro quien ya haya pensado alguna vez por sí mismo los pensamientos que en él se expresan o pensamientos parecidos. No es, pues, un manual».

Sí: no era un manual como sí lo era *The Elements of Style.*

Y claro: esto terminó por convencerlo y ganarlo a Land para su causa. Y —hocus pocus, más terminaciones latinas— así ese libro que estaba ahí dentro ya está aquí fuera. ¡Presto! ¡Robo! ¡Ahora no lo ves (ya no lo verán los empleados de la librería), ahora lo leés (lo leerá Land)! El libro en manos y ojos de Land quien, caminando hacia sus escaleras (porque ya son suyas) de ese centro comercial que se ha convertido en su segundo hogar con vistas a convertirse en principal hogar, se dice: «He aquí uno de esos libros perteneciente no a la categoría *no se entiende* sino a la de *no lo entiendo* pero que *sí entenderé* si me dedico a ello; porque está claro que este libro ya *sí me entiende*, me entiende a mí y me comprende y me comprehende; este libro ya piensa en mí y en lo que yo pienso pero que hasta ahora yo no sabía *cómo* pensar», piensa Land.

Y es uno de esos libros que pone de manifiesto la fértil vastedad de su ignorancia no como algo negativo sino como más que positiva evidencia de que él cuenta con tanto espacio vacío al que contarle cosas y, de nuevo, sembrarlo y cultivarlo y contemplarlo crecer y cosecharlo. Las limitaciones a su lenguaje que impone ese libro acerca de las limitaciones del lenguaje no son más, comprende, que una invitación a ser parte de lo ilimitado.

Y Land siguió leyendo sin poder dejar de leer; porque el *Tractatus logico-philosophicus* de pronto *sí* es como si se tratase de un manual de instrucciones/destrucciones. Pero en código y sin nada de la nada eficaz pero sí falaz aspiración de precisión didáctica de aquel otro con el que pretenden reformarlo y deformarlo sus padres volviéndolo escritor. Es un manual no para lo que vendrá y pasará sino que se ocupa de todo lo que le pasa, de lo que le viene pasando a Land desde hace ya casi dos años.

Sí, piensa y se maravilla Land leyendo: Su Mundo «es la totalidad de los hechos y no de las cosas» y «está determinado por los hechos» y «la totalidad de los hechos determina lo que es el caso y también todo cuanto no es el caso» y «los hechos en el espacio lógico son el mundo» y «el mundo se descompone en hechos» y «algo puede ser o no ser el caso, y todo lo demás permanecer igual».

Y esta última frase —la última de apenas la primera página, donde ya ha leído todo lo anterior— le produce a Land un muy especial escalofrío que ignora el calor tropical al otro lado del aire acondicionado del centro comercial Salvajes Palmeras, en los bordes del barrio Prado Feliz, en Gran Ciudad II. En esta otra Gran Ciudad a la que llegó al salir de la ahora extranjera para Land y rebautizada como Gran Ciudad I del mismo modo en que la Gran Guerra recién fue Primera Guerra Mundial al llegar la Segunda Guerra Mundial. Y el verdadero nombre de

Gran Ciudad II tiene algo como de onomatopeya, como de algo estallando o cayendo por una montaña o de grito de cacareo de animal raro o del sonido de un montón de botellas de ron vacías chocando unas contra otras en la más frágil y tan poco espirituosa de las noches por venir, en una noche en la que todo cambiará. Aunque ahora y ya desde hace un tiempo, en este mundo, Su Mundo (y donde Su Caso que viene determinado por los hechos y por sus actos), nada parezca haber cambiado aunque *todo* haya cambiado.

Y esto es así porque nadie sabe lo que Land ha hecho y ya no hace constituyendo tanto a su Caso como a todo lo que no es su Caso. Esos hechos y desechos de Su Mundo accionando sobre el espacio cada vez menos lógico de Su Mundo, reduciéndose, descomponiéndose en más hechos a desechar. En algo que, *también*, puede ser Su Caso o no ser Su Caso transfigurándose mientras todo a su alrededor se mantiene estable e inamovible.

Su Caso que –tratado lógica y filosóficamente– acabará devorando a todo Su Mundo y alterando para siempre al estado de sus cosas y a los elementos de su estilo y al estilo de sus elementos.

O algo así.

Así –antes y para que todo lo anterior ocurra– Land cruzó lo cielos y llegó a Gran Ciudad II.

Otra gran ciudad.

La segunda gran ciudad a la que clavarle un alfiler en el mapa de su vida.

Gran Ciudad II a la que Land se aprenderá desde cero, como si la leyese. Gran Ciudad II a comparar, inevitablemente, con Gran Ciudad I del mismo modo en que esos no históricos sino historietísticos Campeones de la Justicia súper-poderosos se la pasaban contrastando a Tierra Uno con Tierra Dos. Y lo que en principio resulta en un cierto desconcierto absoluto acaba siendo lo mejor posible: Gran Ciudad II no tiene nada que ver ni nada a ser visto con Gran Ciudad I.

Nada es igual a lo que fue para Land y *diferente* es la palabra clave en Gran Ciudad II, donde todo es igualmente diferente para Land.

En Gran Ciudad II todo es distinto: los colores de piel, los árboles, los autos, la comida, la ropa, el clima, el tiempo, la hora en los relojes y, casi sin darse cuenta, Land mismo si se lo compara con el Land de Gran Ciudad I. Aquella ciudad es ahora el pasado infantil de Land y esta ciudad es el presente ex infantil de Land. Y Land no sabe si sentirse afortunado porque el paso de una edad/estado a otro tenga una representación tan real y fronteriza y más allá de toda metáfora.

Más allá de ello y de ellas, no queda otra que dar un paso de miles de kilómetros al frente y cruzar al otro lado.

Por lo que se impone otro ejercicio de enciclopedismo geo-bio-antro-arqueo-sentimental (pero ahora potenciado por el factor exótico) para, de nuevo, intentar atar todo material a catalogar al suelo y que no se vaya volando al cielo por el que ahora vuela Land.

Así, Land comienza amplio de miras para luego ir concentrándose en sí mismo con los ojos entrecerrados.

Primero el paisaje y luego, mucho después, el paisajista: todavía la mirada poco usada de quien, con los años, acabará, fantasmagóricamente, ocupándose tanto del autor como de la obra, tanto de quien mira como de lo que mira.

Y hay tanto nuevo para descubrir y asimilar.

Y todo parece como en retazos sueltos que deben ser unidos para así conseguir un flamante y personal diseño.

Land se siente hilo y aguja a la vez que aprende a coser.

Pero, como Wittgenstein (quien recomienda que «lo que está deshilachado debe dejarse deshilachado»), Land lo hace dando saltos y saltándose puntos, sin quedarse quieto, el pulso agitado, pinchándose a veces los dedos, los ojos aquí y allá. Las ideas como inagotables conejos de batería inagotable que no dejan de andar y de andar, como mareados y ebrios, preocupados por llegar tarde a dejarse caer por esa maravillosa madriguera a la que, leyéndolos, no se puede sino seguirlos. La exposición de temas como si se cambiase de canal en el televisor todo el tiempo, como sólo puede contar la mente en licuación de un inminente adolescente (¿y habrá edad más deshilachada que la adolescencia?) asociando como libre y fisiológicamente modernista. Consciente de que fluye sin pausa siendo, otra vez, filosóficamente lógico: Land mirando por una casi espejada ventanilla de avión que no se puede abrir pero desde la cual sí se podrá observar todo lo que pronto se abrirá allí abajo para Land.

Y el avión demoró un poco en salir del aeropuerto de Gran Ciudad I. Los motores se encendieron y los motores se apagaron y tres hombres entraron al avión a buscar a una mujer y la encontraron enseguida y se la llevaron casi a rastras mientras ella gritaba una y otra vez un nombre que tal vez era el suyo. Nombre que era como si lo entregase, como si fuese una ofrenda, al resto del pasaje antes de que se lo amputasen para siempre. Y todos miraron hacia otro lado y nadie dijo nada prefiriendo ocuparse en ajustar, muy despacio y con manos temblorosas, los cinturones de seguridad. Turbulencias en tierra cada vez menos firme. Después el avión comenzó a moverse y todos ahí dentro tenían esa cara de no querer tener cara de haber presenciado lo que acaba de ocurrir. Land, por su parte, tenía cara de nunca haber volado en avión. Por lo que la escondió bajándola y mirando esa lámina donde se enseñaba a qué hacer durante emergencias varias en el aire o en la tierra o en el agua pero siempre con fuego: dibujos, casi un cómic sin palabras para (se enteraría Land años después) que la compañía no fuese demandada por algún no lector entre el pasaje o, mejor dicho, por algún pariente de ese no lector que ya nunca aprendería a leer. Y nadie parecía gritar en esa lámina, todos aceptaban su destino en silencio y hacían cosas y realizaban movimientos que —estaba seguro Land— nadie podría llegar a hacer llegado el breve y muy movido momento inicial que inauguraría el inmóvil largo final.

Y el avión dio vueltas por la pista por unos minutos que a Land se le hicieron eternos y se preguntó si esto era normal: si el avión sería como una de esas gaviotas que caminaban y caminaban por las playas de Ciudad del Verano y, de improviso, como si se le ocurriera una idea loca o cuerda, arrojándose a sí mismas como si fuesen frisbees, extendían sus alas y se iban volando.

Y el avión se dispuso a despegar y el piloto pedía de nuevo disculpas por «el contratiempo» y «la demora imprevista», y tranquilizó a todos avisando de que «el tiempo perdido» se recuperaría en vuelo. Y todos respiraron aliviados. Y el avión aceleró como si huyera de algo y su sonido fue exactamente igual al de ese crescendo orquestal que se oía dos veces: en el centro y al final de esa última canción de ese disco de Los... The... Los... Nome. Su canción favorita entre todas las canciones. Esa canción que empezaba con un «I read the news today, oh boy...» y se despedía cantando un «Having read the book...». Y, sí, a Land le gustaba mucho que el verbo *leer*, en inglés, se escribiese igual tanto en presente como en pasado y futuro. Todos los tiempos al mismo tiempo. Todo el tiempo de todos los mundos al mismo tiempo. Como predicaba Agustín, ese santo favorito de César X Drill y autor de ese libro que tanto le gustaba a César X Drill y que Land leería dentro de un par de años. Toda la vida en una canción acerca de un solo día y ese santo cantando que «supongamos que me pongo a cantar una canción que sé. Antes de empezar, mi espera se extiende a toda la canción. Una vez que he empezado a cantarla, cuanto voy quitando de aquella espera hacia el pasado, otro tanto se va extendiendo mi recuerdo, y se extiende la vida de esta acción mía en mi memoria por lo que he cantado y en la espera por lo que aún tengo que cantar. Mi atención está presente, y por ella pasa lo que era futuro para hacerse pasado. Y cuantas más veces se realiza esto, otras tantas se prolonga el recuerdo y se acorta la espera hasta que llega a desaparecer del todo, cuando toda aquella acción ya terminada pasa a la memoria. Lo que sucede con la canción, sucede también con cada una de sus partes y con cada una de sus sílabas. Y esto sucede igualmente con una acción más larga de la que formara parte, por ejemplo, aquella canción. Lo mismo acontece con la vida total del hombre de la que forman parte cada una de sus acciones. Y lo mismo sucede con la vida completa de la humanidad de la que forman parte las vidas de cada uno de los hombres».

Y, sí, este era un día en la vida de Land.

Pero no era un día como los otros días de su vida.

Era un día en la vida de Land rumbo a una nueva vida y a tantos otros días en ella. Rumbo a Su Caso en Su Mundo.

Era un día presente consecuencia de días que ya fueron y a partir del cual se proyectarían tantos días que serán.

En su vida.

El día de su primer avión en su vida y es un avión importante además de ser el primero. Un avión cuyo vuelo altera para siempre todo lo sucedido a Land. Un alto para todo lo de ahí abajo tal como se lo había conocido hasta entonces.

Y horas después (horas iguales entre ellas, horas largas como vidas en un día, Land nunca había vivido tantas vidas iguales y moviéndose tan poco y tan poco ocurrentes; aunque la comida no estuvo nada mal pero, se sabe, su listón gastronómico estaba muy bajo y cualquier cosa que no fuese hamburguesas plásticas con puré instantáneo era todo un festín) el avión comenzó a descender. El avión en el que Land volaba era un avión donde todavía se proyectaba en una única pantalla una misma película para todos. Un avión aún sin pequeño mapa en el respaldo haciendo aún más evidente la larga longitud de los minutos y la precisión del viaje en el tiempo, al futuro, segundo tras segundo. Un avión que de pronto dio un giro sobre las aguas, como queriendo que se admirase en todo su esplendor esa variada acumulación de paisajes en la tierra enfrentada a la vasta e indiferente monotonía del cielo.

Y Land —quien había despegado desde aquella otra ciudad enorme y plana y gris en la que había nacido— vio todo eso.

Allí, una-otra Gran Ciudad —la segunda Gran Ciudad de su vida, Gran Ciudad II— creciendo en el fondo de un valle rodeado por montañas. Y las montañas estaban a su vez rodeadas por el anillo de un desierto donde varios volcanes hablaban al mismo tiempo y competían por cuál de ellos era el más ardiente. Y luego el mar que, desde allí arriba, era de un azul casi intolerable, porque humillaba a todos los azules hasta entonces conocidos y coloreados por Land. Era un mar de ese azul que, tal vez por ser tan azul y tan marino, los antiguos griegos habían negado ver por escrito en sus libros sin tiempo y desbordando deidades de todos los colores a las que Land conocía, enciclopédicamente, por nombres y apodos y poderes y que ahora, en el aire y volando, lo protegían.

Desde esa ventanilla Land vio también una cascada alta y larga como la lágrima de un gigante (que, supo luego, era el destino soñado de los suicidas más hermosos y felices en el mundo quienes peregrinaban allí como si fuese La Meca no al menos una vez en la vida sino una primera y única y última vez en la muerte).

Y entonces Land pensó: «Realismo mágico».

Dos palabras que, en los últimos tiempos, había escuchado demasiado en boca sucia y mal aliento de muchos de los amigos escritores de sus padres.

En esas fiestas largas —fiestas que ya no se festejaban y que Land esperaba sin demasiado optimismo que hubiesen quedado definitivamente en el atrás y en el ayer— que para Land ya habían adquirido la condición de algo histórico y estudiable como batalla por la independencia.

Fiestas que primero se habían acortado, obedeciendo toques de queda.

Fiestas que se cancelaban sin necesidad de que se las anunciase, porque cada vez costaba más encontrar (y de encontrarlos eran cada vez más peligrosos) motivos de festejo.

Pero ahora, Land festejaba estar en las nubes —volando y volado, suspendido en el suspenso del aire y del qué pasará a continuación— y miraba hacia abajo.

Y (cuando se es joven, las distancias, como los tiempos, lejos están de ser exactas y puntuales y tan cerca de lo impreciso y tardío) Land estaba seguro de que, desde allí abajo, todos miraban hacia arriba, lo miraban a él, seguían mirándolo los que habían quedado atrás y ahora lo miraban todos los que tenía por delante.

Y estos últimos lo miraban como se leía a un nuevo personaje en la trama de una novela. Todos preguntándose quién era, de dónde venía, y qué sería de él a partir de entonces, una vez en ese allí que ya era aquí.

Y entonces, se inició la maniobra de aproximación para el aterrizaje. El piloto lo dijo primero en español y luego en inglés: «We'll be landing shortly»; y a Land le conmovió mucho y le asustó un poco esa súbita verbalización de su nombre, ese *landing*, para que todos, tan alto y tan en lo alto, lo oyesen. Se encendió otra vez ese pequeño cartel que indicaba que había que ajustarse de nuevo el cinturón de seguridad y que había que dejar de fumar en ese avión donde todavía se fuma porque (del mismo modo en que aún no hay dispositivos sincrotrónicos aunque Land sienta a todas y cada una de sus moléculas como colisionando unas contra otras) aún no hay aviones en los que esté prohibido fumar ni en los que el piloto se presente a sí mismo y a su tripulación para que los pasajeros supiesen a quiénes odiar por unos segundos, si todo se venía abajo, por toda la eternidad.

Y —nada es eterno— todo se vendrá abajo para Land. Su Caso se cerrará y Su Mundo llegará a su fin. Unos cinco años después de su partida de su casi inexistente país de origen. Dentro de *otros* cinco años (pero se sabe que en la adolescencia cada año tiene la espesa densidad y cambiantes particularidades de completos períodos históricos) todo será revelado.

Todo se sabrá.

Todo se conocerá a partir del conocimiento accidental de su falta por parte de sus padres y enseguida de los amigos de sus padres y de todos los demás; incluyendo a nuevos pero ya no tan pequeños compañeritos y a hijos de... y a esa nueva categoría demográfica en su vida que son los habitantes de El Parque: los aparcados y las aparcadas (denominación que juega con la idea de estar permanentemente estacionados, aparcados, *aparqueados* en El Parque; y más detalles después).

Y (no por su admisión consciente y meditada confesión sino por haber sido atrapado con la masa en las manos) se lo llevará a juicio express.

Y se pronunciará veloz veredicto y se ejecutará sin demora su condena.

Y el castigo consistirá en que Land destruya, uno a uno, página a página, todos sus libros y revistas. Todos los fascículos de su mítica enciclopedia mitológica. Y *Mi Museo Maravilloso*. Y las revistas de monstruos hollywoodenses (se le hace especialmente doloroso hacer pedazos la que tiene a *Mr. Sardónicus* o *El doctor Sardónicus* o *El barón Sardónicus* en su portada). Y su ejemplar dedicado de *La Evanauta* (Land, sin embargo, se las arreglará para salvar ese sobre que le dio César X Drill en el aeropuerto y que nadie sabía que él tenía, escondido bajo el colchón de su cama, así como su muy subrayado y fácil de ocultar edición del *Tractatus logico-philosophicus*).

«Primero y antes que ningún otro, tu querido *Drácula*: quiero ver cómo lo haces... ¿O no fue algo así lo que le ordenó tu gran héroe y mejor amigo a ese compañerito tuyo? ¿O acaso no lo obligó a que rompiese delante de todos ese dibujo que le había hecho?», le exigirá su padre con ese retórico tipo de preguntas que no esperan respuesta y que se le suelen hacer a hijos y a parejas.

Y lo que Land pensará entonces será —de nuevo, no es la primera vez— que entre su padre y César X Drill hay algo que nunca se terminó de terminar, que hay cuentas pendientes, que ahí hay un cuento con final abierto que a Land no le interesará nunca cerrar: porque no es justo, porque no corresponde, que los hijos vayan y vuelvan por ahí, heredando y cerrando las puertas y ventanas que los padres dejaron abiertas a sus temporales y temperamentales arrebatos arrebatadores de todo lo que los hijos más quieren.

Y lo que menos le extrañará a Land —aunque es algo extraño— será el que su padre le imparta ese mandato de destrucción total *de tú* y no *de vos*. Y no lo hará porque *de tú* sea como se habla en Gran Ciudad II sino porque, comprenderá Land, así le sonará a su padre más épico, más bíblico, más antiguo-testamentario. Un padre furioso ordenándole a su hijo pecador no que acabe con su hijo inocente pero sí con lo más parecido y cercano y «de sangre» que tiene: su sagrada y adorada biblioteca. Su madre, entonces de pie a espaldas de su padre, no le dirá nada a Land; pero tampoco contradecirá o desautorizará a su padre. Y —situación casi inédita y fenómeno antinatural para Land— la que por una vez calla, por una vez otorga.

Y Land obedecerá a su padre como si fuese el servil y *familiar* Renfield obedeciendo a su vampírico amo y señor.

Después (los estantes de su biblioteca ya vacíos de libros comprados y regalados y robados), sus padres le regalarán un primer libro para que, con él, Land vuelva a cultivar esa tierra devastada.

Y ese libro (ahora traducido al español, en edición bilingüe, algún editor en Gran Ciudad II se les ha adelantado a sus padres, se regocija en secreto Land) será *Los elementos del estilo*, de William Strunk Jr. y E. B. White. Portada horrible. Una de esas fotos de archivo de lo que se supone es un joven buen estudiante: corbata y gafas y sonrisa entre tímida y megalómana.

Y, allí, en el capítulo titulado «Una aproximación al estilo (Con una lista de recordatorios)», *Los elementos del estilo* recomendaba «No explicar demasiado antes de tiempo».

A lo que Wittgenstein –tanto más interesante y con la más críptica de las precisiones– bien podría añadir: «El sentido del mundo tiene que residir fuera de él. En el mundo todo es como es y todo sucede como sucede; *dentro* de él no hay valor alguno, y si lo hubiera carecería de valor. Si hay un valor que tenga valor ha de residir fuera de todo suceder y ser-así. Porque todo suceder y ser-así son casuales. El mundo es independiente de mi voluntad».

Ser-así, sí.

Entonces…

El mundo (Su Mundo) fue-así y es todo lo que es el caso (lo que acaece: Su Caso). Caso que ahora, para Land, ocupa todo espacio vacío por lo que ya no queda o por lo que aún no hay en ese mundo.

No hay aceleradores de partículas.

No hay enfermedades extrañas (hay enfermedades conocidas y a las que ya casi se tutea con confianza) ni hay virus informáticos.

No hay realidad virtual, porque con la poco virtuosa realidad que hay ya es suficiente como para explorar otros territorios donde ser infeliz pensándose en que se es más feliz por el solo hecho de no estar aquí convencido de que se está allí.

No hay posibilidades de comprar (de *no poder* comprar) entradas *on line* y si uno iba con tiempo y hacía cola tenía la seguridad de que no sólo iba a conseguirlas sino que además, de paso, podía llegar a conocer en esa fila al amor de su vida.

No hay tantos canales de televisión y no hay tantas pantallas y no hay posibilidad alguna de volver a ver algo (películas y series y hasta noticieros cuyas noticias pueden repetirse a voluntad) en el momento en que uno quiera, como si se fuese un Amo del Tiempo.

No hay tanto tiempo libre; o sí: pero es otro tipo de tiempo y de libertad.

No hay medicamentos que producen gran adicción (o si los hay no se consiguen tan fácilmente) y sí hay mucha marihuana a la que se le adjudican efectos que, se asegura, incluyen la irrefrenable necesidad de asesinar a alguien.

No se habla de vivir para siempre sino de cómo sobrevivir hasta las vacaciones (no hay tanta depresión entre jóvenes que entonces parecen tanto más resistentes de lo que ahora son).

No hay fotos del espacio más exterior y profundo (hay, sí, fotos de la Tierra captadas desde cada vez más lejos, pero no demasiado lejos) que no harán otra cosa que confirmar lo que ya se sabe: que nunca habrá fotos del final del espacio. (No hay fotos de aparcados y aparcadas: no las necesitan para creer en sí mismos porque se tienen tan cerca los unos a las otras).

Y no hay casi espacio suficiente donde ordenar todos esos libros que Land lee. Uno detrás de otro, como si se los fumase encendiendo el que sigue con la última brasa del que ya pasó y, aun así, todos unidos por el humo de una misma fragancia. Todos —antes de que Land se vea obligado y castigado a arrojarlos a las llamas y destruirlos— construyendo una sola historia a partir de todas sus muchas historias: la historia de un lector de algún modo reescribiendo, según los lee, a tantos autores tanto más autorizados que él.

Y en Su Mundo, el mundo de Land (entendiendo por *mundo* a todo lo que le rodea y donde vive), hay también cosas que dejan de haber y, algunas de ellas, incluso se vuelven imposibles de ser leídas.

Otra vez: ahora las ves y ahora no y ahora aunque no las veas no puedes dejar de verlas al recordarlas.

Y este mismo principio final se aplica también a las personas, a los conocidos a los que primero no se reconoce y luego se dice que jamás se los conoció y...

Y lo que sucedió entonces en el mundo de Land fue que, de golpe y anticipando un golpe, a su alrededor, muchos desaparecían en el aire o (como en lo que hacía a sus padres que, por lo tanto, hacía un poco/bastante a lo suyo) muchos más salían volando sin fecha inmediata y con mucho menos aún precisa fecha de reentrada a Gran Ciudad. Gran Ciudad ya lista para ser Gran Ciudad I, porque desde ella ya se avistaba Gran Ciudad II. Todos ellos pasajeros en trance y, sí, a la espera de que alguien chasquease los dedos frente a sus cerrados ojos abiertos o contase hasta tres no para traerlos de vuelta sino para llevarlos de ida. Porque todos ellos habían dejado de ser-*así* para *ser-así*: de otro modo. Porque estaban idos, porque se habían ido, porque ya no estaban donde solían estar, porque ahora estaban en otra parte.

Y ahora es otro tiempo, otra época diferente a la de hasta hace unas horas en aquella tierra antes de ese cielo y de esta otra tierra: este allí/aquí es Su Mundo, un mundo nuevo.

Un Su Nuevo Mundo al que Land arriba y donde vivirá —entre sus once y casi dieciséis años— no como conquistador sino como huyendo de un Su Viejo Mundo conquistado.

Aquí, de pronto, se habla el mismo idioma, pero a la vez es un nuevo idioma y con una nueva Historia. El poco traumático pero radical paso del *vos* al *tú* que (a diferencia de sus padres y sus amigos) Land da casi instantáneamente con saltarina más que caminante gracia mimética. El aún menos problemático relevo de un súper-prócer de la Independencia por otro: aquel Nome por este Nome que tenía más y mejores súper-poderes (al punto de que su apellido era el nombre de la moneda nacional de Gran Ciudad II) y que por eso le ganó la partida al otro Nome libertador de su casi inexistente país de origen y lo envió ya entonces y como a tantos otros, también, al exilio.

Y hay tantas otras cuestiones que no se cuestionan y que se aceptan de inmediato como si fuesen regalos y sorpresas.

Y entonces —como cuando en esa película titulada *El mago de Nome* se viaja de un deprimido color sepia al más eufórico Technicolor— la sospecha de ya no estar, cansados, en Kansas.

Y, sí, Land ya no está en Gran Ciudad I donde nació y creció sino que ya está en la vigorosa y vigorizante Gran Ciudad II.

Ahora Land está en la ciudad en la que renacerá y crecerá por un puñado de años decisivos y en los que le ocurrirán tantas cosas a Su Caso en Su Mundo.

Y en Gran Ciudad II, en el principio era La Palabra.

Y La Palabra –todo un caso, todo un mundo en sí misma– era *Vaina*.

Vaina con mayúscula porque *Vaina* era la más mayúscula de las palabras.

Y –al final Land lo entiende luego de en principio no entenderlo– *Vaina* significaba cualquier cosa.

Todas las cosas y ninguna.

El Absoluto de lo Relativo y la Nada del Todo.

Y, probablemente, Vaina fuese también el inasible a la vez que contundente Nombre de Nombres: el nombre secreto y lógico y filosófico de Dios.

Y advierte y le explica Wittgenstein:

«En el lenguaje ordinario sucede con singular frecuencia que la misma palabra designe de modo y manera distintos –esto es, que pertenezca a símbolos distintos–, o que dos palabras que designan de modo y manera distintos sean usadas externamente de igual modo en la proposición… La totalidad de las proposiciones es el lenguaje. El lenguaje disfraza el pensamiento. El lenguaje no puede representar lo que en él se refleja. Lo que *se* expresa en el lenguaje no podemos expresarlo *nosotros* a través de él. El hombre posee la capacidad de construir lenguajes en los que cualquier sentido resulte expresable, sin tener la menor idea de cómo y qué significa cada palabra. Al igual que se habla sin saber cómo se producen los diferentes sonidos. El lenguaje ordinario es una parte del organismo humano y no menos complicado que este… Que el mundo es *mi* mundo se muestra en que los límites *del* lenguaje (del lenguaje que sólo yo entiendo) significan los límites de *mi* mundo. El mundo y la vida son una y la misma cosa. Yo soy mi mundo. (El microcosmos)». Y continúa Wittgenstein: «Si yo escribiera un libro titulado *El mundo tal como lo encontré,* debería informar en él también sobre mi cuerpo y decir qué miembros obedecen a mi voluntad y cuáles no, etcétera; ciertamente esto es un método para aislar el sujeto o, más bien, para mostrar que en un sentido relevante no hay sujeto: de él solo, en efecto, *no* cabría tratar en este libro». Y concluye Wittgenstein antes de seguir siendo lógico y filosófico: «El sujeto no pertenece al mundo, sino que es un límite del mundo. En una palabra, el mundo tiene que convertirse entonces en otro enteramente diferente. Tiene que crecer o decrecer, por así decirlo, en su totalidad. El mundo del feliz es otro que el del infeliz».

Y, claro, sí, por supuesto, piensa el sujeto liminar y sin dueño Land; quien desde no hace mucho vive en el más creciente e infeliz de los mundos felices o en el más decreciente y feliz de los mundos infelices. Ambos mundos totalmente crecientes y decrecientes al mismo tiempo. Porque en Su Ya No Tan Nuevo Mundo, ese al que llegó hace ya tres años (el mundo tal como lo encontró y en el que ahora está perdido), Land lleva una doble vida y tiene una doble personalidad, como tantos personajes de esas historietas que lee.

Aquí y ahora, a sus casi quince años (una década más esos cinco años decisivos y definitorios según César X Drill) Land es también Vainax: Maestro del Engaño y desafortunado caballero de fortuna. Pocas veces hubo un anti-héroe tan anti, piensa.

Y ambos rostros/nombres/personalidades pública y secreta como polos opuestos de un mismo y secreto y mentiroso y verdadero planeta del que Land es el único sobreviviente porque, piensa, nadie salvo él ha vivido o vive o vivirá allí. Un pequeño pero muy concentrado planeta llamado Tractatus donde él rige —como un pequeño príncipe sin rosa pero sí con espinas— sin nadie a quien ordenar, porque no hay nadie más desordenado que Land ahí y entonces.

Y *Vaina* era eso que ni siquiera Nome podía hacer olvidar o que incluso, tal vez, quién sabe, ni intentaba que así fuera: porque nada le gustaba menos a Nome que perder alguna batalla en la guerra por perder la memoria.

Vaina vendría a ser —según Wittgenstein— El Objeto.

La representación del objeto imposible de representarse fuera de *la posibilidad* de esa trama que cambiaba sin dejar de ser parte de todo lo anterior.

«El objeto es simple» según Wittgenstein, sí, pero justamente por eso es aplicable a todas las cosas posibles de Su Caso en Su Mundo y de «las figuras de sus hechos» unidas «como eslabones de una cadena».

Y en la introducción al *Tractatus logico-philosophicus* (que Land recién leyó cuando ya no tuvo nada que leer; no le gustaban nada las introducciones de ajenos metiéndose en la propiedad de otro) los traductores aclaraban o creían aclarar: «Los hechos son estados de cosas existentes, y los estados de cosas, conexiones o combinaciones, sin más, de cosas u objetos. En el lenguaje a los estados de cosas corresponden las proposiciones (y esto funda el sentido de estas), y a las cosas los nombres (y esto funda el significado de estos); la misma lógica de conexión preside a unos y a otros; de modo que así se funda toda relación figurativa, representativa o descriptiva entre lenguaje y mundo».

Lo de antes y lo de ahora y lo de siempre entonces:

Hágase la Vaina.

Vaina, entonces. El mundo y las cosas de ese mundo tienen forma de vaina, de la palabra *Vaina* que no tiene forma porque *Vaina* significa tantas cosas en este mundo, en este Su Nuevo Mundo para Land.

Pero, aun así, inasible por estar en todas partes, Land se dice que *Vaina* es la figura lógica que puede figurar en el mundo y dar figura al mundo.

La figura que tiene en común con lo figurado la forma lógica de la figuración.

La figura de su realidad en la medida en que representa una posibilidad del darse y no darse efectivos de estados de cosas.

La figura que representa un posible estado de cosas en el espacio lógico.

La figura que contiene la posibilidad del estado de cosas que representa.

La figura que concuerda o no con la realidad, sea esta correcta o incorrecta o verdadera o falsa.

La figura que representa lo que representa independientemente de su verdad o falsedad por la forma de la figuración: la figura representando su sentido.

Y en este sentido —razona Land queriendo tener la razón en esto— lo verdadero o falso consiste en el acuerdo o desacuerdo de su sentido con la realidad. Pero —consuela Wittgenstein a quien ahora lleva una de las existencias menos verdaderas y más mentirosas de las que Land jamás haya tenido conocimiento: su propia existencia cada vez más inexistente— «Por la figura sólo no cabe reconocer si ella es verdadera o falsa» y «No existe una figura verdadera *a priori*».

Así —mientras consiga seguir manteniendo a la figura de sus días sin «enlazarse» con la realidad, sin establecer «un acuerdo o desacuerdo»— Land comprende que, aunque todo no estará bien, al menos sí seguirá estando como estaba: como en animación suspendida y disimulando el desánimo que cae y que se rompe.

«La totalidad de los pensamientos verdaderos del mundo es una figura del mundo», sintetiza Wittgenstein. Y ahí está la clave a clavar y el clavo al que se aferra Land para no caer: Wittgenstein habla de pensamientos *verdaderos* en el sentido de su autenticidad y en el sinsentido de que constantemente sean forzados a pensar en la realidad y en lo real, a tener que *decir la verdad*. Visto *así* (de un tiempo a esta parte, realmente, ese *sí* es Su Caso en Su Mundo: su figura y sus hechos y sus cosas) Land se ha convertido por entonces en un eximio y auténtico pensador de verdaderas mentiras de verdad. Land es un probado especialista no en el vulgar engaño sino en el arte del desmentir verdades y de falsificar con absoluta autenticidad.

Así, casi enseguida, el *Tractatus logico-philosophicus* de Wittgenstein se convierte para Land en algo parecido a lo que es la Biblia o el I Ching o... uh... *The Elements of Style* para otros: el arcano que, si se lo usa correctamente, puede revelar la respuesta a todas las preguntas difíciles de responder y la explicación racional a todos los misterios insondables. Allí, las respuestas dadas antes incluso de que se formulen las preguntas, se maravilla Land.

Las respuestas correctas o al menos, es lo mismo, capaces de convencer a su usuario de que lo son, de que así es lo que responden.

César X Drill se lo había anticipado a Land en su momento: sí, Wittgenstein le resulta útil, le sirve, y tal vez Land se esté volviendo adicto al para él cada vez más oracular *Tractatus logico-philosophicus*.

Y, claro, no hay nada más tentador y peligroso que el adecuar una filosofía ajena y de intención universal a una determinada y muy personal e intransferible circunstancia. Pero Land va a arriesgarse a ello porque, lo más importante de todo, Land siente que Wittgenstein lo comprende, lo justifica y, sí, lo disculpa y perdona. Además, Land cree que Wittgenstein le ofrece una forma más o menos teórica (que Land entiende de manera intuitiva, pero que le sería imposible compartir y hacerla entendible para segundos y terceros) de sobrevivir a la menos práctica de las situaciones que ha vivido hasta ahora en los días de su vida. El tipo de cosas que —se lo piensa cuando suceden— sólo deberían suceder para que les sucedan a otros; pero que, recién una vez ahí dentro, se las comprende como algo único y a las que, por lo tanto, lo mejor es asumirlas como algo propio e inimitable: como a una ambigua y extraña forma de honor y privilegio, como a algo que vuelve diferente y de algún modo extraordinario al relato de una vida.

Ese estado existencial al que Land ha bautizado como La Big Vaina.

Primero pensó en llamarla Bad Vaina, pero se dijo que lo mejor era no estigmatizarla ya desde su nombre. Así que a Land se le hizo más justo a la vez que más preciso el definirla más por su tamaño y enormidad que por su naturaleza y carácter. Condición que no busca dañar a nadie, porque el suyo era un mal que se retroalimentaba y que no salía a hacerle de las suyas a lo de los otros.

La Big Vaina es el equivalente a aquella *aneda* que se reclamaba en aquel programa cómico-infantil de televisión de Gran Ciudad I que no se emite en Gran Ciudad II.

La Big Vaina es la grieta que, seguro, separa a un antes que ya fue y no volverá de un después que aún no ha llegado y que, para sorpresa de Land, no deja de demorarse. Pero tal vez –como casi concluye Wittgenstein en las últimas líneas del *Tractatus logico-philosophicus*– todo se deba a que «La solución del enigma de la vida en el espacio y el tiempo reside *fuera* del espacio y del tiempo» y a que «La solución del problema de la vida se nota en la desaparición del problema» y a que, finalmente, «El *enigma* no existe».

O algo así.

Quién sabe.

Ojalá que esto sea verdad y que no sea mentira. Aunque, sí, una cosa es indudable: Land nunca se ha sentido más enigmáticamente fuera del espacio y del tiempo que aquí y ahora.

De verdad.

No miente.

Y el *Tractatus logico-philosophicus* de Wittgenstein (Land las contó, son setenta y cinco veces si se incluyen también derivados como *verdadero* o *verdaderamente*) contiene muchas veces la palabra *verdad* (palabra en la que Land intenta infructuosamente no pensar) y ni una vez la palabra *mentira* (palabra en la que Land ni siquiera intenta *no* pensar porque, dadas las circunstancias, es y sería algo imposible, impensable; porque *sí* sabe que, muchas y demasiadas veces, *mentira* lleva puesta la máscara de la palabra *verdad*).

El *Tractatus logico-philosophicus* –no está de más apuntarlo– tampoco hace mención alguna a la palabra *Vaina*.

Y *Vaina* era, también, se acuerda y tiembla Land, el «envase» o, en inglés, *pod* a partir del que germinaban los *Body Snatchers* extraterrestres. Y hay ocasiones –como sucede con los ataúdes– en que el embalaje es parte importante del producto. Esos ladrones/usurpadores de cuerpos (en una película de sábado por la noche televisivo en Gran Ciudad I de su para él casi inexistente país de origen) que descartaban al modelo original y reproducían a los humanos para reconvertirlos en seres sin sentimientos para que así fuesen «más felices en un mundo más sencillo y sin complicaciones ni miedos ni tensión alguna».

Y los invasores lo hacían –podían hacerlo– sólo cuando un terráqueo se quedaba dormido y luego lo suplantaban.

Así, si se cerraban los ojos por un breve tiempo, al abrirlos ya se era otro: el mismo, pero de otra manera a la que se había sido.

Y Land mira fijo a sus padres cada mañana, al despertar, en Gran Ciudad II.

Y, sí, ya no son los que eran, pero al mismo tiempo son cada vez más ellos mismos.

Y se los ve tan felices y sin complicaciones y sin miedos ni tensión alguna y —por una vez, por primera vez— Land daría cualquier cosa por ser y sentirse como ellos.

Land, en cambio, sigue siendo quien era (el Land original) en otra parte pero en un mismo planeta: complejo y con complicaciones y con miedo y tan tenso.

Land siente que él es como ese hombre desesperado al final de, otra vez, esa *Invasion of the Body Snatchers*, que en el televisor sabatino de Gran Ciudad I se anunció como *Muertos vivos* confundiendo a lo extraterrestre con lo vampírico. Ese hombre y último sobreviviente entre los suyos haciendo señas a los automóviles que no se detienen, advirtiéndoles de que ya están aquí, de que los próximos serán ellos. Ese hombre gritando en la carretera a los conductores, sin que nadie le lleve el apunte o haga un alto, que «ellos» ya están aquí (y Land se enteró de que ese final original fue considerado en su momento tan terrible y oscuro por los productores que el estudio optó por añadirle una coda feliz con el ejército norteamericano creyéndole al protagonista e interviniendo para acabar con la amenaza interestelar). Pero a Land se le hacía imposible creer en ese agregado final. Era una posterior y errónea corrección en rojo de algo que ya estaba correctamente muy bien en azul. Se proyectaba y veía a las claras en la oscuridad como una mentirosa coda agregada para disimular sombras cada vez más largas.

Ahí venían y ya estaban aquí los invasores, sí.

En grupo: El Grupo.

Extraterrestres llegados desde su «planeta agonizante».

Los Exiliados de un país terminal.

Y son figuras y objetos que vienen de otro planeta (atrás ha quedado aquel que nunca quiso ser ni Moisés ni parte de éxodo alguno: X) para apoderarse de todo y de todos, de su mundo y de su caso.

Y ese es el estado de las cosas.

Esa es la Vaina.

De ahí, piensa Land —en una versión suya y propia del *Tractatus logico-philosophicus* de Wittgenstein—, *Vaina* sería algo tan importante como *Figura*, como *Estado de las Cosas*, como *Objeto*, como *Sentido del Mundo*, como *Caso*.

Y, de acuerdo, la traducción de *Vaina* al latín —*Vagina*— puede prestarse a confusiones y rubores.

Y *Big Vaina* más aún: *Magnum Vagina*.

Así que, mejor, dejarlo en *Vaina*, decide Land.

Vaina como mantra y ábrete-sésamo.

Vaina como *Start* y *On* y *Off* y *Stop* y *The End* y (*to be continued…*).

Es más, *Vaina* no como una palabra sino como todo un lenguaje en sí mismo.

Vaina como aleph idiomático (por esos días Land lee un cuento donde se habla de un punto capaz de contener a todo el universo y titulado «El Nome» de ese escritor ciego llamado Nome y quien, se acuerda, había dicho algo acerca de algo que escribió el Tano «Tanito» Tanatos, y al que César X Drill le había señalado en la calle esa tarde de galería y eco) donde latía toda otra palabra que permitía ver y enumerar toda otra cosa.

Vaina como una lengua deshidratada que todo lo veía e incluía y que se expandía hasta el infinito al —minúscula pero en todas partes— ser humedecida por la saliva y pronunciada por la boca.

«Qué vaina», «La vaina esa» «Pásame la vaina», «¿Y qué vaina te dijo?» y lo más importante de todo y muy Nome: «¿Cómo era el nombre de ese vaina, cómo se llamaba esa vaina que no me acuerdo?».

Decir *Vaina* en Gran Ciudad II era como contestar —a la vez que se preguntaban— a todos los interrogantes del cosmos sin responder gran cosa.

De algún modo, tanto tiempo después, a Land poco y nada le cuesta pensar en la Big Vaina como en «la vaina esa que me pasó una vez».

Pero no.

La Big Vaina no es, apenas, «la vaina esa».

La Big Vaina —la esencia y centro de Su Caso y de Su Mundo— es *esa* Vaina.

Una de las vainas más grandes que le pasaron en la vida.

Y a Land La Big Vaina le pasó en una ciudad llamada Gran Ciudad II.

Y a continuación (retrospectiva y progresivamente, Land desearía que el estilo de los elementos a consignar fuese adquiriendo la categórica aunque a la vez difusa cadencia de los enunciados del *Tractatus logico-philosophicus*; aunque algo le dice que no le será posible, porque el tratamiento de su filosofía por esos días implicará necesariamente una cierta *ilógica*) algunas coordenadas pertinentes para ubicarse mejor.

Algunas —de nuevo, en Gran Ciudad II como en Gran Ciudad I— señas particulares y geográficas para situarse y recordar todo lo más y lo mejor que se pueda, para hacerse preguntas intentando que no se deshagan las respuestas: unas y otras olvidándose de sí mismas casi en el acto de preguntar y de responder qué dijo uno y qué dijo otro.

«¿Y tú qué le dijiste?». «¿Y él qué te dijo?». «Pero... ¿Y tú qué le dijiste?». «Ah... ¿Y él qué te dijo?».

Y así hasta el infinito en una espiral digna de figurar en el *Tractatus logico-philosophicus*, donde se postula que «Respecto a una respuesta que no puede expresarse, tampoco cabe expresar la pregunta» y que «Si una pregunta puede siquiera formularse, también *puede* responderse».

Así, pregunta tras pregunta acerca de lo que dijo uno y dijo otro, en el sketch de un programa cómico de televisión considerado un clásico y que ya lleva décadas en el aire de Gran Ciudad II: *Radio Nome*.

En ese sketch que a Land más que gustarle le fascina, una monstruosa vieja siempre escuchaba con gran atención lo que alguien le contaba. Y a cada cosa que se le iba narrando, el engendro no dejaba de preguntar «¿Y tú qué le dijiste?», «¿Y él qué te dijo?», «Pero... ¿Y tú qué le dijiste?», «Ah... ¿Y él qué te dijo?». Así, a medida que avanzaba en su narración (el sketch duraba varios minutos largos como sólo pueden serlo varios minutos), el narrador iba poniéndose cada vez más nervioso hasta que estallaba, insultaba a la vieja, y salía desesperado fuera de cámara. Entonces la mujer, mientras el hombre se alejaba al borde del colapso nervioso, remataba siempre el sketch preguntándole a los gritos: «Pero oye... ¿Y tú qué le dijiste?».

Otra forma y con diferente acento —pensaba Land— de reclamar, infantilmente, esa *aneda* que aquel otro ya lejano cómico de Gran Ciudad I no dejaba de esperar para que todo lo anterior, para que absolutamente *todo*, tuviese definitivamente algún sentido.

Y aquí está Land, ahora, años después, intentando contar no qué vaina le dijo la vaina esa sino cómo fue que La Big Vaina lo dejó sin palabras pero con mucha *aneda*.

La Big Vaina conteniendo a una infinidad de vainas con las que Land intentará precisar lo mejor que pueda qué dijo él, qué dijeron los demás, qué dijeron todos en esta Gran Ciudad II.

Y qué rara y qué fascinante que se le hace a Land esta Gran Ciudad II en la que ahora vive. En especial cuando la compara con Gran Ciudad I donde nació y de la que viene y llegó.

La Gran Ciudad I donde nació Land era una especie de involuntaria feria temática: una ciudad que quería ser todas las grandes ciudades del mundo sin conseguir ser ninguna del todo y, por lo tanto, *tampoco* ser ella misma. Un punto lejano en el mapa donde se concentraban todas las lejanías. Una Ciudad más Pod que Vaina, si lo piensa un poco. Pero, de algún modo, allí y en Gran Ciudad I (en todas esas partes de otras partes, una criatura frankenstiana a la vez que draculina, nutriéndose de sangre ajena y cosida de a pedazos) podía contarse con un cierto urbanismo clásico, con una cierta urbanidad, y hasta con planos más o menos precisos y confiables.

Gran Ciudad II, en cambio, era decididamente experimental en su estructura narrativa. Estética que, inevitablemente, contagiará a Land al intentar contar su vida en ella (y no recuerdo quién... me acordaba cuando desgrabé otra cinta pero ya no... Nome... dijo que se le dice a algo «experimental» cuando el experimento salió mal) con talante de ciclotímico y paranoide cut-up ciudadano. Una metrópoli de corte y pega, sí. Un rompecabezas al que le faltan o le sobran piezas y jaquecas. Algo en estado de constante licuación, por lo que no puede llegar a asemejarse a nada, a ninguna otra salvo a sí misma y, por lo tanto, ser indescriptible y casi imposible de definir.

Es como si Gran Ciudad II no tuviese plan ni plano. No hay direcciones precisas. No hay orden ni se lo busca porque se sabe que no se lo encontrará. Todo queda «cerca de» o «al lado de aquello». Aquí, casas y lugares se esfuman de un día para otro. Hay puentes que se alzan a toda velocidad y durante una noche, cuando nadie los ve, y que luego van desapareciendo como en cámara lenta marcha atrás. Las guías son como rumores. Las casas no llevan numeración. Las calles (y las hay que se extienden por apenas media cuadra o que acaban cruzándose consigo mismas) no tienen apellidos, las avenidas tienen demasiados nombres, y el registro civil admite cualquier opción y modelo a la hora del DNI (Land conocerá a un niño nacido el 20 de julio de 1969 que se llama Alunizaje Primero Martínez, y otro que responde al nombre de Hijo de Magdalena y Jesús Altamirano, y los hijos de un piloto de aerolínea que se llaman Douglas DC-1 y Douglas DC-2 y Douglas DC-3).

Y Gran Ciudad II es tal vez más grande que Gran Ciudad I, pero quizás esté menos poblada y abunda en zonas áridas o arrasadas o como inconclusas, como si fuesen bosquejos abandonados. Gran Ciudad II es un extraviado valle perdido. Una versión no radiactiva pero sí más peligrosa de lo que Land ve en las series extranjeras de televisión.

Todo se enreda allí en nudos de autopistas y túneles y en la serpiente contaminada y contaminante de un arroyo convencido de ser río que, recién luego de algún aguacero tropical, se lo cree y toma en serio y se desborda y hasta invita a sus aguas a algún cocodrilo desorientado quien siempre encuentra a un niño al alcance de sus mandíbulas. Y, después, posar a tiro de cámaras de crónica roja y titular catástrofe del tipo «¡SE LO COMIÓ CASI

ENTERITO!» con la foto mostrando ese casi: todo lo muy poco que el reptil (sonriendo en la foto) no llegó a comerse.

Y las distancias y los tiempos en Gran Ciudad II son tan relativos y difusos (ya se sabe que nadie, salvo sus abuelos, condujo nunca en la familia de Land; sus padres nunca tuvieron coche, Gran Ciudad I era tan caminable y si uno iba en auto era difícil encontrarse con alguien a no ser que lo chocase o lo atropellase) y por lo tanto no se puede llegar a pie a ningún lado que no esté al lado. Por lo que hay que subirse a desvencijados autobuses (algunos con grandes agujeros en su suelo por los que caen pasajeros y más fotos y más titulares y fotografías acerca de eso) que van y vienen por donde más y mejor les conviene y sin respetar los destinos que anuncian en sus carteles (carteles que pueden llegar a cambiar durante un mismo trayecto si el chofer lo decide o el pasaje se le amotina). La opción a eso es rezar por tener sitio en esas mutaciones de taxi para particulares devenido en vehículo comunal (llamados juguetonamente «carritos-por-puestos»); y allí disfrutar/padecer conociendo a personas a las que nunca se conocería de otro modo. Todos allí sonrientes —en ruinosos carromatos públicos o en flamantes torpedos privados— prisioneros de un tráfico a paso de tortuga de las más lentas interrumpido por la aceleración de pequeños mendigos colgándose de las ventanillas desde donde contemplar las flamantes ruinas del día en aceras repletas de pozos y matorrales y de gente que parece llevar años allí, esperando algo sin saber muy bien qué les espera o, tal vez, sabiendo que seguramente nada les espera. Y aun así a Land esa gente se le hace, a su manera, tanto más feliz y relajada de lo que jamás fueron buena parte de los habitantes de Gran Ciudad I que él conoció. Nadie dice estar aquí escribiendo una novela que no puede escribir. Y no abundan los locos lindos hablando todo el tiempo de ellos sino los locos a secas y más bien feos (porque es feo lo que les pasa) y quienes van por las calles hablando solos y a solas consigo mismos. Y nadie quiere ser visto para así sentirse vivo sino, apenas, ver cómo sobrevivir. Hay algo inesperadamente opulento y amplio en tanta estrechez y limitaciones de esa clase más enana que baja. Allí, en catacumbas sin escalera de subida, una falta absoluta de ambición y codicia. Algo casi beatífico pero sin necesidad de milagro o de fe que lo respalde y lo legitime. Y en Gran Ciudad II las visiones y el hablar en lenguas no son más que consecuencia directa e irrebatible del venerable vaciado de botellas de ron y de cerveza. Se sufre, sí, pero por cuestiones palpables e inmediatas y que no necesitan de la confirmación de estigmas o de la redención de sacramentos.

Y aun así (como constantemente bombardeada por una guerra invisible y desbordante de habitantes despojados de todo bien y apiñándose en laderas recamadas de viviendas de lata y cartón) Gran Ciudad II es la capital petrolera de lo que entonces es uno de los países más ricos del universo. Y ahora allí se vive la época de mayor bonanza de su historia. Y así, también, hoteles de luxe. Y museos high-class que se las han arreglado para adquirir maravillas invaluables. Y mansiones como esas que se muestran como transición entre una y otra escena de telenovelas donde los ricos, entre llantos, acaban admirando a los pobres por ser pobres. Y la clase media suele estar por encima de la media de la clase media de otras grandes ciudades y parece estar compuesta más por padres de compañeritos que por padres de hijos de... Pero el espeso y tan valioso y exportable perfume del nutritivo zumo de dinosaurio (de nuevo: afortunada y esperanzadoramente aún sin plumas) no alcanza a cubrir del todo el hedor de la basura que se amontona en las esquinas junto a semáforos a los que, a pie o en autos, casi nadie les presta atención ni les regala obediencia.

Así, Land aprende a cruzar las calles como si se tratase de un deporte de muy alto pero a la vez horizontal riesgo. Al poco tiempo, es muy bueno en su práctica porque no hay otra opción posible: si no se es enseguida muy bueno en ello, entonces se acaba muy mal rápidamente. Land conocerá en Gran Ciudad II a una persona (el padre de un compañerito) que fue atropellada tres veces y que atropelló dos veces y que, le dice, no va a detenerse hasta conseguir primero el empate y luego la victoria. Y, sí, Land tiene que contenerse para preguntarle qué les dijo a los que atropelló y qué le dijeron los que lo atropellaron.

Pero eso es el afuera en el que mejor no adentrarse demasiado. Así —a diferencia de su vida en Gran Ciudad I— la vida de Land en Gran Ciudad II transcurre, en buena y excelente parte del tiempo, en interiores. Pero estos son unos interiores que contienen sus propios exteriores sin necesidad de salir de allí, como en esas fantasías futuristas de herméticos y muy autosuficientes mundos felices (siempre y cuando no se caiga en la tentación de experimentar la inmunda pero aun así incitante aventura de lo desventurado pero tal vez tanto más interesante que la comodidad un tanto tediosa de lo afortunado).

Sí: el edificio al que llega a vivir Land en Gran Ciudad II es una de esas cápsulas para elegidos. Y el edificio no tiene nada que ver con ninguna de sus casas anteriores y no tiene número sino nombre:

Residencias Homeland (otra *land*, sí).

Inmueble que ocupa lo que en Gran Ciudad I sería casi toda una manzana. Edificio revestido de ladrillo rojo, balcones con toldos amarillos, plantas trepando por sus flancos y cercado por un jardín-jungla como frontera natural. Perímetro reforzado por verjas a las que disimula con enredaderas para que de este modo nadie de adentro se sienta prisionero ni a nadie de afuera se le ocurran ideas raras.

Y así, de improviso, para Land, la sensación de moverse en una realidad aparte. Y es como si allí, trasplantado, Land ya no tuviese Prehistoria y que todo esto no fuese la Edad Media sino un adelantado y repentino y avasallante y cortesano Renacimiento.

Porque Residencias Homeland —en los bajos de un barrio residencial llamado Prado Feliz— lo es todo, no hace falta nada más.

Es un planeta en sí mismo.

Allí todo sucede adentro, allí dentro hay de todo, incluyendo a un afuera.

Porque el departamento de pronto *apartamento* (como en el doblaje de las películas en cines y series en el televisor) que han alquilado sus padres está muy bien. Y lo primero que le sorprende a Land, más allá de lo luminoso que es, es la carencia del parquet típico de los pisos de Gran Ciudad I y, en su lugar, ese suelo como de mosaico estilo *Los Picapiedra*, y que el baño esté alfombrado de un marrón de poco atractivas reminiscencias fecales (pero es un baño donde poder leer sin que se le enfríen los pies). Y no tiene problemas de agua caliente. Y es muy funcional: gran sala con balcón (los padres de Land, siempre tan aficionados, al trompe-l'œil tanto en exteriores como en interiores, en cuerpo y en mente, no habían demorado en pegar a una de las paredes un mural fotográfico de gran jardín con plantas verdaderas y plásticas delante), tres habitaciones (una de ellas reconvertida en estudio de sus padres), la habitación de Land (que incluye biblioteca amurada y ya lista para rellenar), más otra habitación pequeña y de servicio (aunque en Gran Ciudad II no habrá chicas divertidas y re-locas) que devendrá en cuarto de invitados. Y tal vez por grosor de paredes o hermetismo de puertas o por un tan agradecible milagro acústico-espacial, desde la cama de Land no se oye absolutamente nada de lo que se dice o se grita o se ríe en cualquier otro ambiente. Sí, por fin, hágase no la luz atronadora sino la oscuridad del silencio y bendito sea y gloria, gloria, aleluya. Y no es que Land vaya a poder dormir bien: no, sí, Land va a poder dormir y punto.

Y ese apartamento que a partir de ahora es también el inicio de todas las cosas de su nueva vida.

Y más novedades: es una cosa buena de una buena vida. Ese apartamento es como el trampolín desde el que (subiendo y bajando en ascensores con puertas automáticas que aquí son *elevadores*, Land nunca vio nada así salvo en esas películas de espías pop-ultra-tech que de improviso se ponen a bailar sin el menor motivo) zambullirse hacia la zona común y recreativa de Residencias Homeland más y mejor conocida como El Parque.

El Parque de Residencias Homeland es el afuera del adentro.

Y en El Parque todos los que por allí se mueven son motores de movimiento perpetuo, máquinas de la alegría, reactores de energía atómica, sistemas centrífugos y centrípetos, partículas de un dios que sólo cree en ellos. Y Land (hasta entonces más bien lento y poco ágil) ahora, sin aviso y como descubriendo en sí mismo las menos sospechadas habilidades. Land salta verjas y sube a techos y corre más rápido que nunca y es como si alguien hubiese presionado en él un interruptor cuya función se desconocía hasta entonces. Y era esta: la de no quedarse quieto. Y moverse solo y no siguiendo a sus padres sino alcanzándose a sí mismo. Sí: Land tuvo que viajar tan lejos para poder sentirse tan cerca de sí mismo.

Todo es veloz, todo se acelera. Y nada le extraña más a Land que el no extrañar (o el haberse obligado a no extrañar) casi nada de Gran Ciudad I en Gran Ciudad II: porque no hubo nada en su pasado —que ahora se le hace tan lento y previsible— comparable al acelere de El Parque (voces y ritmos agudizándose de 33 RPM a 45 RPM como en el mejor acompañado de los *singles*), donde nunca se sabe qué puede llegar a pasar cada día.

Y lo más importante: aquí y ahora, todos los más habitantes (porque pasan buena parte del día y de su vida allí) que usuarios de El Parque son jóvenes auténticos y puros. Es decir: no hay adultos ni maestros allí. Y todos son jóvenes que aún no piensan ni tienen necesidad alguna de pensar en que son jóvenes.

Son *chamos* y *chamas* (así se les dice y a Land le suena un poco a *chamán*) entre ellos.

Son (despectivamente) *carajitos* y *carajitas* para los adultos.

Allí, piscina, que alguna vez fue para Land *pileta* (del mismo modo en que ahora lo que fue una remera es una *franela*, lo que no está nada mal teniendo en cuenta que el para Land desde siempre horrible *bombacha* ha mutado al casi igualmente espeluznante *pantaleta* al punto de que, décadas después, *braga* será un alivio para él, pero, por ahora, en Gran Ciudad II, disfruta que el diminutivo ¿*calzoncillos* sea ahora el inconmensurable y casi existencial *interiores*; y son tantas las cosas que tienen un nuevo nombre sin dejar de ser lo que siempre fueron, del mismo modo en que el hielo no deja de ser uno de los tantos alias del agua). Y allí, ese ondulante fondo azul claro y azul cloro. Y la seguridad de la parte baja y el riesgo de la parte honda y la frontera líquida y engañosa de la superficie común a ambas. Y, claro, a Land ahora *pileta* le suena tan pequeño y más bien doméstico y hasta vulgar, mientras que la inmensidad de ese *piscina* parece como algo que se encuentra en un reino fantástico y mágico y al más libre de los aires. Algo hasta ahora impensable en Gran Ciudad I, algo que Land sólo veía en películas con grandes magnates malditos o pequeños nadadores epifánicos. Esas piscinas solitarias y trágicas que no tenían nada que ver con la felicidad casi extática de la piscina de Residencias Homeland. Allí todos gritan y gritan (y por qué será que la gente grita tanto en las piscinas: ¿tendrá que ver con un retorno a las aguas ancestrales y amnióticas de las que salimos hace millones de siglos?, se pregunta Land a los gritos). Y todos pasan tanto tiempo allí dentro —saliendo por el solo placer de enseguida volver a entrar— que las yemas de los dedos de las manos y los dedos de los pies están todo el tiempo arrugados como si fuesen los de ancianos deslizándolos sobre la superficie de viejos pergaminos. Y el pelo se les aclara por la acción de algún producto químico que, de tanto en tanto, tiñe de verde las aguas azuladas por el fondo de pequeños mosaicos. Y los cuerpos —que hasta hace poco sólo servían para llevar a sus cabezas de un lado a otro— son más estilizados. Y se llevan a sí mismos. Y huelen a algo que a Land le recuerda al olor metálico de los aeropuertos y en poco tiempo le recordará a ese otro producto más físico que químico: eso que se fabricará entre sus piernas y que brota primero entre sueños desvelados o, más despierto que nunca pero a la vez soñando, cuando se agita su envase antes de usarlo. Y, entrando y saliendo del agua tantas veces al día y todos los días, Land nunca se sintió tan limpio, al punto de que el ducharse luego en su casa es un anticlímax: ducharse es casi más secarse que mojarse.

Y también hay columpios (que alguna vez fueron *hamacas*) y en las que ahora Land se eleva hasta alturas de vértigo y girando el asiento sobre sí mismo y haciendo crujir las cadenas sin la menor conciencia del peligro de ello como tampoco de la fragilidad de su cuerpo. Y, desde el punto más alto de la parábola, Land salta y cae y se acuesta boca abajo para que el asiento no lo desnuque al descender. Y no es casual que allí, a lo largo de los años, haya abundantes huesos rotos y yesos/escayolas a firmar entre los habitantes de El Parque; y sí es casual que Land nunca llegue a fracturarse nada durante su tiempo en El Parque. Aunque sus por ahora tan sólo lesiones mentales lleguen a ser abundantes y de difícil tratamiento porque, claro, nadie antes tuvo Big Vaina en El Parque. No hay precedentes. Land será pionero. Land será el Paciente Cero con 0 de calificación en uno y dos matemáticos exámenes por rendir y ante los que se rendirá sin oponer resistencia alguna y mucho menos presentar batalla para que así triunfe la Big Vaina.

Pero todavía falta para eso y no tiene sentido sufrir por adelantado y mejor festejar mientras se pueda y es que, además, en esa fiesta permanente que es El Parque también hay un salón de fiestas.

Y también hay un campo de golf donde por las mañanas muy temprano pastan los jabalíes (en verdad no, pero yo incluyo allí y entonces a los jabalíes de aquí y ahora). Campo vedado a los habitantes de Residencias Homeland (a no ser que sean socios del club), pero al que se puede acceder a través de un agujero en la verja camuflado por arbustos y así correr sobre césped casi elástico y en el que si se cae casi se rebota para descubrirse de nuevo de pie y así seguir corriendo: corriendo como en un éxtasis santo para alcanzar el simple placer de que nadie persiga, pero aun así correr como alma que no lleva el diablo.

Y el fútbol ha sido reemplazado por el baseball. Y Land, maravillado, descubre que no es tan malo para eso. Y que tal vez esto tenga que ver con que el baseball (Land se niega a escribirlo y pensarlo como *béisbol*) es el único deporte con un recorrido fijo y establecido, como si se lo leyera. El baseball es para Land casi un juego de mesa a tamaño natural: con ese alternante cambio de lado/función de los equipos y con algunos esperando a un costado del campo con forma de diamante mientras otros juegan. Y el baseball tiene algo zen y a veces Land lo imagina practicado por monjes saltando de una base a otra, envueltos en flameantes túnicas anaranjadas, como las llamas del más contenido y meditado y amoroso de los incendios. Le gusta, además, que el baseball requiera de maquinaria pesada y compleja sobre el ligero algodón de uniformes tan retro: el bate, el guante, la máscara para el rostro y el peto para pecho y entrepierna. Y considera muy interesante y digno de atención y de análisis la existencia de un deporte donde —como en la vida— haya que protegerse del deporte mismo a la vez que se lo practica. Y en el que se confirma algo que Land siempre sospechó: hacer deporte hace mal y hay que tener mucho cuidado de no deshacerse si se lo hace. Y a Land le gusta más ser pitcher que catcher y que, incluso, batear. Le gusta arrojar esa bola casi proyectil que no llega a ser pelota –pero tan dura y no dependiente de si está inflada o no– con un cierto efecto luego de intercambiar señas o, incluso, escupir a un costado. Le gusta la soledad del pitcher y le gusta de algún modo acompañar y compartir esa soledad tan bien dibujada en los cómics de Charlie Nome, de pie sobre su pequeña loma. Y poco tiempo después Land leerá una gran novela. Y en ella esa madera de arce o de fresno o ese liviano aluminio funcionarán como si fuesen espadas mágicas y fortalecedoras y sin importar demasiado la avanzada edad o las aún más avanzadas barrigas de sus más legendarios caballeros trotantes. Lo único que sí importa es no estar *out* y conseguir el *home run* para, luego de tocar todas las bases y haber dado la vuelta a ese campo sin apuro y saludando a todos, poder volver corriendo a casa. Al *home, running*, con menos apuro aún y esperar allí, al caer la noche, a que se levante un nuevo día en El Parque. Y, bueno, *además* hay términos del baseball que se utilizan como más o menos sutiles analogías en sus incipientes carreras sexuales (lo que no sucedía con el fútbol, decir «meter un gol» era casi grosero) para decir aquello que no se atreven a decir con todas las letras: llegar a primera base equivale a beso, segunda a pechos, tercera a ahí abajo, y *home run* a todo junto y después anotar un tanto para el propio equipo, el equipo de uno, el equipo de uno mismo.

Y, ah, lo mejor de todo en El Parque: salir de El Parque. Pero sin traicionarlo y salir al exterior llevándose la atmósfera interior de El Parque. Salir todos –unos y otras, chamos y chamas– los fines de semana, todos juntos, a divertirse por los inmediatos y alrededores de Residencias Homeland hasta casi la madrugada. Ser nocturno no por primera vez para Land pero sí, por fin, siendo protagonista de la propia noche: sin horario de regreso al apartamento y con el colorido metal de sus llaves tintineando en un bolsillo. Y descubrir allí y entonces la existencia de la noche como la parte más importante del día. Y lo más importante, lo más excitante y que lo hace tan feliz: el que sea posible la realidad de una noche suya y que no sea la de sus padres. Salir de El Parque, la noche de los viernes y de los sábados, a jugar a El Escondite. Eso que ha cambiado de sexo y que alguna vez, en Gran

Ciudad I, fue La Escondida. Y que en Gran Ciudad II aquel «Piedra libre para todos mis compañeros» se ha convertido en «1-2-3 por mí y por todos» (y, sí, más números ahí donde no debería haberlos, como aquellas comas de los decimales, pero Land la pasa tan bien así y ahí que lo deja pasar). Y entonces −cada ronda de El Escondite puede extenderse hasta por una muy larga hora− descubrir rincones y pliegues donde ocultarse en la propia Residencias Homeland. Y hasta saltar una verja (porque a esa hora el acceso está cerrado) y llegar hasta la piscina iluminada como una catedral de agua. Y allí y entonces sentirse tentados de desvestirse y bañarse desnudos (tienen la edad en la que todo parece estar vestido de desnudez, claro); pero nadie se atreve, y salen de allí pronto como si temiesen sucumbir a la tentación húmeda. Y hasta aventurarse en un edificio modernista al otro lado de la avenida con escaleras subiendo y bajando del derecho y del revés, como en esos pósters de ese dibujante que ahora estaba de moda (pósters de paisajes con perspectivas imposibles y escaleras invertidas que comenzaban a reemplazar a aquellos pósters politizados e igualmente improbables en las paredes de los apartamentos de El Grupo en Gran Ciudad II: ya no El Primer Trabajador con los brazos abiertos para abrazarse a sí mismo sino manos dibujándose a sí mismas). O colarse en esa otra torre de oficinas recién estrenada que una noche de El Escondite acabará ardiendo como un barco en un río de cemento.

Abordar esos lugares y correr y gritar y arrojarse sobre la tierra, sí. Una vida civilizadamente silvestre y, por momentos, tribal y pagana. Una vida cazadora de su mito y agricultora de su leyenda. Una vida de novela sedentaria y de cuento nómade al mismo tiempo. Y Land se siente parte de clan, de secta. Y siente a sus inmediatos amigos de Residencias Homeland como personajes entre brutales y adorables en una variación sobre *El Nome de las moscas* pero con insecticida (en esos días Land lee al autor de esa novela, y seguirá leyéndolo con ese otro libro de cuentos que transcurre en la prehistoria y en la Antigua Roma y en el aún más Antiguo Egipto pensando en que, tal vez, lo próximo de él vaya a transcurrir en Residencias Homeland).

¿Serán estos, estas lecturas de su realidad a partir de la lectura de lo que escribieron otros (idiomática y geográfica y automáticamente), también reflejos e influyentes elementos de un estilo inconstante, el suyo, destinado a vivir a los saltos y cambiando de marcas e imperios? ¿Habrá algo más inquietante que alcanzar esa edad (edad en la que nada cuenta más que el sentirse digno de ser contado) en la que se tiene la sensación de que todo libro que se lee, sin importar su autor o nacionalidad o trama, es en cierta forma autobiográfico?

Quién sabe...

De pronto, todo parece cambiar porque es él quien cambia.

En cualquier caso, se responde Land, ahora no se trata de traducir (porque se trata del mismo idioma) sino de reescribir y de adaptar. De adecuar estas alteraciones no ya del inglés al español sino del español rojizo y no rojo al español azulado y no azul (porque no se trata de equivocaciones inexcusables sino, no es lo mismo, de perdonables equívocos o de pertinentes rectificaciones) sucediéndose en otro lugar de una misma vida: la suya. Algo, para Land, mucho más intrigante y digno de profundo estudio aunque no de reglamentación precisa. Así, piensa, mejor dejarse llevar: permitirse el ser corregido primero para auto-corregirse después. Limitarse, mejor, a que todo mute y varíe y se modifique a veces de manera sutil y otras de un modo tan radical.

Y en algún momento —ya ha sido pronunciada— alguien le explica a Land las múltiples y nunca del todo contabilizadas aplicaciones de la palabra *vaina*.

Y ante la duda, le instruyen, siempre que no se sepa ni sepas qué decir o qué hacer o qué puede llegar a pasar, ya se sabe, ya lo sabes: *vaina*.

Y a ver qué vaina toca hoy, es lo primero que piensa Land por la mañana, saliendo de un salto de la cama, tan feliz de levantarse.

Y, de nuevo, casi increíble: todo eso está afuera.

De pronto, hay vida exterior propia (mucha, casi toda) para alguien que siempre ha vivido para adentro. Alguien quien hasta entonces ha tenido un exceso de vida interior y no aventurándose más allá del colegio, o en marcha rápida tras sus padres, o en casas de abuelos.

Ahora, todos escenarios EXT. DÍA/NOCHE y constantes en el guión de esta secuela de la primera película de su vida —*Gran Ciudad II* y en la que sus padres son apenas actores de reparto— que acaban siendo tan conocidos para él como el apartamento donde vive y que acaban proyectándose como sus sucursales de extramuros: como si ese apartamento fuese mucho más grande y extenso de lo que en realidad es. Apartamento que, además, se prolonga en los apartamentos de los otros habitantes de El Parque, a menudo con las puertas abiertas para que así se relativice aún más la sensación de entrar y salir sucediéndola con común vida en comuna burguesa y no hippie: vida más tarotística Rueda de la Fortuna que zodiacal Acuario.

Entrar fuera y salir dentro, es lo único que le predicen los naipes a Land.

Y —por suerte, aunque esa misma luminosa predicción en un tiempo se hará realidad con modales más oscuros— no se equivocan nunca.

Sí: hasta entonces Land había sido un niño de departamento de Gran Ciudad I sin nada de eso ahí, en el exterior pero al lado, a un elevador de distancia de su apartamento, en Gran Ciudad II. De improviso, Residencias Homeland altera para siempre toda lógica territorial preestablecida para y por Land. Ningún mapa anterior ya le es útil. No hacen falta mapas. Land es su propia y magnetizada brújula embrujada. En Residencias Homeland (su arquitectura es de dos «cuerpos», A y B, unidos pero separados, con diferentes entradas pero conectados por zonas comunes y un parking subterráneo) Land baja, todas las tardes, a El Parque.

Y alteración temporal sumándose a la perturbación espacial: en Gran Ciudad II las clases concluyen al mediodía (y no hay que llevar ningún tipo de uniforme, se va al colegio con la ropa-de-jugar; lo mismo que a la mayoría de los trabajos a los que, por la mañana, se suele llegar puntualmente tarde).

Y en El Parque, Land conoce y se encuentra (otra diferencia con Gran Ciudad I) con chicos de todas partes del mundo.

Y no son hijos de... ni compañeritos y —aunque también estén inevitablemente relacionados por hábitat y microclima—

son algo distinto. Son algo más propio y personal que no desciende de las relaciones de los padres ni de la concordancia de las aulas y, mucho menos, todos honran o adoran a una variable imagen antropomórfica. El Parque es algo mucho más ancestral y primitivo y, por lo tanto, auténtico: una fuerza natural e invisible corporizada en un sitio mágico. Y, de acuerdo: El Parque obliga a una cierta correspondencia entre todos quienes lo pueblan; pero, más allá de la contención del lugar, se impone la casi embriagante sensación para Land de por primera vez ser él quien elige con quién estar en un momento u otro para, claro, acabar estando con todos y todas, porque todos están más o menos juntos todo el tiempo. Están allí −otra de las palabras de Gran Ciudad I, *estacionados*, que ha cambiado en Gran Ciudad II− *aparcados*. Son, para Land, los *aparcados* y las *aparcadas* en El Parque: apenas moviéndose de ahí, cuidando y disfrutando del sitio conseguido. El mejor lugar de todos, todos juntos, todos para uno, en fila, casi tocándose todo el tiempo.

Y no hace mucho Land leyó una novela de ciencia-ficción *diferente* (título Nome y autor Nome) en la que no había atisbo cósmico alguno sino la terrestre maravilla del ser humano evolucionando hacia una nueva forma colectiva y con varias cabezas y mentes y cuerpos interconectados: un «Homo Gestalt». Así, en El Parque, la certera impresión de elegir y de haber sido elegido: de ser alguien predestinado para un destino al alcance de unos pocos. Y Land se siente allí un poco así: más que humano. Todo el tiempo juntos, juntándose todo el tiempo.

Y el ambiente tiene algo de hotel internacional o de crucero marino siempre en su muelle o de uno de esos experimentos sociológicos y comunitarios para preparar para la vida en mundos lejanos. Allí, uno de los nuevos e inmediatos amigos de Land es español y le pregunta si viene del «Coño Sur». Otro es italiano y le cuenta que tiene un gato llamado «CATzzo». Y hay un norteamericano que les explica que la palabra *fuck* es algo casi tan funcional y poderoso como *vaina* pero, claro, *casi*. Y hay un francés que siempre dice: «Ah, pásame ketchup, mostaza y *ma jeunesse*».

Y se ríen.

Se ríen mucho.

Son chistes tontos pero no son chistes agresivos, como los de buena parte de los hijos de…, heredados del humor «inteligente» de sus padres.

Y no hay política y no hay ideología y no hay lucha de clases (hay grandes diferencias de clases fuera de El Parque, sí; pero se trata de no pensar demasiado en eso, porque tampoco nada les interesa menos, aunque les fascine más, sobre todo a los padres de los hijos de… que el aquí saberse y descubrirse súbitos y de algún modo explotadores burgueses).

Y nadie combate al Capital, sea lo que sea eso aquí.

Y así el hijo del portero que aquí es *encargado* (personaje que en Gran Ciudad I era alguien con quien no se cruzaba mirada y mucho menos palabra) es en El Parque de Residencias Homeland uno más de ellos. Aparcado como cualquier otro, porque todos los aparcados son iguales, todos están al mismo nivel. Nadie es mejor que otro salvo en la práctica de este o de aquel deporte o en el color de ojos (punto fuerte de Land, a quien le cambian de tonalidad según la luz del día) o en la masa de sus músculos. Pero ni siquiera eso disminuye o estigmatiza. Y así el hijo del portero, de hecho, es quien más influencia tiene en El Parque. Y se lo admira porque, a través de su padre, conoce todos los secretos de Residencias Homeland y, claro, todos aman profundamente a ese edificio del mismo modo en que los monjes del Medioevo adoraban a sus monasterios como si se tratasen de sucursales del Cielo en la Tierra. Y fue el hijo del portero (maestro de ceremonias del show a cuyo elenco Land está a punto de unirse) quien presentó a Land a todos en El Parque. Para tan solemne ocasión, Land se puso su gorra de cuero negro y su chaqueta negra impermeable; pero hacía mucho calor y además, enseguida, comprendió que en El Parque no necesitaría de ningún uniforme que lo diferenciase y lo identificara. Así que se las quitó como quien se arranca una piel vieja y usada para empezar de nuevo, para ser nuevo, para ser como todos y ser normal, para ya no sentirse obligado a ser único y genial.

Mi nombre es Land.

Bienvenido, Land.

Y eso es todo y no se pide ni se necesita nada más, aunque esto no signifique que no haya vida más allá de El Parque en Gran Ciudad II.

Sí: hay un terrorista nacional dando vueltas por ahí, sí, y es un terrorista muy importante. Un *Most Wanted* inspirador de varios best-sellers internacionales (Land leerá alguno de ellos) aunque su alias sea de una simpleza desarmante como sólo puede serlo su nombre propio a secas. Nombre que hasta entonces, para Land era exclusividad en diminutivo de un cantante —sus padres se trajeron el disco— que no dejaba de cantarle a su Gran Ciudad I querida que, cuando él la vuelva a ver, no habrá más penas ni olvido (sentimiento que Land no siente y a quien volver a verla ahora le daría mucha pena porque sólo quiere olvidarla). Pero el temido Nome actúa fuera del país y sus objetivos son más bien personales (a la vez que universales) y poco y nada tienen que ver con la supuesta entrega nacional y sin espera de devolución alguna de *lo muchachó* del casi inexistente país de origen de Land.

Y las elecciones aquí son algo que sucede puntualmente cada tanto (y las dictaduras son cosa del pasado) y se les presta la misma atención que a las fases de la luna.

Y los riesgos son otros.

Y son los mismos aparcados quienes le advierten a Land de que tenga cuidado de salir a solas porque, más allá de las verjas que rodean al perímetro de Residencias Homeland, habita «una tribu» de niños feroces tanto más selváticos que ellos en esa mansa jungla de El Parque. Y algunos son negros pero no son como los negros de las películas, se dice Land. «Niches», les dicen (y Land no demora en comprender que ese nombre tal vez sea una distorsión fonética, otra de las tantas que crecen en Gran Ciudad II, de *niggers*). Y están siempre listos para robar lo que puedan. En especial ropa y calzado y hasta calzoncillos que aquí son *interiores*; porque los niches gozan especialmente del devolver a los aparcados al interior de Residencias Homeland desnudos y humillados (aunque a ninguno de los habitantes de El Parque les haya sucedido alguna vez algo así y esa posibilidad haya adquirido, por lo tanto, la consistencia y constancia de un Lobo Feroz o de un El Coco que, en Gran Ciudad I, era El Cuco, tal vez pariente cercano de El Coso).

Así, por las dudas, mejor no sacar muy lejos de Residencias Homeland las bicicletas ni los skateboards (hasta entonces Land había visto a estos nada más que en las páginas publicitarias de las revistas de historietas mexicanas donde un ángel los montaba y dominaba) ni las zapatillas (a las que se les dice *tenis*) de marca.

Así, sólo salir todos juntos y no pedalear o patinar más allá de esa calle larga y poco transitada por autos.

De todas formas, en Residencias Homeland nadie piensa en alejarse demasiado de El Parque y —salvo en las noches de El Escondite— sólo se sale de allí para disfrutar del poder volver a Residencias Homeland.

Y Residencias Homeland es el único edificio de apartamentos en esa calle que se dice avenida pero en verdad no lo es: es una calle que va a dar al punto justo donde empieza la salvaje jungla ciudadana supuestamente civilizada. Calle que sube y baja y que está custodiada por robustos guardias privados (guachimán, de *watchman*, es como se conoce a los de su oficio) que apenas caben dentro de sus uniformes, con escopetas de caño recortado a la vista, apostados como atlantes gordos en las puertas de todas y cada una de las casas.

Y las casas son todas espléndidas; pero una de ellas, la que alguna vez fue la más espléndida de todas, lleva mucho tiempo abandonada. Le cuentan a Land que era una palaciega casa de alquiler para fiestas: Castello Salina. Y le explican que una noche, hace años y durante un festejo que se pasó de copas y, dicen, de otras cosas, se escucharon gritos y disparos (y Land y sus amigos exploran ahora sus habitaciones y es uno de los escondites preferidos cuando juegan a El Escondite y no: Land no detecta allí presencia alguna de fantasmas navideños fuera de fecha). Y Land se dice que él nunca abandonará a Residencias Homeland, que no tiene el menor apuro por irse a vivir y mucho menos volver a otra parte a la que —por cábala, para no atraerla o acercarse— nombra lo menos posible. Y, cuando la nombra, lo hace en voz muy baja y muy lenta y estirando las palabras, hasta que deja de ser un nombre y se convierte en un sonido cada vez más lejano.

Y, tan cerca de sí mismo como nunca lo estuvo, Land gana rapidez y gana tantas otras cosas en Residencias Homeland y en El Parque.

Land recién entonces aprende a patalear y pedalear (no había muchos lugares donde hacerlo en Gran Ciudad I o, si los había, no «quedaban cómodos») y, por ende, a caer y a zambullirse, aunque nunca conseguirá hacerlo «de cabeza». Sus clavados son más bien «de piernas», como si pedalease en el aire y luego en el agua. Y le gusta tanto más nadar por debajo del agua que por arriba, sintiendo cómo avanza por ese mundo más denso y, a la vez, más acogedor y donde puede hacer muchos giros y piruetas que jamás podría hacer nadando allí arriba. Ahí abajo, en cambio, alcanza una velocidad pasmosa cuando se calza unas patas de rana en pileta (*aletas de rana* aquí, en piscina y no pileta), pero que a Land le evocan más a las de la Criatura de la Laguna Nome en aquella otra película sabatina y con la que por entonces se veía como rareza a esa heroína semidesnuda y aquí como normal abundancia por tanta chica todo el tiempo en *traje de baño* y ya no *malla*. Y Land aguanta la respiración todo lo que puede. Y puede aguantarla mucho porque —fuera de allí, en la superficie y seco, en la innombrable siempre que se pueda Gran Ciudad I— Land ya descolló como maestro en eso de aguantar la respiración. Aptitud que, en un par de años, le resultará la mejor manera de contener y de no lanzar todos esos gritos marca Wilhelm que subirán por su garganta, cuesta arriba pero sin frenos, chocando contra sus dientes apretados para desde allí precipitarse como si se cayesen de una bicicleta con cambios, con demasiados cambios todo el tiempo.

Antes de eso, en Residencias Homeland, Land aprende a caerse primero para así poder aprender —de su A hasta su Z, pero no en palabras sino en ecuaciones, es tanto más difícil y duele más— a levantarse después.

Y de pronto, para Land, El Parque es el Alfa y el Omega.

Todo pasa en y todo pasa por El Parque.

El Parque es la adolescencia que no adolece.

Y, por entonces, los adolescentes no son aún ese omnipotente y todopoderoso ciclón consumista de gustos siempre inquietos y variables y de pasiones efímeras. Y así son y no lo son todavía, porque mientras se disfruta tanto de esto que está aquí, se hace imposible estar pensando en aquello que vendrá y que, por lo general, será un nuevo y más costoso modelo de lo que ya se tenía. En este sentido, los adolescentes de El Parque no son aún como los padres adolecidos: con su cambiar el auto, remodelar la casa, tener un trabajo mejor, dejar a la pareja/madre de hijos o, más sencillo, decidir si entregarse o no a la tentación de amante. Los hijos (los aparcados y aparcadas hijos e hijas de El Parque) son felices o piensan que lo son con lo que tienen y que ya se les hace más que suficiente, porque lo cierto es que así es: es mucho y es muy bueno.

Una vida privilegiada, sí.

Y lo más importante de todo: en Residencias Homeland, los aparcados reciben el trato de hijos por parte de sus padres y no se les suelen encargar o participar en misiones que no corresponden a su edad. En Residencias Homeland y a lo largo de buena parte del día, Land por fin conoce y reconoce eso que, a falta de un nombre mejor, podría definirse como «normalidad» en donde vive y no sólo donde estudia. Algo a lo que (no puede evitar temerlo, siempre lo pensó entre relativizantes comillas del mismo modo en que otros pensaban así a la «realidad») extrañaría tanto si se rompiese o si se la quitaran.

La normalidad (sin comillas) es el juguete favorito que Land nunca tuvo hasta entonces.

Y ese juguete nuevo incluye entre sus usos y aplicaciones a la cosa más formidable (¿la más trascendente?) que le ha sucedido y le sucede allí a Land.

A comprender, a saber: el repentino descubrimiento de que, además de amigos (el colegio Gervasio Vicario Cabrera, n.º 1 del Distrito Escolar Primero había sido «sólo para varones» y es como si recién ahora se diese cuenta de ello), en El Parque uno puede tener —también y además— amigas. Muchas. Allí, de golpe, todo es *mixto*. Y por lo tanto todo debe ser contemplado desde dos ópticas posibles cuando antes era sólo una. Y con unos y con unas se conversa de cosas muy diferentes (o de las mismas cosas, pero en versiones adaptadas a la diferencia) y con distinto tono de voz y con otras palabras. Con los aparcados se habla rápido y ligero; con las aparcadas no hay prisa y se busca una cierta profundidad en todo lo que se dice. Y esto enseguida da lugar y tiempo a algo nuevo para Land, algo que no había sentido hasta entonces: el que uno pueda sentir por las amigas cosas que, está claro, nunca había sentido por sus amigos. No es, todavía, algo claramente sexual, pero sí algo emocional y sentimental.

Y aquí y ahora y ya mismo en todos los rincones acecha el delicioso temor y el deseo de la posibilidad latente y casi imprevisible (sin por eso dejar de pensar en que tal vez no habría que pensar constantemente en eso) de aquello que en Gran Ciudad I, casi como si se tratase de una función mecánica a realizar recién dentro de muchos años, se conocía como «ponerse de novio». Eso que allí era algo sólo para los chicos mayores: como ponerse un traje formal, como pasar a otra escuela y acercarse cada vez más al terrorífico servicio militar (que aquí, en el país de Gran Ciudad II, no existía). Eso —el ser elegido o elegir a alguien para contenerlo y ser contenido— que en Gran Ciudad II podía ocurrir mucho antes, ya mismo. Un ponerse de novio —luego de «declararse»— que había sido traducido al más juguetón «empatarse». Expresión que a Land le sonaba poco romántica y demasiado deportiva; pero que tampoco discutió porque también era equitativa y democrática y a la que podía jugarse de inmediato sin tener que esperar a afeitarse o tener edad suficiente para «salir» (porque, como se dijo, no hacía falta salir de Residencias Homeland para salir). Y, cuando el amor llegaba a su fin, se «desempataba», sí, pero en realidad no quedaba claro quién de la pareja ganaba o perdía porque, salomónicamente, se prefería decir que se «cortaba».

Así, la vida en El Parque tiene los modales de alguna de las muy célebres y celebradas telenovelas nacionales: ese admirado y muy consumido producto local de exportación a la misma altura del petróleo: la extracción y refinamiento de ganadoras de Miss Mundo y Miss Universo que, luego y cerrando el círculo, acabarán protagonizando esas mismas telenovelas financiadas con oro negro.

Y entre todas esas muchas telenovelas que parecen confundirse unas con otras —como si conviviesen en una especie de Residencias Homeland para telenovelas— hay una muy diferente y un tanto bizarra pero, para Land, a la vez efectiva adaptación de un clásico de la literatura del siglo xix. Esa novela escrita como en espasmos y en la que —en su adaptación televisiva— una pareja de enamorados se la pasa corriendo por un decorado de rocas de cartón y niebla de hielo seco arrojándose mutuamente sus nombres y entrando y saliendo de una casa maldita en las más borrascosas cumbres. A Land le encanta verla. Y enseguida busca y encuentra y lee el libro. Y el libro, suele ocurrir, es mucho mejor pero, a su vez, tanto más raro: porque en él el amor es como una enfermedad, como un virus incurable que trasciende al tiempo y al espacio y a la vida y a la muerte.

Y algo de eso es como si saltase de la pequeña pantalla al Panavision 3D de la vida de Land en Residencias Homeland reconsiderada como castillo de folletín por entregas en el que todos se entregan primero para arrebatarse después. Desatadas pasiones de altura, comentarios en voz baja. Rumores de que (los nombres de los posibles enamorados y desenamorados son reemplazados por los números de piso y apartamento que habitan) 2.º C está con 8.º D. Y esto ha sucedido luego de (expresión dolorosa y sangrante para el fin de un romance) «haber cortado» con 11.º A. Y Land vive en el 9.º B (lo que, de inmediato, deriva en el chiste de «Land no ve, no ve» porque, en realidad, Land se la pasa todo el tiempo mirando todo y a todos y cada vez más a todas). Y todo recuerda un poco a esas otras novelas más románticas y bailarinas y tanto menos torturadas que la de la telenovela favorita de Land. Esas novelas donde todos se la pasaban yendo de una regia mansión a otra atravesando prados que funcionan, apenas, como el inhabitable pero bien cuidado espacio que las separaba entre ellas. Reducida extensión como pausa y paréntesis necesarios para pensar en lo que se dirá al llegar o antes de partir (ese limbo, que en Residencias Homeland, son los elevadores o, cuando hay que reflexionar mucho en lo que se confiará, las escaleras bajadas pero no lenta y caballerosamente sino, encabritados y casi a los relinchos, saltando varios escalones a la vez). Sí: por entonces Land —quien ya leyó todas las novelas de ese trío de hermanas raras— lee a Jane Nome. Y le asombra tanto el que sus pretenciosas heroínas se suban a carruajes para recorrer apenas unos cientos de metros, o el que sus arrogantes pretendientes entiendan al caminar bajo la lluvia como el gesto más apasionado posible. Y que unas y otros se convenzan tanto para ellos mismos como para las demás que lo mejor es amar/ no amar a él o a ella mientras (¿cómo es que lo hacen?, se pregunta Land) conversan sobre herencias y dotes durante esas contantes y sonantes danzas con constante cambio de parejas.

Y algo así es lo que se brinca y se reverencia y se gira en Residencias Homeland.

Y los días son largos y las noches son cortas.

Y lo más importante de todo: pasan tantas cosas, todo el tiempo, que ni hay tiempo para fecharlas y mucho menos para pensar en *no* ponerlas por escrito.

Aun así, ciertas mínimas coordenadas son necesarias primero para explicar ese no-tiempo en el que vive y se vive en El Parque.

Land aterrizó en Gran Ciudad II a mediados de un curso escolar que empieza y concluye en fechas distintas y casi opuestas a las de Gran Ciudad I (aquí las clases en lugar de comenzar en marzo y terminar en diciembre empiezan en septiembre y terminan a finales de junio); por lo que Land no volverá al colegio sino hasta dentro de varios meses. Y, además, aquí no hay séptimo grado de Primaria (casilla por la que iba Land en el colegio Gervasio Vicario Cabrera, n.º 1 del Distrito Escolar Primero, y desajuste curricular-lectivo que acabará produciendo el definitivo crack-up de su historial académico) sino que de sexto grado se pasa/asciende directamente a primer año de Secundaria.

Así, por lo tanto, Land vive ahora unas largas vacaciones y así se siente aún más como si hubiese atravesado un espejo distorsionante para habitar en una dimensión paralela. Y son vacaciones que ya no son estrictamente veraniegas; porque en Gran Ciudad II, Land experimenta la inesperada ausencia de las cuatro estaciones reduciéndose allí a dos períodos no demasiado precisos en su meteorología.

Todo es lluvia y sol pero (de golpe el azul del cielo es cubierto por el ruido y la furia de nubes rojas y es casi noche cerrada al mediodía) estallan sin aviso temperamentales tifones que lo arrasan todo en pocos minutos. Y entonces las calles se disfrazan de canales y no hay paraguas porque no sirven de nada salvo para demostrar que es imposible parar esas aguas.

Y las noches son territorio de mosquitos de una sed y tamaño que pondrían nervioso hasta al mismo Drácula.

Y los amaneceres desbordan del canto casi humano y por momentos hasta comprensible de pájaros extraños y con plumas que lucen como pintadas a mano.

Y, de tanto en tanto, un leve y desconcertante temblor en la planta de los pies: el eco sin galería de los legendarios pero históricos terremotos del ayer de Gran Ciudad II. Eso que es el suspiro más despechado que enamorado del Gran Sismo que en cualquier momento puede llegar para destruirlo todo como lo destruyó aquel otro Gran Sismo. Terremoto que un Jueves Santo a principios del siglo pasado fabricó miles de muertos y se entendió como «castigo divino» por rebelarse contra la Corona (y Land se enterará de todo esto, muy interesado, leyendo los manuales de una Historia nueva y en los que su casi inexistente país de origen es apenas una mención distante y poco menos que prescindible).

Y, sí, en Gran Ciudad II se vive como meciéndose en la posibilidad de un desastre inminente y hay algo excitante en ello: el derrumbe de montañas, la tormenta perfecta, la caída de autopistas, una plaga de algo que parecen langostas pero son otra cosa a la que mejor admitir como langostas porque de otro modo se sentiría más inquietud que la de Drácula por esos mosquitos. Y (Land no puede creer que algo así esté ocurriendo, como si fuese una de esas películas de aquellos sábados al anochecer) en una ocasión, en unos años, se llega incluso a anunciar el arribo de «hombres de negro»: de seres más cercanos a los *Body Snatchers* que a los *Midwich Cuckoos*. Otro El Grupo de recién venidos desde los confines de la galaxia para —aseguran aquellos a quienes los hombres de negro les hablaron en esta o aquella calle— partir en dos al Monte Nome y dar la orden de que de allí surja flotilla de ovnis fulminantes esperando ser despertada desde hacía milenios. Y a la hora señalada, esa noche, la ciudad se vacía. Los habitantes de Gran Ciudad *II* buscan refugio en la costa y las carreteras se colapsan y se registran escenas de pánico y los noticieros rebosan de periodistas preguntando en las calles

«¿Y él qué te dijo?» (el hombre de negro) y «¿Y tú qué le dijiste?» (al hombre de negro).

Pero finalmente el engaño se confiesa y desengaña.

Y todo resulta haber sido nada más y nada menos que la puesta en escena de un «experimento en rumorología» plantado por estudiantes de la Facultad de Sociología. Aun así, Land se queda despierto hasta tarde ese día, esperando que todo sea, por favor, verdad: porque si todo acabara en un temporal de rayos alienígenas, entonces también se borraría todo rastro de su Big Vaina. Y entonces su secreto mentiroso y su verdadera culpa morirían con él. Todos, padres y amigos, se volatilizarían sin haber llegado a enterarse de ello. Todos esos nativos y visitantes (entre ellos los cada vez más numerosos exiliados llegando desde Gran Ciudad I) fundiéndose en un rapto de fuego y rayo mortal. Y de alegría: la suya, envuelta en música no clásica sino electrónica y con versos rimando en la universal y comprensible para todos por unos últimos segundos muy sacada lengua del Apocalipsis.

Y en Gran Ciudad II, otra vez, muchas cosas cambian de nombre sin cambiar de idioma. Todos los días Land aprende algo nuevo para reescribir algo viejo.

Por ejemplo, el escurridizo *hacerse la rata* de no ir al colegio sin decirles nada a los padres en Gran Ciudad I (y que Land jamás llegó a poner en práctica) pasa a ser el prematuro pero episódico y esporádico y breve retiro por el día (y que Land sí llegará a poner en práctica) de un *jubilarse*. Sinónimos ambos —unidos en la figura de un roedor retirado— de su Big Vaina y todo eso.

Más detalles más adelante.

Y no sólo las palabras: la comida también desvaría en un arrobamiento de colores y sabores y nombres alternativos.

Arepas y carne mechada y pabellón y un montón de muchos gustos que, hasta entonces, Land sólo había paladeado en las letras dentro de globos de revistas de historietas importadas a Gran Ciudad I.

Y las frutas exóticas de formas casi alien (y las que hasta entonces conocía por dibujos, como los cocos). Y los helados hechos con esas mismas frutas exóticas (que superan con creces al ahora casi vulgar para Land sabor marron glacé) o con la escarcha que se raspa a un bloque de hielo giratorio al que se le añaden jarabes fulgurantes y se sirve en conos de papel encerado. Y las frutas no exóticas (las frutas que ya había visto y probado en su casi inexistente país de origen) pero que cambiaban de nombre para ser también exóticas o, como las bananas, devenidas en plátanos, ensayar nuevos colores o tamaños impensables por Land hasta entonces. Y, ah, las brutales hamburguesas del bar de la esquina que no necesitan de ninguna foto que las mienta de antemano (tanto mejores y más contundentes que las prefabricadas e instantáneas de su casa en Gran Ciudad I o las de las grandes cadenas de *fast food* que en Gran Ciudad II, como tantas otras cosas, son lentísimas). Y las leches merengadas y los batidos y la felicidad de sentirse como, de nuevo, en uno de esos cómics de Archie (¿qué es lo que hace que yo me acuerde del nombre de un cómic que nunca le interesó a él?, se pregunta Land; ¿por qué la memoria y el olvido no funcionan de acuerdo a lo que más se ama o se odia en lugar de tan caprichosa y aleatoriamente?). Y fuentes de soda y puestos ambulantes y masticar a toda hora por el solo placer de tragar. Y, claro, por supuesto: hay Coca-Cola; pero en los bares no suele venir en botellas sino que se sirve directamente de una especie de surtidores de los que brota mezclándose el jarabe con la soda. Y entonces tiene un sabor diferente a la Coca-Cola embotellada de Gran Ciudad I: la diferencia entre una Coca-Cola añejada e infantil y más bien reposada y una Coca-Cola recién hecha y adolescente y burbujeante a punto de entrar en erupción. Y, piensa Land, esta es una Coca-Cola extranjera que, a la vez, convierte ahora en extranjera a aquella otra Coca-Cola que alguna vez fue para él nacional pero ya no. Ahora, de algún modo, Land es un poco así: oscuro, gaseoso, espumante si se lo agita y presente en todos lados pero, a la vez, como fuera del tiempo y en ninguna parte.

Y junto a ese bar de la esquina está la juguetería más grande y fantástica que ha visto Land. Se llama Jugueteland (otra *land* más, sí). Y allí dentro hay juguetes como Land nunca imaginó o que sólo había visto hasta entonces. Modelos para armar de Dracula sin acento y del Frankenstein Monster con rostros y manos que «glow in the dark» que hasta ahora sólo había visto en las páginas publicitarias de esa revista en inglés de monstruos del cine que muy de tanto en tanto llegaba a los kioscos de Gran Ciudad I. Allí, en Jugueteland, juguetes electrónicos, juguetes que salen de películas que acaban de estrenarse. Y hasta tableros Ouija (como los que actúan en esas películas de terror que tanto le siguen gustando a Land y que funcionan como ojos en la cerradura desde los que espiar a los que ya no están) cuya venta, seguro, en Gran Ciudad I estaría prohibida para menores y mayores por ser algo corruptor y satánico. (De cualquier modo, Land va juntando monedas sueltas y billetes perdidos hasta que tiene el dinero suficiente y se compra ese tablero Ouija y lo esconde dentro de un cajón, bajo una pila de ropa: no piensa usarlo —no se atreve, dicen que es peligroso— pero le tranquiliza el tenerlo y saberlo ahí en caso de que alguna vez tenga la necesidad de hacer una llamada de emergencia para hacer emerger a alguien para que lo ayude y consuele desde el otro lado). Todos objetos del deseo que Land jamás deseó en Gran Ciudad I porque no eran deseables, porque no existían; pero que aquí desea porque sí existen, porque son realidad que puede hacerse realidad. Y hay algo de justo y a la vez injusto en esto: en que todos estos juguetes recién ahora lleguen a él cuando comienza el fin de su Edad de los Juguetes, en que se le aparezcan todos juntos y al mismo tiempo justo en el momento de darle la bienvenida a su despedida de todo eso, de todos ellos. Y Land siente como si estuviesen jugando con él, tan rompible. A Land todo esto le suena a concepto de religión de éxito o a trama de los capítulos más previsibles de Rod & Hitch y en los que todo premio proyecta la sombra de un castigo. Y ese castigo es el de ser otorgado demasiado tarde, cuando ya no hay tiempo para nada salvo para creer en la poco creíble coda redentora de un Más Allá cortesía de tablero Ouija para niños. Y algo le hace pensar a Land (y prefiere no pensarlo) que pronto todo en la vida será un poco así: decidir entre la nada y la casi nada y, si hay suerte, un poco de todo. Y recibir, apenas, una ganzúa pero ninguna puerta. Así, elegir ventanas. Y algunas de esas ventanas no podrán abrirse o se van a cerrar de golpe y en la cara, como una caricia o como una bofetada.

Y lo primero que hicieron sus padres al llegar Land fue entregarle, casi ceremonialmente, un juego de llaves de colores metalizados del apartamento. Llaves a las que Land mira y usa como si se tratasen del eslabón perdido entre un juguete infantil y una herramienta adulta (y, ah, ya nunca más preocuparse por si no estarán sus padres o sí estarán pero no oirán el timbre; Land sólo tendrá que preocuparse por no perderlas él; y esto es lo más parecido que jamás se sintió a ser dueño de su propio destino).

Y lo primero que se compró Land fueron unas gafas de sol —supuestamente 3D, aunque no abunden las películas o los libros así— con un cristal azul y otro rojo.

Y así va Land por ahí: con esas gafas (no anteojos), guiñando alternativamente sus ojos, editando todo lo que ve y todo lo que hubiera preferido no haber visto y todo lo que le gustaría ver.

Y no se las quita ni para ir al cine 2D.

Y los cines de Gran Ciudad II (cines ya listos y acondicionados para cazar tiburones y estallar en guerras galácticas y cambiar para siempre la idea de ir al cine) son diferentes y no están a lo largo de una calle sino desperdigados a lo largo de la ciudad en las tripas de centros comerciales que no se asemejan en nada a las abovedadas galerías de Gran Ciudad I. Esos centros (hay quienes les dicen *malls* haciéndolos sonar como si fuesen santuarios malignos y tentadores) no tienen nada de ese aire imperial del Viejo Mundo. Son sitios que apuestan al futurismo arquitectónico casi instantáneamente anticuado pero resistente de sus parientes al Norte, en otro continente, creciendo entre grandes cañones y planicies puntuadas por cactus y por esas bolas de hierba giratoria rumbo a ninguna parte pero siempre hacia el Oeste más lejano.

Y uno de ellos está, afortunadamente, a unas pocas cuadras de Residencias Homeland. Con más escaleras mecánicas de las que él subió y bajó en su vida, y varios niveles y salones de fiesta, y muchas de las tiendas (ya no negocios) ni tienen puertas y se entra en ellas casi sin darse cuenta de que se ha entrado. Y Land puede llegar hasta ahí caminando desde Residencias Homeland y allí visitar la mejor librería (no hay muchas, hay muchas menos que en Gran Ciudad I) de Gran Ciudad II. Y comer hot-dogs de hasta un metro de largo recubiertos por ingredientes impensables hasta entonces que mejor no preguntar qué son y de dónde salen y limitarse a disfrutarlos.

Y, después, bajar a los cines en el subsuelo. Uno de los mejores y más modernos es un «complejo» de tres salas dentro de un mismo cine (algo nunca visto hasta entonces por Land y en los que enseguida el desafío es el de ver varias películas por el precio de una cambiándose de sala sin ser descubiertos ni atrapados). Cines en los que, además, la oferta gastronómica es casi monstruosa e incomprensible: hay gente que almuerza o cena en la oscuridad y a la que la película se le hace algo casi innecesario y a la que no le presta tanta atención como a esos colosales baldes llenos hasta los bordes de dulces y frituras. Y no hay noticieros antes de las ficciones (y sí muchos avances de lo que pronto se estrenará). Y allí Land ve películas que en Gran Ciudad I seguramente habrían sido prohibidas para menores de 14 o de 18 años o para mayores de toda edad o que, incluso, jamás se proyectarían por mandato de censores que adquieren la importancia de casi artistas. Películas que en Gran Ciudad II son, milagrosamente, aptas para todo público (o que, como mucho, apenas aconsejan un *no recomendada* o sugieren un *inconveniente* que se desactiva por completo si se es acompañado por un adulto) y que ya no incluyen la exclusión de escenas cortadas para la preservación de mentes y almas. Y, de acuerdo, en ocasiones Land y sus amigos de El Parque tienen la sensación de estar viendo algo que no deberían estar viendo; pero aun así qué bueno verlo y luego poder comentarlo en detalle porque, viendo lo visto, ya se vio, y hay tantas más cosas por ver. Y, después de todo, lleva toda la vida viendo cosas que no debían ni deberían verse, piensa Land mientras ve esa película musical pero rock en la que un niño se vuelve ciego y sordo y mudo porque sus padres le ordenan que así sea: porque ese niño ha visto y oído algo que no debió haber oído ni visto y, mucho menos, debe ser contado a nadie.

Y lo que se ve en la televisión –televisores modernos y hasta con pantallas circulares y giratorias y alguna que incluso anticipa tímidamente los colores por venir– también es diferente: series nuevas, sin repetición de episodios. Y ese detective desprolijamente disciplinado que siempre acaba casi intimando con los asesinos (a la vez que enajenándolos a fuego lento con sus preguntas del tipo qué dijo/qué dijiste). Y esa paradoja de un hombre «biónico» que corre en cámara lenta (lo mismo que en aquel western con monje peregrino y kung-fu al que Land se había aficionado en la televisión de Gran Ciudad I) para así demostrar su velocidad sobrehumana obtenida previo pago de seis millones de dólares. Y la de ese periodista con sombrero investigador de monstruos y la de ese detective sin pelo de la policía, de apellidos parecidos, empiezan ambos con K, con K de Nome. Y, los domingos por la noche, suplantando a los Colosos de la Lucha, las primeras miniseries basadas en best-sellers de tiempos en que los best-sellers estaban tanto mejor escritos y, en ellos, otros combates: la del magnate que quiere que su hijo sea presidente, la de los dos hermanos tan opuestos pero complementarios. Y aquella otra, inglesa, con cuentos de terror y thrillers. Y un nuevo y más moderno modelo del Rod Serling de *The Twilight Zone*: filmado en colores y ahora fumando menos y con trajes no tan clásicos y el cabello más largo y un tostado más de piel de playboy que de guía de su galería nocturna en la que cada cuadro es un cuento que no suele terminar bien (y pronto Land será como un cuadro –un autorretrato– colgado no en una galería nocturna sino en un centro comercial diurno). Y la ocasional experiencia retro-infantil con otro supuestamente mimoso pero tan siniestro payaso que ya no le pregunta con insistencia a Land si se acuerda de él sino que canta, inesperadamente profético de adicciones por venir y con voz meliflua, que «El telefonito es una necesidad / Palabra tras palabra / Y bla-bla-bla-blá...» (y lo cierto es que para Land no lo es porque aparcados y aparcadas no necesitan llamarse para encontrarse y verse porque se ven y se encuentran todo el tiempo). Y esas otras series que Land no soporta pero que tienen un éxito descomunal y, con el mismo actor, combinan a un absurdo súper-héroe con nombre de bicharraco con lo que ocurre en una bonita vecindad de otra gran ciudad y con unos adultos haciendo de niños que no dejan de repetir una y otra vez las mismas frases durante las mismas situaciones (algunas de ellas, como ese «¿Y ahora quién podrá defenderme?» o «Lo hice sin querer queriendo», acabarán teniendo para Land un cierto dejo wittgensteiniano, aunque lejos estarán de serle útiles a la hora de explicar por qué hizo lo que hizo, por qué, queriendo querer y sin ayuda de nadie, *cometió* la Big Vaina que hará de aquí a un tiempo).

Y Land los mira y admira (menos a esos chicos viejos) y no mucho después, ya protagonizando esa serie diaria en la que se habrá convertido su vida prisionera de la Big Vaina, se sentirá exactamente así: indefendible e indefenso, culpable, interrogado y acusado por sí mismo, habiendo hecho algo indebido pero, al mismo tiempo, sabiendo que era su deber y su querer el haberlo hecho para su formación y deformación.

Así, Land aún no prisionero en libertad de la Big Vaina; pero aquí se acerca y ya viene y ya está aquí.

Y Land, biónico a la vez que zen, moviéndose allí tan rápido mientras todo transcurrirá tan despacio y por los meses de los meses y los dos años de los dos años que se le harán cada vez más iguales a un por los siglos de los siglos, amén.

Y por algún extraño motivo que no tiene nada de extraño (y que, de algún modo, es la continuación del mismo síntoma que lo arrojó entre las cuerdas de ese telúrico profesor de guitarra criolla) los religiosamente ateos-blasfemos militantes padres de Land lo han inscrito ahora en un colegio religioso con nombre de santo: San Agustín. «Queda cerca», explican sus padres a sus amigos cuando estos, extrañados, les preguntan por qué y cómo es posible que hayan hecho algo tan absurdo situando a su hijo tan fuera de lugar.

Y sus padres le dan a elegir a Land, generosos, entre ese muy prestigioso colegio de clase media muy alta y otro igualmente cercano. Ambos «de curas»: el San Agustín o el San Ignacio.

Land escoge el San Agustín, porque fue ese santo que aquella tarde le citó César X Drill.

Así, los padres de Land (pecadores inconfesados y paganos fervorosos; recordar aquella virgen martirizada en el living del departamento en Gran Ciudad I) lo entregan a los agustinos y no a los jesuitas. Land no entiende la diferencia entre unos y otros pero, supone, esta debe ser algo similar a lo que divide y enfrenta a políticos o a deportistas o, incluso, a clanes literarios y, tal vez, no enfrenta pero sí diferencia a hijos de… y a compañeritos.

Tampoco le importa demasiado.

La explicación para ello que le dan sus padres es clara y hasta un poco comprensible comparada con otras que han tomado respecto a Land: puede ir caminando solo (lo que no suele ser sencillo ni habitual en Gran Ciudad II) como caminaba hasta el colegio Gervasio Vicario Cabrera, n.º 1 del Distrito Escolar Primero, en Gran Ciudad I. Y, también, además, varios de sus amigos de Residencias Homeland estudian en ese mismo colegio: así que van todos juntos, como si El Parque se mudase por unas pocas horas a otro edificio.

Pero, claro, a Land esto no le basta para asumir y comprender esa súbita y relampagueante proliferación de liturgias y derivados de estas (su conocimiento de las mismas es más bien escaso, lo poco que sabe de eso se lo debe a sus abuelos) que ha entrado en su vida como si los cielos se hubiesen abierto y lo iluminase un rayo de luz divina y un coro de celestiales aleluyas. Land, es cierto, disfruta del Antiguo Testamento y de todos esos profetas locos y santos alucinados anunciando el fin de los tiempos o viviendo sobre columnas (y Land se dice que san Francisco tiene que haber sido un gran jugador de básket para embocar todos esos pajaritos recién nacidos y caídos de regreso a sus nidos). No le interesa tanto el Nuevo Testamento (a no ser que se tratase de esa versión adulterada y tanto más interesante y graciosa en la que el pequeño Jesucristo convertía a compañeritos e hijos de… que no le caían bien en cabras por encantamiento más cercano a Bagdad que a Nazaret). Y Land no termina de comprender qué es el Espíritu Santo y no puede entender cómo Jesucristo en la cruz no amenaza a sus verdugos con un «Ya van a ver cuando mi padre se entere de todo esto y baje a pedirles explicaciones». Aunque, claro, de nuevo: Jesús es el más grande y genial y sufrido hijo de... y sabe que no le conviene esperar mucho de su creador en ese sentido. (Y, ah, a Land se le ocurre una novela, un thriller histórico-conspirativo-iconológico sobre los codificados y renacentistas descendientes de Jesús, pero enseguida se obliga a olvidarla; porque si ya es duro ser hijo del Mesías, mejor ni imaginarse lo que puede llegar a significar, además, ser tataratataratatarataratataranieto del Creador de Todas las Cosas, del Jardinero Original cuyo hobby preferido parece haber sido siempre el de cagarse fecundamente en sus retoños). Pero, como lector, a Land sí le intriga la diferencia entre las distintas y apostólicas versiones de los amiguitos de Jesús así como la ausencia no de los testigos sino del mismo asesinado quien bien podría haber dejado su irrefutable testimonio luego de resucitar y antes de partir, ¿no? En cualquier caso, Land aprecia todo el tema como si se tratase de una buena y ocurrente ficción, como, de nuevo, algo más bien próximo a *Las mil y una noches*. Pero la liturgia que lo acompaña se le hace aburrida y le es por completo extraña. Esa especie de gimnasia en el sitio (sentarse-pararse-de-rodillas-sentarse de nuevo) durante las misas obligatorias. Y así Land, antropófago, comulga sin haber hecho la primera comunión. Mastica y traga el cuerpo de Cristo y, ah, «¡PECADO MORTAL!», se entera enseguida por un aparcado de El Parque. Y, sí, Land sospecha (porque así sucede siempre, sin que sea imprescindible que te llames Adán o Noé o Abraham o Job) que su nombre ya está en esa lista, en lista de espera. Y que pronto será sometido a un tormento de –nunca mejor dicho– proporciones bíblicas.

Ahora, mientras tanto, signos a decodificar y predicciones a interpretar. Y el paisaje en esta nueva etapa de su vida estudiantil en el colegio San Agustín (mientras Land corre y huye de ellos como si los leyese de corrido y corriendo para no caer en la tentación de levantarlos) transpira personajes extraños seguramente dignos de ser ficcionalizados pero no por él. Ahí están esos sacerdotes-profesores muy *à la* novela del siglo XIX. Seres que, de entrada en el final del siglo XX, Land sospechará que, entre sus muchas plegarias, jamás rezarán por la extinción de los religiosos pederastas. Está el de Inglés, quien lo único que hace es recitar con acento sánscrito y monocorde la conjugación de verbos regulares y, otra vez, *read, read, read*. Y está el de Biología, quien se limita a ordenar el aula como si se tratase de un tablero de juego de mesa en el que los alumnos se aprenden de memoria los apuntes fotocopiados que él mismo reparte y que cobra (y en los que Charles Darwin es la más omnipresente de las ausencias) para que se pregunten entre ellos y retroceder o avanzar «pupitres/casilleros» que, a fin de trimestre, según la posición mantenida y sin ningún tipo de examen de por medio, acabarán siendo la nota obtenida. Y hay una profesora de Castellano y Literatura muy joven y que no es una monja y que sí es como una variación tropical de aquella Maestra Magistral y Moderna de Gran Ciudad I y de la que todos se enamoran (en realidad se enamoran del ajuste perfecto de sus jeans, que pronto son satanizados por las autoridades del San Agustín y reemplazados por una casta falda hasta la rodilla). Pero el de ellos será un amor fugaz; porque al trimestre siguiente ya habrá sido desbancada por otro sacerdote-profesor que les hace leer novelas con caballeros que parten a las Cruzadas o sucesivas vidas del Mesías firmadas por ingleses protestantes quienes por fin vieron la luz y se «convirtieron» al catolicismo más como poseídos que como devotos.

Y, claro, también están los nuevos compañeritos. Pero, para Land, los de Gran Ciudad II no tienen el peso o la importancia que tuvieron los de Gran Ciudad I. No son para él, como fueron allí, una forma de equilibrar un desequilibrio. Y lo cierto es que son bastante poco ocurrentes. Ese mejor alumno pura y exclusivamente gracias a su memoria fotográfica que no hace otra cosa que revelar y no velar su auténtica y absoluta nulidad intelectual. O aquel otro que destaca en todo lo que es atlético y físico. O ese que es tan gracioso hasta que deja de serlo de tan gracioso que es… Land apenas registra sus apellidos, no sabe casi ninguno de sus nombres (sólo los más absurdos) porque sabe que jamás le será necesario recordarlos, Nome o no Nome. Ellos son para Land no más que sombras leves e ignorantes del espanto de estar viviendo la plenitud y cumbre de sus vidas e ignorantes de que más adelante no serán nada ni nadie y, mucho menos, tendrán parecido alguno con quienes supieron ser. Land no necesita a ninguno de ellos: para él sólo cuentan los habitantes de El Parque. Y ya se dijo: algunos de ellos también estudian en San Agustín; pero cuando se cruzan en los recreos apenas se reconocen o se miran de reojo y apenas intercambian palabra porque, inconscientemente, no quieren poner en evidencia su riqueza y privilegio y su origen común. Porque se sienten extraños, fuera de lugar, como si los hubiesen trasplantado de una historia maravillosa a otra que no es más que un trámite inevitable, una pausa tan innecesaria como obligatoria en la serie o novela de sus vidas. Algo que es como impertinentes e interruptores anuncios comerciales o esa página en blanco entre un capítulo y otro.

Y en San Agustín, Land (aunque destaca en todas las asignaturas humanísticas y hasta es celebrado por diseñar para una kermesse anual del colegio un «Laberinto del Terror» que rompe todos los récords de recaudación en entradas) pronto se reencuentra con sus problemas con las llamadas «Ciencias Exactas». Materias que, para él, ceniciento (y a la madrastra Matemáticas ahora se han sumado sus hijastras Física y Química), son cada vez más un caos incomprensible e inverosímil e imposible de limpiar y poner en orden. Y, lo más grave de todo, todo en esas materias se le hace imposible de memorizar: porque lo que en ellas vale es la aplicación teórica a siempre diferentes ejercicios prácticos. Y lo que se supone son fórmulas constantes (a Land no lo engañan) en realidad están infestadas de variantes y cláusulas y de cada vez más fuera de lugar comas y paréntesis y letras y números más pequeños encaramados a los hombros de números grandes, como si fuesen loros desplumadores que no paran de parlotear acerca de cantidades a sumar o restar de doblones de oro. Sí: en el mundo de Land ya no hay (nunca lo hubo, pero hasta ahora se las había arreglado para no naufragar o mantenerse en la superficie) voluntad alguna para entender las Matemáticas. Ya no. Ya no tiene fuerzas para seguir nadando. Las Matemáticas & Co. son algo independiente al mundo de Land, aunque vayan a estar muy relacionadas con la narrativa (con la Redacción Tema Libre pero condenada) de Su Caso lógico y filosófico. Pero lo que más perturba y aleja a Land de las Matemáticas es que —a diferencia de lo que ocurre cuando se lee un cuento o una novela— jamás se podrá llegar a apreciarlas y apresarlas por completo, a comprenderlas, a comprehenderlas. Sólo se aprenden y aprehenden chispas intermitentes que como mucho encenderán algún fuego fatuo, contadas y descontadas ideas esporádicas, el diagrama mal podado de árboles que nunca permiten contemplar el bosque, y personajes nunca del todo completos. Estudiar Matemáticas en el colegio secundario es algo tan difícil como inútil. Es resignarse a fragmentos aislados, palabras sueltas, motivaciones y acciones que jamás se explican del todo o que nunca acaban de llevarse a cabo. Estudiar Matemáticas es como abrir o cerrar un libro por la mitad y querer saber cómo empezó o terminará. No se pueden leer las Matemáticas: hay que escribirlas.

Así, Land flota por unos meses –lo más parecido a historias, a que te cuenten una historia– aferrado a las partes biográficas de científicos a quienes respeta; pero sin comprender cómo fue que alguien pudo llegar a abrazar sin soltarse a semejante vocación destinada de antemano a la frustración de jamás llegar a desentrañar el misterio original de cómo se encendió todo y, mucho menos el de a dónde irá a dar y a apagar. Enigma que, para colmo, en un colegio católico, está constantemente enfrentado o matizado por su versión Luz-Que-Se-Hace + Siete Días De Creación = Génesis; y, sí, *supper's ready* y no se habla y mucho menos se cuestiona con la boca llena y alabado sea el Lord de Lords y el Rey de Reyes.

Así, Land, incrédulo y sin creer en nada de eso, no demora en hundirse y ahogarse en un océano de ecuaciones y fracciones y polinomios y enunciados que sabe (eso es lo único que sabe al respecto) en el futuro no le servirán para resolver absolutamente nada. Sí: desde que tiene memoria Land suma, resta y multiplica con dificultad y casi no puede dividir. No entiende. No es lo suyo. Nada de todo eso –nunca mejor utilizada esta expresión– estaba en sus cálculos. Ya se dijo: nunca supo por qué se llamaba a eso de trenes saliendo a tal hora o recorriendo tal distancia «regla de tres simple» cuando para él era algo complicadísimo. Ahora, Land no puede digerir ni siquiera los requerimientos y demandas de esos problemas que les dicta el profesor de Ciencias Exactas: El nada paternal Padre Valentini. Aquel quien siempre pareciera en verdad referirse no a la material división sino a la sacra multiplicación no de panes y peces sino de multi-pecados y sub-mandamientos.

Y está claro que El Padre Valentini enseña lo que enseña porque alguien allí debe enseñarlo y porque en algún sorteo eclesiástico-educativo en San Agustín le tocó a él. Por eso El Padre Valentini odia a las Matemáticas y sus supuestos milagros. Por eso, casi de inmediato, El Padre Valentini odia a Land con todo su credo. Porque para él es como si Land fuese un permanente recordatorio de su propio y soberbio pecado de —adorador de lo divino y sin explicaciones ni justificaciones— sentirse tan por encima de la simplificación de firmes teoremas y patrones y figuras geométricas y de su mal uso por adolescentes que sólo piensan en turbulencias biológicas. Sí: El Padre Valentini considera a Land como un asunto personal, una ecuación molesta e inexacta. No es posible, no: El Padre Valentini no puede entender la existencia de un alumno como Land. Alguien excelente en tantas otras regiones y materias pero tan impermeable a las leyes de su reino. Además y para peor, no hay correspondencia alguna en el santoral con el nombre de Land. Así, El Padre Valentini acaba considerando a Land una forma exquisita de burla diabólica y tal vez tentadora. Algo que merece exorcismo. Alguien quien debe ser conjurado y arrojado sin demora fuera de los límites del colegio y de su vida.

Lo que, para gozo casi arrebatado de El Padre Valentini, está a punto de ocurrir: porque si Land no aprueba este examen de Matemáticas (esta es su última oportunidad, su último rito) los reglamentos internos del colegio San Agustín determinarán su limpio y veloz despido y despedida de tan afamado establecimiento educativo-religioso.

Llegado ese día de guardar privado, piensa El Padre Valentini, tañerán las campanas para saludar la eyección de semejante engendro académico.

Y es que la ley educativa de Gran Ciudad II permite salvarse dando dos oportunidades/exámenes. Exámenes que, ya una vez, Land se limitó a firmar y, vacío de toda respuesta (se le hace más digno no responder nada que responder mal), lo entregó de inmediato. Y salió del aula a contemplar las nubes negras que se acercaban desde el horizonte como si él fuese un pistolero dejando atrás la falsa seguridad y aún más falseada calma del saloon. Consumida la segunda de esas últimas gracias (a Land le queda una sola bala en la recámara y no es de salva pero tampoco es de salvarse y está más cerca de dar en el blanco del suicidio que del duelo) sólo restará la indivisible desgracia a sumarse y enseguida restarse: la expulsión y el destierro a un territorio donde todos los pueblos no se llamarán Tombstone sino que figurarán en su mapa como una aún más lapidaria Big Vaina City. A la segunda va la vencida y vendrá la derrota (y se irá Derrota, sí, quien falta menos para que llegue aquí, más detalles más adelante). Pero todavía faltan muchos minutos para eso, se dice Land. Y es que siempre falta mucho para algo terrible si se lo reduce a minutos (y por eso los minutos, como le explicó César X Drill, son tan largos en esos duelos al sol en las películas de Sergio Nome en los que dos *wanted men* se enfrentan casi enamorados el uno del otro, demorándose en sudorosos primeros planos y palpando las culatas de sus pistolas sabiendo que los preliminares son tanto más excitantes que el click que quita el seguro y el bang que dispara el disparo).

También, se dice Land, ya ha hecho suficiente (más bien demasiado) para ubicar las malas acciones por venir en un escenario más o menos bien establecido. Land cree haber sido lo suficientemente preciso y detallista en el establecimiento de todos los lugares y circunstancias que rodean y acorralarán a sus próximas acciones (Gran Ciudad I, Residencias Homeland, Gran Ciudad II, El Parque) como para que aquí no haya duda alguna en cuanto a posibles segundos tiradores y a balas mágicas.

Y entonces Land cree y se convence de que ya ha llegado el momento de que el mundo haga sitio a Su Mundo y dé lugar y paso a Su Caso advirtiendo –como advierte Wittgenstein– de que «En nuestras notaciones hay, ciertamente, algo arbitrario, pero *esto* no es arbitrario: que *si* hemos determinado arbitrariamente algo, entonces algo diferente ha de ser el caso. (Esto depende de la *esencia* de la notación)» y de que «La realidad tiene que quedar fijada por la proposición en orden al sí o al no. Para ello ha de ser enteramente descrita por la misma. La proposición es la descripción de un estado de cosas. Al igual que la descripción describe un objeto atendiendo a sus propiedades externas, así la proposición describe la realidad atendiendo a sus propiedades internas. La proposición construye un mundo con ayuda de un armazón lógico, y por ello, puede verse en ella también cómo se comporta todo lo lógico, si es verdadera. De una proposición falsa cabe *extraer conclusiones*. Comprender una proposición quiere decir saber lo que es el caso si es verdadera. (Cabe, pues, comprenderla sin saber si es verdadera)».

Y Land leerá todo eso, pronto, en las mañanas eternas de su inminente Big Vaina a la sombra de Salvajes Palmeras. Y Land creerá comprender todo lo que se dice y se propone en el *Tractatus logico-philosophicus*.

Y ojalá que así sea, porque ahora y pronto y tanto y tan poco después, Land ya no entiende casi nada no de lo que lee sino de lo que vive fuera de ese libro.

Los dichos de Wittgenstein le parecen y se le aparecen cada vez más como hexagramas acomodándose más y mejor a sus circunstancias: Ch'ien o Lo Creativo, Chun o La Dificultad inicial, Meng o la Necedad Juvenil, Hsü o La Espera, Sung o El Conflicto, P'i o El Estancamiento, Ku o El Trabajo en lo Echado a Perder, Kuan o La Contemplación, Po o La Desintegración, K'an o Lo Abismal, Heng o La Duración, Ming I o El Oscurecimiento de la Luz, K'uei o El Antagonismo, Chien o El Impedimento, Sun o La Merma, Kuai o El Desbordamiento, K'un o La Desazón, Ko o La Revolución, Ching o El Pozo, Ting o El Caldero, Chen o La Conmoción, Ken o El Aquietamiento, Lü o El Andariego, Huan o La Disolución, Chieh o La Restricción, Wei Chi o Antes de la Consumación, Chi Chi o Después de la Consumación.

Sí: Land se siente identificado en y por todos esos hexagramas; pero ninguno por sí solo empieza o acaba de describirlo del todo y lo sintetiza plenamente.

Así que Land opta por un hexagrama propio que los contenga a todos: Land o El Land.

Y así Land lo crea con iniciática dificultad y necedad juvenil a la espera del conflicto que lo saque de este estancamiento consecuencia de la perdición de sus trabajos a los que ahora contempla desintegrarse en el abismo. Land preguntándose cuánto tiempo más podrá durar él hasta que llegue a su fin este oscurecimiento de la luz bajo la cual él se siente como si fuese su propio antagonista. Impedido y mermado y a la vez desbordado y desazonado y revolucionado, con tantas ganas de precipitarse a un pozo o a un caldero con la conmoción de quien cree que sólo allí hallará un definitivo aquietamiento, un final para sus andares disolutos y restrictivos antes o después de la consumación de Su Caso en Su Mundo.

Y más allá de toda disciplina oriental-espiritual (arrojando una y otra vez las tres monedas con tres orificios cuadrados en su centro, consultando el ejemplar del Libro de las Mutaciones de su madre, sumando líneas con cierto esfuerzo) Land se preguntará científicamente cómo es que llegó a semejante situación. Tan rápido y tan lentamente (como esos dragones luchadores en las películas de artes marciales en las que, también, sus peleas se desaceleran para sólo así poder ser apreciadas y admiradas por el ojo del espectador) y tan meditabundo pero, se teme, para nada trascendental.

Y Land se responderá lógica y filosóficamente que lo importante no es el *cómo* sino el *por qué*. Y que, de algún modo, casi exacta y técnicamente, eso no sólo no era lo que predicaba *The Elements of Style* (Land, de nuevo, piensa que lo mismo ocurría con las múltiples teorías conspirativas en torno al magnicidio del presidente Kennedy) sino lo que explícitamente desaconsejaba a la hora de hacer clara y funcional a una escritura que luego hiciera comprensible el inicio y desarrollo y final de una historia por contar.

Una historia a la que —antes de que el vacío absoluto y agujereado y negro de la Big Vaina devore toda luz— Land considera como a una a la que aún le faltan algunas zonas (ya no tanto lugares sino personas) por iluminar. Algo a lo que alumbrar y esclarecer con esos fulgores que, previos al arribo y derribo de un terremoto, surgen del centro de la Tierra o, mejor, de Su Mundo como su propio y privado pilar de fuego de Su Caso: poderoso pero contenido en sus límites, porque es suyo y sólo suyo, brotando desde alguna profundidad. Su Caso recordándole una y otra vez que no hay caso, que está perdido.

Y por eso estos temblores y escalofríos, estos saltos y caídas, estas idas y vueltas, estos atrás-adelantes, estas entradas sin salida leídas al más calculado azar en una enciclopedia secreta y privada con mi voz de entonces, estas postergaciones a lo inevitable en el relato de Land.

¿Será esto algo inapelable e ineludible —su forma es su fondo— cuando lo que se cuenta es un fin de infancia y un inicio de adolescencia tal como se los vive por entonces, en el más armónico y prolijo de los ruidosos alborotos?

¿Y ahora qué o quién podría defenderlo y ayudarlo a enmendar eso que hizo sin querer queriendo y dotar con algo de sentido a su relato?

¿Un martillo Mjölnir?

¿Una espada marca Excalibur o marca Durendal?

¿Un grimorio-codex estilo Voynich?

¿Un *tractatus* para la mejor concatenación de los elementos de la lógica y de la filosofía del estilo de sus elementos?

¿Un *The Elements of Style*?

¿Un lápiz mitad azul y mitad rojo, escarlata de ultramar, que lo edite y lo corrija y lo ordene y lo llame al orden?

No sabe, no siente y —es más que posible, aunque Land no se atreva a admitírselo ni a sí mismo— no quiere.

Lo que sí siente ahora Land, lo quiera o no, es que ha soltado amarras convencido de que Su Mundo era redondo para acabar descubriendo que era mentira; que secretamente pero ya no, era plano y cada vez más inclinado; como un barco vertical y descendente hacia las profundidades de Big Vainaland, donde lo esperan las más ilusas quimeras.

Entonces, mejor, demorar ese nuevo conocimiento con criaturas legendarias pero ciertas ya tan reconocidas por cercanas. Ubicarse más aquí, en un mapa (y qué difícil es volver a plegar un mapa que ya se desplegó) donde más allá sólo hay y sigue habiendo monstruos.

¿Y los padres?

¿Qué ha sido de ellos?

¿Dónde están?

¿Se desintegran o se integran?

¿Son parte o no de ese paisaje?

En verdad, ni una cosa ni la otra.

Lo que ocurre es que La Transformación en Gran Ciudad I ha provocado otra transformación en Gran Ciudad II.

Los padres siguen siendo los mismos, pero son menos (y de ahí, también, que casi no aparezcan en todas esas películas juveniles de los años '70s). Y, por lo tanto, los padres —los de Land, que ya habían estado bastante ausentes— se encuentran más veces entre ellos sin que eso los prive de avasallantes incursiones entre los nativos.

Así, los padres de Land no han demorado nada en conocer y seducir y abducir y reducir a un dócil y pequeño editor dueño de pequeña editorial. La editorial se llama Libros de la Tucutula (nombre que proviene de un fruto o un ave o una ciudad de por ahí, a quién le importa). Y lo primero que hacen los padres de Land es arrojar a ese pobre hombre por la borda como lastre innecesario y equipaje molesto. De paso —y aprovechando el mismo paseo sin retorno por ese tablón y de un solo cañonazo— despiden también al nombre del dueño y editor quien, a partir de entonces, será como una especie de rehén en su propia casa. Sí: los padres de Land han tomado por asalto su catálogo y oficinas (a unos muy pocos metros de Residencias Homeland, en ese edificio modernista donde Land se adentra cuando juega a El Escondite) pero explicando a todos que, viento en popa y a toda vela, fueron invitados a «revitalizar» la empresa. Al dueño ya casi no se lo ve por allí y, cuando se lo avista, este tiene siempre el aire de quien se acaba de bajar de un vehículo siniestrado sin entender qué pasó ni quién tuvo la culpa de semejante accidente. (Y Land intuye entonces algo que confirmará con los años: la de editor es una de las profesiones en las que más fácil resulta delinquir sin recibir castigo alguno y hasta ser celebrado por la impunidad con la que se va dejando un rastro de traicionados o de muertos; en y desde ella se puede robar y piratear y no pagar y mentir y salir huyendo luego de asaltar o abordar, como forajidos en un tren a Yuma o caballeros de fortuna rumbo a La Tortuga; y hasta ser románticamente celebrados por ello mientras se cambia de marca, sin que esto obligue necesariamente a cambiar de dirección o teléfono y así de pronto la fulminada Ediciones del Grifo se reencarna en la espléndida por un tiempo Ave Fénix Editores; y todos felices menos los que han caído por el camino. Y, claro, es tanto más cómodo y redituable ser editor que escritor; y así Land conocerá y yo conoceré a cada vez más escritores que ya no son o a escritores que nunca llegaron a ser tales porque, mejor, optaron por ser editores. Y si de Land dependiese –aunque en realidad nada le interesa menos que esto dependa de él– todo editor antes de ejercer como tal debería pasar por el trámite y rito obligatorio de, por lo menos, escribir un buen libro, y luego editárselo a sí mismo, y que entonces resultase aún mejor de lo que ya estaba obligado a ser en principio. Saber de qué se trata, experimentarlo en cuerpo y alma, salir a luchar al campo de batalla y no ser como esos mariscales que hacen amorosamente la guerra desde lejos moviendo banderitas sobre mapas casi siempre inexactos).

Y así Ex Libros de la Tucutula ya es casi una réplica del original Ex Editors en Gran Ciudad I.

Un Ex Editors II en Gran Ciudad II.

Otra reescritura más.

Otra corrección (roja y azul) no necesariamente correcta.

Allí, de nuevo, un gran retrato de Nome Perkins (legendario editor/domador de los leones Francis Scott Nome y Ernest Nome y Nome Wolfe) en la recepción. Y, en el baño, todos esos cuadritos enmarcados con citas alusivas que alguna vez colgaron en Ex Editors de Gran Ciudad I y a las que Land sí puede acompañar de sus nombres completos porque ahí los lee y los copió para que yo las lea y las reproduzca: «Del mismo modo en que los sádicos reprimidos se supone que se conviertan en policías o carniceros, aquellos con un miedo irracional a la vida acaban siendo editores», CYRIL CONNOLLY; «La senda hacia la ignorancia está pavimentada con buenos editores», GEORGE BERNARD SHAW; «Todos los editores son aliados del demonio. Tiene que haber una recámara especial para ellos en el infierno», JOHANN WOLFGANG VON GOETHE; «Sólo una persona con graves problemas mentales desearía sinceramente tener a un editor como amigo», GEORGE V. HIGGINS; «No hay pasión en el mundo comparable a la de alterar el manuscrito de otro»,

H. G. WELLS; «Una de las señales de la indiscutible grandeza histórica de Napoleón reside en que una vez mandó a fusilar a un editor», SIEGFRIED UNSELD. (Land había encontrado una frase para otro de esos cuadritos y se la ofreció a sus padres, pero no les causó mucha gracia, y era esta: «Consejo para [amigos de] escritores: Si tienes amigos jóvenes que aspiren a ser escritores, el segundo favor más grande que puedes hacerles es regalarles *The Elements of Style*. El primero más grande, por supuesto, es matarlos de un disparo ahora, cuando aún son felices», DOROTHY PARKER).

Y sus padres repiten una y otra vez y muy en serio –en Gran Ciudad II, como ya lo hicieran en Gran Ciudad I– la vulgar explicación/razón para ellos muy graciosa acerca de la disposición de esos cuadritos allí, perfectamente legibles a la altura de la mirada de un hombre sentado en un inodoro (que en Gran Ciudad II se conoce con un casi campesino *poceta*) y con los pantalones en los tobillos. Y la seriamente graciosa razón/explicación vulgar es: «Se nos hace de buena educación y respetuoso de nuestra parte el que, al cagar, los escritores sepan qué pensar de aquellos que los están cagando... Como decía un colega nuestro: "Los escritores son como bebés, gritan y lloran y demandan y un día producen una gigantesca cagada para que nosotros la limpiemos mientras les aseguramos que es lo más maravilloso que jamás hemos visto y olido y leído". Si somos muy sinceros, lo cierto es que no tenemos la menor idea acerca de cómo los escritores hacen lo que hacen. Y es más que posible que ellos tampoco la tengan... Tal vez por eso es que los editores nos tenemos los unos a los otros y nos protegemos y nos defendemos los unos a los otros. Los escritores, en cambio, son más tontos y andan solos por ahí y todo el tiempo todos contra todos, tropezando entre ellos como gallinas degolladas».

De cualquier modo, nunca hubo demasiados escritores autóctonos en Gran Ciudad II; pero sí hay cada vez más recién importados desde Gran Ciudad I quienes dicen estar «escribiendo algo». Algunos llegan a anunciar «una gran novela realista-mágica, pero a nuestro modo». Otros proclaman con voz temblorosa y ojos cerrados (o mirando al suelo o al techo o a las paredes, pero nunca a los ojos) que ya están trabajando a fondo en sus «memorias de lo que nos pasó, de lo que nos está pasando, para dar testimonio, para seguir luchando, para que no se olviden allá de lo que significa que te obliguen a dejar atrás a lo que más se quiere».

Ex Editors II aspira, ahora, además, a explotar la veta no de libros prohibidos en Gran Ciudad I sino de libros que «seguro estarían prohibidos» en Gran Ciudad I. Y los padres de Land prometen editarlos a todos, aunque aclarando que «las condiciones son las que son». Y que una de esas condiciones es que todos se comprometan a comprarse y regalarse sus libros entre ellos. Muchos. Muchas veces. Y así, cada vez que visitan Ex Editors II para averiguar «cómo va la cosa», todos salen de allí, como de un sueño hipnótico, con diez o veinte ejemplares de sus propios libros y otros tantos de conocidos o amigos luego de haberlos pagado en efectivo. Y es que —a diferencia de en Gran Ciudad I— tampoco hay tantos paseos o lugares a donde ir. Entonces caen una y otra vez en la misma trampa luego de haber tropezado de nuevo con la misma piedra: en y con Ex Editors. Y, desorientados, salen de allí y se preguntan a dónde ir ahora con todo eso.

De nuevo: Gran Ciudad II no parece haber sido pensada para caminar sino para ser surcada sin demasiadas escalas por automóviles pesados y jeeps y hasta carros de combate. De ahí que el actual y triunfal presidente del país —apelando al ciudadano de a pie o atropellado— haya ganado gracias al slogan, casi heroico y un poco suicida de poner en práctica en una ciudad tan poco transitable a pie, de «El Hombre Que Camina». Por lo que el recorrido posible se ha simplificado para los padres de Land. Y ya no es como era en Gran Ciudad I: donde las trayectorias podían sufrir y gozar de alteraciones. Aun así, todos los padres de los hijos de… se las arreglaban para cruzarse entre ellos ayudados por la vibración producida por sus patas contra el pavimento y las baldosas rotas y desparejas de veredas tan estrechas para no quitarles espacio a los autos. Se distinguían unos a otros por la emisión de ultrasonidos similares a los de los elefantes a la hora de reunirse y reconocerse incluso de lejos (porque hay que tomar cierta distancia para apreciar a un elefante en toda su magnitud; de cerca, un elefante no es más que piel gris y dura y rugosa). Pero, claro, ese elefante no era otro que aquel rodeado por ciegos quienes, cada uno de ellos, lo veía a su manera y lo imagina al completo luego de haber tocado apenas una parte –orejas o trompa o colmillos o cuerpo– del animal. Aquí, los padres de los hijos de…, de pronto más morenos que nunca. Por lo contrario, resulta imposible perderse y tan fácil el encontrarse en el extravío de todas partes: el rumbo lo marca tan sólo una firme línea casi recta partiendo desde Residencias Homeland y subiendo por los últimos tramos de una larga avenida que desemboca y se afina en un boulevard luego de bordear las márgenes de ese gran centro comercial con cines y librería favorita de Land ya desde su nombre: Lectura (y no Escritura). Y, desde allí, seguir subiendo y subiendo unas quince cuadras. La diferencia aquí es que –a lo largo del trayecto al que Land vuelve a ser incorporado– sus padres, a diferencia de lo que pasaba en Gran Ciudad I, no se enredan con las trompas o se tiran de las orejas o chocan sus colmillos con los de algún más o menos conocido. Pero no les importa: porque saben que se encontrarán con todos los suyos al final del camino y de la estampida, para barritar en barra y en la barra de un café, justo antes de llegar a ese edificio futurista con un reloj en su cumbre donde se encuentran las oficinas de una compañía de seguros invitando ya desde su nombre a prevenir antes que a lamentar. Casi a sus pies, todos juntos allí, en concentración absoluta. Una especie de arca mitad de Noé y mitad de la Alianza de Gran Ciudad I y que contiene a todos los exiliados: al pueblo elegido, en la más comprometida que prometida Gran Ciudad II, donde abundan los diluvios pero no son castigos divinos sino, apenas, fenómenos naturales.

Pero hoy hay sol.

Sí, ahí están todos, tan soleados.

Saludándose entre gritos y con su acento exagerado: como remarcándolo y aumentando así su valor en plan *vive la différence*. Así, para ellos, el *tú* casi nunca desbancará al *vos* por más que se lo intente con resultados más bien lamentables (a diferencia de lo conseguido por los hijos de…, quienes de inmediato se expresan como expertos en lo vernáculo y han incorporado de inmediato al *vaina* a su lengua).

Todos juntos –buena parte de El Grupo en grupo, El Grupo II– hirviendo en ese café con mesas en la calle del que han decidido apropiarse para convertirlo en nueva sede de reunión y asamblea siempre abierta. Poco y nada importa que el café en cuestión –llamado Qué Será-Será– haya sido hasta entonces, histórica y anecdóticamente, el sitio en el que durante décadas se ha sentado a discutir suavemente la tanto menos histriónica y en absoluto histérica intelectualidad del lugar (y, por lo tanto, intelectualidad sin necesidad de ser escrita o pensada en itálicas bastardillas por Land). Escritores y pintores y artistas en general de carácter apacible y tradicional que pronto se ven avasallados primero en potencia y al poco tiempo superados en número por esos vociferantes y siempre dramáticos genios para sí mismos que no dejan de llegar día tras día a Gran Ciudad II desde Gran Ciudad I huyendo de La Transformación.

Muchos de ellos, no conformes con la más que generosa bienvenida que se les da, enseguida llegan a hacer públicas declaraciones –con aires de arrojar a su paso cuentas de vidrio de colores y pedazos de espejitos– en cuanto a que lo cierto es que debería agradecérseles su llegada. Porque su advenimiento es como algo que revive una bella escena durmiente con beso de principesco lápiz azul sobre labios rojos y así conquistar a la gran masa del pueblo no combatiendo sino, mejor, ahora compartiendo al amigable El Capital.

Pronto, tras los intelectuales, llegan complementarias remesas enteras de psicoanalistas sumándose a la conquista. Son algo así como aquellos sacerdotes que acompañaron a los primeros invasores siglos atrás. Todos atracando allí como alguna vez arribaron arribistas misioneros predicando la para ellos única y digna de creer Buena Nueva. Todos siempre a la caza de primero convertibles y luego –como en una virulenta plaga importada– de conversos que hasta entonces sólo se recostaban durante el día, no en diván sino en hamaca colgante o mecedora adormecedora, para pasar la más larga siesta o la resaca de una noche interminable. Y Land no tiene claro si son escritores o editores. Sí está seguro de que no son lectores, buenos lectores, porque tachan y corrigen y alteran mucho de lo que se les cuenta y cuentan. Y a Land le fascina que estos profesionales de los enigmas de la mente (quienes parecen no tener inconsciente, porque todo lo que hacen o dejan de hacer puede ser fácil y simplemente comprendido a partir de la transparente superficie sobre la que patinan sus acciones, buenas o malas, sin ofrecer misterio alguno) sean tan expertos y talentosos y hasta posiblemente útiles y necesarios a la hora de descender a las profundidades de las psiques de otros. Son psicoanalistas imposibles de ser psicoanalizados. Tal vez, razona Land, por eso sean tan buenos en lo suyo para con lo de los demás.

Pronto, los paraguas ya no son simplemente paraguas.

Pronto, *interpretar* deja de ser sinónimo de *actuar*.

Pronto, todo es reinterpretable como más y mejor convenga por amor al arte, a ese arte.

Pronto, todo lo que nunca había sido demasiado complejo es muy acomplejado.

Pronto, ese Día de la Secretaria (eufemismo de «Día de la Amante» cuando todos los hoteles de entre tres y cinco estrellas de Gran Ciudad II, en especial los últimos y más lujosos y lujuriosos, agotaban camas) es inquietado, como por temblor, por la hasta entonces impensable allí posibilidad de estar enamorado de la madre o de querer matar al padre, qué vaina.

Pronto, los pacientes locales y nuevos se la pasan haciendo algo que nunca habían hecho hasta ahora: hablar todo el tiempo sobre el pasado (el pasado que hasta entonces no era otra cosa que el recuerdo de los muertos más queridos o la conmemoración de aniversarios) cuando hasta entonces de lo único que habían hablado era del presente y del futuro que, como muy lejos porque no tenía mucho sentido apurarse demasiado a nada o anticiparse por mucho, era la semana entrante.

Pronto alguno de ellos sigue al pie de la letra y de la voz las instrucciones de su terapeuta y, para demostrarle su obediencia a eso de *matar a los padres* (y más de un hijo de... analizado y analizándose casi desde su nacimiento se pregunta entonces cómo no se le ocurrió a él), acude a sesión llevando los cadáveres de su padre y su madre y «¡ACOMPLEJADO APUÑALÓ A PAPI Y MAMI!».

Pronto, muchos de ellos experimentan el desconcierto —casi una crisis religiosa o existencial— de que uno ya no vaya al doctor nacional para que se lo cure y no tenga que volver, sino de que se vaya al psicoanalista importado para volver para siempre y por siempre. Y que en eso, supuestamente, resida el milagro de la supuestamente racional cura de lo supuestamente irracional. Ah, los curanderos y santones nacionales de toda la vida eran tanto más veloces y expeditivos: pomada y tónico y plegaria y encenderle vela a ese *santico* médico y folk tan prolijamente vestido, y cinco minutos después que pase el que sigue. Pero también es cierto que esta nueva raza de brujo importado permite a sus nuevos pacientes preguntarse entre ellos, una y otra vez, eso de qué fue lo que te dijo y qué le dijiste tú y qué te dijo entonces y...

Pronto, todos se inquietan porque descubren (o, mejor dicho, les obligan a descubrir y a creer en ello) que la felicidad y la salud ya no pasarán por ser otro mejor que el que se es sino por ser ellos mismos más que nunca.

Pronto (muchos de los mentalistas recién llegados ya lo intuyen y *también* se inquietan), se experimentará que el nuevo gran avance en ciencia tan inexacta ya no pase por la abstracción de la teoría casi literaria sino por la práctica y precisa eficiencia de la química farmacológica del mismo modo en que la palabra humana sería suplantada por el algoritmo mecánico. Entonces los sueños de cada noche dejarán de ofrecer sentidos ocultos y todas y cada una de las palabras ya no tendrán un doble significado a descifrar como en uno de esos juegos de salón. Así que hay que aprovechar y disfrutar del descubrimiento de esta hasta entonces escondida reserva natural prehistórica, como en esas películas en las que unos antropólogos del presente se maravillan entre dinosaurios del plumífero inconsciente. Especímenes silvestres perfectamente preservados a los que aplicarles todas aquellas viejas fórmulas cabalísticas de ancestrales magos que aseguraban que nada como la cocaína para curar la adicción a la morfina.

Pronto, todos están adictos a y entre ellos.

Pronto, ante semejante panorama, Land se dice que a la cada vez más posible posibilidad de nunca tener hijos va a sumar otra: la de nunca tener psicoanalista.

Y, pronto, los recién llegados para quedarse reemplazan el vodka y el whisky y el vino por el ron: el alcohol de los más espirituosos piratas pícaros y simpáticos.

Y, pronto, los locales se sienten ocupados y vacíos al mismo tiempo.

Y, pronto, en el Qué Será-Será ya no hay mesas libres para sus hasta hace poco reposados habitués y ahora pacientes impacientes. Comensales más débiles quienes, darwinianamente, se ven exigidos para supervivir a migrar dentro de su propio hábitat para no extinguirse. Y ahora deben buscar y encontrar un nuevo santuario que los acoja y proteja de esta nueva especie tanto más bárbara y carnívora que la suya. Ellos también, sí, son exiliados. Diáspora a otro café entonces: al Quizás-Quizás, al otro lado de la calle. Café que es del hermano del dueño del Qué Será-Será (se sabe que ambos están peleados desde hace años por servirse y propinarse mutuas miserias nunca del todo aclaradas pero sí muy fantaseadas yendo de la infidelidad cruzada de cónyuges al robo de fórmulas de cocktails). Lo que (además de dotar a toda la cuestión de un perfume semántico-lacaniano entre lo que sí será y lo que tal vez llegue a ser) añade un estímulo extra al tan fácil de invocar espíritu siempre maniqueo-futbolístico-duelista de los recién aterrizados desde Gran Ciudad I. De ahí que deba arribarse temprano para asegurarse sitio en el Qué Será-Será: porque no hay nada más lamentable para los padres de Land y afines que el no encontrar asiento libre y tener que permanecer de pie en la barra. O ir de mesa en mesa casi mendigando silla. O acabar depositándose, entre quejas incómodas que quieren sonar divertidas pero no lo son, sobre las piernas de alguien: porque, sí, todo gesto y acto debe ser hiperbólico y teatral y ruidoso suponiendo, erróneamente, que ahí hay un público local que lo aprecia y lo festeja y lo admira. El sol sale para todos, para todos ellos, para nada más que ellos; y que los demás se beneficien y refresquen bajo su sombra, piensan agrupados los de El Grupo.

Mientras, desde el Quizás-Quizás (sin que ni los padres de Land y los suyos parezcan siquiera sospecharlo por hacérseles algo imposible), los nativos sintiéndose cada vez más visitantes contemplan con incredulidad y ya casi no odio pero sí una cierta leve indignación. Sentimiento que no manifiestan de manera evidente: son sujetos mansos después de todo. Para ellos, la congregación de los padres de Land no está constituida por hombres de negro extraterrestres pero sí los sienten igualmente invasores aunque estén vestidos con lo que entienden (mal) debe ser un look tropical pero acaba remitiendo más a variedades poco simpáticas de pajarraco de pico grande y voz fuerte. Pantalones a la rodilla, camisas floreadas y alpargatas bordadas, sombreros de paja. Y (de nuevo, con acento muy marcado que los nativos comienzan a imitar a modo de inofensiva venganza) reclamo de bebidas con afectación poco afectuosa: como de británicos del Raj antes que de rajados desde las profundidades en abismo de ese tan poco imperial continente.

Y cada vez llegan más recién llegados.

Muchos.

Llegan a esas orillas, empujados por La Transformación, como espumosas olas de marea que sube pero no baja. Algunos llegan porque fueron amenazados, algunos porque sienten que van a ser amenazados, algunos porque se sienten amenazados. Y hay otros que no militan en ninguno de los grupos anteriores, pero que han oído que en Gran Ciudad II se vive mucho mejor que en Gran Ciudad I; por lo que son tentados por la conquista del Far North antes que ser conquistados en el Far South. Así que allá van y aquí vienen y como muchos no tienen mucho que contar relatan una y otra vez —como temblorosa tarjeta de presentación y cada vez con más lujo de detalles— esa noche en que, a la salida de esa obra de teatro en la que todos gritaban desnudos por el escenario, un policía les pidió documentos y «te juro que pensamos que ya no íbamos a contarla».

Y —combinando bienvenida con día de playa con hijos de...— se los suele ir a recibir en comitiva al aeropuerto donde esperar a esos aviones que son como si todos ellos fuesen en sí una puerta de emergencia. Y allí se abraza a los más bien recién partidos que recién llegados con exageración, como si se posase para alguna histórica cámara oculta, como alguna vez se fue a buscar al aeropuerto a El Primer Trabajador. Ahora, los que llegan, son Los Nuevos Trabajados. Y —a algunos de ellos, no a todos, porque hay que mantener un cierto sentido de la exclusividad y de la pertenencia– se les da ceremoniosamente la bienvenida a El Grupo II. Y se les piden «noticias de allá», porque no se habla mucho por teléfono larga distancia de ciertos temas, porque siempre está el temor más que justificado de que «alguien esté escuchando del otro lado». Las comprometedoras llamadas de larga distancia –Land las escucha de cerca– están entonces construidas con palabras cada vez más cortas, aún más cortas que aquellas, por compromiso, de sus padres a Ciudad del Verano (ahora los padres de Land ya ni llaman a los abuelos de Land, para, se convencen a sí mismos, «no ponerlos en peligro y que les pase algo por nuestra culpa»). Conversaciones descompuestas con casi exclusivamente monosílabos, con onomatopeyas de historietas o cómics o, como les dicen en Gran Ciudad II, de *comiquitas* (palabra que a Land le suena no sólo espantosa, porque de ningún modo define las peripecias de súper-héroes místico-mentales como Mantraman o de aventureros internacionales como Nome Maltés o de heroínas híper-sexualizadas con flequillo como esa Nome de Guido Nome). Además es muy caro hablar desde tan lejos. Y se escucha poco y mal. Y las noticias que responden al pedido de ser dadas suelen ser invariablemente las peores noticias. Noticias de gente que estaba y que ya no está y que no se sabe qué les pasó pero que, se intuye, lo que les pasó o les va a pasar es mejor no saberlo porque alcanza y sobra con imaginarlo. Y sí: es tanto más fácil distraer por un rato a todo aquello que se imagina pero se desconoce, mientras que resulta imposible negarse a las constantes demandas de lo que se sabe y que está aún más cerca del Más Allá de lo que se imaginaba.

Y para Land la sensación es muy extraña: porque con los amigos de sus padres llegan, también, muchos hijos de… Algunos son nuevos y desconocidos, pero Land los reconoce enseguida porque sus diferentes formas de «genialidad» suelen ser siempre las mismas. Pero varios de ellos son viejos-jóvenes conocidos a los que ahora hay que reubicar en un escenario hasta entonces jamás pisado. Y es que para Land son como piezas escapadas de un antiguo museo a las que (esa es la tarea de Land por haberse contado entre los pioneros en llegar a Gran Ciudad

II) hay que darles visita guiada por esta nueva exposición mitad retrospectiva mitad anticipatoria.

Y Land los mira pero no los toca (y, cuando sus padres le dicen que los invite a El Parque, Land finge no oírlos).

Land ahora prefiere (quiere) tanto más a sus amigos de El Parque, quienes poco y nada saben apenas de dónde viene él (su acento regional es casi de inmediato perfecto y ya maneja toda la jerga local como un nativo) ni por qué vinieron él y sus padres. Land nunca lo contó ni lo cuenta y, mucho menos, tiene ganas de contaminar ese ambiente controlado, el de El Parque, con esporas alien. Ambiente donde los padres de los aparcados son, además, como personajes muy secundarios en la *sitcom* de sus vidas.

Los padres de los hijos de... y compañía, en cambio, no quieren otra cosa que reencontrarse consigo mismos. Y Land los ve reapareciendo, de uno en uno, como «villanos invitados» en esa serie tan BANG! KAPOW! CRASH! y, sí, «¡Santas Súbitas Reapariciones, Nome!».

Así, llega Moira Münn, quien dice haber salido de Gran Ciudad I «de un día para otro» aconsejada por su padre quien le explicó que «ya no puedo protegerte de lo que han hecho tus amiguitos». Y aunque no está claro que Moira Münn haya recibido alguna amenaza personal, sí está claro que figuraba en *todas* las agendas en las que mejor no figurar, y que varios nombres rojos y azules en su pared estaban y están entre lo más selecto de la «guerra sucia», de ambos bandos de la «guerra sucia». En realidad, más que sucia, una guerra *wash and wear y prêt-à-porter*. Una guerra en la que ambos bandos —hasta donde sabe y entiende o no entiende Land— parecen estar peleando, como suele suceder en las guerras civiles y entre compatriotas, por cuestiones muy distintas y hasta irreconciliables hasta en el combate mismo. Guerra que, incluso, parece tener tiempo y lugar en campos de batalla distintos y hasta en épocas diferentes. Unos luchan con uniforme de gala y otros de elegante sport y algunos hasta desnudos pero siempre formales sabiendo o no queriendo saber que sus cuerpos —corte y confección y agujeros y parches y retazos y jirones— pronto serán deformados. Una guerra con demasiados trapos sucios y manchas que no salen fácilmente, porque nunca es fácil, ni debe serlo, lavar la sangre que se derrama. Refriega que ahora gira y gira en el lavarropas de la Historia (y a Land le gusta sentarse a mirar un lavarropas en acción casi tanto como mirar la televisión o una fogata: la contemplación de ropa sucia girando y limpiándose se le hace relajante y casi consoladora). Esa Historia ahí, dando vueltas, como mordisqueada por los «verdes ensolves» de ese detergente marca Nome (y cuyo voraz aspecto en la animación de las propagandas, devorando «manchas de todo tipo incluidas las de sangre», es como si ya anticipase a los retratos hablados de virus por venir o de una nueva forma de comunicación donde no sobrarán pero sí faltarán cada vez más las adultas palabras a ser desteñidas y borradas por infantiles dibujitos de corazones y de lágrimas y de cacas). Aun así, la velocidad de su partida no le impidió a Moira Münn traerse a su jirafa embalsamada, que no demorará en lucir en el salón de un *petit-hotel* en zona alta y residencial que paga con billetes verdes exportados/importados en maletas de marca. Y lo primero que hace ella ahí dentro es escoger una pared bien ubicada y a la que no le dé el sol muy directamente y comenzar a apuntar nombres: no son demasiados en principio, pero todo se andará, todo se irá nombrando y pasando lista, avisa Moira Münn.

Y llega Silvio Platho quien, de inmediato, se organiza un pequeño tour por cocinas y hornos de conocidos y por conocer y alabando la modernidad y amplitud de los equipamientos de Gran Ciudad II comparados a los un tanto primitivos de Gran Ciudad I.

Y llega el Tano «Tanito» Tanatos quien —aún trabajando en su obra maestra— enseguida tiene y pone en práctica una «idea genial»: organiza una casi ilegal red de azafatas y comisarios de a bordo para que le traigan periódicos y revistas de Gran Ciudad I que paga con apenas monedas de la entonces poderosa y libertadora divisa nacional de Gran Ciudad II. Y abre un kiosco justo frente al café Qué Será-Será. Y revende diarios y semanarios y mensuarios importados a precios cósmicos. En algún momento se le ocurre que ahí hay una idea para un cuento, pero se le pasa rápido. Y pronto el Tano «Tanito» Tanatos no sólo tiene más dinero del que jamás soñó sino que, además, es casi millonario y su afro ha adquirido un aire como de peluca de Rey Sol pero que, sin embargo, sigue resistiéndose a todo bronceado. Y hasta parece más alto de lo que nunca fue. Y, ah, cómo disfruta perversamente al ver cómo sus propios compañeritos le compran como adictos a una droga que sólo él distribuye. Y se pelean (como si estuviesen de regreso en el patio de los colegios de su infancia) por revistas. Revistas políticas con militares en las portadas o revistas frívolas a leer entre líneas y decodificando las últimas pero nunca últimas malas noticias sobre La Transformación: cada vez más y mejor dedicada a transformarlo todo a peor al igual que los Blue Meanies transformaron a la alguna vez pintoresca y colorida y en flor y ahora gris y mustia Pepperland. Y piensa expandirse, explica el Tano «Tanito» Tanatos: va a traer también comida, golosinas, bebidas y otras yerbas que en Gran.Ciudad II no se consiguen. Sabores que se extrañan o que, con la distancia, se creen ahora imprescindibles para no olvidar, para recordarlo todo, para recuperar el tiempo perdido: para sentirse más cerca sin tener la necesidad de acercarse. Y, a Land, el Tano «Tanito» Tanatos se le asemeja cada vez más al personaje ese en esa película en la ruinosa y dividida Nome de posguerra. Ese tercer hombre mirando a todos desde lo alto de la rueda de su nueva fortuna como si fuesen pequeños puntos sin nombre ni apellido y teorizando sobre creativos nobles asesinos y aburridos e inofensivos relojes cucú. Los padres de Land le proponen al Tano «Tanito» Tanatos llevar los nuevos títulos de Ex Editors a ser, seguro, prohibidos en Gran Ciudad I y que los venda allí a buen y prohibitivo precio y, de paso, «hacer patria». Pero el flamante magnate les contesta que «ni loco», que no quiere «líos con las autoridades» a las que, inevitablemente, debe pagar periódicos sobornos. Sí: el Tano «Tanito» Tanatos se ha convertido en un traficante de pornografía nostálgica, como lo es toda pornografía. Material cuya aplicación y efecto no es otra cosa que el de conseguir la tan excitante como inconfesable necesidad de reafirmar el haberse «ido en el momento justo», como lo hacen esos contados atletas que se retiran en la cima de su carrera para seguir triunfando más y mejor en otras disciplinas mucho menos deportivas y esforzadas aunque igual de competitivas y con trofeos aún más sustanciosos. Pero no se piensa mucho en pensar así (se intenta no hacerlo) y, para conjurar estos no malos pero sí un tanto ingratos pensamientos, se repite mucho la palabra *exiliado* o *exilado*. Se repite como si se tratase de un sortilegio que todo lo alivia y de placebo que nada cura ni cicatriza.

Y se intercambian informaciones y hasta fotografías de este exilado o aquella exiliada posando con rostros melancólicos frente a pirámides escalonadas y lejanas, o sobre fiordos frígidos y distantes, o en plazas de toros colmadas, o de rodillas en basílicas interminables o, como en Gran Ciudad II, bronceándose en playas perfectas tan diferentes a aquellas franjas de arena fecal —estéril pero no esterilizada— de Gran Ciudad I. (Playas estas en las que, al atardecer, cuando el sol se pone y toca la línea del horizonte, deja de ser el sol para ser más un estallido atómico). Fotos que se ordenan en un álbum con cada vez más páginas donde todas las figuritas/barajitas son fáciles y difíciles al mismo tiempo.

Y Land los contempla acomodarse —reacomodarse— una vez más ante cámaras portátiles, y le sorprende cómo la tristeza les dura apenas lo que dura el click o el flash. Y cómo pronto están de vuelta dando saltitos y riendo a carcajadas y brindando con ron o cerveza o con coloridos tragos con pequeñas sombrillas.

Sí: todos saben que supieron abrir el paraguas a tiempo y con buena cara al mal tiempo.

Se han salvado.

Y —de nuevo, por las dudas, que se entienda— Land está seguro de que no todos los exiliados o exilados *son así*. Pero sí *son así* casi todos los que él conoce. Y, cuando se es joven, aquello que se conoce *es*. Y así *tiene* que ser irrealmente entendido y sentido como un *todo* para no volverse loco ante la realidad, ahí afuera, de todo lo que falta y queda por conocer y de todo lo que nunca se conocerá.

Y pronto, también, Residencias Homeland (para espasmo de Land y pasmo de sus habitantes nativos y de nacionalidades surtidas pero hasta entonces ninguna destacando por encima de otra) es casi tomada por asalto por fugitivos de Gran Ciudad I que ocupan allí todo apartamento alquilable. Apenas se vacía algún apartamento, los padres de Land dan el aviso y enseguida se llena. Siempre hay alguien en espera y dispuesto a sumarse a ese nuevo El Grupo que parece estar creciendo, como extraterrestremente, ahí dentro.

Y ya llegaron o ya vienen y ya son mayoría.

Y son *Apartment Snatchers*.

Y son un fotógrafo y su pareja, una pareja de profesores universitarios, otra pareja de editores, un guionista de telediarios en Gran Ciudad I que aquí triunfa como adaptador de musicales extranjeros a los gustos locales, un periodista investigativo que investigó demasiado acerca de eso que no le convenía investigar, una pareja de un diseñador gráfico y una psicóloga (dentro de todo y todos, los que mejor le caen a Land y a los que en cierto modo compadece porque, pobres, tienen que soportar a ese hijo de... que quiere ser escritor y será escritor porque ya es escritor; y los padres de Land no dejan de decirle que se junte con él y que se hagan muy amigos a ver si así «se te pegan sus ganas de escribir»)... Y hasta figura en el elenco un galán de telenovela de Gran Ciudad I (quien «se metió en política» y que triunfará en las telenovelas de Gran Ciudad II) pero al que se verá poco y nada y al que, cuando se coincide con él en algún elevador, se lo observa como a un espejismo de textura catódica. Y entonces las chicas aparcadas desfallecen y nada les importa menos que los chicos aparcados les digan que «el tipo es un *marico*», y eso las excita aún más porque piensan que tal vez ellas sean las únicas que podrán «convertirlo» o «reformarlo» o algo así. («Tenemos nuestros métodos», susurran las chicas aparcadas. Y los chicos aparcados les sonríen con una mezcla de desprecio y temor y cambian de tema porque se saben inferiores y superados por ellas: ellos todavía están en la planta baja del asunto y ellas ya suben de camino al penthouse con solárium caliente).

Y entre todos los recién llegados, sí, aquel ya mencionado hijo de... que una noche en Gran Ciudad I le había dicho a Land que él no sería escritor sino que ya lo era; y que ahora no dejaba de repetir que no había sufrido sino gozado de «un minisecuestro express y estoy muy feliz con esto porque esto me ha dado un gran tema y, ya lo sé, puedo verlo y casi leerlo incluso antes de escribirlo: de esto va a tratar el último cuento de mi primer libro y...». Y este hijo de... contaba su experiencia una y otra vez; añadiendo y suprimiendo detalles; como si armase o desarmase los engranajes y resortes de un reloj y lo apoyase contra los oídos de los demás para que estos le ratificaran la perfección en el ritmo de su latido. Y Land (escuchándolo como si lo leyese, identificando los pequeños cambios y la intensificación de momentos que mejoraban o empeoraban el relato del nuevo vecino) intenta no juntarse mucho con él. Lo cierto es que le daba miedo que lo de este hijo de..., como desean sus padres, sí fuese contagioso. Y que activase algún gen narrador/editor latente dentro. Y que, una vez despierto, ya nunca le permitiese, ahora que lo hacía tan bien, volver a dormir pensando en todo lo que quería y necesitaba y no podía dejar de escribir a la mañana siguiente. Y acabar siendo alguien como ese escritor que a Land le gustaba tanto, Aldous Nome quien, en una entrevista, respondiendo a la inevitable pregunta de si recordaba cómo había empezado a escribir había dicho: «Empecé a escribir a los diecisiete años, durante un período en el que estuve casi completamente ciego y por lo tanto no podía hacer otra cosa». De todas maneras, por suerte, el hijo de... no baja mucho a El Parque porque, seguro, piensa Land, andará muy ocupado escribiendo una y otra vez las páginas de ese último cuento de su primer libro.

Y, de tanto en tanto, llegaban visitantes de otros Grupos, de otros exilios que parecían tanto más trágicos y auténticos que el de sus padres y de buena parte de sus amigos. Y algunos de ellos (especialmente esa pareja que conversaba poco y sonreía mucho y con tanta tristeza) eran para Land como santos que habían pasado por varios tormentos. Y aun así no daban lástima sino que (al menos a Land) producían una gran admiración y respeto. Y cada vez que los veía, Land miraba sus pies: porque más que caminar era como si se deslizasen suspendidos a unos casi invisibles centímetros del suelo. Y se negaban a hablar de sus tres hijas jóvenes como de «desaparecidas» prefiriendo un «no sabemos dónde están», como si fuesen abnegados padres de esos terribles cuentos infantiles que se les cuenta a los niños no para que en verdad sueñen con los angelitos sino con los diablitos. Pero esa pareja no venía mucho y, cuando venía, se quedaba poco tiempo, en un rincón, con un vaso de vino y una empanada que —sorbos breves y mordiscos pequeños— les duraban demasiado en las manos. Y estaba claro que no tenían nada que hacer allí y que incluso inquietaban a los demás con su calma pesarosa y sufrida serenidad. Eran «incómodos», Land le oyó decir al Tano «Tanito» Tanatos. Por lo que se les prestaba la atención justa, casi se les pedía que la devolviesen a los pocos minutos, y se les decía lo apenas necesario. Se les preguntaba si querían comer y beber algo y poco más. Y se contaban los minutos como horas que faltaban para que se fueran, para que volviesen al sitio de donde habían venido, para que dejasen de ser como un doloroso recordatorio de todo aquello que quería olvidarse y que no había sido invitado a la fiesta, a la festiva Residencias Homeland como nueva sede ferial y club social de El Grupo.

Sí: a diferencia de sus hijos entremezclándose con todos los otros hijos de inquilinos y propietarios nativos o de otras partes del mundo, los padres de Gran Ciudad I y alrededores hacen un aparte en Residencias Homeland. No necesitan demasiado conocer gente de otros lugares, sienten y asienten. Les basta y sobra con ellos mismos, pero les sorprende un tanto (y prefieren no pensarlo) el que ahora sean ellos los padres de...: que en Residencias Homeland se los identifique más por sus hijos que por ellos mismos. Y, paradoja, todos ellos, reunidos y unidos, acaban componiendo una especie de familia muy numerosa, como esas familias tradicionales que solían despreciar en Gran Ciudad I. Aquí y ahora, no pueden estar solos. Aún mucho más de lo que ya no podían estarlo antes de llegar a Gran Ciudad II. Y se asemejan tanto a esos clanes patricios/matricios que viajan a todas partes en tribal manada para así neutralizar la angustia de estar fuera del terreno que dominan (y por lo tanto se mueven por el extranjero como si fuesen aliens convencidos de que siguen en su planeta porque lo llevan con ellos). Así, los padres de Land y los padres de... y los amigos de los padres de... ahora no están de viaje sino que es como si se hubieran ido de viaje a vivir a otra parte. Lo suyo es más bien como vivir de viaje, como vivir sabiendo que no se está en donde siempre se estuvo y donde se debería estar. Pero que al mismo tiempo —pero en otro lugar— está y se está muy bien. Y entonces se siente todo un poco como si fuese el sueño/vigilia de un autohipnotizado. Por lo tanto, hay casi una felicidad que es como esa felicidad algo desesperada que se experimenta en los aviones: cuando se cree que no se es responsable de nada o se es todavía más irresponsable de lo que siempre se fue en el sitio donde todo comenzó y donde, desde que se inició La Transformación, ya nada continúa. Gran Ciudad II es como vivir en el aire, como estarse yendo luego de haberse ido, como un todo vale aún más de lo que ya valía todo.

Y pronto se forman y deforman nuevas parejas y por fin (pero, seguro, que apenas por un rato, más por saberse tan eróticamente adinerados) Moira Münn y el Tano «Tanito» Tanatos «se juntan»: paso previo e indispensable para enseguida poder separarse. Y hay otros dúos y hay nuevos personajes a combinar con los ya clásicos, como en una nueva temporada de esas series dinásticas que duran años y años.

Y Land —con tantas ganas de cambiar de canal y hasta de apagarlos— los contempla desde una prudente distancia. Y casi le maravilla el verlos, a su manera, actuando tan felices la posibilidad de volver a empezar: regenerándose, corrigiéndose y pasándose en limpio. Más reescritura, pero una reescritura extrema. De pronto, para Land, todos ellos son como huérfanos por opción, sin un pasado que les pese demasiado en este liviano ahora, sin demasiadas complicaciones de antes. Los antiguos secretos y las viejas mentiras aquí han superado su fecha de consumo: han expirado y están caducas y, por lo tanto, de verdad, se puede empezar a mentir y a secretear desde cero. Viven una segunda nueva juventud al final de sus juventudes. No como en esas comedias completamente apoyadas en el argumento/ twist supuestamente ingenioso/gracioso en el que los padres e hijos intercambian cuerpos por arte de magia/ciencia sino —al mismo tiempo pero por separado— reviviendo el enaltecido y por ellos tan alardeado recuerdo de sus adolescencias junto a las actuales adolescencias de sus hijos. Y, comparativamente, claro, a los padres este *revival* suyo les parece incluso mejor que el modelo nuevo y actual de los hijos (porque ellos no tienen que pedirle permiso a nadie para nada) aunque ignorando, sí, el tema de los años transcurridos y de las edades superadas.

Y es que el tiempo no da tiempo.

Y hay días en que no pueden con todo eso.

Hay fallas y réplicas sísmicas y alguna grieta en alguna pared y por ahí se cuela —vaporoso y gélido y nada tropical— lo que fue y pasó pero que sigue pasando y siendo y, aunque quede lejos, llegue como una corriente de aire frío: sí, aquí hace calor pero allá es invierno.

Y de tanto en tanto todos, como si se contagiaran un resfriado, canturrean a coro cosas sobre adivinación de parpadeos y marchitamiento de frentes y de perfiles y esperanzas y sueños del alma y una «canción prohibida» que le canta a una playa blanca (y que a Land se le hace que no está nada mal y que la banda que la interpreta tiene un gran nombre y es por eso que no se le olvidó: Cuentos Cortos).

Pero son angustias pasajeras y ligeras de equipaje.

Y, enseguida, el tropiezo se controla y se mantiene el equilibrio y nada se cae del todo y todo se mantiene en pie.

La clave está en no quebrarse aunque haya que retorcerse un poco para conseguirlo.

Así, los padres, todo el tiempo, intentan habitar un puro hoy y abandonar un impuro ayer. Intentan no recordarlo ante —no es lo mismo— la imposibilidad de olvidarlo. Se trata de no mencionar nombres innombrables, porque los nombres enseguida devienen rostros reconocibles y son rostros que los conocen a ellos y...

Los únicos —nombre y rostro— que son invocados una y otra vez (quizás por ya históricos, por inevitables, porque ya han alcanzado la categoría de póster, porque de algún modo contienen a todos los demás, a todos aquellos a los que ya no puede verse porque ya no están allí para estar en todas partes) son el rostro y el nombre de César X Drill.

Abundan los rumores sobre su rumor.

Hay testigos que dicen que se lo llevaron herido pero vivo luego de ser primero acorralado y luego tiroteado bajo la cúpula y el eco de aquella galería del centro de Gran Ciudad I. Primero se informó de que había muerto esa misma noche; pero luego se confirmó por testigos (que entraron y tuvieron la suerte de salir o de escapar o de que los sacaran por algún tipo de «contacto») que sus captores se preocuparon muy especialmente por curarlo allí, en el mismo subsuelo de esa galería, donde, sin que nadie y mucho menos César X Drill lo sospechase, se había establecido un centro de detención y tortura. Y que, ya repuesto, lo hicieron circular (como en ese episodio de *La Evanauta* en el que era petrificada por sus enemigos, los rencorosos y fanáticos Edenistas, y su cuerpo pasaba de mano en mano, de garra en garra) en un tour perverso por todos los centros clandestinos de detención y tortura. Exhibiéndolo como un trofeo a la vez que temiéndolo como sólo pueden temerse escorpiones y serpientes: César X Drill como la figurita más difícil, la «figu» que todos perseguían por fin alcanzada y pegada en su álbum y golpeada en todas partes. Algunos contaron que un coronel fan de *La Evanauta* lo tenía encerrado y obligándolo a producir nuevas aventuras en los que la heroína combatía a los guerrilleros y subversivos (cuando los padres de Land escucharon eso no pudieron evitar el casi sonreírse de reojo). Y estaban los que juraban que César X Drill había logrado huir y estaba en La Habana, reponiéndose y juntando fuerza y adeptos, preparando la reconquista: «Hay fotos suyas ahí... Me las van a pasar pronto», susurran, guiñan, sonríen los nuevos creyentes en un nuevo mito nacional. (Y a Land, verdadera o mentirosa, le gusta mucho y desea tanto que sea cierta esta versión secreta de César X Drill que lo predica como a una mezcla de vengador y justiciero; y piensa en cómo sería su súper-traje y cómo haría César X Drill para incorporar a él sus anteojos. Aunque lo cierto es que a Land ya no le interesan tanto los paladines con súper-poderes. Y ahora prefiere más la estampa de ese caballero de fortuna internacional saltando fronteras y apuntándose a causas según su sentido del honor y de la conveniencia o a aquel detective neoyorquino que sabe que no hay solución posible para nada de lo que investiga y por eso pasa demasiado tiempo en un bar). Pero así (y esta es la verdadera y casi inconfesable o inadmisible función del asunto), declarándolo vivo y ganador a César X Drill, se puede cambiar de tema, se puede dejar de nombrarlo. Y entonces su rostro ya no da la cara y sus letras ya no dan letra al menos por un rato, hasta que vuelva a azotar el látigo autoflagelante del terrible tornado de lo que no vuelve.

Y de tanto en tanto Land escucha discusiones entre sus padres y sus amigos que no llegan a ser ni filosóficas ni científicas y mucho menos lógicas. Son más bien sociológicas. Y por lo tanto no se dedican a preguntar ni responder sino, mejor, a propiciar el que otros contesten encuestas. Son conversaciones que no son otra cosa que monólogos que se superponen o se muerden la cola y que se interrogan entre ellos en cuanto a si su «deber» sería el de vivir en Gran Ciudad II con «la culpa de haberse salvado» o, por lo contrario, ser más felices que nunca como «homenaje a los que no se salvaron en Gran Ciudad I» y pasarla muy bien en memoria de los que no pasaron y ya son pasado.

Pero, también, la duda dura poco; y nunca lo suficiente como para dirimirse o derivar en algún gesto claro sobre tanta oscuridad. Y ante la duda es preferible reír que llorar. Y esas desafinadas *lamentaciones* enseguida se diluyen contra el azul del cielo reflejándose en el azul de la piscina mientras todos comparan sus panzas y compiten sus tetas.

Y, de nuevo, llueve más que en la Biblia, pero llueve con sol, y el mundo les parece repleto de infinitas posibilidades.

Y, sí, son tan felices allí, con el pulso acelerado y chapoteando entre truenos de infarto porque, por fin, era cierto, no era mentira, es verdad: todos unidos triunfan y los únicos privilegiados son los niños, pero son esos niños que nunca dejaron de ser ellos y que se llevan siempre en el corazón. En ese corazón que ahora da gritos de corazón: gritos como los que gritan los niños en las piscinas.

Así, Land (ha aprendido a *no* hacerlo) mira y ve y oye y escucha cada vez menos a sus padres y compañía. Apenas los distingue, como si estuviesen cubiertos por esa niebla que, muy de tanto en tanto, al amanecer, baja por las laderas de los cerros que rodean a Gran Ciudad II. Como esa bruma descendiendo por los montes de los que, se suponía (Land aún lo espera), ascenderían ovnis despertándose luego de un largo sueño. Sí: sus padres son como objetos voladores no identificados a los que no le hace falta identificar en sus parábolas tan poco inspiradas y tan rasantes y tan cómodas (en realidad es más como si planearan sin plan de vuelo alguno). Lo cierto es que a Land ya no le interesan tanto sus padres. Se los sabe de memoria como a una lección difícil pero finalmente aprendida y superada. Son más improvisadamente históricos que exactamente matemáticos. Y ya sólo le interesan para su aplicación a su persona, para estar muy atento a todo posible rastro biológico y genético de su parte y a posibles desmanes de las leyes de la herencia. Sus padres sólo le sirven para comprender, del mismo modo en que no será escritor, que también hará todo lo posible por, de nuevo, tampoco ser padre; porque no quiere arriesgarse a ser o hacer (o no hacer por otros) aquello que ellos no han sido para él ni han hecho por él.

En cualquier caso, ahora mismo, sus padres apenas le importan y mucho menos le atraen. Land ya está muy lejos de ellos y vive su propia e incierta historia, una parte nueva de su historia en la que se adentra como quien empieza a leer un libro sin portada ni contraportada con texto anticipatorio y del que apenas se sabe de qué trata, pero del que se tienen tantas ganas de saberlo dando vueltas de páginas.

Entonces Land —como en una nueva entrega de personaje conocido, como si fuese mosquetero del Rey o Tigre de la Malasia a los que ya no lee— ha salido de la infancia para entrar en la adolescencia donde, sin aviso ni advertencia, es como si todo se acelerase y cambiase día a día.

Así, feliz pero también perturbado, Land adolece de adolescencia.

La adolescencia como una nueva especie de la que él ahora es parte *mutatis mutandis*.

La adolescencia, fértil tierra baldía adolescente, enramándose y floreciendo en referencias y en manías que acabarían conformando un determinado carácter por determinar.

La adolescencia que es la versión más activa y física y variable de la tanto más contemplativa y mental aria de la infancia (o viceversa, todo depende del tipo de adolescente y del tipo de infante).

La adolescencia que, en verdad, se hace más visible y evidente desde afuera pero al mismo tiempo de muy cerca: de pronto quien estaba allí —como si se hubiese quedado dormido y ya fuese otro al despertar– ha sido suplantado por alguien que sigue siendo él mismo, aunque diferente. (Land, insiste en ello, ya casi puede jurar que nunca será padre y que, por lo tanto, no será tan consciente de ello: de ese salto y cambio, de ese tránsito transcurrido pero que se hace tanto más evidente al contemplarlo en los hijos como se contempla algo que se acerca como montando un camello desde el horizonte y se piensa que jamás llegará, pero de pronto ya está aquí para que ya no esté aquel que estaba y quien ya no soporta abrazos y besos de sus mayores porque lo que más quiere es abrazar y besar a alguien de su edad).

La adolescencia donde todo balcón puede llegar a ser el balcón de Julieta (balcón del que se puede caer y desnucarse) y toda canción es la de Romeo a cantar tanto y tantas veces (incluso llegando a perder la voz en el mismo intento) hasta que llegue el momento del olvido, tal vez no de la canción pero sí de a quien se la cantaba. Y así –de tanto en tanto y a modo de *ritornello*– reencuentro con versos sueltos y confundidos, *chorus* cauto, *bridge* inseguro que ardió a las espaldas pero que vuelve a la memoria en perfecto estado para de nuevo cruzarlo, una y otra vez, todas las veces que hagan falta.

La adolescencia como una variedad de amnesia voluntaria que se piensa indispensable para poder seguir creciendo –pero ya cuesta arriba– temiendo cada vez más alguna imprevista bajada o bajón en el recorrido.

La adolescencia que (como el apéndice que se entiende como vestigial, y que en ocasiones ya ni siquiera está donde estaba) puede casi pasar desapercibida y ni llamar la atención para sin aviso, emergente emergencia, estallar con riesgo máximo e infección absoluta debiendo ser atendida y operada y extirpada de inmediato entre dolores como nunca se han tenido hasta entonces.

La adolescencia como esa época en que se es consciente de que, si bien ese dolor es algo que exige una respuesta, a menudo no la hay porque el dolor –el estreno de cierto tipo de dolor nuevo que no pasa exclusivamente por lo físico– es más bien la más incontestable de las preguntas.

La adolescencia que es cuando la muerte está más cerca que nunca (casi más cerca que durante la vejez) pero a la vez mantiene su distancia salvo que uno la llame y la invite a acercarse un poco más, un poco más aún, hey, no tanto, uy, alguien se ha pasado de la raya y de las rayas.

La adolescencia como ese estado con parciales ansias independentistas pero aún dependiente de los padres. Padres que admiten su existencia como la de una república frágil y volátil pero a la que, a la vez, no tiene demasiado sentido comprender y reconocer por temor, por pereza, porque les recuerda tanto a que ya no son lo que eran y a lo que jamás volverán a ser. Y de ahí que, contemplándose en el presente y distorsionante espejo de sus hijos, se aferren a su recuerdo no tan lejano como si así, en más de una ocasión, volviesen allí de visita y se preguntasen por qué se habrán ido y qué habrá que hacer para quedarse. Y entonces más que descubrir o intuir que fue allí —en la adolescencia, por primera vez y entre una y otra parte y escala— donde se incubó algo tan terrible como fascinante: el descubrimiento de que la adultez es una construcción infantil y que la infancia es una construcción adulta. Nunca se piensa más en ser grande que cuando se es chico y nunca se piensa más en ser chico que cuando se es grande. Pero es en la adolescencia cuando se piensa en ambas direcciones: hacia atrás y hacia delante. Y se piensa mucho más entre uno y otro tamaño: ni *small* ni *large*. En la adolescencia se es médium constante y dedicado: allí, las sábanas bajo las que ponerse a cubierto son aún de tamaño muy pero muy individual, porque la fantasmal adolescencia es aún la cruza del espectro de lo ido con el espíritu de lo que vendrá.

La adolescencia es, también, la primera edad de la vida en la que todos ocultan algo que los demás no pueden ni deben saber: esas verdades y mentiras que, antes que nada, son secretos.

De ahí, entonces, esos repentinos cambios de personalidad, esos largos cortocircuitos, esas aceleraciones y lentitudes, esos disparos al aire que, en ocasiones, dan en el blanco con tiros de gracia que no siempre son divertidos y muchas veces mutan a fuego amigo a traicionar o por el que sentirse traicionado.

La llamada Edad del Pavo es, en verdad, la Edad del Búho: ave de rapiña cuyos ojos carecen de toda movilidad y sólo pueden ver hacia delante; pero que también puede girar la cabeza 270°. Y, tal vez por eso, se considera al búho símbolo de la sabiduría por ver mucho, por ver demasiado. Y, claro, puede entenderse al búho —o así lo entiende Land— como ave sabia pero que tampoco sabe muy bien cómo aplicar todo lo que sabe. Tanto conocimiento puede resultar en desconocimiento que acabará yendo a dar a la imposibilidad de reconocerse a sí mismo. Sí: ver demasiado puede ser tanto un buen don como un mal regalo. Y en más de una ocasión Land preferiría refugiarse en un «nada que ver» a ser enfrentado a toda afirmación categórica. Sin embargo, ya no se puede, ya no puede. El búho de la edad de Land está decididamente incierto y sobreexigido y cada vez más próximo a pájaro loco camino de pájaro bobo.

Todo que ver.

En este sentido —con nocturnidad y alevosía pero a plena luz del día— su cada vez más cercana para Land inmersión en la Big Vaina es un acto claramente adolescente de parte de Land: infantil en su ejecución pero adulto en sus consecuencias. Y que —como canta el tan sólo en apariencia siempre medio dormido pero también desvelado búho— despertará un *u-hú* en Land cada vez que piense en ella.

Y, cuando la Big Vaina ya esté aquí, Land pensará *todo el tiempo* en la Big Vaina. Y pensará, también, en que daría cualquier cosa por no pensar en ella todo el tiempo.

Y por eso y de ahí estos saltos, estas idas y vueltas, estas postergaciones a lo inevitable en el relato de Land. Las vacilaciones de una edad vacilante trasladadas al estilo con el que contar los elementos que componen a esa edad en la que el pasado parece estar disolviéndose sin la seguridad de que se solidificará en un futuro. Todo es presente burbujeante magma cuya mancha no se lava. Todo es eso que, para Land, alcanzará su punto más álgido (de pie sobre los pedales y sin frenos y como cayendo desde un balcón ardiente) con la vertiginosa coronación de la destronadora Big Vaina. Durante esa Big Vaina en la que en la adolescencia de Land —a su hora y en su sitio, allí y entonces— ya no se tendrá la previsibilidad en perspectiva de lo que fue, y todo confundirá y se confundirá con lo siempre inesperado. Eso que podrá llegar a ser o no ser con el sable en alto y al ataque pero sospechando que el enemigo tal vez sea uno mismo quien ha dejado de ser para siempre el mismo de siempre.

Así, ahora, de nuevo, más distracciones, más postergaciones, más adolescencia.

Si la religión es el opio de los pueblos, entonces la adolescencia es el opio de los adolescentes.

La adolescencia es esa época de la vida en la que se corre el riesgo no de morir sino de vivir de una sobredosis de sí mismo.

Y ahí y ahora, drogado y adicto, Land flota cada vez más alto, más *high*, en prisionera caída libre (y será un adolescente manso y tranquilo y nada rebelde pero, claro, ¿habrá acto de mayor rebelión que lo de su Big Vaina por venir y por llegar?). Ahora, todavía, Land está suspendido en un adolescente Su Caso y Su Mundo como primer ensayo (y errores) de lo que significará tener, algún día, si hay suerte, si todo sale más o menos bien, un universo propio. No todavía, aún falta; pero sí la sensación de ir reclamando algunos rincones de ello como si se tratasen de partes en un tablero a conquistar ya no en juegos de puro azar sino, también, de estrategia.

Sí, por fin, el *intelecto* de sus padres y de los amigos de sus padres (Land sostiene que los padres deberían venir con fecha de expiración posible de ser renovada y que, de optar por no volver a convalidar el contrato, vencidos, deberían volatilizarse como por combustión espontánea) es tanto menos interesante que las mentes de sus propios amigos en Residencias Homeland: ese edificio que, de pronto, es como una máquina del tiempo que no viaja al pasado ni al futuro sino a un omnipresente presente que no deja de cambiar y anticipar. En Residencias Homeland, nada sucedió ni sucederá porque todo está sucediendo: todo es instantáneamente histórico y contemplable no desde la perspectiva de los años sino de los minutos, de los muchos y muy largos minutos.

Y ya lo pensó, pero Land lo piensa cada vez más a medida que pasa más horas y horas y horas con ellos, con esa nueva variedad de amigos que no son compañeritos ni son hijos de...

De nuevo: son más que amigos sueltos aquí y allá.

Son muchos y son muy diferentes, pero son *todos* amigos.

Y amigas.

Son, sí, aparcados y aparcadas. Unos junto a otras, juntos.

Son, de algún modo, compatriotas de un país propio y secreto conocido como El Parque.

Están todos ahí, cerca, en Residencias Homeland. Apenas separados por paredes y puertas y, como mucho, unos pocos pisos de distancia.

Once pisos.

El equivalente a algo así como una cuadra vertical.

Y, más o menos a seis meses de la llegada de Land a Residencias Homeland, algo normal y previsible pero al mismo tiempo extrañísimo y sorprendente comienza a sucederles a todos y a todas: sus cuerpos, incluido el de Land, empiezan a cambiar. Sus voces también cambian. Hay pelo (Land se niega a decirle *vello*) donde antes no lo había. Y esto sucede casi de un día para otro, como licantrópicamente le pasa a ese sufrido Nome Talbot en aquellas películas que a Land nunca le gustaron demasiado: porque pocas veces vio y oyó quejarse y lloriquear tanto a un monstruo al que, se supone hay que temer más que compadecer y no verse obligado, entre una y otra luna llena, a aguantar sus quejas por los problemas que tiene con su padre. Y, también, Land tiene la impresión de que ha perdido locuacidad, que se expresa con menor exactitud y que comete nuevos y numerosos y hasta ahora impensables errores ortográficos. Y (¿*Body Snatchers*?, ¿*Midwich Cuckoos*?, no, no, no ciencia-ficción sino algo más ancestral: alquimia-ficción y la sangre ocupándose de otras cosas, de cosas nuevas y veloces y lentas y viejas como la humanidad) es como si extraños experimentos se produjesen durante las noches, en el laboratorio de los sueños. Y, al despertar, él y sus amigos de El Parque fuesen cada vez más otros sin dejar de ser ellos mismos.

Y en especial (*muy* en especial) se transforman las chicas.

Chicas que hasta ayer eran inofensivas y simpáticas y divertidas y que se expresaban con chillidos incontrolables y que ahora, de improviso, se comunicaban con tono ronco y carnal y peligroso y parecían gozar del don de hablar y escuchar al mismo tiempo. Y las aparcadas han desarrollado una especie de control hipnótico sobre los aparcados: el poder de hacerlos cambiar de conversación, una y otra vez, como si fuesen canales de un televisor, hasta que los hacen hablar acerca de lo que ellas quieren hablar. Las chicas tienen el control remoto de los chicos que ya no tienen el más remoto control sobre ellas. Sí: ellas empiezan a empezar antes. Y lo que en los chicos será hambre y masticar con la boca abierta, en las chicas ya es delicado apetito y servilleta limpiando la comisura de sus labios sin por eso dejar de ser algo también feroz y lupino y con dientes tan grandes para comer mejor, como las más voraces y lobunas y rojas y ruborizantes de las caperucitas. Y, si uno se acerca lo suficiente, ellas ahora hasta huelen distinto a como olían. Y de pronto son tanto más interesantes de lo que hasta entonces habían sido. Y no se puede no mirarlas pero sí simular que no se las está mirando; aunque ellas sean plenamente conscientes de ello y, en ocasiones, de golpe y sin aviso, devuelvan unas miradas nuevas y húmedas y enrojecidas ya no sólo por el cloro de la piscina. Ahora, también, coloreadas por algo más. Por algo que se parece más a ese rojo en las pupilas de las fotos con flash. Algo que a Land le recuerda a las retinas de las novias de Drácula en las versiones más recientes del vampiro y donde todas las vampiresas lucen mucho más preocupadas por ocuparse de los propios y abiertos escotes que por los cubiertos cuellos de sus presas.

Y, sí, Land, se siente felizmente vampirizado.

¿Y hablan entre ellos y ellas de sexo? Sí, pero no demasiado. No hablan de consumaciones sino de puros preliminares, de deseos más deseados que concedidos, de ladrar a la luna y, sí, por ahí se muerde la cola la expresión entre los chicos de «echarle los perros» a alguna de las chicas. Expresión que décadas después sería considerada inaceptable y que a Land no le gusta porque nunca le gustaron los perros y porque, además, la entiende como inexacta y falsa: ellos no son ejercitados sabuesos cazadores sino indefensos cachorros cazados por aquellas gatas que se suponen pero no son sus siempre libres presas. Las pavas que ya no son chamas (así se les dice a las adolescentes en Gran Ciudad II) se ríen de los pavos que siguen siendo chamos. Y ellas despliegan sus colas en abanico y ellos retroceden como desplumados.

Y son los días previos al porno al alcance de los ojos y de los dedos de cualquiera. Y no han llegado aún los monzones de las pestes mortales y contagiosas. Así que se puede morir de amor pero no morir por amar. Y el único gran terror (dramatizado una y otra vez en las telenovelas) es el de que alguno deje embarazada a alguna o de que alguna se quede embarazada de alguien.

Por eso, respeto y contención y más teoría que práctica.

Así que todo se limita a la deducción de quién puede «estar saliendo» con quién, al análisis de variedades de besos con o sin lengua, al hasta dónde se tocó o no se tocó y hasta qué base se llegó.

Y, claro, lo que en nada ayuda y lo que contribuye mucho al *state of mind* y *of body* de aparcados y aparcadas: buena parte del día se la pasan casi desnudos y desnudas, no en pantaletas ni en interiores sino en trajes de baño, dorados, y Land ha perdido todo rastro de su hasta hace poco característica palidez de Nosferatu.

Y, ah, las chicas en sus trajes de piscina de largo y caliente verano (trajes que, a diferencia de los de los chicos, no se parecen a ninguna otra prenda de vestir y son sólo para mojarse y secarse y volverse a mojar). Desde la mañana y hasta el anochecer. Muchos modelos y todos los colores y, en ocasiones, todos iguales para todas: como si formasen parte de una religión en la que se adoran a sí mismas porque se sienten tan adoradas por los chicos.

Y (a Land le resulta más fácil y tanto más atractivo creer en muchos dioses tan creativos que en un solo Dios tan poco inspirado más allá de aquellos seis días) si según su enciclopedia mitológica en fascículos había una diosa del amor llamada indistintamente, en Atenas o en Roma, Afrodita/Venus, es seguro que también debería haber una diosa de la sexualidad adolescente y femenina conocida como Lycra/Spandex, ¿no? Así desde entonces Land creerá sin dudarlo, siempre, más en los envolventes y como cromados trajes de baño de una pieza por encima de todo ejemplar en dos nada voluminosas sino brevísimas y demasiado reveladoras partes que anulan el misterio de lo por revelar. Y Land los preferirá por inexpugnables a la vez que tanto más estimuladores de la imaginación (y, además, inmunes a toda posibilidad de «accidente» o «desliz» dejando al aire algo que se ve por apenas unos segundos y a comentar luego durante mucho tiempo pero que, en verdad, preferiría no haberse visto para así poder seguir fantaseándolo). Y porque, enterizos y por completo, le recordarán siempre y por siempre a todo eso y a todas esas y a esa especie de castidad lujuriosa. Allí y entonces. Tiempo y lugar cuando y donde las siempre diferentes y de golpe dilatadas niñas del ojo eran como las siempre desiguales huellas digitales pero todas pensando lo mismo: en que si lo que se mira no se toca, entonces el mirarlo mucho y muy fijo pero que no se note tal vez sea lo más próximo a tantearlo primero y a acariciarlo después. Y, ah, todos ellos, en cambio, en sus tan vulgares y tan menos sugestivos shorts (*chores*) pero que, en más de una ocasión, delatan algo que no debe ocurrir pero que también es imposible que ese algo no ocurra allí abajo.

Porque, sí, los cuerpos de las chicas —antes y más rápido que los de los chicos— se han activado todos, sincrónicamente. Y activan a los de ellos. Y ahí, en ellas, esas curvas nuevas y aerodinámicas de sus caderas y el dibujo de esa hendidura entre las piernas y ese espacio que ayer no estaba ahí entre un pecho y el otro que tampoco estaban, pero ahí están. Todas son como súper-heroínas de cómic y Land ya nunca volverá a ver/leer igual a sus revistas protagonizadas por... ¿Vampyrina?, ¿Vampirella? VampirElla, sí.

Ella.

Aquí llega Ella.

Ella es una de tres hermanas. Y las tres traen a El Parque, precoces, unos cuerpos admirables que ya cambiaron (por lo que no se conoce su encarnación anterior, lo que los vuelve algo mucho más impresionante) aunque aún conserven algo de infantil. Y, por momentos, se muestran y exhiben —inocente a la vez que perversamente— ya advirtiendo de que pronto, *muy* pronto, pondrán en funcionamiento nuevos y más estremecedores efectos especiales *à la* Sensurround.

Verlas es temblarlas, sí.

Y el primer avistamiento de las tres tiene lugar a través de la ventana del apartamento al que han llegado, en un primer piso con balcón a El Parque. Allí, la visión parcial e inicial de tres espaldas desnudas con la persiana baja hasta la altura del cuello y, cortando visión por debajo de sus finas cinturas, el alféizar (otra de esas palabras que Land aprendió en otra de esas traducciones). Land y los demás —chicos y chicas— las contemplan por unos minutos casi sin poder creerlas. Parecen torsos de mármol. Esculturas antiguas que llevan milenios enterradas pero que ahora salen a la luz, inmaculadas y refulgentes y divinas y listas para ser adoradas en museos maravillosos. Obras maestras como las que ilustran las páginas de su enciclopedia mitológica. Son como parcialmente avistadas diosas de esas que juegan en lo alto de una montaña al ajedrez con figurillas de heroicos humanos quienes sólo sueñan con volver a casa en todas esas películas que tanto le gustan a Land.

¡Dynamation! ¡Juntas son dinamita!

Luego, no se sabe nada de ellas por unos días, como si habiendo ofrecido un conmocionante *coming soon…* las tres quisiesen aumentar aún más la expectativa por su estreno y presentación en sociedad.

Y, cuando esto por fin sucede, provoca un cataclismo en la población de El Parque.

Tanto entre los aparcados como en las aparcadas.

Las tres al completo son por completo fantásticas.

Y Land (como todos, pero incluyendo también a más de alguna que no puede entender qué le pasa, porque no se supone que a una chica le guste una chica y, mucho menos y peor, tres chicas) sucumbe a su influjo. Y todos y todas están como hechizados y no hacen otra cosa que contemplar de reojo ese balcón y esperar el momento en que las tres vuelvan a bajar a El Parque y lo despierten como de un profundo letargo de cámara lenta (que no es el de una nuclear/shaolín y figurada ultra-velocidad: es ese súbito sopor del que hasta entonces no se había tenido conciencia pero que ahí los adormecía hasta ahora, de pronto, todos tan despiertos e inquietos y sólo concentrándose en ellas).

Y que así, con su presencia, de verdad empiece el día.

Aquí vienen el Sol y la Luna y la Estrella, sí.

Y quien hasta entonces era el aparcado más codiciado por las chicas comprende, súbitamente empequeñecido, que no está a sus alturas. Y la aparcada que hasta entonces era la más guapa se ve, sin aviso, eclipsada y replegada a un cuarto lugar sin derecho a medalla y mucho menos a beso. O sí. Porque a esa edad un beso es un beso sin importar la boca que lo firma. Y esta chica descubre que la única manera de competir con las tres recién llegadas sea la de besar a todos, todo el tiempo, indiscriminada y desaforadamente y tan labial. Con potencia de nova y sin importarle el qué dirán; porque el que digan mucho y que lo digan es lo único que le queda a esa aparcada: estar en boca de todos, besar y aparcar en todas esas bocas. Mejor mala fama que perder fama, piensa esta chica enseguida devenida desesperado meteorito que, una tarde, acorrala a Land en un pasillo y amenaza con estrellarse contra él, y entonces Land inventa excusa para esquivar su trayectoria.

Y, aun así, aunque hayan producido un terremoto invisible, las tres hermanas enseguida son aceptadas por todos los demás. Porque además de hermosas son muy buenas y muy simpáticas personas (e incluso la degradada «chica caída», superado el impacto inicial y recuperada su órbita, no las culpa de nada y hasta las aprecia), aunque esto no prive del imaginarlas en sus camas, en esa habitación que comparten las tres, seguramente conjurando en voz baja acerca de todos ellos y ellas, como hechiceras en aquelarre doméstico y familiar.

Y El Parque es un sitio/organismo generoso a la vez que calculador (y, claro, se sabe mejorado exponencialmente con su llegada). Y, sí, ahí están todos: revitalizados y tan felices de ser parte de eso. Todos ensayando frases ingeniosas que se quieren inolvidables en sus apartamentos y que más tarde dirán ahí abajo para que las tres hermanas las escuchen y, si hay suerte, las sonrían y, si hay mucha suerte, las rían dando una palmadita en el pecho del gracioso. De pronto, El Parque es un poco parecido a ese romántico bar llamado Nome en esa película llamada *Nome* y en la que se toca al piano una canción que habla de que, según pasan los años, un beso siempre seguirá siendo un beso; porque entonces se aplican las cosas más fundamentales, los elementos del estilo, la lógica y la filosofía de todo aquello de lo que se trata.

Y de lo que se trata ahora es de ellas tres y para Land, entre ellas, de Ella.

Y las tres llegaron desde el país de al lado del casi inexistente país de origen de Land. País donde está teniendo tiempo y lugar otra Transformación, es ese país de ese *putsch* al que se había referido aquel deslagrimado hijo de... en Gran Ciudad I. Y el acento en la voz de las tres —personalizado por haber «vivido varios años en inglés»— es como el de alguien quien canta sin darse cuenta de que está cantando y que sería ridículo en cualquiera, pero que no lo es en esas tres hermanas a coro.

Y alguien no demora en averiguar y comunicar que donde ellas nacieron no se dice ni «ponerse de novio» ni «empatarse» sino «pololear» (y cómo es posible, se pregunta Land, que el Nome no borre a una palabra tan espantosa como esa; y luego lo entiende: el Nome es un mal muy malo y, además de malo, es malicioso y lleva a recordar aquello que más se quiere olvidar).

Y los padres de ellas tres han llegado aquí sin huir de nada.

Su padre —lo han transferido— es un alto ejecutivo de una farmacéutica multinacional.

Su madre es una de esas amas de casa todoterreno con múltiples ocupaciones y más oficios y pericia que el de muchas profesionales; y, por lo tanto, es contemplada con cierta displicencia por las más bien exclusivamente ocupadas en sí mismas madres de hijos de... Algunas, incluso, la acusan de ser «medio de derechas» y a su esposo de ser «empresario simpatizante del régimen a sueldo de intereses imperialistas».

Y Land se acerca a ellos —a las tres hermanas y a su padre y a su madre— con pasión de antropólogo, para estudiarlos como si se tratasen de restos de una raza extinguida. O de algo más perturbador aún: de una raza dominante que siempre existió y que sigue existiendo, pero cuya vigorosa realidad era negada por los padres de Land como si se tratase de esa automáticamente asumida estupidez cuestionada por Wittgenstein en cuanto al Sol girando alrededor de la Tierra o viceversa. De acuerdo, Land había tenido atisbos de esta posible y alternativa realidad en pocas y breves visitas a casas de sus compañeritos en Ciudad I. Pero la precisión de esa experiencia estaba siempre desvirtuada o «contaminada» porque esas incursiones eran siempre durante ocasiones especiales y esporádicas: cumpleaños y cosas así. Y apenas por unas pocas horas y muy de tanto en tanto. Por lo que cabía dudar de su permanente verdad (tal vez no fuese otra cosa que una variante reposada y alternativa a esos frenéticos shows que sus propios padres ponían en escena cada vez que algún compañerito venía a su casa, quería creer Land). Nada que ver con esto de, ahora, verlo y estudiarlo todos los días. Nada parecido a lo que vive y presencia ahora Land, durante días enteros, en el mismo sitio en el que él vive. Lo de la familia de las tres hermanas es verdad: es de película y no es teatro. Y se lo contempla y disfruta como algo tan feliz y constante y no, según los padres de Land, «aburrido». Y se lo aprecia sin ninguna de esas inesperadas pero siempre puntuales complicaciones que los padres de Land siempre pretendieron hacer pasar, y que pase la que sigue, como «sorpresas» (y, sí, desde entonces y para siempre, cada vez que escucha eso de «Tengo una sorpresa para darte», Land saldrá corriendo porque piensa que, en realidad, no le van a dar nada y que sí le van a quitar mucho). Y a todo el gratificante desconcierto anterior hay que sumarle la también satisfactoria perturbación añadida de que el apartamento habitado por las tres hermanas y sus padres tenga exactamente la misma planta y disposición que el de Land (aunque está en el otro cuerpo de Residencias Homeland, y su balcón da a El Parque, mientras que el suyo, en el frente del edificio, da a la calle) pero como reflejado en espejo maravilloso. Y con una decoración tan diferente. Sus muebles son muebles comprados. No como los del apartamento de Land: ensamblados «creativamente» por sus propios padres a partir de cosas que no son muebles. Ahí, la mesa del comedor, por ejemplo, es una losa adquirida en una funeraria y suspendida sobre cuatro barriles de petróleo salpicados de colores. Y los colchones de las camas descansan sobre tarimas de madera que a Land le recuerdan los cajones con tierra de los Cárpatos que acompañan a Drácula en su viaje a Londres porque sólo puede descansar en tierra patria, como la que él recogió entre los escombros de su colegio Gervasio Vicario Cabrera, n.º 1 del Distrito Escolar Primero y que guardó en una bolsita (y tiempo después Land leerá primero una novela, y luego verá la película basada en ella, en la que un padre de familia arrastraba a los suyos jungla adentro y los obligaba a convencerse de la genialidad de sus utópicas invenciones y entonces Land pensará, Land temblará, Land se dirá en la oscuridad del cine que «Ah...»).

Y —no muy a la vista pero aun así velando por todos— Land descubre en la sala del apartamento de las tres hermanas un pequeño cuadro de la Virgen María al que nadie le ha clavado alfileres. Pero, hasta donde sabe, nadie de esa familia va a misa. Y las tres hermanas no han sido inscriptas en un colegio católico sino que van a uno «normal» que queda algo lejos de Residencias Homeland y al que su padre las lleva y las trae en su auto cada mañana. Y la madre de las tres hermanas lo trata a Land con amabilidad, casi con cariño. El padre, según el día, lo mira fijo como sospechando algo turbio en Land o lo ignora absolutamente al considerarlo completamente inofensivo. Land nunca conoció tan de cerca a padres así: son pura ciencia y eficiencia, cero filosofía, nada de *intelectualidad*. Son padres prácticos y no teóricos. Los elementos de su estilo son simples y funcionales y tan legibles. Y esto hace —para aliviada felicidad de Land— que esos padres no se relacionen mucho con sus padres por no tener ellos, para los suyos, el atractivo de artistas en fuga. Los padres de las tres hermanas son tan normales y prolijos y disciplinados que, en ocasiones, Land (quien suele adorar a los padres de los demás del mismo modo en que los hijos de los demás suelen adorar a los padres de Land y tal vez lo haga para así restablecer un poco el equilibrio secreto del universo) casi desee ser adoptado por ellos.

Pero mejor no.

Porque eso complicaría las cosas.

Land no quiere ser su hermanastro porque ya se encuentra (y nunca se ha encontrado más y mejor) perdidamente enamorado de una de las tres hermanas.

Y las tres hermanas han nacido a la par y al trío; pero a la vez y a su vez son muy diferentes y, de algún modo, se saben desde siempre expuestas y admiradas y admirables. Lo asombroso para todos es que a ellas su propia belleza no parece importarles demasiado. La asumen como algo natural y no digno de atención. De ahí que resulten tan simpáticas cuando podrían ser consideradas tan odiosas por el solo hecho de haber ganado el gran premio en la lotería de la estética-genética o algo así.

Lo que no impide que, cada vez que bajan a El Parque y se las contempla llegar, se perciba una alteración en la atmósfera y toda actividad se interrumpa por unos breves segundos pero que acaban siendo un casi eterno minuto para así apreciarlas mejor. De nuevo, para Land: algo histórico. Como si cada día fuese ese día que, en aquella película, paralizaron la Tierra. Y si alguna tarde ellas no bajan a El Parque o han salido fuera de la ciudad, el efecto es el de vivir (en realidad más el de apenas sobrevivir) como en un letargo melancólico hasta su regreso. Y, enseguida y como por turno, todos van abandonando un escenario al que le faltan sus protagonistas. Y así todos y todas, aburridos de sí mismos sin ellas, van anunciando que hace mucho calor y vuelven a sus apartamentos a ver televisión o a mirar al techo o a intentar dormir no contando ovejas sino contando hermanas. Contando hasta tres hermanas. Una y dos y tres y otra vez. Lo que resulta en insomnio e imaginaciones de imágenes un tanto develadas. Pero, por suerte, esto —la ausencia de su más que santísima trinidad, no los pecadores ensueños de los demás— no sucede con frecuencia, y ellas casi siempre bajan todos los días y así la tensión no baja mucho y tampoco sube tanto. Y alguien sugiere que, tal vez, lo mejor sería que apareciesen de una en una para que así el efecto de su arribo no fuese tan conmovedoramente demoledor. Mejor, en dosis, de una en una, para evitar sobredosis. Pero, claro, es tan alucinante y alucinógeno verlas llegar a la uno–dos–tres, todas juntas ahora.

Aquí vienen y son parecidas aunque tan diferentes (cosa que a Land, hijo único, por algún motivo tranquiliza y le evita esa inquietud que siente cada vez que se encuentra con hermanos muy parecidos y que, con los años, será la aún más intensa inquietud de ver a una hija idéntica a su madre: a una hija de una de esas tres hermanas).

Y así son:

La seductora sin saberse tan seductora Victoria con (por entonces Land lee a Francis Scott Nome) ese aire a *gangster doll/flapper.*

Victoria es la que probablemente sea la más deseada de las tres por los chicos y hasta por los adultos. (Durante una visita a Residencias Homeland, Land llegó a escuchar al Tano «Tanito» Tanatos, lata de ron-cola en mano, mirando a Victoria deslizarse por los bordes de la piscina, suspirar un lascivo: «Ese culito bajo el sol es como contemplar la resurrección de la democracia y el amanecer de la revolución». Y entonces Moira Münn hizo una mueca que se suponía graciosa y los padres amigos de sus padres rieron. Los padres de Land también. Y al escucharlo decir eso, Land pensó en qué lástima no tener un teléfono de cazadores de fugitivos de su casi inexistente país de origen al que llamar. Y delatarlos a todos para que se los lleven de regreso acusados ya no de actos antipatrióticos sino del espanto que provocan riendo y admitiendo el mirar así a chicas que podrían ser sus hijas. Y Land imaginó a todos ellos, hijos de...: todos pasándose ese número de teléfono muy rojo como si se tratase de aquella difícil pero al fin conseguida figurita/barajita/cromo para por fin completar ese álbum para siempre y ya no tener que abrirlo nunca más). Pero, ah, el misterio de su esbelta y deseable simpatía casi trascendía —casi— a lo simple y complejamente físico. Victoria sincera y tan poco consciente de su propio encanto, no condiciona en su contra al resto de las chicas de El Parque quienes —aunque no se atrevan a pensarlo en voz alta— se conforman y consuelan con imaginar tensiones entre Victoria y sus dos hermanas. Pero enseguida se comprende que este es un conflicto que no existe o que, al menos, no se pone de manifiesto en público. Las tres hermanas parecen nutrirse del amor que los demás les dedican y entregan embriagados para luego destilarlo y así amarse cada vez más entre ellas, quienes se consideran todas iguales y todas para una y una para todas desde el útero hasta el túmulo. Aun así, esta ubicación de Victoria en lo más alto de lo más alto ha motivado el chiste malo (y en voz muy baja, para que ellas no se enteren) de que las otras dos hermanas de Victoria no tengan nombre sino apodo (y que suenen un tanto a terribles nombres femeninos como Angustias y Merced y Socorro y Consuelo y Dolores y Soledad y Modesta y Peregrina y Auxilio y Misericordia pero que, al verlas, hagan felizmente sentir todo lo contrario).

Tregua: de belleza más clásica y como de una de esas doncellas flotando boca arriba y corriente abajo en ese cuadro prerrafaelita incluido en *Mi Museo Maravilloso*.

Y Derrota: la más rara e inestable, pero quien tiene más «personalidad» de las tres. Derrota: a quien Land –dependiendo del cambiante humor de la chica– no puede sino comparar alternativamente con un delfín o con un tiburón sin caer nunca en las ínfulas de ser la más nínfula de las sirenas porque sabe que lo es. Derrota: quien hace los comentarios más extraños moviendo mucho brazos y manos, como una directora de orquesta dando entrada a las secciones de cuerdas y vientos y percusión. Derrota: quien siempre lleva con ella y al hombro y casi como parte de su cuerpo, colgando de una correa, a su grabadora color rosa con forma de corazón y micrófono externo con forma de flecha y cable como de arco invisible. Aunque, piensa Land, tal vez ella misma sea ese arco. Derrota: siempre registrándolo todo en cassettes que numera y a los que clasifica y rotula en sus etiquetas como *Atmósferas #1* o *Fragancias #A* o *Materiales #Borrar y Reconstruir* o *Reencarnaciones #Alternativas/Modelos*. Derrota que, le dice, está a la caza, según el humor de que esté, del sonido de «la descomposición del mundo» (mal humor) o de (buen humor) «la respiración del universo». Cassettes que Derrota mete y saca casi con violencia contenida. Ese ruido como de masticar al introducirlos y de escupir al extraerlos que hace ese aparato rosado y fluorescente al que Derrota le ha pegado calcomanías con brillantina para que así parezca más un juguete que algo que ya no lo es y cuya función, seguro, es la de algo muy adulto más allá de su aspecto infantil: la necesidad de contener y asentar y poseer todo sonido y todo silencio. Desde los más ruidosos a los más secretos. Y Derrota graba y reproduce y archiva esos registros. Y, a continuación de cada uno de sus sonidos, los comenta con voz suave y que no se quiere sensual pero no puede sino serlo y sonriendo (inseparable de su voz ahí capturada y a la que al escucharla se la ve) una sonrisa torcida. Una sonrisa torcida (y esto la vuelve aún más atractiva para Land porque, de algún modo, la siente más próxima a la mala arquitectura de su propia dentadura) con dientes también un poco torcidos.

Y, sí, hay algo como aún indeciso en ese rostro, en el rostro de Derrota. Un rostro con una nariz como la que alguna vez tuvo la Esfinge en las afueras de El Cairo y ojos que parecen no verlo sino reverlo todo y una sonrisa como siempre a punto de llegar o que justo acaba de irse. Una cara como si no cesara de retocarse y que —Land está seguro— será, más temprano que tarde, mucho más hermoso que los de Victoria y Tregua juntos.

Sí: Derrota va a ser primero Revancha y luego Triunfo y Conquista. Derrota va a ser una de esas mujeres —Land ya podría jurarlo— que en el futuro contará ese hasta entonces inverosímil para Land pero ahora, conociéndola, incuestionable lugar común ante las cámaras del mundo. Eso de «En el colegio todos me consideraban fea», eso de «Empecé en esto porque una amiga me pidió que la acompañara a un casting, pero inesperadamente acabaron eligiéndome a mí».

Sí: Derrota —quien además es la más inquieta y culta de las tres hermanas— va a salir ganando, va a llegar siempre primera pensándose siempre última. Derrota va a acabar siendo enlaurelada Gloria y alcanzará la Paz.

Así que enseguida Land se prohíbe el apodo de Derrota.

Y —para sí mismo y por ella misma— lo cambia por el de Ella.

Un Ella que tal vez se le haya ocurrido a Land a partir de aquella She y Ayesha en esa novela aventurera que leyó hace unos años. Ese She de esa «Ella Quien Debe Ser Obedecida», de aquella diosa de novela reinando en la ciudad perdida de Kôr: su belleza inmortal bañando su juventud eterna en fuego líquido y ahora seguramente sacrificada junto a todos sus otros libros abandonados en Gran Ciudad I.

Pero en realidad, para Land, el suyo es un Ella que la señala como única ella posible.

Un Ella que abarca y contiene a todos los nombres de mujer existentes sólo para así poder deslizar, entre ellos, secreto, el nombre de Ella.

Un Ella que la vuelve mayúscula y la separa y diferencia de todas las otras ellas que nadan y flotan por allí.

Un Ella singular y que para siempre borra del mapa a todas las ellas por venir trayendo el tan feliz como terrible amparo y desamparo de ya nunca tener que pensar en nadie más, en ninguna otra ella: porque Ella las abraza y abarca a la vez que las invalida y anula a todas.

Nada enceguece más que el primer amor a primera vista. Ese amor que no es ciego sino que ciega. Ese amor que por primera vez en su vida le ha quitado a Land (un poco, no es que las elimine o las suplante del todo, pero sí que está a su misma altura y amplitud) las ganas de leer y que dificulta su visión y le hace ver doble y triple y en todas partes a Ella y a nada ni a nadie más. Un amor que le hace preguntarse si es entonces −viéndola verdaderamente y por completo− cuando comprende que la adorará para siempre: porque Ella siempre será parte de ese avistamiento iniciático del amor como tierra a la vista y Nuevo Mundo. Ella como uno de esos libros que vienen con las páginas unidas entre ellas y a las que hay que ir separando a medida que se avanza en su trama con la ayuda de algo de borde afilado; pero algo no para clavar sino para abrir con mucho cuidado y, sí, con inmenso amor. Ella como el mejor y más verdadero personaje de novela escrita por Ella misma. Personaje al que Land, devoto, no puede dejar de leer y de ver; porque Ella no se parece a ningún otro personaje que haya leído o visto hasta ahora. Ella es Su Entusiasmo. Y, a partir de entonces, Land, ciego, sólo tendrá ojos para la visión de la visionaria Ella. Porque el primer amor es incomparable: porque no hay un amor anterior con el cual compararlo y porque nada se quiere menos entonces que haya un próximo amor con el cual compararlo. Y, sí, este amor a primera vista, para resultar tan visible, tiene que ser forzosamente ciego: si no lo fuese, habría muchos menos enamorados o, tal vez, todos estarían enamorándose todo el tiempo.

Pero Land no tiene fuerza ni ánimo ni tiempo para pensar en el amor de los demás.

Land −por supuesto− se encuentra enamoradamente perdido por y de Ella y, también, del estar enamorado de Ella.

Land está enamorado del estar enamorado y −siguiendo los consejos de César X Drill− no se ha enamorado de alguien a quien comprende o quien se le parece. No: Ella es un misterio no a resolver sino un misterio que lo resolverá a él.

Así Land −resuelto a ello por Ella− espera contar (¿escribir?, ¿de verdad?, ¿en serio?, ¿va a tener que ponerse a escribir?) de y acerca de Ella lo que de mujer alguna jamás se ha dicho desde aquí: desde el amanecer de su amor hasta más allá del Infinito.

Ella será su monolítica y evolutiva odisea del espacio, de todo espacio que ocupe Ella, en su mente, en todas partes y con todas las partes de su cuerpo.

Y los cambios del cuerpo, descubre Land, son el preámbulo necesario para los cambios de la mente. Todo cuerpo debe desarrollarse y fortalecerse para así poder soportar el embate psíquico y mental del amor: el impacto cataclísmico de un tipo de amor diferente y que nada tiene que ver con el reflejo y automático afecto que dictan e imponen los vínculos de la familiar sangre o del plástico y del metal (el plástico y el metal de los juguetes).

Este es un tipo de amor diferente en el que no la carne (porque a Land le suena mal y como comestible) sino la piel se impone a lo que circula bajo ella o a todo material externo al cuerpo (salvo aquel material con el cual, como ya se ha dicho, están confeccionados los trajes de baño de Ella que son como una segunda piel, como una cáscara a la que Land espera pelar algún día pero, al mismo tiempo, temiendo tanto a que ese día llegue). Es un sentimiento nuevo y popular, sí, pero a la vez privado e intransferible. El amor, como una epidemia contagiosa, se vuelve único una vez poseído el contagiado al que vuelve único. O, al menos, eso se quiere y se necesita creer: porque sólo entendiendo todo aquello como algo irrepetible e imposible de transferir, algo particular, es que se pueden desarrollar no las defensas pero sí el vigor suficiente para seguir viviendo, para seguir pensando en que uno sería capaz de morir por la persona amada.

De pronto, para Land, la materia del mundo está hecha de Ella porque Ella es el mundo: Su Mundo.

Y una tarde, jugando a eso de perseguirse y tocarse y quedar paralizado por el toque, Ella lo toca a Land y Land la toca a Ella. Nada fuera de lugar. Se tocan los brazos. Pero aun así, habiéndose tocado sus pieles e intercambiado moléculas, Land no puede sino pensar en qué será lo próximo que, entre ellos, tocará tocarse.

Y de día Land piensa y sueña con Ella. Y de noche sueña y piensa en Ella como otros pensaron en la patria y en rebelarse a la opresión de reinos lejanos pero siempre presentes cuando se trata de rendirles rendidos tributos. Y las noches en que comete el gran error y la tremenda osadía de no soñar con Ella (de malgastar sus sueños en otras cosas tan vulgares como volar o descubrirse desnudo en la calle o mal rindiendo un examen sorpresa), Land descubre que puede despertarse y volver a dormirse, una y otra vez, hasta por fin encontrarla con los ojos cerrados y en la oscuridad. En campos de batalla y nunca en retirada y siempre con la vista al frente y listo para ser triunfalmente invadido y colonizado por Ella.

Sí: los sueños de Land pasan por depender de Ella sin importarle que Ella lo haya conquistado mientras Ella entona ese «¡Abajo cadenas!, ¡Abajo cadenas!, gritaba el Señor» del himno del país de Gran Ciudad II, sonriendo y sabiéndose Señora y Ama y Amor de Land.

Viva la patria.

Y la patria de Land está donde esté Ella.

Y pensando en Ella cantando eso, Land piensa en el himno nacional del país de Gran Ciudad II (que, para sorpresa de Land, lo descubre al poco tiempo de llegar, es el mismo que se escucha en las últimas páginas de *La invención de Nome* de Nome Bioy Nome, y donde el deseo por una mujer llamada Nome le recuerda a Land tanto a Ella y a lo que siente por Ella). Y ese himno es algo inesperadamente tan dulce y tan tranquilo aun perteneciendo al género de esas canciones que se suponen devotas y lo suficientemente excitantes como para inspirar muertes por la tierra en la que se nació. Y es un himno tan diferente a los que Land entonaba y desentonaba en el patio del colegio Gervasio Vicario Cabrera, n.º 1 del Distrito Escolar Primero. Porque no es un himno que alaba a próceres o relata santas batallas como si se tratasen de partidos de fútbol («Avanza el enemigo a paso redoblado, al viento desplegado su rojo pabellón...») sino que ensalza al luchador anónimo, «al bravo pueblo que el yugo lanzó». Alguien le comenta a Land que ese himno fue adaptado a partir de una canción de cuna. Y lo cierto es que, sí, este himno tiene algo de relajante y retrata y captura muy bien el carácter de su bravo pueblo que, luego de lanzar ese yugo, seguramente regresó a sus chozas a la espera de que el ejército librase las batallas de rigor. Y nada tiene que ver con la psicosis estilística y maníaco-referencial de su constantemente inconsistente y como indeciso hasta en sus juramentos necrófilos pariente lejano: aquel himno que Land casi aullaba (lento primero y ganando velocidad después hasta alcanzar una especie de burlón y supersónico Mach 1) en el colegio en Gran Ciudad I. Himno de su casi inexistente país de origen que Land ya comienza a olvidar porque ya no le hace falta cantarlo. Los himnos nacionales suelen ser exceso de equipaje. Y aquel suyo (de nuevo y siempre subiendo y bajando desde la depresión a la euforia, cambiando de personalidad todo el tiempo pero como si no terminase nunca de comenzar y ensamblado frankenstianamente, como la arquitectura de Gran Ciudad I, a partir de profanaciones a las tumbas oberturas y preludios del Viejo Mundo) ya no le sirve allí, no funciona: el voltaje patrio es otro en Gran Ciudad II.

Tampoco el himno de por aquí tiene algo que ver o sonar con La Marcha, que llevaba al frenesí de bramar con ese gesto de mano que a Land le recordaba al de los volátiles mafiosos italianos cuando, entre el despecho y la cautela, se van de la ya casi futurística Manhattan a esperar a que las cosas se calmen en algún pueblo casi prehistórico de Sicilia.

Además, Gran Ciudad II está, geográficamente, mucho más cerca del resto del mundo que Gran Ciudad I. Gran Ciudad abre las puertas a una idea de patria mucho más amplia y sin fronteras. No tiene mucho sentido erigir réplicas cuando los originales están tan cerca; mejor edificios muy altos y nuevos y mirando al futuro y no al ayer. Y así –viajando cerca desde Gran Ciudad II a esos sitios tan lejanos de Gran Ciudad I– Land conocerá rascacielos y torres y ruinas y esa metrópoli conteniendo tantas *lands* y en la que todos parecen tan felices de llevar sobre sus cabezas el cuero cabelludo y las dos orejas circulares de un ratón.

Sí: Land no extraña en absoluto a Gran Ciudad I, excepción hecha de sus abuelos (de sus abuelos en Ciudad del Verano), de César X Drill, de algún compañerito, de alguna serie de televisión que en Gran Ciudad II ha dejado de emitirse hace años, de alguna canción de la que apenas recuerda algunos versos sueltos y de la que nunca supo quién la cantaba pero que preguntaba una y otra vez qué va a ser de ti lejos de casa, de muchos libros que se quedaron lejos y en la casa anterior de Land.

Y, lejos de casa, más material anexo. Más insistencias y repeticiones, circunvalaciones en torno a algo que nunca se termina de acorralar (como si se tratase de una multiplicación de informes para una academia o de la emisión de capítulos repetidos de una serie de TV o de una de esas canciones pegadizas de las que resulta tan difícil despegarse) para la mejor comprensión del sitio por el que se mueve Land removiéndome a mí. Ese lugar donde pronto Land será inmovilizado por las sacudidas de la Gran Vaina.

Gran Ciudad II —de golpe y de ritmo— está llena de música. (Y tal vez, por algún extraño motivo, a Land le resulta más fácil poner nombre y títulos sin olvidarlos a temas estrictamente musicales; como si la música calmase a las bestias del Nome). Nada que ver con los quejosos y reprochantes Nomes de su patria, donde el cantante siempre está llorando entre fundidos neones y lánguidos bandoneones porque ella se fue en noche triste o porque él un día vuelva a ser querido. Aquí impera y marca el ritmo una música llena de colores, casi insoportablemente alegre, porque la suya es una alegría que no parece haber conocido jamás la tristeza. Se canta porque se es feliz y es que, lógico, nadie que no sea feliz cantaría. Hay ocasiones en las que Land tiene que cubrirse los oídos para no oírla y no sentirse arrastrado por ella vaya a saber uno a dónde. Todo brota de una pequeña guitarra de cuatro cuerdas que se rasguea sin cesar (y que celebra el amar a una mujer «que está locá de remate») o de vientos de metal que es como si fundieran todo lo que los rodea y que, cuando no suenan, esas mismas bocas que los soplan entonasen versos hipnóticos y repetidos y como de ceremonia vudú. Música de esferas que no dejan de rodar. Big Bands selváticas y salseras y tropicales. También, piezas folklóricas que poco y nada tienen que ver con la melancolía de las de su casi inexistente país de origen (la pampa vacía ha sido ocupada por jungla desbordante) y que aquí, en ocasiones, son procesadas por los sintetizadores de un extranjero que llegó para quedarse y que consideraba a Gran Ciudad II como una ciudad «para locós», para todos esos que están *locos* de remate.

Y lo cierto es que Land nunca escuchó música como la escucha ahora. Y se pregunta si tendrá algo que ver con la adolescencia. Si algo se activará entonces para que la música deje de ser algo que apenas se oye para sonar como algo que se siente como se siente en esas comedias musicales en las que, de improviso, todos cantan lo que les sucede porque, apenas hablado, no tendría el menor sentido. Esas comedias no necesaria ni obligadamente cómicas en las que todos parecen estar a la caza de la canción que los explique y que los armonice y los defina y afine. Tal vez a esta edad, teoriza Land, el oído se vuelva más sensible para así equilibrar la hipersensibilidad de la vista, del ver con tanta intensidad a esos granos propios y de sentir que esos ojos ajenos no dejan de mirarte o que te ignoran por completo. De pronto, en la vida, todo se ordena en un Lado A y un Lado B y hay que levantarse para dar vuelta al disco y ese ruido del brazo y de la púa/aguja al clavarse en el vinilo y ese breve y expectante sonido mudo (pero con el correr de los surcos se iba llenando de crepitaciones) entre canción y canción y ese multicolor agujerito negro y giratorio en el que todo cae para que todo salga. Todos y todas parecen cantar para él.

Y, sí, hay títulos y nombres distantes pero inolvidables e inmunes al Nome y que, aunque extranjeros y en otro idioma, no pueden sino ser originarios de Gran Ciudad II, porque es allí donde Land los conoce y los oye por primera vez. Son, para Land, nombres propios, nombres apropiados y ahora de su propiedad: *Wish You Were Here* de Pink Floyd (con ese momento tremendo para él en el que baja el volumen de la música y el stereo vira a mono antes de volver a stereo entre una canción y otra, y Land se pregunta si esto no será una especie de simbolismo sónico de lo que le ocurre a él por esos días, pasando del sonido de una edad a otra). O el álbum doble y *live* de Genesis, *Seconds Out*, donde destaca «Firth of Fifth» (y, sí, Land se dice que tal vez una pared de teclados sea mejor que el saxo pero, por las dudas, no se lo comenta a sus padres por miedo a recibir, en lugar de teclas, un *piccolo* o una *cowbell*).

Y, ah, sí: toda esa otra música de los años '70s que —sonando entre los dorados '60s y los cromados '80s— será luego indiscriminada y generalmente infravalorada. Música pop y popular en la que Land siempre apreciará que no hubo antes y no habrá después. Ya no la necesidad o el mandato obligado de revolucionar mundialmente sino, más bien, una cierta intimidad con calidez traumática y confesional y acaso proclive a brotes psicóticos, como los de un pariente un poco mayor. No un hermano, pero sí un primo o, mejor, un tío joven. Canciones en las que —como en algún momento de una fiesta familiar que en verdad es una *reunión* familiar, lo que no es lo mismo— se pasa del *I love you* a decir cosas muy fuera-de-lugar y complejas y acomplejadas. Canciones breves y sencillas pero con arreglos muy complejos sobre líneas telefónicas o año del gato. Canciones de pronto interrumpidas y hasta acosadas —como en el patio de un colegio— por otras muy largas y con muchas partes y como en ciclos rapsódicos y bohemios. Canciones que van a dar a momentos de depresión y a brotes de reproche a todo lo que rodea antes de retornar, conciliadoras, a una despedida redentora y de nuevo amorosa y de delicada y mínima instrumentación. Y Land nunca comprenderá esa paradoja de que la música llamada *progresiva* parezca tan preocupada por antiguos mitos célticos y mares topográficos y cosas así y con músicos disfrazados de príncipes ejecutando mal acompañados solos interminables de sus respectivos y muy progresivos instrumentos. En verdad, lo que entonces más le gusta a Land son esas canciones sencillas y sentidas y sentimentales en boca y guitarras de *songwriters* pálidos quienes luego caen en manos de algún productor mesiánico que las recarga y las orquesta porque para ellos todo eso es como la natural descendencia de todas esas desencadenadas «sinfonías para adolescentes» arrojadas amorosa y melodiosamente contra muros de sonido en los principios del género. El tipo de canción que suena como si fuese un telegrama que uno se envía a sí mismo pero, a la vez, no puede sino ser el aviso de algo que otro ha compuesto sin conocer a quien la oirá pero sabiendo que ayudará a recomponerlo. Algo que empieza con un casi infantil «conocerla es amarla» y que acaba en la más ardiente y desencadenada de las melodías. Algo, como respondiendo a ese espíritu volador, una canción que habla de noches de Broadway y, ay, a «habitaciones llenas de extraños». Son tantas esas canciones cantando todas acerca de lo mismo pero que sus oyentes entienden como algo único y personal y propio... Y una que camina arrastrando los pies por esa calle donde vive Sherlock Nome. Y otra que le canta a ser extraños en este mundo pero no ser dos sino uno. Y aquella donde alguien proclama triunfal que es él quien, desde el principio de los tiempos, ha escrito todas las canciones que hacen llorar a las chicas. Y aquella otra que, honestamente, se muestra dispuesta a amar a alguien tal y como es.

Supertramp (se apresura a pensar el nombre antes de que Super Nome lo amordace), probablemente, sea para Land el perfecto término medio entre un extremo y otro. Entre lo más primal y lo más sofisticado: voz grave y voz aguda, un poco «operístico» y otro poco «canturreado» (y, además, Supertramp contaba y cantaba con esas canciones que muy pronto serían especialmente perturbadoras para Land resonando en los surcos de su Big Vaina: «School» y «Dreamer» y «Asylum» y «Even in the Quietest Moments», y también «Two of Us» y «Lady» y esa obra maestra del *tit for tat* amoroso que era «Give a Little Bit» y que a veces él escuchaba en su cabeza como obvia pero más que pertinente música de fondo cuando veía a Ella llegar a El Parque). Entre lo infantil y lo adolescente y lo que venga y vaya a sonar después pero que es como si ya estuviese aquí.

Canciones pegadizas y pegajosas todas para aplacar la bestialidad de las hormonas (hormonas que son como una droga producida por el propio cuerpo adolescente adicto a la adolescencia para su autoconsumo) y de improviso tan descontroladas y a las que no conviene acercarse demasiado y mucho menos darles de comer aunque haya barrotes de por medio.

Y además están todos esos muchos y tal vez demasiado frecuentes discos de (el Nome se distrae por un momento y así

Land puede por fin nombrarlos) Beatles solistas: los cuatro acusándose mutuamente de ya no estar juntos y peleándose por las rodajas de la *apple* de la discordia y publicando esa recopilación roja y azul para seguir ganando dinero a repartir y discutir (y, escuchándola, Land experimenta por primera vez algo entre la excitación y la angustia al comprobar el misterio de que el tiempo pueda contraerse para así abarcar más). Y los discos de Bob Dylan cronificando su divorcio. Discos que son un poco la rayada banda de sonido y ruido de fondo para las peleas entre el padre y la madre de Land, quienes últimamente se dedican exclusivamente a la audición de *soundtracks* de películas. Tal vez, razona Land, de ese modo se sienten más cerca de sentir que están actuando, que los están viendo, que no pueden defraudar a público ni a crítica: ragtime de jugadores tramposos, *torch songs* en el Berlín decadente, marcial partitura clásica con escalas por las que asciende un trepador irlandés del siglo xviii o se precipita un sintetizado joven ultraviolento de un todavía futuro pero no muy lejano.

Y también ahí y entonces —pero de manera aún subterránea y como avanzando a través de atajos apenas conocidos por unos pocos para cruzar frontera y salir del otro lado— ya palpita toda esa música todavía casi secreta que será la de los '80s.

Y, sí, César X Drill tenía razón: las décadas empiezan a mitad de década. Y nacen haciendo mucho ruido y gritando muy fuerte. Pero todas esas nuevas canciones de amor con raros peinados nuevos todavía están lejos de los oídos de Land y por entonces todo demora más en llegar de un lado al otro. Todavía falta algo, algo que falta para que se clave como imperdibles alfileres en mejillas y se rompa todo y todos se escupan los unos a los otros como si no pudieran dejar de tragarse. Todavía falta un poco para que no haya futuro. Por eso y para eso se necesita algo más de presión para que todo aquello reviente. Y entonces alguien arroja al suelo —un suelo con titilantes baldosas luminosas— lo de la música disco. Y ya no se puede oír mucho lo que se dice porque no es necesario oírlo: todo es invitación y jadeo al orgásmico cinético y versos que repiten una y otra vez lo mismo. Boogie. Sexy. Boogie. Sexy. Boogie. Sexy. No es música para oír (aunque Land tiene que admitir que los músicos sesionistas son formidables si uno consigue concentrarse sólo en ellos y no en las voces gimientes) y mucho menos para prestar atención a sus letras. Es música que sólo sirve para bailar. Y son bailes muy complicados en los que se ordenan y reordenan movimientos como si se tratara de un nuevo arte marcial (traje blanco en lugar de túnica azafrán) deteniéndose en poses como de estatua de prócer cuyo índice ahora no apunta hacia el frente de batalla sino a la alta coreografía de cielos angelicales. Música que ya no tiene cabeza sino que pone el cuerpo, pero sin las palabras ingeniosas que acompañaban aquellos bailes en esas películas tan sofisticadas y en las que se danzaba subiendo escaleras o componiendo figuras caleidoscópicas en el agua.

Y Land nunca bailó y no baila y no bailará aún (aunque sí bailará mucho, años después, a lo largo y ancho de noches níveas y escalofriantes y temblorosas). Y mucho menos lo hace como en aquellas orgullosas y sentidas y prejuiciosas y sensibles novelas que leyó. Land no baila aún porque —aunque no pueda explicarlo entonces con palabras— la idea de bailar con cuerpos a los que no puede dejar de mirar pero no ha tocado le produce una tensión casi insoportable.

Por eso Land (ese es él en ese rincón) prefiere ver bailar a Ella sin bailar con ella. Manteniendo esa distancia de seguridad que ahora otros recomiendan primero y exigen después y vuelven a recomendar luego para que las epidemias no se descontrolen primero y lo controlen todo después.

Y Ella baila no como en las novelas de Nome Austen pero sí como Melody Nome en aquella película. Baila como en esa película inglesa y (para la edad que tiene Land) ya algo *vieja* para él. Una película que había sido muy popular en Gran Ciudad I, pero de la que nadie parece haber oído hablar o haber visto en Gran Ciudad II. Una película que, para sorpresa de Land, nunca había sido prohibida en su casi inexistente país de origen a pesar de concluir en una virtual invitación al caos y apología de la más estudiantil y anárquica y explosiva y terrorista de las felicidades: con compañeritos más semejantes a hijos de... alzándose y venciendo a padres y profesores.

Y no, por suerte, lo de Ella bailando no tiene nada que ver

ni ser visto ni moverse con lo de los otros, con cómo bailan los demás. El modo en que Ella baila permite imaginarla bailando de tantas otras maneras: girando como una reina derviche y con un candelabro sobre su cabeza aunque apenas esté meciéndose a sí misma. Su baile, mínimo y apocado —más cercano al bailar sola y esperando a que la saquen a bailar—, es como si a la vez incluyese a todos los bailes del mundo menos a ese que ahora, febriles, bailan todos los días y si es sábado por la noche, mejor. Algo casi acrobático, casi como prueba a ser puntuada por un jurado. No: Ella ni siquiera intenta bailar como bailan en esa película de la que ahora todos hablan y que trata de unos psicópatas de discoteca que sólo piensan en eso, en bailar. Y lo más extraño de todo, descubre Land, es que ambas películas (aquella suya en Gran Ciudad I y la de todos en Gran Ciudad II) tenían música y canciones compuestas por el mismo trío (dos de ellos mellizos) de hermanos. Pero las canciones de una y otra película no se parecen en nada. Aunque tengan de algún modo cierta familiaridad y se complementen del mismo modo en que Ella no tiene nada que ver con sus otras dos hermanas a la vez que las completa. Pero Land no puede evitar pensar que una de esas canciones no puede sino ser sólo para él. Que esa canción es el Himno No Nacional Sino Universal de Ellaland. Y que habla de una luz, de un cierto tipo de luz, de una luz que hasta entonces nunca había brillado sobre él pero que ahora sí brilla en su cerebro y en su mente, de ser cegado por esa luz para ver mejor que nunca. Y que está inspirada antes en lo que él, traduciéndolo, iba a sentir después proclamando «Tú no sabes lo que es... Tú no sabes lo que es... Amar a alguien... Amar a alguien... Del modo en que yo te amo». Y, claro, saber y no hacer algo al respecto es tanto peor que no saber.

Así, Victoria baila como si se lanzase a la conquista del imperio de su propio cuerpo y Tregua baila como en un vals consigo misma.

El resto de las chicas de Residencias Homeland bailan como pueden, todas igual, imitándose de reojo.

Pero a Land —en cambio y sin cambiarla por ninguna— le gusta tanto mirar cómo baila Ella, verla bailar. De nuevo: ¿Ella baila bien o Ella baila mal? Bailar bien o bailar mal es, de pronto, todo un tema, una preocupación: algo que ubica y posiciona de un lado o de otro en el salón de fiestas de Residencias Homeland.

Ella en cambio, piensa él, baila como Ella.

Baila sola y baila separada de todos y con su grabadora rosa colgada del hombro y con el micrófono en alto, como si estuviese entrevistando a los cielos. Y, de haber vivido Ella en el Renacimiento, así sería pintada, piensa Land. Ella como la diosa mitológica que todo lo registra para que nada se pierda: la diosa Recordia/Souveniria.

Y verla bailar hace que Land olvide, por los minutos que dura una canción, la inevitable inminencia de lo que será su pegadiza y pegadora y más zapateada y pisadora que danzarina Big Vaina. Y que entonces no va a ser sencillo todo eso (aunque Land considera una innecesaria redundancia la de esos versos, porque el simplemente vivir ya es sobrevivir en sí mismo) de *ah ah ah ah stayin' alive... stayin' alive...*

Y viéndola bailar Land contempla y experimenta por primera vez ese fulgor en Ella, que es y será el de todas las chicas en las fiestas sabiéndose contempladas, aunque jamás volverá a apreciarlo con semejante potencia y encandilamiento. Ahí, el resplandor del deseo de otros por otras (así se lo confesará a Land años más tarde una porno-star de la que tendrá que contar su vida con su voz y sus palabras y sus posiciones) como lo verdaderamente excitante, como lo de verdad excitante. Ida y vuelta desiderativa que no se sabe del todo si es producto de una reacción química de las figuras de ellas a emisiones invisibles de pupilas o una distorsión óptica en el ojo de aquellos quienes las estudian y las memorizan.

En cualquier caso, todas brillan y, Land no lo duda, Ella brilla más que ninguna de ellas.

Y si la contemplación quieta de un minuto lo hace muy largo, los varios y muy sacudidos minutos ahí y entonces (sobre todo con música de fondo grabándose en el cuerpo de Ella por delante) pasan muy rápido para Land.

Y lo siguiente que pasa no es música disco grupal ni bailarina sino —como mecido por el viento que es como si soplase desde todas partes– blues solitario y muy *talkin'* a solas y suyo y nada más que suyo.

Land's Blues.

Pero al mismo tiempo y con diferente ritmo –Land's Swing– esto es, tal vez, lo más perturbador de todo: Ella *también* parece tener más que un cierto interés en y por Land.

Y no: Land no es lo que se dice un tipo atractivo. Nunca se lo han dicho (tampoco le han dicho nunca que es un monstruo; aunque eso nunca se diga y haya que acabar averiguándolo a solas, más a solas que nunca). Podría decirse que Land está en esa región extraña en la que puede llegar a ser considerado alguien medianamente «interesante» o «con personalidad». Y que hasta su dentadura le otorga un *je ne sais quoi* o algo por el estilo: porque cualquiera puede tener ojos azules y verdes (y él los tiene y, además, su color es cambiante); pero son muy pocos los capacitados para sonreír con esos dientes y no ser denunciados por perversión estética o terrorismo odontológico. Y, ah, años después, en una canción rara de un rocker ya clásico y al que Land admiraba mucho (un rocker no particularmente bien parecido al que se parece, con nariz grande y ojos bajo párpados caídos como los suyos, y con una propensión a romper guitarras a las que antes ejecutaba con delicada violencia y un brazo que no dejaba de girar en el aire como convocando a todos sus santos y demonios... ¿quién era él?), Land escuchará algo así como «Y es que su belleza es tan diferente a la mía: mi belleza necesita de la comprensión del conocimiento de lo que soy».

Y, sí, claro, de nuevo: exacto, igual, *eso*.

Eso será lo que Land sintió antes cuando se sintió tan conocido y reconocido por Ella.

Y a veces –muchas veces– sucede: la explicación para ciertas cosas recién se asimila demasiado tarde, cuando ya sirve nada más que para saber todo lo que no se supo ni se aplicó en su momento. La teoría después de la práctica es más epitafio que epígrafe. Y seguro que Wittgenstein tuvo y tiene algo que postular al respecto y que hasta es posible que Land lo entienda o se convenza de que lo entiende porque necesita tanto entenderlo.

Pero, sea lo que sea y tenga lo que tenga, de nuevo, aunque cueste entenderlo pero enseguida se lo acepte porque cómo cuestionar algo así: todo indica que Ella —cuya belleza no es tampoco una belleza simplemente *bella*— también sentía y siente, *siente algo*, por él.

«¿Ella, puedes sentirme?», se pregunta Land. Y la respuesta es que sí. O que, al menos, Ella lo comprende y lo conoce. O tal vez Ella sienta lo que él siente por Ella y sea eso lo que a Ella le resulta más o menos irresistible o al menos atractivo: el modo en que las vibraciones que Land despide la hacen vibrar a Ella. Land, por las dudas, de nuevo, no piensa ni cuestiona demasiado la cuestión. Se limita a agradecerlo. De rodillas. Milagro. Atracción mutua o, por el momento, las ganas de estar más juntos entre ellos que con los demás. O, cuando se está con los demás, la necesidad no verbalizada pero sí física de sentarse casi rozando sus cuerpos. O uno frente a la otra para no perderse de vista, para encontrarse mirándose.

Y Land se da cuenta de que a los aparcados y las aparcadas (en especial Victoria y Tregua, quienes no pueden entender muy bien lo que pasa o lo que les pasa a Ella y a Land) les inquietan no sus risas sino sus sonrisas. Los miran raro: con una mezcla de curiosidad e irritación (conscientes de que Land y Ella los miran cada vez menos a ellos y a ellas) al comprender que todos han pasado a un segundo plano muy por detrás de esos/ellos dos. Como si Ella y Land fuesen protagonistas de una telenovela que sólo ellos dos pueden ver y en la que todo sucede muy despacio; porque hasta ahora ni Land ni Ella se atreven a nada más que estar cerca una del otro, chispeando, como quienes encienden un fuego pero aún no se animan a avivarse prendiéndose juntos y entonces, sí, declararse como incendio.

Y Land le presta libros y ella le presta atención y le pregunta si quiere ser escritor. Y Land cambia de tema porque no quiere mentirle (Ella parece querer que él quiera serlo, le parece a Land), pero tampoco quiere decirle la verdad sobre su firme vocación de *no* ser escritor. Y así y por eso Land descubre el modo secreto con el que suelen comunicarse los enamorados: siendo sinceramente mentirosos o mentirosamente sinceros.

Y entre ellos hablan de muchas otras cosas que –piensa y quiere pensar Land– no hablan con nadie más. Su conversación es el lugar y el hogar a donde deseaba y necesitaba llegar tanto soliloquio huérfano y de pronto tan bien acompañado: ya no se lo dice y se dice a sí mismo sino que ahora Land se lo dice a Ella para que Ella le diga bienvenido a casa. Uno y otra son todo oídos, oídos que no pueden dejar de verse. Y Land suele preguntar y Ella acostumbra responder y sus respuestas no llegan inmediatamente luego de la salida de las preguntas de él. Las respuestas de Ella siempre se demoran unos largos segundos, pero la suya es una demora que no tiene nada que ver con la lentitud de pensamiento sino con la exactitud de sus ideas. Y, cuando finalmente se pronuncian, lo hacen como si viniesen acompasadas por una música esférica y periférica que sólo Ella puede oír. Y de una cierta mirada y de una cierta sonrisa (Land se niega a refregarle en la cara de y a Ella ese lugar común de la sonrisa de la Gioconda; porque nunca estuvo del todo seguro de que ese cuadro, o al menos su reproducción en su *Mi Museo Maravilloso*, esté en verdad sonriendo; y sospecha que, de ser así, en realidad la retratada sonríe por todas las tonterías supuestamente serias que le adjudican al motivo de esa sonrisa).

Y por esos días Land ve en la televisión una película de guerra. Las de guerra no son sus preferidas, pero esta es diferente. Y está dirigida por el mismo director de una de sus favoritas: esa de ciencia-ficción pero, también, una de ciencia-ficción muy distinta a las otras de ciencia-ficción. Esa que empieza en la prehistoria y termina en un futuro más allá de los confines del universo y que –no demora en comprobarlo– es tanto mejor que el libro no en el que está inspirada sino, por una vez, que el libro que inspiró. Esta –la de guerra– terminaba con una desamparada chica alemana cantando ante soldados franceses y feroces bebiendo en una taberna entre una y otra trinchera; y con su sola voz como arma pacífica, la chica conseguía apaciguarlos y conmoverlos. Y Land (quien lee en alguna parte que esa chica acabaría siendo el amor y la compañera de la vida del director de la película, alguien quien de algún modo la rescató de esa escena para a partir de entonces poder «filmarla», hasta su propia muerte, como protagonista única y absoluta de sus *home movies*) se siente un poco así al oír a Ella: transfigurado, mejor de lo que jamás se pensó, vencido primero para recién luego poder ser vencedor, en paz, queriéndola sólo para él, haciéndose la película, sí.

Y Ella, cuando está a su lado, habla con una voz suavemente ronca, como de muy joven estrella de cine en blanco y negro explicando cómo se hace para silbar. Y, cuando está frente a él, habla apenas emitiendo sonido, como obligándolo a leer sus labios y a concentrarse en su boca, como si más que hablar soplase palabras que a Land lo dejan casi sin aliento.

Y cuando Land habla y tartamudea con Ella siente que Ella es alguien que lo escucha con tanta entrega que —en el mismo acto de escucharlo— consigue que él se escuche a sí mismo y hasta se comprenda mejor. La luz de Ella (que es la misma luz de ciertas iglesias en las que el espíritu de todos los que allí creen de pronto es tan santo como el espíritu en el que creen creer) le brinda a Land una mayor precisión de todas las cosas, una franqueza hasta entonces desconocida por él. Ella es la casa a la que él desea más que nada embrujar como el más entregado y prisionero de los fantasmas. Ella hace que él se sienta tan inseguro junto a Ella y a la vez teniendo la seguridad de que no puede ni debe estar en otro lugar que no sea ese. Allí, con ella hablándole, a veces sin sentido alguno y hasta rompiendo en un cantarín *la la la la la la la la*, como si así llamase a puertas que una vez abiertas ya nunca volverán a cerrarse.

Y entonces Land, empujado por Ella, no deja de hablarle, porque nada le gusta más que dejarse escuchar por Ella. Y Land habla y habla y habla (pero nunca por teléfono, Land nunca habló por teléfono con Ella, porque Ella siempre estaba cerca, a pocos metros y pisos, a unos pocos minutos de su voz) para así no pensar en lo intolerable y casi dolorosa que se le hace la idea de la larga distancia de todos esos años pasados en los que aún no había conocido a Ella (y mucho menos pensar, por aún más dolorosos, en los posibles desencuentros en años por venir). Land habla para así soportar mejor el misterio de no saber en qué está pensando Ella mientras lo escucha o de —más misteriosa todavía— la posibilidad de que al oírlo Ella esté pensando en cualquier otra cosa o, incluso, pensando en nada. Land sigue hablando para que no se produzca ese silencio definitivo al que ya sólo podría seguir la confesión de una gran verdad. Si ahora callo –se decía Land mientras le decía a Ella tantas cosas–, sólo podré volver a hablar para decirle que la adoro. Declararlo. Declararse. Y sin siquiera la ayuda de –como en esa novela que está leyendo– las mudas pero tan vocales letras iniciales que lo iniciarán todo al ser escritas con una tiza sobre una mesa. Así, Land no hace silencio de muerte: Land hace viva voz, la suya. Land se entrega y le cuenta todo. Le cuenta y le entrega su pasado como si se tratase de una ofrenda. Le cuenta a Ella de dónde viene y cómo llegó a Gran Ciudad II. Le cuenta de maratones y de fiestas e insomnios y de padres de hijos de… y de hijos de… mayores y de compañeritos y de fantasmas vecinos y de bares insomnes y de librerías que no cierran y de su colegio cercado por las ruinas y de las vacaciones con sus abuelos y de los programas de televisión y las películas que veía y de los libros que leyó y de los juguetes con los que jugó y de la biblioteca que dejó y de César X Drill y de su eco que escuchó y al que sigue oyendo. Y no es que todos esos recuerdos pierdan su significado cuando piensa en su amor por Ella como algo nuevo. Por lo contrario: el presente junto a Ella resignifica al pasado de Land. Lo mejora. Lo vuelve algo digno de haber vivido para contarlo. Y Land se lo cuenta y se cuenta desde afuera de todo eso en lo que aún no figuraba Ella pero que ahora le parecía el prólogo a su llegada y los dedos de Ella más pulsando que presionando, al mismo tiempo, las teclas de PLAY y de REC en su segundo corazón de plástico rosado y llenando un cassette al que rotula como *Land #Recuerdos*. Cosas que, por lo tanto, ahora y en voz alta, ya no suenan interrumpidas e inconclusas sino definitivamente terminadas y con un sentido firme y una razón de ser. Y Land piensa por primera vez: «Tengo pasado». Algo para contar, sí. Y, contándoselo a Ella, Land descubre allí una cierta lógica para tan irregular trayectoria: todo lo que pasó hasta ahora en su pasado sólo pasó y fue para venir y traerlo hasta este presente junto a Ella, a quien Land necesita pensar como su futuro. Hay, de pronto, un claro rumbo narrativo flotando sobre el oleaje de lo que hasta entonces se le antojaba a Land como un barco perdido en la niebla. Hay un crescendo dramático en su breve pero aun así vívida vida. Hay personas que funcionan como personajes. Hay acciones que devienen en complejas y tal vez disculpables reacciones y, luego, en más acciones o, incluso, en más compleja y hasta muy interesante falta de acción, porque ese tipo de calma suele ser la que presagia la tormenta. Hay un método que permite y facilita que él se describa y se recuente para que Ella lo lea con cara de qué pasó luego. Y lo grabe. Y Land lo dice todo, se lo dice todo a Ella porque con Ella siente que todo debe estar dicho, que no debe quedar nada por decir. Decírselo a Ella (eso *también* era amor, eso no podía sino ser amor) era decírselo —era admitírselo, reconocerlo para reconocerse— a él y a sí mismo. Y Land siente entonces que todas las líneas de su vida convergen para que luego él las una en un trazo rojo y azul y, posiblemente, de atreverse a resignarse a ello, las prolongue en un sinfín de letras negras sobre blanco. Pero ese es un pensamiento tan intimidante (es apenas un momento, sí, pero es un momento en el centro del tiempo) que Land prefiere pensar en el futuro apenas como en el mañana, como en la mañana siguiente, como en un día tras otro. Ir de a poco y de a uno en uno. Y le sigue contando a Ella todo lo que fue y lo que así vuelve a ser. *Land #Confesiones* que en verdad no son *#Recuerdos* porque están muy nuevos aún, muy recordables y muy próximos y ni siquiera hace falta recordarlos: basta con pensarlos y vienen sin que siquiera haga falta llamarlos. Todos juntos ahora. Todas esas voces de los demás ahora con su voz. Todos sus tiempos y la edad de su infancia, que ya no es y ya fue, están agustinianamente en un tiempo, que ya no existe ni hay. Pero cuando recuerda cosas de aquella edad y las refiere, Land está viendo y mirando en presente la imagen de aquella época: todo eso lo ejecuta dentro del palaciego gran salón de su memoria. Y, para Land, la perturbadora sensación de que Ella (porque nada de lo que él dice tiene sentido alguno si no es Ella quien se lo oye decirlo) escucha como si leyese el aliento de sus palabras en el aire y lo capturase para luego ser recuerdos y registrarlo y grabarlo mejor que nadie. Ella como su testigo panorámica y a la vez su cómplice íntima; Ella como su microscopio y telescopio al mismo tiempo.

Y una noche Land señala al cielo (aunque sabe que no debe hacerlo, que esto puede condenarlo y que lo condenará, porque así se lo dijo César X Drill) y se pone a señalarle y nombrarle a Ella constelaciones que no están allí, que no son esas. Y, mientras lo hace, Ella no mira a las estrellas sino que lo mira a él. Y a Land nada le gusta más que mirarla a Ella mientras Ella lo mira a él (¿es esto vanidad o modestia de su parte?, no está seguro), y entonces él piensa: «Así es como se siente el Sol, ser el Sol».

Y ya incluso tienen una broma privada que es, a la vez, la contraseña a pronunciar antes de compartir alguna confidencia: «No sé si debo decírtelo...», dice Land o dice Ella. «Dímelo y te diré si debes decírmelo», dicen entonces Ella o Land. Una variación refinada del «¿Y tú qué le dijiste y él qué te dijo?», sí.

Y una tarde sin comentarle nada a nadie en El Parque (las salidas a ver una película suelen coordinarse entre todos y entonces suelen ocupar una fila completa de la sala) Ella y Land se van juntos y solos al cine. Pero van por separado por temor a ser sorprendidos saliendo de El Parque y de Residencias Homeland o de encontrarse con alguien hamburgueseando en el bar de la esquina. Así que quedan en juntarse en la puerta del cine. Y la puntualidad de Ella (a diferencia de lo que sucede con todas las otras chicas que Land conoce) es perfecta y exacta. Y Land admira esto, pero de inmediato lo teme: porque cuando tal vez Ella deje de ser puntual, cuando empiece a llegar tarde, no más sea una vez, esto significará para Land pequeña pero innegable señal del principio de su fin. Pero no quiere pensar en eso, no quiere adelantarse a la película. Además, Ella se ha puesto esos blue jeans rojos y esa camisa azul y ajustada que, sabe, le gustan tanto a Land aunque Land jamás se lo haya dicho: pero también se sabe que nada habla más claro y fuerte que los ojos a una cierta edad.

Lo que van a ver esa tarde es una nueva versión de *The Invasion of the Body Snatchers*. A Land el actor protagonista le cae muy bien porque tiene los dientes bastante torcidos, no tanto como los suyos; pero la intención odontológica está clara y la complicidad es fácil de sentir (y, sí, ahora en las películas Land se fija en cosas como las dentaduras de ellos, porque ya no necesita más decirse de qué actriz/personaje se va a enamorar, porque ya está enamorado a este lado de la pantalla y a su lado).

Y esta *The Invasion of the Body Snatchers* actualizada está muy bien y hasta da mucho miedo. Y Land descubre que, en una escena, ese anciano que se arroja sobre el auto del protagonista no es otro que el mismo actor que protagonizó la versión original. Y se lo comenta a Ella quien asiente impresionada por sus conocimientos (son tiempos donde aún no se puede buscar y encontrar en una pantalla portátil y siempre a mano y a dedo en teclado y en cuestión de segundos este tipo de cuestión) y Ella le dice «¿De verdad?... ¿Cómo sabes esas cosas?».

Y los codos que se tocan de una butaca a otra y los dedos que se enredan dentro de una bolsa buscando golosinas a ciegas y los rostros que se acercan para comentar cosas en voz baja y todo eso magnificado por la intensa oscuridad: en la oscuridad todo se deja ver menos para así poder sentirse más.

Y Ella cierra o se cubre los ojos con una mano en alguna escena y, con la otra, agarra con fuerza la mano de Land (y su mano sigue allí varios segundos después de que haya pasado el momento del susto, y entonces el asustado es Land).

Y ahí delante e inmenso el cuerpo desnudo y dormido y duplicado de la protagonista que pone nerviosos tanto a Land como a Ella.

Y lo más inesperado de todo: un final de la película muy infeliz y sin atenuantes, sin caballería al rescate a último momento. Pero no importa: para Land la felicidad es eso, entonces, saliendo del cine. Saberse únicos sobrevivientes, los únicos que vivieron —y vinieron y vieron— para contarlo, para contárselo sólo a ellos mismos. Para creerse el uno a la otra creyendo la una en el otro.

Y de regreso en El Parque, cómplices del secreto, Land y Ella se saludan el uno al otro señalándose y abriendo mucho la boca y lanzando un grito ululante y delator: como el de ese modo de reconocerse que tienen los nuevos *Body Snatchers*. Y nadie salvo ellos le encuentra la gracia o el sentido a eso. Y ambos están tan felices de que así sea: de ser diferentes e incomprensibles a los demás, a todos los demás que, de todas maneras y de todas las maneras, nunca entendieron ni entienden ni entenderán nada y mucho menos a ellos dos.

Y, junto a todos pero tan separados de ellos, en la piscina se producen nuevos contactos entre sus cuerpos que, siempre llena hasta los bordes, pueden entenderse como involuntarios. Aunque no lo sean. Y también llega la noche en la que, jugando a El Escondite, Ella y Land coinciden en ocultarse debajo de un auto (primer auto que de verdad le interesa a Land), en el parking subterráneo de Residencias Homeland. Y están acostados. Uno al lado del otro. Y se miran y no se dicen nada y no hacen nada. Tienen tanto por decirse y tanto que no hace falta decir. Tienen tanto por hacerse y tanto que sí hace falta hacerse. Pero no es fácil. No saben muy bien cómo seguir. Y sí saben que una vez cruzado el Rubicón de sus sentimientos ya no habrá marcha atrás en la crecida de algo que no se atreven aún a medir o a reconocer como *amor*; porque entonces están y estarán en territorio desconocido y en playa, sí, nunca mejor dicho, virgen. Todo parece tan complejo y, al mismo tiempo, tan fácil de resolver: el movimiento que necesitan está en sus hombros. En acercarlos primero y que se junten después y luego dejarse llevar. Land leyó en alguna parte que una ley nunca escrita pero tan considerada instruye que entonces él debería acercar su rostro un 60% al de Ella y Ella el 40% restante al de él; pero no, todavía no y todavía nunca. Y décadas después Land seguirá sintiendo el eco arrojado y devuelto de ese momento de fuego helado, para siempre, jamás sucedido. Lo que pudo haber sido y no fue y, de tanto no ser, resultando como si hubiese sucedido más que nunca. Una y otra vez el aria del no sucediendo y las variaciones de cómo podría haber sucedido lo que no sucedió. Lo que pasó es que no pasa, pero para Land, entonces y desde entonces, es como si no pasase para siempre, como si eso que no pasó no dejara de pasar: su primer beso es aún el fantasma de un beso que no murió sino que aún no ha nacido pero que ahí sigue estando. En suspenso. Y es algo casi tan importante como un primer breve beso: es un muy largo primer no-beso. Un beso no dado pero también un beso que no ha cesado de ofrecerse y desearse.

Y tal vez sea que Ella y Land temen que un primer beso

acabe con esa época que conocen tan bien para que comience una nueva era de la que saben poco y nada. Y, desde la distancia a la que se encuentran, esa era se intuye tanto más inestable y complicada y frágil y sin rutas claras a recorrer. Aunque no haya dudas de que, telepáticamente, comparten la idea que así es como se verían el uno al otro de estar acostados en una cama y sin nadie cerca, en lugar de estar sobre el pavimento, encontrándose mientras juegan durante El Escondite a esconderse en serio de los demás.

Y tal vez podrían ir y haber ido aún más lejos sin por eso llegar del todo y llevar una colchoneta inflable de piscina a esa casa quemada en la que Land y Ella a veces se esconden durante alguna sesión de El Escondite. Y ya no estar nada más que en el suelo del parking subterráneo de Residencias Homeland sino del todo y de verdad acostados.

Ya lo saben, ya lo vieron, ya estuvieron allí: en las paredes de Castello Salina hay mucho graffiti obsceno y nombres de quienes jugaron allí a otros juegos que no son El Escondite. Otros tipos y tipas de jugadores sabiendo que allí nadie los veía. Y también están los caparazones rotos y vacíos de cajitas de música, los restos del mosaico de un escudo de armas que muestra a un gatopardo dorado sobre un monte verde y un fondo azul. Y, otra noche durante otro El Escondite, detrás de una puerta disimulada en una pared de Castello Salina, Land y Ella descubren una recámara circular. Y allí, en su techo, pinturas en las que un tumulto de hombres y mujeres sin ropa se abrazan. Y, en un rincón, yace el esqueleto de una *chaise longue* con grilletes a la altura de brazos y piernas. Y hay un pequeño clóset que, cuando lo abren, cobija a pequeños látigos e instrumentos metálicos de formas largas y curvas cuyo uso y aplicación les era desconocido, pero que Ella y Land podían intuir como si en ellos dos ya palpitase una frecuencia secreta, como de diapasón, que no cesaba de sonar y que sólo podían oír los iniciados o los próximos a iniciarse en un misterio prohibido. Y Ella, asustada, sale de allí corriendo, como una doncella en fuga. Y Land corre detrás de ella y piensa que una casa que ardió, de algún modo, siempre sigue ardiendo. O tal vez sea que es él, tan caliente, quien arde allí.

Y entonces, ahora, debajo del auto, alguien se acerca y se agacha y los encuentra y les dice que ya los vio y los descubrió (1-2-3 por ambos) y que salgan de ahí, y les pregunta cómo se les ocurrió meterse en ese sitio tan incómodo. Y, claro, ese alguien jamás entenderá que para ellos no hay incomodidad alguna en estar juntos, uno cerca del otro, como sea y donde sea.

Y, ah, esa mañana en que ambos suben a la azotea de Residencias Homeland (donde cada apartamento tiene una gran jaula asignada para colgar la ropa recién húmeda y lavada) y Ella busca la de él: la del 9.º B. Y (Land se pregunta si estará pensando en lo que vieron y encontraron en las ruinas de Castello Salina) Ella se mete dentro y se encierra y gime teatralmente: «Piedad, mi amo y señor, para con vuestra prisionera... Libéreme y a cambio haré todo lo que usted me exija... Vuestros deseos serán órdenes». Y Land se pregunta cómo es posible que en cuestión de días la pudorosa doncella de Castello Salina sea ahora esta suerte de esclava seductora, y no puede sino asombrarse por la velocidad de cambios y aprendizajes de las chicas en relación a los chicos. Y Land, quien no cree en Dios, piensa «diosdiosdiosdios» y descubre que no cree en Dios pero que sí cree en diosdiosdiosdios.

Y también sucede lo de esa tarde en la que Land bajó a El Parque un libro de Hieronymus Bosch (sus padres habían descubierto ya hace años que, detalles ampliados de sus pinturas, funcionaban muy bien para las portadas de Ex Editors y les daban una «identidad reconocible» a sus libros y además, lo más importante, se ahorraban el tener que pagarle a un diseñador gráfico).

Y Ella y él lo miraban juntos.

«Qué raro que es todo lo que pinta», dice Land. «No hay nada raro en lo que ya es raro de por sí, Land», dice Ella. Y pasaban las páginas muy despacio, para que ese momento durase más. Y se detuvieron en una lámina de un cuadro que no estaba en *Mi Museo Maravilloso* (sí estaba, pero esta parte era el reverso de ese cuadro, del tríptico: lo que sólo se podía ver cuando este estaba cerrado). Y lo que allí se veía era un paisaje de fuentes eternas como suspendido dentro de una esfera transparente, y todo plegándose sobre el Jardín de las Delicias. Y, fuera de esa esfera, desorbitado y como flotando entre nubes de tormenta, había un anciano sosteniendo un libro.

«Así vas a terminar, Land», le dijo Ella.

Y Land le respondió: «No... Ese es Dios».

Y entonces Ella le sonrió la más adoradora y adorable de las sonrisas. Una sonrisa divina. La sonrisa de una vida nueva. La sonrisa por la que valía la pena y la comedia del atravesar infiernos y purgatorios y paraísos para encontrársela sonriendo al final del camino, moviendo al sol y a las demás estrellas: esa sonrisa moviéndose conmovida por el amor que él le sonreía.

Y Ella se acercó más y se inclinó para ver mejor la pintura.

Y Land sintió claramente la leve presión de un todavía leve pecho de Ella contra su brazo.

Y Land se dijo que nunca había sentido algo así.

Días después, un pie de Ella comenzó a subir y bajar, despacio, por su tobillo y por debajo de una mesa del bar en la esquina de Residencias Homeland. Y Land había visto esto varias veces en la televisión y en el cine; aunque otra cosa muy diferente era no verlo sino vivirlo. Sensual Sensurround de nuevo pero esta vez por y para él solo, sí. Y, de acuerdo, tal vez no era otra cosa que la pierna de Ella, *more than a woman*, siguiendo el ritmo (pero marcándolo para y a Land esa noche) de esa canción que sonaba otra vez pero nunca como en ese momento. Canción en la que se repetía, como una orden, que había que sobrevivir a esa profunda y amorosa fiebre nocturna mientras Land se sentía morir, morir de felicidad y de miedo a esa felicidad.

¿Y era idea suya o más de una vez Ella había dejado entreabierta la puerta de los vestuarios/duchas cuando entraba para ponerse o quitarse el traje de baño sabiendo que Land la esperaba a que saliese de allí?

Y, de acuerdo, no eran más que pequeños roces, mínimos avances, fugaces atisbos; pero Land sentía que dejaban marca indeleble sobre su piel y pupilas: que todo eso estaría allí para siempre, como un tatuaje del que sólo él sería consciente y, por lo tanto, nadie le preguntaría cuándo y por qué se lo hizo y qué significaba. Salvo Ella, que lo sabría perfectamente. Y lo que a Land le conmueve de esos toques y encuentros que —según otra película de entonces— son del tercer tipo y como algo fuera de este mundo; lo que más emociona a Land (quien, como su protagonista atraído por extraterrestres benéficos, siente miedo y curiosidad), es el darse cuenta de que, en cierto modo, Ella está tanto más adelantada que él. Ser consciente de que todas esas aproximaciones de Ella son, en verdad, invitaciones para que Land no salga sino que entre a jugar. Con Ella, pero de acuerdo a las reglas que Ella imponga. Y es la certeza de esa incertidumbre la que paraliza a Land. La que lo petrifica con una mano en el picaporte del portal. Enmarcado justo bajo el dintel que no se atreve a superar y dejar atrás por temor a lo desconocido por conocer y enseguida reconocer. Inmovilidad cuya justificación —repitiéndosela varias veces al día, pero sin creérsela en absoluto— es la de que el entregarse ahora a Ella podría distraerlo de tantos proyectos suyos. Proyectos impostergables a los que debe intentar compaginar con las proyecciones de Ella sobre él. (Land no puede sospecharlo aún, pero su no armónico ni hospitalario sino desafinado y estrepitoso y concreto despertar sexual está mucho más cerca de lo que imagina; y este será uno de esos despertares como los despertados por un grito y no un susurro: el equivalente no a cruzar un adorado y secreto umbral sino a casi ser arrojado desde la más indiscreta de las ventanas). Proyectos que —al enumerarlos y dejando de lado libros que se propone leer— no son más que vértigo, visiones fugaces e incompletas al costado de un camino con demasiadas curvas, con las curvas peligrosas de Ella. Puras excusas, coartadas no de alguien culpable sino de alguien que no deja de cometer el crimen de querer seguir siendo inocente.

Y, sí, es cierto, no había duda alguna, de nuevo: las chicas iban más rápido y por delante y parecían conducirse en estas cosas con tanta más pericia y mejores reflejos que los chicos. Tal vez porque los cambios en sus cuerpos eran más evidentes. Tal vez porque, en realidad, siempre fueron e iban e irían por delante y más rápido en todas las cosas.

Pero Ella está incluso más adelantada que todas las aparcadas y que, incluso, Victoria y Tregua (y a Land le emociona tanto darse cuenta de que ya ni piensa en todas ellas: les habla y las escucha, sí, pero no las piensa mientras lo hace y, cuando no está con ellas, lo mismo le sucede con sus amigos aparcados. Es como si todos y todas desapareciesen para que Ella ocupe todo ese sitio que dejan libre y lo aprese sin ninguna resistencia de su parte).

Ella es la conquistadora.

Ella proviene de una civilización superior y más desarrollada.

Ella le lleva la delantera y por delante: como si viajase en el mismo tren que Land, pero dos o tres vagones más cerca de la locomotora. O tal vez, quién sabe, si Land respondiese a sus acercamientos de algún modo, tal vez entonces descubriese que Ella es la locomotora controlando presión y temperatura de la caldera. Y Land teme lo que pueda llegar a suceder con Ella despreciando los límites impuestos por rieles y corriendo a campo traviesa y con él aferrándose de donde se pueda y se atreva. Y entonces Land, intimidado, retrocede por pasillos movedizos mientras todo lo demás avanza y busca refugio en el último vagón. Entre maletas y mascotas y bolsas con el correo conteniendo todas las ardientes cartas en verso que Land querría escribirle a Ella pero que nunca le escribirá: porque él no es ni quiere ser escritor y mucho menos poeta.

Y Land vive en ese momento —en cada uno de esos contactos en el acto— una pequeña agonía que aún no es aquella otra pequeña muerte. Más un dejarse ir y llevar que es como si abriese la puerta para salir a jugar a hacerse el muerto, todas las noches, pensando y soñando con Ella justo antes de soñar y pensar en Ella.

Y, sí, Land piensa demasiado en lo que haría cuando debería hacer más sin pensarlo tanto. Batear y, al menos, llegar a primera base.

Land debería hablar antes y recién después pensar en qué decir para descubrir que no hacía falta decir nada: porque estaba todo dicho sin necesidad de abrir la boca, porque la boca está muy ocupada abriéndose a un beso.

¿Y —¿y tú qué le dijiste?, ¿y Ella qué te dijo?— qué hizo entonces Land al respecto?

Land no hizo ni dijo nada —Land no ve, no ve— porque no sabe qué decir ni hacer. «Ah, la elocuencia de mi silencio» o «Todo hombre de tanto en tanto debe escapar del ritmo mortal de sus pensamientos más privados», se dice y se miente a sí mismo como si lo hubiese dicho otro, entre comillas.

O sí lo sabía: sabía lo que quería decir; pero cómo saber cómo quererlo cuando no se ha querido nunca y hasta entonces a algo o a alguien *así*. A diferencia de lo que canta esa canción —el ya aprendido y entonado con solitaria pasión Himno No Nacional Sino Universal de Ellaland— no es que Ella no sepa cómo la ama él sino que él no sabe como cantárselo a Ella. Y por eso, primero, cambia la persona de segunda a tercera cuando debería pasarla a primera y se esconde, de nuevo, entre comillas: «He doesn't know what is like to love somebody, to love somebody, the way he loves her...».

Y hay momentos —momentos breves de inmensa e intensa cobardía— en los que Land hasta llega a imaginar a Ella contrayendo enfermedad incurable (le gusta mucho esa imprecisa y multisintomática *consumption* en las novelas del siglo anterior cuya perversión polimorfa retornará con más fuerza que nunca en el próximo siglo) y luego muriendo en sus brazos. Muriendo sin que nada haya sido consumado pero, aun así y antes de morir, Ella revelándole con sus últimas pero eternas palabras su amor inmortal. Y él jurando honrarlo y serle fiel devoto hasta el fin de su vida (sin que esto evitase, por lo contrario, el que se incentivara el piadoso y excitante consuelo a recibir, como viudo no alegre pero sí satisfecho, de parte de las aparcadas sobrevivientes, Victoria y Tregua incluidas).

Y, claro, adolescente al fin: Land nunca se imagina muriendo él en lugar de Ella. Ni siquiera cuando lee la emocionante muerte del primo de Isabel Nome (no va a olvidar su nombre, no le va a permitir al Nome que le haga olvidarlo): el benefactor enamorado y condenado y consumido por las más amorosas bacterias Ralph Touchett.

Y Land se dice, también, que la eventual pero oportuna muerte de Ella incluso le permitiría mentirles a los demás en cuanto a que llevaban meses o años empatados y pololeando y de novios en secreto. Y entonces esbozar una sonrisa triste —pero sonrisa al fin y sin palabras pero tan elocuente— cuando le preguntasen a Land hasta dónde habían «llegado» y «qué le hiciste» y «qué te hizo» y más baseball.

Y, sí, de nuevo: de día Land piensa y sueña con Ella y de noche Land sueña y piensa en Ella.

Pero Ella no es la única habitante de El Parque, aunque nada le gustaría más a Land que así fuese. Que Él (de pronto con singulares mayúsculas) y Ella fuesen fantasía recurrente, como un sueño, los únicos allí en lugar de ser. O —al menos así lo siente él— los únicos sobrevivientes a una invasión secreta rodeados por seres cada vez menos comprensibles y, sí, más *Body Snatchers*. Que Él y Ella fuesen los únicos terrestres. O, si no, que fuesen los únicos dos extraterrestres. La cuestión es ser únicos y a solas. Por eso Land baja temprano a El Parque (él va allí a buscarla, para verla y para hablarle o, tan sólo, para sentirse un privilegiado ante su presencia) esperando a que Ella se asome a su ventana y, viéndolo a solas, baje también. Y así estar, al menos por un rato, solos. Sin interferencias en su señal secreta o como extraordinarios extras en su película intimista. Y, a solas y juntos, experimentar ese sentimiento que ambos sienten como algo único y tan íntimo y que parece nacer de una mecánica divina.

Y es que ahora todos han crecido un poco, pero los cambios son muchos. Y se ha acortado la distancia existencial entre Land y sus amigos con los llamados *chicos grandes*. Algunos de ellos son hermanos mayores de aparcados y aparcadas. Los chicos grandes son esos que huelen a humo verde y a latas de cerveza vacías. Los que tienen dieciocho y diecinueve años y que alguna vez fueron como ellos pero que acabaron cediendo su territorio a la generación de Land. No por supervivencia del más fuerte sino por desinterés de una especie para la que ahora El Parque era sinónimo del ya fue y del ya pasó: un día fue como si una bacteria secreta en su organismo (tal vez en sus amígdalas) se hubiese activado. Y entonces fue como si se extinguiesen todos al mismo tiempo y ya dejaron de bajar a no ser para nadar unos largos a solas en la piscina y siempre a horarios donde allí no había nadie (y Land y los aparcados y aparcadas se prometen que nada parecido les sucederá o, por lo menos, desean que ojalá nunca les suceda algo así). Pero de pronto los chicos grandes empiezan a reaparecer cada vez más seguido por allí; no por un acceso nostálgico sino con la curiosidad casi científica de quienes han descubierto que en el viejo y abandonado laboratorio aún se pueden realizar nuevos y reveladores experimentos. Sí: aquí vuelven los chicos grandes que antes ni los miraban y que, en cambio, ahora miran a las aparcadas de catorce y quince años (Ella y sus hermanas más que incluidas) de un modo nuevo y casi voraz.

Y los chicos grandes de Gran Ciudad II nada tienen que ver con su contraparte que Land conoció no hace mucho pero hace tanto en Gran Ciudad I.

Aquí no hay épica ni locura ni «pulsión tanática» ni Nome o muerte ni la vida por Nome.

Aquí hay vital y flotante nadería acneica y testosterónica.

Aquí el puesto de El Primer Trabajador ha sido ocupado por el de El Último en Irse de La Fiesta.

Aquí los chicos grandes son como miembros de una banda peligrosa. Son como pandilleros que de tanto en tanto se acercan para que se les tema y se los distraiga de sus propios y cada vez más numerosos y sólidos temores.

Y en El Parque tampoco hay política ni hay ideología.

Pero sí hay antropología.

Y los chicos grandes son cavernícolas.

Son anteriores a ellos y, ahora, más primitivos a la vez que más desarrollados. Son más grandes en tamaño y en edad y, probablemente, los odien a todos ellos un poco. Porque Land y los suyos todavía tienen algunos años de *esos años* por delante. Los mejores años que los chicos grandes ya no tienen porque quedaron atrás y no se puede volver a reclamarlos. Unos años de no ser niños ni adultos. Estos chicos grandes, en cambio, pronto serán puestos a prueba de un modo más difícil que con cualquier examen de Matemáticas. Y, en su mayoría, descubrirán que por el resto de sus vidas no acabarán siendo aquello con lo que fantaseaban cuando eran niños o adolescentes (aunque entonces muchos de ellos ni siquiera desarrollaron algo parecido a una vocación, más bien se distrajeron en hobbies varios) sino que empezarán a ser algo muy diferente a lo que soñaron por el resto de sus desveladas vidas.

Entonces, para distraerse de todo eso y quizás liberar un poco de presión (por el momento no atreviéndose del todo a avanzar sobre las chicas ya no tan chicas) los chicos grandes deciden buscar una víctima propiciatoria, alguien a quien atormentar para así sentir que están por encima no de algo pero al menos sí de alguien.

Y esa víctima es Land.

El porqué de esa elección es un misterio.

Y es aún más misterioso el que, al principio, a Land esa elección le produzca un perverso y enfermizo orgullo: el de haber sido escogido para recibir sus dolorosas atenciones no quita el hecho de ser alguien diferente y digno de consideración para los chicos grandes.

Y los chicos grandes apodan «Tierno» a Land.

Y no dejan de pegarle, todos juntos ahora, sin razón alguna (y a nadie se le ocurre hablar o pensar en *bullying*; por entonces se asume que la adolescencia es una jungla y que a Land le ha tocado el rol de la presa y no del cazador y así es la cosa en Su Caso y en Su Mundo). Y Land, entre golpe y golpe, no puede evitar recordar esa propaganda en las espaldas delgadas de revistas donde un tal Nome Atlas ofrece su curso milagroso a todo «alfeñique de 44 kilos» a transformarse en un súbito Hércules de playa listo para tomarse revancha. Son otros tiempos, son tiempos anteriores en los que se supone que la adolescencia *debe* doler un poco para así fortalecerse para lo que vendrá. Tiempos en los que los adolescentes están más juntos y, por lo tanto, cuerpo a cuerpo; que están tanto más al alcance de la mano que no puede sostener teléfonos que se suponen inteligentes porque en más de una ocasión están cerradas en puños bestiales. Y, después de todo, qué son unos pocos golpes, unas marcas en brazos y piernas. Peor la tienen y la llevan en los colegios británicos —le cuenta a Land un aparcado inglés— donde los ritos de iniciación son mucho más extremos y drásticos. Y, aunque varios de los integrantes de las bandas de rock progresivo que más le gustan a Land se hayan formado en esos claustros, ninguna, hasta donde ha escuchado, le ha dedicado versos a esas humillantes ceremonias y así, mejor, cantarles a unicornios y a duendes y a mujeres con cabeza de zorro y a corazones de madres atómicas aunque, en una de esas, de pronto se oiga el desquite de un inesperado y acaso catártico «One of these days, I'm going to cut you into little pieces».

Ahora, ahí, cualquiera de esos días, no hay razón pero sí pareciera haber más o menos enigmático motivo para que atormenten a Land a puñetazos. Tiene que haberlo, aunque es lo de menos, no importa demasiado.

¿Será porque son las tardes de un Mundial de Fútbol, para colmo organizado en el casi inexistente país de origen de Land y, sorpresa, el equipo de ese país se va acercando a la final cuando los chicos grandes —tanto locales como visitantes— apoyan a diferentes selecciones del Viejo Mundo?

¿Será porque la abundancia de llegados desde el casi inexistente país de origen de Land comienza a incomodar a los nativos quienes ya intercambian chistes (algunos muy maléficamente buenos) acerca de sus malos aires de superioridad y las desmedidas dimensiones de sus egos?

¿O tal vez han notado —seguramente los chicos grandes son más penetrables por ello por creerse tan impermeables a ello— las particulares ondas que emite la amistad entre Land y Ella?

En cualquier caso, de pronto, uno de ellos exclama «¡Tierno!» como si se tratase de un «¡Al ataque!».

Y entonces comienza el tormento y vuelve el dolor.

Y Land al principio se ríe con ellos que no dejan de reír mientras le pegan.

Pero pronto todo el asunto pierde su gracia.

Y el equipo de su casi inexistente país de origen ha ganado al de otro país por una enorme y sospechosa diferencia de goles y ha pasado a la final de ese Mundial. Y hasta los padres de Land se muestran apasionados y comentan jugadas y estrategias como si fuesen especialistas. Y han pedido no a sus padres, sino a los abuelos de Land diciendo que es para Land que lo quieren, que les envíen por correo el *single* con los «himnos oficiales» del Mundial. En su Cara A hay una alegre melodía firmada por un afamado compositor de música para spaghetti westerns que a Land le gusta silbar y que, cuando los chicos grandes lo escuchan silbarla en El Parque, esperando a que baje Ella, es motivo perfecto para detonar un nuevo «¡Tierno!». Y en la Cara B del pequeño disco hay (como si fuese Yang y Omega y Mr. Hyde) una casi belicosa marcha militar con coro de voces marciales donde se ordena «vibrar, soñar, luchar, triunfar, luciendo siempre la ambición y la ansiedad».

Y Land no entiende muy bien qué es eso de «lucir» la ansiedad como ambición; pero sí es consciente de que esta marcha, esta otra marcha, le recuerda demasiado a las canciones con las que se anunciaba la entrada y subida al ring de los diferentes personajes de *Colosos de la Lucha* (y Land se pregunta si ahora él no será para los luchadores y colosales chicos grandes una especie de personaje a castigar, uno de esos miembros de aquella troupe que siempre perdía y que bien podría llamarse no El Tierno sino El Castigado, apelativo que pronto le resultará igualmente aplicable a otro tipo de lidia). Y los padres de Land cantan esa nueva marcha a los gritos y —ante la mirada de extrañeza de Land por verlos así— se justifican con un «Lo que en realidad nos alegra es que la gente de allá tenga al menos una alegría».

Pero aquí hay algo más, algo perturbador.

De pronto, sus padres y sus amigos son como réplicas de sí mismos (tal vez se trate de una reacción imprevista consecuencia de las cada vez más pastillas que toman, con ansia golosinera, para dormir, para no despertarse, para despertarse después con otras pastillas) a las que les interesa aquello que nunca les interesó. Y, sí, sus padres y los padres de los hijos de... son más futbolísticos y por ende patriotas y derechos y humanos que nunca jamás. Los padres son *Body Snatchers* llegados a Santa Mira, California, y que no tienen ningún problema para no quedarse dormidos mientras que los hijos de... son chicos nacidos en Midwich, Winshire, y a los que no dejan en paz y a los que convocan una y otra vez frente al televisor para que admiren esta o aquella jugada, ese *foul* que no se cobró, esa mano que nadie vio. Y Land los ha visto mostrando los dientes y gritándole a la pantalla y abrazarse con los ojos húmedos cuando termina cada partido de la selección de su casi inexistente país de origen que ya no es una mierda ni se va a la mierda sino que se apresta a «hacerlos mierda a todos» para ser «CAMPEONES».

Y esta es una visión tan perturbadora para Land que prefiere salir de allí y bajar a El Parque.

Y allí lo esperan los brazos abiertos de los chicos grandes y los puños cerrados de los chicos grandes y las patadas dignas de penal y expulsión de los chicos grandes.

Y esta vez el rito dura y duele más de lo habitual.

Y, renqueando y sin sentir los brazos ni las piernas, Land sube a su apartamento y, por fin, ya no aguanta más, se lo cuenta a sus padres.

El padre de Land —como en las novelas— «estalla de furia» al oírlo. Pero hay algo perturbador en su enojo, percibe Land sin poder precisarlo con palabras. Es como si su padre se sintiese muy excitado ante la oportunidad de representar un rol nuevo y por el que no ha sido aplaudido hasta entonces.

Entonces el padre de Land (aunque Land le ruega que, por favor, no lo haga, que no hará más que empeorar las cosas) baja a El Parque como si fuese Nome convocado por la Nomeseñal en los cielos góticos de Nome City. El padre de Land desciende sobre sus agresores, por fin, como Jehová sobre aquellos que convirtieron a su hijo en crucificado objeto decorativo.

Y a los quince minutos está de regreso: «Ya está... Ya les dije lo que había que decirles...», proclama triunfal.

Pero el padre de Land enseguida comienza a dudar de los efectos y consecuencias de su hazaña:

«Me parece que me pasé un poco... Les dije que por qué en lugar de pegarle a Land no iban a masturbarse», le comenta el padre de Land a la madre de Land, quien no dice nada, quien sólo emite ruiditos, porque seguramente no sabe qué decir o sencillamente no tiene ganas de decir nada. Y es como si el padre de Land sintiese y tuviese la culpa de algo, pero que en verdad la tiene y la siente por culpa de Land: porque fue Land quien lo metió en ese problema que no era suyo.

Y Land no sabe qué es eso de *masturbarse*... Otra de esas nuevas palabras a almacenar. Nunca oyó hasta ahora esa palabra que le suena a *turbado*, que es como él se siente ahora y casi siempre desde que la conoció a Ella y, especialmente, cuando está con Ella. Y lo que siente entonces no es algo malo aunque sea algo inquietante.

El padre de Land, derrumbado en el sillón, no deja de restregarse las manos y casi gemir que no «estuvo bien» el haberles «hablado así», que después de todo «son chicos». Y Land, aún más inquieto que antes, percibe que, de golpe, el haber sido golpeado ya no es la cuestión a tratar y solucionar: ya no es algo importante ni interesante para su padre. La de verdad interesante cuestión para su padre es la que lo tiene como héroe atormentado por dilema existencial. Así, luego de servirse un trago de ron y de tragárselo de un trago, el padre de Land se incorpora y, con voz casi emocionada consigo misma, anuncia:

«Bajo a hablar con ellos de nuevo. Ahora vuelvo».

Y Land suspira y se va a su cuarto a leer algo, cualquier cosa, todo será mejor que estar ahí, fuera de un libro. Y la madre de Land avisa de que se va al bar de la esquina a comprar hamburguesas. La madre de Land regresa casi enseguida y pregunta si el padre ha vuelto y no, no volvió. Y Land y ella comen hamburguesas en silencio, el libro abierto junto al plato, masticando las palabras.

El padre de Land demora casi dos horas en regresar.

Y, cuando finalmente cruza la puerta, tiene un aire de profunda satisfacción y luce una sonrisa inmensa y dice que ya está todo aclarado.

Y le explica a Land que son adolescentes, sí, y que están confundidos; pero que también los chicos grandes son grandes chicos. Y que conversaron y se rieron mucho y que ahora son todos grandes amigos, amigos del padre de Land.

Y Land lo escucha y entonces lo comprende todo: su padre prefiere ser padre adoptado por otros (y eventualmente adoptador de otros por un rato) que ser padre biológico, que ser su padre para siempre y con las responsabilidades que eso implica y conlleva. Su padre quiere ser considerado por hijos ajenos. Hijos no hijos que siempre lo llamarán por su nombre y nunca le dirán «Papá» o «Papito» o «Papi», con los que no tiene ninguna responsabilidad, como un padre selectivo en lo que hace a su paternidad y, a su vez, elegido por sus nuevos hijos adoptadores. Un padre en dosis esporádicas pero muy intensas. El mejor padre que jamás tuvieron y nunca tendrán: un padre tan diferente y tanto más divertido y cómplice que sus verdaderos padres. Sí: el padre de Land no quiere hijos, quiere fans suyos que sean hijos de otros y lo vean y sientan como un padre alternativo y perfecto que nunca tendrán pero con el que pueden contar de vez en cuando.

Alguien como ellos pero mejor, alguien como ellos deberían querer ser.

Un colega, un camarada, un socio, un cómplice.

Así es como su padre no deja de repetirle a Land, una y otra vez, desde Gran Ciudad I hasta Gran Ciudad II, esa frase y deseo que a Land se le hace uno de los más terribles e indeseables y más que digno de ser pedido a y otorgado por traicionera y retorcida pata o garra o zarpa de mono.

De nuevo, una y otra vez:

«Yo sólo quiero ser tu mejor amigo», le dice y le repite su padre.

Lo que ni siquiera implica el que Land deba ser el mejor amigo de él.

Y, claro, es mejor, es más fácil y tanto más cómodo: un amigo no tiene las obligaciones de un padre y ese deseo es concedido si se es padre alegórico de hijos simbólicos. Y sí: es mucho más fácil ser mejor amigo que mejor padre o, incluso y por lo menos, que ser un padre mejor.

(*Memo de Land para su hipotético y cada vez más hipotético hijo*: «Nunca decirte esto seas quien vayas a ser y llegues cuando vengas en caso de que llegues pero no creo que eso vaya a suceder: nunca querré ser tu mejor amigo», se jura; pero enseguida se promete dejar de pensar en esto, porque implicaría a Ella como para él única madre posible de su hijo posible, y en que tal vez Ella quiera tener hijos, muchos, y mejor no sacar el tema en alguna próxima conversación de los dos).

Y Land no puede dejar de pensar si el siguiente paso en la campaña de su padre (recreando hasta el último fotograma escenas de clásicos del cine, enseñándoles pasos de baile de danzas inventadas, haciéndoles largas listas de discos y libros «que no hay que perderse», ofreciéndoles editar sus sonetos pálidos y delgados o, peor aún, insistir en que les den sus manos para tomarlas entre las suyas y leérselas y asegurar encontrarse a sí mismo entrelíneas en sus palmas) será el de conquistar a sus futuras novias, a la única novia que querría tener, a Ella.

Y tiembla.

Y lejos de eso y cerca de él, ayer, luego de un «No sé si debo decírtelo…» y un «Dímelo y te diré si debes decírmelo», Ella le confió con una sonrisa entre nerviosa y con cara un tanto descarada que mañana no podrá bajar a la piscina «porque estoy en el primero de esos días» para después añadir una de esas cosas que hacían que Ella fuese Ella: «Ya sé que no pasa nada, pero a mí, como quien contempla un cuadro antiguo, me gusta respetar esas viejas supersticiones».

Al día siguiente, casi como por arte de magia blanca y celeste, el equipo del casi inexistente país de origen de Land gana el Mundial y se festeja a los gritos desde varios balcones de Residencias Homeland.

Y las calles se llenan de automóviles tocando sus bocinas.

Y los habitués del conquistado por los campeones Qué Será-Será le exigen a su sufrido dueño que decore el lugar con esas banderas de color más bien desvaído y sol pálido (nada que ver ni que mirar con el vibrante azul y rojo y amarillo recamado de estrellas de la bandera de aquí) que le llevan y le entregan como si se tratase de sábanas santas pero no de santos sudarios.

Y son tantos los que allí llegan gritando y saltando que hasta toman por asalto el Quizás-Quizás en el nombre ya no de lo que quizás sería sino de lo que ya es y ya ganaron.

Mientras, ahí fuera, el Tano «Tanito» Tanatos apunta en una libreta la lista con los muchos pedidos de números especiales de revistas patrias y conmemorativas de la hazaña.

Y alguien se pone a cantar La Marcha como un desesperado y son varios los que le hacen coro con cara de no entender muy bien por qué o para qué lo hacen pero, a la vez, sin poder evitarlo, como si alguien hubiese oprimido un botón que ha activado sus consonantes gargantas y tensado sus cuerdas vocales.

Y El Grupo contempla los festejos a lo lejos en los televisores —las calles de Gran Ciudad I por las que ahora mismo todos caminan y no cabe un auto— y gruñen un «¿Te das cuenta? Por culpa de esos milicos de mierda nos estamos perdiendo esta fiesta».

Y nadie parece pensar demasiado en que toda esa alegría a flor de piel corre y corroe simultáneamente junto a las carnívoras heridas en los cuerpos en fuera de juego que La Transformación escoge y persigue y busca y encuentra para jugar en campos donde se concentran para ser penalizados por sus faltas y perder marcados y con su marcador siempre a cero.

Y es domingo y Land baja a El Parque y ahí lo esperan, cruzados de brazos y sonriendo, los chicos grandes.

Land quiere creer que van a pedirle disculpas después de haber sido aleccionados y domesticados por su padre, pero se conforma con que no le peguen.

«No te mereces el padre que te ha tocado, Tierno», le dice entonces el más grande de los chicos grandes.

Y después, enseguida, lo arrojan al suelo.

Y, delante de todos sus amigos −delante de Ella quien grita algo que Land no alcanza a escuchar−, lo muelen a patadas, como si fuese un balón de fútbol.

Y Land lanza algo que le suena perturbadoramente similar al Wilhelm Scream y piensa y ruega que, por favor, Ella no haya atrapado a su grito en su corazonada grabadora rosa, porque eso le rompería el corazón a él.

Y, cuando se cansan de golpearlo −lo han golpeado más y con más fuerza que nunca−, los chicos grandes arrojan a Land a la piscina.

Y, tan cansado de todo y de todos, Land se hunde, se deja llevar y se dice que ahí, bajo el agua, no es un mal sitio donde quedarse a morir.

Y es Ella quien se zambulle y lo rescata. Ella sin importarle sangrar porque sí le importa el que Land sangre.

Y como suele suceder en Gran Ciudad II, ha estallado una tormenta tan inesperada como poderosa y pertinaz y colérica y amedrentadora y dantesca.

Y Ella lo lleva abrazado y lo acerca hasta la escalerilla de la piscina y lo ayuda a subir. Y él camina arrastrando los pies hasta un banco y, desde allí, la ve todavía en el agua, sonriéndole con una sonrisa que es triste pero, también, es el tipo de sonrisa que pronto será muy feliz porque ya lo está haciendo feliz a él.

Porque están solos y están juntos.

Porque su ropa está mojada y se le adhiere a Ella tan bien al cuerpo y la ropa mojada es tanto más... más... que un traje de baño y...

Y la iluminación del día cambia y la potencia del sol aumenta y es como si un gigante les hubiese tomado una foto con una cámara gigante (y Land piensa «Quiero varias copias»).

Y Land demora en comprender un largo segundo —un segundo largo como un minuto— qué es lo que ha ocurrido. Y lo que ocurrió fue que un relámpago ha caído en la piscina y Land ve —como en un negativo— la sonrisa negra en la boca de Ella, aferrada a la escalerilla de metal. Y Land es deslumbrado por el mercurial fantasma de la electricidad aullando en los huesos del rostro de Ella. Y el viento. El viento que no es otra cosa que la respiración del mundo. Ese viento: sopla uno de esos vientos que parece venir de ninguna parte (Land se había preguntado acerca de ello tantas veces en la ventosa Ciudad del Verano sin encontrar respuesta en cuanto a cómo y dónde es el punto exacto en el que el viento comienza a soplar) pero que esta vez es como si surgiese de aquí mismo. De —la respuesta a su pregunta— exactamente *ahí*. Y Land —pudiendo tal vez atrasar un par de pasos y tener al viento sólo por delante— no retrocede. Land y Ella están en el sitio preciso y secreto donde empieza el viento. Y entonces toda Ella, brillando con energía, se eleva sobre un obelisco arremolinado de agua y espuma. Vestida de Sol: un sol luciendo tan furioso a través de los árboles, esos árboles que a Land ahora le recuerdan a los ladrones crucificados en una de esas paredes de la capilla del colegio San Agustín. Y, en la cabeza de Ella, una corona de doce estrellas de la que brota un haz de luz rosada que se clava entre los ojos de Land. Mitológica, sí, pero no simple diosa sino una titánida que tiene a dioses por hijos. Su pelo es ahora de la tonalidad gris de las mejores y más prósperas tempestades. Su rostro (de pronto terminado y definitivo) ha reducido al de sus dos hermanas a torpes *études* bajo el ahora eterno original de Ella. Y su rostro es del color blanco y marfil de un cadáver, pero de un cadáver incorruptible no por estar embalsamado sino porque, vivo y estremeciéndose, no tiene la menor intención de descomponerse. Y sus ojos se abren al amanecer de un mundo con un aleteo de párpados transparentes con un pequeño ruido, como clicks mecánicos pero a la vez sanguíneos, imponiéndose a los ruidos del terror y del dolor ante los que todos los ojos prefieren no oír y mirar a otra parte. Pero no Ella. Su Mundo y su Caso, Land, es lo que está descompuesto. Y Ella ha llegado para hacerlo funcionar y poner orden en el caos o establecer un nuevo caos como recién ordenado orden para los demás.

Ahí está Ella: como en un pedestal líquido, como en lo alto de una fontana alta. Sus más interrelacionadas células interconectadas en el interior de células interconectadas en el interior de células interconectadas en el interior de un único vástago que era él. Ella con el brazo en alto: el mismo brazo con y en el que alguna vez elevó su micrófono ahora desenvainando a la regia espada Durendal. Ella erguida sobre un prisma piramidal y oscuro y lunático atravesado por un destello blanco descomponiéndose para funcionar en un arco de todos los colores conocidos —pero primando las infinitas variedades de rojos y de azules— y hasta de algún otro creado justo ahí y entonces: un negro tan oscuro que devora a la vez que da refugio a la luz. Ella suspendida a más de dos metros de altura, su nombre escrito en el agua. Y entonces la ropa mojada se desprende de su cuerpo en jirones humeantes y bajo ella se descubre un traje de baño que Land no le vio nunca, que debe ser nuevo. Con un diseño como de rayos y centellas y su cuerpo ahí dentro: su cuerpo convertido en una estrella parpadeante. Pero no, no es eso, comprende. No es un traje de baño: es el cuerpo desnudo de Ella surcado por circuitos y luces, índigo y encarnada, flotando ya no en el agua sino en el aire, con la boca muy abierta y señalándolo. Su cuerpo es El Cuerpo. Es El Cuerpo con y contra el que se compararán todos los cuerpos por venir y que nada le interesa menos a Land que vengan. El cuerpo de Ella es El Cuerpo vencedor al que Land entrará para que todos los otros cuerpos salgan perdiendo. Su belleza es única e inimitable, aunque tiene algo de evanáutica, y ha demorado eones en volver y en llegar a ser lo que por fin es. Y es aquello de lo que se trata la verdadera belleza: el regalo y la recompensa del tiempo a la más perfecta y soberbia humildad ahora como la más voluptuosa de las inocencias y, aun así, avasalladora e inflexible en la más elástica de las formas. Lo increíble aproximándose desde allí hacia aquí para que no quede otra opción que creer en ello. Y aquí viene Ella, El Cuerpo de Ella, hacia Land, hacia el cuerpo de Land que lo espera temblando y con los brazos extendidos, con esa gestualidad para mostrar y demostrar el amor en las más elocuentes películas mudas. Y Ella y su cuerpo caen sobre él y lo reclaman y lo poseen: lo hacen suyo para ya nunca devolvérselo a él. Entonces Land está fuera de su cuerpo y se ve como se ven los que mueren por un instante o los que viajan astralmente durante días. Y Land piensa en que no hay problema, que está todo bien: que de cualquier manera él jamás querrá pedirle que se lo devuelva, que le devuelva su cuerpo, que su cuerpo será mucho más feliz que nunca unido al cuerpo de Ella.

Y todo tiembla y se sacude y Land grita un grito que no es de dolor sino de placer y que se funde aguda y afinadamente con el triunfal grito de Ella. Un grito que no tiene nada que ver ni oír con aquel grito repetido en aquellas repetitivas películas de sábados televisivos en Gran Ciudad I. Y paren las rotativas, titulares, titulares, la furia de los ángeles y nadie volviendo a sus casas esta noche: ¿Será este el tan esperado Gran Sismo?, se pregunta Land. ¿O será que quien tiembla tanto es él cuando Ella lo arrastra hacia los vestuarios/duchas y allí lo desnuda y lo libera aprisionándolo? Y Land descubre que se puede abrazar con las piernas, que se puede *apiernar*: las piernas de Ella primero alrededor de su cintura y luego casi estrangulando su cuello y allí Land y su corazón —como quien sube a lo más alto de una colina y boom-boom-boom— con su lengua fuera y dentro de Ella. Y Ella lo bautiza y refresca con su sangre y le dice, su voz dulce pero implacable, mostrándole sus dientes, cosas que no entiende pero que sí siente.

Así, surrealista y por encima de toda realidad, habló Ella (y así escuchó Land): «Sin tú quererlo, Land, pero yo así lo quiero, has ocupado para mí el sitio de todas las formas que me eran familiares así como de las figuras de mis presentimientos más íntimos. Y todo lo que sé es que esta sustitución va a dar a ti, porque nada te puede sustituir. Y que estaba escrito que era ante ti donde terminaría para mí esta sucesión de enigmas. Tú siempre serás un enigma para mí como nunca fueron para nosotros un enigma nuestros padres. Tú me desvías de los pequeños enigmas para siempre y es sólo a través de ti que yo alcanzo la resolución del gran enigma. El Enigma Resuelto para el que yo soy la clave así como tú eres la clave para el mío, que es también el tuyo, que es y son el mismo, y así es como esta conclusión cobra su auténtico sentido y toda su verdadera fuerza. Fuerza con la que cavaré un túnel que conduzca de aquí en más y para siempre de mi cama a la tuya. Un túnel para fugarnos no *de* nosotros mismos sino *a* nosotros mismos. Lejos de todos y de todo lo demás y ya no seguir huyendo o postergando lo inevitable. Ya no pensar en los dormitorios de nuestros padres o de nuestros amigos. Tan sólo pensar en nuestros cuerpos meciéndose desde ahora y hasta el fin de los más lumínicos años, entrando y saliendo y volviendo a entrar en una y en otra piscina. Y así hasta nadar en todas las piscinas del planeta y hasta el infinito y más allá conectando todas las dimensiones de esa Gran Piscina que es el universo. El fondo de las piscinas como si fuese el fondo del cielo, sí. Lo que los antiguos astrólogos helenísticos denominaban el *Imum Coeli*. Algunos de ellos ubicaban allí al Infierno. Otros, al Paraíso. O lo señalaban como el sitio exacto de nuestras raíces a la vez que el lugar preciso donde tendrá lugar el final del último brote en las ramas de nuestras vidas. Todo al mismo tiempo, todos los tiempos como un solo tiempo santificado. Principio y final. El tiempo como bisturí a la vez que tumor. La totalidad de las variantes. Todos los posibles Yo y todos los posibles Tú fundiéndose en un único posible Nosotros. Una y otra vez hasta que, estoy convencida, alcancemos *nuestra* piscina. La mejor. La Gran Piscina más grande que cualquier ciudad. Y en la que nadaremos como nunca y en la que bajo sus aguas se esconden todas las explicaciones a todos los misterios y los olvidos. Allí, Claridad Total y Absoluta, sí. Una luz exquisita para iluminar al sombrío nuevo mundo en donde volveremos a encontrarnos sin jamás habernos separado. Allí, cuando llegue la hora entre todas las horas, tú harás lo que debe hacerse. Yo entonces te lo pediré y será un pedido más incontestable que cualquier mandato. Y tú no me fallarás. Tú tienes el poder sobre mí porque yo te doy ese poder. Ríndete a mí y seré tuya. Y entonces tú y yo: nadando sincronizados al ritmo de un himno dorado purificando los colores y las cenizas de esos colores que ahora son lluvia y que enseguida serán nieve. ¿Puedes creerlo, Land?

Está nevando, aunque sea imposible. Nieva en Gran Ciudad II. Eso y esto es El Amor. Es Todo o Nada. Es La Belleza Definitiva en la que toda belleza no será ni dinámica ni estática: toda belleza deberá ser y es y será *convulsa*».

Y —este momento mágico— Land y Ella tienen convulsiones.

Y entonces a su alrededor, uno a uno comienzan a caer todos los edificios, menos el de Residencias Homeland. Aunque en realidad no caen: se inclinan como postrándose ante Ella, ante La Ellanauta. Las luces de los edificios apagándose como velas en el primer y último cumpleaños del fin del mundo tal como lo conocen y lo conocieron y que a partir de ahora será algo irreconocible para el resto de la historia de todos los demás. Algo —sus mentiras históricas— que ahí y entonces termina para que así comience de verdad y en secreto La Historia de ellos dos.

Y ambos se sienten —se sienten el uno a la otra, Ella a Land— tan bien.

Pero, por supuesto, nada de eso sucede. Nada ha sucedido salvo que Ella se arrojó a la piscina («se tiró a la pileta» vuelve como aquella expresión en Gran Ciudad I equivaliendo a jugarse el todo por el todo, piensa Land ahí abajo, emitiendo burbujas como los de esos burbujeantes globos pensativos en las historietas), con un impecable clavado que apenas inquietó a las aguas, y buscó y encontró a Land bajo el agua y lo abrazó y lo subió desde el fondo y lo llevó hasta el borde. Pero no, todo lo anterior no fue un sueño (y Land odia eso en cómics y en libros y en películas). Ha sido una visión, prefirió pensar, cuando Ella lo ayudó a salir de la piscina y lo sostuvo contra su cuerpo y, también, lo acarició un poco, como nunca lo había acariciado.

Y Ella le pregunta si él se sentiría mejor si lo besa donde le duele.

Y Land, inquieto y humillado y avergonzado (y pensando en que por suerte nadie los ha visto —o en que, paranoico como en un episodio de *The Twilight Zone*, tal vez alguien sí los haya visto— y en qué es ese movimiento entre esos arbustos, en quién está allí, en quién acaso toma nota de todo esto, en quién tal vez lo vaya a escribir para que se lo lea, en quién acabará empezando a contar su vida; y no: no soy yo ahí ocultándome, no soy yo, fantasma, todavía y entonces), le dice que no la necesita, que se vaya y lo deje solo y en paz y tan vencido y avergonzado.

Y, piensa Land con su cara mojada, es una suerte que esté lloviendo porque si no estaría llorando.

Y Land —no ve-no ve— volvió a su apartamento. Y qué bueno que su padre no estuviese en casa porque si no, seguro, al verlo así, no dudaría en volver a bajar para conversar con sus nuevos amigos que tanto se lo merecen, que ya lo consideran su mejor amigo entre todos los padres.

Esa noche Land busca y encuentra primero definición de *masturbación* en diccionario y luego explora el índice onomástico/temático de un libro que sus padres tienen junto a su cama titulado *The Joy of Sex* o algo así. Y lo estudia, en principio, como si fuese un *tractatus* más escondido que ocultista, o una recopilación de leyendas urbanas nocturnas, o una versión desvestida del *Believe It or Not!* Todas esas posiciones que le hacen pensar en otro posible manual conteniendo todas aquellas posiciones que él adoptaba, en las noches de Gran Ciudad I, intentando dormir en vano: *The Agony of Not Sleeping* o algo así. Pero, enseguida, todas esas ilustraciones que muestran a un hombre desnudo y a una mujer desnuda acoplándose de todas las maneras posibles lo despiertan más que nunca.

Y entonces Land se entera, turbado, de lo que ya sabía pero hasta entonces no tenía nombre ni aplicación del todo clara. Ahí está: *masturbación*. Y lee y memoriza y da la lección bien aprendida. No hay números, no hay cálculos ni operación. Sólo hace falta imaginar y poner mano a la obra.

Entonces Land se masturba de verdad y plenamente consciente de ello. Despierto para alcanzar lo que hasta entonces parecía sólo activarse por el capricho de sueños que luego se olvidaban pero dejaban su firma casi como en almidonante tinta invisible sobre las sábanas.

Land está en manos de Land y a mano de Land y a mente de Land y puede hacer con Ella (Ella está en sus manos) lo que quiera y puede hacer que Ella haga lo que él desee aunque, lo que más desea y fantasea, es que Ella haga con él lo que Ella desee.

No es un premio consuelo: es un castigo desconsolado.

Pero algo es algo.

Ella es como un libro en manos de Land leyéndola a placer, a puro placer.

Ella es la fiebre en sus bolsillos y el delirio pronunciándose atronador al otro lado de su cierre relámpago.

Ella sale de adentro de, por una vez, un mayúsculo Él: Land como un ángel exterminador que, en ese líquido espeso y pegajoso, como nacarado jugo de perlas, contiene a multitudes: a ejércitos y a naciones y hasta a planetas; a posibles genios y a genocidas o a personas comunes y corrientes cuya única función será la de reproducirse.

Y nada le sorprende más a Land que el sentirse y el ser tan experto y virtuoso en su imaginación no teniendo hasta entonces ninguna práctica o experiencia fuera de ella. Allí y entonces Land se mueve sin dificultad entre el amor cortés y el sexo maleducado imaginando que penetra y llena todo orificio como si a través de ellos espiase algo hasta ahora escondido pero por fin revelándose en todo su secreto e íntimo esplendor. Y se pregunta si eso (si esos fogueados y fogosos ejercicios eyaculatorios, esas poluciones no exclusivamente nocturnas) estará más cerca de la escritura que de la lectura o viceversa.

De todas formas, poco después, Land se enterará de que si él está donde está, aquí, fue por una entre trillones de posibilidades, por la singular voluntad de un espermatozoide adelantándose a todos los demás. Y le parecerá un milagro pero, también, algo perfectamente común: porque cada una de las personas con las que Land se cruzó o conoce son el producto de ese mismo azar y (sin contar a César X Drill o a Ella) son para él tan poco excepcionales excepciones.

De todas formas, ya nada es un sueño húmedo.

Ahora todo es un insomnio mojado.

Ahora Land es y va a ser un sonámbulo a secas y para siempre sediento: tan insatisfecho en su insatisfacción.

Esto era *eso*, eso era *esto*.

Y *Fantasía* (Land disfruta tanto más de los preliminares que del clímax, que es como el final intenso pero decepcionante de un libro que prometía mucho) deja de ser el nombre de una película de Walt Nome en la que un aprendiz de brujo pierde el control pero gana su magia y ¡abracadabra!

Land está embrujado −y el sujeto se conjuga y se hace verbo−, Land *fantasea* fantasía.

Y lo que no dice ese gozoso y disfrutante manual de elementos del estilo sexual es si pensando en Ella mientras hace esto (pensando en todo lo que haría con Ella y no hace, en todo lo que le hizo Ella en su visión) Land la honra o la degrada.

Pero enseguida deja de pensar para sólo sentir como si algo creciera en sus tripas y necesitase huir de allí.

Y, de acuerdo, no es nada comparable a lo que sintió en manos y en piernas y en boca y en sexo y en sangre y en visión de esa Ella eléctrica y electrificada y electrizante.

Pero, de nuevo, al menos es algo; y algo es algo, se consuela.

Y lee y relee en *The Joy of Sex* qué es y de qué se trata todo eso. Y luego, con los años, Land siempre se resistirá a todo eso del orgasmo como «pequeña muerte» porque, de ser así, entonces la muerte sería el orgasmo más grande de todos: el Más Allá de todo placer. No: Land se siente más vivo que nunca y nunca más consciente de lo que significa estar vivo lanzando desde dentro de sí a todas esas posibles millones de vidas al vacío en un genocida salto mortal. En todo caso son las pequeñas muertes de todos esos espermatozoides suyos, pero no la suya. Y no le agrada mucho −por vulgar− eso de «hacerse una paja». Por lo que lo investiga un poco más y le complace que todo derive −según algunos lingüistas− del movimiento similar al que se hace para separar la semilla del cereal de trigo de su tallo o paja, mientras que otros proponían una más compleja derivación del verbo latino *pascere* cuyo significado era *satisfacer* y *dar gusto* arrimándose al árabe *paššaša* o gotear abreviado a *pašša* y sonando a *paja*. Y, hey, a quién le importa todo eso. Pura paja y hablar mucha paja, qué vaina, como dicen en Gran Ciudad II. Concupiscencia Total y Absoluta, como advertía ese santo favorito de César X Drill en su libro al que Land pronto leerá en su destierro en el centro comercial Salvajes Palmeras no muy distante del lejos de ser edénico colegio San Agustín para siempre detrás suyo. Libro que estaba tanto mejor escrito que *The Joy of Sex*. Y cuyo título era para él imposible de olvidar porque, entonces, es un título tan cercano a todo lo próximamente suyo y hasta a su propia voz en esos cassettes que Ella graba en su corazón de plástico y metal y micrófono: *Confesiones*. Y allí, en ese libro de san Agustín, además de quiebres espacio-temporales, se evocaba a la infancia («¿Quién podrá hacer que yo me acuerde de los pecados de mi infancia?… Pues he aquí que mi infancia murió hace ya mucho tiempo y, no obstante, yo todavía estoy vivo… Ni esta se retiró o apartó de mí, porque ¿adónde se ha ido?, pero verdaderamente dejó de ser y se acabó aquella edad. De modo, que ya no era yo infante, esto es, sin habla, sino niño que podía hablar y hablaba»); y a la adolescencia («En algún tiempo de mi adolescencia deseaba ardientemente saciarme de estas cosas de acá abajo»); y a las mareas de la memoria («Pero ¿qué diremos que sucede cuando nombro el olvido, con conocimiento de lo que nombro? Porque no pudiera conocer bien el olvido sino acordándome de él. No hablo del sonido de esta palabra *olvido*, sino de la cosa significada, la cual, si yo la hubiera olvidado, es cierto que no pudiera saber lo que vale o significa aquella voz. Resulta, pues, que cuando hago mención de la memoria, la misma memoria inmediatamente por sí misma se ofrece y se presenta a sí misma; pero cuando menciono al *olvido*, se hacen presentes y se ofrecen luego la memoria y el olvido: la memoria, con la cual me acuerdo y menciono al olvido, y el olvido, que es la cosa de que me acuerdo y que menciono»); y a los añejos torbellinos del tiempo («¿Quién puede negar que el futuro todavía no existe? Y sin embargo, existe en el alma la espera de lo futuro. ¿Quién puede negar que el pasado ya no existe? Y no obstante, sigue presente en el alma la memoria del pasado. ¿Quién puede negar que el presente carece de espacio, ya que pasa en un instante? Y sin embargo, perdura la atención por la que pasa hacia el no ser lo que existe. Por consiguiente, el tiempo futuro no es largo, porque no existe. Un futuro largo es sólo una larga espera del futuro. El pasado tampoco es largo, porque ya no existe. Un pasado largo es sólo un largo recuerdo del pasado»); y a los flamantes remolinos de su edad («¡Dónde estaba yo, y cuán lejos de las delicias de vuestra casa andaba desterrado en el año decimosexto de mi edad! Entonces fue cuando tomó dominio sobre mí la concupiscencia, y yo me rendí a ella enteramente, lo cual, aunque no se tiene por deshonra entre los hombres, es ilícito y prohibido por vuestras leyes»).

Y, quién sabe, tal vez masturbarse sea algo igual a lo que sienten los creyentes en Dios cuando le rezan sin importarles demasiado que los escuche; porque lo importante es escucharse a sí mismos rezándole, fantaseando con que Jesús se les aparece junto a su lecho y les pide que introduzcan su dedo ahí.

Masturbarse pensando en el ser amado es como ser fiel e infiel al mismo tiempo, piensa Land.

Y por los siglos de los siglos, amor.

Y ah... ah... ah... no amén sino amen.

Y al día siguiente de todo eso, de la paliza y la piscina y de la primera de incontables pequeñas muertes con Ella tan viva en su mente y en su cuerpo (y hay algo tan inquietante en cómo en ocasiones la realidad se acomoda narrativamente y administra dramáticamente como una ficción), Land tiene ese último y final y definitivo examen de Matemáticas.

La última oportunidad.

Land entra al aula, se sienta, recibe la hoja, apenas la mira y (esta vez es La Nada pero sin nada de *nouveau roman*) la firma.

Land firma como si, en lugar de hacerlo con bolígrafo, lo hiciese con la teatral ampulosidad de quien rubrica autocondena de muerte con pluma de ganso a falta de pluma de búho.

A Land le gusta su firma, le sale cada vez mejor: esta ya ha perdido por completo esa vacilación que tenía en sus inicios, cuando Land tenía que ser consciente y estar atento a ella; mientras que ahora es como si brotase casi sin pensar, sin pensarla. Pronto, masturbarse será como firmar así, se dice Land.

Land se levanta de su pupitre y camina despacio hasta el escritorio desde donde El Padre Valentini lo contempla acercarse con una sonrisa que no es la sonrisa de alguien que quiera ser su mejor amigo ni amigo de nadie. Es la peor sonrisa de mejor enemigo. Es la misma sonrisa con la que, dicen, El Padre Valentini espía con prismáticos de visión nocturna desde lo alto del campanario de la iglesia junto al colegio. El Padre Valentini es una gárgola más entre esas gárgolas (que se ubican allí para dejar en evidencia que no se las deja entrar a rezar por monstruosas y pecadoras) acechando a todas esas jóvenes parejas juntándose y frotándose hasta estallar en llamas en delicioso jardín cercano para conocerse bíblicamente. Mientras, seguro, El Padre Valentini *también* fantasea y se autoflagela con y por el deseo de ese beso que Judas le da a Jesús; sólo que, sin sermones de por medio pero sí clavándose espinas y con Jesús dándoselo no a Judas sino a él.

Y lo de ahora mismo no es algo tan místico pero sí le causa un mismo placer casi erótico a El Padre Valentini: aquí viene su odiado hasta la pasión Land.

Land le entrega la hoja sin contestar ninguna pregunta ni resolver ninguna ecuación. Y Land sale de allí (y se da cuenta de que se repite, que ya usó esta imagen cuando tampoco respondió al examen anterior, que debería marcarla en rojo para luego ser corregida en azul pero no por él, él no lo hará) como uno de esos resueltos y exactos cowboys condenados a su mala suerte. Un Marshall con mala estrella clavada en su pecho dejando atrás la fresca penumbra del saloon para ganar y perder la calle donde le aguarda un sol de injusticia cayendo a plomo y que no demorará en dispararse. Hecho polvo y deshecho por pólvora y Land desenfundando pero sin balas en la recámara: mejor un 0 absoluto entre los ojos que un reprobado con una calificación mediocre que, seguro, incluiría alguna jodida coma decimal, piensa Land.

Y —como se repite constantemente en esa serie cómica que Land detesta—: «¿Y ahora quién podrá defenderme?».

Nadie, por supuesto.

Ni Ella podrá rescatarlo ni evitarle este, supone, merecido castigo por haberse comido sin comunión previa un pedazo del Mesías como alguna vez se comió sus propios pellejos playeros.

Y ni siquiera cabe la posibilidad de que algún estudiante psicótico importado de USA (tal vez el hijo de algún ejecutivo petrolero) justo llegue allí y los masacre a todos, El Padre Valentini incluido. Y que sólo Land sobreviva para contar la historia y justificar el haber olvidado toda respuesta por el shock y, por lo tanto, ser consoladoramente aprobado automáticamente y sin preguntas y con la máxima calificación.

Tampoco Land puede alegar ningún trauma leve o síndrome de su edad. Entonces, de nuevo, se daba por hecho el que los adolescentes debían ser más resistentes y aguantarlo todo sin atenuantes ni excusas ni denuncias ni sensibilidades y fragilidades de todos los modelos. Entonces, la adolescencia no era lugar ni época para que los demás comprendan (y te cobijen y te justifiquen y hasta te expliquen todo eso que no sabías que tenías) sino para intentar comprenderse a solas y buena suerte, amigo mío, mejor amigo, uno mismo.

Dieciocho días después de haber rendido –de él haberse rendido– el examen, Land intercepta al cartero que trae la comunicación de las autoridades del San Agustín informando a sus padres de su expulsión del colegio.

Ya es oficial.

Land lee la carta y la rompe y esparce sus pedazos por El Parque como si se tratasen de las cenizas de su pasado.

Sí: es el día de su cumpleaños.

Feliz infelicidad, se dice.

Pero, de algún modo, es una especie de nuevo nacimiento.

Y es (para su sorpresa, aunque este tipo de signos y señales cada vez sorprenda menos a Land) el mismo día del mismo mes en el que, en *Drácula*, el capitán del navío Demeter (quien, sin saberlo, lleva en su bodega al conde vampiro junto a varios cajones con tierra de su patria rumbo a Inglaterra) anota en su cuaderno de bitácora que «Están ocurriendo cosas tan extrañas que mantendré un fiel registro de ellas hasta que lleguemos a puerto». Y, al cruzarse con versión original, en inglés, a Land nada le sorprende encontrar allí su nombre: «Things so strange happening, that I shall keep accurate note henceforth till we land».

Y cosas muy extrañas a registrar fielmente van a ocurrir también a bordo del *Land*, que ahora deja atrás todo muelle y amarre seguro y se adentra, sin brújula ni mapa, mar adentro por uno de esos mapas planos y con abismo monstruoso en sus bordes. Land alejado de todo triunfo y más cerca de la pesadilla que del sueño (y con Land mismo como único tripulante y campeón de un deporte que, sin saberlo, acaba de inventar) para allí lucir no su mundial ambición pero sí su ansiedad cósmica.

Esa tarde, antes de que le pueda contar y confesar (pero mejor no grabar) lo de su expulsión del colegio San Agustín, Ella se le adelanta (con «No sé si debo decírtelo...» y «Dímelo y te diré si debes decírmelo», y llueve de nuevo y se meten en uno de los vestuarios junto a la piscina) y le avisa de que tiene algo que contarle y la lluvia sigue cayendo y la lluvia sigue cayendo y, sí, *things so strange.*

Van a trasladar a su padre a otra filial de su empresa, en otro país.

En un par de semanas.

Por unos dos años.

Y Land, escuchándola, no puede sino imaginar al padre de Ella (sí, para él ya todo es literatura, ya no puede sino leer la realidad como si releyera ficciones, ya está perdido) como a una especie de Kurtz o de Moreau. Traje de lino blanco y sombrero de ala ancha, en isla o jungla cubiertas por las tinieblas del corazón, azotando a bestias humanas y a humanos bestiales, haciendo la más criminal de las justicias.

Luego volverán a Residencias Homeland, le promete Ella.

Land la escucha sin verla y la mira sin oírla y, sí, le incomoda un poco (pero no demasiado) el haber venido fantaseándola horizontal y caliente y pegajosa y siempre a mano, a su mano.

No entiende nada de lo que Ella le dice. Es algo más incomprensible que los valores desconocidos e incógnitas a jamás despejar en ecuaciones matemáticas a nunca resolver.

Ella sigue hablando y hace muchas pausas. Ella usa demasiadas comas y puntos suspensivos y paréntesis, se dice Land como de pronto poseído por *The Elements of Style.* Y Ella no se refiere a nada de lo que le pasó aquella tarde de aquel domingo en la piscina, ni le dice nada acerca de lo que les va a pasar a ellos.

Y Land no quiere pero tampoco no puede sino percibir un cierto alivio en Ella mientras le habla. Algo no del todo dicho pero sí bastante pronunciado por Ella en ese ambiguo «Todo estará más claro y mejor cuando volvamos a vernos, porque ya seremos mayores y ya veremos cuando volvamos a vernos y... Oh, Land...».

Y Ella dice ese «Oh, Land...» como si lo hubiese dicho muchas décadas atrás: como en uno de esos dramas románticos que de tanto en tanto se las arreglaba para colarse entre las películas de aquellos sábados. Se lo dice no en colores ni cerca de él sino ya tan lejos y en blanco y negro.

Y Land espera a que Ella, con sus ojos húmedos, se calle de una vez porque, por favor, no quiere oírla más, no quiere seguir sintiendo cómo Ella lo corta, corta con él. Y es como si, escuchándola, Land se desangrase de esa sangre que alguna vez colmó corazón y cerebro y, desde no hace mucho, esa parte entre sus piernas donde confluyen cerebro y corazón.

Así que, al final (alcanzado el más negativo de los resultados, la hoja de sus pensamientos firmada pero en blanco, ni una respuesta de Ella a todas esas preguntas que él querría hacerle pero mejor no), Land apenas emite un «Ah».

Y Land sale de allí, solo y primero. Sale de uno de esos vestuarios/duchas (donde nada pasó, donde todo pudo haber pasado pero ya no) sin mirarla ni tocarla, sin mirar atrás para ya no volver a ver. Land sale de allí como si hubiese reprobado otro examen en cuya página no se atrevió a escribir no porque no sabía la respuesta sino porque, por saberla y amarla demasiado, le dio miedo no estar a la altura de ese conocimiento.

Si todo va bien, piensa Land, dentro de mucho tiempo alguien pondrá aquí una placa certificándolo como sitio histórico. Su nombre y el de Ella y un par de fechas (el principio del victorioso empate y el derrotado corte del fin) como en una lápida que no admitirá réplica alguna. Como una tumba a la que Land nunca dejará de profanar para contemplar esos restos inmortales y, ahora sí, bailar con ellos en los eriales bajo la luz de la luna.

Después, enseguida, Land se dice que posiblemente se esté volviendo loco, que es bastante seguro que esté yendo hacia la locura.

Ahora lo ve claro, ahora Land lo lee sin dificultad. Ahora lo único que le resta y que no suma (pero tampoco divide, aunque sí multiplica la formulación de lo que le ocurre) es pensar en que todo esto tiene que tener no un exacto sentido matemático pero sí algún impreciso valor narrativo.

Y que ser personaje (aunque sólo él sea consciente de ello) no equivale a escribirse (a no ponerse ni disponerse como por escrito) sino a leerse.

Ahora Land necesita creer que todo lo conducía a este período no fundacional (porque hacía ya unos cuantos años que quería ser lector para no ser escritor cuando fuera «grande») pero sí reafirmador:

Land ya no podrá ser otra cosa que lector luego de la Big Vaina.

Después de la Big Vaina ya no habrá posibilidad alguna de cambio o de regreso.

La Big Vaina no detona ni enciende la génesis de una vocación, de acuerdo. Pero sí es la Big Vaina −el trauma que se desprende de su energía− lo que determinará la fuerza no de su onda expansiva sino de su explosión constante.

La Big Vaina como uno de esos aviones volando sobre el centro del océano (como, otra vez, uno de esos aviones volando sobre los mapas de celuloide noble y clásico) que descubre que ya no tiene combustible suficiente para regresar al punto de partida y al que sólo le queda seguir y rogar por que pronto, al otro lado, aparezca pista donde aterrizar tanto despiste.

La Big Vaina que es el Punto de No Retorno: eso que alcanzaban los bombarderos de la Segunda Guerra Mundial cuando comprendían que, habiendo descargado todo lo explosivo que llevaban, ya no tenían combustible suficiente para regresar a la base. Y entonces preferían continuar avanzando y volando y adentrándose sobre el más enemigo de los territorios. Y a ver qué pasaba o qué no pasaba.

La Big Vaina que es lo que, finalmente, reclama cierta disciplina al relato de los días de su vida nueva: porque, paradójicamente, se obtiene un cierto orden −como ahora Land− recién al sumergirse para ahogarse a la vez que respirar en el prolijo y metódico caos de su enredo sin nudos, del más afinado de los desconciertos, de la más fructífera de las sequías.

La Big Vaina que es La Gran Grieta y El Enorme Surco donde Land plantó tantas cosas pero crecerán tantas otras y, sí, yo estaré allí para la temporada de cosechar hiedra y coronas de espinos y asfixiantes enredaderas.

¿Cómo explicarlo y definirlo?

¿En frases cortas o en largas páginas?

¿En el añejo idioma telegráfico de los hechos o en el lenguaje pretendidamente elegíaco de los recuerdos informática y genéticamente manipulados desde el presente?

¿O, tal vez, aprovecharme de alguna imagen de algún otro escritor? Recordar, por ejemplo, ese capítulo en una novela que todavía no se escribió pero que sí firmará ese escritor condenado y perseguido por fanáticos religiosos. Novela donde se hablará de una «Membrana» que, una vez atravesada, se traduce en la imposibilidad de la marcha atrás. Algo con la consistencia entre frágil pero poderosa de una telaraña. Una frontera de una sola dirección: un Ahora que anula todo Antes y desde el que no se alcanza a vislumbrar claramente el Después. De ser así esa Membrana —y ese momento en que se abre la zanja que nada zanja y que es la Big Vaina— es un paréntesis que se mueve, un puñado de puntos suspensivos, una vida en suspenso. Algo como el haber ascendido hasta el trampolín más alto de la piscina y del que, tarde o temprano, habrá que saltar guste o no porque alguien ha retirado la escalera y ya no hay descenso posible sin mojarse.

Y Land sube y, sí, le quitan la escalera; pero decide no saltar y allí se queda, flexionando las piernas, rebotando levemente. Sintiendo en la planta de los pies esa superficie porosa y antirresbalante pero al mismo tiempo invitando al desliz. Pensando en que alguien que no es él bien podría escribir un muy buen cuento sobre él. Land ahí: basculando sobre una pierna y otra, sobre ese inmenso diminuto minuto, no por primera vez pero sí por vez primera en el borde y al borde, oyendo cómo un estruendo orquestal que viene desde lejos sube y sube de intensidad y está cada vez más cerca y ya está aquí.

Y aquí y ahora —hoy, oh boy— es El Día del Día en la Vida.

Así que Land es un expulsado.

Exiliado otra vez.

Y, sí, han terminado las vacaciones.

Vacaciones raras y falsas, porque para él no tienen fecha cierta de caducidad. Son un producto nuevo y extraño y que han significado para Land un largo prólogo a un libro sin título ni texto de contraportada, por lo que su tema es un misterio. Una trama inédita hasta entonces que no se sabe cómo va a seguir una vez que se agoten sus páginas preliminares y cómo han sido escritas sin haber podido leer lo que vendrá después. Es para Land —aunque signifiquen más o menos lo mismo— más un prefacio (palabra que de algún modo le suena más espiritual y consoladora) que una introducción (palabra que para Land tiene algo de físico y hasta doloroso).

Y, tan rápido, ahora ya es septiembre y es el primer día de clases.

Y Land, como si nada hubiese sucedido, camina hasta el colegio San Agustín al que no puede entrar porque allí ya no tiene sitio. Y pasa la mañana como en trance, mirándolo desde afuera, con ojos de desamparado y hambriento marca Oliver Nome.

Y, en algún momento, de regreso a su casa, Land decide —casi sin darse cuenta de lo que está decidiendo— que no se lo va a decir a sus padres.

No se lo va a decir *aún*.

No va a confesar.

Land va a dejar pasar dos o tres días hasta reunir el coraje necesario (como si se tratase de billetes o fichas de esos juegos de mesa) fingiendo que va al colegio, buscando algo que hacer hasta el mediodía. Y entonces el afinado desconcierto de que *hacer tiempo* y *matar el tiempo* signifiquen y sean exactamente lo mismo. Y luego regresar a Residencias Homeland a la hora del almuerzo, intentando no lucir su ansiedad ya próxima a ser más olímpica que mundial y cantando, súper-tramposo y mega-errabundo, que «I can see you in the morning when you go to school...» y «Dreamer, you know you are a dreamer» y «Now they're planning the crime of the century...» y «He's mad, mad, mad, mad, mad, mad, mad, mad, mad...». Canciones todas sobre sentirse suelto en su encierro.

Pero los días se suceden y, para pasmo de Land, no sucede nada porque es él —quien no es ni quiere ser escritor— quien impide que algo suceda. No dice ni cuenta nada a nadie aunque, de pronto, Land sea el indeseable autor de sus días deseando tanto ser el lector de sus días.

Pero esos días son como páginas en blanco.

Por las mañanas Land simula que va al San Agustín y regresa a la hora del almuerzo (de tanto en tanto se enferma o se finge enfermo, como en los viejos tiempos, y qué extraño es entonces no ir a donde no va).

Por las tardes, cada vez menos, Land baja a El Parque: pero ya nada es igual allí.

Ella no está, Ella no se fue aún pero está por irse, y baja aún menos que él. Está claro que el mismo esfuerzo que alguna vez dedicaron especialmente a encontrarse ahora lo dedican a no encontrarse, especialmente a no encontrarse a solas, especialmente de parte de Ella.

Y en El Parque todos sus amigos conversan sobre sus colegios y, muchos de ellos, sobre lo que sucede en el San Agustín, y él les miente que va a un nuevo colegio inglés, muy exclusivo, llamado San Demeter.

Y fingir que todo está bien le resulta tan trabajoso. Es como estudiar como para un examen. Land debe compaginar versiones, escoger palabras justas. Escribir *también* debe ser así, piensa. Y no le gusta. Y se acuerda de César X Drill en su escritorio, retocándose y casi retorciéndose de dolor, como enmendado por flechas invisibles y amonestado por látigos secretos.

Y no estando Ella a su lado, lo cierto es que a Land se le hace cada vez más evidente una cierta fatiga de materiales en sus alas y motores. Y, claro, Land carece de la frialdad de ese otro Nome Ripley en esas novelas en las que —para mantener la forma y la tensión— su protagonista de tanto en tanto mataba a alguien a pleno sol sabiendo que de ese modo se mantendría bajo la mejor sombra como el más inocente de los criminales.

Y Land no es así.

Land no da juego ni sirve como juguete: Land no tiene madera de héroe ni metal de villano ni plástico de anti-héroe.

Para grandes desafíos, Land prefiere quedarse en su cuarto

leyendo libros cada vez más largos y versiones completas de otros que ya leyó en formatos premasticados y precocidos en lo que ahora considera como a un tiempo perdido que debe salir a buscar y recobrar pedaleando sin el resumen ni abreviado sostén de aquellas rueditas como soporte.

Y, sí, Land siente un poco lo que sintieron los chicos grandes en su momento: todos los hermanos menores han crecido y ahora El Parque es más suyo que de los aparcados y aparcadas de la edad de Land quienes, de golpe, ahora son ya casi mayores. Aunque Land no tenga ganas de pegarle a nadie salvo a sí mismo.

Y, de algún modo, un elíptico Land se siente como en esas películas donde, para señalarse el paso de los meses, se contempla un mismo paisaje cambiando sin moverse a través de las estaciones o las hojas de un almanaque cayendo y...

Más de un año y medio después —muchos *days in the life*, y supuestamente habiendo terminado un curso escolar y pasado al otro— Land sigue sin decir nada. Sigue fingiendo que va y vuelve a y del colegio San Agustín como si nada hubiese sucedido. Y lo cierto es que, cada vez más, experimenta la sensación de que nada pasa o que lo que pasa tiene la densidad de lo que experimenta un astronauta en órbita, dando vueltas a la Tierra y estando en la Luna a las que se ve por completo pero no se las puede alcanzar en absoluto. Michael Collins, sí. Y Land sigue ingrávido en la gravedad de su situación.

El cómo sus padres no se dan cuenta de que el colegio San Agustín no cobra los cheques que le entregan a él para pagar la cuota trimestral, o cómo no les extrañase que Land nunca les muestre exámenes o calificaciones, o que jamás le preguntasen qué está estudiando o que jamás se les ocurra ir a buscarlo a la salida del colegio sin avisarle, es para Land un misterio insondable pero, a la vez, no deja de ser otro de esos misterios, un misterio como tantos otros con los que ya sus padres sin solución no han dejado de intrigarlo a lo largo del enigma de sus años (y tal vez sea que, sí, sus padres tal vez sean más amigos, no necesariamente mejores, que padres porque, a sus amigos de verdad, nada parece preocuparles menos que la actividad o la falta de actividad escolar de Land).

Y Land recuerda a su prócer favorito en su casi inexistente país de origen: aquel quien de pequeño no había faltado ni un solo día al colegio, lloviese o tronase o hubiese fiebre. Y tal vez, razona, por eso se le había puesto de mayor esa cara como la de alguien segundos antes de tener un casi póstumo ataque de furia. Ahora —lo comprende Land, cuyo rostro está cada vez más no relajado pero sí como si sus rasgos se hubiesen reducido a sus más mínimas y leves líneas— él sería algo así como el archivillano de ese súper-héroe patrio suyo: su absoluto negativo, su polaridad opuesta, alguien que no era que faltase al colegio sino que ya no iba *nunca* al colegio. Land es ahora El Último Trabajador en lo que al estudiar se refiere. Unido a nadie y nada triunfal. Y su grito no es de corazón sino de cerebro que no puede dejar de pensar en lo impensable de su irreal realidad: materia digna de estudio que no estudia. Y —de nuevo *Believe It Or Not!* y *Aunque usted no lo crea*— Land se pregunta cuánto tiempo más pasará antes de descubrir a Su Caso en Su Mundo citado y dibujado en esa sección de curiosidades freak (o en una de su variedad favorita de revista de historietas Made in Mexico) patrocinada por el explorador saltimbanqui y mitómano también de apellido Ripley.

Así, Land —mirando y respondiendo a la izquierda cada vez que algún amigo y nunca sus padres le pregunta algo del colegio, siguiendo las instrucciones de la CIA que le confió César X Drill aquella tarde— ha alterado las leyes filo-científicas del tiempo.

El tiempo ya no es lo que era ni lo que será.

El tiempo es lo que es: un conjunto interminable de largos minutos.

«Si por eternidad se entiende, no una duración temporal infinita, sino intemporalidad, entonces vive eternamente quien vive en el presente. Nuestra vida es tan infinita como ilimitado es nuestro campo visual», le explica Wittgenstein. Y añade: «Lo que el lector también puede, déjaselo a él».

Y Land cree que *puede* entenderlo: de pronto él es inmortal porque su campo visual es ahora no el que vive sino el que lee.

El que flota aferrado a un libro para no hundirse pero sí para sumergirse en él. El libro es el pescado y el lector es el pez. Leer primero no para escribir después (leer para así no ser el escritor, quien es el esforzado pescador siempre a la pesca de perfeccionar sus anzuelos y técnicas) sino leer para seguir leyendo siempre y más allá de todo arpón y red, sin límite ni orilla pero como en la más radiante de las playas. Leer como si se perteneciese a una cultura y civilización −a la más civilizada de las culturas− que sólo se dedicaba a leer. Oráculos −como en un fascículo perdido y encontrado de su enciclopedia mitológica− siempre en lo cierto. Gente muy leída y muy poco escrita, sí. Sabios a los que se acudía no para preguntarles qué estaban escribiendo (y que entonces sólo pudiesen responder nada más que una cosa, a menudo incierta y equivocada), sino para preguntarles qué estaban leyendo (y que así contasen para responder con todas las cosas correctas del universo). Leer no para que a uno se le ocurriese escribir o pescar algo sino para que lo que ocurra, para que lo único que se le ocurra, sea el seguir leyendo algo: seguir nadando. Leer no para volverse loco leyendo, como Nome Quijote, sino para más ganar que perder la razón: Land lee y, sí, como ese caballeroso descabellado, «... se enfrascó tanto en su lectura que se le pasaban las noches leyendo de claro en claro y los días de turbio en turbio...».

Y, enturbiado y esclarecido, Land entiende al Quijote enloqueciendo y a Nome Bovary enloqueciendo por leer novelas de caballería y novelas románticas. Y siente como si él ahora pensase como pensaba o pensaría César X Drill; como seguro, por favor, ¿sí?, sigue pensando César X Drill esté dónde esté, jugando a La Escondida en El Escondite: porque si César X Drill no está desaparecido para que no lo encuentren, si está desaparecido porque lo encontraron, entonces César X Drill está muerto, está recién muerto. Y −Land escucha al pasar voces bajas y temblorosas sobre el asunto− es un muerto joven, un muerto niño, un muerto recién nacido, un muerto juguetón, ¿no? Land −un vivo más grande que ese tal vez pequeño muerto, pero no quiere pensar en eso o así− piensa como César X Drill en la paradoja de escritores escribiendo historias de personajes a los que querían creíbles y que acababan creyéndose a los personajes que leían.

Y Land no puede sino preguntarse en qué y en cuál se está convirtiendo él; en si leyendo todo el tiempo no está cada vez más cerca de ser leído; en si es posible que se esté volviendo loco de tanto leer lo escrito; en si cada vez cree más o cree menos en sí mismo; en si alguien (¿César X Drill?) no lo estará escribiendo mientras él lee. Y Land no puede dejar de temblar cuando piensa en qué pasará con todo lo que se olvida que se leyó, en qué pasará con todo lo que desaparece cuando muere alguien que leyó mucho durante su vida: todos esos recuerdos de todas esas vidas leídas que, le gusta pensar, deberían ir a un cielo común o ser depositadas en una suerte de subterránea o submarina bóveda colectiva adonde van a dar los recuerdos y las memorias cuando desaparece su portador o se rompe su envase; en un arca para su preservación y recuerdo o, al menos, ser contadas de uno a otro, recitadas de memoria, como en ese ardiente libro en el que se queman libros.

Y lee todo el tiempo porque *puede* leer todo el tiempo al mismo tiempo. Sí: el presente no es otra cosa que la líquida superficie de un profundo y sin fondo pasado en el cual sumergirse. Y hacerlo no con elástico y ligero traje de hombre-rana sino con rígido y pesado uniforme de buzo. Alguien a la caza de una perdida y pretérita versión de sí mismo a la que ya siente como al retrato de un antecesor suyo al que no se conoció pero que, sin embargo, sí se reconoce. El futuro está —estará— siempre en el futuro. Y, por lo tanto, a Land (quien por razones obvias no quiere ni pensar en lo que puede sucederle mañana si todo se revela y prefiere distraerse con anticipaciones ajenas y muy por delante) el futuro no le merece más reflexión que las que le dedican las contadas y ya contadas novelas de ciencia-ficción que sí merecen ser leídas ahora.

Desorbitado, todas las mañanas Land simula rumbo al colegio pero lo único que hace, flotante y en suspenso, es pasar la mañana leyendo.

Educándose.

Convirtiendo aún más en lector.

En lector serio.

De clásicos y modernos.

De novelas largas y de relatos inmensos.

Se siente más fuerte y feliz viviendo en un mundo ficticio, con ficciones, cada día.

Libros como cohetes, libros como submarinos, libros como trenes, libros como galeones, libros como libros.

Leer es —era verdad, no era mentira ni un secreto— puro escapismo.

Un escape de su no-ficción, tan mal escrita, tan inverosímil.

Land es El Hombre Que Lee Demasiado (pero para él nunca lo suficiente) y por momentos siente que, de tanto leer, es como si él también estuviese siendo escrito primero para ser leído después. Y comprendiendo —o queriendo convencerse de ello— más y mejor que nunca que, como lee en un libro de portada color amarillo cromo, los placeres de socializar se han exagerado y que la lectura ofrece mucho y a muchos más, a solas y sin incomodidad ni aburrimiento ni desorden. Leer era, sí, «la ocupación propia del ser humano». No había otra mejor.

Y Land piensa, también, que todo lo que está viviendo en la realidad sería completamente inverosímil en un libro; pero, aun así, sucede y es verdad. Y quién dijo que la realidad tenía que ser realista. La realidad a encomillar que —como le dijo César X Drill que dijo alguien— no tiene por qué ser, obligada o necesariamente, la verdad del mismo modo en que la verdad no está necesaria u obligadamente a ser la realidad. Y la realidad de Land, ahora, no está entre comillas pero sí entre paréntesis.

Esto sí que es la clandestinidad, se dice Land.

Esto sí que es de verdad subversivo.

Esto es auto-terrorismo.

Sí: Land —a diferencia de lo que se teoriza primero y enseguida se practica y ejecuta en Gran Ciudad I— se ha hecho desaparecer a sí mismo.

Y pronto Land encuentra el refugio perfecto, el santuario sagrado.

Es un centro comercial que se llama Salvajes Palmeras. Y algo le dice a Land que se llama así por pura casualidad y que su dueño difícilmente sea un conocedor de la literatura sureña norteamericana.

Pero es el lugar ideal.

Big Vainaland, sí.

Su reino de este mundo.

Salvajes Palmeras no está muy lejos de Residencias Homeland ni del colegio San Agustín; pero sí está fuera de todas las rutas habituales de sus padres y de sus amigos.

Difícil que se cruce allí con alguno de ellos.

Así que Land camina hasta el colegio San Agustín y se desvía una calle antes de llegar. Y, de nuevo, no puede evitar el maravillarse porque todo aquel que lo mira, incluidos algunos que lo conocen, no sospeche en lo que Land está metido y de lo que no puede salir.

Y ahí —a unos minutos por una vez no muy largos— está Salvajes Palmeras.

Y Land pasa las mañanas allí.

En unas escaleras de los fondos del centro comercial junto a las que hay una librería que no está mal, aunque su nombre (y, como el de la otra librería que frecuenta, Lectura, pone en evidencia que en Gran Ciudad II los libreros sean tanto menos creativos que en Gran Ciudad I en estas cuestiones) sea La Librería. Nombre que a Land primero le irrita por obvio pero que, con el paso de los meses, admira y hasta agradece cada vez más por ser una verdad incuestionable en su mundo cada vez más mentiroso y, a la vez, nombre amplio y sin límites y no original por novedoso pero sí original por originario.

Salvajes Palmeras es su celestial Inframundo.

Y Land se convierte en una especie de espectral leyenda urbana del lugar.

Y no es la única presencia más o menos inexplicable allí, está claro. El sitio está lleno de gente solitaria. Los centros comerciales —descubre Land con mirada de explorador— atraen a las personas sin nadie que las acompañe como la luz a ciertos animales y parásitos. Salvajes Palmeras como el leviatán al que se prenden todos esos pequeños peces para sostenerse y sustentarse. Y, claro, ninguna de esas personas —más personajes que personas, al igual que Land— tienen su edad pero sí ya tienen *su edad*: son todas mayores que él y, en su mayoría, ancianos sin mucho que hacer ni por hacer. O —como ese no exactamente mendigo pero absolutamente ajedrecista— que parecen haber llegado allí para vivir en otra galaxia (y Land se acuerda de lo que alguna vez le advirtió César X Drill en cuanto a los riesgos cósmicos de enfrentarse a algunos ajedrecistas callejeros; y alguien allí ahora vuelve a recomendarle que no juegue con ese ajedrecista alucinado; le explica que no debe arriesgarse a ello, que es muy peligroso hacerlo; y Land acabará desobedeciendo y lo hará y jugará; y algo sucede ahí y entonces, algo que...). Y ninguno de ellos, bajo ningún concepto y de ninguna manera están allí para leer. Todos están allí tan sólo para matar el tiempo de vidas vacías. Land, por lo contrario, es muy joven y está allí para que el tiempo no lo mate. Y se dice que no: que él no es como ellos. Y se imagina que cualquier mañana de esas Ella aparecerá por ahí, como una súbita y santa aparición y no pagana visión. Y que Ella lo rescatará de todo eso y que juntos correrán calle abajo, riéndose, corriendo y riendo, la mejor manera posible de correr y de reír, mirando al frente pero también a los costados, mirándose sin poder parar de correr ni de reír.

Pero no.

Los dueños de tiendas y clientes frecuentes primero son los únicos que, al principio de su estadía en Salvajes Palmeras, lo observan con cierta curiosidad pero que, enseguida, dejan de verlo porque, seguramente, ya lo consideran una de las tantas «atracciones» del sitio.

Muy de tanto en tanto y cuando —error de cálculo— termina un libro a media mañana y ya no tiene nada que leer ese día, Land se arriesga a alguna salida, a alguna excursión a tierras exóticas. Y piensa en que tuvo que tener tiempo y lugar la Big Vaina para, finalmente, acceder a paseos suyos, a solas, sin ningún itinerario preestablecido o a repetir.

Y una mañana, en una esquina de una avenida de Gran Ciudad II, Land ve a una familia de niños extranjeros con un cartel que los identifica como «Children of God» pero que también son conocidos como «Los Niños Rubios Que Cantan» (y ser rubio y de ojos azules es ser *catire* en Gran Ciudad II y ser, también, envidiado; y estos son como el negativo de los niches). Y son todos hermanitos y, seguramente, otra variedad de hijos de...; tal vez aún mucho más extrema que la mía, piensa Land. Y sus armónicas voces son como las de serafines, pero como de serafines que en cualquier momento pueden estallar en la más aturdidora de las furias. (Y años después uno de ellos, convertido en joven gran actor, morirá en la acera de un reptiliano bar de Hollywoodland, otra *land*, con la boca llena de burbujas y los ojos vacíos como los de esos bronces griegos; y, *only connect*, poco antes habrá protagonizado esa película que tanto inquietará a Land, con padre desequilibrado y desequilibrando a su esposa y descendencia con sus cada vez más ascendentes fantasías en el centro de una costa lejana y selvática). Y Land se detiene a escucharlos y lo que cantan es algo donde se repite una y otra vez el pedido de un «Oh, Darling... Darling... Stand... by me». Y esa otra canción que tanto le gusta a Land sobre un boxeador noqueado pero a la vez como símbolo del nunca darse por vencido: esa que está en el disco de Nome and Nome y que, sobre el final, es como si no acabase nunca y, de verdad, seguir y seguir y *lie-la-lie...* y *lie* en inglés significa *mentira* o *mentir* y *lie-la-Land.*

Y otra mañana sin libro Land (cansado de esperarla, cómo pudo pensar alguna vez en que Ella vendría a él estando en clase) se aventura hasta el lejano colegio de Ella, en los primeros días de su Big Vaina y los últimos de Ella antes de que la transfieran junto a su padre y al resto de su familia a otro país que, se da cuenta Land recién ahora, ni siquiera le preguntó a Ella cuál era.

Y la espía a través de las verjas, a la hora del recreo, y no puede evitar pensar en lo muy bien que le queda a Ella el uniforme escolar.

Y alguna vez Ella lo ve y lo contempla como se mira a un prisionero del mundo.

Y Ella se acerca hasta la verja de entrada y le pregunta qué hace ahí a esa hora.

Y él le miente que lo dejaron salir porque se sentía mal o porque tenía que ir a renovar su documento de identidad (y, ah, lo del documento de identidad probará ser pequeña pero a su vez profética mentira y micro-relato a la hora del veraz final de la secreta y novelesca Big Vaina).

Y Land se da cuenta de que Ella no le cree (Ella lo conoce tanto mejor que sus padres); y entonces Land decide no volver nunca, porque para sentirse inverosímil ya tiene más que suficiente consigo mismo. De todas formas, son los primeros días del curso y Ella pronto se irá, se irá por dos años. Además, de regreso a Salvajes Palmeras desde el colegio de Ella, Land debe esquivar a varias jaurías de niños no rubios y angélicos sino morenos y monteses mirando fijo su ropa y calzado. Y Land se dice que ya ha tenido suficiente con los chicos grandes de Residencias Homeland como para ser martirizado una vez más en plena calle y a la vista de todos y regresar a casa descalzo y casi desnudo.

Así que, mejor, ya no salir de Salvajes Palmeras. Conformarse con su pequeño paraíso y no caer en la tentación de alguna tierra prometida que, por inconmensurable, siempre le será ajena e inalcanzable o mentirosa y poco cumplidora. Y si alguna vez se queda sin libro que leer a media mañana, bueno, Land va a entrar a La Librería a robarse algo. Está decidido. Pronto, Land llega allí sin libro porque robarlos ahora es parte de la gracia y de su mito: de Su Caso en Su Mundo, de la Big Vaina.

Pasen y vean: ahí, junto a la entrada de los multicines, cerca de la tienda de yogurts fosforescentes, a pocos metros de La Librería, está El Chico Que Lee.

No se acerquen demasiado a él, prohibido darle de comer.

No lo distraigan: mientras esté leyendo no hay nada que temer.

Y Land lee (y roba) a ingleses y rusos y franceses y norteamericanos del siglo XIX. Obras completas por fecha de publicación de cada uno de los autores pero no según han sido editadas. Así, piensa Land, altera la historia de la literatura, anula influencias. Y quien sucedió antes recién sucede después y se comprende mejor a partir de sus discípulos quienes, de algún modo, lo anteceden y recién después lo dotan de un sentido más pleno y justo condecorándolos como descendientes anticipados en las sombras y de pronto iluminados e iluminando. Así, piensa también Land, se altera la estructura del tiempo: no se lo mantiene como lineal sino que se lo edita saturado de curvas y ángulos a dos colores que ya se sabe cuáles son, cuáles no pueden dejar de ser.

Y Land siempre se promete que, cuando acabe con todo lo de alguno de ellos, les confesará a sus padres la verdad de su situación; pero siempre hay otro ruso y otro inglés y otro francés y otro norteamericano y... Y unos llevan y se llevan a otros, unos van de este a aquel, conduciéndose a la vez que dirigiéndose, por separado pero de algún modo siempre unidos e inseparables. Leyendo se escribe esa propia obra que es la biblioteca y —como postuló o postulará alguien y sin saberlo ya obedeció Land en Gran Ciudad I— cuyo verdadero orden no debería ser alfabético o autoral o editorial o por género sino por y en el orden en que fueron leyéndose esos libros y así acabar configurando su trama e historia, una historia interminable y que, inevitablemente, siempre quedará inconclusa con la muerte de ese lector muriendo, si hay suerte, en la última página de ese libro en sus ojos abiertos.

De nuevo, lo de antes: Punto de No Retorno.

Esto sí, de nuevo, que es literatura de evasión y evasión de literatura. Ser un evadido. Ser prófugo e irse lejos apenas moviéndose para así poder ver mejor las cosas distantes de pronto desde tan cerca: en el más último y escarpado y panorámico de los primeros planos.

Leer más que ver para creer pero, enseguida, creer en lo que se lee, porque ya no son simples letras relacionándose entre ellas: son visiones, sí.

Y Land lee todo lo que puede leer menos relatos y novelas cuyos protagonistas manifiesten su impostergable necesidad de ser escritores. Le inquietan y se le hacen casi obscenas, pornográficas, todas esas historias en las que se pretende convencer de que la secreta e íntima inspiración es algo a la altura y poderío de una épica pública y universal. A esos libros los deja a las pocas páginas, excepción hecha de *Nome Eden* y de *Nome Copperfield*, de los que y de quienes lee algo más, unos cuantos capítulos. Y así acompaña un poco más, mar adentro, a ese marinero que se vuelve escritor no por amor al arte sino por húmedo amor a secas y porque «los libros eran la verdad» y porque «cada libro era una mirilla en el reino del conocimiento, su hambre se alimentó de lo que leyó, y aumentó». Y se estremece con ese otro niño abandonado y en fuga ya pensando en que todo eso algún día será una terrible buena historia —esta frase es la que pone a temblar a Land— con un «Así comencé mi nueva vida, con un nuevo nombre y con todo lo nuevo sobre mí. Ahora que el estado de duda había acabado, me sentí, durante muchos días, como en un sueño... Nunca pensé, definidamente, en nada acerca de mí. Las dos cosas más claras en mi mente fueron que se había producido una lejanía... Y que un telón había caído para siempre sobre mi vida... Nadie ha levantado ese telón desde entonces. Lo he levantado yo por un momento, incluso en esta narración, con mano renuente, y lo he dejado caer con gusto. El recuerdo de esa vida está lleno de tanto dolor para mí, con tanto sufrimiento mental y falta de esperanza, que nunca he tenido el coraje de siquiera examinar cuánto tiempo estaba condenado a vivirla. Si duró un año, o más, o menos, no lo sé. Sólo sé que fue y que dejó de ser; y que eso lo he escrito, y ahí lo dejo».

Y ahí los deja Land, hasta ahí llega y los acompaña. Porque a ellos dos —más que como si quisieran encontrarse como escritores— Land los lee como perdidamente enamorados de sus musas encarnadas en mujeres terrenas y próximas. Para ellos la literatura no es vocación sino invocación, no es destino sino pasaje (y Land no puede sino preguntarse si, de habérselo pedido u ordenado Ella, él no hubiese obedecido su mandato e intentado ser escritor).

Afortunadamente, hay tantos otros libros con personajes que no quieren escribir libros y que, por lo tanto, no pueden siquiera sospechar (como en ocasiones, de nuevo, una y otra vez, Land percibe que sí sospechan aquellos quienes en esos libros desean más que nada entregarse a la práctica de la literatura) que ellos mismos están verdaderamente dentro de una ficción.

Y, sí, claro, de eso se trata: se escribe perdiendo el control y se lee sin perder el poder.

Y ahí, en Salvajes Palmeras, Land siente que puede y que controla. Algo, un poco. Aunque haya momentos de algunas mañanas en las que un sueño de ojos abiertos hace que las letras bailen en las páginas y lo invada y conquiste una dulce placidez. Sosiego que no trae con él ninguno de los insomnes terrores nocturnos a los que ya se había resignado en Gran Ciudad I, cuando era otro, otra versión de sí mismo. Y Land se maravilla pensando que hay personas que duermen así, en la oscuridad donde las estrellas son como puntos apartados y seguidos (pero probablemente muchas de ellas jamás lean antes de apagar la luz). De todas formas, esos trances/fugas suyos son breves y su sola razón de ser no es otra que el devolverlo a su única y verdadera misión imposible y aceptada allí: leer y que el tiempo se mida no en minutos sino en capítulos.

Land lee y con todo ese lenguaje de lo leído se va forjando una jaula. Una jaula no para ser apresado sino, todo lo contrario, para mantener fuera de sí y fuera de él a sus cazadores.

Una jaula propia. Una jaula con vistas.

Y Land apunta títulos y otorga puntajes en una libreta de la que casi no se separa: un *journal* de lo que lee para así no tener que llevar un diario de lo que vive. Un registro de ficciones imponiéndose a su no-ficción. Destilado de argumentos en cinco o, como máximo, diez palabras; porque más de diez palabras ya sería *escribir*. Alguna observación sobre, sí, los elementos que hacen al estilo de los diferentes escritores y sus estéticas y procedencias. El itinerario que lleva de este autor a aquella autora, de una época a otra. Un complejo catálogo de signos para estipular pros y contras y, a veces, flechas. Todos y todas relacionando a unos con otros por oposición o complicidad, estrellas puntuales y puntuantes. Todo rodeado por frases sueltas —pero que siempre acuden a su lado y ayuda cada vez que las llama— del *Tractatus logico-philosophicus*.

Land lee de familias felices y de familias infelices, de campos de batalla y de campiñas pastorales, de viajes a la conquista de otras grandes ciudades o de regresos al hogar luego de dar la vuelta al mundo.

Y Land lee una novela en la que todo un pueblo es barrido por una epidemia de amnesia.

Y lee otro en el que dos hermanos de sangre y de tinta y de música y de poesía y de locura se lanzan al camino.

Y lee acerca de una novia abandonada en el altar envuelta aún en los nupciales andrajos de su despecho de décadas y de otra novia despedazada en su noche de bodas por un ser hecho con pedazos de otros.

Y lee mágica montaña y lee volcán ebrio y lee cometa amoroso.

Y lee al dictador perpetuo y antiguo y romano Gaius Iulius Nome quejándose de verse obligado por sus sacerdotes a leer su destino en tripas de pollos y palomas (mientras él no tiene la menor idea de qué le traerá el futuro porque ahora, sin vueltas, todo es puro *idus* de marciano presente).

Y lee acerca de unas cuevas en Marabar y de un palacio en Zembla y, sí, cuanto más imaginario el lugar y lejos de todo y de todos mejor para Land (y son sitios tan lejanos que sus nombres parecen no estar al alcance del Nome).

Y lee esa novela (que a Land le recuerda tanto a sus padres y a sus amigos) donde se sigue a una pandilla de expatriados por varios países, perseguidos por toros y persiguiendo toreros; todos allí creyéndose todopoderosos pero siendo tan impotentes, y en la que, sí, por supuesto, allá como aquí, «todos se comportan mal». Muy mal. Peor que mal. Y se añadía que se comportaban así, de mal y en peor, «si se les daba la oportunidad apropiada». Y se las daban porque ellos mismos eran quienes se las daban. Y, oportunistas poco oportunos, si no se las tomaban sin pedir permiso para luego, como botellas vacías, arrojarlas contra la pared.

Y lee a escritores de su casi inexistente país de origen (aunque para Land cada vez existan más sus escritores) contando acerca de días siempre iguales para engañar a la muerte y de algo bajo unas escaleras de sótano desde donde puede contemplarse la totalidad del mundo y de una casa que va siendo invadida y conquistada por fuerzas extrañas y ese otro con un título tan bueno pero que no termina de entender por qué se llama así (aunque Land sí entiende a su protagonista delictivo) hasta que sí lo entiende: el juguete rabioso no es el tema ni la trama sino que es el libro en sí mismo: el libro como algo peligroso y que muerde y contagia al lector. Y Land piensa que, de algún modo, todos están contando su vida: sus jornadas como calcadas unas de otras, sus escaleras, sus libros, sus embrujos. Y en esas novelas y en esos cuentos de esos escritores figura una Gran Ciudad I de pesadilla, que no es como Land la recuerda pero que, empezando a olvidarla, será como la recordará a partir de ahora y hasta dentro de entonces.

Y lee novelas protagonizadas por ajedrecistas y hasta lee libros sobre ajedrez y se lleva uno de esos pequeños tableros magnéticos y practica jugadas y mejora mucho su nivel de juego. Y una mañana (la que será su última mañana en Salvajes Palmeras) Land desafía al ajedrecista alucinado y... y... ah... de pronto Land comprende mirando al ajedrecista alucinado qué era eso de ojos caleidoscópicos y las piezas como talladas en el más celestial y brillante de los diamantes locos. Y entonces algo ocurre. Algo se cierra y algo se abre, algo se dilata y algo se contrae. Algo termina y algo empieza sin que nada haya terminado. Y de pronto el ahora es todos los posibles entonces y hay que tener mucho cuidado con qué jugada seguir, con cuál pieza mover mientras todo —tablero que se estudia y tablón que se camina— parece temblar.

Y lee un libro muy famoso que cuenta la aventura de un joven estudiante expulsado de su colegio y que no se lo cuenta a sus padres sino hasta, apenas, tres días después (y Land desprecia a la vez que envidia la poca constancia de su héroe; y se pregunta si lo de él ya no será digno de ingreso a uno de esos libros de récords).

Y Land lee aquella novela de aquel otro autor que le había mencionado César X Drill. Esa con un viajero dentro y fuera del crono-espacio y sobreviviendo al bombardeo de una ciudad alemana para acabar viviendo en una cúpula/jaula interplanetaria junto a una mujer hermosa y ser estudiado por extraterrestres cuyos libros eran pequeños pero se las arreglaban para incluir todo al mismo tiempo. Y Land se imaginó así, junto a Ella. Y ese se le hizo el mejor de los destinos posibles y el más maravilloso de los momentos entre todos los momentos maravillosos, todos los *moments bienheureux*. Y, aunque sin Ella acostada junto a él —o, al menos, sentada en un escalón más arriba—, en verdad no se lo imaginó porque *no* hacía falta, porque *sí* lo sentía. Ahí, ahora mismo, en su auto-aislamiento: justificándose más que sacrificándose en el nombre de la ciencia para ser observado por una inteligencia superior que lo considerase espécimen único en su especie y más que digno de interés y tal vez inspirador de un *Tractatus ilogico-adulescens*.

Y —para compensar tales alturas y vértigos en sus lecturas— Land no deja de descender a comprar cada semana la nueva entrega de las aventuras de Mantraman: súper-héroe místico y con turbante enjoyado, acompañado por su ayudante Karmaboy, quien se niega a usar máscara «porque nunca entendí eso de ocultar tu rostro para que no te reconozcan y acabar siendo más conocido que nunca... A mí me parece que todos esos enmascarados se esconden porque, en realidad, tienen miedo de fracasar y siempre es más fácil fracasar detrás de una máscara. Ni me hagas una máscara ni me hagas avanzar enmascarado... Una verdadera máscara es, al mismo tiempo, un secreto y una mentira».

Y Land lee eso y se mira al espejo y ya no distingue muy bien dónde termina su cara para que empiece su máscara.

Y también lee algo de poesía. Aunque la poesía le da algo de mucho miedo. La poesía para Land suele ser *insignificante* (porque casi nunca entiende lo que significa o quiere significar; excepción hecha de ese autorizado par de discos de un cantautor español sobre un par de poetas españoles). Pero, ah, Land se asoma a lo de Dante Nome y a los sonetos de Nome Shakespeare y el efecto es el opuesto: los *comprende* y los *siente* demasiado. Y se le hace imposible no superponer en los versos a la sonrisa y a la oscuridad de esas dos amadas misteriosas el enigma para él desde siempre resuelto de aquella a quien ama, pero no rima. Ni lo intenta: nada de explorar ese impreciso lugar común del inestable y enfermizo y febril poema adolescente. Así que se aleja de allí (aunque le interesan mucho las biografías de poetas porque, de algún modo, la narración de sus vidas los convierte en prosa y los vuelve algo más comprensibles y fáciles de seguir para Land: sus constantes vitales y respiratorias, sus inspiradas y versadas inconstancias). La poesía es para Land un poco como las Matemáticas. Y no le parece casual —se entera— que los mejores poetas, cuando no suicidas, quedasen por siempre como recalculando sus versos de juventud, rimando contra su propia corriente; del mismo modo en que los matemáticos más geniales rara vez fuesen más allá del recitado de sus juveniles y precoces ecuaciones y el resto de sus carreras pasara por el constante volver a sacar y rendir variaciones de esas mismas cuentas hasta, en ocasiones, restarse por completo o volverse locos (lo que a Land, después de todo quién los obligó a ser matemáticos, no le parecía algo del todo injusto y sí bastante más que merecido).

Y Land lee en francés (aunque el francés le dé aún más miedo que la poesía) eso de «Je est un autre» (lo que le da más miedo que el francés y la poesía juntas). Y así, en esa temporada más de purgatorio que de otra cosa, Land se interesa más por la vida que por la obra de ese alguien quien deja de ser (su joven foto en la portada es como la foto de una aparición en el momento exacto de velarse y se le hace inexplicablemente complementaria de la de Wittgenstein en las recónditas afueras de lo suyo). Alguien que se suprime, se sustrae, a sí mismo para cambiar mucho más que de estilo. Y Land –sin gran dificultad, porque ya lo es, ya *no es* quien era– se imagina también *siendo otro*. Lejos de allí y junto a otras salvajes palmeras: navegando en un barco ebrio, aro en su oreja, fugitivo de su sombra y reinventado como aventurero apilando rifles en desfondados desiertos abisinios bajo cielos a los que nada les interesa menos que proteger a nadie. Y (para intentar olvidarla a Ella pero no consiguiendo otra cosa que recordarla en cada grano de arena) Land se piensa rodeado de mujeres hermosas que le cantan al espejismo de Zerzura: gritando con lenguas afuera y ciegos iris azules pintados sobre sus párpados negros.

Y Land lee muchas novelas policiales y hasta esas revistas de crónica roja como impresas con sangre (todas esas fotos de decapitados y descuartizadas en sus portadas); porque, en una soledad que ya empieza a afectarlo, se le ocurre que si consigue resolver alguno de esos crímenes se le perdonaría su propio delito y volvería a ser recibido en el colegio San Agustín como un héroe luego de desfilar por las calles de la ciudad arrebatada por pirotecnia y aleluyas en su nombre y gloria. Pero no, Land no sirve para eso: hay algo en lo policial (en especial en la variedad europea del género) que le remite directamente a las jugadas de ajedrez. Y entre esas casillas de dos colores con esas piezas medievales y los teoremas matemáticos hay muy poca distancia, apenas un puñado de movidas, demasiado cálculo a calcular. Y en verdad, lo que más le inquieta a Land es la más que *hardboiled* posibilidad de saberse investigado, de ser seguido por alguien (tal vez celoso por su relación con Ella) recopilando información y reuniendo evidencias para su condena.

O, más inquietante aún, la probabilidad (y todo indica que es así) de que a nadie le preocupe lo que le pasa en Su Mundo. De que Su Caso sea considerado un abierto *cold case* que a nadie le interese calentar y cerrar.

De ahí que Land prefiera novelas de terror: porque el terror sobrenatural es el género perfecto para sobrellevar o distraerlo de sus miedos terrenos con las detalladas descripciones de dioses tentaculares y gelatinosos o vampiros con bibliotecas tan bien amuebladas y surtidas.

Así, Land lee una novela en la que un padre de familia quiere ser escritor (y esta sí la lee, porque el pobre hombre es castigado por querer ser escritor y su tormento es el de escribir constantemente una única oración) y enloquece dentro de un hotel embrujado y sitiado por la nieve. Y lee otra en la que un vampiro es entrevistado (y a Land, fan de *Drácula*, le gusta pero también le preocupa: algo le dice que esta novela marca el final del vampiro solitario y que de aquí en más los nosferatu irán siempre en bandadas cada vez más grandes y complejas a la vez que más idiotas).

Pero la novela que le da más miedo a Land no es de terror pero sí es una que da cuenta de un momento, sí, terrorífico. Allí, ese instante terrible y casi final, cuando la joven protagonista (a la que hasta entonces conocemos como prodigio del piano en potencia) pierde, o lo que es peor, renuncia casi sin darse cuenta de ello, a su don: «All right! O.K.! Some good», piensa la chica apoyada en el mostrador de un bar de pueblo chico del que ya nunca saldrá rumbo a los grandes auditorios. Allí está y allí se queda su corazón solitario y cazado y sin grabar y lista para borrarse: comiendo sin ganas un sundae y bebiendo con un poco de más ganas una cerveza, la primera de varias. Esa chica apenas atreviéndose a preguntarse dónde se fue toda esa música que alguna vez llenó su cabeza; sintiéndose estafada por todo y por todos, y resignándose a partir de entonces a la más común y aburrida y desafinada de las vidas.

Y leyendo eso Land piensa que, si hay algo más terrible que el perder un don, esto es la plena y absoluta conciencia de saber que nunca se lo tuvo ni se lo tendrá.

Y piensa también en que el único don que tiene ahora él es

el de superponer el rostro y el cuerpo de Ella a todo personaje femenino y atractivo y seductor que lee o ve en películas o en series.

Y que cada vez le cuesta más hacer uso de ese don, que lo va perdiendo a medida que, cada vez más perdido en sí mismo, la va perdiendo a Ella.

Y, sí, de tanto en tanto llega a El Parque una carta firmada por las tres hermanas, pero inequívocamente escrita por Ella. Land se da cuenta, Land la reconoce. Su letra más angulosa que redonda (nada de puntos como círculos o reemplazados con pequeños corazones, por favor). Y su estilo seco y su humor delicado pero agudo dando pocas noticias lejanas y haciendo muchas preguntas acerca de todos los aparcados y aparcadas en primera persona del plural, como incluyéndose sin importar la larga distancia.

Las cartas llegan cada uno o dos meses, alternativamente y sin favoritismos, a diferentes pisos y letras de Residencias Homeland. Y una vez le toca a Land, al suyo, al 9.º B. Y Land abre el sobre con manos que tiemblan y a las que no puede hacer que dejen de temblar, manos como las manos trasplantadas no de un loco sino a un loco. Y allí está la carta para todos y, además, una hoja sólo para él, casi en blanco, donde —en lugar de un «No dejes de escribirme, Land... No te olvides de escribirme... No te olvides de recordarme»— sólo se lee un «No te pierdas, Land».

Y, leyendo eso, Land, inevitablemente, se siente más perdido y desorientado que nunca.

Y una mañana Land entra a la librería de Salvajes Palmeras (la misma en la que semanas atrás robó su ejemplar del *Tractatus logico-philosophicus*) y descubre una biografía de Wittgenstein, y no sabe si abrirla o no.

A Land no le gusta o, mejor dicho, prefiere no leer biografías de sus más admirados. Y, cuando cae en la tentación, lo hace sólo hasta que alcanzan el momento y año de su propia edad. Porque de avanzar más y de ir más lejos, Land teme que lo *in-*

fluencien: que lo convenzan de repetir algo que ellos ya hicieron; o que le impidan el disfrutar de algo que a él le gustaría hacer y que ellos no hicieron o, peor, que hicieron mejor de lo que él nunca lo hará. Así que abre esa biografía y lee las primeras páginas y Land se informa acerca de la extraña composición y hábitos de la familia de Wittgenstein (a la que le recordarán, tiempo después, las novelas de Nome Irving y las películas de Wes Nome). Y se entera de que Wittgenstein, posiblemente, haya sido compañerito de Adolf Hitler. Lee también que Karl, padre de Wittgenstein, fue expulsado de la escuela a los once años por escribir un trabajo «negando la inmortalidad del alma». Y que luego, en su adolescencia, se fugó de su casa y llegó desde Viena a New York casi sin dinero y apenas acompañado por su violín. Y que se mantuvo allí durante meses trabajando de camarero y barman y músico de café así como de profesor (de violín y de trompa y... uh... de Matemáticas). Y que, al volver a Viena, el padre de Wittgenstein comenzó a ascender posiciones en varias empresas de ingeniería hasta convertirse en el industrial más rico del Imperio. Y que Karl pronto se casó y se convirtió, además, en gran mecenas de artistas. Y que Karl presionó a sus hijos mayores para que continuaran su negocio y ambos —uno de ellos un prodigio musical, otro atraído por el teatro— acabarán suicidándose. De ahí que al menor, a Ludwig, se le permitiera elegir y seguir su vocación. Pero Ludwig parece no tener ningún talento especial salvo el de complacer a su padre. Y con los años Wittgenstein evocará su infancia como una época infeliz y mentirosa y deshonesta.

Y ese es el estilo de la etapa más elemental y primaria de Wittgenstein.

Y hasta ahí lee Land.

No quiere saber más.

No le interesa —en realidad le da miedo— enterarse de cómo y cuál fue el momento y la razón para que Wittgenstein se convirtiese en Wittgenstein.

No quiere conocer cuál fue el elemento que alteró su estilo.

Pero Land busca la palabra *estilo* en el «índice analítico» y lee, fuera de contexto, citas de Wittgenstein sobre la cuestión: «Apresar *profundamente* la dificultad es lo difícil... Si yo tuviera razón, esto querría decir que el estilo de toda la obra es aquí lo esencial, lo justificativo. Así podría aclararse que yo *no* lo entienda, porque no puedo leerlo con *facilidad*. No como se mira un paisaje hermoso» y «Debes aceptar las faltas de tu propio estilo. Casi como los defectos del propio rostro» y «Mi estilo se asemeja a una mala frase musical» y «"Le style c'est l'homme", "Le style c'est l'homme même"»: y ambas expresiones, explica el filósofo, se pronuncian entre la brevedad epigramática y una voluntad de ampliar su perspectiva. Y entonces Wittgenstein postula que «el *estilo* es la *imagen* del Hombre» a la vez que matiza con un «Pero *no* me refiero a aderezar de nuevo a un viejo estilo. No se toman las viejas formas y se las compone como corresponde al nuevo gusto. Sino que, quizás inconscientemente, se habla en realidad el viejo lenguaje, pero se habla de una forma tal que pertenece al mundo más nuevo y que por ello no corresponde necesariamente a su gusto». Y Wittgenstein concluye: «Aun en la suprema obra de arte hay algo que puede llamarse *estilo* o aun *maniera*. Pero *Ellos* tienen menos estilo que el primer lenguaje de un niño».

Y Land se pregunta quiénes serán esos *Ellos*.

¿Padres? ¿Hijos de…? ¿Compañeritos? ¿Aparcados y aparcadas de El Parque? ¿*Body Snatchers* o *Midwich Cuckoos*?

Aunque lo que más le interesa a Land, por obvios motivos, es algo que comenta el biógrafo de Wittgenstein a modo de introducción:

«"¿Por qué debería uno decir la verdad si puede serle beneficioso decir una mentira?". Este era el tema de las primeras reflexiones filosóficas de Ludwig Wittgenstein de que tenemos constancia. Más o menos a la edad de ocho o nueve años, Wittgenstein hizo una pausa en algún umbral para considerar la cuestión. Al no encontrar ninguna respuesta satisfactoria, concluyó que, después de todo, no había nada malo en mentir en determinadas circunstancias. En una época posterior de su vida, Wittgenstein describió el suceso como "una experiencia que, aunque no fuese decisiva en mi futuro modo de vida, sí resultaba característica de mi naturaleza en esa época"».

Y entonces, como si hubiese recibido una descarga eléctrica, Land soltó el libro y salió corriendo de allí, de La Librería.

Y sigue corriendo y, por suerte, ya es la hora de volver a casa. Volver para seguir mintiendo en secreto una experiencia que (aunque esperaba, por favor y por piedad, que no fuese a ser decisiva de su futuro modo de vida) sí ya le resultaba más que característica de su naturaleza en esa época. Una época en la que no había una gran diferencia entre un vulgar original y (tal vez, incluso, fuese mucho mejor y más admirable en lo espiritual y en lo artístico) la más singular de las falsificaciones.

Y en Salvajes Palmeras Land termina un libro y empieza otro (pero nunca dando por acabado al *Tractatus logico-philosophicus*) para seguir *encontrándose* con Ella o buscándola a Ella.

En este sentido y para sentir esto, Land prefiere los más recatados aunque encendidos *romances* del siglo XIX; porque no le causa mucha gracia imaginarla a Ella haciendo con otros, hace muchas décadas, lo que nunca llegó a hacer con él hace tan poco tiempo.

Pronto incluso Ella pasa a ser algo secundario.

Allí, Land leyendo como nunca leyó en su vida, como jamás volverá a leer, como cuando leyó *Drácula* pero aún con mayor intensidad. Land vampirizado pero de día: Land no leyendo sino viviendo lo que lee y muriendo lo que lee y resucitando y releyendo lo que leyó y no: Land no bebe vino pero sí bebe tinta. La tinta es vida… ¡y será suya! Land deseando pasar página y entonces, no pudiendo hacerlo, pasando páginas. Cientos de páginas y miles de páginas. Land lee todo lo que cae en sus manos y las puntas de sus dedos casi están encallecidas de pasar y repasar tantas páginas y están surcadas por esos finos y casi invisibles pero tan dolorosos cortes por los bordes del papel (Land los entiende como a estigmas sacros y cicatrices de auto-flagelación) que ya casi han tachado y borrado todo rastro de sus huellas digitales. Y, cuando se hace la hora de volver a casa para continuar con la para él y ya a esta altura más auténtica de las farsas, la sensación para Land es a la vez parecida y al mismo tiempo nada que ver a cuando, por las noches, cierra libro y apaga la luz. Sólo que aquí, apenas después del mediodía, es como si saliese de un dulce sueño para entrar en un despertar un tanto más amargo. Por suerte, es tan fácil de corregir ese sabor incómodo en la garganta añadiendo un puñado más de páginas, seguir leyendo a fuego lento pero ardiente.

(Y con los años, Land conocerá a un escritor al que le contará esa experiencia suya, entonces, leyendo como leyó, con esa dedicación y como si todos los libros estuviesen dedicados a él. Y ese escritor le dirá, con los ojos abiertos de par en par por lo que escucha, que le tiene tanta envidia, que él nunca pasó por algo así. Y que nada desearía más que le hubiese pasado porque «lo que se pierde cuando uno se pierde en la lectura es un buen punto de comienzo. Lo que se gana ya lo sabemos: todos los mundos posibles. Sólo que limitados a la posibilidad de que uno los perciba... Y no tengo la menor duda de que tú los percibiste. A todos y por completo... Qué celos que me das... Qué desperdicio que eso te hubiese sido concedido a ti, a alguien que nunca quiso escribir. Aunque, tal vez, exactamente por eso te haya sido concedido: porque la musa sabía que, pasando por semejante trance, te habrías convertido en el escritor más grande de la Historia. Y ese escritor no puede ni debe existir, porque su sola existencia seguramente acabaría con la vocación de todos los escritores por venir»).

Y, ahí y entonces, leyendo Land, nunca y ninguna de esas depresiones súbitas o pensamientos suicidas a los que se consideran típicos de la adolescencia porque leer salva y mantiene a flote aunque se esté rodeado por escualos blancos aleteando entre negras olas gigantes.

¿Era eso que experimentaba Land la felicidad absoluta?

Land no podría jurarlo, pero sí puede asegurar que no era la tristeza total. Era otra cosa. Ni una ni otra. No era la tristeza de esa mujer contemplando un tren que se acerca. O la felicidad de quien es el único sobreviviente: ese náufrago y huérfano y niño-hijo extraviado en un mar antiguo.

Y no: Land no piensa en la muerte o en matarse, porque eso equivaldría a dejar de leer. Aunque a Land la idea de un coma profundo hasta que todo pase y del cual salir con todas sus f-a-c-u-l-t-a-d-e-s intactas a veces se le hace *tan* tentadora. Pero enseguida, también, la descarta: porque en coma *tampoco* se puede leer. Y está el peligro de que el coma que le toque sea coma del tipo decimal. Y siempre existe el riesgo de conservar una cierta conciencia y de entonces vivir rodeado de todas esas máquinas haciendo esos ruiditos y sonando a los de esos primeros video-games con los que ahora sueñan todos los aparcados y, aun desde sus profundidades, tener que escuchar los apenas atenuados lamentos apenas disimulando los reproches de sus padres por complicarle salidas y entradas con los horarios de visita a un hospital que les queda incómodo y a trasmano de sus rumbos habituales.

Así que mejor seguir estando como estaba, como sigue estando. Dudando de si es feliz pero seguro de que, sea lo que sea, eso que siente no tiene límites como —literaria y no matemáticamente— no hay límites en el número de libros que no dejan de sumarse y que le restan por leer.

Así, Land sintiendo a las palabras ajenas como propias por el solo hecho de echarles el ojo y comprenderlas y reordenarlas dentro de su cabeza en imágenes suyas y nada más que suyas.

Así, esa sensación mezcla de tristeza y de triunfo cada vez que descubre una errata o, aún mejor o peor, un defecto en el entramado de la trama.

Así, Land diciéndose que debería entregarse un premio Nobel de lectura además del premio de literatura, y que seguro que ese año lo ganaría él.

Leer descontroladamente como si se escribiese controladamente, sí.

Y darse cuenta de que la biblioteca propia (la construcción babélica a la vez que esperántica, el orden y el desorden de esa biblioteca cuyo idioma secreto sólo comprende del todo él, esa otra vida en esta) es, también, su obra y su vida.

Y esa obra en su vida —en lo que hace no a la redacción pero sí a la *lectura* de su Big Vaina— es completada cuando una mañana su padre llama al colegio San Agustín para hablar con él. Necesita hablar con Land porque le hace falta el número de su documento de identidad para un trámite. Se lo ha olvidado (en verdad nunca lo supo) y no lo encuentra por ninguna parte. Y es entonces cuando al padre de Land le informan de que «su hijo no concurre a este establecimiento desde hace casi dos cursos completos».

Y la mentira —como le dijo César X Drill a Land— recién se revela como mentira en el momento en que ya no se cree en ella y el secreto recién se revela como secreto en el momento en que deja de serlo. Y, claro, la verdad es que Land nunca había mentido mucho hasta entonces (aunque lo de la Big Vaina no le parece exactamente una mentira: es más bien un verdadero secreto). Un poco de tanto en tanto, como para ir purgándose y restar presión y hacer espacio para la gran mentira de dos años para los demás: su Big Vaina que, en realidad, será la Big Vaina de todos los que se la creyeron. Así que Land no tiene mucha experiencia en el arte de la mentira habitual y, mucho menos, en qué es lo que sucede una vez que su sombra mentirosa sale a la luz y es dada a luz por la encandiladora verdad.

Ese mediodía, Land (luego de esa partida sin retorno con el ajedrecista alucinado, ese que se parece tanto a ese escritor de ciencia-ficción que escribe sobre máquinas en constante descomposición y sobre humanos sin arreglo, su ropa casi derrumbándose pero su barba y pelo blanco perfectamente cortados) vuelve a casa desde Salvajes Palmeras. Vuelve como siempre pero diferente. Land no ha dejado de temblar con firmeza desde la última jugada y movimiento, siente que el tablero a sus pies no deja de temblar. Y se pregunta si no será que por fin ha llegado el Gran Sismo provocado por hombres de negro y hombres de blanco (aunque las piezas de ajedrez de ese juego eran rojas y azules) y por peones entre cadenas y torres derrumbándose y alfiles que se persignan y caballos encabritados. Y se acuerda de un cuento de Philip K. Nome, de ese escritor al que se parecía el ajedrecista, que leyó también esa mañana (en realidad recién lo leeré yo algunos años después, en realidad ese cuento ni siquiera ha sido escrito o publicado aún; pero de tanto en tanto, en mi oficio, uno puede tomarse estas pequeñas libertades y darse este tipo de caprichos: casi nadie se dará cuenta y, los pocos que sí lo hagan, se sentirán tan felices de haberlo descubierto). Así que afirmo que Land leyó ese cuento justo antes de la partida de ajedrez. Un cuento donde un viajero espacial queda atrapado, en animación suspendida y por un desperfecto de la computadora que comanda su nave, en el loop de un mal recuerdo. Y entonces Land, recordándolo todo, vuelve a casa sin dejar de repetirse a sí mismo, una y otra vez, un «Espero llegar pronto… Espero llegar pronto… Espero llegar pronto…».

Y Land llega pero no exactamente al mismo apartamento en Residencias Homeland del que salió esa mañana. O sí: pero hubo (lo percibe apenas entra, como si fuese ese astronauta que regresa a casa después de un par de años flotando en el cielo y las cosas ya no son como eran en tierra) una alteración radical en la atmósfera del lugar.

Algo ha pasado. Algo pasó.

Sus padres —el Rey y la Reina— le preguntan cómo le ha ido en el colegio.

«Muy bien», sonríe Land creyéndose torre o alfil o caballo, pero en verdad y por su mentira siendo peón más que sacrificable.

Y —a no sorprenderse— esa será la última vez que Land sonreirá en bastante tiempo.

Sorpresa: «Cuando llegué a casa esperaba una sorpresa y no había sorpresa alguna para mí; por lo cual, sin duda, quedé sorprendido», apuntó Wittgenstein en un cuaderno.

El caso dentro de Su Caso, el de Land en Su Mundo, es ahora diferente: opuesto pero complementario. Land llega a casa no esperando una sorpresa pero sí hay allí una sorpresa esperándolo; por lo que (lleva tanto esperando que esa sorpresa lo sorprenda) a Land esa sorpresa no le sorprende en absoluto.

¿Y siente alivio Land cuando finalmente su falta —su falta de presencia en las aulas durante casi dos cursos— se hace presente para todos? ¿Se quita un gran peso de encima cuando se deshace su mentira de verdad haciéndose su secreto evidente como tal a los otros? ¿Es feliz una vez que es liberado del campo de concentración lectora de su *arbeit macht frei* cuando *expectata dies aderat*?

Puede decirse que sí, un poco; pero no exactamente.

Después de todo, lo suyo no fue una confesión, no hubo gesto redentor alguno de su parte y en Su Mundo, no fue algo revelado por él: en Su Caso todo se supo por accidente, por casualidad, sin aviso y ni lógica ni filosóficamente. Tampoco se siente particularmente orgulloso o secretamente satisfecho cuando se corre la voz (y es una voz que corre muy rápido) en cuanto a lo que muchos entienden como una hazaña digna de admiración y estudio y hasta digna del *Guinness Book of Records* (libro perfecto para gente que busca romper el récord de no leer y que, a su manera, no era otra cosa que el equivalente de *The Elements of Style* para inquietos psicópatas y suicidas pasivos empeñados en romperse de las maneras más supuestamente creativas pero certificadamente absurdas).

De una cosa *sí* está seguro Land: él jamás, ya nunca, volverá a leer con la entrega y la profundidad y la dedicación con la que leyó durante ese tiempo. Tiempo en el que leyendo –de algún modo, tan metido en tantos libros para salir de su propia vida– sintió como si casi fuese el autor de todos esos libros, como si todos y cada uno de esos libros fuesen suyos y nada más que suyos. Y que, por lo tanto, ya no tuviese la menor necesidad de escribirlos.

Luego, con el tiempo, cada vez que sale el tema, cuando le preguntan cuánto fue que estuvo fingiendo ir al colegio sin que sus padres se dieran cuenta de ello, Land siempre contestará con exactitud el número de años y meses y semanas y días y horas y minutos y precisando que no está del todo seguro de cuántos segundos fueron. (Y, ah, a veces se siente absurdamente en infracción por no haber alcanzado ese arquetípico y paradigmático y pulido lustro ilustre que tiñe todo de color rojo calendario y así poder haber dicho, en su momento, con azulada voz de hierro y bronce o, mejor, con voz de César X Drill, que «Todo empezó hace cinco años»). Y no: lo de Land no es, puntualizará, exactitud matemática sino fidelidad histórica. Y Land añadirá que se preocupó mucho por calcularlo con exactitud; porque siempre le irritaron mucho esas personas que cuando se les pregunta cuándo o hace cuánto les sucedió algo muy importante en sus vidas, simulan no tenerlo del todo claro y calcularlo en el momento y recién luego dar una respuesta que ya sabían a la perfección. Y lo peor de todo para Land es que –cuando simulan que sacan cuentas y calculan resultados– miran al cielo. Elevan sus ojos como si (de nuevo César X Drill *dixit*) se hubiese invocado el nombre de un muerto cuando, en esta oportunidad, el muerto son ellos mismos, yaciendo en la tumba abierta de su pasado. Para y por siempre allí y como petrificados por el enlosado ámbar de eso que intentan convencerse de que ya pasó, cuando lo que en verdad pasa es que todo sigue y seguirá pasando. Pero, aun así, es como si prefiriesen mentirse y mentir, porque piensan que eso los expone más a lo inevitable que prefieren se mantenga en secreto cuando en realidad es todo lo contrario: saber siempre será mejor que no saber. Saber es, por fin, entender aquello que no era que no se entendía sino que era uno quien no lo entendía.

El secreto está en saber, de verdad, no es mentira.

Así escribió Ludwig Josef Johann Wittgenstein (y así leyó y subrayó Land, en rojo y en azul, en rojo lo que cree que no entiende, en azul lo que sí cree entender): «Apresar *profundamente* la dificultad es lo difícil... El sentido del mundo tiene que residir fuera de él. En el mundo todo es como es y todo sucede como sucede; *en* él no hay valor alguno, y si lo hubiera carecería de valor. Si hay un valor que tenga valor ha de residir fuera de todo suceder y ser-así. Porque todo suceder y ser-así son casuales. Lo que los hace no-casuales no puede residir *en* el mundo; porque, de lo contrario, sería casual a su vez. Ha de residir fuera del mundo... Lo que se puede describir puede ocurrir también, y lo que ha de excluir la ley de causalidad es cosa que tampoco puede describirse... Está claro que no hay fundamento alguno para creer que ocurrirá realmente el caso más simple... Que el sol vaya a salir mañana es una hipótesis; y esto quiere decir: no *sabemos* si saldrá... No hay una necesidad por la que algo tenga que ocurrir porque otra cosa haya ocurrido. Sólo hay una necesidad *lógica*... A toda la visión moderna del mundo subyace el espejismo de que las llamadas leyes de la naturaleza son las explicaciones de los fenómenos de la naturaleza… En una palabra, el mundo tiene que convertirse entonces en otro enteramente diferente. Tiene que crecer o decrecer, por así decirlo, en su totalidad. El mundo del feliz es otro que el del infeliz».

El feliz castigo que se le impone al infeliz Land es el siguiente: sus padres le obligan a destruir, uno por uno y una a una, a sus libros y revistas. Y al darle la orden les asombra (tampoco se habían dado cuenta de eso) por cómo ha crecido su biblioteca a la que no se han asomado del mismo modo en que jamás reclamaron la lectura de boletines de calificaciones. No pueden creer todo lo que Land ha leído en este tiempo fugitivo. Porque ahora Land ha leído más que ellos y sabe más que ellos de lo que se supone que ellos saben mucho pero que ya no es tanto como pensaban que sabían. Ahí están todas esas antologías donde Land degustaba nuevos nombres y elegía aquellos que más le gustaban y que luego buscaba para robar sus obras completas.

Ahora, la primera gran purga en su biblioteca.

En realidad la segunda; porque muchos libros suyos quedaron en la biblioteca de Gran Ciudad I: allí permanecieron, y vaya a saber qué ha sido de ellos, de los titanes primigenios, de los padres de los hijos dioses que conoció aquí, muchos de ellos bajo la sombra luminosa de Salvajes Palmeras. Allí en esa escalera que ya extraña como si fuese un país lejano y donde se le presentaron (anotó todos y cada uno de sus nombres y apellidos) a los iniciáticos iniciados Harry Haller y David Balfour y Holden Caulfield y Lucien de Rubempré y Sebastian Barnack y Agustin Meaulnes y Sal Paradise & Neal Moriarty y Heathcliff y Eugene Onegin y Larry Darrell y Hans Castorp y Frédéric Moreau y Eugene Gant y Charles Ryder & Sebastian Flyte y su favorito, de nuevo: el joven y enfermo y sólo en apariencia secundario y maquiavélicamente bienintencionado y agónico pero a la vez tan vital Ralph Touchett.

Y Nome y Nome y Nome y tantos Nomes más.

Jóvenes héroes de lo que se llama *Bildungsroman*: «novelas de iniciación y aprendizaje» pero que en verdad son magistrales novelas de terminación: todos ellos obsesionados por la recuperación de un ayer que no puede repetirse pero, para Land, anunciando ya el futuro y abriéndoles la puerta a todos los que los rodean para que saliesen a pasear por las grandes y arboladas vanguardias de largos y sinuosos y sentenciosos senderos.

Pero lo que ocurre ahora es muy diferente a lo que ocurrió con su biblioteca en Gran Ciudad I.

Aquí y ahora un holocausto: no una resolución apresurada sino una solución final.

Ahora y aquí Land no sólo los deja atrás por exceso de equipaje o se los quitan y prohíben: aquí, además, le piden a él que los destruya.

Uno a uno.

Del primero al último de sus nombres inolvidables.

Del no-muerto Drácula al casi muerto-en-vida Monstruo de Frankenstein pasando por todos los inmortales residentes del Olimpo en su enciclopedia en fascículos.

Y debe destruirlos él mismo −estaca de madera y bala de plomo y transmutaciones en humanos y en animales− como en el más autosacrificial de los magnicidios.

Ya.

Ahora mismo.

Rápido y sin tiempo para componer una última canción de pie frente a los estantes y compaginando los títulos de sus lomos.

Gloria a los bravos libros que Land leyó y oíd, mortales, su grito mudo y sagrado. Página a página, ese sonido que sólo sabe hacer el papel al rasgarse las vestiduras de sus portadas. Afortunadamente, los más bien esqueléticos libros de tapas duras de su primera biblioteca infantil en Gran Ciudad I han sido suplantados en su mayoría por blandas pero más carnosas ediciones de bolsillo en su biblioteca adolescente en Gran Ciudad II (esos libros con diseños de portadas tan geniales e ingeniosos y tanto más talentosos que los de las portadas de Ex Editors cortesía de Hieronymus Bosch). Lo que facilita y acelera su destrucción; pero, piensa Land, él tal vez hubiese preferido una mayor dificultad, una cierta resistencia de su parte y no esta dócil entrega donde el papel y el cartón se rasgan casi sin esfuerzo (esfuerzo físico) y muy rápida y dolorosamente (dolor mental que es casi físico, más que físico). Y todos van cayendo rendidos sin ofrecer batalla a sus pies. Mezclándose así tramas y estilos. Y mientras Land rompe y fragmenta, a veces, le gusta leer un pedazo de página y luego otro y a ver cómo combinan y así se emparenta la imposibilidad de cohetes con palacios o de una luz verde con una ballena blanca. Y se dice que ahora esas pequeñas partes sueltas de modelos desarmados e imposibles de rearmar funcionarán bien como señaladores dentro de otros libros. Y que la gracia en la desgracia pasaría por infiltrar estas partículas para marcar página por la que se va y de la que se volverá a partir con algo afín o, por qué no, irreconciliable. Y sus padres le indican a Land que con todo ese picante (picándole en la punta de sus dedos y en los bordes de sus ojos) papel picado llene grandes bolsas negras para la basura, de esas que los asesinos en serie de las películas usan para meter las piezas sueltas de sus víctimas.

Y después le ordenan llevarlas al cuarto de los incineradores de Residencias Homeland y arrojarlas a esos hornos en llamas donde arden tantas otras cosas a las que cuesta tanto menos quemar que a libros, a las que a tantas personas les cuesta tanto más quemar que a libros aunque (a diferencia de los libros que sirven y funcionan para siempre) ya no funcionen ni sirvan.

Y a Land no le queda otra que aceptar semejante misión imposible y autodestructiva.

Esto es el dolor. Esto es como suicidarse asesinando.

Y Land se acuerda de César X Drill obligando a aquel Compañerito/Hijo de… a romper el dibujo de La Evanauta que acababa de hacerle.

¿Será este momento el equivalente a ese instante decisivo y fundador, la *origin story* de tanto súper-héroe cobalto? ¿El planeta explotando a sus espaldas, la picadura de araña radiactiva, el murciélago entrando por la ventana, la sobreexposición a rayos gamma? ¿Esa paradoja de aquel quien es reemplazado por otra versión supuestamente mejorada de sí mismo pero, por lo tanto, también sabiéndose siempre tan reemplazable ante el menor error o defecto en su funcionamiento? ¿O es que él era no «uno de los buenos» sino un súper-villano carmesí de génesis mucho más desteñida y confusa pero, a la vez, dando tiempo y lugar a alguien mucho más firme que cualquier paladín justiciero en sus convicciones y acciones?

¿Será esto lo más cerca que sus padres han estado de editar algo *de verdad*?, se pregunta Land.

¿Serán conscientes sus padres de que esto que ahora le hacen hacer a él fue lo que hace unos pocos años hicieron ellos con otros libros, destruyéndolos e incinerándolos, cuando se había iniciado la cuenta regresiva para La Transformación y lo mejor era no dejar rastros que avisasen aún más al ya fuera de control riesgo de ser ellos descatalogados o dados por perdidos?

¿Sabrán que en realidad le están haciendo algo a él cuyos efectos pueden resultar imprevisibles, como en esos experimento de película científica y loca de los sábados en el televisor de Gran Ciudad I?

Y de tanto en tanto, uno u otra o ambos, se asoman a los bordes de la habitación de Land para ver cómo va en su tarea. Y, por momentos, Land cree sentir que sus padres ya se están arrepintiendo de lo que le están haciendo hacer pero que, también, no saben cómo manifestar ese arrepentimiento. Sus padres no tienen las instrucciones ni las herramientas para hacerlo. Y es que sus padres nunca se arrepintieron de nada porque, comprende Land, sólo así pueden y podrán seguir funcionando. Arrepentirse (admitir un error o dar una disculpa) es para ellos detenerse, dejar de ser como son. Arrepentirse sería como editarse y corregirse, y ellos se dedican a corregir y editar a los demás, nunca a sí mismos. Ellos —para ellos— son incapaces de cometer todo error y errata.

De todas maneras, el castigo es tan cruel como poco efectivo: Land recuerda perfectamente (y en ocasiones hasta de memoria) todo lo que sucede en todos esos libros y revistas.

Y sabe que este cataclismo será aquello que le abrirá las puertas a lo que vendrá, a la siguiente de sus bibliotecas: a la biblioteca adulta.

«A ver si así, no teniendo nada para leer, por fin eres escritor... A ver si te gustan tanto los libros que, no teniendo ninguno, eso te inspira para escribir alguno», le dice su padre.

Y Land no entiende si lo dice en broma o en serio. Pero parece que es en serio. Porque es entonces cuando su padre le arroja desde la puerta de su habitación ahora zona fantasma (o prisión para traidores en verdad héroes, como la de ese otro prócer nacional de Gran Ciudad II que es como si hubiese posado para retrato carcelario) un ejemplar en español de *Los elementos del estilo* junto a un cuaderno en blanco y un bolígrafo.

Land no dice nada. Land es como uno de esos presos de película a los que se pretende quebrar su voluntad, sin resultado, en aislamiento (lo que a Land, viendo lo que solía suceder en patios y jaulas compartidas en esas películas-de-prisiones, nunca entendió del todo como castigo y siempre se le hizo que era la mejor de las recompensas posibles allí dentro para todo encadenado y perpetuo).

A Land la tarea/condena de acabar con su biblioteca le lleva (como al personaje de esa novela expulsado de su academia militar vagando por otra gran ciudad sin volver a casa) unos tres días. Duerme muy pocas horas, pero está acostumbrado a ello desde Gran Ciudad I, aunque en Gran Ciudad II durmiese tanto mejor. Y sus padres lo sacuden temprano y le ordenan ponerse de nuevo manos a la demolición de la obra de su vida como lector pero, sin saberlo ni sospecharlo, reafirmando así el estilo de sus elementos.

Adentro, el tiempo pasa despacio.

Afuera el tiempo pasa como todo el tiempo.

Y las campanas y las campanadas. Las campanadas de la medianoche que no son doce sino veinticuatro. Porque los cercanos colegios San Agustín y San Ignacio tienen cada uno y junto a ellos una iglesia con un campanario. Y le han contado (y Land lo recuerda mientras cuenta las campanadas desde la celda monacal y bajo llave que es ahora su habitación) que los campaneros agustinos y jesuitas, para que no se superpongan sus tañidos, han acordado, alternativamente, que las campanas de uno suenen en el último minuto del día anterior y las de otro en el primer minuto del día siguiente.

Y así entre unas y otras otras —¿eran las primeras campanadas rojas y las segundas campanadas azules o es al revés?; no importaba: eran campanas que, antes que nada y después de todo, tenían algo muy simple a la vez que tan complejo para contar, y lo contaban, de a una en una– el silencio del sonido de un largo minuto perdido al que van a dar todos los extravíos para encontrarse. Un minuto donde el tiempo se detiene, se arrodilla, y da las gracias por lo que fue y pide por el favor de lo que vendrá.

Y Land no *descubre* pero sí *comprende* que, contrario a lo que se cree y piensa, el Tiempo no es lo que marcan las campanadas sino el espacio entre una campanada y otra. Esa es su esencia más que su sitio. Y aquí, a la medianoche (en ese instante en que el mundo parece una imitación del mundo, en el que el motor de las rotaciones se apaga sólo para volver a encenderse) eso se hace aún más evidente: porque, de nuevo, hay todo un minuto entre una y otra serie de doce campanadas. Un minuto entre paréntesis y suspensivo que no es una eternidad pero sí una suerte de anticipo, de muestra gratis (y se sabe que todo lo que se cree que es gratis en verdad es lo que no tiene precio), de lo que puede llegar a ser la eternidad. La representación externa, contante y sonante, de ese íntimo silencio que es el que late entre uno y otro latido del corazón. Un silencio fácil de leer pero imposible de contar porque cómo escribir un silencio.

Así que Land lo escucha: escucha al secreto de ese minuto, sin oírlo, de verdad.

Y se dice que uno es tanto más consciente de todo cuando ya no se tiene casi nada.

Y, sin mentirlo ni mentirse, Land se dice que daría cualquier cosa por quedarse a vivir en ese minuto. Un minuto largo. El minuto más largo de todos. El minuto que, seguro, sería un minuto que a César X Drill le gustaría tanto pasar en él, contándolo y contando con él, para que ese minuto sea un minuto que nunca pase.

Esa tercera noche, la noche en la que ya no hay ningún libro en la biblioteca de su cuarto (luego de que, también, sus padres le hayan prohibido expresamente siquiera mirar y mucho menos tocar y leer los libros en la biblioteca de la sala, incluido aquel con ese cuadro de Hieronymus Bosch con ese cuadro con Dios leyendo en las alturas), Land tiene una pesadilla. O, mejor dicho y sentido, una pesadilla lo tiene a Land. Una pesadilla lo posee, no lo suelta, no lo despierta ni le permite abrir los ojos.

Allí, después de ese período de ajuste en que los sueños empiezan a emitirse tentativamente, como en indecisas escenas sueltas de las series antes de los títulos de apertura (títulos que eran lo que más pronto envejecía en la TV o en el cine) pero que anticipaban a todo lo que luego vendría. Allí, donde todo comienza como en una centrifugación de personajes y tramas de todo lo que Land ha leído durante la Big Vaina.

Lo que ve —lo que piensa que ve, lo que ve con el pensamiento entonces— le recuerda también a Land la presentación y despedida de uno de sus dibujos animados preferidos de su infancia. No le gustaban tanto los dibujos esos en sí. Pero sí le fascinaba el arranque y el adiós de ese *Show de Nome*. Allí, con un pequeño cerdo tartamudo al frente, todos los protagonistas se presentaban eufóricos al principio y, al final, salían por un extremo del escenario entonando una canción primero triste y luego, otra vez y como al principio, muy alegre. Y aún muchos años después, cada vez que se cruzaba con alguno de esos momentos en su televisor, Land no podía evitar verlos y cantarlos poniendo aquella voz que ya no tiene pero que aún puede recuperar con la garganta oprimida un poco por la emoción de volver a todo eso y otro poco por el por fin haberse ido de todo aquello.

Allí, en su sueño, todo mezclado y en fragmentos: como redactado en esos pedazos de páginas con las que primero llenó aquellas bolsas negras y después las arrojó al incinerador para que ardieran en una hoguera de historias. Allí fue Land: se le permitió salir de su habitación y del apartamento para respirar aire fresco por unos pocos metros y bajar un breve tramo de escaleras (de esas que, cuando fue libre, saltaba de felicidad) y abrir la puerta de ese pequeño cuarto en el entrepiso en el que una trampilla en su pared devoraba a todo lo que caía desde allí para que en las profundidades de Residencias Homeland el fuego lo devorase. Fumata blanca y negra. Todo y todos juntos. Allá van. Embolsados. Evidencia y consecuencia de su crimen no a eliminar como si fuesen pistas sino para completar su mortificación y penitencia a nunca ser olvidada. Allá caen, allí arden, ardientes. Príncipes rusos con magnates norteamericanos, hombres con cabeza de asno y hombres que se despiertan como escarabajos gigantes, marcianos extinguiéndose con dinosaurios extinguidos, héroe por azar en Solferino y antihéroe extraviado por mandato en Waterloo, detectives pintorescos con vencidos investigadores *noir*, mariposas amarillas y corcel pálido, palabras escritas al revés sobre espejo y espejo reflejando a un astronauta arrugado, lobo estepario en Teatro Mágico y buen salvaje en Malpaís, el amor perdido y los celos recobrados, un camino que se bifurcaba en dos direcciones y entonces había que elegir una, ilusiones perdidas y grandes esperanzas. Y, en el aire y flotando sobre todos y todo, ese espectro en las primeras páginas de fantasma navideño encadenado a cofres y llaves y candados y con el rostro (Land demora un poco en reconocerlo pero, sí, no es otro que él) de William Strunk Jr.: el autor de *The Elements of Style*... Y, de pronto, ese frenesí tipográfico (las letras de todo lo leído suenan cada vez más fuerte y más alto) de palabras y de sonidos (todos esos estilos de todos esos elementos) se interrumpe y se cierra. Y en su habitación (súbitamente decorada con mobiliario estilo Louis XVI y suelos de baldosas blancas y luminosas ¡pero no disco!) hay una biblioteca vacía de libros. Y en uno de sus estantes hay una lámpara de la que sale un humo genial. Y ese genio acaba tomando la forma de César X Drill. Y así habló César X Drill (y así escucha Land): «Cuidado con lo que deseas, Land, porque puede que *nunca* se haga realidad. Lo más importante no es ese deseo cumplido sino la formulación del deseo y cuál es el estilo de los elementos que lo componen. Por eso es que cuesta tanto escribir a secas, por eso hay que desear escribir como si se leyera y leer como si se escribiera». Y la voz de César X Drill cambia y ya no es la suya sino otra. Y se abre una puerta por la que entra Rod Serling y es, por suerte, el Rod Serling auténtico: el primero de ambos Rod Serling, el Rod Serling tanto más inquietante que el segundo Rod Serling y, siendo un sueño, claro, es el Rod Serling en blanco y negro y no en colores. Y Rod Serling habla de la madera de cedro de Virginia y describe un árbol y el sonido de un hacha y sierras y de la fabricación de grafito para minas. «Todo eso que comenzó el mismo año en el que nació Shakespeare», informa Serling, hasta resultar en la invención del lápiz moderno, «tal como lo conocemos hoy, cortesía del pintor y aeronauta y oficial napoleónico Nicolas-Jacques Conté, cuyo apellido, si le editamos en rojo el acento, significa en francés *cuento*». Y el grafito penetra a la madera y la madera abraza al grafito y entonces la escena cambia. Ahora, en su sueño, Land está como ahora está Land: durmiendo en su cama. Y en el techo ese reflejo líquido y azul y ondulante, como si la piscina de Residencias Homeland estuviese justo bajo su ventana; como si él ahora, acostado, volviese a estar bajo el agua y al fondo de todas las cosas y a la espera de ser rescatado por Ella. Y otra puerta se abre —la de su habitación— y sus padres entran cantando y parecen haber olvidado su crimen y le traen algo muy grande y largo y envuelto en papel para regalo. Y Land llora emocionado (Land llora dormido a la vez que llora en su sueño) y abre el paquete. Y lo que hay allí es un lápiz gigante. Un lápiz de un metro y veinte de largo y del grosor correspondiente a esa longitud. Y ese lápiz es mitad rojo y mitad azul, es dos lápices en uno, dos cabezas de las que, forzosamente, una acabará ganándole a otra a medida que se le vaya sacando punta. Y Land (quien sospecha que la parte roja se reducirá primero, porque hay tanto por tachar) lo recibe con mucha más gratitud de la que en verdad siente. No es un regalo que le guste demasiado y sabe que se trata de otra invitación/mandato a que escriba; pero no se queja ni se resiste, porque intuye que este objeto absurdo es algo así como la representación sólida de su perdón. Y aquí es cuando la pesadilla se vuelve de verdad pesadillesca: sus padres empiezan a canturrear obsesivamente, como en esa película terrible con freaks de feria, aquello de: «Uno de los nuestros... Uno de los nuestros». Y luego: «¡Escribe!... ¡Escribe!».

Y Land entiende que más le vale obedecer.

Y sus padres le entregan una hoja de papel grande como una sábana y Land descubre, aterrorizado, que el lado rojo del lápiz escribe en azul y el lado azul escribe en rojo. Que ya no hay forma de precisar qué es lo correcto y qué es lo que hay que corregir.

Primero, una/otra idea posible para imposible libro suyo pero, esta vez, no como las que se le ocurrieron antes: esta idea es más confusa y no termina de organizarse en una trama clara y funcional. O tal vez sus elementos sean los de un nuevo estilo. Una confusa trama con enfermedad que ataca a escritores y epidemia que produce un olvido selectivo y muy personal obligando a la búsqueda y composición de una nueva forma de familia, de una familia editada y escrita por y para uno. Y, en ese paisaje, se ve a él mismo: adulto, solo, coleccionando vidas de otros para no tener que pensar demasiado en la suya. Y de pronto aparece Ella que no es exactamente Ella. Y entonces −como con niños hechiceros y vampiros adolescentes y chicas vengadoras y millonarios perversos− Land decide que suficiente de eso, que no va a seguir por ahí, que también se olvida de esta idea, como se olvidó de las otras, como se olvidan las ideas en los sueños.

Y lo que entonces decide leer y leerse Land, inexacto y profético, es su propio futuro. Un futuro que le llega como esas escenas anticipadas en los títulos de aquella serie de misiones imposibles durante su imposible y casi misionera infancia (su favorito en ese equipo de espías era aquel que usaba todas esas máscaras, todas esas vidas, reviviéndolas y reescribiéndolas a voluntad) como comisión insoluble. O como en también imposibles de anticipar jugadas de ajedrez o como postales dispersas y sin fecha precisa (como aquellas que comprará en Gran Ciudad III, con fotos de ese pequeño gorila de pelo blanco que, cuando Land finalmente lo vea de cerca y en su jaula y apestando a vómito, será enorme y de color gris y sucio, del color y del olor de la imaginación cuando se hace realidad), como mensajes e instrucciones pero siempre por venir y enviados por él mismo a sí mismo. Fuera de orden y, ajustando subjetivamente el objetivo, como si fuesen fotos captadas y reveladas en el mismo momento de verlas. Un poco desenfocadas, sin poder precisar del todo qué es lo que muestran porque lo que muestran aún no ha tenido tiempo ni tiempos ni lugares ni lugar.

En ellas, Land se ve y se lee dentro de poco, de regreso en Gran Ciudad I luego de que sus padres (y muchos de sus amigos) sufriesen o gozaran de una imprevista y extraña transmutación: para ellos, sin aviso y como si hubiesen contraído una variedad de psicosis paranoide a coro, Gran Ciudad II ha perdido toda gracia y ahora se la pasan temiendo el ser atropellados por autos a la fuga o asesinados en callejones. Y no hablan más que de volver, de volver no a empezar sino a continuar en un sitio que ahora, les cuentan desde Gran Ciudad I, «ya no está tan pesado como estaba», aunque sigan en el gobierno aquellos por los que huyeron de allí. Eso sí, aseguran: ya soplan clarines de más o menos retirada y El Grupo «quiere y necesita» ser «pieza fundamental en La Retransformación» y colaborar con su experiencia en el exilio: hay mucho que escribir y editar y testimoniar. Pero lo importante es que todos volverán como alguna vez volvió El Primer Trabajador (les fascina la idea de su propio retorno). Y volverán con mucho dinero y siendo más ricos de lo que jamás fueron (en un lugar donde los billetes cambian de nombre y restan su valor y suman ceros y no son más que moneda casi de juguete frente a divisas extranjeras). Y recuperarán, potentados y potenciados, los sitios que solían frecuentar en Gran Ciudad I. Les emociona la vista de reconquistar esas calles a pisar nuevamente como si se tratasen de una de esas encumbradas propiedades entre borrascas a las que reclamar no con sed de venganza para con los demás presentes allí sino con hambre de ajustar cuentas con sus propios pasados. Pasados, para Land, no tanto de novela como de telenovela. Y, claro, tampoco quieren perderse la fiesta de un próximo y juvenil Mundial (y ya les comentaron que hay un jugador muy joven que va camino de ser «el mejor del mundo»). Hay algunas pocas razones y demasiados motivos para preparar el desembarco en reversa, sí. Lo importante —de golpe sin importar el Golpe— es volver.

Y ya de vuelta Land se ve intentando apuntalar techos y paredes y suelos en una casa ruinosa «pero genial» que han comprado sus padres con poderoso dinero extranjero (ambientes amplios, ángulos extraños, muchos espejos y, de nuevo, muy poca agua caliente) y en la que pretenden fundar un Ex Editors III a la vez que su nuevo hogar. Todo en uno. Y Land allí, más rodeado de escritores y de hijos de… que nunca, en una fiesta inolvidable e interminable que daría lo que fuese por olvidar y terminar.

Land se ve vaciando las urnas con las cenizas grises de sus otros tres abuelos en aquella playa blanca.

Land se ve perdiendo todos sus años de estudios consecuencia de una «falla» en su historial educativo: entró al secundario en Gran Ciudad II sin haber terminado el primario en Gran Ciudad I. Y, entre idas y vueltas consulares para esclarecer el «desperfecto», su expediente se pierde. Y sus padres deciden «dejarlo estar», como alguna vez se dejó estar a su dentadura, por incomodidad burocrática, formularios imposibles de editar y direcciones de oficinas fuera de lugar. Todo muy incómodo, y así Land es académicamente clasificado como «semi-analfabeto». Es decir: sabe leer y escribir, pero no ha terminado el colegio privado. Y, ante el deshecho hecho consumado, lo cierto es que a Land le gusta o al menos le divierte un poco eso de ser *semi*: no ser algo del todo, no ser nada por completo. Ser un poco como un fantasma lector al que le faltan varias páginas en su legajo y, por lo tanto, sus motivos para asustar no están del todo claros. Así que, mejor, que sea su historia la que dé miedo, inquiete, perturbe y embruje.

Land se ve yendo a sacar a sus padres de un calabozo de trasnoche luego de que se hayan pasado de revoluciones en alguna fiesta que se quería revolucionaria. Y, ah, de nuevo la sensación de no ser la estrella sino, apenas, el coprotagonista de otra de esas comedias casi insustanciales de tan ligeras en las que hijos y padres intercambian roles y actividades para, se supone, acabar comprendiéndose mejor. Sólo que el guión que le ha tocado a Land parece nunca alcanzar el último rollo de esa redentora y –si hay suerte y actores por encima de la media– emotiva reconciliación final. No es ni será su caso, está claro.

Land se ve dejando, por fin, la casa de sus padres que ya no va a ser más la casa de sus padres; porque ha llegado el momento de la separación que se supone definitiva entre ellos (pero lo cierto es que Land no quiere seguir estando allí cuando se junten, se rejunten; tampoco quiere saber nada de los «testimonios» de sobrevivientes, de sus ocasionales y respectivas parejas temporales, que en ningún caso alcanzan la condición de amables padrastros y madrastras porque duran poco, porque siempre se agotaron enseguida, y cuando de casualidad Land se cruza con ellos y ellas se limitan a reconocerse con un saludo casi militar por haber compartido experiencias juntos en tantos frentes de batalla). Y Land no puede precisar muy bien cuál de sus padres

—tal vez los dos al mismo tiempo, con esa perfecta sincronía que sólo parecen tener para las ocasiones más desfasadas– dice entonces al otro: «¡No seas idiota! No podemos volver a empezar. Empezamos hace ya mucho. Y desde entonces no hemos hecho otra cosa que terminar muchas veces. Terminar, terminar, terminar, terminar, terminar. Eso es todo lo que hemos hecho y, tal vez, podríamos volver a hacer. ¿Empezar de nuevo? Imposible. Lo único que podemos comenzar es un nuevo final». Y sí: sin que sus padres se den demasiada cuenta, Land sale de allí para ya no volver. Land termina para empezar en otra parte. Land tiene dieciocho años: es el fin de su adolescencia aunque la infancia continúe. Es ese momento en que se avanza sin mirar atrás porque lo que queda a espaldas son ruinas o está todo cubierto por una niebla que no permite ver nada. Así, lo poco que se piensa como inmemorial de todo aquello (los restos de todo eso que no se ha hundido y que flota casi como una acusación) de pronto es como algo que ya no se recuerda sino que se reescribe. Algo que se corrige, a veces rojo y a veces azul. Algo que, al mezclarse uno con otro, según las proporciones de cada uno, obtiene variables de violeta, de morado, de índigo, de lila, de malva o, mejor dicho, de *mauve* que (se entera Land) era la palabra favorita de uno de sus escritores favoritos y del favorito de César X Drill: de ese ruso que decía ver las letras como colores. Y, sí, las letras que por entonces conformarán la palabra *Ella* tendrán para Land, todas, un tono purpúreo, precedidas como de fogonazo blanquecino justo antes de extinguirse: algo y alguien a quien se imagina y se oye riendo a pesar de estar tan lejos (¿dónde estará Ella?) que ya no se la puede ver.

Land se ve siendo padre de sí mismo.

Land se ve siendo hijo de sí mismo.

Land se ve viajando lejos, a solas, sin itinerario, trabajando de lo que surge o sale. Y uno de esos trabajos es a las órdenes de Supertramp. Y Land se hace bastante amigo del saxofonista, y hasta es convocado para cantar «Dreamer» y «School» en directo. El saxofonista se llama John y es el inevitable e imprescindible tipo gracioso en toda banda, siempre hace chistes entre canción y canción y quien aparecía como el más divertido en los videoclips. También era quien intentaba bajar un poco la presión en esa gira que sería la última de Supertramp con ambos líderes y compositores, Rick y Roger, quienes por entonces ya no se pueden ver y mucho menos oír. Y Land, casi por casualidad, se ha convertido en una especie de asistente personal de ambos: es el delegado para comunicarlos entre ellos, porque ya no se hablan. Land es el intermediario que va y viene y vuelve a ir comunicando e intercambiando órdenes a menudo contradictorias o imposibles de congeniar. Y, más que cantar, Roger y Rick casi gruñen las últimas canciones del que será su último álbum juntos que se llama ... *famous last words*... y que tiene títulos como «Crazy», «It's Raining Again» y «Don't Leave Me Now». Y Land va de uno a otro y de otro a uno (Land pregunta y responde a «¿Y él qué te dijo?» y a «¿Y tú qué le dijiste?») y, de nuevo, se siente como un hijo de... Y John no deja de hacer chistes pensando que así atenúa tensiones y Land ya no aguanta su saxo siempre entrometido y sólo quiere salir de allí y dejar de oír todo eso de todos esos. Y, sí, pronto toda la música será otra: ya no será amable y lógica música de los '70s sino, ya desde mediados de esa década —cinco años de nuevo—, la imperdible y psicótica y arrítmica y afilada música de los '80s. Letras con psycho killers y Glorias a caballo y lujuria por vivir. Y todo —existencial y matemáticamente— equivaliendo a menos que cero en la voz de un tipo con anteojos (no gafas) de cristales azul y rojo (como esas que alguna vez se compró Land recién llegado a Gran Ciudad II) enarcando sus cejas bajo la palabra TRUST: póster en los ladrillos de alguna pared de Land por erigirse. Y entonces Land jamás se atreverá a comentar a amigos y conocidos colocados y duros del mondo underground que alguna vez trabajó con Supertramp, que Supertramp le gustaba y que le sigue gustando tanto, y «Take the Long Way Home» y «Just Another Nervous Wreck» y «Hide in Your Shell» y «Poor Boy».

Land se ve durmiendo en los altos de una librería famosa, frente a Notre Dame, y pensando en que esa catedral —como tantas otras cosas o personas— luce tan sólida y frágil al mismo tiempo: algo así como un pastel de bodas en el escaparate de la Historia. Land entra a esa librería una mañana luego de una noche larga, de una fiesta subterránea en las catacumbas de la ciudad, entre frías tibias y con cráneos calientes por química extática. Y —en el momento en que intenta robarse un libro— Land es sorprendido por el dueño: un viejo psicópata que es casi considerado atractivo turístico por su constante mal humor y mal trato a los clientes al punto de figurar en algunas guías de la ciudad como uno de sus atractivos poco atractivos. El viejo le dice a Land que no llamará a la policía si Land trabaja gratis para él por un par de semanas. Así, Land duerme en un catre en los altos de la librería y sube y baja cajas con títulos sin ningún valor y entre los que, de tanto en tanto, resplandece un inesperado y valioso milagro... Y ¿tiene sentido precisar que el libro que Land se ve robando entonces es una edición en inglés de *Vermischte Bemerkungen*: los aforismos de Ludwig Wittgenstein? ¿Y vale la pena citar que allí se lee que «Una confesión debe ser parte de una nueva vida», y que «El origen y la forma primitiva del juego del lenguaje es una reacción; sólo sobre ella pueden crecer las formas más complicadas», y lo más importante de todo, que «Lo que sueña un hombre casi nunca se cumple»?

Land se ve entrando y saliendo de un cine. Acaba de ver pero no deja de rever una película en la que una especie de caza-recompensas del futuro persigue y alcanza y «retira» a androides obsesionados con hacer suyas y sólo suyas a sus memorias y recuerdos implantados, a sus pasados que no les pasaron a ellos sino a otros: a sus creadores contra los que ahora se rebelan y buscan vengarse y hacer justicia. Y Land piensa: «Imposible retirar mañana lo que ya sucedió ayer». Y se acuerda de cuando un fan asesinó a balazos a John Nome y que, al enterarse, Land se dijo que a partir de entonces todo sería posible, nada sería inverosímil: se suspendería toda *suspension of disbelief* y que, para escapar de tanta ocurrencia demencial, sólo quedaría recuperar el sentido de la incredulidad con la fuga al olvido y al *no future* y al *yes past, please* y *tomorrow never knows*, mañana nadie sabe ni sabrá ya cómo creer en el ayer.

Land se ve de regreso en Gran Ciudad I y de uniforme y como soldado-ayudante de un coronel en una biblioteca militar (allí sólo hay libros de historia y mapas y monografías sobre grandes batallas, libros que hablan de fuegos y de llamas) quien le pregunta un «¿Cómo es que su padre pudiendo haberme pedido que lo eximiese de todo esto apenas se limitó a solicitar que le dieran el puesto de bibliotecario?».

Land se ve meses más tarde, luego de una «instrucción» tan cercana al martirio como al absurdo (aunque descuella, inesperadamente, en eso de armar y desarmar a toda velocidad un rifle con los ojos vendados: Land es el campeón del regimiento y las diferentes piezas bailan en sus manos y encajan las unas con las otras como por arte de magia, como si editara a ese rifle). Y habiendo estipulado en su legajo de reclutamiento (legajo que no se traspapela) un «perfecto dominio del idioma inglés», Land recibe nuevas órdenes y sube a un avión rumbo al helado fin del mundo y a unas islas en llamas. Y Land se descubre corriendo en la niebla y en la nieve con un rifle vacío y cazado por soldados exóticos que gritan «Kali! Kali! Kali!» y no «Kaili! Kaili! Kaili!», como en aquella película de sus ya antiguos sábados y en la que todos iban tras el anillo en el dedo de un baterista al que, la verdad sea dicha, ahora Land se parece mucho sin necesidad de gorra, en esa otra escena de esa misma película: tocando la batería y temblando de frío y rodeado de tanques de guerra y pensando en cuánto te necesito, la necesita, la sigue necesitando a Ella y Help!

Land se ve con otras chicas y mujeres, pero ninguna de ellas es Ella. Y con ellas no hace más que terminar sin pasión lo que nunca, tan amorosamente, llegó a comenzar con Ella. Y es que Ella está en todas partes menos en ellas.

Land se ve revisitando los mismos sitios y santuarios de Gran Ciudad I a los que alguna vez acompañó a sus padres pero ahora distintos. Los cines y los bares y los teatros y los clubes subterráneos y las discotecas de altura con otros nombres (nombres como Gödel o Coliseum o Floressas) o mudándose a otros sitios, reclamados por su generación, por los hijos de..., haciéndolos suyos con nuevas y mejores y más fáciles de conseguir drogas. Y todos diciéndose que no tendrán o que retrasarán tanto más que sus padres el tener descendencia, que no hay apuro, que no hace falta, que se dedicarán a disfrutar de ese espacio todo el tiempo que se pueda y en el que ya no vendrán de ninguno y tampoco irán hacia nadie, y así todos sus espermatozoides demorados y óvulos dilatados y a la espera y que sigan esperando.

Y no hubo ni hay fotografías o álbumes de todo esto, no hay rostros ni cuerpos por siempre jóvenes; no hay ruinas de templos inmortales ni tumbas cubiertas de flores amarillas; no hay días de los muertos ni noches de los vivos; y sí hay botellas de mezcal y vasos de bourbon, y su voz como si fuera la de otro, en tambaleante español con ebrio acento inglés, diciendo «Veo que la tierra anda; estoy esperando que mi casa pase por aquí para meterme en ella»: Land siempre preferirá el crear recuerdos siempre brillantes al revelar imágenes que irán perdiendo su color.

Y todo esto Land lo ve como si lo recordase aunque no haya sucedido aún, aunque tal vez no vaya a suceder: son como posibles y tal vez implantados recuerdos anticipados, como recuerdos a cuenta que se cuenta a sí mismo, ahí, en su cama.

Y Land descubre que es muy bueno escuchándose y preguntándose. Y que es aún mejor preguntando y escuchando las respuestas a sus preguntas sobre recuerdos y pasados de otros. Land inspira confianza y la gente se abre con él y Land empieza a publicar entrevistas en semanarios y eso lleva a conversaciones más largas y detalladas. Y enseguida Land ya no escucha últimas noticias sino vidas completas. Se registra y corre la voz de que Land es muy bueno para alcanzar y grabar voces desgarbadas y desgrabarlas arreglándolas armoniosamente para que suenen bien, para que se entienda lo que dicen, para que cuenten más o menos buenos cuentos de la mejor manera posible. Y Land se disculpa y se exculpa a sí mismo diciéndose que *eso* no es escribir: que *eso* no es más que una forma de leer por escrito. Y Land se convierte en lo que siempre fue: un buen receptor y un aún mejor anotador. Alguien que sabe inventariar con propiedad las invenciones de otros. Sólo que ahora, también, además, es un buen... no imitador pero sí un excelente reproductor. Y Land se dice que esto no es algo tan raro, que suele suceder: que lo que empieza siendo una carencia o un defecto, si hay suerte, acaba resultando en un don o una virtud o un talento que se adiestra y mecaniza y deviene en profesión tal vez provechosa y...

Y entonces todo eso (su vida viviendo de la vida de los otros, su sangre para su tinta) se funde y se derrite y se olvida.

Y de nuevo junto a sus padres en su cuarto de Residencias Homeland en Gran Ciudad II y —mientras Land escribe su vida por venir como un poseído al que nadie quiere tener cerca— Rod Serling fuma y dice: «Lo que ustedes están viendo es el Acto Primero, Escena Primera de una pesadilla. Una pesadilla que de aquí en más no se limitará a las horas más oscuras de la noche... Conozcan al joven Land. Alguien que mintió y llevó una vida secreta y entonces no pensó en lo que hacía, y quien luego imaginó que se saldría con la suya como por arte de magia. Pero en verdad ningún conjuro en ninguno de sus libros le fue de ayuda. Y ahora sus libros ya no están. Y ahora Land está solo, prisionero en su presente y alucinando su futuro. Y sin Ella, la chica a la que ama, ni nadie que lo quiera, perdido en algún pliegue secreto de... *The Twilight Zone*».

Entonces Land se despierta y cree que tiene fiebre. Y se acuerda de eso que una vez leyó (pero no se acuerda dónde) en cuanto a que los prisioneros de los campos de concentración nazis pedían que no se los espabilase si se los escuchaba gritar dormidos, porque toda pesadilla siempre sería para ellos mejor, mucho mejor, que el estar despierto.

Y mientras se le busca otro colegio, otro colegio que «quede cerca», se le dice a Land (segunda parte de su castigo/condena) que tendrá prohibido bajar a El Parque hasta fecha por determinar. Sí: sus padres no le dicen por cuánto tiempo, y esa es parte de la pena a penar. Y la incertidumbre en cuanto a lo que va a suceder, el no saber cómo sigue, es el peor tormento al que se puede someter a alguien como Land porque, de algún modo, esto consigue que su ser-lector sucumba a la posibilidad del ser-escritor: de imaginar diversas posibilidades de su trama más que pensar en lo que traman para él.

Y es una suerte que su apartamento no tenga vista a El Parque: porque sería terrible mirarlo desde ahí arriba —como un pequeño dios en el que nadie cree ni le cree— y no poder vivirlo y verlo tan cerca y tan lejos. Y ver allí a todos los aparcados y aparcadas de tanto en tanto mirando hacia su ventana y descubrirlo a él como si fuese el más operístico de los fantasmas espiándolos detrás del telón de una cortina.

Ahora, Land los imagina, como si los leyera, seguro de que ni aparcados ni aparcadas están leyendo (ni ellas ni ellos leen mucho, apenas lo justo; y Ella siempre prefiere que Land le cuente lo que está leyendo, «porque me gusta oírte», y adivinando siempre los finales). Aunque tal vez los habitantes de El Parque sí estén perpetrando poemas secretos o conspirando a solas en diarios íntimos o en la infrecuente audacia de una cartita de amorcito sin firmar pero con caligrafía casi siempre reconocible, porque están en *esa* edad en la que se escribe *eso* para ya luego nunca más poder escribir (sin sospechar que llegará un tiempo en que todos se pasarán buena parte de sus vidas tecleando minucias en pequeñas pantallas que ya no serán secretos, a veces verdades, casi siempre mentiras).

Ahora Land siente o se convence de que puede leerlos a ellos y a ellas y a sus vidas a partir de lo que sabe de sus historias, narrándolos, poseyéndolos, ya casi autobiografiándolos (¿nace aquí, estoica, su vocación?), contándose a sí mismo sus vidas para así paliar el no tener nada para leer (y nunca se es más consciente de todo lo que hay o queda por leer que cuando no queda o no hay nada para leer). Las vidas imaginadas de aparcados y aparcadas como agua para apagar al fuego en el que ardieron sus libros.

Ahora, para Land, El Parque es un sonido distante, un rumor de voces y de ruidos, algo como todo eso que a veces se escucha entre una y otra canción de Pink Floyd.

Ahora, más adioses hasta quién sabe cuándo, demasiados en tan pocos años: Land piensa en que se la pasa dando la bienvenida a despedidas, que su vida es eso y nada más que eso. Un largo adiós como el de una de esas novelas que leyó y que ya no tiene.

Ahora lo suyo es —no deja de pensarlo— otro exilio más en su lista de exilios. Exilios exiliándose de exilios, superponiéndose unos con otros. Pero este es un exilio suyo y nada más que suyo, por culpa suya y a la vez expulsándose a sí mismo. Porque, de acuerdo, fue él quien comenzó con eso, con la Big Vaina; pero fueron sus padres quienes propiciaron las condiciones (con su falta de condiciones) para que la Big Vaina creciera más allá de toda idea.

Y este nuevo exilio es un exilio singular de uno, de él: de personaje triste y solitario y final extraviado en un sueño eterno, de náufrago sin mensaje a embotellar, de hombre invisible hasta para sí mismo.

Porque Land no demora en comprender que el castigo (luego de la destrucción de su biblioteca) no pasa tanto por que Land no vea a nadie sino por el que sus padres no quieren que nadie vea a Land. Que no lo vean no los amigos de Land sino los amigos de los padres de Land quienes, seguro, no dejan de comentar todo el asunto.

Sí: lo que en verdad ha enfurecido a los padres de Land no es tanto su crimen (que hasta es posible que les provoque algo entre el pasmo y la fascinación con una pizca de raro orgullo; porque Land ha demostrado ser, de algún modo, más original y «genial» que todos los otros hijos de...) sino que hubiese podido llevarlo a cabo durante tanto tiempo sin que ellos sospechasen nada porque ni pensaban en ello, en él, en Land: en su vida en general y en su vida escolar en particular. Así, más allá de su proeza, Land ha puesto en evidencia que él pudo no haber hecho lo correcto como hijo pero −también y muy por encima de eso− que sus padres no han hecho lo correcto como padres. Y acaso algo aún más preocupante para ellos, lo que más les molesta e indigna: que no supieron *editar* el manuscrito que en cierto modo empieza siendo todo hijo, al menos hasta que este decide que, a partir de un momento determinado y a determinar, lo biográfico será autobiográfico. Y que, sí, en verdad (gracias de nuevo, César X Drill) él no mintió sino que ellos le creyeron sin siquiera preguntarse en qué creían.

Y el episodio ahora es entendido como llamada de advertencia, como alerta preventiva. Y todos los padres de hijos de... deciden que deben preocuparse más de y por ser mejores padres de todos los hijos de...

Y, por dos o tres semanas, se convierten en seres casi insoportables para sus hijos ya autosuficientes desde hace años. Se les revisan los cuadernos, se les ordena que digan la lección en voz alta en el living de sus casas, y hasta se inspecciona que tengan las uñas cortas y limpias y se confía sus cortes de pelo a profesionales.

Después, casi enseguida –por suerte para unos y otros, para padres de hijos de... y para hijos de..., para todos– todo vuelve a la anormalidad de costumbre.

Y de tanto en tanto, sus padres abren la puerta de la habitación y le dicen a Land que «no pueden creer» que ni siquiera intente defenderse. Y, mucho menos, que no se muestre mínimamente arrepentido. Y, sí, Land tiene muchas cosas de las que arrepentirse, pero ha decidido no arrepentirse de ellas. No tiene mucho sentido arrepentirse ahora de lo que volvería a hacer porque lo cierto es que se siente mejor que nunca, poderoso. Ahora que todos saben eso, nadie jamás podrá saber esto: que, de regreso de su expedición, Land vuelve con el secreto de la vida eterna que jamás expondrá en una de esas *societies* donde los aventureros se juntan para beber al principio o al final de esas novelas exploradoras impresas en papel que sale de árboles crecidos en las más exóticas de las tierras. Sí: Land ya es «un buen personaje» y, por lo tanto, está inmunizado para siempre y libre del mandato de crear «buenos personajes».

Y Land escucha a sus padres pero no los oye. Y piensa que la única manera de defender lo indefendible es el ataque; y nada le interesa menos que un ajuste de cuentas, que explicar causas y efectos, que desenterrar hechos y sus consecuencias. Y se dice que, si él fuese alguien capturado tras las líneas enemigas y superado una vez más el Punto de No Retorno, a solas, tan sólo se limitaría a repetir una y otra vez nada más que nombre y rango y número de serie.

Y sus padres insisten sin darse cuenta de que sobreactúan ese rol para el que no han estudiado sus parlamentos, por lo que repiten una y otra vez lo mismo. Y le preguntan y le repreguntan y casi le exigen un si tiene algo que decirles.

Y Land –pensando automáticamente en un «¿Y qué te dijo?» y en un «¿Y tú qué le dijiste?»– no entiende muy bien qué esperan que les diga.

Y, por un minuto, por un largo minuto, Land juega con la

idea de, en broma, ofrecerles/prometerles una *memoir* acerca de toda su experiencia en la que contará y explicará todo y cómo fue que, sí, otra vez, él no mintió sino que ellos le creyeron. Pero no, mejor no: no porque tema que se enojen aún más con él por su poca gracia sino porque le asusta la más que posible posibilidad de que se tomen en serio su propuesta. Y que la acepten más que encantados e incluso se vanaglorien por haberla inspirado, eso sí, con ciertas condiciones previas y derecho a corrección y edición y censura y rojo y azul en cuanto a cómo Land piensa retratarlos allí.

Así que Land cede la palabra, pero con su voz, a Wittgenstein. Y recita para sí y les ofrece lo siguiente como contestación a su si tiene algo que decirles. Y les dice: «Si una pregunta puede siquiera formularse, también *puede* responderse. Porque sólo puede existir duda donde existe una pregunta, una pregunta sólo donde existe una respuesta, y esta, sólo donde algo *puede* ser *dicho*. Lo inexpresable, ciertamente, existe. Se *muestra*, es lo místico», cita de memoria Land.

Su padre lo escucha y le dice que no entiende nada y le pregunta de dónde sacó eso.

Y Land —con una sonrisa muy sardónicus— le responde:

«Me lo enseñó Ludwig, mi mejor amigo».

Y Land ha escondido su ejemplar del *Tractatus logico-philosophicus* en el cajón de su ropa (el libro, junto a su *journal* de lecturas ahora convertido en fúnebre *memorial* recordando todos esos títulos y autores y nombres de personajes y tramas, se salvó de la hecatombe porque permaneció en un bolsillo de la chaqueta que llevaba puesta la última mañana de su Big Vaina). Y sólo lo saca de ahí cuando sus padres han salido para, aun así, revisarlo a escondidas y de algún modo sintiéndose dueño de algo que debe ser preservado a toda costa en esos tiempos oscuros y perseguidores.

Y más que leer o releerlo, lo suyo ya es casi predicarlo a sí mismo; como si se tratase de uno de esos libritos con los que sus abuelos iban a misa. (REWIND: Land descubre que el leer poco incentiva el recordar mucho, que recordar es releer). Y a veces

Land los acompañaba y «Por favor, no se lo cuentes a tus padres», le rogaban ellos. Esos libritos que sus abuelos abrían no para mirarlos sino para que los miraran mirarlos pero en verdad entonándolos de memoria; porque no hacía falta leerlos, porque abrir esos misales y leccionarios era lo mismo que creer en ellos y en lo que allí se predicaba: de algún modo su abuelístico *The Elements of Style*. Y, ah, cómo les envidiaba Land esa capacidad de creer por completo en algo escrito (aunque él había *creído* en determinados personajes pero sabiéndolos irreales). Sí: Land codiciaba (además de disfrutar y de gozar como hasta entonces) el creer *así* en algo que se lee. Creer en algo claramente apócrifo que, además, contaba con sus propios apócrifos. Y entonces se dijo que —por fin, ahora, milagro— el *Tractatus logico-philosophicus* era para él lo mismo que esos sacros libritos para sus abuelos.

Sagradas escrituras, sí.

De ahí que —casi alucinando por el síndrome de abstinencia, vagando por su desierta habitación por ya casi cuarenta días y cuarenta noches— Land finalmente sucumbió a la tentación de leer el prefacio y notas y posfacio de los editores del *Tractatus logico-philosophicus*. Páginas que Land no quería leer para no saber nada más allá de lo que Wittgenstein quería que se supiese de y con su libro. Pero la necesidad de leer algo es más fuerte que la voluntad de no leerlo. Por encima de todo, esas primeras páginas son ahora para Land algo nuevo y escaso. Y se arroja sobre ellas como un adicto desde los márgenes del vórtice de su hambre de papel y sed de tinta.

Y allí Land volvió a encontrarse con aquello que ya había atisbado en aquella biografía en La Librería de Salvajes Palmeras: la prominencia y riqueza del Wittgenstein en mansión abundante en hermanos geniales y suicidas durante los años más dorados y luminosos de la Viena del Imperio austrohúngaro.

Y leyó por primera vez sobre esa cabaña casi de santo (Land piensa en su propia habitación ya no como en una castigadora mazmorra sino como en esa bendita choza) a la que Wittgenstein se muda luego de haber renunciado a todo, en Noruega. Y donde convive con «criaturas que son tres partes humanas y una parte animal», luego de haber explicado todo lo que —Wittgenstein está casi seguro de ello– nadie podrá jamás comprender del todo.

Y se enteró también de que –heredando a la muerte de su padre– Wittgenstein se convirtió en uno de los hombres más ricos de Europa y mecenas secreto de varios artistas.

Y tuvo noticia de sus amistades y desencuentros con las grandes mentes de su época.

Y Land tembló un poco con la perturbadora mutación de Wittgenstein en despótico profesor de Matemáticas temido hasta el llanto por sus pequeños alumnos a los que el filósofo no dudaba en tirar del pelo o de las orejas hasta hacerlos sangrar cuando las respuestas no eran correctas (y, por razones obvias, Land prefirió no saber más acerca de esta faceta suya).

Y supo de su conversión a jardinero de monasterios.

Y de su adicción a las novelas policiales y a los dibujos animados y a los cowboys en el cine.

Y de la compleja edición y publicación de las apenas setenta y cinco aunque infinitas páginas de su *Logisch-Philosophische Abhandlung* (lo único que publicará en vida) al que latiniza su título para su traducción al inglés. Y advirtiendo de que «Mi libro consta de dos partes: la aquí presentada, más lo que no escribí. Y es justamente esta segunda parte la más importante», invocando así a un fantasma no nacido de ese libro inmortal.

Y de la consagración definitiva con sus *Philosophical Investigations* (donde Wittgenstein reconoce y da crédito a san Agustín) y de su posterior refutación del *Tractatus logico-philosophicus*.

Y de su primer período (donde y cuando defiende un único e ideal lenguaje) y de su segundo período (cuando defiende la pluralidad de los juegos del lenguaje).

Y de la posibilidad de ver un pato y un conejo, al mismo tiempo, en un solo dibujo.

Y de su persecución de la solución para el enigma del nexo entre las proposiciones del mundo y el lenguaje del mundo. Solución cuya comprensión nunca será del todo plena, porque según Wittgenstein ya desde el inicio ese misterio está limitado por la lógica de los idiomas con los que el hombre lo ha simplificado para poder narrarlo y así generar un «enigma» que no tiene desenlace posible, porque este no existe y porque está todo a la vista. Sólo falta hallar las palabras correctas o algo así, se dice y piensa Land que pensó y dijo Wittgenstein.

Y Land sintió un escalofrío al enterarse de su agonía lenta en la que primero Wittgenstein siente que «mi mente ha muerto por completo» para, días antes de fallecer, experimentar que su cerebro vuelve a «filosofar». Y que entonces Wittgenstein retoma el trabajo en un libro a titularse, después de tantas dudas, *Sobre la certeza*, para casi enseguida despedirse con estas últimas palabras que, piensa Land, son y se cuentan entre las mejores últimas palabras entre todas las últimas palabras: «Diles a todos que he tenido una vida maravillosa».

Y tal vez Land haya entendido mal o no haya entendido nada de lo que postuló Wittgenstein. Pero hay algo formidable en leer algo no entendiendo lo que se lee y aun así entender que no se puede dejar de leer ese algo. Y que así ese algo (entonces, como si se presionase un interruptor invisible que vuelve todo tan transparente como visible) sea algo de lo que uno puede entender lo que más le convenga y mejor le parezca: lo que más le sirva y le funcione y, sí, lo ayude.

Pero de lo que sí está seguro Land (aquí y ahora, en ninguna parte y donde «El hecho es lo que es complejo; el estado de las cosas es lo que es simple» y «El hecho es lo que es real; el estado de las cosas es lo que es posible») es de que Wittgenstein es, seguro, el único que podría entenderlo a él y a Su Caso y a Su Mundo.

Entonces –aunque Wittgenstein *no* sería el único capaz de comprenderlo: hay otro que también podría– Land se acuerda de ese sobre grande y pesado que le entregó César X Drill en el aeropuerto.

Land se había prohibido abrirlo, queriendo creer y creyendo que así –mágica y milyunanochescamente– mantendría vivo y a salvo a César X Drill. Pero ya no tiene nada para leer; ya no puede seguir releyendo el *Tractatus logico-philosophicus*, porque siente que sus palabras ya no son palabras sino cosas con diferentes formas. Figuras flotando en el aire encerrado de su cuarto bajo llave. Siluetas que a menudo contradicen su significado y que parecen no tener relación alguna las unas con las otras.

Y Land se niega a leer *Los elementos del estilo* donde se precisan cosas como «*Todo bien*: característico en el habla familiar como una frase separada con el sentido de "De acuerdo" o "Adelante". En otros usos, mejor evitarlo. Siempre se escribe como dos palabras separadas».

«Todo mal», piensa Land de todo bien y de todo eso.

Así que levanta el colchón de su cama (sus padres *tampoco* son carceleros muy eficientes o imaginativos) y abre ese sobre que le entregó César X Drill.

«En caso de emergencia», así había hablado César X Drill (y así había escuchado Land en ese aeropuerto de salida en Gran Ciudad I).

Y, sí, Su Caso ahora es, seguro, más que de emergencia. Su Mundo está en peligro.

Dentro del sobre hay un libro o algo que se asemeja a un libro en tamaño y forma pero que, a la vez, tiene un aire artesanal, como de algo único. Su portada está en blanco, pero dentro de él hay una nota doblada. Una página que, al abrirla, anuncia:

EL SEÑOR EN LA FORTALEZA
Novela
Por César X Drill

Y Land lee lo que dice allí, en esa página, bajo el título y la firma: escrito a mano y en mayúsculas y en lápiz rojo y dirigido a Land.

Y son instrucciones a seguir por él.

Y Land obedece y sigue leyendo.

Para cuando termina de leer ese libro —vuelve a meterlo dentro del sobre y debajo del colchón— ya amanece.

Entonces Land busca el tablero Ouija que se compró hace unos años en Jugueteland y lo despliega y se sienta junto a él en el suelo.

Y se pregunta si utilizar un tablero Ouija (la punta de los dedos, el borde de los ojos) será leer o escribir o si será las dos cosas al mismo tiempo.

Y se concentra.

Y, de pronto, el puntero triangular comienza a moverse y lo único que hace es señalar una y otra vez la misma letra.

Y esa letra es la letra X.

«Al igual que en la muerte, el mundo no cambia sino que cesa», piensa Land con los pensamientos de Wittgenstein.

«De acuerdo: pero cesa para después poder seguir; para que así el momento en que todo recomienza y continúa sea aún más evidente en su trascendencia», añade filósofo y lógico Land.

Un par de horas después suena el teléfono, y Land sabe que se trata de una llamada de larga distancia porque el teléfono suena distinto: suena más lento, con más espacio separando a un ring de otro, suena como si el teléfono estuviese más triste. El teléfono suena como campanadas de medianoche, como entre dos series de campanadas de medianoche justo a la medianoche.

Y, seguro, quien llama —inseguro desde su casi inexistente país de origen— lo hace desde un teléfono público o desde una cabina telefónica en ese edificio telefónico: desde uno de esos teléfonos que suelen ser actores secundarios pero muy importantes en todas esas tan paranoides películas recientes con conversaciones y cóndores y corporaciones con nombres como Parallax o Nome.

Land escucha y la llamada dura poco pero dice mucho, demasiado.

Y su padre cuelga.

«Tacharon a X... Confirmado... Lo tenían prisionero en El Olímpico», dice su padre.

«Tacharon a X... Confirmado... Lo tenían prisionero en El Olímpico», dice su madre como si estuviera memorizando algo imposible de olvidar.

Y Land escucha «Olímpico» y se acuerda de los techos de esa galería con un alboroto de deidades allí pintadas devolviendo el eco de las voces que las contemplaban. Y no puede sino imaginar a César X Drill –titánico y prometeico y fogoso amigo de los mortales– encadenado allí por Hefesto/Vulcano a los flancos del Cáucaso, águilas de plumaje esmeralda picoteando sus entrañas y, sí, lo mataron y lo inmortalizaron, piensa Land.

«Y ya se sabe quién lo entregó», dice su padre.

Y después dice: «Tenemos que hacer algo».

Y el padre de Land hace varias llamadas telefónicas y al rato ya hay varios amigos en la sala del apartamento –Land va al baño, que está más cerca de la sala, y deja la puerta entreabierta para oír mejor– y alguien dice «Venganza» y alguien dice «Ahora» y alguien dice «Lo buscamos y lo dopamos bien dopado y después…».

Y al principio Land no entiende muy bien de quién hablan pero enseguida sí: porque todos los nombres *no* se pronuncian en su nombre.

Y casi al anochecer el padre de Land está de regreso y ya no es el que era y tiembla, como si el terremoto y no la procesión fuera por dentro. Pero, al mismo tiempo, como peregrino luego de fatal caravana, hay una cierta grandeza en él. Algo que Land nunca vio o nunca supo ver en su padre, y mucho menos tuvo cuando regresó de su conversación masturbatoria con los chicos grandes. Ahora su padre parece el más chico de los chicos pero, a la vez, inmenso casi a pesar suyo.

Y su padre busca a Land y lo abraza y se pone a llorar y, viéndolos así, la madre de Land también se pone a llorar y se une al abrazo.

Y entonces Land, llorando, primero piensa que debería prohibirse el que los hijos viesen llorando a sus padres, pero enseguida se desdice y piensa que en verdad debería ser algo obligatorio.

«Sentimos que aun cuando todas las *posibles* cuestiones científicas hayan recibido respuesta, nuestros problemas vitales todavía no se han rozado en lo más mínimo. Por supuesto que entonces ya no queda pregunta alguna; y esto es precisamente la respuesta. La solución del problema de la vida se nota en la desaparición de ese problema. (¿No es esta la razón por la que personas que tras largas dudas llegaron a ver claro el sentido de la vida, no pudieran decir, entonces, en qué consistía tal sentido?)», piensa de nuevo Land con los pensamientos de Wittgenstein.

Entonces es sábado al mediodía y sus padres acuden al café Qué Será-Será que supieron conseguir sin laureles ni eternidad, pero algo es algo.

Hace ya varios sábados que Land, castigado, no los acompaña; pero esta mañana es diferente. Y no es que su condena haya sido revisada o que ahora Land sea un disculpado o un exculpado. Land ahora es, más bien, un *desculpado* a tiempo parcial y al que se ha autorizado el permiso exclusivo para una salida especial porque la ocasión así lo exige y amerita.

Esta mañana tienen que estar todos, se comunica a lo largo de la mañana, llamando como con tambores de jungla o señales de humo.

Así que ahora están todas las mesas del Qué Será-Será ocupadas por padres de… y amigos y sus respectivos hijos.

Pero —por una vez y esto convence a Land de que se trata de una mañana histórica— nadie habla y mucho menos grita. El silencio —para primero maravilla de los sufridos camareros y enseguida el temor ante semejante portento— es absoluto.

Y no falta nadie allí, nadie ha faltado a la cita.

O sí: porque el kiosco del Tano «Tanito» Tanatos está cerrado.

Land le pregunta por qué no ha abierto y su padre le contesta: «Porque no».

Y, sí, ahí siguen todos, como posando para un retrato invisible de un pintor anónimo. Y a Land la escena le recuerda al capítulo final de *Asesinato en el Nome Express*, pero sin ese supuestamente genial aunque insoportable detective explicando con sus «células grises» cómo y cuándo y por qué pasó lo que pasó. Todos allí, en el Qué Será-Será, como guardando bajo llave y candado al más hasta ahora inédito de los silencios para también desconcierto de los desterrados al otro lado de la calle, en las mesas del Quizás-Quizás. Y qué habrá sucedido —qué pasó-pasó— para que acontezca semejante portento y quizás-quizás será-será que…

Y Land imagina a su padre y a sus amigos drogando con pastillas al Tano «Tanito» Tanatos y obligándolo a subir a un avión de regreso a Gran Ciudad I y avisando de que allá va y que dispongan de él. O tal vez abandonándolo en el laberinto de una selva sin salida con un ejemplar de *La Evanauta* como único sustento (esta es la versión que más le gusta a Land, porque en Salvajes Palmeras leyó una novela de Evelyn Nome en la que...). O llevándolo en un bote mar adentro y... O matándolo a puñaladas y cortándolo en pedazos como si fuese la peor de las novelas y luego metiendo esos pedazos en bolsas negras y arrojándolos al fuego para que arda como si fuese el más despaginado de los libros: el libro que el Tano «Tanito» Tanatos nunca escribió y que tantas veces anunció que estaba escribiendo.

Y Land deja de imaginar porque es como si escribiese la escena y porque le da miedo; pero, por suerte, es más fuerte el alivio de saber que él no ha sido el responsable de la muerte de César X Drill por haber abierto ese sobre y haber leído su contenido.

Así que Land sigue imaginando finales terribles y *(continuará...)* más terribles aún para el Tano «Tanito» Tanatos, del que de tanto en tanto se invocará ese cuento cuyo nombre no se recuerda... cómo era... ah, sí: «Todos los nombres se pronuncian en mi nombre».

Y, claro, alguien entonces pronuncia el nombre de César X Drill y afirma y propone que la mejor manera de recordarlo sería dedicándole una fiesta y riéndose mucho en su memoria.

Land escucha eso y por un momento piensa en comunicar aquello que César X Drill le dijo aquella tarde acerca de la estupidez y desconsideración de los funerales felices; pero lo piensa mejor y se dice que mejor no decir nada. Y decide velar a solas el recuerdo de César X Drill no evocándolo sino, más apropiado aún, convocándolo.

Esa noche, Land vuelve a poner en funcionamiento su tablero Ouija.

Necesita hacer contacto.

Son las 11.59 y son las 12.01 de la noche y —entre doce campanadas y doce campanadas— una X acude de nuevo a su llamado.

Land le dice a César X Drill que leyó su novela.

Y que le gustó y que ya la está memorizando.

La voz de la letra no demora en oírse y así habló letra a letra César X Drill (y así escuchó y leyó Land):

«Muchas gracias. Ahora, a seguir las instrucciones. X».

Y después:

«Aquí también está W y te envía saludos».

A la mañana siguiente (luego de haber hecho pedazos, pedazos muy pequeños, la nota con título y firma, siguiendo parte de las instrucciones en el manuscrito de César X Drill; la otra parte de las instrucciones Land aún no se atreve a llevarla a cabo), justo casi cuarenta días y cuarenta noches después del descubrimiento de la Big Vaina por sus padres, a Land se le permite bajar a El Parque. A los padres de Land les gustan los números redondos y enteros y, por suerte, sin coma decimal.

Y Land puede volver a ver a sus amigos, a quienes, durante semanas, si se concentraba mucho en ello (aunque prefería no hacerlo), tan sólo oía en la distancia, como tendidos junto a una piscina, como si esta fuese el tramo de una orilla al otro lado de un río.

Land está de regreso en el mundo tal como lo dejó y perdió y tal como ahora vuelve a reclamarlo y encontrarlo.

«Pensábamos que te habían secuestrado… Como a mí», le dice un hijo de…: el hijo de… que dice ya ser escritor.

Y Land se acuerda de los nombres de aparcados y aparcadas (y yo los pienso y apunto rápido antes de que sean reclamados por el Nome). Y, de acuerdo, apenas han transcurrido unas cuatro semanas, pero el tiempo en la adolescencia no es el de los almanaques. Y, luego de deshojarla a Ella en su memoria o en su imaginación, Land comprende que a veces una y otra son la misma cosa: que son lo mismo al punto de no saber muy bien qué sucedió o qué muy malo pudo haber o no sucedido.

Y le cuentan las novedades.

Son muchas, son demasiadas.

Son demasiado para él como para asimilarlas de golpe y a la mandíbula que Land no deja de rascarse reflexivamente (para así intentar disimular la emoción y el temblor de su mentón) mientras escucha varias voces al mismo tiempo queriendo contarle al mismo tiempo.

Es como eso en lo que Land nunca creyó mucho, lo de ese curso de «lectura veloz», sólo que con los oídos en lugar de con los ojos.

Y entonces Land se entera de que Ella y sus hermanas han vuelto. Por fin han vuelto. Y, claro, Land no se priva de pensar eso de «De todos los El Parque del mundo Ella tuvo que volver al mío».

Y de que no Ella para Land sino Derrota para todos los demás, ahora está como triunfal e irreconocible. Y «mucho mejor que sus hermanas» y «qué coño, pana, esa jeva está cheverísima» (y a Land, luego de tantos días de silencio esa sobredosis de dialecto le suena como un gong ensordecedor). Y lo peor viene después, de inmediato: le cuentan que Ella (Derrota) se ha puesto de novia y anda pololeando y está empatada con uno de los chicos grandes que le pegaban a él. Con ese que Land jamás supo del todo si era bastardo o adoptado o no y que tenía el aspecto entre indómito y aristocrático: piel mestiza y blanco de los ojos color amarillo gato, como de uno de esos héroes brutales de melodrama antiguo con pecho al aire y corsés desgarrados. Sí: Derrota ahora «anda» con el chico grande que le pegaba menos a Land y casi sin ganas y como forzado a ello porque los demás le pegaban, hay que decirlo. Y a Land ahora le horroriza pensar que era así tal vez porque Ella, en algún momento, ya había intercedido por Land con él, y así fue como los dos se conocieron más y...

Y le dicen que se dice que Derrota roba para su novio muestras gratuitas de sedosos sedantes y ásperas anfetaminas de la empresa donde trabaja su padre.

Y le cuentan que lo único que ahora le interesa a Derrota (y cuando Land escucha un rojo *Derrota* de pronto descubre que ya no lo corrige y edita automática y secretamente con un

Ella azul) es montar con su novio/pololo/empate en su moto-cicleta y partir a toda velocidad entre un estruendo de humo.

Y que se los ha visto entrando juntos a las ruinas de Castello Salina y no salir de allí sino hasta horas después.

Y una aparcada dice que Ella le hizo escuchar unas grabacio-nes que hizo en su grabador-corazón, allí, con ese chico gran-de. Y que tuvo que rogarle que, por favor, apagase eso porque le daba mucha vergüenza (aunque en verdad la excitaba bastan-te) oír a Ella gemir así.

Y que Ella ahora masca sin pausa ni prisa, como en veloz cámara lenta, goma de mascar y usa ropa muy ajustada; pero ya no de airosa diosa visionaria, ni de refinada sacerdotisa suspen-dida en el aire de una piscina, sino de terrena y vulgar y casi lasciva esclava, piensa Land viéndola así, de lejos, al día siguien-te. Pero hay algo falso en todo eso, en esa metamorfosis, y huele como a producto químico y cosmético. Ella ahora tiene quince años (cifra tremenda y sin retorno y que termina en cinco y en la que los adolescentes piensan como algo de lo que ya no hay vuelta) pero parece de dieciocho. O hasta de veinte, ya en otra década. Ella es otra: como esa otra alguna vez chica inmaculada y casta que, en la última escena de esa película que todos menos él vieron durante su exilio, se revela convertida en una enva-selinada muñeca inflable e inflamable que no deja de repetir «You're the One That I Want... Uh... Uh... Uh...».

Pero, no, no es Land a quien Ella quiere ahora. Y cómo es posible que para Land ahora todas las canciones cantasen sobre él pero, en realidad, sobre que él ya no es algo a tratar ni a cantar. No hay rima que le haga justicia y toda estrofa es como si lo ajusticia-se. Land jamás se sintió tan desafinado, tan fuera de registro.

Y es que Ella, piensa Land, ya no es digna de sus odas.

Ella ha perdido su don, como esa otra chica al final de esa novela que leyó en las escaleras de Salvajes Palmeras, esa novela que le dio tanto miedo sin pedirle nada a cambio. Sí: Ella deja de ser Ella no para volver a ser Derrota sino (para Land y sólo para Land, esta es la única y retorcida manera en la que siente que al menos la posee un poco) ser rebautizada, corregida y editada como *Mi Derrota*. Su Derrota en Su Caso en Su Mundo. Mientras, en todas las radios, suena una (otra) canción titulada

«I'm Not in Love» que en realidad le canta a todo lo contrario del no estar enamorado.

«I'm Not in Love» —están tocando no *nuestra* sino *mi* canción, se dice Land cada vez que la escucha queriendo no escucharla— le canta a estar enamorado pero en verdad deseando tanto no querer estarlo; no estar ahí y así, estar lejos.

«I'm Not in Love» le canta, amorosamente, no a odiar al amor sino a algo aún mucho peor: a despreciarlo, a querer y a amar despreciarlo, a no conseguir despreciarlo pero tampoco a amarlo.

Y, claro, seguro, con la seguridad que recién se adquiere luego de que todo ha sucedido: todo eso no duró mucho, no podía durar mucho. Porque las primeras veces (y sobre todo los primeros amores; esos primeros amores convencidos de ser indestructibles para, demasiado tarde aunque demasiado temprano, reparar en que son así sólo para poder romperse en tantos pedazos que resultará imposible repararlos) no duran mucho por justa o injustamente ser las primeras veces. Y su verdadera e imprescindible razón de ser es la de dejar de ser para así poder dar paso y entrada a las veces siguientes.

Sí: las historias de amor para ser Historias de Amor deben tener un comienzo y un desarrollo y un final. De no ser así son, apenas, amores sin historia. Amores que no hacen historia porque su única proeza es la de prolongarse e, inevitablemente, degradarse. Son amores que no matan sino que acaban matando al amor.

Uno más, uno menos.

Pero esto también es verdad: por haber sido Ella no la primera pero sí la única, Land jamás dejará de estar enamorado de Ella.

Y puede imaginarla —tal vez décadas después de no saber nada de Ella— encontrándosela por casualidad y sentirse tan cómodo y feliz a su lado, y descubrirse todavía lógica y filosófica y racionalmente loco por Ella después de tantos años.

Y sentir que lo que siente él es algo mutuo.

Y tal vez, sin siquiera proponérselo, acabar en la cama más cercana convencidos de que, aunque ambos sean felices con sus respectivas y presentes parejas, no están siéndoles infieles: porque Ella y él estarán siendo fieles a sí mismos, a las personas que fueron y que tal vez ya no son pero que sí vuelven a ser entonces. Ella y él vigorizados –locos luego de todos estos años– por el recuerdo imborrable de lo que fueron y siguen siendo el uno para el otro. Y a la vez que –por ello y más que nunca– siendo las personas de las que se han enamorado todos y todas quienes llegaron después a sus vidas.

No es –no será– sexo.

Será y es otra cosa.

Algo así como la postergada conmemoración de un victorioso acontecimiento histórico en sus vidas.

Y que, como tal, podrá festejarse pero no repetirse.

Y eso fue y será todo y qué bueno será y fue verse y reconocerse.

Y, ahora, qué bueno es despedirse como al final de una de esas películas de ese comediante y humorista inteligente que se ha vuelto profundamente... uh... *intelectual.* O como en una de las de ese francés (quien también había tenido problemas y fugas escolares en su infancia) en movimiento perpetuo y oficios y mujeres cambiantes y dudando entre escribir o no una novela por temor, dice, a que toda novela sólo sea un ajuste de cuentas con sus padres (y no un ajuste de cuentos); hasta que deja de dudar o se le pasa el temor, lo que suceda primero, da igual.

Pero el tiempo de la vida no se corresponde con el del cine. Y todo demora más y sobran escenas y faltan elipsis como esas que se producían –involuntaria pero inspiradamente– cuando él se quedaba dormido por momentos, frente al televisor, viendo una película y se despertaba y todo había cambiado y ese niño ahora ya era adolescente y ese adolescente ya era un adulto o ya no estaba ahí porque había muerto.

Y, como agonizando, Land vuelve a su habitación. Y no encuentra la novela de César X Drill por ninguna parte. Y entonces sus padres llamándolo desde la sala y ordenándole que vaya allí de inmediato le recriminan el haber «traicionado nuestra confianza» y le muestran «lo que encontramos debajo de tu colchón». Y lo que ocurre a continuación es algo tan absurdo y terrible al mismo tiempo que mejor, sí, *fade to black* y aquí y ahora no ha sucedido nada, ahora y aquí ya todo pasó y las instrucciones son cumplidas.

Y de nuevo —otra vez, cuántas más— el ya para Land tan poco divertido juego más de palabrerío que de palabras en el que *pasado* es tanto verbo como nombre, acción como reflexión, lo que es y lo que ya fue pero seguirá siendo cada vez que se lo vuelva a invitar a pasar para, entrando, salirse con la suya.

A continuación, algo después, la escenografía sigue siendo la misma pero no así quien vuelve y deja la escena para enseguida volver a entrar en ella. Land siente que ha cambiado pero no está del todo seguro de ello: sólo se puede saber si ya no se es quien era al compararse con personas que conocen cómo se fue y hasta dónde llegó luego. Son ellos quienes dan el veredicto y diagnóstico del cambio.

No se puede cambiar a solas.

Y ahora Land está casi siempre solo.

Es como (más películas y le extraña que todo le remita demasiado a westerns, género que nunca le interesó demasiado a la hora de la súper-acción y menos ahora en esta infra-inacción) uno de esos pistoleros sin balas o marcados jugadores de cartas o inválidos de guerra hecha esquirlas.

Land es el que cuando no está en su apartamento podría estar en cualquier parte y que, cuando está allí, apenas sale de su cuarto.

Land está retirado y apartado y ya casi nunca aparcado.

Ya se dijo: El Parque ya no es lo que era.

Muchos ya ni se muestran por allí o tan sólo bajan para pasar de largo, para utilizar a El Parque como pasaje externo/interno de un cuerpo a otro de Residencias Homeland. Pasan por allí contemplando de reojo cómo una nueva generación de aparcados y aparcadas (hermanos menores crecidos y agrandados) parece estar brotando en su propia versión de El Parque. Todos y todas creciendo sobre las ruinas de una civilización en decadencia y ya casi perdida: la suya, la de los suyos, la de nuevos chicos grandes. (Y Land no puede sino preguntarse si alguno de ellos por frustración y rencor y, sí, miedo —y espera no ser él pero lo cierto es que ya no espera nada– más temprano que tarde elegirá entre esos nuevos habitantes y colonos de El Parque a un nuevo Tierno a quien ablandar a golpes). Y así todos los que tanto se veían y se escuchaban ahora se miran de costado y se hablan poco. Son como sobrevivientes a una guerra florida –un impotente flower power– de la que creyeron salir victoriosos para de pronto descubrirse como marchitos prisioneros de sí mismos, como condenados a un armisticio sin final, como ex combatientes amnésicos que sólo recuerdan que ya son sólo recuerdos. Otro Punto de No Retorno. Otro de demasiados. Es el final de una era pero, como suele suceder, sólo se será consciente de ello recién al final de la era que vendrá después, un par de cinco años más tarde o algo así. Hasta entonces, se vive como a la espera de que algo pase o, mejor, de que pase todo eso que les está pasando para poder pasar a lo siguiente, a lo que vendrá. Sí: el futuro no es otra cosa que salir de un lugar para entrar a otro. Lo mismo que el pasado. Y el presente es la puerta que funciona en ambas direcciones. Así que lo que se vive ahora –lo que *transcurre*, el *durante*, el *mientras tanto*– es como una imitación cansada de lo que alguna vez fue y tal vez vaya a ser tan energizante. Entonces se arrastran los pies, se mira por encima del hombro, se recuerda cómo había sido todo entonces recién gracias a la contemplación de lo que ya no es ahora. Así, no la Historia –esa Historia que por descortesía del Nome acabará apagándose– pero sí lo histórico que la mueve y conmueve se enciende para andar sólo con la más avanzadora de las marchas atrás.

Y Land se siente como si fuese materia de estudio, reliquia apenas viva, a la vista de todos pero con muy pocos interesados por mirarlo.

Y El Escondite se juega ahora a solas, dentro de habitaciones; alguna de ellas –por eso mejor mantener las persianas bajas– con vista a El Parque El Parque El Parque, todos habían estado allí. Pero ya no están y, en retirada, han salido de allí como colgados de helicópteros despegando desde azoteas y con tantas ganas de arrojar la bomba y de exterminarlos a todos.

Ahora casi nadie casi nunca quiere ser descubierto hamacándose. Y —de nuevo, ahora ellos y ellas ya no aparcadas o aparcados— cuando alguien se zambulle en la piscina, es apenas para nadar unos pocos y cortos largos a solas, como ejercicio y ya no juego, y a salir de allí pronto y secarse rápido. Temiendo encontrarse entre ellos y no reconocerse y, entonces, pensar en los amigos y amigas que ya empiezan a tener y frecuentar fuera de El Parque. Y alejarse casi corriendo, como perseguido por su ayer reciente pero hoy cada vez más distante. Sintiéndose bienvenidos a la vez que mal recibidos por la novedad de la primera de las varias veces a lo largo de sus vidas en las que sienten que envejecen.

Por lo que Land, para distraerse de ello, vuelve a concentrarse en personas más envejecidas que él: en sus padres y en los padres de los hijos de...

No hay otra. No hay otros.

Y el nuevo colegio, el Nome, al que ahora va (sin sacerdotes, pero puede ir caminando y, casualmente o no, está casi al lado de Salvajes Palmeras, sitio que Land evita por temor a encontrarse con ese ajedrecista alucinado y que vuelva a alucinarlo a él) es una especie de basurero/depósito para estudiantes que no han podido entrar en un instituto mejor. No tiene amigos allí, buena parte de ellos son ya proyectos de delincuentes juveniles, y cree Land —no está seguro, prefiere no confirmarlo— es el alma mater del chico grande al que Ella abraza cuando montan en motocicleta y, también, cuando —se dice— se montan mutuamente. Y lo único bueno es que allí es fácil pedirle a alguien para que le haga el examen de Matemáticas a cambio de hacerle el de Historia o el de Castellano y Literatura. Y los profesores son como esos carceleros que —por temor a motines— dejan hacer en pos de que no se pierda la calma y se ganen tempestades.

Así que Land vuelve al estudio de la inexacta ciencia que anima a sus padres y a El Grupo. Land vuelve a calcular cuántos años junto a ellos y con ellos le quedan (no demasiados, si se hace realidad aquel sueño de zona crepuscular que tuvo) a la vez que se inquieta pensando, wittgensteinianamente, en cosas como que todo lo que él sabe acerca de los otros no es más que aquello de sí mismo que reconoce reflejado en todos ellos.

Así que Land aprende, casi brujeril, a mirar mucho a los demás y a verse lo menos posible a sí mismo.

Mirar a los demás es leer, verse a uno mismo es escribir.

Lo que no implica que no haya momentos de riesgo y peligro en que aquellos a los que se mira se acercan demasiado y, por lo tanto, le obligan a ser vistos casi como parte suya.

Meses después, pero tantos años antes de lo que podría llegar a pasar, según las fantasías de Land, tiene tiempo y lugar en El Parque una noche de la que recordará poco y nada a pesar de ser, a su manera, inolvidable. Y, claro —como lo *interesante* y lo *genial*—, lo *inolvidable* se presenta de y con maneras muy ambiguas.

Sus padres han reservado el salón de fiestas de El Parque para una fiesta «para grandes». Y lo dicen y lo anuncian como si llevasen a cabo un acto de justicia recuperando el territorio que les fue arrebatado por sus hijos. Y ahí están todos ellos, moviéndose crocantes y troquelados y como doblándose a sí mismos por la línea de puntos. Y parecen tan felices, aunque para Land su felicidad tiene algo de automático, no de robótico sino de tan entregada como rendida artificiosa desinteligencia. Una felicidad asintomática. Y bailan como baila todo aquel que no quiere estar quieto, porque la quietud lleva a la reflexión y la reflexión a recordar aquello que se hizo hace poco o que no se hace desde hace tanto y... Y a Land algo le dice que todos ellos han cambiado de droga *du jour* (algunos consumiéndola con mesura de menú fijo y otros con desenfreno de buffet libre) y que lo que antes se inspiraba y espiraba como humo verde ahora sólo se inspira como polvo blanco que no se espira. Lo que entra ya no sale y se queda ahí dentro, sí. Polvo que hace y hará polvo a la mañana siguiente pero ahora no: ahora no pensar en el polvo al que se vuelve sino en el polvo que viene y no deja de venir en líneas que son blancas y no rojas o azules.

Y no sólo eso, no sólo es otra la sustancia controlada que los descontroló: también han cambiado ellos. Son como un nuevo modelo de sí mismos, ya ocupados y preocupados por cosas diferentes a las que decían les ocupaban.

Los llamados *psicobolches* ahora son *psychobolches*.

Y tal vez sea *eso* lo que festejan, se dice Land. Su transformación *in situ* cortesía de La Transformación lejana y a la que no visitan físicamente y en la que tratan de pensar lo menos posible.

Esa nueva forma de felicidad que ahora empieza y termina en ellos mismos.

Ese estar fuera de toda Historia que no sea la propia historia.

Esa desmemoria selectiva para amnésico colectivo de selectos.

Alguien pregunta por el Tano «Tanito» Tanatos. Alguien responde que ese nombre no se nombra. El de César X Drill ni se menciona, nadie se atreve a ello. Aquí y ahora, en estas circunstancias, su nombre se ha convertido en aún más innombrable de lo que jamás fue. Ya no se brinda con los demás en su nombre sino que se bebe a solas en su olvido, en su amnesia voluntaria. Pronto, si Land no lo cuida y lo protege, César X Drill será otro Nome. Uno más entre tantos, uno igual a cualquiera: porque el olvido unifica y equipara. El olvido —como la muerte o el amor— es el otro gran ecualizador: se recuerda diferente y según a quién o qué se recuerda. En cambio, en el olvido todos son iguales: todos son igualmente olvidados. No hay un olvidado más olvidado que otro. Y entonces, muy de tanto en tanto, es como si algo volviese desde el pasado por un casi inasible instante. Y entonces, sí, todos se dicen: «Ah, ahora me acuerdo de que nos habíamos olvidado de todo eso y de esto». Pero esa sensación dura apenas lo que se demora en sentirla porque, al acordarse de eso, *también* se acuerdan de por qué decidieron dejar de acordarse de eso. Se acuerdan de por qué se acordaron de olvidarse. Y, enseguida, de nuevo, todo eso se pasa como suele pasar todo lo pasajero. Y entonces se recupera el consuelo del extravío y del abandono. Y ya no está ahí lo que alguna vez estuvo y mejor así: si se le resta espacio a lo que fue se hace más espacio para lo que vendrá.

Pero Land se niega a que ese sea el destino de César X Drill y se promete acordarse de recordarlo.

Siempre y para siempre.

Siempre más.

Y Land es parte de esa velada desvelada en el salón de fiestas de El Parque porque es el responsable comisionado por los irresponsables de acomodar botellas vacías y reemplazarlas por botellas llenas. Land está solo ahí, no hay ningún aparcado o aparcada. Tampoco ningún hijo de... Land ahora ha sido invitado al mundo de los grandes sólo porque está allí (otro matiz de su castigo que viene y va y vuelve según el cambiante humor de sus padres) para servirlos.

Y en algún momento, Land (en los últimos tiempos Land dice que sí a todo, porque es más fácil que negarse a algo) acepta aspirar un polvo blanco que le ofrece un Silvio Platho que ya huele a gas y al que mejor no acercarle un fósforo encendido.

Y de pronto y para él todo se acelera como en cámara lenta, biónicamente.

Y todos bailan como si bailasen por primera y última vez, y hasta el rígido Land se mece un poco, como empujado por el viento o por una ola.

Un padre de... —quien en Gran Ciudad I fue el compositor de una «cantata folklórica-comunista» y ahora gana fortunas componiendo *jingles* para marcas de cerveza nacionales y automóviles importados— anuncia que «traje una sorpresita». Y lo que trajo es una grabación de La Marcha (a la que ahora sus padres y amigos se refieren como a «la marchita», en angostado diminutivo que ya no es tan cariñoso sino más como disminuyente) con ritmo de música disco y letra cambiada. Y allí se escucha «Lo muchachó travoltistas, todos unidos bailaremos» y «Mi John, Mi John, qué grande sos, mi bailarín, qué bien bailás».

Y no: *no* la cantan como alguna vez cantaron algunos el mejor himno nacional de todos los tiempos en el blanco y negro de esa película donde todos, por un misterioso motivo, acuden noche tras noche a un *café américain* donde esperan visados para poder salir de allí, aunque en verdad no tengan ningún interés en irse porque lo cierto es que son tan felices allí. (Un café que no es el Qué Será-Será, que no le llega a ese café de película ni al lugar de la barra en que se apoyan las suelas de los zapatos). Y, sí, la cantan a los gritos y todos ríen a carcajadas; pero recién lo hacen —recién se atreven a hacerlo— cuando oyen a todos los demás cantar a carcajadas. Pronto, en cualquier momento, ya mismo, todos comenzarán a arrojarse vestidos a la piscina para (costumbre que Land nunca comprendió, como si el mojarse fuese uno de los indicios de la euforia) demostrarse y demostrar que la están pasando tan bien.

Y Land los contempla caer y hundirse pero cada vez más *high*.

Y cierra los ojos para no verlos, pero sigue viéndolos. Y no le queda otra que elegirlos con los ojos cerrados, porque de abrir los ojos seguro que elegiría a otros.

Y Land tiene que esforzarse mucho para que la ordinariez de este paisaje no se sobreimprima a la extraordinaria memoria de su visión de Ella, surgiendo de esas mismas aguas. Y es una suerte que Ella no esté allí para registrarlos, piensa Land. Porque seguro que semejante despilfarro sónico le rompería su acorazonado grabador de un ataque cardíaco-mecánico.

Y, ah, quién pudiese no estar ahí o, al menos, contar con una tecla para borrar todo eso contado. Algo que ayudase a olvidar sin demora lo olvidable con la misma facilidad con que suele olvidarse mucho de lo que se desea inolvidable. Dentro de unas décadas, Land querrá arrojar esta noche a las fauces de Nome pero, claro, el Nome se lo escupirá en la cara, por amargo e indigesto, para que lo recuerde siempre.

Es el Everest, el Clímax, el Top of the Pops: cuando los que hasta hace poco parecían tan sofisticados y (de nuevo con letra cambiada) *intelectuales civilizados*, ahora son *party animals*. Fieras que aúllan como arrojadores de dados blancos y negros sobre verde y (hagan juerga, señores) lo apuestan todo sabiendo que no falta mucho para quedarse vacíos y acabar como globos arrugados y sin fuerza para flotar detrás de los sillones recién uno o dos días después de la fiesta y bajando la cuesta.

Y nada le cuesta a Land imaginarlos, de aquí a unos años, en otro capítulo de esa misma saturnal. Ya eclipsados pero aún danzando en su *bal des têtes*: tan guillotinables, tan revolucionados. Ancianos e irreconocibles para todos menos para y por y entre ellos.

Land puede verlos, anticiparlos, predecirlos como a futurísticos antepasados de sí mismos. Sus cuerpos de pieles sueltas y sus esqueletos frágiles. Sus cerebros aún robustos cuando se trata de decirse cosas espantosas los unos a los otros y de insultarse cariñosamente, porque en el trabajo intelectual que se dedica a un insulto (que siempre deberá ser creativo, ingenioso) estará implícito el reconocimiento que se quiere creer afectuoso. Así, todos riéndose de las arrugas de los otros que son arrugas de reírse de los demás y no de sonreírse entre ellos: porque entienden —entienden malvadamente— que seguir agrediéndose luego de tantos años no puede sino significar que se siguen queriendo y que se siguen queriendo ver y oírse para agredirse. O —al menos, y son muy conscientes de que no es poco— que se necesitan mutuamente para, con el amoroso combustible de una casi animal animosidad, sentirse vivos y hasta convencidos de que tratarse mal muy bien los mantiene más frescos y atractivos. Allí estarán: convertidos —dulce venganza— por los hijos de... en abuelos de... Pero, entonces, de nuevo, negándose a aceptar semejante plaza donde sentarse con sus nietos a dar de comer a las palomas porque ellos, pueden jurarlo, seguirán sintiéndose fuertes como águilas gracias a nuevos medicamentos automedicados a los que se harán adictos para poder seguir volando. Y después de todo los nietos no servirán para nada salvo para hacerlos abuelos sintiéndose y hasta siendo aún demasiado jóvenes. Y, si alguna vez juegan con esos nietos, será para decirles —de nuevo, una y otra vez, creyéndose tan juguetones— que esos juguetes ya no son suyos sino de ellos. Y, arrancándoselos de sus manitos, romperlos en el tironeo o al intentar hacerlos funcionar. Y luego —juguetones rotos rompe-juguetes— quejarse de que los juguetes de antes eran mejores y que la culpa es de esos pequeños que los mirarán con ojos grandes pensando en que tal vez era cierta la existencia de esos personajes más de cuento de brujas que de hadas. Personajes que en lugar de ser madrastras o padrastros eran abuelos y abuelas. Así —como sobre escobas aunque jamás hayan barrido nada— todos ellos más que volar planean y siguen haciendo planes. En un mundo más viejo y usado pero, también, con más jóvenes a estrenarse. Jóvenes que apenas les llevarán el apunte y, cuando lo hagan, será para reprocharles en silencio el vivir de más y, por eso, el consumir mucho de lo que debía ser para ellos. Jóvenes que (mientras calculan y comprenden que poco y nada heredarán, porque todos sus padres siempre consideraron que no tiene sentido alguno dejar algo sin gastar para otros pudiendo malgastarlo ellos) aparentarán sentir un cierto interés cuando les evoquen una y otra vez las mismas batallitas que recordarán mucho mejor y con más detalle que la interminable paz de sus últimos y postreros años. Y, claro, serán más viejos raros que ancianos clásicos: porque, creyéndose por siempre jóvenes o al menos juveniles, jamás imaginaron que alguna vez la vejez los alcanzaría y así no lucirán sabios y reflexivos y venerables sino nerviosos y fuera de tiempo y lugar. Intentando desesperadamente hacer cosas que sus cuerpos y sus mentes ya no les permiten físicamente ni autorizan mentalmente luego de décadas de ser ahumados y marinados y drogados por tabacos y alcoholes y pastillas y golpeados por el supuesto atenuante de una mala ejercitación de indisciplinas orientales y la desordenada alternancia de terapias alternativas. Y, en ocasiones, serán como jóvenes disfrazados de viejos o viejos disfrazados de jóvenes con ropa que alguien dictamina ya no es *demodé* sino *vintage*. O, mejor aún, camuflados. Disimulándose pero tan vistosos como esos frágiles insectos palo y hoja y corteza que parecieran querer pasar desapercibidos (son insectos que no quieren ser insectos, pero que sí disfrutan y parecen estar tan complacidos de ser tan malos bichos). Insectos que, en realidad, son exhibicionistas que no buscan otra cosa que los descubran: que los vean y que los admiren y que les regalen un «Qué bien se te ve» o un «Estás mucho mejor ahora que antes». Y así —con una mezcla de satisfacción y temor— estar viviendo muchos más años de los que jamás imaginaron vivirían y, mucho menos, lucirían así. ¿Serán zombis reanimados o animosas víctimas de zombis? No: serán como espectros que no murieron. Espectros que evitarán todo espejo que no sea un espejo retrovisor. Y, ah, resultando tan caros de mantener, más aún que esos automóviles de colección a los que se saca a dar vueltas lo menos posible. Caminando con temor a un accidente, a chocar por baldosa floja o fuera de lugar. Todos desenfrenados y lentos y haciendo sonar las bocinas de sus nada conservadoras pero sí mal conservadas ideas acerca de cómo conducirse o atropellar. Enloqueciendo enloquecedores. Burlándose de sus hijos y hasta de sus nietos y llamándoles cobardes cuando fue y será el turno de unos y de otros de irse de su casi inexistente país de origen por, según ellos, «miedosa economía y no valiente ideología». Negando a todo aquel hijo o aquella hija que haya osado superar sus logros y los haya condenado a no ser ya originales sino, apenas, origen. Diciendo más malas palabras de las necesarias y siendo más provocadores de lo recomendable, porque piensan que *eso* es ser joven y, por lo tanto, piensan que se está presionado a ser transgresor: que *así* tienen que ser los jóvenes quienes, al verlos y padecerlos, no podrán sino pensar en que ellos harán todo lo posible para no tener hijos. O, de ser padres, que serán padres tardíos y no juveniles como fueron los suyos, para así durar menos; para no permanecer tanto tiempo en escena en el teatro de la vida de sus descendientes, para darles tiempo libre y a solas después de ellos; para no perpetuarse convencidos de que la única parte importante de la paternidad es la de injertarles y clavarles visiones cegadas y espinosas a sus retoños. Todos por ahí y por allá. Todos encaramados no en zancos sino haciéndose zancadillas a diestra y siniestra entre ellos, temblando como sobre resbaladizas rueditas de patines, sumergiéndose no en los años sino en sus años. Años que se pegaban a las suelas de sus zapatos y que los engañaban con una falsa sensación de elevarse por encima de campanarios de dobles medianoches. Fuera de tiempo y de lugar (a veces, incluso, como polizontes en fiestas de adolescentes de larga duración o aclamando exageradamente a alguna estrella de rock octogenaria) y como sin poder creer del todo lo que les pasó, lo que pasó, lo que ya no volverá. Y que —a la vuelta y de vuelta de todo eso— serán ellos, los padres de hijos de…, quienes, casi soberbios, preguntarán afirmativamente a sus hijos un «No hay nada que reprocharnos, ¿no?» para que los hijos de… les respondan, con un suspiro resignado y paciente, que «No reprocho nada, que no es lo mismo» y luego volver junto a sus propios hijos. Hijos suyos y no nietos de… a los que —tal vez por presente reacción a pasadas acciones— no podrán sino sobreproteger un poco con actitudes tan extremas y exageradas como la de, por ejemplo, no hacer mucho ruido mientras los niños duermen o servirles una dieta balanceada y natural.

Y, por supuesto, ninguno de esos padres se preocupó o se preocupará por «dejar sus asuntos en orden»; porque nada les complacerá más —complicando con sus complicaciones y obligando a sus hijos de… a pasar por trámites siempre ascendentes– que el seguir aquí aunque ya estén allá. Puestos a preocuparse por algo o por alguien –de tener que «angustiarse»– sólo lo harán por pobrezas distantes, magnicidios extranjeros, catástrofes naturales lejanas. Cualquier cosa muy importante en las noticias pero que no los afecte directamente sin por eso dejar de sentirse expertos y tan «concientizados» y «cercanos» a esos espantos. Algunos, incluso, se volverán muy religiosos porque descubren que esto les concede el beneficio de condenar y de ser perdonados al mismo precio. Algunos, también, darán saltitos de alegría frente a sus televisores al contemplar la caída de las «imperiales y capitalistas» torres del World Trade Center, tan felices, sin pensar en abuelos o padres o hijos o incluso mejores amigos muriendo allí. Algunos otros, acorralados por enfermedad terminal, optarán por suicidarse apenas días antes de lo que hubiese sido el final preestablecido para así, con esa «solución final», legarles a sus descendientes, a los que sobreviven a ese suicidio aunque agonizando para siempre, un último y definitivo problema imposible de resolver, una pregunta sin respuesta. Pero más allá de las diferencias, todos tendrán algo en común: lo que en principio es percibido por los hijos de… como implosiones, en verdad no es otra cosa que un aguantar la respiración y tomar aliento y comprimirse tan sólo en apariencia para (como en ese breve retroceder sólo para tomar carrera e impulso y saltar desde un trampolín y caer y romper las aguas y salpicar a todos los que se creen ya secos y asoleándose en los bordes de la piscina) enseguida estallar con más y mayor potencia que nunca asolando y desolando hasta el último rincón. Onda expansiva, *après nous le déluge*, tierra arrasada en la que ya nada crecerá salvo los hijos, que seguirán creciendo pero sintiéndose cada vez más empequeñecidos y agotados.

Y así, sus padres, a continuar embrujándolos, poseyéndolos, cerca pero lejos de todo exorcismo.

Y ser fantasmas que no dan miedo sino fantasmas que dan trabajo.

Mucho.

Pero al menos unos ya no dirán a otros –creyendo en sí mismos, creyéndose irreprochables– eso de desear ser mejor amigo antes que querer ser buen padre porque a esa altura ya estarán convencidos de que lo fueron, de que fueron los mejores.

Y Land deja de pensar en todo eso pensando en que ese polvo blanco que aspiró le hace pensar demasiado y alza la vista de todo eso ahí abajo. Y ahí, en lo alto, está ella. Ahora en altivas y regias minúsculas. Inalcanzable. Su pérdida y su fracaso, Mi Derrota, contemplándolo desde su balcón como una Julieta aburrida y menos que dispuesta a morir por él en particular o por el amor en general.

Y Land la mira y, al verlo mirarla, Mi Derrota entra y cierra los ventanales y baja las persianas. Mi Derrota ahora también juega sola a El Escondite (o juega a la vista de todos a no esconderse con su chico grande). Y lo que menos le interesa es que Land la encuentre; porque fue Land quien la perdió o quien la dejó perderse al revés de ese alguien que —en esa última y tempestuosa obra de teatro entre todas sus obras— renuncia a su propia magia para que triunfe el amor de los otros.

Y —detalles sórdidos a continuación— en algún momento, cuando Land está dentro de uno de los vestuarios/duchas buscando el cajón donde están las bolsas con hielo junto a las botellas de ron, alguien entra detrás de él y cierra y traba la puerta por dentro.

Es Moira Münn.

Y, claro, Land se enteró leyendo su mitológica enciclopedia en fascículos (su destrucción no ha hecho más que convertir todo lo que allí aprendió en algo olímpicamente invulnerable) de que las moiras o parcas «eran personificaciones del destino y se encargaban de repartir a cada mortal sus hechos» y obraban «controlando el metafórico hilo de sus historias desde el nacimiento hasta la muerte».

Las parcas moiras como tejedoras de Sus Casos en Sus Mundos, sí.

Y no: no es que Moira Münn vaya a controlar las idas y vueltas de la existencia de Land (aunque ya haya sido y ya sea y vaya a volver a ser, muy fugazmente, parte de su vida) pero, sí, aquí viene Moira Münn.

Y es ahí y entonces cuando a Land se le enreda el metafórico hilo de sus pensamientos y no encuentra el hielo. Pero sí pierde su virginidad (¿o era castidad?) y debuta (y despedida). Y se gradúa –sin honores y con deshonra– con Moira Münn. Pero no podría precisar qué hizo él o qué llegó a hacerle Moira Münn (o si ambos llegaron a hacer todo lo que había que hacer) hasta el final de ese principio para Land. Tampoco le importa demasiado.

Moira Münn se arroja sobre él y todo es una confusión de piernas y de brazos y de bocas con algo de mecánico y de gimnástico y de titiritero y como de manual técnico más bien mal *Sex* sin placentero *Joy*. Es, apenas un *The* y un *of Sex*.

Y Land podría intentar convencerse de que entonces él reeditó algunas de las muchas posiciones visionarias que asumió con Ella; que no las reescribió sino que las transcribió muy cuidadosamente desde las páginas de ese compendio ilustrado junto a la cama de sus padres. Pero que lo hizo sin apasionada entrega, tan sólo prolijo, como producto de uno de esos más creídos que creyentes copistas medievales. O incluso –más sincero consigo mismo y fiel a lo sucedido– decir o sentir que fue violado.

Pero ni de eso tiene ganas.

Y de una cosa sí está seguro Land: su visión con Ella en ese mismo lugar fue mucho más placentera que su ceguera con Moira Münn.

Aquí y ahora, más agonía que éxtasis y la sensación no de colmarse sino de quedarse vacío, sin ganas ni palabras, con algo de ardor y nada de amor. Aquí y ahora, a diferencia de cuando estaba a solas con Ella pero no con Ella y sí con Mi Derrota, ningún trueno y demasiado cierre relámpago. No es algo muy diferente a masturbarse, piensa, sólo que en pareja y con menos tiempo propio y a destiempo del otro. Un trámite rápido y sin formulario, el archivador golpe de un sello casi seco, la rutina del apenas uno más entre tantos, un chispazo, un fósforo que se sopla y se apaga. Y, quemado, apenas el tibio consuelo para Land de decirse que César X Drill también estuvo dentro de Moira

Münn; que él también pasó por esto, o que Moira Münn pasó por él. Y que entonces, Moira Münn y esto, es otra cosa que comparten. Algo que los une de algún modo y de alguna manera que no está seguro de que sea buena o mala o, incluso, memorable y digna de recuerdo y relato.

No: Land no se lo va a contar a nadie, ni a sus amigos de El Parque ni a los viejos chicos grandes, con quienes seguro ganaría varios puntos, y quienes se lo acabarían contando a Mi Derrota y entonces Ella, quién sabe... No se lo va a decir a ninguno de los que siempre comentan que Moira Münn es la que «está mejor» entre las amigas de los padres de hijos de... Tampoco se lo va a decir a sus padres por temor a que entonces se enfurezcan y decidan ir a hablar con Moira Münn y regresen anunciándole que ya está todo «aclarado» y que «conversaron mucho» acerca de «lo que pasó» y que «se rieron mucho» y que «todos seguimos siendo grandes amigos».

Así, Moira Münn lo deja ahí tirado, como si ella fuese una Chica Muy Grande después de darle una paliza. Y le dice con algo que quiere ser ternura pero no, es otra cosa, que «Esto, que conste, forma parte de mi responsabilidad y obligaciones como madrina tuya».

Y arreglándose la ropa lo justo para que todos se den cuenta de que está desarreglada, Moira Münn vuelve a la fiesta.

Y Land puede oírlo desde el suelo de la ducha: Moira Münn es recibida y aclamada como a matadora que acaba de cortar dos orejas y que, de regreso en casa, pasará el nombre de Land de una columna a otra, cambiándolo de color rojo a color azul. ¿O era al revés? ¿Qué es o será más correcto y corregible?

Es una de esas noches –la primera entre muchas de una de esas noches en la vida de Land– como hecha de cristal, pero de cristal blindado a prueba de balas y de lágrimas.

A la tan frágil y rota mañana siguiente, Land no se reencuentra con Ella –quien ya no es parte de Su Caso en Su Mundo– pero sí se encuentra con Mi Derrota. No en El Parque sino en la puerta de El Parque que da a la calle. Y tiene que confesarlo:

cada vez que la ve, los primeros segundos deja de ser Mi Derrota y vuelve a ser Ella. Y entonces Land se inyecta la aguja del segundero rogando por que su efecto se haga largo como el de minutos o incluso horas. Pero no: pasa el tiempo y se pasa el efecto casi de inmediato.

Y Land la saluda y no puede evitar el mirarle fijo un grano muy grande que le ha salido a Ella en una comisura de su boca. Y Mi Derrota se da cuenta de eso y tuerce el gesto pensando –suele ocurrir– que así lo disimula cuando lo hace aún más evidente.

Y está tan cambiada. Está casi irreconocible del terrible modo en que se vuelven extrañas las cosas y personas que, por inolvidables, se creyeron saber de memoria y conocer mejor que nadie.

Y Land piensa en que se están por cumplir cinco años –esos definitivos y definitorios cinco años, de nuevo– desde que la conoció, desde que la vio por primera vez. Los cinco años que Nome Gatsby pasó sin ver a Daisy Nome, pero aun así soñando cada noche con ella, suspendida en el aire de su visión y como envuelta en un resplandor verde... Ahora –teme a la vez que se envalentona– va a ser su turno de soñar con lo que dejará de verse pero jamás de sentirse. *Ad finem fidelis*, sí: esa leyenda inscripta en aquella novela y reproducida en lo alto de la verja que rodeará a El Parque de su vida desde entonces y para siempre.

Y Mi Derrota lo mira con ojos nublados. Ojos que ya no son capaces de creer en las nebulosas constelaciones que le señalen de aquí en más. Y –disparando casi sin desenfundar, desde su cadera, desde esa preciosa cadera– le dice con una sonrisa ya no torcida como las de Ella, sino retorcida, una sonrisa con grano y de Mi Derrota:

«Tú antes no eras así, Land», le dice.

Y a Land le dan ganas de decirle a Ella que quien dice algo así sólo puede decirlo porque ya no es como era antes, cuando nunca decía esas cosas, cuando no había un *antes* porque sólo había un *ahora* que ya no es.

Y esas palabras de Mi Derrota abren para Land los pesados portales de un pasado reciente hasta entonces dormido y que ahora se despierta bostezando y estirando los brazos casi teatralmente y actuando tan mal.

Y ahora Land querría tanto dormir hasta dentro de tantos días, cuando este momento terrible ya no sea hoy sino ayer; y no vivirlo sino apenas recordarlo y corregirlo y modificarlo y editarlo.

Pero no, aún no.

Y Mi Derrota sigue hablando:

«Estás cambiado, Land... Cambiado para mal. Tu estilo ya no es el que era... No entiendo muy bien qué vaina te pasa... Tú tampoco lo entiendes ni te entiendes, estoy segura... Bueno, ahí me vinieron a buscar... Nos vemos... O no... No tiene caso, ¿no?».

Y ahí se acaba.

Y eso es todo.

Sin siquiera un «Oh, Land...».

Y Ella se va.

Ella lo deja.

Derrotado.

Mi Derrota se aleja moviendo el culo como nunca lo había movido (y a Land le duele el no poder dejar de admirarlo incluso entonces) y se sube a una motocicleta que es una moto que en nada se parece a la de Lawrence aunque Land, por unos segundos, les desee un accidente como el de Lawrence. Y se va y se va y se fue sin siquiera mirar a ese atrás desde donde Land la mira pensando que la persona que uno amará siempre (el único amor eterno es el no correspondido, porque ese nunca abandonará) no tiene por qué ser la misma de la que se enamoró aunque compartan el mismo nombre: de hecho casi nunca resulta serlo. Son los riesgos de confundir a un espejo con un alma gemela y de que ese espejo se haya roto, se dice a sí mismo Land, se disculpa a sí mismo sin creerse esa disculpa.

Y ahora sí: hay días y noches en que Land sí la llama por teléfono y (una de tres o cinco veces atiende Mi Derrota) no le dice nada, tan sólo oye su voz preguntando quién es y sabiendo la respuesta pero ni siquiera dándole el agridulce gusto de decírsela, de siquiera pronunciar su nombre. Y Land le entrega su amargo silencio y enseguida corta para no seguir pensando en que Mi Derrota cortó con él.

Y entonces el amor es como una sombra: algo que nació del sol pero al mismo tiempo se rebela contra toda luz; algo que, al mismo tiempo, es tan frágil como invulnerable y que hace sentir tan invulnerable y frágil al mismo tiempo y, después, nada más que frágil y preguntándose, entre creyente e incrédulo, cómo fue posible que alguna vez ese amor ahora de partida hubiese llegado a sentirse invulnerable.

Y de pronto el amor es para Land otra ciencia más tan exacta en su inexactitud: pensó que la entendía pero descubre que no entendió nada, que ha sido reprobado y expulsado por malos resultados y grandes desesperanzas.

Y lo que Land sí comprende ahora es algo terrible y a la vez tan revelador, algo tan revelador como sólo pueden serlo las cosas más terribles: lo opuesto al amor no es el odio; lo opuesto al amor es la indiferencia.

Mi Derrota ni siquiera le ha dado la oportunidad a Land de, sí, de nuevo, caer de rodillas y extender sus brazos y abrir mucho los ojos y mover la boca con esa elocuencia con la que se actúa la estremecida desesperación del amor en las películas mudas (de todas maneras, Land jamás lo hubiese hecho, del mismo modo en que no hizo tantas cosas con Ella cuando pudo haberlas hecho, cuando, ahora, demasiado tarde lo comprende, Ella sólo esperaba que él hiciese algo con ella).

Desde uno de los balcones de Residencias Homeland se arroja una canción que no es el Himno Universal de Ellaland sino ese espanto armonizado a cargo de esas dos parejas suecas que se especializan en la composición de letras y músicas sobre el llevarse mal entre ellos. Esa melodía de cajita de música con título diminutivo, otra marchita, sonando en todas partes y a todas horas, que hace que Land se sienta aún más empequeñecido de lo que ya se siente y listo para ser metido en cajón dentro del que ya no oirá nada salvo el sonido de su desalentada respiración de enterrado vivo.

Y lo que a Land le dice que este es un final sin retorno es el que, de regreso a casa y pasando por El Parque, Ella se haya olvidado en un banco a su corazón grabador. Y que lo haya olvidado no como doncella que deja caer un pañuelo a ser recogido sino como una manera de decirle que él ya ni siquiera es digno de su atención y estudio: a Mi Derrota ya no le interesa grabarlo, escucharlo, comprenderlo.

Y Land piensa en volver corriendo y llamarla y gritarle y decírselo. Pero se lo piensa mejor (en principio no se lo piensa sino que se distrae contemplándola alejarse, dentro de esos shorts que más que vestirla la revisten) y se dice que *también* es posible que Ella y no Mi Derrota se lo haya dejado a él para que hiciese algo, para concederle algo así como una última oportunidad. Así que Land se lleva la grabadora a su apartamento. Y se encierra en su habitación. Y si masturbarse empieza a ser para Land como una de las tantas maneras de sentir lástima de uno mismo (ambas aficiones y aflicciones tan satisfactorias a corto plazo, pero tan frustrantes cuando se las contempla ya desde una cierta distancia y con algo de perspectiva), entonces se pregunta qué será lo que está por hacer. Land se responde que tan sólo sabe —pero no sabe si esto es un premio o un castigo— que ahora él mismo es la única fantasía que le queda. Y *Uno... Dos... Tres... Probando...* Land comprueba que su voz ya no es la que era (es como la propia voz en la oscuridad que, al oírla, siempre parece un poco la voz de otro). No se trata de cambio hormonal o reafinación de cuerdas vocales, no; pero está y se oye bien claro que él ya no suena en absoluto como aquel a quien Ella grabó no hace tanto pero hace mucho, contándole su salida de Gran Ciudad I y su llegada a Gran Ciudad II con íntima cadencia de mito privado. Y Land presiona REWIND y se asegura de que todo funcione bien y experimenta ese breve pánico del oírse a uno mismo que es el hermano de sangre de la incomodidad del verse bailar. Y aún no se han propagado los ojos de video-tape de todas esas cámaras portátiles. Y es una suerte que así sea, que así haya sido: porque nunca se envejece más que en las películas domésticas donde —como en esas primeras filmaciones de personas saliendo de fábricas o soldados entrando en la Gran Guerra— todos tienen rostros tan instantáneamente antiguos, tan casi de inmediato históricos y enmudecidos por la trascendencia de ya no ser. Y así su voz (aunque casi pueda verla además de oírla) ya no es la voz que alguna vez fue y la voz que alguna vez tuvo: esa voz que alguna vez tuvo su voz. No es la voz uniforme y por lo tanto inmortal de los niños sino la voz propia y única y a ser oída por mortales. Ya no es la exaltada voz de un joven grumete haciéndose a la mar sino la de un ya casi desvelado y desarbolado marinero flotando sobre un ataúd tatuado a la espera de que algún barco a la busca de sus hijos perdidos lo encuentre y rescate como a huérfano extraviado en la marea de sus mareos.

Y entonces Land graba en un cassette (en su etiqueta escribe *Big Vaina #Land*) todo lo que Ella no supo y Mi Derrota no sabe. Todo lo que le sucedió a él justo antes de la ida de Ella y mientras Ella estaba lejos pero no tan lejos como lo está ahora. Expulsión del colegio San Agustín, Salvajes Palmeras, cosmoagónica partida de ajedrez, tachadura de César X Drill, trama de *El Señor en la Fortaleza*, Tano «Tanito» Tanatos talado, desfloración por Moira Münn, holocausto de su biblioteca, sueño tal vez anticipatorio gentileza de Rod Serling, y lo más importante de todo, lo que no se puede decir de frente y a la cara sino, quizás, de costado y al oído y desde más allá: su visión mítica-mística de Ella en la piscina. Y también le cuenta cosas que nunca se cuenta ni siquiera a sí mismo, como eso de sus padres, una noche, conversando acerca de que Land, en principio, no era hijo único; que era uno de dos pero que (como un poco *Body Snatcher* y otro poco *Midwich Cuckoo*, como un *Midwich Snatcher* o un *Body Cuckoo*) absorbió y tachó en azul a su rojo gemelo idéntico en el útero, durante el embarazo de su madre.

Land le cuenta todo eso con un tono entre mecánico y emocional: como si fuesen episodios de una serie que Ella no vio porque no la emitían donde estuvo viviendo esos dos años, como si se tratasen de las últimas palabras de un robot bajo una lluvia de lágrimas cansado de tener que pasar por hombre.

Después lo apaga, después se apaga.

Y baja a El Parque y lo cruza y entra en el Cuerpo A de Residencias Homeland y sube por las escaleras hasta el primer piso y deja el grabador en el suelo junto a la puerta del apartamento donde vive Ella. Lo deposita allí, arrodillándose, como a la más descorazonada de las ofrendas. El objeto y sitio donde él grabó su corazón como otros lo graban en la corteza de un árbol o en su piel.

Y toca el timbre y sale corriendo antes de que se abra la puerta por temor a que quien la abra sea Mi Derrota y no Ella.

Después Land sube y entra en su habitación de estantes tan vacíos (pero en los que, si se concentra, todavía puede sentir el latido de todos esos libros que alguna vez vivieron en ellos) y se acuesta casi rezando porque algo se levante, remonte, y lo eleve y lo lleve a otra parte, fuera de allí.

Por algún extraño motivo, no entiende cuál puede llegar a ser la razón, esa noche Land duerme más y más profundo de lo que ha dormido casi nunca, jamás.

Y también, por una vez, no sueña con su soñada, con su soñito del alma suya y enamorada y mortal. Y Land se acuerda de ese escritor que dijo que contar un sueño equivalía a perder un lector. Y, de ser él el personaje, se da cuenta de que ya ha contado varios (o de que yo he contado varios de sus sueños). Sueños en los que Land corre y no avanza, sueños en los que cae y vuela, sueños desnudos y sueños húmedos, la pesadilla hecha realidad de rendir un examen para el que no se estudió (¿y contar una pesadilla: perder dos lectores?). Y Land comprende también que nada le importa menos que perder lectores porque no va a ser escritor de lo suyo (porque acabaré siendo escritor de lo de los demás). Land se dice que no es su problema, que no los pierde él sino quien a veces siente que está ahí fuera listo para entrar. Como ese soñado Rod Serling escribiéndolo y contándolo, pero sin fumar ni sonreír fumando ni pudiendo tomar demasiada distancia. Porque ahora Land es presentador y protagonista al mismo tiempo: ese mismo tiempo que es el confesional y santo tiempo de los sueños.

Land sueña un sueño que (enfrentado a la duda de ir por allí o por allá de un camino que se bifurca, que no puede sino ser no ya lo que pasó sino lo que pasará) justifica plenamente aquello de si ya soñar poco implica un cierto peligro, la cura para ello no es soñar menos sino soñar más, soñar sin dejar de soñar. Y de que vale más soñar la vida propia que vivirla, aunque vivirla sea también soñarla.

En ese sueño de Land, William Strunk Jr. y Ludwig Josef Johann Wittgenstein caminan bajo las estrellas y conversan por un bosque frondoso y verde pero que, como El Parque, tiene suelo de cemento gris.

Y Land no llega a escuchar lo que hablan porque él no está ni cerca ni lejos de ellos, como se suele estar en los sueños en los que uno no es más que un lector de esos sueños.

Pero —entre certezas e incertidumbres— Land sí puede oír palabras sueltas en el Idioma Internacional de los Sueños, idioma que no es otra cosa que un dialecto del Idioma Internacional de los Muertos.

«Exactitud», «Corrección», «Claridad», dice uno.

«Enigma», «Proposición», «Inexpresable», dice otro.

«Lenguaje», repiten uno y otro.

«Caso», «Mundo», dicen los dos al mismo tiempo.

«¿Y él qué te dijo?», «¿Y tú qué le dijiste?», se preguntan alternativamente.

«Vaina», coinciden y se responden al fin.

Y entonces resuena una ráfaga de doce ding-dongs y luego una segunda descarga de doce dong-dings y, entre una y otra, un minuto inmenso en el que, siente Land, podría caber toda su vida hasta entonces.

Y Land, sin estar ahí pero viéndoles, los sigue hasta que llegan a un claro entre los árboles.

Allí hay una cabaña.

Una cabaña que tiene nombre, puede leerlo, y que está escrito sobre la verja que la rodea.

Landland, lee allí Land.

Una cabaña que, al oírlos acercarse, abre su puerta y su dueño, sonriendo, sale a recibirlos como si saliese a darles la más puntual y exacta de las horas entre las doce y las doce de la noche.

«Bienvenidos», así habla César X Drill (y así lo escucha Land).

Y los invita a pasar.

Y pasan.

Y la puerta se cierra.

Y Land se queda fuera y se pregunta cómo hará ahora para volver a casa.

«Ya sé», se dice.
Y se despierta.

Y despertarse es leer: leer lo único que se tiene a mano y a ojos. Leer estilística y filosófica y elemental y lógicamente.

El *Oxford Concise Dictionary* –se cita y precisa en *The Elements of Style* de William Strunk Jr.– comienza su definición de la palabra *caso* así: «Instancia de que algo está ocurriendo; estado habitual de un asunto». «En ambos sentidos, el uso o empleo de esta palabra suele ser innecesario y redundante», se concluye allí.

El *Tractatus logico-philosophicus* de Ludwig Josef Johann Wittgenstein empieza con «El mundo es todo lo que es el caso» y termina con «De lo que no se puede hablar hay que callar».

Aunque a veces, en ciertas instancias como las suyas, en la condición de Su Caso y en Su Mundo, de lo que sí se puede hablar –sin ánimo de ser redundante o que suene innecesario– *también* hay que callar porque ya se habló demasiado, se dijo mucho, se dice y me dice Land.
Es mejor así.
Darlo todo por hecho y dicho.
Pasar página silenciosamente, y a otro tema y a otro caso.
Como ahora, por ejemplo, sin ir más lejos, más lejos aún: hasta fuera y dentro de mucho tiempo y en órbita diferente.
Land fuera del mundo tal como lo encontró y dentro del mundo tal como yo lo encontraré.

MOVIMIENTO TERCERO:

Aquí; o,
Algunas cuestiones de forma

¿Quién soy yo?

A modo excepcional, podría responder, de hecho, invocando un adagio: en tal caso, ¿por qué no podría resumirse todo únicamente en saber a quién «habito»?

Debo confesar que este último término me desorienta puesto que me hace admitir que entre algunos seres y yo se establecen unas relaciones más peculiares, más inevitables, más inquietantes de lo que yo podía suponer. Me sugiere mucho más de lo que significa, me atribuye, en vida, el rol de un fantasma y, evidentemente, se refiere a lo que ha sido preciso que yo dejara de ser para ser *quien* soy.

ANDRÉ BRETON, *Nadja*

Podría también hacer el recuento de los momentos victoriosos de mi espíritu e imaginarlos unidos y soldados, componiendo una vida *feliz…*

Pero creo que siempre me he juzgado bien.

Rara vez me he perdido de vista; me he detestado, me he adorado; después hemos envejecido juntos.

Me preferí.

PAUL VALÉRY, *Monsieur Teste*

Si resultaré ser el héroe de mi propia vida, o si ese puesto será ocupado por otro, son estas páginas las que deberán demostrarlo.

CHARLES DICKENS, *David Copperfield*

Apuntes para El estilo de los elementos; o, Manual para recordar todo lo que no debe olvidarse antes de que sea demasiado tarde*

* PLAY + RECORD / Tres... Dos... Uno... Probando... Advertencia pertinente y con una mano en el corazón, en este corazón de plástico: a diferencia de *Los elementos del estilo*, *El estilo de los elementos* no es un manual para escribir con corrección y ser un correcto escritor. Es más bien un arbitrario compendio-coda de instrucciones para, definitivamente, *no ser* escritor. Y para, en cambio, sí estar capacitado para editar el pasado y el retrato de una vida sin por ello tener que ocuparse de o preocuparse por reglas preestablecidas o normas incuestionables. Es decir: *El estilo de los elementos* no se ocupará tanto de cuestiones semántico-gramaticales o de consejos narrativo-estructurales sino más bien de... otros asuntos: de los variados estilos de los muchos elementos, del modo en el que –según el físico Werner Karl Heisenberg– todo sistema observado inevitablemente acaba interactuando con el observador. Y cambiando en/a idioma propio, aunque las palabras se escriban igual que en el idioma de todos. De ahí que su conjunto de mínimas máximas y ejercicios menos prácticos que teóricos a menudo se contradigan entre ellos, desobedezcan toda disciplina, y vayan por libre o por la suya sin acatar ni pensar en ningún tipo de orden o en preocuparse por la consideración de cualquier lógica espacio-temporal. De igual modo, como se verá enseguida, aquí el más personaje que autor (pero también el más recordador que recordado) fluctuará alternativamente entre una primera y tercera persona del singular a la hora de hacer memoria (por motivos que se harán evidentes en su momento aunque también sigan siendo de insalubre y enfermizo público conocimiento y universal desconocimiento) mientras, a su alrededor, todo parece deshacerse en el olvido. Y otra advertencia también pertinente: quienes no estén muy interesados en lo que aquí se ha anticipado (o se pongan nerviosos por paréntesis o **cambios de tipografía** o alteraciones de voces narradoras que, sí, no estaban en sus cálculos porque siempre les pareció que, matemáticamente, nada bueno resultaría de todo esto) pueden sentirse más que autorizados a clausurar ventanas para que estas esporas no invadan sus pulmones y cerebros. O (aunque esta nota al pie sea, al cerrarse, la otra media cubierta celestial del tríptico jardinero y delicioso) abrir la puerta y salir de

† **Comenzar con una descripción lo más breve posible de cómo una persona (el posible narrador) encontró a su personaje.**

Así encontré a Land y lo encontré oyendo su voz: la voz que alguna vez fue mía pero que ya no y, aun así, volvía a serlo y...

Sí: me salvó mi propia voz. Mi relato de lo mío. Un relato largo y continuo y no como esas pequeñas partículas de memorias pasajeras que se graban en pocos segundos y contados caracteres para —sabiendo que ahí están, preservadas digitalmente— no tener que recordarlas.

Mi voz y la de Land (Land de algún modo y a su manera como ese gemelo idéntico, no sé si en rojo o azul, que absorbí durante el embarazo de mi madre pero que ahora, por fin, soy yo quien da a luz) se oyeron y se oyó y vuelve a oírse y vuelvo a oírlas ahora, desde lejos pero tan claramente, para no olvidar.

† **Continuar con algo que pueda entenderse como una/otra advertencia al lector pero que —como si se tratase de una corriente de aire— agite las cortinas pero no alcance a abrir las puertas de la percepción (puertas que suelen estar cerradas con llave y candado y requieren de la patada de algún tipo de explosivo para poder ser atravesadas).**

Y releo un libro que en su momento fue considerado una de las cumbres de la literatura surrealista (y que, suele ocurrir, ha pro-

---

aquí ahora mismo para entrar en otra parte donde se respire mejor... Y, ah, de nuevo: no puedo creer que este aparato siga funcionando y grabando como entonces; como cuando todas estas cosas mecánicas y tecnológicas estaban diseñadas/fabricadas para durar y no, como ahora, programadas para puntualmente volverse obsoletas. A *desgrabar* (que, aunque *así* suene, no es *borrar* lo ya grabado sino pasar voz sucia a letra limpia) de todo corazón entonces. Y, una vez procesado todo, meterlo como mensaje dentro de una botella y no arrojarla al fondo de las aguas sino lanzarla a la inmensidad de los cielos sin fondo para que allí, antes habiéndolo escrito todo, lo lea un pequeño Dios.

bado ser mucho más realista que buena parte de todas esas novelas del siglo XIX aspirando tan profundo a ser «como la propia vida» y todo eso). Y mientras lo leo lo edito y lo escribo. No con marginalia (esas intervenciones del lector sobre el autor convirtiendo a un texto para todos en algo único y personal) sino sobre las mismas líneas del autor quien –habiendo sido surrealista– más que seguro me permitirá y hasta agradecerá semejante asedio y conquista y sometimiento de lo suyo a lo mío y a lo de Land. Una bienvenida y entregada *ocupación*, se entiende, por parte de quien ha sido conquistado y que ha aprendido en estos últimos tiempos que el mejor modo para que lo que se lee perdure un poco más en la memoria es su reescritura acomodándose mejor a la propia experiencia. Paradójicamente –pero en su versión más elaborada– se trata de esa misma «simpatía» e «identificación», pero bien entendida y practicada, que últimamente solían demandar los lectores más primales y primitivos a todo libro que leían; buscando allí siempre «encontrarse» y «reconocerse» entre sus páginas para, apenas inconscientemente, sentirse dignos de ser novelados y contados.

No es ni fue mi caso, Mi Caso. Mis motivaciones son otras y son consecuencia directa de algo llamado Nome y que llegó sin que lo hayan llamado o se lo esperase.

Así que abro el libro y cierro todo lo demás para que el Nome no me arrastre y me aferro a las rectas líneas de texto a las que voy retorciendo a medida que avanzo a lo largo de y por ellas.

Y leo allí que todo creador debería ser extremadamente discreto en lo que hace a su infancia pero que también, al hacerlo (y sin importarle el influjo positivo o negativo que hayan tenido sobre ella sus educadores), debe aprovecharse de esas varias vidas simultáneas que se consiguen con la perspectiva del tiempo transcurrido. De acuerdo. Y supe entonces –rodeado por todos estos cassettes grabados por Ella grabando lo mío– que yo, al margen del relato que iba a comenzar, no tendría otra intención que la de repasar los episodios más determinantes de mi vida de entonces. Mi primera y mi segunda vida. Mi infancia y mi adolescencia. Esas edades (componiendo algo así como única era bio-geo-arqueo-antropológica) que son absurdas en el sentido más noble del término (algo «extravagante» y/o «irregular») y en las que se es tan hermético y ágil y, al mismo tiempo, tan torpemente permeable al influjo de los demás a la vez que jamás estando tan concentrado en uno mismo. Esa intensidad de entonces que es tan fuerte y profunda que algunos prefieren no recordar nada de todo eso y cortan por completo con el noviazgo de aquellos tiempos, mientras que otros la evocan constantemente y, enamorados hasta su último día, los sienten como algo que no ha terminado y que sigue siendo parte del resto de su vida.

Yo soy de estos últimos.

Yo estoy convencido de que en la infancia y en la adolescencia uno vive rodeado por monstruos y dioses a menudo indistinguibles unos de otros. Y sin saber conscientemente (porque lo sabremos recién tantos años después) que es y que fue entonces, a solas y solamente, cuando de verdad, entre mentiras y secretos, aprendimos algo. Algo que, de escribirse, se leería por algunos que allí estuvieron, como crónica de sobreviviente a un terremoto cronológico o al embate de una ballena a un barco. Y que por los que no estuvieron allí (porque lo han olvidado, porque así lo quisieron, así ya no quisieron a todo aquello) se apreciaría como algo marciano, extraterrestre: algo que tal vez no entiendan del todo pero no puedan dejar, algo nostálgicos, de desear comprender. Las esquirlas en el aire y los fragmentos en la tierra (que tal vez, después de todo, sea cierto aquello de que ser espectador de la propia vida sea un escape del pesar de esa misma vida) que deja una bomba de tiempo de ambiguo modelo *Based on a True Story* con equívoca tecnología *Inspired by Real Events*. Y, claro, *basada* e *inspirada* son aquí las palabras clave y operativas. Una bomba fabricada en el futuro y plantada en el pasado para que estalle en el presente —entre un minuto y otro minuto siamés de la medianoche— sin ofrecer siquiera la oportunidad gemela de cable rojo o cable azul. Y así, por fin, retroceder tanto que sólo se pueda tener todo por delante y Big Bang. Miren cómo vuela mi pasado y Mi Caso; lean cómo Mi Mundo se hace pedazos porque, sí, yo soy su Destructor y Reconstructor: yo soy el fantasma que los recorre y los mata para resucitarlos como fantasmas a mi manera. Y lo bueno de no tener mucho futuro para explotar es que, de pronto, el pasado tiene mucho y cada vez más sentido de ser explotado como si se tratase de un yacimiento sin fondo ni capacidad de agotamiento ni fecha de expiración o vencimiento. El pasado siempre saldrá ganando cuando uno ya no tenga nada que perder. El pasado sana y fortifica, pero hay que volver y recuperarlo como uno se repone de un virus extraño.

No es sencillo, por lo tanto, dotar de algún tipo de «estructura orgánica» a todo aquello. Pero también es cierto que la inesperada ayuda de estos cassettes y de mi voz de entonces servirán como piedra fundacional y viga del tejado para el palacio de mi memoria. Así, recorreré sus estancias y apreciaré diferentes muebles y objetos como disparadores a quemarropa de lo que fue y vuelve a ser. Un mundo hasta ahora prohibido (un mundo que yo me había prohibido) desbordante de coincidencias paralizantes y de súbitamente próximas lejanías y de acordes de piano para insomnes cuya tapa se cierra de golpe y que yo debo volver a abrir. Hechos aislados que se juntan como atrapados por la membrana de una telaraña y tan conscientes aún en su inconsciencia de que, siempre cercana, la araña acecha. Hechos imposibles de jerarquizar por su sencillez o su complejidad. «Hechos-deslices o hechos-precipicio», define el surrealista en su libro. Sí: hechos bajo control o hechos descontrolados. Y aquí sí me permito la cita casi textual de lo suyo (*casi*, he dicho) porque lo ha escrito con las palabras justas y azules a las que no le cabe nada de rojo corrector sino, apenas, el tono prosa-púrpura de la mezcla de ambos: que nadie vaya a esperar de mí una reseña exacta de cuanto se me ha permitido experimentar en este dominio. Me limitaré aquí, sin mucho esfuerzo, a invocar lo que me sucedió en ciertos momentos sin que yo hubiera hecho nada para que esto se produjera; lo que, llegando hasta mí por senderos ajenos a toda sospecha, me brinda la singular medida de la gracia y la desgracia de la que soy objeto. Así, por lo tanto, me referiré a todo ello sin ordenarlo previamente y según los caprichos de cada momento que deja emerger lo que emerge como si fuese Ella una vez más emergiendo de las aguas.

† Proseguir con algo todavía más abstracto que figurativo pero que, aun así, se las arregle para despertar una cierta curiosidad/necesidad de, a partir de lo un tanto nublado/escrito, por fin ver/leer las cosas claras/precisas y así, finalmente, identificar quién es el narrador. O no: tal vez no preocuparse excesivamente con que todo quede expuesto; porque en las nieblas/turbulencias suele encontrarse mayor lucidez/comprensión. Otra vuelta de tuerca a la esquiva figura en el tapiz, sí:

La fluida y líquida memoria no sabe de principios ni de finales. O, tal vez, es tanto lo que sabe que prefiere fingir lo contrario. La memoria —aunque esté tejida en el mismo telar que el tiempo su textura es muy diferente— transcurre y sucede y va y vuelve y no pasa y vuelve a pasar. Decir «empecé a acordarme» es una falacia, porque nunca se deja de recordar. La vida es lo que enseguida ya fue para así poder seguir siendo la vida. De ahí que, cuando se recuerda, se comience por cualquier parte-tiempo y se termine en cualquier sitio-momento sin saber muy bien cuándo y cómo fue que se llegó allí. Y entonces se contempla lo que sucedió —como a un amanecer o un anochecer- desde el ahora, como si se tratase de un mundo nuevo que ha dejado de ser y no es y aun así, con los años, parece cada vez más presente.

El mundo en el que ahora se encuentra Land y me encuentro, envejeciendo juntos, no es el mundo en el que alguna vez (algunas veces, dos veces) se encontró y me encontré y nos encontramos sino que, aun siendo el mismo mundo, es un mundo completamente distinto.

Un mundo que no tiene caso ni cosas que vengan al caso.

Un mundo muy *in progress* pero a la vez tan retro, tan regresivo y borrándose.

Un mundo deshaciéndose para rehacerse.

El boceto de un nuevo mundo sobreescribiéndose —más *pentimento* que arrepentimiento, porque para arrepentirse de algo hay que poder recordarlo del todo, y las personas cada vez se acuerdan de menos cosas— sobre un mundo viejo.

Algo que otra vez se escribe en azul y se corrige en rojo. Con un lápiz que contiene la versión que se quiere correcta y luego se descubre incorrecta y que, otra vez, pero nunca del todo seguro, será la que permanecerá como oficial (o, al menos, será la última y definitiva): azul y rojo y otra vez azul; aunque no haya garantía alguna de que no vuelva a volver el rojo.

Aquí, entonces, el lápiz rojo es la tercera persona que luego corrige al lápiz azul de la primera persona.

O viceversa.

Así, aquí lo encuentro a Land y, encontrándolo, aquí me encuentro: como en una danza con contradanza, en un antiguo pero memorioso palacio azul, a la luz de las velas y al sonido de las risas más fingidas que sinceras, mientras allí fuera comienza a hervir y humear el espeso y pestilente caldo de la más mortal y roja de las revoluciones.

Así me veo a mí mismo viéndolo a Land: no en colores sino en dos colores. Dos colores que son los colores previos, lo anterior, las aproximaciones no a lo que será sino a lo que fue. A esa infancia y a esa adolescencia que son lo único que ahora veo claro y recuerdo en detalle (el resto de mi vida no son más que restos turbios con trazo grueso y peor letra, contagiosa caligrafía casi de médico) y así recién luego alcanzar el tono blanco y negro de las páginas y de la historia que allí se cuenta aquí.

Pero no aún.

Por el momento, tan sólo la incierta certeza de que es tanto más difícil narrar y explicar este presente que es el futuro de ese pasado. Ese ayer al que hoy escucho tanto más claramente de lo que jamás se vio o lo vimos.

El shock del futuro ahora es el crack del presente.

Y a ver —haciendo ejercicio, haciendo ejercicios— cómo hago o hará Land o haremos Land y yo para hacerlo a la vez que nos enseñamos mutuamente el aprender a contarlo.

† Redactar ejercicio acerca de los ejercicios de escritura (a favor o en contra de ellos).

Y hay algo casi enternecedor en la creencia de que alguien puede *aprender* a escribir y, aún más, en que puede aprenderlo de alguien que se cree capacitado para *enseñarlo*.

Y los hay (maestros y alumnos y supuestas técnicas/trucos) de muchos modelos y tamaños y sabores (por lo general adulterados o que se esfuman rápidamente). Y a mí los que más me gustan entre ellos son los que aspiran a una cierta originalidad y hasta casi impracticable extrañeza que los convierte en algo mucho más cercano a ficciones en sí mismas que a instrucciones para conseguir ficciones. Ejercicios impartidos por anfitriones inestables y de humor cambiante que ponen así de manifiesto su voluntad de (como en aquella película sin sonido en la que el millonario borracho convidaba al mendigo hambriento para una y otra vez sacarlo a patadas de su mansión) invitar a la fiesta a la vez que se demandaba una pronta retirada por no estar a la altura o haberse comportado de modo indebido. O, peor aún, nunca decirle la verdad y continuar explotándolo religiosa y analíticamente a lo largo de los años como un vendedor de drogas cada vez más impuras. Y así seguir magistralmente como pasivo-agresivo de manual quien —en la puerta de entrada al supuesto festejo— ya estableció normas de desapegada etiqueta del tipo «el conocimiento nunca será un sustituto para el genio; pero el genio auxiliado por una técnica adecuada y profunda es lo que hace a un incuestionable maestro literario».

Auxilio, sí.

Y la letra pequeña a todo eso no hace más que insinuar que si las cosas no salen bien la culpa será siempre de quien aprende todo mal y nunca de quien enseña, se supone, todo bien.

Así, entre todos esos ejercicios —que anulándose a sí mismos acabarán provocando calambres y contracturas en quien los ejercita— uno de los más famosos y citados entre todos ellos era el que arrojaba a sus estudiantes un escritor que acabó siendo acusado de plagio y matándose en su motocicleta. Esto —este- es verdad: «Describe un edificio como si fuese visto por un hombre cuyo hijo acaba de morir en una epidemia. No menciones al hijo, a la epidemia, a la muerte o al anciano padre que lo observa; luego describe el mismo edificio, en el mismo clima y a la misma hora del día, como si fuese visto por un amante feliz y gozando de perfecta salud. No menciones al amor o a la persona amada».

Buena suerte y buena vista para todos.

He sabido, también, de profesores que ponían a cantar a sus alumnos porque «hay que aprender a cantar antes de aprender a contar». O les recomendaban «rescatar lo universal de lo privado». O abrazar árboles «y percibir la diferencia según su especie en una madera que algún día será papel y después libro: porque hay árboles-cuento y hay árboles-novela y hay árboles-poema y yo descubrí esto hace años y, claro, lleva años descubrirlo; así que estaremos mucho tiempo juntos». O caminar por las playas para oír «lo que las olas, que son siempre las mismas, desde el segundo día de la Creación, tienen para contarnos».

Otros, en cambio, tan enchufados (en mini-conferencias que no eran tales, en *talks*, en charlas especialmente encogidas para la cada vez menor capacidad de concentración de sus destinatarios y así, simplificando y sintetizando algo complejo en dos o tres supuestamente ingeniosas cápsulas hacerlos sentirse tan *geniosos*), hablaban de «híper-cyber-meta-espacio» y de «ser el propio avatar» y se explayaban acerca de la cháchara de charlatanas IA/AI. Y lo hacían con la más natural/artificial estupidez/inteligencia (y provocando en mí el deseo de que alguien enviase terminator desde el futuro para ejecutarlos por sus visionarios conocimientos tecno-top de avanzada, para presionarles EJECT). Y lo exponían sin comprender, o no queriendo comprender, que todo eso no era más que un nuevo refugio y placebo para mediocres. Seres triviales –seres más preocupados por la constante y efímera novedad de lo novedoso que por lo muy de vez en cuando auténticamente nuevo y a permanecer– quienes invariablemente se dirían (como con cada uno de estos muy adictivos «avances tecnológicos» sustituyendo a los escritores más avanzados y, por lo tanto, mal-influyentes; entendiendo al no-esfuerzo y a la sí-rapidez como mérito) algo como «Ahora sí. Gracias a esta herramienta funcionando a la altura de lo mío por fin podré desarrollar mi genio hasta el momento no reconocido por carecer de soporte digno de desarrollarlo». Y serían tan felices olvidando o queriendo olvidar que si «sabor artificial» o «personalidad artificial» no son algo bueno, por lo tanto, tampoco debería serlo «inteligencia artificial» que, además, debería incluir la posibilidad, estadísticamente, de que sea artificialmente estúpida, ¿no?, ¿sí?

Supe, también, de aquel que recomendaba vaciar botella de vino a lo largo de una noche y, al amanecer, escribir parodia de un poeta favorito.

Y estaba ese que proponía a la primera letra de los nombres de cuatro o cinco ex parejas como «único alfabeto posible» para un cuento muy breve y luego «mirando atrás, considerar el fracaso en las relaciones sentimentales con algo de afecto o ecuanimidad».

Y tal vez mi favorito entre todos y al que disculpo y hasta celebro; porque el siguiente programa era impartido —en una universidad cercada por trigales y tractores— por ese profesor que por entonces era en verdad un escritor que no escribía y que lo único que podía hacer era hacer como que enseñaba. Alguien que allí y entonces demostraba —de cuerpo presente pero con su mente en cualquier otra parte— los devastadores efectos que producía el no poder hacer aquello que era lo único que alguna vez se había hecho y que él había hecho casi mejor que nadie. Alguien que llegaba a su clase apestando a alcohol y a sudor y a lágrimas y, de improviso, estallaba en parlamentos del tipo «La novela es la forma narrativa del hombre sedentario y el cuento el formato del hombre nómada» y «Oh, cuán maravillosa y rica y extraña puede ser la vida cuando dejas de interpretar los roles que tus padres escribieron para ti». Alguien quien luego anunciaba que todo lo que tenía para enseñarles consistía en seguir los siguientes y trastabillantes pasos: el primer ejercicio era el de escribir el diario de una semana donde se registrase absolutamente todo; el segundo ejercicio consistía en escribir un cuento donde siete personas o paisajes que no tuvieran nada que ver entre ellos se vieran, de pronto, profundamente relacionados; el tercero era escribir una carta de amor desde una casa en llamas. «Este último no falla nunca», explicaba el hombre con el desconsolado rostro de quien se creía fugitivo y se descubre presidiario y cada vez más rodeado por el fuego y asfixiado por el humo de esa hoguera a la que se ató él mismo.

Por fortuna, nunca hubo ni había interés por cursos para ser *ghost-writer* porque a nadie le atraía demasiado la idea de *no ser*, porque todos querían *ser* y *ser* todo lo que se pudiese, *ser* cada vez más.

En lo que a mí respecta (próximo a extinguir mi propia hoguera) contaré entonces mucho acerca de la infancia y de la adolescencia. Esos amorosos incendios que jamás dejan de arder como si fuesen lo único que se recuerda por motivos misteriosos aunque, para mí, no lo sean tanto. Entenderé al pasado, escuchándolo, como algo que no deja de pasar: como a esa paz que no es otra cosa que esa breve pausa que se toma la guerra antes de seguir dando batalla, como a esa larga noche que contiene las raíces de todo breve día.

Describiré —combinando personas y paisajes, registrando la crónica de más de siete días pero que aun así constituirán mi Génesis distrayendo a este Apocalipsis— lo mejor que pueda la sensación de estar a la espera de algo muy inesperado y en llamas.

† **Proseguir, luego de esa primera distracción/confusión, con una frase/párrafo que de inmediato despierte el interés y avive la intriga del lector común y menos entrenado en ciertos e inciertos juegos verbales. Una escena en la que, de paso, se presente a un personaje intrigante (mejor, hacerlo a través de sus palabras y no tanto de su aspecto físico, ya habrá tiempo para eso más adelante). Por ejemplo:**

Y un día, dentro de mucho tiempo, en Gran Ciudad III, Ella volvió. Ella volvió a Land y Land volvió a mí.

Y Ella —como si flotase de nuevo, divina y portentosa, sobre una piscina relampagueante— nos dijo, nos habló así, surrealista, mirándonos fijo con ojos llenos de luces. Ojos que miran como mira un ajedrecista alucinado mientras espera el próximo movimiento de su rival a la vez que cómplice:

«Te hablaré de La Destrucción. Te hablaré de La Formación. Te hablaré de los dioses. Te hablaré de los momentos y de los años, de Los Cinco Años. Te hablaré de la vida y de la muerte. Te hablaré de tus actos. Te hablaré de mis palabras. Las palabras son palabras sólo mientras son habladas. Escucha mis palabras habladas y no actúes según palabras que han sido escritas, porque las palabras conservadas también están muertas y se descomponen sobre sí mismas y las mayúsculas se reducen a minúsculas hasta sólo quedar los puntos... No te sorprendas, soy yo y no soy yo. Volverás a encontrarme y me perderás y me reconocerás y me olvidarás. Olvídame primero y recién entonces te seré devuelta. Porque soy la que se pierde tan pronto es encontrada... Sé olvidadizo de todas las cosas... Olvídate de ti mismo, Land».

Y yo, obediente, pensé en que eso que me decía Ella ya lo había leído. O Land y yo habíamos leído algo muy parecido a eso, en un libro. En un libro cuyo título y autor (ahora en algún estante de nuestra tercera y próxima a arder gran biblioteca en Gran Ciudad III) no podíamos recordar y tal vez mejor así, tal vez mejor olvidarlo. Otro libro, un libro más entre tantos que ahora, aunque leído, era de nuevo casi igual a todos esos libros que se compraron y se ordenaron pero nunca se leyeron (y que tal vez por eso cuesta tanto ubicarlos cuando se los busca, tal vez esa sea su venganza por haber sido apartados y postergados sin fecha precisa para ser siquiera ojeados y hojeados). Pero no importaba y no deberían ofenderse, pensaba yo: porque eran esos libros pertenecientes al noble género de aquellos que había que tener aunque no se los leyese. Tener a esos libros en espera era una especie de estadio intermedio entre el desliz del no-leído y el precipicio del sí-leído. Manteniéndolos siempre en mente y ocupando el mismo o incluso más espacio en la mente que aquellos a los que ya se había leído y que ya se empezaban a olvidar. Así —no olvidándolos todo el tiempo sino siempre recordando que no se los había leído— yo siempre pensé en eso: en ellos allí, flotando, como en algo más limbo que purgatorio pero siempre de camino al paraíso de lo por recordar y no ya descendiendo al infierno de lo que no se recuerda. Libros que, de algún modo, eran como ciertas personas a las que no hace falta conocer para reconocerlas. Y nunca sentí culpa por ello: yo los estaba ayudando a pasar al otro lado. Pensé, además, en que si no los tuviese, más temprano que tarde acabarían hechos pulpa. Así que era como si les diera refugio/santuario/cobijo. Como pecados, había muchos peores. Y, además, hasta podía pensarse y convencerse de que se los había leído y que —al igual que con tantos libros que sí se leyó— se los había olvidado por completo dejando estos tras de sí tan sólo ese olor a libros nuevos o a libros viejos. Ese olor que no tiene edad ni tiempo.

De ahí que, a la hora de la relectura de lo olvidado, yo ahora prefiriese aquellos libros que habían sido escritos antes de finales del siglo XIX. Libros de tiempos en los que los libros lo eran todo, porque no había nada más allá de ellos. Libros que despedían un fulgor especial: ese fulgor que vuelven a despedir en estos días y, tal vez, fulgor que quizás sea tanto más poderoso y agradecible y necesario de lo que lo ha sido jamás.

† **Y luego pasar a otra cuestión (y no volver a ello hasta más tarde) para así dejar al lector preguntándose qué pasó, pensando en quién era esa persona que estaba allí y ya no está. Y deseando que ojalá vuelva pronto; porque lo cierto es que resultó muy enigmático todo eso que dijo. Aunque también, para aumentar aún más el desconcierto/interés, se pueda ir incluso un poco más lejos antes de alejarse un poco. Así:**

Pero (al igual que aquella otra vez, hace tanto) en realidad Ella no dijo nada de eso.

Esa voz que dice esas cosas no sale de su boca (aunque la primera vez moviese sus labios) sino de un corazón.

No el suyo.

No las dice de corazón sino que las dice un corazón fuera de su cuerpo. Un corazón que –luces, engranajes, baterías, plástico y no músculo– no late sino que vibra.

Y escuchamos (Land y yo) a esas cosas y casi caemos de rodillas al oírlas como otro cayó frente a una zarza en llamas.

Lo que, en cambio, sí dice ella (ella dice poco pero lo dice demasiadas veces) son cosas mucho menos imponentes.

Cosas como «¿Qué hay de comer?» o «¿No estás aburrido?» (su manera más o menos amable de comunicar que está muy aburrida) o «¿Qué hora es?» o «¿Qué es eso?».

Y ella las dice sin dejar de mirar su teléfono (que cada vez funciona menos y peor y pronto dejará de funcionar cuando todo lo eléctrico vuelva a ser acústico). Y las dice escuchando con audífonos pero a la vez a todo volumen para que todos (para que yo) sepan que ella está escuchando algo. Ahora mismo, por ejemplo, escucha a esa infame boy-band Made in Corea: The

Variants. Y, me explica ella, a su último hit: lo último que grabaron no antes de separarse sino de *disolverse*, como casi todo y todos. Y prefiero no comentarle que esa canción no es más que una especie de *cover* muy irrespetuoso de aquel noble y digno lamento country: esa canción triste ahora degradada y reconvertida a júbilo techno-pop alguna vez compuesta por viejo cowboy cantarín cuando descubrió que tenía mal de Alzheimer: «I'm Not Gonna Miss You».

Y ella dice todas esas cosas que dice (mientras yo no le digo nada) rascándose el culo o metiéndose un dedo en la nariz. Y las dice sonriendo el tipo de sonrisa cristalina que sonríen aquellos que ya no se dan cuenta de que están sonriendo porque sonríen todo el tiempo y todo el tiempo dicen que están tan tristes y que son tan sensibles.

Porque en verdad la minúscula ella no es la mayúscula Ella.

O, mejor dicho (lo que no significa que su aparición transforme automáticamente aquella Ella en Ella I y que ella sea Ella II), ella es otra.

Y Land la mira y piensa «Dios», pero lo piensa no creyendo en Dios (ni, mucho menos, en diosdiosdiosdios) sino aún más convencido de que Dios no existe.

No: ella no es Ella pero sí es exactamente igual a Ella cuando Ella tenía la misma edad que ahora tiene ella. Unos quince o dieciséis años pero, físicamente, pareciendo algo mayor. Aunque, mental e intelectualmente, ella no expresándose de modo más infantil pero sí mucho menos desarrollado que el de Ella entonces.

Esta ella es parte de eso que no hace mucho se definió, socio-periodísticamente, como a la resistente a la vez que tan frágil Generación de Cristal. Jóvenes muy delicados y rompibles y siempre listos para indignarse o sentirse ofendidos y a los que casi todo comentario puede llegar a lastimar o causarles un daño supuestamente irreparable. Jóvenes a los que el preguntarles por la calle una dirección (aunque ya nadie pregunte nada a nadie porque, de hacerlo, tendrían que preguntarles acerca de absolutamente todo y para eso ya no hay respuesta) podía llegar a entenderse como forma de acoso o de sospechosas intenciones: porque se optaba por entablar una conversación que para ellos derivaría, seguro, en proposición siniestra en lugar de buscar a solas el destino en compañía de una de esas desorientadoras aplicaciones con mapas y recorridos recomendados. Jóvenes a los que decirles que hagan o que dejasen de hacer algo era agresión de género o violencia generacional. Jóvenes preocupados por el terrible futuro que les dejaban sus mayores a la vez que nostálgicos de todo lo que esos mayores habían dejado atrás sin dejarles nada de eso a ellos. Más que Generación de Cristal parecían Generación de Aire: siempre girando en falso en un plácido torbellino y más que listos para resoplarles a todos por todo. Pero, también, sin lugar claro en un futuro más bien imperfecto, sin tener idea de cómo harían para encajar en el viejo sistema o cómo crear uno nuevo que los contenga.

En cualquier caso, ya nada de eso importa ahora.

Ahora todos —sin importar nuestra edad o la que tenía el mundo el año de nuestro nacimiento— tenemos la debilidad y la transparencia de lo que se está vaciando, de lo muy pronto absolutamente vacío.

Y es que hasta no hace mucho existían algunos patrones de conducta establecidos durante la infancia y adolescencia (tal como fueron estas algunas vez y ya no son, porque transcurrían en el mundo real y no virtual) que supuestamente estaban allí para quedarse y a los que acudir cuando se los necesitaba. Valiosos tiempos de reposada iluminación a los que se podía regresar y recurrir cuando el claroscuro presente se volvía insoportable. Pero, claro, de un tiempo a esta parte todo eso ya era casi imposible. Las infancias y las adolescencias habían cambiado por completo y sus protagonistas ahora las vivían como si se tratasen de páramos y pantanos previamente arrasados por sus mayores. Adultos quienes tenían la culpa de todo para que así ellos no tuviesen la culpa de nada y, tan débiles, se fortaleciesen en el rol de víctimas victimarias para las que todo pequeño pedido se convertía en inmensa y agresiva demanda a demandar y denunciar en tribunales de plataformas on line.

Aunque había excepciones fogueadas en batallas muy diferentes y en las que no había nada mejor que el anaranjado olor a espíritu adolescente por las mañanas: mi caso, el caso de Land, Nuestro Caso en Nuestro Mundo, sin ir más lejos.

Y de pronto —como si pudiese leer lo que estoy pensando acerca de ella y de los suyos— ella se pone a cantar como loca aquello que le dictan sus audífonos.

Y lo hace con la alegría de quien —tan frágil como el cristal, tan ligera como el aire— no tiene por qué sentirse exigida y oprimida por la exigencia de recordar; porque es mucho más fácil y gratificante el repetir lo que acaba de escucharse y cantarlo rápido antes de que se escape, se olvide:

You're the last person I will love (Who am I?)
You're the last face I will recall (나는 누구인가?)
And best of all, I'm not gonna miss you
Not gonna miss you (You better miss me)
All the things I say or do (You better say you're sorry)
All the hurt and all the pain (You better ask for my forgiveness)
One thing selfishly remains (You better be better to me)
I'm not gonna miss you (Who are you?)
I'm not gonna miss you (누구세요?).

Y ella —aunque su pronunciación fonética del coreano sea asombrosamente correcta— canta muy mal. Pero —estoy seguro— nunca nadie se atrevió a decírselo por miedo a ser denunciado ante las autoridades por bullshit o bullying o algo así. Por las dudas, yo la miro de lejos, pensando y rogando un «Silencio... No hay banda...». Aunque —por desgracia— eso no signifique el privarse de escucharla tan cerca, cantando a los gritos, que ella no va a extrañar a nada ni a nadie.

Así, en estos primeros días juntos, buena parte de mi vida diaria consiste en diseñar itinerarios y descubrir rincones para cruzarnos lo menos posible: para recuperar eso que tanto me costó conseguir y que ahora he perdido por culpa de ella y en memoria de Ella. Algo que —contemplándola ya a mis espaldas como se contempla algo en retirada— fue esa formidable no Lonely Planet pero sí Lonelyland en la que, a solas, yo venía siendo tan feliz, sintiéndome y estando tan lejano a todos y a todo.

† Ubicarse en el tiempo y el espacio pero sin aportar demasiadas precisiones geográficas/temporales y, mucho menos, verlo con los ojos de anciano padre de hijo muerto en la guerra inmencionable o de amante feliz que no expresa su amor, etcétera. Hacerlo a partir del «espacio interior» y «momento personal» del narrador y/o narradores. Contarlo como nadando bajo el agua para de pronto descubrir –entre el terror y la euforia– que ya no se necesita subir a la superficie a tomar aire porque uno *también* puede ahogarse en la superficie e, incluso, comprender que tal vez sea mucho más fácil ahogarse allí.

El día antes de que llegase no Ella sino ella, yo había salido a caminar por los alrededores de mi casa. La casa está enclavada en los altos de Gran Ciudad III, en un parque natural (o lo más parecido a un parque natural a lo que puede llegar a aspirar una ciudad de aire antinatural por lo irrespirable) en el que hasta no hace poco aceleraban ciclistas y corredores y que ahora está casi vacío y cada vez más poblado por jabalíes.

Aunque, al caer la tarde, yo salgo a caminar por ahí. Y de tanto en tanto me cruzo con alguien que más que pasear parece estar deambulando sin rumbo y preguntándose cosas que hasta no hace mucho eran más bien retóricas y profundas (¿quién soy?, ¿de dónde vengo?, ¿a dónde voy?) y que ahora se han convertido más bien en interrogantes tan livianos pero a la vez tanto más urgentes (¿quién soy?, ¿de dónde vengo?, ¿a dónde voy?). Y para mí no resultaba traumático escucharlas (ese paso ligero del *vos* de Gran Ciudad I al *tú* de Gran Ciudad II al *vosotros* de Gran Ciudad III, esas palabras viejas-nuevas, esos verbos con terminaciones pretéritas, *leíais* o *leísteis*, a los que yo ya apreciaba y podía adoptar de inmediato como si fuesen míos desde siempre, desde mis lecturas infantiles). Pero las personas hablan poco y salen menos porque tienen miedo a todo lo que no conocen y lo cierto es que conocen (o, mejor dicho, reconocen) cada vez menos cosas. Sólo andan por ahí, dando vueltas hasta el mareo. Los más audaces (como yo) a paso ligero y constante. Los más confundidos (como muchos, cada vez más) con esos movimientos entre laxos y ansiosos de quien desea no encontrarse pero sí que lo encuentre alguien que lo conozca y le cuente algo de sus vidas como si le ofreciese agua fresca a un costado de su camino cada vez más vía crucis. Algún buen samaritano que les narre cómo era todo hasta que ya no lo fue más porque llegó el Nome. Así, algunos lloran por avenidas y senderos y callejones sin salida sin saber muy bien por qué lloran y no dejan de consultar qué hora es en sus teléfonos tan necesitados de creer en algo, de creer que saben algo como qué hora era un minuto atrás y qué hora será dentro de un minuto. Y entonces mirarse (pero no verse, no identificarse) llorar en sus pantallas, los unos a los otros. Y yo pienso en cuánto mejor, en cuánto más *imaginativo* era el mundo cuando se hacía (y se concentraba) en una sola cosa a la vez y, hablando por teléfono, no veíamos sino que imaginábamos a la otra persona (y esa persona podía cambiar su voz o imitar la voz de otra persona) y nos hablaba por teléfono no a la velocidad de la luz sino a la velocidad del sonido. Y nada estaba tan claro entonces, tan a la vista; pero al mismo tiempo todo era más preferible y gratificante porque había que esforzarse más, pensar más, para ver todas las cosas que no se veían y que, por lo tanto, había que buscarlas fuera de uno o rebuscarlas en el interior de la propia memoria. Y, claro, pocas cosas más interesantes que las cosas que no se conocen. Pocas cosas más finalmente banales que aquellas que se reconocen una y otra vez para así sentirse más reconocido por ellas y por quienes las dominan, o eso creen.

Y hace una semana me crucé con una vecina (no la había visto nunca pero sabía de ella) que se dedicaba a la cría de perros de caza y de presa. Y nuestras miradas se encontraron y se mostraron las pupilas. Y creí reconocerla como la versión no corregida pero sí aumentada de aquella pequeña hija de... que, en Gran Ciudad I, entrenaba a un dóberman para defenderse y atacar a casi todo lo que entonces la rodeaba y acorralaba. De inmediato, aparté la vista y aceleré el paso pensando en que no, que no podía ser aquella hija de... (y seguro que sí era una de esas personas que permiten que su perro se te acerque para que uno dé palmaditas mientras te babean los pantalones, como si fuesen bebés peludos: los hijos y los perros propios nunca molestan, los que molestan son siempre los ladridos y los llantos de los demás). Y entré en esa iglesia absurda pero —con cierta coherencia— lindando con un parque de diversiones, como si fuese otra de las atracciones prometiendo emociones y castigos y premios y freaks. Y allí se oficiaba misa para casi nadie (y recordé astillas y clavos de misas junto a mis abuelos en Ciudad del Verano o aquellas otras en el colegio San Agustín de Gran Ciudad II) y me senté para recuperar el aliento y enseguida volví a perderlo: porque podría haber jurado (aunque las reglas del lugar lo prohibiesen) que el sacerdote no podía ser sino la versión ordenada y tonsurada de aquel otro hijo de... que en aquellas fiestas paternas había prometido entregarse a Dios para llegar a Santo Padre de millones de hijos de...

Salí de allí temblando e infiel y pensando que algo muy extraño estaba ocurriendo. Algo que no podía ser calificado de milagro pero sí de anomalía en el arcano de un sistema: alguien había dictaminado un dejad que el pasado venga a mí. Y así las figuritas y barajitas (que en Gran Ciudad III se llaman *cromos*) de mi infancia y adolescencia parecían regresar desde las acalambradas entrañas del tiempo. El anuncio de una nueva era de añejos fantasmas descritos a la caza del escritor fantasma. ¿Los alguna vez poseídos ahora queriendo poseerme? ¿O una reacción al *No Past* del Nome o, tal vez, una última y más o menos voluntariosa despedida, un adiós de y a todo aquello antes de ya nunca verlo volver y de jamás volver a verlo? Me dije que tal vez todo se debía a los últimos estertores de mi memoria: ráfagas de recuerdos sueltos y seguramente inconstantes y breves, como esa engañosa mejoría en el mortal ojo a cerrarse del huracán de alguien que agoniza.

Decidí volver a casa temiendo encontrar por el camino a aquella aprendiz de bandida yanqui. O, peor, a las versiones decadentes y ya no *estando* temporalmente gordas sin dejar de lado la delgadez a la que volver sino *siendo* gordas para siempre y sin retorno y apaleadas por los años (y por eso seguramente aún más violentas y cebadas en busca de revancha) de aquellos chicos grandes quienes, tiernamente, me molieron a golpes en El Parque de Residencias Homeland.

No fue así pero así fue que esa misma noche (y en principio no pude sino verla y sentirla como último recuerdo de gracia, como El Recuerdo al que más necesitaba recordar) llegó ella.

Y ella llegó —desde tan lejos— en el nombre y cuerpo de Ella.

† **Referirse a lugares lejanos como si, de improviso, se regresase a ellos. No ir a ellos sino que ellos vengan a uno.**

Qué lejos, pienso, que está Land del suelo donde hemos nacido.

Y soy yo quien vuelvo a verla a Ella; pero es Land quien no deja de sentir —o, más bien, de *explorar*— esa lejanía constante dentro y fuera de él. Como si fuese un tumor que no se sabe aún si es benigno o maligno y que se ha extirpado en parte pero sin que eso signifique que no continúe creciendo en su interior.

Lo distante —lo ahora extraño, lo para siempre extranjero— no es algo fácil de remover. *Extraño* (sujeto) y *extraño* (verbo) se escriben igual pero significan cosas muy diferentes aunque, en ocasiones, complementarias.

Y Land (quien no deja de ser una especie de tumor dentro de mí) se siente más extraterrestre que nunca. Cada vez es más consciente de que no lo consideraban uno de aquellos ellos en Gran Ciudad I donde nació (un alarmado estado de mente, un alarmante estado demente donde ese «esto se va a la mierda» y aquel «me voy a la mierda» supo ser potenciado por un «estoy podrido» y un «se pudrió todo»); que no lo sienten uno de estos ellos en Gran Ciudad III en la que ahora vivo yo; y que nuestro paso por Gran Ciudad II fue, apenas, una contraseña para iniciados y cada vez menos personas cercanas a él.

Y esta sensación se hace sentir constantemente: requiriendo no de nuestro interés pero sí de nuestra atención.

No hace mucho —aunque es como si hubiese sido hace un milenio— Land y yo entramos a una librería y vimos que había un nuevo libro de una autora que nos gustaba mucho.

Y abrimos ese libro y allí, primeras líneas, leímos, leyó, leí:

He went to new places because they weren't the same as the old ones...
He had nowhere to be and no one who needed him.

Y entonces esa sensación que sólo conocen los mejores y muy contados lectores; algo de lo que le había advertido en su momento César X Drill y que, antes del Nome, aún podíamos recordar sin gran empeño ni pequeño milagro: no un «Yo podría haber escrito esto» sino un «Yo entiendo perfectamente a qué se refiere la persona que escribió esto». Lo que es el equivalente a no un egoísta y soberbio «Por qué no se me habrá ocurrido a mí» sino a un tan generoso como agradecido «Qué suerte que se le ocurrió a alguien».

Y sí: Land y yo habíamos viajado a nuevos lugares tan diferentes a los viejos lugares, que ahora no teníamos ningún sitio al que llamar propio ni a nadie que quisiera ser poseído por nosotros ni que nos poseyera.

Nadie a quien poder ocurrirles, nadie a quien le hayamos ocurrido.

Así las cosas.

Así está, así estoy, así estamos.

Juntos.

† **Entonces, de nuevo, alejarse un poco más y tomar distancia y perspectiva en otra persona para así referirse a otra persona; para que así se pueda precisar/contemplar de cerca desde dónde se habla, se escribe, se lee (pero aún sin especificar completamente quién es aquel a quien se escribe/lee):**

Porque ahora Land y yo estamos al otro lado del océano, en Gran Ciudad III. Sin mirar atrás y, al mismo tiempo, sin poder dejar de ver todo aquello que sucedió antes y nos condujo hasta ahora. El peso del pasado de un lector es, también, el peso de su biblioteca. Su patria a la vez que su destierro. Sus cajones con verdadera y legible tierra natal en todas partes y sin fronteras. Su nación de uno. Y yo recuerdo como si leyese: como si nuestro pasado fuese un libro abierto que se sostiene en las manos y que avanza uno o dos pasos por delante y al que hay que sostener con fuerza. Porque si se cae y se cierra ya será imposible retomar la trama por el punto en el que se iba y se venía.

Así, nuestro pasado como si fuese ese libro: un poco más abajo, sí, pero forzando a inclinar cabeza y bajar la vista; con humildad, con reverencia, como quien pide perdón por lo que hizo o por lo que dejó de hacer.

Sí: ahora, soy como un lector de mí mismo, de algo que no me di cuenta de que de algún modo yo había *escrito* (o más bien *descrito* con palabra y no con pluma, mi voz como espada) porque entonces estaba muy ocupado viviéndolo.

Así habló César X Drill (y así escuchó Land y ahora de nuevo oigo yo): «El pasado está ahí: siempre y para siempre. Al acecho y listo para atacarte con garras y colmillos. Nunca tengas piedad con el pasado porque el pasado jamás tendrá piedad contigo. Y la manera no de vencerlo, porque eso es imposible, pero al menos de enfrentarlo y no darle respiro es la de contarlo una y otra vez hasta comprenderlo, a veces, no a partir de la vida propia sino con la llegada de la vida de los demás. Revivir la historia ajena como si fuese la propia, los demás en primera persona, tener el control del relato de sus existencias. Una vez dominado ese arte, recién entonces volver sobre la propia vida como si fuese de otro».

Ahora, vuelvo a Land y, con él, a todo eso: al principio de todas nuestras cosas. Vuelvo como quien se aferra a un salvavidas (para salvar la suya), mientras todo lo que sucedió después se hace cada vez más hundido y como en el fondo del mar y apenas visible desde la superficie de aguas turbulentas.

Ahora la voz de Land es la que me llama para que la escuche.

Land es un *ghost* y yo *soy* un *writer*.

Y juntos somos y hacemos un *ghost-writer*.

† ¿Qué es un *ghost-writer*? (Dar tres golpes antes de explicarlo, de explicarse, de estar ahí). Explicar un oficio.

Yo soy un *ghost-writer*. Yo me convertí en un *ghost-writer* para así no ser un escritor pero sí poder ser un lector que transcribe. Una manera de inocular virus para inmunizarme contra la enfermedad. Una forma de ser un fantasma que no clama por venganza personal sino que se pone a disposición de otros para hacerles más o menos justicia.

Un *ghost-writer* es a un escritor lo que un anticuario es a un historiador: alguien quien, más que asentar y certificar lo supuestamente sucedido, lo que hace es restaurar aquello que supuestamente sucedió. Y, en más de una ocasión, casi siempre, falsificar y mentir verdades y sacar a la luz aquello que muchos adictos a lo incontable por fin contaban o querían que les contasen y certificasen: todos esos secretos más o menos escondidos entre sombras.

Un *ghost-writer* es un escritor de fantasmas y es también el fantasma de un escritor que nació muerto para así vivir por siempre poseyendo e invocando a quienes no pueden escribir sus vidas. Se suele escribir en una sola palabra, *ghostwriter*; pero (a mí me gusta más) también se puede escribir con un guión separando ambos términos que la componen. Así: *ghost-writer*. Y me gusta más porque me gusta pensar (y escribirlo de este modo) en que ese guión es como el pequeño puente pero a la vez trascendental pasaje que separa y al mismo tiempo une al espectro de su médium, que aparta pero une al *off* en un extremo del *on* en el otro. Un puente que viene y va de un Más Allá al que yo me encargo de traer más aquí.

Me gusta pensar que así —cortando la palabra en dos como en un truco de magia— el oficio no compete únicamente a quien lo oficia sino que es tarea de dos: del fantasma y de quien lo invoca y lo devuelve a la vida, a la autobiografía. Un gesto y necesidad —el de lo autobiográfico— que estaba y está ya en los inicios de la palabra escrita. Los estudiosos de la cultura sumeria se refieren como a «pseudo-autobiografías» a esas primeras vidas de unos redactadas por otros (vidas por lo general de dioses imperiosos o de reyes divinos) con escritura cuneiforme que recuerda a las huellas de aves en la arena.

Y me gusta pensar también que, con el paso de los años, uno se vuelve su propio autobiógrafo aunque, sí, desdoblado y como plegándose sobre sí mismo: externo y necesitado de fuentes alternativas para recién después poder atestiguar mejor en su propio juicio. Todos acabamos siendo nuestros propios Nome Boswell.

Alguien a la búsqueda de opciones que a menudo no son altas fontanas blancas o vínculos de células sino, apenas, constantes hilos de agua deslizándose por una pared donde hay un fresco ya casi fósil al que van desgastando a la vez que corrigiendo y refrescando.

Alguien que, aunque se le pida exactamente lo contrario, una cierta uniformidad, pronto aprende como parte indispensable de su oficio el que –como postuló aquel escritor que supo hacer danzar con la música del tiempo– no es fácil y tal vez ni siquiera sea deseable juzgar a otros con un criterio constante. Porque el comportamiento de alguien que nos resulta inoportuno y hasta insoportable podremos tolerarlo sin molestias en otro. Y los principios de conducta que juzgamos indispensables los relajaremos en la práctica –no siempre sin castigo– en el interés de aquellos cuya naturaleza parece reclamarnos un trato especial. Esta es una de las dificultades implícitas en el intento de llevar al papel acciones humanas, origen de un desconcierto que justifica la alternancia de comedia y tragedia en dramas isabelinos: porque algunos personajes y algunos de sus actos (como los de mis padres y sus amigos, como los de los hijos de… y los de los compañeritos y los de los aparcados y aparcadas y chicos grandes, como los míos y los de Ella, como los de tantos de mis autobiografiados) solo pueden ser enjuiciados con criterios intrínsecos y sin relación alguna con los de otro universo. Así, en escena las máscaras se asumen con cierto respeto a unas ciertas normas mientras que en los rostros bajo esas máscaras, en la mal llamada *vida real*, los actores interpretan sus papeles sin considerar la verosimilitud de la escena, sin siquiera considerar lo que dicen los demás actores. El resultado es, generalmente, una cierta tendencia a que las cosas se presenten con carácter farsesco, más allá de la seriedad de la trama. Esta falta de respeto por las unidades dramáticas es algo inevitable en la vida humana, y, sin embargo, hay veces en que una observación más profunda (y esa mirada acaso sea mi *arte*, mi *don*, mi *bendición* y mi *estigma*) acaba revelando que, de una forma u otra, los diferentes temas no son tan irreconciliables al final de la representación de toda existencia como tal vez parecían durante el Primer Acto o, en mi caso, durante el Primer y Segundo Movimiento.

Alguien que, como escribió alguien, se aferra a los jirones de la tela de una vida que fue primero pañal y luego es venda y por último será mortaja.

Alguien quien –habiendo mentido tanto sobre su propia vida– es un experto en mentir las vidas de los demás como si fuese la suya.

Alguien quien, sabiéndose autobiógrafo, sabe también el menos confiable de los narradores.

† Darle voz al *ghost* que precede al *writer* (y hacerlo como si se tratase de un breve sketch con la voz omnisciente de un ensayista que no tema caer en un exceso de teoría antes de levantarse para ponerla en práctica). Describir una profesión como si se tratase de una forma de ser o de no ser: la profesión como deseo y ambición (hacerlo apoyándose en citas de un autor al que se admire y en el que siempre se confiará) y, a la vez, como forma de anular a toda otra posible vocación. Insistir en ello como quien se miente que tantea la mejor versión posible de algo cuando en verdad no hace más que repetirse como se repiten aquellos que no se acuerdan de que dicen algo que acaban de decir.

¿Quién soy yo? ¿Qué es él? ¿Quién soy él y quién es yo?

¿El tantas veces disculpado e invocado «narrador poco confiable»?

¿O eso –tampoco alguien demasiado digno de fiarse– que se conoce como *ghost-writer*?

¿La voz espectral que posee a otros o el médium que los hace hablar? ¿Fantasma convencido de la existencia de esos vivos a veces tan poco vivaces? ¿Ventrílocuo posesivo y muñeco poseído o ventrílocuo poseído y muñeco posesivo o ambos al mismo ligeramente desfasado tiempo? ¿Médico que extirpa o dentista que implanta? ¿Marinero entintando la navegación de vida ajena? ¿Monje medieval *declinando* la gesta de caballero heroico de espada invencible? ¿Spin Doctor poniendo a girar como un trompo la vida de su paciente paralizado? ¿Psicoanalista simplificador de interpretación acomplejada? ¿Gemelo por el tiempo en que se lo escribe a la vez que se lo devora en el útero de un libro? ¿Hombre que entra en una habitación con un lápiz en su mano y allí ve a alguien desnudo y se pregunta quién es ese hombre o esa mujer o ese niño o incluso ese perro? ¿Sombra de Peter Pan? ¿Habitante del lado de afuera? ¿Pato o conejo? ¿Carne o esqueleto? ¿Viento que acaba teniendo la forma y sonido de aquello sobre lo que sopla y empuja y atraviesa? ¿La palabra que les doy o las palabras que me dan? ¿Qué me dicen ellos? ¿Qué les digo yo? ¿Qué me dicen para que les diga lo que me dijeron?

¿Será ser un *ghost-writer* (alguien profesionalizado en el arte, o en la ilusión, de que todo lo vivido puede ser contado) nada más y nada menos que la versión glorificada de un editor, de un editor de vidas de otros?

Quiero creer que no. Necesito creer que hay algo más, algo más interesante, que el ser un apuntador quien, como una perla en su concha, da más valor y lustre a aquello que se actúa en el escenario. Ser como uno de esos misteriosos benefactores influyendo en la vida de los humildes protagonistas —esas vidas que en verdad ninguno de los héroes controla— con pases casi cabalísticos entre nieblas y pasadizos secretos sabiendo diferenciar pero también fundir, de nuevo, poniendo en práctica el arte de combinar casi alquímicamente lo vivido con lo vívido. Es con y en este espíritu de firme incertidumbre (son tiempos inciertos, son tiempos tanto más cercanos a un constante borrador que a una versión definitiva) que busco amparo en la duda anterior. Vacilación que no es más que la trampilla en el escenario por la que puede entrar a escena alguna certeza o, al menos, esa falsa seguridad que ofrece aquello que, sin meditarlo demasiado y prefiriendo aceptarlo sin cuestionamiento, se ha aprendido de memoria.

Así y de ahí es que, hasta no hace mucho, yo me consagrara a la autentificación de mentiras y a devolver a los secretos a su primera y más interesante y verdadera condición. Me dediqué a ir marcha atrás para poner por delante a mis criaturas. Fui como un fantasmal vampiro que en lugar de chuparles la sangre roja les donaba la sangre azul que jamás tuvieron (ellas y ellos me invitaban a pasar pensando que serían mis amos y señores pero, en realidad, acaban siendo *familiars* a mi servicio) y me permito el gesto de inventar un término en el que comulguen el que embruja y el que seduce: *fanpiro*. Y no lo hacía a mis víctimas sino a mis clientes. Aquellos a los que vaciaba primero del plasma aguado y escaso de sus recuerdos y luego de tomar notas (y dedicándoles especial importancia a lugares y a modas y a sabores y climas casi más que a ellos) llenaba con el denso y preservante fluido de embalsamar de ese espectro que es la memoria, de la *memoir*, que yo les *plasmaba* a buen precio.

Debo precisar entonces que todas estas máscaras sobre mi rostro, con el tiempo, me ayudaron a comprender que las vidas de los demás (más allá de su sexo o edad o profesión) responden a los dictados de una voz/trama común. Y que por eso el arte del verdadero *ghost-writer* pasa por ser como un espectro que, por un tiempo, embruja a casa ajena y hechiza a su hasta entonces desconocido morador y dueño.

De nuevo: ¿qué es un *ghost-writer* entonces?

Un *ghost-writer* es un aparecido cuya función es la de hacer aparecer a otros. Un fantasma que invoca vidas. Un escritor desposeído para así vivir por siempre poseyendo a quienes no pueden escribir sus vidas.

Entonces no las escribe sino que las *organiza*, las edita.

Y, por *vidas* se entiende a las historias ajenas.

De nuevo: lo hice muchas veces y lo hice tantas veces y tantas veces bien que —como el nadar o pedalear— ya no es fácil explicar cómo se lo hace. Una estrella de cine, un boxeador invicto, una amante incansable, un futbolista casi mágico y hasta un arrebatador ex compañerito mío quien con los años devino en empresario de éxito y (episodio que, natural y obviamente, no figura en mi autobiografía suya) que falseó su propio rapto con la complicidad de su industrial pero cada vez menos industrioso padre: yo he transcripto todas sus vidas luego de grabarlas primero y escucharlas después durante horas, como escuchan los sacerdotes. Supe ver las mentiras culposas detrás del pecador oropel de sus verdades categóricas. Comprendí que (a diferencia de quienes en verdad se ocupaban de escribir sus propias vidas y conseguían obras maestras de la más sincera mitificación rebatiendo y batiendo mentiras y verdades y secretos) a todos ellos, a mis consumidores a ser consumidos por mí, no es que ya no les interesase el futuro para poder concentrarse en el pasado sino todo lo contrario. A aquellos a quienes yo autobiografiaba por contrato y paga —mis empleadores que me tenían por bien empleado para emplear todo lo suyo en lo mío—

sólo les interesaba que sus pasados corregidos y embellecidos los proyectasen hacia un futuro mejor. Un mañana en el que todos celebrasen la vida que tuvieron pero, en realidad, como manera lateral de alabar sus presentes perfectos. No retroceder en persona hasta acercarse a observar todo aquello escondido en los bajísimos fondos de cajones sino mirar atrás desde lejos a feroces bosques talados y reducidos a jardines paisajísticamente domesticados. Yo flotando sobre todo eso como un dron a control remoto al que creían tener en sus manos y manejar y dominar. Pero no. Dije *esto sí, esto no*. Les di órdenes para ordenar su cronología lo mejor posible dentro de sus imposibilidades y de mis posibilidades y creo no haberme equivocado y sí haber conformado a todos. Los he dejado a todos felices de por fin tener una vida que puedan comprender y que esté contenida por ese objeto llamado *libro*. Porque cualquier cosa una vez escrita es verdad. Y cualquier cosa escrita es aún más verdadera cuando se la lee.

Y hubo un tiempo en que sólo los héroes merecían biografía; ahora todos se consideran dignos de autobiografía (como hasta no hace mucho todos querían escribir novelas y cuentos sin tener que leer otros cuentos y novelas antes: el libro propio como auto o joya o casa de verano o amante de invierno o, sí, *fairy tale*). Y así quieren contar con su vida contada y pasada en limpio y contable para los demás (esa idea tan ingenua de quienes piensan que la propia existencia es lo importante cuando no es más que las ruinas y despojos de lo que no importa y que, si la obra es en verdad meritoria y resistente, no debería hacer otra cosa que desvanecerse y confundirse, como la del gran William Nome; y hacer evidente que nada de aquello que se produjo debería necesitar de ser apoyado o potenciado por todo aquello que se vivió o se creyó vivir o se quiere hacer creer que fue vivido, por todas esas heces en los sitios y esas equis en los años). Sí: por favor, una autobiografía que no se preocupase demasiado por las ficciones con las que se la alimenta (se la autoalimenta auto-ficticiamente) y que de algún modo confirmase a los demás y a ellos mismos que habían tenido una vida de novela digna de ser sacralizada por un libro. Como Dios con su Biblia o su Corán o su Torá o su Bhagavad-gītā o su Canon Pali o su Necronomicón o su…

Así, dejar testimonio en ese ingenio-artefacto antiguo pero atemporal que era el único que les faltaba en su colección de bienes materiales (junto con ese anhelo de juventud eterna o de viajar al espacio que es un poco más costoso y que requiere de muchas otras personas y de tanto tiempo y está limitado a unos pocos) luego de haber adquirido todo lo que les permitió comprar su fama y su fortuna. Ese tipo de afortunada fama que —conscientes de ello o no, seguro que no— no era más que la suma de los demasiados malentendidos que, por un tiempo más o menos corto o menos o más largo, se congregan alrededor de un nuevo nombre. Y que, tarde o temprano o temprano o tarde, abandonan al ya viejo nombre (porque, por lo general, nada envejece más deprisa ni muere más joven que la fama) en busca de un nombre más nuevo. Entonces, claro, un libro era algo que quedaba, que permanecía, que los reviviría cuando ellos ya no estuviesen vivos o sí estuviesen olvidados. Sí: ellos pagaban por poder ponerle su firma a sus respectivas vidas. La vida que siempre había sido suya. Así, por supuesto (y esa era parte del pacto y de mi negocio) al poco tiempo se convencían de que ese libro, como trataba de ellos, no podía sino ser suyo y que habían sido ellos quienes lo escribieron. Enseguida estaban seguros de que habían sido ellos quienes redactaron sus propias vidas del mismo modo en que, se supone, las vivieron. Y a veces y en la soledad de medianoches (cuando y donde ya no podían convencerse a sí mismos de que esto o aquello era cierto, de que eso en verdad había sucedido y de que se arrepentían no de que así haya sido sino de habérmelo confesado) entonces sí rescataban mi sombra para, recién entonces, hacerme responsable de haberse dejado llevar no tanto por mí sino por su necesidad de confesar algo terrible para así estar auténticamente a la altura de las falsas autobiografías de sus conocidos. Porque en los últimos tiempos, cuando se hacía *memoir*, se había puesto de moda no, como antes, el desfilar triunfos o riquezas sino el ponerse de rodillas junto a hasta entonces inconfesadas miserias y traumas (de ser posible durante la lejana infancia y acusando y culpando de todo a los padres y a sus amigos). En cualquier caso, para cuando lamentaban sus lamentos y me maldecían y hasta me acusaban de haberlos sometido a algún trance mesmérico-hipnótico, yo ya estaba muy lejos.

Y nada me ofendía menos (por lo contrario: me parece prueba de haber hecho muy bien mi trabajo) que el que nunca me invitasen a la presentación de sus *autobiografías* porque, concluido y roto «el vínculo» que alguna vez nos unió, no sólo no quieren ni verme sino, también, olvidar por completo a quien ayudó a recordar tanto. Alguien quien deja de ser confidente para convertirse en el menos confiable de los sirvientes. Entonces, mejor, liberarlo y liberarse. Librarse de él. Después de todo, en Gran Ciudad III, *negro* es sinónimo de *ghost-writer* y, supongo, semejante término proviene de algún tipo de condición esclavista de y para lo mío. No me ofende. Lo entiendo. No me interesa quemar ninguna plantación de mis ocasionales patrones y terratenientes por venganza y menos aún por despecho.

Aunque, para mí, ese *negro* remita más y mejor a otro tipo de negro. Al negro del Vantablack. Una sustancia —lo leí en el libro y me reconocí y reconocí a lo mío en ello— elaborada «a partir de nanotubos de carbono1 para consagrarse como la sustancia más oscura sobre la faz de la Tierra». El Vantablack (acrónimo de *Vertically Aligned Nano Tube Arrays + Black*, vivimos en tiempos de acrónimos más o menos crípticos) es algo que, en lugar de reflejar la luz, la atrapa y la absorbe para luego ser disipada en forma de calor. No hay luz que se le escape al Vantablack: ni la tenue y lenta luz de los años ni el vértigo iluminador de los años luz. Ambas luces abducidas y eclipsadas por ese color que es el mismo de los más inteligentes y cósmicos monolitos y que no es un color que cae del cielo sino que, de tanto en tanto, aterriza para luego volver a elevarse entre el sonido de voces superponiéndose las unas a las otras, invocando vocalmente.

El Vantablack que —me digo— no puede sino ser el color del Nome.

Y si se lo piensa un poco, exactamente eso es lo que hace un *ghost-writer*: absorbe la luz de alguien para luego, al ser atravesado por la misma, descomponerla en un funcional arcoíris. Leí también que un artista indio compró los derechos de uso exclusivo del pigmento resultante del Vantablack por una suma no revelada. Y que entonces varios artistas se habían negado a reconocer ese derecho por entender que «no se podía ejercer control absoluto sobre un color».

Aunque también –para seguir exponiendo las también ambiguas y aunque a la vez absolutas tonalidades de mi trabajo– lo que yo *pinto* con los temperamentales óleos de vidas ajenas bien podría retratarse absolutamente con variables gamas de *eigengrau* (del alemán: *gris intrínseco*) y que también se conoce como *oscuro ligero* o, mejor, *gris cerebro*. El *eigengrau* que es ese color uniforme de fondo y al fondo de retratos pero que yo siempre llevo a primer plano. Color que muchos describen percibir en la ausencia de luz o danzando bajo los párpados cerrados. Uno de los tantos «colores imposibles» que son, pienso, con los que recordamos todo lo que se pueda recordar y, también, con el que olvidamos todo lo que se necesite olvidar. Eso que (también en mi oficio, cuando primero preguntaba y luego oía y registraba y volvía a oír grabadas las voces de mis clientes) tenía su contraparte sónica en el *flange* o *flanging*: un mínimo e inmediato eco. Ese efecto auditivo que se consigue al mezclar dos señales sonoras idénticas pero, una de ellas, muy ligeramente retrasada, a apenas milisegundos, de la otra (en otra parte leí que fue Nome Lennon, entre grabadoras de los estudios en Abbey Nome, quien bautizó así al recurso y lo utilizó por primera vez en esa canción titulada «Nome Nome Knows». Pero quién sabe, porque ahora ya nunca se sabe nada del todo en lo que respecta al ayer y si no hay ayer tampoco hay mañana, sólo hay ahora mismo y el mismo ahora de siempre). Pero sí: mi voz, poco tiempo después, es la única voz superponiéndose a la voz de todos ellos. Si –como propuso alguien para un próximo milenio que ya es este– la verdad tiene la estructura de una ficción donde otro habla, entonces yo fui un gran estructuralista.

De todas formas (toda esa información y citas, todos esos datos y dichos que yo recopilaba, en tinta roja y azul según su grado de amenaza o ayuda o ambas cosas al mismo tiempo, en libretas, para en más de una ocasión ponerlo en boca de mis autobiografiados para hacerlos más interesantes o interesados en cuestiones que jamás les resultaron interesantes) nada de lo anterior importaba demasiado. O si importaba dejaba ya de ser importante, porque se disolvía casi a la velocidad en la que ahora lo pienso por última vez.

Lo que sí me gustaría preservar (y por eso lo grabo aquí

como hace tanto tiempo grabé tantas otras cosas) es aquella casi excitante tensión, más sensual que sexual, que yo sentía cada vez que comenzaba a trabajar en una nueva autobiografía. Esa inicial resistencia de mis autobiografiados y, a las dos o como mucho tres sesiones, esa entrega absoluta (supongo que en verdad Drácula disfrutaba más de eso, de esos preliminares, que de la simple función alimenticia de morder cuellos y succionar la sangre que, sí, «¡Es la vida!») como de quien se deja caer en el más profundo de los hechizos y atracciones magnéticas. Verlos con sus ojos entrecerrados y escucharlos con su voz lenta y puntuando sus confesiones con dicción de suero de la mentira o de más o menos de la verdad. Y yo sabiendo lo que ellos no saben: que —a la hora de recontar y reescribir y reapropiarse de una vida ajena— no hay mejor mentira que una verdad a medias y que no hay mejor verdad que una mentira a medias. Que la mentira y la verdad son finalmente muy parecidas porque ambas *existen*. Y, por lo tanto, ambas son ciertas para todos quienes se sirven de ellas y sirven a ellas. Todos poseedores poseídos. Todos verdaderos mentirosos o mentirosos de verdad. Todos repitiendo una y otra vez un «Fue entonces que me contó algo que me hizo jurar que yo jamás contaría» o «No puedo creer que te esté contando esto» o «Esto que te contaré jamás se lo conté a nadie». Y, por supuesto, todo eso cociéndose a fuego lento en un potaje donde se mezclarían las verdades y las mentiras y los secretos para que yo los fuese revolviendo primero y colando después en proporciones exactas para servir raciones perfectas de esas de menú degustación. Una tras otra. Y dejarlos tan satisfechos —sabiéndose degustados— que no dudarían en recomendarme a amigos y a enemigos. Así, pasándome entre ellos, de uno a otro, como si yo fuese un amante al que ya no se visita pero se recuerda con afecto y, en ocasiones, hasta con una extraña forma de amor (tal vez algo similar al síndrome de Estocolmo) que yo jamás retribuía. Y no me engaño: todos y todas lo hacían porque (sabiéndome ahora dueño de secretos oscuros como el Vantablack y sombríos como el *eigengrau* y desfasados como el *flange*) dormirían mucho más felices siendo conscientes de que no eran los únicos. Tranquilos por el que otros también se hubiesen prestado a que yo luego les devolviera aquello que me habían regalado casi sin darse cuenta y, además, pagándome más que interesantes cantidades de dinero (a menudo tanto más cuantiosas e interesantes que todo eso tan desabrido que me ofrecían) para que yo lo sirviera haciéndolo servir.

Y por supuesto: yo no tenía problema alguno en firmar antes todo tipo de cláusulas de confidencialidad que garantizaran lo invisible de mi perfil no interfiriendo con el frente de mis clientes. Siempre fui muy discreto, jamás insinué autoría alguna. Aunque el estilo de los elementos en mi trabajo, reconocible entre líneas, haya sido más que celebrado (a veces, incluso, en alguna sorprendida reseña porque tal inenarrable imbécil haya resultado tan buen narrador de sí mismo) y así nunca me faltaran recomendaciones y me sobrase trabajo.

Y mucho menos me avergüenzo de un oficio que más de un alma pura ha considerado parasitario. No es así y —como ya precisé— el parásito no es el autobiógrafo sino el autobiografiado, quien desembolsaba al contado para ser contado, para que yo me pegase a sus talones como una sombra y determinase el estilo de los elementos de su vida.

Alguna vez, en alguna parte, leí que el biógrafo es como aquel técnico forense que arriba a la escena de un accidente de tráfico múltiple y debe separar los cuerpos fusionados por el impacto de la colisión. De ser esto cierto, entonces el autobiógrafo es aquel que llega a una casa en llamas y debe entrar en ella para rescatar (vivo) a su único habitante quien se quedó dormido con un cigarrillo encendido o la llave de gas abierta y se olvidó de escribir esa carta de amor que yo, como un Cyrano de Nome, les dicto escondido tras un mustio roble o junto a una resistente enredadera.

Y tengo claro que nombres tanto más ilustres que el mío no cayeron sino que se elevaron incursionando en lo mismo que yo. Todos esos nombres que copio aquí de apuntes en una libreta a la que acudo de tanto en tanto como (nunca mejor y más precisa y drásticamente dicho y, sí, otra palabra que tal vez quedaría mejor separando sus mitades con otro guión) ayuda-memorias. Aquí están: Mozart fue uno de mi especie componiendo a nombre de descompuestos varios; H. P. Lovecraft escribió un relato autobiográfico firmado por Harry Houdini; Andy

Warhol fabricó buena parte de su obra con la ayuda (muy mal remunerada por él, es cierto) de cuadrillas de siervos a tiempo completo. Música y letra y pintura, sí. Y no hubo presidente norteamericano o papa mundial que no haya invocado la ayuda de fantasmas que escriben para pasar en limpio su paso por la embrujada Casa Blanca o por el hechizado Vaticano.

Y podría haber escrito biografías, es cierto; pero me gustaba más recordar lo que no viví en primera persona. Llenar al protagonista como si fuera un crisol al rojo vivo y al vivaz azul. Así, preferí el alambicado de sabrosos y brillantes *spirits* en ampollas vistosas. Y, dentro de ellas, elixires de esos que al beberlos se reciben visiones imposibles pero dignas de crédito. Y (consideraba a esto parte de mi recompensa) me quedaba con el denso caldo gris de lo verídico en recipientes espartanos. Copiaba esas *memory cards* antes de entregárselas y, después, las guardaba bajo llave en un sitio seco de mi estudio y donde no llegase la luz del sol. Me gustaba tanto mi colección de voces incorpóreas... Y, claro, las autobiografías se pagaban mejor que las biografías a secas. (Y, además, algo me hace pensar que mis autobiografías de todos ellos fueron y son −tratándose de vidas de otros revividas por mí, como si fuesen también esos personajes de ficción que tanto leí y que son, también, «vidas de otros» recordables y no la tan olvidable mía− lo que ha retrasado un tanto la erosionante acción del Nome sobre mi memoria).

Gracias a las vidas que me han dado tanto, sí.

Pero el verdadero motivo por el que me dediqué a esto y no a lo otro (más allá de que de algo había que vivir y vivir bien) era que el ensamblado de vidas ajenas en su nombre y a su nombre, por más que fuese yo quien las ponía por escrito, no era *escribir* sino *leer*. Se leía a otro. Se lo editaba. Se lo pasaba de mala voz a buena letra. No se escribía sino que se reescribía. Y, a diferencia de un biógrafo (quien de algún modo escogía a su sujeto, lo que lo acercaba peligrosamente a ser un escritor), un autobiógrafo era escogido por el sujeto (lo que lo arrimaba sin riesgo alguno a ser un lector). Y había otra diferencia más que atendible: un biógrafo podía hacer su trabajo con libertad en lo que hacía a la forma pero no a los hechos; un autobiógrafo, por lo contrario, podía mentir las mentiras de su patrón pero manteniendo siempre las formas y no salirse de su lugar. Alguien definió al biógrafo como «la sombra en el jardín» que se colaba a través de un agujero en una verja bajo la luz de la luna. De ser eso cierto, entonces el autobiógrafo es el jardinero a pleno sol y a sueldo fijo sembrando esto y podando aquello. ¿Qué hacía un escritor negro vantablack y fantasma de lo ajeno entonces? Fácil: tomaba la realidad y la volvía más interesante. Y, al mismo tiempo, la dotaba de una precisión y de un sentido que nunca tuvo ni tiene ni tendría convirtiendo a arbustos desaliñados en setos armoniosos.

Cuando tengo un muy buen día (ya nunca son frecuentes, jamás fueron demasiados) me gusta convencerme primero, para después acabar creyendo, que mi *métier* no consiste (nunca consistió) en algo muy diferente a lo que teorizaba a la vez que puso en práctica Marcel Proust en su *En busca del tiempo perdido*. Eso que yo extracté y copié en rojiazul en una de mis libretas. Eso que Proust (cuyos seis tomos robé en un día, por orden y en sucesivas librerías de aquella avenida en Gran Ciudad I; y quien pensaba que no había biografía de autor que determinase o explicase a una obra sino que esa tarea y privilegio recién correspondía al lector al percibirla y decodificarla a partir de su propia existencia) desea y describe como «un libro en que la vida quedara aclarada, la vida que vivimos en tinieblas fuera llevada a la verdad de lo que es, la vida que se falsea sin cesar fuera por fin realizada» teniendo claro que «nuestros recuerdos nos pertenecen, pero sólo a la manera de aquellas propiedades que tienen pequeñas puertas ocultas que ni siquiera nosotros conocíamos y que algún vecino nos abre, de manera que, por un lado por el que nunca habíamos entrado antes, nos encontramos de nuevo en casa»; y postulando que «ese escritor debería preparar su libro meticulosamente, con perpetuos reagrupamientos de fuerzas, como una ofensiva, soportarlo como una fatiga, aceptarlo como una regla, construirlo como una iglesia, seguirlo como un régimen, vencerlo como un obstáculo, conquistarlo como una amistad, sobrealimentarlo como a un niño, crearlo como un mundo sin dejar de lado esos misterios que probablemente sólo tienen su explicación en otros mundos y cuyo presentimiento es lo que más emociona en la vida y el arte». Y así conseguir una obra que no se limitase a ser autobiografía bajo una ligera capa de ficción sino algo mucho más raro y complejo: ficción creada a partir de la realidad y presentada como algo autobiográfico a la vez que, más allá de método, acabase siendo tema y trama y, también, protagonista. Algo a partir de una experiencia vital cuya materia haya sido alterada, recombinada, transfigurada hasta conseguir un coherente y significativo artefacto ficcional –la alquimia del arte a partir de una vida– que plasmase una de las obsesiones de Proust así como no sólo la trama sino también el tema de lo suyo. Y entonces según él –y quién podía creer que Proust no había estado en lo cierto– alcanzar «el libro esencial, el único libro verdadero, un gran escritor no tiene que inventarlo, en el sentido corriente, puesto que ya existe en cada uno de nosotros, sino traducirlo» porque «el deber y la tarea de un escritor son sobre todo los de un traductor» habiendo comprendido que «en verdad todos y cada uno de los lectores son, cuando leen, lectores de sí mismos. La obra del escritor no es sino algo así como instrumento óptico que le brinda al lector para permitirle distinguir lo que, sin ese libro, tal vez jamás hubiese visto en sí mismo. Que el lector reconozca en sí lo que dice el libro es la prueba de la verdad del libro; y viceversa, al menos hasta cierto punto, pues la diferencia entre ambos textos se le puede imputar con frecuencia no al autor, sino al lector».

Y yo pensaba que yo era ese tipo de lector proustiano; que me lo había ganado y leído a pulso; que había leído mucho y que me había leído a mí mismo de la primera hasta la, por el momento, última página. Y entonces me decía que, tal vez, algún día me atreviese a hacer algo así no con vidas ajenas (en las que de tanto en tanto aparezco como una de esas manchas extrañas en los fondos de una foto) sino con vida propia.

Por lo contrario, en mis malos días (mucho más abundantes, casi todos últimamente) no me quedaba otra que aceptar que lo mío siempre fue y era y sería, apenas, un *Encontrar cómo no perder el tiempo* poniéndole al mal tiempo la mejor buena cara posible.

Lo que no estaba en mis planes, claro, era el que gracias y por culpa de Land yo me convirtiese en un *ghost-writer* de mí mismo: que yo aplicaría todo eso a mi vida por aclarar, a ser mi propio vecino y, meticulosamente, lanzarme a la exploración de mi otro mundo atravesando puertitas disimuladas en una pared. Verme en primera persona pero desde la inmediata lejanía de una tercera persona. Lo mejor de ambos mundos. El lado de afuera. Accediendo a esa comodidad con la que el mundo resulta mucho más fácil de ser asimilado, como desde arriba y tomando distancia, desde el *más afuera* de los lados posibles. ¿Cómo negar la calma sobrenatural que producen esas fotos frías de la Tierra atrapadas desde la Luna? Si se enfrenta una situación con la mirada descansada de quien se pasea por un museo antes de que llegue el primer contingente de turistas con sus teléfonos y selfie-sticks (seres a los que pareciera les han borrado la función de hacer cola y formarse en fila, como en sus países de origen) es seguro que toda decisión posterior será acertada más allá de la ocasional e inevitable injusticia hacia otros. Esos peones en una partida de ajedrez. Piezas importantes pero prescindibles a la hora de la jugada definitoria. Todos en mano y en mente y en tablero de un —de nuevo— narrador poco confiable.

† **¿Qué es un *narrador poco confiable*? (responder a esta pregunta asumiendo la voz de un narrador poco confiable; es decir: responderla de manera un tanto sospechosa).**

Un narrador poco confiable es un *ghost-writer* a la hora de escribir a su propio fantasma y narrándolo en la confianza de su soledad.

Es alguien como yo.

Alguien quien desde siempre existió en la vida real (tal vez el primero haya sido aquel que pintó aquel bisonte en un pliegue de aquella cueva jurando que casi lo mata pero se le escapó a último momento) y quien milenios más tarde saltó evolutivamente a los personajes de ficción. Personajes —no importa que fuesen héroes o malvados— quienes, hasta entonces, sólo decían la verdad y nada más que la verdad, pero que de pronto ya no resultaban tan dignos de la confianza de un lector. Personajes que comenzaban a cuestionar el vínculo y quemar los puentes que alguna vez habían sustentado la credibilidad que estaba implícita entre quien cuenta y a quien le cuenta, entre quien escribe/vive y quien lee/revive. Lectores quienes de inmediato reconocían su incierta condición porque ellos también eran *así*: ellos también, en sus vidas, habían manipulado la verdad con toques de mentira para que *contase* mejor, para que la realidad fuese una mejor ficción sin por eso dejar de ser *verdadera*. Personas que se identificaban (o lo que menos querían era identificarse porque les recordaban tanto a ellos mismos) con personajes de un modo diferente porque eran personajes diferentes. Y ahora están todos juntos, en un mismo y largo estante de mi biblioteca. Aislados para que no contagien a los personajes que sí siguen siendo confiables pero que, también, son tanto menos interesantes. Ahí están, ahí los veo y leo ahora, leyéndose de reojo pero a la vez apoyándose unos en otros: criaturas ambiguas e inestables como Nick Carraway en *The Great Gatsby* o Humbert Humbert en *Lolita* o John Dowell en *The Good Soldier* o Charles Kinbote en *Pale Fire*. Y Land –leyendo todas esas novelas que leyó hace tanto, en el centro comercial Salvajes Palmeras de Gran Ciudad II– en *Big Vaina*. Novelas en ediciones en español que ya no tiene (ediciones en español que Land destruyó por mandato de sus padres, ediciones cuyos argumentos le contó a Ella para que ella los preservara) y que yo ahora tengo en inglés y que pronto dejaré de tener aunque siga teniéndolas. Es decir: continuaré teniéndolas en mis estantes, pero ya no las tendré en mi memoria. Y ni siquiera eso: porque pronto mis estantes también pasarán no a mejor vida sino a peor muerte.

Adiós a todos esos narradores poco confiables como yo mismo quien –si fuese honesto y no quisiese faltar a la verdad– debería reescribir todo lo que sigue a un «Yo estoy aquí para ajustar un poco la historia...» en pasado. Porque nada de lo que mi voz con la voz de Land cuenta allí es. Porque todo lo que conté allí ya fue. Lo que –escuchando una y otra vez, más detalles más adelante– me convierte en un gran y casi único privilegiado dueño de un ayer propio más o menos recordable y, sí, menos o más confiable.

Ahora sólo me poseo a mí mismo como si yo fuese otro.

Digámoslo así: me dediqué a contar, a vivir de contar, las vidas de otros para de este modo no caer en la tentación de contar la mía, de revivirla. Pero, claro, por motivos ajenos a mi voluntad —motivos de público conocimiento— ahora mi vida es la única de la que dispongo para contar y que Land me cuenta.

Digámoslo así: yo seré el narrador confiable de ese poco confiable narrador que es Land aunque, al mismo tiempo, seré el registro firme y preservado de su voz para que sea mucho más sólido que el de la mía, una voz cada vez más líquida y gaseosa. Entonces, la paradoja de que esa voz lejana y joven de Land sea un poco el ancla que mantiene firme y en su sitio a mi voz próxima y ya de una más que cierta edad.

Digámoslo así: yo y Land como el viejo Cronos y como el joven Kairos, como me lo recuerda esa otra cara mía que es la voz de Land contándole a Ella algo que leyó en uno de los fascículos de su enciclopedia mitológica. Las dos caras al mismo tiempo y del mismo Padre Tiempo, pero con diferentes características. Cronos es un anciano cansado y representando al tiempo lineal y ordenado y azul y ya sin fuerzas para saltar o saltearse esto o aquello. Mientras que el vigoroso y con todo por delante Kairos es el símbolo de una más caótica secuencia de momentos clave en el enrojecido tiempo de una vida y a los que se puede, razonada o caprichosamente, destacarlos o atenuarlos, revisarlos o corregirlos: editarlos. Una y otra forma de entenderlos y apreciarlos y encararlos en el tiempo —Cronos o Kairos según más y mejor me convenga— como si se tratasen del sitio al que arribar luego de haber sido ese sitio del que uno se fue.

Digámoslo así: Land y yo —sumándonos y restándonos y multiplicándonos y dividiéndonos, teniéndonos y conteniéndonos el uno al otro— y la paradoja espacio-temporal de que, de improviso pero sin improvisación alguna, Land sea como mi hijo de... en reversa mientras, hacia delante, yo sea como aquel a quien Land da a luz.

Así, por fin y al final, yo soy hijo mío de mi hijo Land, a quien sólo escribo para poder leerme.

Así, ahora, volviendo, yo soy el fantasma que habitará a Land en esa casa embrujada que también soy yo. Ambos unidos y agitando las mismas cadenas.

Así, de regreso, ahora lo prefiero a Land para que envejezcamos juntos.

Así, confío en que Land será el poco confiable héroe de mi propia vida.

Así, en confianza, voy a desgrabar a Land para grabarme mejor a mí, revivirme como yo era entonces, cuando fui mejor que nunca: autobiografiándome como hago con mis autobiografiados.

Yo estoy aquí entonces no para escribir –para ser escritor– sino para transcribir y reescribir fantasmagóricamente a la voz dictadora de Land dictándome. Y debo hacerlo rápido; porque en ocasiones, cada vez más seguido, el Nome trepa a su voz cuando la oigo. Y hay títulos y nombres que se me escapan, que no dejan de moverse y pisarse, que se niegan a pronunciarse al pie de sus letras (y, hasta donde alcanzo a ver y a recordar, el repertorio sintomático del Nome es caprichoso e imprevisible, y tan pronto te borra algo como te lo vuelve a escribir encima de otra cosa a la que acaba de tachar y así...). Imposible por lo tanto estar pendiente de la pendiente y de sus circuitos y subidas y bajadas por páginas no en blanco, no bloqueadas, pero sí escritas con esa tinta que aparece y desaparece. Aunque habiendo sido yo un lector consagrado toda mi vida (un lector puro, un estudioso del verbo *leer* a la vez que lo conjugaba y ponía en práctica) contaba con una ventaja que no tenían los lectores apenas circunstanciales o pasajeros: para mí, cada una de esas historias y escenas y versos eran como partes de vidas ajenas. Y, por lo tanto, más o menos preservables. Y, en ocasiones (el Nome se había convertido sin quererlo para mí en una especie de canónico crítico literario), incluso inolvidables cuando así lo ameritaban. El mismo tipo de vínculo tengo ahora con ese otro yo que es Land. Sí: yo estoy aquí para ajustar un poco la historia de Land, para recortar mejor los bordes de la sombra y, de ser posible, añadirle algunos colores y, de paso, retratarme.

Pero no como escritor sino como lector.

---

† ¿Qué es un *lector confiable*? (responder a esta pregunta asumiendo la voz de un lector confiable; es decir: responderla de manera sincera).

Lo que me lleva a contar algo que me sucedió no hace mucho pero que bien podría haberle sucedido a Land.

La última vez que estuve en París, en el kilómetro cero de la ciudad, en la mesa de libros usados de esa librería turística que es Nome and Company, vi un ejemplar de *Absalom, Absalom!* de William Faulkner. La historia de un hombre devorado por su pasado, un pasado que no alcanza a comprender y, cuando finalmente comprende que nunca lo comprenderá, acaba suicidándose (y lo hace tan consciente de que, ahogándose en esa idea, lo que prevalece y sobrevive al paso del tiempo no es la bala en el blanco sino el por siempre móvil eco del disparo). Novela cuya relectura (así como la de buena parte de la obra de este escritor) me venía prometiendo y venía postergando desde hacía tiempo. Novela que era uno de esos libros que, al leerlos, un lector podía llegar a algo bastante parecido a lo que había sentido su autor: se iba a vivir a ese libro. El ejemplar (su portada con reformulación de la mansión en la cubierta original) no estaba en demasiado buen estado, su precio era de apenas unas monedas (Land lo habría robado sin pensárselo dos veces y Land se lo va a robar; y yo también me lo pensé en honor a los viejos tiempos). Y los bordes de sus páginas, una tras otra, todas ellas, estaban tatuadas con abundante marginalia de su alguna vez pero ya no dueño. Y esto es verdad: lo primero que leí ahí –abriendo *Nome, Absalom!* al azar, página 13, palabra de William Nome– fue, aunque parezca mentira, textualmente, no como olvido sino como rotunda y afirmativa negación un «*"Nome", Quentin said*».

Así que, entendiéndolo como una señal y cuando nadie veía en su dirección (se dijo que correspondía hacerlo en honor al tiempo que había pasado como rehén en esa librería bajo la dictadura de su ya fallecido pero para él inolvidable dickensiano y despótico dueño, hacía tantos años), Land deslizó ese ejemplar de *Nome, Nome!* en un bolsillo de su abrigo. Hacía tanto que no robaba un libro y no lo sintió como una culposa recaída en un vicio sino como la más inocente confirmación de que sus poderes continuaban ahí, de que no los había perdido. Era invierno, ahí enfrente Notre Dame estaba envuelta en andamios y cubierta de luces luego de haber ardido y parecía algo más cercano a una fantasía *steam punk noir* que a un monumento gótico, y Land entró en un café y abrió la novela de Nome Nome para empezar a leer; pero enseguida lo distrajeron las abundantes anotaciones al costado de Thomas Sutpen y Quentin Compson. El dueño original del libro lo había comprado, evidentemente, obligado por la redacción de algún trabajo estudiantil y no parecía muy feliz y abundaban las quejas —en la más estruendosa de las letras pequeñas— del tipo *Don't understand, ???, SHIT, The longest fucking sentence I've ever read, SHIT AGAIN!, I really HATE all these parenthesis, This man is CRAZY, WTF?, PLEASE KILL ME.* Pero, superadas algunas páginas, el tono de las anotaciones comenzaba a cambiar y de tanto en tanto aparecía un signo de admiración (donde antes eran signos de interrogación) junto a, por ejemplo, ese momento en el que el autor se refiere a las viejas faldas de damas sureñas en los tiempos en que estas «no caminaban sino que flotaban». Así, a lo largo de toda la novela, esta ofrecía una suerte de subtrama/meta-texto, otra historia anotada no al pie sino al costado. Y esta era la historia contando cómo un nuevo tipo de lector —hasta entonces impensable por ese no viejo pero sí poco desarrollado tipo de lector— iba siendo construido y creado por un libro y su autor a medida que se sucedían y sumaban y restaban las páginas.

Land pasó ese anochecer leyendo esa otra historia *à côté*, disfrutando de la admiración y del amor crecientes de alguien que había empezado despreciando y odiando. Feliz primero por los *MMMHM...* y los *INTERESTING...* Y luego conmovido por los cada vez más abundantes *Nice, REALLY nice, WOW!* y *!!!* y frases subrayadas que dejaban ya sin palabras ni comentarios, hasta llegar a esa última línea de *Absalom, Absalom!* de William Faulkner en la que se lee ese final *I dont. I dont! I dont hate it! I dont hate it!* de Quentin Compson. Final junto al que el alguna vez dueño de este ejemplar de la novela había escrito —ya no en airadas mayúsculas sino con la más delicada caligrafía— un *I do love it!*

Allí, el instante exacto en que un lector (alguien que apenas sabe leer) se convertía en Lector (alguien que sabiamente leía).

La especie sobreviviría a pesar de todo, de todos.

Se podía ser y seguir siendo lector hijo adoptivo y adaptado a escritor (sin tener que ser como aquel hijo de... escritor, que juraba por esta novela, al que conocía desde su infancia en Gran Ciudad I y adolescencia en Gran Ciudad II, con el que Land se cruzaba de tanto en tanto y con el que yo volvería a cruzarme pronto en Gran Ciudad III).

Entonces Land, emocionado, cerró el libro y volvió caminando a su hotel pensando en que le hubiese gustado escribir (o al menos protagonizar fantasmalmente) la autobiografía de ese lector desconocido como si se tratase de la vida de todo lector y del modo en que todo libro complejo y demandante debería ser leído y escuchado.

Porque los escritores se morían cada vez más jóvenes y en mayor número. Los lectores, en cambio, por el momento y a la altura de esta página, eran quienes —leo, luego no escribo— sobrevivían para leer que había muerto otro escritor.

† Postular una teoría acerca de algo, pero hacerlo a través de la voz de alguien (de ser posible, un personaje no del todo agradable, por decirlo con una cierta piedad).

Otro escritor muerto.

Cada vez morían más y más seguido. Pájaros cayendo del cielo o frutas arrojándose desde los árboles o aves negándose a abandonar sus nidos entre ramas en llamas, quién sabe.

Y está claro que yo no me alegraba de ello (yo había alcanzado esa edad en la que uno, al enterarse de algún nuevo muerto conocido, ya no preguntaba de qué murió sino qué edad tenía o si lo enterraron para que el muerto no tuviese frío o si lo cremaron para que el muerto entrara en calor; sí: uno ya leía avisos fúnebres con el mismo interés con el que alguna vez había leído en la adolescencia horóscopos, en su juventud noticias internacionales y económicas e incluso turísticas y gastronómicas, y en su madurez pronósticos meteorológicos y avances científicos en el terreno de lo medicinal), pero sí me alegraba de no ser escritor, de no haber sido escritor, de haber cumplido con mi primera voluntad. Ya que luego, al poco tiempo, se teorizaría en cuanto a que el Nome había sido particularmente grave a la vez que piadoso con todos ellos, con los escritores (no dejándolos inconclusos sino acabándolos por completo) porque la osadía y la vanidad de su oficio habían sido las de crear historias dignas de ser recordadas y aspirando a lo inolvidable. Su muerte entonces era algo así como un premio a su castigo más que un castigo a su premio. Quién sabe, qué importa ya.

Y, por supuesto, hasta no hace mucho, los suplementos de libros y las secciones culturales habían dedicado portadas y notas principales a todas estas muertes en principio novedosas, inesperadas: páginas y páginas que eran como deportivos necródromos en los que íntimos y (des)conocidos y colegas se formaban en hilera frente al lector (quien por apenas unos minutos se prometía comprar un libro del recién descatalogado y enseguida se olvidaba de todo eso). Y, como en uno de esos ballets telúrico-sísmicos ordenados en fila, los colegas y firmantes se turnaban para dar unos pasos adelante. Y ahí y entonces tener su elegíaco momento de destacar con taconeo y pirueta y un puñado de líneas llorosas compitiendo para ver quién se veía y sonaba más emotivo (pero no por eso menos pretendidamente ingenioso) para después volver al grupo y que pase al frente el que sigue. Muertes, una detrás de otra, vagones en un tren descarrilando en cámara lenta pero cada vez más acelerado. Las noticas de cultura invadiendo el espacio de sociedad y de ciencia y hasta el de sucesos de diversos colores. Y el resultado casi histérico de todo esto (el misterio, la curiosidad, la tendencia) había derivado en injustas afirmaciones de grandeza donde nunca la hubo o, peor aún, donde jamás se la había reconocido. Y se había traducido y redactado en centímetros y centímetros de necrófilas resurrecciones de nombres y títulos enterrados vivos ya al momento de nacer. De pronto (y para felicidad de redactores condenados a llenar pliegos literarios con lo que sea, llegando a inventar cualquier cosa del tipo «auto-ficción singu-plurifónica meta-virtual» con tal de cerrar su sección a tiempo y creyendo que la literatura debía ser discutida como algo novedoso ignorando que siempre lo había sido y venía siendo desde sus orígenes) era como si se hubiese creado un nuevo género: el revivido escritor recién muerto y su obra hasta entonces en animación suspendida saliendo del coma convertida en dos puntos a seguir por cualquier afirmación entre signos admirativos. Y si el cadáver se trataba del de un escritor mediano mucho mejor: porque estos flamantes resurreccionistas en la prensa no eran plumas de gran inteligencia y nada se les hacía más gratificante y cómodo que el elogiar desmedidamente a aquello que sentían a la altura de su baja comprensión. Sin embargo, al poco tiempo ya no hubo espacio ni capacidad suficientes para contener semejante aluvión tanático-literario. Y todo eso dejó de ser cuestión urgente y original. Tantas y tan seguidas muertes de escritores acercaban peligrosamente el fenómeno a la repetición o hasta al plagio y, finalmente, a lo más grave de todo: el aburrimiento por lo previsible y el desinterés por lo que ya no era novedoso. Y después de todo, un escritor muerto —a diferencia de un deportista muerto o de una modelo muerta o de un cantante muerto o de un político muerto— no hacía mucha diferencia: ahí seguían estando sus libros viejos en las librerías, ahí estaban sus libros nuevos en los cajones flojos o en los discos duros. Sólo había que ordenarlos. No se podía meter un gol inédito o desfilar una nueva cirugía plástica o componer una nueva canción despechada a tu ex o cometer un nuevo y corrupto delito. Pero sí se podía publicar una novela póstuma. Y así se volvió al breve obituario y se concentró a todo y a todos en una media página fúnebre de periodicidad semanal de gran ayuda —como si se tratasen de equipos de fútbol o caballos de carrera o números de lotería— para apostar a quiénes serían los próximos en caer primero para luego ascender a los infiernos o descender a los cielos.

Yo recorté la necrológica del día y la incorporé a mi álbum de cromos funerario-literarios que, seguro, enorgullecería a mis padres albumistas («¿Qué son esos libros tan grandes?», me pregunta ella con ese inconfundible tono de que nada le interesa menos que la respuesta que pueda darle y, por eso, ahora, se la doy con todo lujo de detalles porque me gusta observar cómo empieza a vibrar un bostezo en los bajos de su cuello). Aquí venían y allí iban a dar todos, como de costumbre, en paradójicamente alegre tropel: amigos y editores y colegas. Y (en ese submundo on line y a pie de información que, afortunadamente, no tenía sitio ni permiso en el papel) todos esos comments de lectores enviando cosas como «RIP», «Que la tierra le sea leve», «Tristeza», «Tristeza infinita», «Ay», «Mi pésame a su familia», «Nunca lo leí» o «Me parecía ilegible» o «A ver si consigo alguno de sus libros» y, por supuesto, uno o varios emojis llorando. En cualquier caso —más allá de la particular variante de esta cepa— siempre el núcleo común de hombres y mujeres contando allí no algo que pasó sino algo que sintieron ellos y recién comprendían con la muerte del otro. Así, la necrológica ajena como refuerzo vitamínico inyectable para la propia vida. Así, el muerto como actor de reparto o apenas decorado para la teatral obrita de los sentimientos de los vivos. Nada hace sentir más propiamente vivo que la muerte ajena, se sabe. La muerte es eso que les pasa siempre a los otros hasta que le pasa a uno y —por suerte, dentro de lo que cabe— nada pasa más rápido que la muerte. Apenas se la siente. Dura un segundo para que, sí, empiece el muerto que dura mucho más: durará hasta que siga vivo alguien que lo recuerde. O que lo lea. O que lo escriba.

Y, pensé, ya iba siendo hora de aprobar ley que prohibiese la escritura de elegías en primera persona comenzando, invariablemente, con (y a ver quién corre más rápido en el necródromo y quién lo tiene más grande) un «Conocí a...» como si algo tan absurdo como haber coincidido con alguien en el espacio-tiempo (y que rara vez eso equivale a *conocer* de verdad los secretos y las mentiras de esa persona) otorgara algún tipo de autoridad para la glosa de una obra o el resumen de una vida.

Y no quedaba mucho espacio libre, pronto tendría que estrenar otro álbum. Y lo haría con esa mezcla de felicidad y tristeza que se siente siempre que se termina algo para que algo no comience (como se quiere creer) sino que siga recomenzando, que continúe. Así, las muertes de escritores se habían incrementado y yo iba llenando páginas con la dedicación del coleccionista que, a la vez, padecía con resignación el saber que nunca llegará a completar su colección. Porque había cada vez más, proporcionalmente más que en ningún otro oficio: morían escritores de todos los colores y sabores y voltajes y potencias y números. Siempre salían ellos y sus numeritos. *Faites vos jeux, Rien ne va plus*. Desde premios Nobel a casi ignotos poetas de pueblo pasando por bandadas completas no de *raras* sino de *vulgaris avis*: de esos novelistas considerados geniales sin que existiese razón alguna para semejante apreciación más allá de la complicidad de compadres y compinches también, por supuesto, geniales (porque poca cosa había más contagiosa que la genialidad literaria mutua, una genialidad como alguna vez habían sido las genialidades de los hijos de…, porque tú rascas mi espalda y yo rasco la tuya). ¿Por qué era y sería esto? ¿Eran los escritores (como las abejas desapareciendo sin dejar marca, o como esas colonias de hormigas que sin aviso comienzan a dar vueltas en círculo hasta morir de hambre y agotamiento) más propensos a una nueva peste? ¿O tal vez era que esta peste intrigante, siendo una «buena historia», los encontraba primero y con más fuerza a ellos, siempre dispuestos a morir por una «buena historia»? ¿O quizás el despilfarro inmodesto de vivir varias vidas y memorias −las suyas y las de sus personajes− los hacía envejecer más rápido y de ahí también que, de vivir mucho tiempo, sus aptitudes por escrito fuesen mermando, como las de los atletas, en efectividad y resistencia? ¿Gaje del oficio que ahora los desgajaba de uno en uno? Quién sabe…

Leía estas noticias en el periódico poco tiempo antes de que los periódicos (que cada vez se parecían menos a periódicos) desaparecieran por completo y merecieran, también, sus propias necrológicas en otros periódicos agonizantes.

Y la esquela fúnebre del escritor *du jour* de hoy no era muy larga y no venía acompañada por foto del muerto: se trataba de un escritor no muy conocido y aún menos reconocido aunque prestigioso y apreciado por celosos *connoisseurs* no demasiado interesados por compartirlo con otros. Por algún extraño motivo estos eran los que antes y en mayor cantidad morían. Todos aquellos otros de valor mediano (caracterizándose por no admirable pero sí redituable maestría para el complaciente mapeado no del noble y añejo lugar común sino de la fugaz y vulgar obviedad con enjabonada prosa pomposa, como mitad esculpida en alabastro y mitad adornando una de esas tarjetas marca Hallmark) parecían aguantar más o gozar de mejor salud. Tal vez fuera que sus cientos de miles de lectores les otorgaban una cierta si no inmunidad al menos una resistencia inicial. O que tal vez estuviesen protegidos por sombríos Illuminati. Quién sabe... Una cosa sí estaba clara: estos últimos estaban tan convencidos de que el deseo equivalía al talento. Y (por algún extraño motivo que escapaba a mi conocimiento, supongo que se trataría de una de esas sustancias invisibles o frecuencias secretas o campos magnéticos que automáticamente respiramos todos los días y nos iban estupidizando de a poco) se las arreglaban para convencer a otros, a muchos, a demasiados, de su supuesta maestría. Y sí: muchos parecían rendirse a su mala arte —pero arte al fin— que consistía en el adoptar y darle su apellido a toda frase hecha y pensamiento ya pensado pero reescribiéndolo como algo personal y ahogado en una supuesta trascendencia de máxima mínima y aforismo de máximo aforo. Y así —y esta era la clave de su popularidad— hacer sentir tan bien a sus huestes de superficiales seguidores siempre tan necesitados de sentirse profundos y, al leerlos, autorizándolos a exclamar para sí mismos un regocijado «¡Pero si este hombre tan culto y tan admirado piensa lo mismo que yo!». Y, claro, un día se ponían muy tristes al enterarse de que habían muerto dejando prolijamente establecidas sus portentosas últimas palabras —una postrera postal: morir es ya nunca tener que dar excusas— prontas a ser difundidas entre sus desconsolados deudos vía mensajes en el aire eléctrico.

Por su parte, los fabricantes de mega best-sellers confesos y sin culpa y más narrados que escritos y astutos hasta en esto —y percibida la amenaza invisible pero palpable— habían decidido acorazarse dejando de escribir y, como mucho, figurar como más o menos distantes y bien remunerados «productores ejecutivos» o «consultores creativos» de las adaptaciones de lo suyo en series de inacabables e infernales temporadas (muchas de ellas apostando a lo críptico para no reconocer que no se tenía la menor idea de cómo seguirlas o terminarlas y así alentar al deseo de personas con mucho tiempo libre para teorizar en «foros» y hasta «dar ideas» a los guionistas). Aunque también se había informado de que, súbita y recientemente, muchos de ellos súbitamente arrastraban las expiraciones lentas de incurables enfermedades de esas con un par de apellidos en sus nombres.

Sí: las personas ya no querían ser escritores; las personas querían dejar de ser escritores.

Pero no: no bastaba con dejar de escribir cuando se había escrito. No se podía dejar de ser escritor, bueno o malo o desconocido o exitoso: no había cura para eso. Porque —aunque se dejase de escribir— ahí seguían los libros: lo bien o mal escrito por malos o buenos escritores.

Y ahora la muerte venía a despertar a unos y otros de sus sueños de inmortalidad (esa materia compuesta por proporciones variables de secretos y de mentiras y de recuerdos).

Y yo no había sido muy consciente de todo esto (de esta especie de categórico pero desfalleciente y más o menos inventivo inventario de escribas) hasta una noche, en la presentación de un libro en una librería de Gran Ciudad III, en ese distinguido barrio de manzanas de esquinas mordidas. Allí me había cruzado, luego de tantos años, con aquel hijo de... escritor a quien había conocido en Gran Ciudad I y reconocido en Gran Ciudad II. Y este se explayó acerca de todos los rangos anteriores y de todas las degradaciones a continuación.

Yo estaba en esa librería hojeando un nuevo ensayo sobre un cada vez más viejo tema: el fin de todas las cosas tal como las conocíamos. Se titulaba —más o menos ingeniosamente— *Everything Must Go! / Hasta Agotar Existencias*. Y su subtítulo era *Carta abierta desde un planeta en cierre definitivo y liquidación total*. Un sticker en su portada anunciaba que pronto sería inevitable documental en varios episodios en una de esas plataformas de TV-streaming. Y fui hasta el índice temático y busqué y encontré la palabra *virus*. Y lo que el autor dedicaba al tema era apenas página y media. Pero me alcanzó y sobró para enterarme de que el 99 % de las bacterias en el cuerpo humano son al día de hoy un enigma para la ciencia. Sólo el más mínimo porcentaje de ellas había sido identificado. Y que era para ese 1 % que se habían desarrollado o se estaban desarrollando medidas de contención. Y el ensayo advertía de que se ignoraba (aunque comenzaba a intuirse que así era) si el cambio climático funcionaría como despertador de algunos de esos misterios. Huéspedes en nuestro interior que (se presumía o quería presumirse) no constituirían una grave amenaza para la especie. Pero quién sabe. Porque allí también se hacía referencia, a modo de ejemplo, a la extinción en cuestión de días en 2015 de dos tercios de la población del llamado antílope saiga. Evento que se conocía como «mega-muerte». Entonces, primero se pensó en aliens o en experimento de alguna empresa farmacéutica. Pero enseguida se supo que, por aumento de humedad ambiente, la bacteria *Pasteurella multocida* –hasta entonces prisionera en las amígdalas del animal– se había fugado y saltado de golpe y sin aviso al torrente sanguíneo. Y *adieu*. Y el autor de *Everything Must Go!* tranquilizaba con un «Algo así no tiene por qué suceder en el organismo humano»; pero sí advertía de que la subida de la temperatura pronto nos presentaría a algunas microdesconocidas de ese 99% de inmenso enigma. Y que era más que probable que, llegado ese momento, no estaríamos encantados de conocerlas a lo grande a esas pequeñas en lo que se intuía como alguna de las tantas muestras y pruebas de la Tierra como secreto organismo vivo. Un anfitrión de pocas pulgas dado a rascarse y sacudirse en periódicas auto-regulaciones de fallas en su sistema y actualizaciones de su programa eliminando así organismos molestos o peligrosos –como la especie humana– que no eran otra cosa que los verdaderos virus.

Temblando, volví a las primeras páginas. Y, en el prefacio, el autor explicaba que el origen del ensayo había sido un muy comentado artículo suyo publicado en una revista un par de años atrás. Y que (ahora expandido en sus cada vez más en foco proyecciones) había, claro, algunas más que atendibles diferencias entre artículo y libro. La primera línea del artículo era «Es, se los prometo, peor de lo que piensan». La primera línea del libro era «Es peor, mucho peor de lo que piensan».

Y yo acababa de leer eso cuando alguien me interrumpió y, sí, era verdad: todo podía ser aún mucho peor de lo que pensaba gracias a esa voz que interrumpía mis pensamientos:

«Mmmm… Lectura muy edificante, por lo que veo… Pero ya veo que estamos en clima apocalíptico para ponernos a tono con la Maestra del Juicio Final que hoy presenta por aquí su credo y dogma, ja… Ah, qué poca sorpresa la de la supuesta gran sorpresa de encontrarte aquí… Supongo que, no pudiendo volver a la escena del crimen, se nos hace irresistible volver al criminal en escena… ¿Cómo estás, Land? ¿Te acuerdas de mí? ¿Te acuerdas de mí? Una pista: yo *no soy* Payasín…».

Sí: ahí estaba de nuevo. Irreconocible de no habérseme presentado enseguida para no prolongar ese momento incómodo de comprobar en ojos de otros el ya saberse en propia mirada tan diferente a como alguna vez se había sido. Ahí estaba aquel quien no había cesado de proclamar (primero en esos trasnoches paternales de Gran Ciudad I y luego en las aparcadas tardes de El Parque de Gran Ciudad II) que cuando fuera grande sería escritor: aquel hijo de...

Y yo había seguido su trayectoria (lo que, claro, no significaba que yo hubiese leído sus libros) y sabido que su sueño se había hecho realidad al menos en principio y en sus comienzos. Su primer libro había sido publicado por Ex Editors. Un volumen de cuentos interrelacionados por el tema común de centrifugar diferentes episodios nacionales y el último de ellos recordando su precoz mini-secuestro como detonante de su vocación literaria a la vez que proyectándose a un futuro en el que su protagonista borraba todo rastro de Gran Ciudad I en una computadora depositaria de la memoria total del planeta. El libro había vendido mucho para lo que solía vender un primer libro (en particular un libro de cuentos) y recibido buenas críticas. Y lo más inesperado de todo: se había convertido en inesperado «tema de conversación» extraliterario, se había puesto de moda como una canción del verano o un abrigo de invierno. Pero luego –progresivamente para sí mismo pero regresivamente para sus editores que ya no eran mis padres sino un grupo editorial extranjero– este hijo de... escritor había ido mutando en lo que se conocía como «escritor de escritores» (es decir, escritor al que sólo leían amigos quienes recibían el libro sin tener que comprarlo) y enseguida considerado demasiado «complejo» por sus alguna vez adeptos quienes no demoraron en buscar y encontrar a otro a quien seguir y celebrar. Sus enemigos, viendo el campo libre, aprovecharon entonces para lincharlo insistiendo una y otra vez en que «nunca volvió a escribir algo a la altura de ese primer libro» al que, en su momento, habían despreciado. Pero ahí estaba y ahí seguía. Este hijo de... escritor escribiendo contra viento y marea y mareando y vomitando su desencanto por haber perdido atractivo. Y en más de una ocasión Land había visto algún video suyo y comprobado que el hijo de... escritor –obligado por las mismas preguntas– no hacía otra cosa que responder con las mismas respuestas. Y con las mismas historias de siempre: *anedas* repetidas, como si se tratasen de los mismos chistes de siempre contados con el automatismo trasnochado de un cómico de Las Vegas a la espera de risas que sonaban cada vez más enlatadas. Eso de que nació clínicamente muerto, aquello otro de su mini-secuestro, lo de sus filípicas ludditas y manía referencial y lo de sus numerosos epígrafes y de sus repeticiones de chistes malos y reincidencias de ideas y conceptos y de sus largas notas de agradecimientos «que tan nerviosos ponen a tantos desgraciados desagradecidos». Todo compaginando la playlist de una suerte de *Best of* que –la diferencia era tan sutil como drástica– no era lo mismo que un *Greatest Hits*. Los críticos por su parte –aparentemente cada vez más favorecedores de lo transparente y cristalino– se quejaban de que escribía sólo para aquellos a los que le gustaba lo que él escribía o de que utilizaba demasiados paréntesis y notas al pie y que, en ocasiones, hasta cambiaba de tipografía (signos y recursos que sí les parecían algo fascinante cuando el autor era traducido del inglés o de cualquier otro idioma). Y aseguraba que si sus libros no estuviesen firmados por él y sí por otros, muchos de quienes los detestaban los admirarían o, al menos, los respetarían. Y alzaba su puño a los cielos y denunciaba a críticos que ya no hacían crítica de libros sino crítica de escritores porque «es tanto más fácil despachar al personaje que escribe que ocuparse de los personajes escritos cuando, además, la mayoría no hace más que escribir sobre ellos mismos y, si no es así, lo mismo se piensa que así es... Y no es que sus libros que tratan sobre ellos sean malos, lo que no sería tan malo, porque hasta el mejor escritor del mundo tiene derecho, y hasta es posible que aprenda algo de él, a escribir un libro malo... Un libro que, de algún modo, siempre será un libro *interesante*, porque se requiere un cierto talento para escribir un libro malo... No: el problema es que sus libros no son malos; sus libros son malvados, sus libros son malignos, sus libros son libros... imperdonables. ¿Te conté alguna vez que nací clínicamente muerto y que de chico fui más o menos secuestrado por las fuerzas del orden?... Seguro que no, es algo que no comparto con cualquiera... Pero, en lugares como este y en ocasiones como esta, a veces siento que desde entonces quedé atrapado en una especie de círculo karmático... O que sigo como rehén de gente muy pero muy mala... Y, aun así, tengo tanta gente a la que agradecer tanto y, hey, prometo agradecerte al final de mi próximo libro... Pero lo mismo: si yo pudiese poner un poco de orden en este panorama, si yo pudiese hacer un poco de justicia... Pero no puedo... ¿y sabés por qué?: porque yo digo lo que pienso y no miento y no tengo secretos. Y, como decía César X Drill en esa entrevista —en un tiempo en que las entrevistas valían la pena, eran otros tiempos—, no hay nadie más digno de desconfianza que aquel que no miente o que no tiene secretos, no hay nadie con menos gracia o menos digno de agradecer que aquel que dice siempre lo que piensa de verdad. Alguien como yo, sin nada que ocultar, y... ja... a quién se lo digo... ja... tiene su gracia... ja... alguien como yo que siempre se tira a la pileta desde el trampolín más alto sin fijarse antes ni preocuparse después de si está llena o no. Y, tan profundo y tan turbio y contaminante y contaminado, me temo que yo vengo a ser algo así como inocultable. De ahí que cuando la gente me ve venir de lejos no suele quedarse a esperar a que yo esté cerca. Diferente actitud la tuya, lo que para mí te honra y te deshonra para los demás... Ah, por suerte esta vez han tenido el buen gusto de servir las bebidas antes del magno evento: ayuda a pasar el mal trago».

Y yo —agotado por su agotamiento— ya sabía cómo seguía. Y lo seguí a una prudente distancia mientras el hijo de... escritor enfilaba hacia un estante, letra F, donde los suyos brillaban, apagados, por su ausencia. Y buscaba y sí encontraba esa otra novela de otro. Y la abría y la sacudía como si fuese uno de esos aerosoles para espantar ladrones y violadores y críticos literarios y lectores iletrados y... Y el hijo de... escritor no los mandaba a todos a la mierda (a todos a irse a esa mierda a la que todo se va) pero sí a leer el primer capítulo de *Absalom, Nome!* para que supieran y aprendieran lo que era bueno pero, también, lo que era «no complicado pero sí muy complejo de verdad y en serio». Y casi rugía: «¿Difícil de leer? ¿Yo difícil de leer? Difíciles de leer para mí —por el dolor no sólo mental sino casi físico— son todos esos libros que compran todos y leen todos y que a todos les parecen tan buenos y emocionantes y que, seguramente, fueron tan fáciles de escribir pero que a mí se me haría imposible siquiera redactar una de sus oraciones… Esos libros que, de pronto, todos parecen estar leyendo al mismo tiempo porque descubren de pronto que leer puede llegar a ser no una pérdida de tiempo sino tener algo de qué hablar y así sentir que ellos también *leen*, que leer es *cool*, que hay que tomarse selfies con ese libro en mano y colgarlos ahí para que todos vean no cómo leen sino cómo lo sostienen y…».

Desde entonces, el hijo de… escritor solía ocupar puestos lejanos de encuestas, caer en las rondas finales de premios literarios. Porque (me lo decía él ahora copa en mano, sonando un poco a como sonaba César X Drill pero en versión degradada o a un último descendiente de un linaje maldito y sureño) «aunque ya no soy "joven y relevante", todavía aporto una fragancia agradable y un tanto exótica… Jamás un seductor perfume de consenso. Lo mío es un halo de un cierto prestigio… Algo ligeramente inquietante para que luego, tanto los organizadores de la farsa como el premiado, sintiesen que "convocan", aunque uno no se haya presentado al festín… Te ponen, sin tener nada que ver con nada, en un aprieto con apremio, ja… Así, los premiantes capturan a firmas respetables o, al menos, respetadas por algunos. Y el ganador se convence de que se ha "superado" a rivales de consideración y todo eso… No es una actitud muy simpática la de esos premios que no se conforman con coronar a un ganador sino que, además y por el mismo precio, necesitan condenar (previamente y eliminándolos en sucesivas finales, más como en un burdo *reality show* que en una trama estilo Agatha Christie) a un consagrado puñado de perdedores entre los que yo suelo contarme como atractivo anecdótico… Porque si llegase a la final y mucho más aún si ganase, yo y lo mío y nuestra rareza no harían más que poner en evidencia la uniformidad del paisaje. Así que me sacan de paseo, me muestran un poco, y luego se me eyecta de los grandes salones para devolverme a los poco frecuentados arrabales que suelo frecuentar y ser algo así como el loco del ático o el perverso de las catacumbas… Podría llenar formularios con un *finalista-finalizado* a la altura de *ocupación* que es más bien una *desocupación*, ¿no?… ¿Se entiende? Porque para mí es incomprensible: me eligen para algo que no pedí ser elegido para acabar rechazándome y, claro, a nadie le gusta que lo rechacen...».

El hijo de... escritor tragó tragos largos y, lanzado, siguió en lo suyo (me desglosó esas diferentes categorías de escritores) que cada vez parecía más algo muchas veces recitado frente a un espejo:

«Y el otro día me crucé con un... uh... popular híper-tech-conductivo que cree que escribe... Mi némesis... Seguro que lo conoces o, al menos, lo has visto. Uno de esos que va por ahí creyéndose mueble de diseño exclusivo cuando en verdad está fabricado en serie y hay que armarlo en casa. En los últimos tiempos está en todas partes... Hasta hace poco se había auto-erigido en una especie de heredero de la gran tradición literaria de nuestro continente. Agotada la supuesta novedad de semejante antigüedad, cuando su neo-boom hizo neo-crash, el tipo optó por modernizarse y promocionar app-escritores y esas cosas... Y hasta se había injertado un pequeño "tentáculo-apéndice receptor-emisor" que sale del centro de su frente y que, de tanto en tanto, alguien se acercaba para tocar con una mezcla de reverencia religiosa y deseo sexual. "Nada me interesa menos que hacer realidad aquella rancia fantasía de ser una computadora humana. Yo he conseguido, en cambio, ser mi propio teléfono inteligente y móvil", dice y tontea. Y el muy malsonante y malfuncionante aparatito una vez me dijo: "El problema es que tú has apostado todo a la literatura"... Y escuchándolo pensé en, ah, la fina línea que separaba a la ambición desmedida de la estupidez sin límites había sido cruzada de nuevo y, no, desde ahí no se consigue nunca pasaje de vuelta, ja... El arte como casino y la literatura como el impar y negro número que sale poco, casi nunca... Pero, claro, ese es un *problema* que tú nunca has sufrido porque has sido tan astuto: por lo que sé, facturas y cobras muy bien por afinar voces ajenas. No te interesa el estilo ni la grandeza literaria ni te atraen ni buscas esas luces que, en algún momento, siempre dejan de iluminar salvo que seas, desde el principio, alguien cómodo y que no perturbe al ser visto y leído de cerca... Aunque supongo que toda esa compulsión de casi todos para ponerse a contar la propia vida en pantallas habrá afectado algo a tu negocio del mismo modo en que todas esas cámaras en teléfonos están extinguiendo a los paparazzi, ¿no?... De todos modos, todo esto me importa mucho menos de lo que hasta hace poco me importaba. O tal vez sea que últimamente noto que cada vez me olvido de más cosas. Tal vez se trate de un mecanismo de defensa. Tal vez no: porque cada vez más personas me dicen que les está empezando a pasar lo mismo. Tal vez sea una reacción de nuestros cerebros ante tanta información constante a la que no podemos enfrentarnos ni resistirnos. Todos esos datos que ni siquiera llegan a ser ideas y que ocupan cada vez más espacio. Tal vez sea una buena noticia el por fin acordarnos de olvidar... Eso sí: espero que, antes de eso, esto no desencadene ola nostálgica de libritos estilo *I Remember*... para así intentar conjurar al *I Don't Remember*... Ya sabes: esas listitas de cositas que acaban conformando una evocación de infancia personal tan ansiosa con conectar con las infancias de sus contemporáneos. Esos libritos tan fáciles de escribir y con letra grande y muchos espacios entre línea y línea y tan tramposamente eficaces en el reconocimiento de lectores bastardos y desesperados por sentirse reconocidos, por conseguir automáticamente la complicidad aduladora de quienes los leen y los repasan pensando "Yo también... A mí también..."... Es un asco: la gente ahora sólo lee para reconocerse y no, como antes, para conocer lo desconocido... Ah, cuando yo empecé existía una saludable rivalidad entre nosotros y un insumiso respeto por los mayores pero respeto al fin... Y meritocracia sin cupos fijos... Y jerarquías firmes... No me atrevo a jurar que éramos más felices, pero sí que estábamos más vivos... Y en directo... Ahora, en cambio, lo que se escribió antes de lo de ellos (salvo que seas una *juvenilista*, como la que se presenta hoy) no existe... Y (seguro que tú piensas o ya pensaste lo mismo, pero prefieres que sea yo quien lo diga en voz alta, porque te resulta más cómodo y práctico; vos siempre preferiste guardar silencio para que sean otros quienes saquen el ruido, gaje de tu oficio supongo, y en el mejor o peor de los casos darles la palabra a las voces de los demás) todos se consideran genios entre ellos. Todos certifican sus genialidades los unos a los otros... Y vienen a estos sitios para que los vean y para ver si algo se les pega del mismo modo en que uno suele contagiarse de cualquier peste cuando va a visitar a alguien internado en un hospital... Tal vez por eso tengo tanta tos y me duele tanto la cabeza y... Pero bueno, hagamos ahora un respetuoso silencio, porque ya va a comenzar la fiesta del monstruo».

Y yo lo escuché hasta entonces, porque el oírlo fortalecía aún más el acierto de mi decisión primera de no ser escritor para no acabar pensando como escritor. Concluida su diatriba (y luego de, automática y ritualmente, preguntarnos ambos por nuestros respectivos padres) el hijo de... escritor se había alejado como si flotase empujado por un viento suave pero constante. Como si fuese una sombra vertical con el cuerpo por los suelos y como cosido a sus talones. Y, tal vez, ya en busca de otros oídos donde vaciar sus condenas a los escritores que habían conseguido convencer a sus miles de lectores de que eran artistas cuando no eran más que una nueva variedad de aquellos «intelectuales» a los que Land había soportado durante su infancia. Y se despidió de mí con un «Ya sabes: perdimos, la guerra terminó. Y sólo nos queda, luego de la retirada y de haber sido retirados, dar batalla desde la retaguardia, no en conflictos mundiales sino en modo *guerrilla warfare*. Cada vez más raros, más distintos, más "complicados" y menos comprendidos y aún menos leídos y...». Y yo lo contemplé retirarse con una mezcla de alivio (porque se iba) y de gratitud (porque reforzaba aún más mi convencimiento de que no había nada peor que ser sediento escritor a secas) a la caza de un camarero que le rellenase su copa hueca.

Sí, pensé: no había nada más triste que la triste figura de alguien que empezó tan feliz queriendo escribir y acababa deseando tachar a todo lo que le rodeaba. Pobre, pobrecito. Era la prueba incontrovertible de que lo que no te mata (contrario a lo que dice el dicho) no sólo no te hace más fuerte sino que te vuelve más débil y, probablemente, te fulmine a la siguiente oportunidad. Tal vez lo mejor sería que muriese pronto, me dije. Tal vez este hijo de... escritor estaría mucho mejor muerto. Y, seguro, hasta era posible que entonces lo redescubrieran a él y a lo suyo y le pusieran su nombre a un premio: a un premio a primer libro de cuentos.

† Hacer que reaparezca otro personaje conocido y aún más desagradable que el anterior.

Pero todavía faltaba para eso. Y el hijo de... escritor —quizás sospechando que no faltaba demasiado— parecía impedido de hacer silencio, como si sintiera que hablaba ahora o que ya nunca podría hacerlo, que callaría para siempre. Y así volvió a mi lado para continuar hablando como hablan los que hablan solos aunque estén en compañía de otros: «Qué monstruo de mujer, ¿no?... No sé cómo te fue con ella, pero yo una vez me quedé encerrado a su lado en uno de los ascensores de Residencias Homeland y me salvó el encargado justo a tiempo... Y mira ahora... Escucha cómo la aman sus más acólitos que lectores... Porque no son lectores: son criaturas que sólo la leen a ella convencidos de que es la mejor y que, por lo tanto, no tiene sentido leer a nadie más... Como decía tu querido Drácula: ¡criaturas de la noche, la música que hacen y desafinan! ¡Dicen que sueñan con ella! ¡Lloran si se la encuentran por la calle y de inmediato lo informan en sus redes sociales!... ¡La aman!, aseguran... ¿Cómo es posible? ¿Cómo se puede *amar* a un escritor tanto y tan por encima de lo que este escribe?... Se podría argumentar que es así porque son descerebrados... Pero, claro, eso significaría admitir que alguna vez tuvieron cerebro, y no creo que ese sea... Por otra parte es un amor equivocado, un *amour fou*, un amor siempre por motivos extraños y, por lo general desacertados. Así, lo mejor es arrojar la obra como si fuese una lanza o un escudo o un relámpago o una flor y salir corriendo en retirada a vivir la vida a la vanguardia propia, lejos de todos ellos... No es casual, por algo es, que en los zoológicos te prohíban dar de comer a los animales y, mucho menos, meter la mano entre los barrotes...», decía el hijo de... escritor.

Sí: yo me había encontrado de casualidad a este hijo de... escritor en la presentación de *Mis MeMoiras*: las memorias de Moira Münn. Un más previsible que curioso artefacto —su desarticulación en breves párrafos separados por amplios espacios en blanco era claro signo de los tiempos— que combinaba la autobiografía con el manifiesto feminista y la llamada a las armas eternamente juvenil que no había necesitado de la ayuda de ningún *ghost-writer* (también, es más que probable, que ningún *ghost-writer* hubiese podido sobrevivir a semejante empresa y sociedad porque *colaborar* con Moira Münn debería ser lo más parecido a colaborar con los nazis, pensé). Moira Münn se las arreglaba perfectamente para –por sí sola, con sus fuerzas extrañas– invocar a su propio espíritu en el que tanto creía. Moira Münn –hija dilecta de su tiempo y generación– no era auto-ficcionalista: era auto-legendaria. Moira Münn sabía muy bien lo que quería hacer y lo que hacía querer y lo que se quería que ella hiciera. Moira Münn sabía lo que se usaba, lo que se leía, lo que se vendía. Y Moira Münn volvía a estar de moda: todas sus viejas novelas, que en su momento habían sido escritas como sátiras malévolas de señoras burguesas, ahora eran relanzadas (con algún retoque conveniente de *sensitivity reader* y portadas con coloridas ilustraciones de chicas con minifaldas y look de los '60s/'70s) y resignificadas como «ficciones pioneras y transgresoras protagonizadas por heroínas empoderadas en un mundo de hombres que su autora ayudó a derrocar». Y gracias a todo esto mis padres habían dado un último gran golpe. En su momento, décadas atrás, Moira Münn había firmado –como entonces era común y casi obligatorio– feroces y leoninos contratos sin fecha de vencimiento con Ex Editors. Así que un par de años atrás mis padres habían vendido la editorial a un gran grupo multinacional al que lo único que le interesaba de su catálogo eran las novelas de Moira Münn (con quien se renegoció lo publicado pagando una fortuna por sus memorias y una nueva serie de novelas) y *La Evanauta* de César X Drill (quien no había dejado herederos). Y, claro, ya había varias series de TV en desarrollo y abundante merchandising alrededor de ambos.

¿Qué habían hecho sus padres con todo ese dinero? Lo de siempre: habían estallado en orgiástico éxtasis de gastos caprichosos (muchos teléfonos móviles para sacar muchas fotos movidas, construyendo ahora álbumes infinitos y reales y virtuales donde todo cabía porque cabía todo al instante y toda esa nada era revelada sin demora y recorrida hacia arriba y hacia abajo y hacia los costados con la punta de un dedo), se habían separado una vez más para así poder volver a juntarse y, desesperados por ya no ser, habían resucitado una vez más a Ex Editors con malos resultados porque ya no era tan sencillo poner en práctica su estrategia de costumbre. Ahora los jóvenes escritores inéditos ya tenían agentes internacionales antes de siquiera escribir una página y querían traducciones y premios importados casi antes de publicar su primer libro. Y confundían amistad literaria con eso de cruzarse por festivales literarios. Y mis padres —como aristócratas languideciendo en *château* en ruinas junto a ríos secos— no les ofrecían mucho más que su añosa leyenda local y fábulas con títulos y apellidos herrumbrosos.

¿Por qué fui allí, a la presentación de su autobiografía? Quién sabe. Supongo que a determinada edad hay pocas cosas que resulten más tentadoras que volver al pasado. Ir a lo de Moira Münn era lo más parecido a viajar por un rato en máquina del tiempo para luego regresar al presente fortalecido y pensando que mi aquí y ahora no estaba tan mal después de todo.

La librería es muy señorial y está patrocinada por el capricho de un empresario local que había hecho fortuna con algo relacionado a aplicaciones de citas/emparejamientos —¿BadCupid? ¿HeartBreaker? ¿WrongOne? ¿LowLove? ¿FuckFucked? ¿NomeNome?—, pero con la particularidad de que las parejas a las que este arrítmico algoritmo calculaba y formaba estaban inescapablemente destinadas a enfrentarse y a ser terriblemente destructivas e infelices pero incluso así deseándose y queriéndose inolvidables y legendarias. Y entonces, por supuesto —y a esto se debía el gran éxito de la aplicación y la casi inmediata adicción que generaba—, mucho para contar sobre ellos mismos, mucho absolutamente digno de ser compartido e intercambiado en las redes con la más feliz de las infelicidades por parte de sus miembros a desmembrarse para alegría de seguidores siguiendo a los desplumados tortolitos. Oyéndolos entonar sus ruborizados blues mientras no podían dejar de pensar y de agradecer porque después de todo a ellos no les iba tan mal en el amor. Y porque, cuando así fuera, ya sabían dónde podrían encontrar consuelo con y sin miramiento al mismo tiempo y en esa impúdica plaza pública. La librería está llena hasta los bordes de jóvenes adoratrices acompañadas de sus cada vez más serviles por no decir aterrorizados «novies» y aterrorizadoras «novies». Todas y todos siempre a la búsqueda de un nuevo padre y madre que los considerase geniales para luego tatuarse sus nombres o rostros que, con los años y las arrugas, se volverían irreconocibles e ilegibles (aunque el Nome aceleraría todo eso y ahora, por adelantado, todo eso es mucho peor: porque ni ellos mismos saben qué es esto que alguien les pintó en su piel y no entienden por qué no se borra por más que lo frieguen con fuerza). Poco antes, ahí, entonces, las chicas apestaban a perfume marca Déjà Vu y los chicos calzaban zapatillas marca Karass y unas y otros vestían camisetas marca Do Lung y todos y todas, en trance y hasta el fondo y con música, se mecían al mesiánico ritmo de ese pinchadiscos zen-bananero llamado D. J. Salinger. (Y, poco tiempo después, pensé que con ello eran casi profetas de lo que vendría: hijos e hijas del Nome, sin darse cuenta ni haberlo deseado e imposibilitados de reconocer a su Big Father porque ya no podrían reconocerse a sí mismos a no ser que alguien los reconociese y formar así una nueva más tribu que familia). Y —yo estaba seguro, podía jurarlo— más de alguno de ellos o de ellas pronto acabaría como sabroso emparedado sumando su nombre a nuevas paredes de Moira Münn. Pero se los veía más que dispuestos al sacrificio de ser elegidos. Cualquier cosa con tal de ser *seguidos*, de ser *gustados*, de ser no como dignos y sacrificados canarios sino como cotorras tan satisfechas de que los vean *aposteados* en sus jaulitas de luz repitiendo siempre lo mismo sin saber muy bien lo que repiten entendiendo esa repetición general como señal de comunión generacional. Resignados a no saber encontrarse en carne y hueso si no se ven en silicio antes y desde allí ser guiados hasta el sitio al que jamás podrían llegar porque su sentido de la orientación ya ha perdido todo sentido. Todos y todas sintiéndose tan escuchados sin darse cuenta de que lo suyo no era más que la versión sofisticada de estar gritándole loas o condenas al espejo del botiquín en el baño. Y la presentadora era una de esas precoces escritoras del momento: autora rubia y de ojos azules pero investida/vestida con look indígena y sudamericano y responsable de una novela titulada *Mácula* que —había leído en una reseña— «combinaba con gran talento poliamoroso los mitos de Drácula y de la Pacha

Mama». Opté por no leerla, daba igual: era el tipo de escritora para quien el libro era apenas un accesorio y a la que le interesaba más ser vista que leída y misión cumplida. Así que ahí estábamos todos: viéndola ver a Moira Münn con mirada húmeda y reverente y ya más postrada que sentada, en una banqueta de patas cortas, junto al más trono que sillón vacío esperando a la estrella súper-nova de la noche.

Me ubiqué muy al fondo para no ser visto (aunque estaba más que seguro que difícilmente sería reconocido por la estrella de la noche; he tenido la suerte de haber cambiado mucho a como era cuando joven y, por lo tanto, no es tanto que he envejecido como que soy otro) y de pronto hizo su aparición Moira Münn. Su rostro lucía como si estuviese siendo tironeado con astronáutica fuerza G por invisibles anzuelos y rieles de la más deportiva pesca de altura. Su peinado era como una colmena teñida a franjas azules y rojas. Su mirada y su sonrisa seguían siendo tan feroces como siempre y sus piernas todavía lucían afiladas como tijeras. Parecía una mantis religiosa que sólo creía en sí mismísima y quien había vorazmente enviudado demasiadas pero nunca suficientes veces tan consciente de que, por suerte, seguía siendo tan fácil capturar a nuevos consortes con la carnada de prestarse a un selfie para de inmediato considerarse merecedora de todo regalo y ofrenda. Y entonces, viéndola luego de tanto tiempo, entendí quién era y lo que era Moira Münn con las palabras exactas con las que Land ya la había *leído* sin comprenderla del todo durante su infancia en Gran Ciudad I: Moira Münn era como una persona simulando ser otra persona dentro de una persona que a su vez simulaba su imposibilidad de simular. Una experta en la realidad como puro contexto y en la manipulación de quien la observaba a ella. Una mujer nacida para ser mirada y para no dejar de mirarla mientras ella, más temprano que tarde y a medida que dejaban de ser útiles, no dejaba de dejar de mirar a todos aunque simulase mirarlos fijo y profundo cuando en verdad era como si viese a través de ellos.

Se hizo un silencio lleno de suspiros y Moira Münn repasó con una sonrisa feroz a la concurrencia como si se tratase de gladiadores y amazonas que no dudarían un segundo en morir en su nombre. Por lo pronto −emocionados por ser vistos y porque los viesen siendo vistos– todos lloraban con la perturbadora facilidad de aquellos quienes, degeneracionalmente, parecían vivir llorando todo el tiempo con muy breves pausas sin llorar sólo para reponer sus lagrimales. Todos tan afligidos ecológicos apoyando toda gran causa que diera vueltas por ahí pero sin salir de sus pequeñas pantallas y sólo pidiendo a cambio pulgares en alto y likes a cambio de su entrega y compromiso. Todos convocándose a todo desde lejos y reconociéndose pero nunca conociéndose. Todos sin saber lo que es estar lejos, alejarse, para recién después poder y querer acercarse o no. Todos tan constantemente (in)comunicados entre ellos, mirándose pero no viéndose (y, ah, imposibilitados de extrañarse como durante mi infancia: cuando yo y mis compañeritos no sabíamos nada de nuestras vidas durante casi tres meses y, al volver de las vacaciones, en el reencuentro del primer día de clase, nos contábamos y nos inventábamos y nos autobiografiábamos los unos a los otros). Todos creyendo que podían saberlo todo acerca de todos con sólo deslizar sus dedos por un teclado, pero ni siquiera sospechando que todo lo que sabían acababa siendo poco y nada de ninguno. Todos con sus deditos atrofiados para toda tarea que sea no el dar en la tecla de tanto en tanto sino el darle a la tecla todo el tiempo. Todos tan bien enterados acerca de todo pero ignorando uno de los principios básicos de la Filosofía: que rara vez el conocimiento previo tiene alguna relación sabio o por lo menos adecuada para con su aplicación posterior. Todos, mediáticamente sociales, mintiendo pero no exactamente mintiendo, porque creen que lo que mienten es verdad, o no exactamente pero aun así… (y normalizando sus mentiras *on line* a la vez que aceptando las de sus gobernantes *out of line*: creyéndoles a ellos para sentirse autorizados para creerse creíbles). Todos tan cómodamente rebeldes y siempre listos para denunciar injusticias y condenar sin proceso previo en un tribunal planetario en el que se sentenciaba primero y se enjuiciaba recién después de impartida la condena y sin siquiera por comprobar la pertinencia de la acusación. Todos sintiéndose tan poderosos sólo por hacer uso y abuso de una herramienta y un medio sofisticados (que no deberían ser indiscriminadamente vendidos para su uso irresponsable, al igual que con cualquier otra fogosa arma) y, claro, lo importante es el envase y no el contenido, la forma y no el fondo. Todos asumiendo el gesto de cerrar sus cuentas en redes sociales como forma electrónica e incorpórea −pero igual de trascendente y trágica, aunque revisable− de lo que alguna vez fue el suicidio solitario sin retorno. Todos tan defensores de lo informático pero no deseando otra cosa que, dándole la espalda a sus bibliotecas compuestas casi exclusivamente por libros de amistades o de a quienes desearían como amistades, posar sosteniendo −como si fuese un trofeo autoconcedido o el más dócil hámster− a sus propios libros en papel y tinta. Todos tan debutantes y precoces y preocupados por recibir sin demora el diploma de *petit-maître* ignorando que es de este término francés (que no engalana sino que condena todo figureo de figurines preocupados por estar *à la page*, a esa última moda que siempre será penúltima) del que proviene la palabra *petimetre*. Todos tan versados y verseros y vitales fans del suicidio poético conversando y versando y mal rimando con una más imprecisa que inexacta métrica. Todos tan inseguramente seguros de su bipolaridad o de su atención dispersa o de alguna de esas nuevas enfermedades y síndromes y desperfectos tan funcionales y gustosos de conocerse y *à la carte*; cuando lo cierto es que eran simplemente maleducados y/o desinteresados por cualesquiera que no fuesen ellos mismos y, como mucho, apenas dedicando una cierta curiosidad a quienes parecían interesarse o, sobre todo, preocuparse por ellos. Todos tan hipersensibles pero resistentes y grabándose escuchando y llorando con «The Great Gig in the Nome» o «Wish Nome Were Here» o «Comfortably Nome» (preguntándose cuál de los miembros de la banda será Pink) y deseosos de que luego todos, aquí y allí, los vean llorando y lloren emocionándose por lo bien que lloran en primer plano con esa musiquita de fondo y al fondo. Todos actuando de sí mismos (y algunos de ellos incluso llevándose, experimentalmente, al teatro para allí contar sus vidas en voz alta pero, vocalizándola mal y no sabiendo proyectarla, sin que se los entienda; y así casi felices de sentirse aún más incomprendidos pero, al mismo tiempo, aplaudidos en el acto y en persona). Todos espiando y piando y tanto más ocupados y preocupados por la *face* que por el *book* (y, de ser posible, llegando a poner una protagónica y heroica foto de sí mismos en la portada de su primer libro porque *¡aquí estoy, ya llegué!*). Todos entrando y saliendo de talleres fuera de curso en piloto automático y convencidos de que el don de la escritura es algo que puede fabricarse automáticamente, como autos en una línea de montaje a los que se les va añadiendo elementos y estilo en ejercicios prácticos absurdos cortesía de teóricos maestros mecánicos que poco y nada saben acerca de lo que predican e instruyen. Todos bajándose gratis de las redes libros que nunca van a leer pero pensando en que bajarlos así es casi como leerlos (y yo no podía sino imaginar lo extraño que se les harían esas historias contemporáneas transcurriendo en pasados recientes pero a la vez remotos, porque en ellas aún no figuraba el personaje del teléfono móvil como imprescindible elemento, su ausencia lentificando acciones pero a la vez profundizando en el estilo de sus tramas). Todos leyendo audiolibros con sus oídos porque, seguramente, les recordaba sensorialmente aquellos buenos días en que sus padres les leían un cuento de buenas noches (y todos consumados consumidores de flamantes productos infantiles-pero-para-adultos, como las andanzas y gateo del malcriado y explosivo Baby Boom! o las investigaciones de Elliot Nessie, el vengador agente dinosaurio). Todos salivando refleja y automática y pavlovianamente –como alguna vez lo hice en mi infancia enfrentado a la materialidad chispeante y gaseosa de una botella de vidrio oscurecido por la Coca-Cola– ante cualquier historia que les diga que es real. Todos con alguna especie de prodigioso/enfermizo pariente mágico/trágico al que cocer a fuego rápido en espesa y muy condimentada, a veces dulce y a veces picante, sopa de letras mal redactada e imposible de colar, pero aun así celebrada por los cada vez más abundantes y comerciales comensales de lo efímero haciendo mucho, demasiado ruido al sorberla. Todos fantaseando con la idea de escribir algo sobre sus padres o sobre sus hijos o, en verdad o de mentira, sobre ser hijos de sus padres o padres de sus hijos o sobre no tener padres ni hijos, pero lo mismo escribir sobre lo que ya no es o sobre lo que podría haber sido (y algunos de ellos despreciando al modelo de pareja tradicional y ejecutando sus variaciones novedosas aunque tan *démodée* y exhibiendo a sus pequeños hijos invariablemente «geniales» pero, pobrecitos, luciendo más bien con el inequívoco y desesperado aire de ser prisioneros de una secta; y algunos otros asegurando que los extraterrestres llevan milenios entre nosotros y que son los gatos que ahora nos dominan más de lo que ya lo venían haciendo a partir de esos videos supuestamente graciosos que ellos mismos suben a las redes o que obligan a subir hipnotizando a sus dueños adueñados). Todos emocionándose con esas películas de ciencia-ficción cuyo tema parecería ser, siempre, la búsqueda de un padre o una madre épicos y extraviados y que no tienen nada que ver con los que les tocaron (y pensando que llevar todo su realismo al terreno de lo fantástico y de lo extraño y lo distópico no estaba mal y sí estaba bien: porque ahora eso era lo que más vendía y, por lo tanto, era lo que más gustaba por ser lo que más vendía). Todos pareciendo haber tenido padres más o menos normales, responsables, poco o nada geniales; y nunca mejores amigos y, por lo tanto, sin mucho que contar, sin mucho para ser contados. Todos tan frágiles por haber estado tan protegidos. Todos tan sin defensas naturales ni mecanismos para atrincherarse y luego atacar cuerpo a cuerpo y cara a cara y frente a frente. Todos con esa necesidad de estar todo el tiempo enchufados por miedo a todo cortocircuito. Todos tan programados para la obsolescencia y tan adictos a lo sintético y a lo artificial y a lo artificioso y...

...ay y ah y más contagio y más toxinas: no hay nada más contagioso y tóxico que los prejuicios de los demás que enseguida pueden ser los propios. Porque entonces yo ya, infestado y enviciado, pensaba y sonaba como el hijo de... escritor. Insensible y resentido. Envenenado y venenoso. Violento y violado. Impotente y omnipotente. Gruñón y gimiente. Ácido y amargado. Destructor y destruido. Lastimador y lastimero. Triste y triste. Y —con la inevitable permeabilidad del autobiógrafo, como si me hubiese convertido en el autobiógrafo de ese hijo de... escritor, presto y prestado— yo perfilaba a todos aquellos que nos rodeaban con ojos de no poder verlos pero también de no poder dejar de verlos: porque, comprendí, así distraían al hijo de... escritor del verse a sí mismo como lo veían ellos mismos. Gajes del oficio y deformación profesional del trabajar y vivir del dar forma a unos que no son uno pero que sí son *no-me*:

seres que no soy pero a los que sí, por un tiempo determinado, puedo habitar como a una casa o vestir como a un traje o vivir como a una vida para luego abandonarlos o arrancarlos o dejarlos marchar para que ya no sufriesen o –en más de una ocasión, convencido de que no se lo merecían– para que ya no disfrutasen tanto enfrentados al soberbio espejismo de sí mismos que yo les hacía creer se trataba de un más refrescante que fresco oasis.

Me sucede –una forma mucho más sofisticada y profunda de la imitación más cercana al espionaje existencial o a la clonación mental– con sólo pasar unos pocos minutos demasiado cerca de alguien y de oírlo hablar. Y yo no soy como el hijo de... escritor y mucho menos me interesa serlo gratis, sin que me paguen. De ahí que intente no acercarme demasiado a nadie. De ahí que salga poco de casa para entrar lo mínimo posible en casos. Así que cerré mis ojos con fuerza y al volver a abrirlos ya era de nuevo el viejo yo y *yes-me* a quien creía conocer mejor que nadie o al que, al menos, no me sentía obligado a conocer más que ninguno, más que a ninguno y sin conocerlos a todos ellos, a quienes, después de todo y antes que nada, yo ni siquiera había leído. De vuelta, solo y a solas, conmigo mismo. Explorador en los bordes de esa librería superpoblada por fans y por fanatizados de una escritora. Aquella quien, según la autora de *Mácula*, con voz emocionada de sí misma, era «un poco la poderosa madre y amiga de todas las narradoras de mi generación y, también, nuestra hermana mayor y menor y hasta nuestra hija: porque Moira es la más por siempre joven». Y ahora –con esos contaminantes teléfonos móviles ensamblados por niños esclavos al otro lado del planeta– se grababan a sí mismos con Moira Münn a sus espaldas en el nombre de un mundo mejor y más justo. Y su presentadora la anunció como «el amor de la vida de César X Drill» y –sin importarle la imposibilidad cronológica– «la mujer que inspiró a La Evanauta» y Moira Münn no contradijeron ni corrigieron nada y asentían con los ojos entrecerrados como si estuviesen en un trance telepático y transmitiendo a otra boca su propia presentación. Y cuando se hizo el silencio absoluto y casi espacial y exterior –luego de varios minutos de ovaciones que siguieron a esos primeros suspiros y bordeaban la histeria y que, de nuevo, inevitablemente derivaron en nuevos sollozos– Moira

Münn anunció que iba a leer unas páginas de sus flamantes memorias. Un capítulo en el que se hacía referencia a «un episodio traumático que marcó y cambió mi vida para siempre y me convirtió en quien soy ahora». Luego respiró profundo y enjugó una lágrima que (a diferencia de lo que ocurría con las de sus jóvenes fans) en verdad no estaba allí. Y entonces Moira Münn leyó con voz trémula y pausas dramáticas cómo –muchos años atrás, en otro país, dolida por el exilio y perseguida por una dictadura a la que había apoyado y contribuido su propio padre– ella fue salvajemente violada durante una fiesta por el hijo adolescente de una pareja de amigos.

Pensé entonces –escuchándola sin querer oírla– en que tal vez sí fuese pertinente la extinción de la especie. Mega-muerte, sí. Y, cansado de una Tierra agotada y de salida de allí, preferí comprar un atlas celeste: un libro con el mapa sin fondo del palacio memorioso e inmemorial del Gran Cielo y donde se precisaba forma y ubicación y nombre de las inolvidables constelaciones.

Al terminar Moira Münn –mientras yo pagaba mis estrellas sintiéndome más como en un agujero negro– los aplausos fueron tan largos y tan fuertes que casi me siguieron hasta la estación donde subí a un tren (ya casi nadie leía libros allí y cuando muy de tanto en tanto veía a alguien sosteniendo un libro abierto, como siempre, reflejo automático, yo contorsionaba torso y me esforzaba por leer sus portadas) y me bajé junto al funicular que me trajo aquí arriba, de regreso a casa. Hacía frío y estaba cansado y sentí uno de esos escalofríos que anuncian aumento de temperatura corporal pensando en que no quería pensar en que eso era la *Pasteurella multocida* bostezando su despertar dentro de mí pero que, de serlo, tampoco opondría demasiada resistencia. Y estornudé un estornudo raro (con los años lo único que uno sigue haciendo con creciente energía y entrega es estornudar) y así le abrí las puertas a lo que pensé era la primera gripe de ese otoño pero que en verdad era el primer síntoma de Nome llamando a las puertas de mi memoria. A esas puertas para que yo las abriese primero y las cerrase después y ya nunca volviese a bajar a la tan literaria y supuestamente acogedora de escritores Gran Ciudad III y...

† Reflexionar sobre el estilo de los elementos de una pandemia como algo invisible pero cuyos efectos se ven en todas partes: los muchos elementos que componen a una peste.

... ah, desde allí saludar a todos esos escritores quienes –luego de primera y confinante ola de virus– se habían visto empujados a «reinventarse». Inmóviles y enclaustrados y casi sin trabajo no pudiendo salir en busca de entradas económicas. Escritores que ahora se auto-transmitían en sesiones on line víctimas de la más exquisita e irónica de las paradojas: se habían convertido –se *vendían*, se *aplicaban*– en auto-ficciones de sí mismos. Ya no eran personas sino sus propios personajes. Todos *transmitiéndose* con, por supuesto, bibliotecas a sus espaldas (que para Land eran lo más interesante de observar y de espiar y sorprenderse apenas por lo que leían; algo tanto más que lo que decían, bajando el volumen a cero). Todos enseñándose a sí mismos en supuestas enseñanzas para los demás encerrados quienes ahora recién descubrían o asumían que había llegado el momento de ser escritores. Unos y otros girando en círculo viciado/vicioso al que todos eran adictos.

Pero, otra vez, los escritores pronto morían de golpe y sin aviso (se derrumbaban en la calle o en un cine); o luego de extraños síntomas (como el de ese «novelista nacional» que había quedado petrificado en la misma y exacta pose que lucía en esa foto en la solapa de los libros y que no actualizaba desde hacía casi tres décadas); o cayendo (sin que quedase del todo claro si se había tratado de accidente doméstico o calculado suicidio) desde balcones más o menos altos. Esos balcones a los que, históricamente, se salía para declarar o a que se declare amor o para arrojarse con el corazón roto y el cerebro nublado. Esos balcones a los que la gente había salido a aplaudir noche tras noche a la misma hora durante los primeros tiempos de la primera plaga (que no había sido más que los preliminares, el aperitivo al gran plato principal de la última cena)... ¿Por qué y a quiénes habían aplaudido tanto entonces embalconados y envalentonados? Supuestamente, al personal sanitario que luchaba con cada vez menos fuerzas y recursos durante la primera ola de un tsunami viral de modales tan inconstantes como impredecibles. Pero no, a mí no me engañaban: todos salían a los balcones a que los viesen aplaudir y a, por lo tanto, aplaudirse a sí mismos no queriendo admitir que esa era la peor manera de ser parte de algo, de pertenecer y de ser pertenecido, de hacer historia primero y de luego ser historia. Pero para todos ellos, aun así, eso parecía ser mejor que el no ser parte de nada.

Ese era el estilo del momento, sí. El mismo estilo de aquella otra plaga invisible de las llamadas «redes sociales», ese torrente de comunicación para estar cada vez menos comunicados, para saber más de nada, como iluminados en un nuevo Oscurantismo.

¿Cuál era el estilo de los elementos de una pandemia?, me preguntaba yo. Seguramente un estilo más auto-ficticio tóxico que modernista crónico, me respondía. Auto-ficciones que atropellaban antes de chocar entre ellas o estrellarse y rodar por barrancos abajo sin farolitos que las iluminasen. Auto-ficciones de contados cambios automáticos, más de lentitudes que de velocidades, y que apenas escondían bajo sus carrocerías al auto-indulgente y muy pequeño motor de la auto-ayuda. Así, todos precipitándose a escribir cuando los acontecimientos se precipitaban mientras yo escuchaba —desde ciudad abajo o amplificados en el telediario— esos aplausos que habían reemplazado a aquellas ahuyentadoras campanas de mano en el pestilente medioevo. Aplausos anunciando la caída de los telones de la noche, y entonces todo se sentía aún más sombrío de lo que ya era y seguiría siendo en demasiados bises y encores.

Por la mañana, seguro, habría dos o tres escritores menos a este lado de los libros. Y yo volvería a hacer uso de tijera y pegamento para mi *Codex* no *Ex Libris* sino *Ex Scriptor*. Nada que muchos lamentasen demasiado porque (en el preciso instante en el que él añadía una nueva y letrada necrológica a sus archivos) se reproducían ya un puñado de nuevos y flamantes escritores. Todos automáticamente autoconvencidos de que tenían algo muy importante para comunicar a la humanidad toda a partir de la propia experiencia y, claro, aún no habían fracasado, por lo que hasta era posible que triunfasen.

Y otro de los efectos más curiosos de la primera pandemia

había sido, en principio, el de intensificar las ansias de lectura de los encerrados en sus pisos y casas. Fenómeno que se festejaba en todas partes (sin hacer demasiado énfasis en la calidad de los títulos más leídos) como un inesperado milagro. Pero, de nuevo, todo eso pronto se tradujo en daño colateral y fuego mal amigo: porque enseguida todos esos lectores súbitos (quienes ahora no dejaban de intercambiarse mensajes telefónicos y publicar posts acerca de la gran diferencia de calidad y entrega entre el activo placer de leer novelas y la contemplación embobada de series de televisión, muchas de ellas basadas en libros ya desde su primera palabra pensados para ser series y no libros o basadas en libros que nunca pensaron en ser series que les faltasen al respeto reescribiendo sus finales o alterando los colores y las etnias de sus personajes) no demoraron en decirse que había tanto por leer que era mejor dedicarse a algo por escribir. Además era gratis. Dedicarse no a aquello que llevaban escribiendo desde ya hacía tiempo (la telegráfica crónica de sus días acompañada por fotos y caritas) sino a algo más profundo e importante: la vida en confinamiento (con-finalmiento) en relatos y novelas a las que se les podían añadir fotos entre párrafo y párrafo, porque así todo quedaba más *interesante*. El micro-relato de sus largas vidas –pensando en que había mucha gente dispuesta a leerlo– y que eran nada más y nada menos que sus poco inspiradas existencias a las que ahora creían elevables a la categoría de obras maestras por el solo motivo de que ahora contenían a la vez que estaban contenidas por un mal planetario. Yo ya había leído algunas muestras y adelantos de firmas supuestamente respetables publicándose en los periódicos a modo de nuevos diarios del año de la peste. Y no pude sino sentir, perturbado, que me recordaban bastante a mis redacciones supuestamente existencialistas sobre la Gran Nada para La Maestra Magistral y Moderna en el colegio Gervasio Vicario Cabrera, n.º 1 del Distrito Escolar Primero. Esas composiciones con las que había intentado, en vano, distraer la atención y escabullirme del mandato vocacional de mis padres editores quienes sólo me querían precoz y genial escritor editable. Una –otra– nueva variante epidémica, me dije. Y hasta pensé denunciarla enviando carta de lectores a algún periódico pero, claro, eso hubiese equivalido a convertirme un poco en escritor. Así que me limité a leerlos morir. A añadir la noticia nueva de su muerte a páginas acumulando ya tanta noticia vieja: porque nada envejece más o más rápido (incluso más que la juventud y la fama) que una muerte, piensa un *ghost-writer*.

† Pensar y anoticiar un determinado estilo ficticio para ciertos elementos de la realidad y así conseguir, o al menos intentar, el que todo duela menos o resulte un poco más soportable dentro de la desesperación ahora imperante aquí y allá en todas partes.

Como si ese estilo y sus elementos fuesen los de las películas de Wes Nome, me acuerdo de que se acuerde Land. Películas que alguna vez me gustaron mucho y con el tiempo me irritaron bastante (aunque seguí yendo a verlas). En cines tanto más pequeños pero también tanto menos accidentados que los de mi infancia: en foco, sonido bien sincronizado, ya sin celuloide que pudiese arder sin aviso. Allí, esos personajes (todos esos hijos de… y todos esos padres de…) presentados como elegantes caricaturas de sí mismos. Esas profesiones no necesariamente extrañas pero de pronto tan enrarecidas. Ese vestuario como pintado sobre los cuerpos, como una segunda piel que casi les prohibiese desnudarse porque esas prendas ya los revelan por completo. Ese comportamiento tan previsible en su imprevisibilidad. Esas escenografías como enormes casas de muñecas. Esas jamás envejecidas pero sí maduras y tristes canciones de pronto no alegres pero sí contentas por volver a ser evocadas en un contexto presente al que jamás se esperaron musicalizar. Esos colores pastel tan festivos y sabrosos. Esa normalización del absurdo. Esos carteles y objetos primorosamente expuestos y rotulados como en mostrador de tienda pública o vitrina de museo privado. Ese modo entre robótico y sentimental de hacer las cosas más amargas mientras se dicen las cosas más dulces (y espolvorear esas cosas que dicen con chistes malos e infantiles y juguetones juegos de buenas y malas palabras y adicción al malabarismo anafórico-polisindetoniano-oximorónico-sinestésico-similístico-aliterante y al retransmisible retruécano y a la más desatada que libre asociación de ideas hasta entonces impensadas e impensables). Esa manera tan dichosa de asumir la desdicha y de conseguir que resultase más soportable y hasta muy graciosa y divertida. Esa forma de querer olvidar mucho de lo recordable para así, recién luego, poder recordar lo inolvidable. Así, pienso, yo proceso ahora el pasado de Land. Así, piensa Land, ahora procesa él mi presente.

† Creyendo (lo que no es lo mismo que estar seguro) haber establecido el estilo de los elementos de la situación, tomar distancia (de seguridad) pero sin extralimitarse. Conseguir apenas la perspectiva suficiente como para que se pueda precisar/contemplar más o menos de cerca, por fin, un lugar y un tiempo desde el que se narra lo que se vive (marco histórico-social este que debe ser presentado no abundando en cuestiones técnico-científicas y, si se puede, con una cierta gracia o ironía. Palabras clave: *entropía, distopía,* etc.).

Bienvenidos al fin del mundo.
Un fin del mundo largo.
Un fin del mundo abierto y en episodios en serie.
Sucesivas calamidades que en su momento se antojaron tan grandes pero que (teniendo en cuenta lo que sucedería luego, no mucho después) tampoco fueron tan *importantes*.
Y yo jamás abundaré (es mejor no abundar) en complejas hipótesis de «especialistas en la materia» quienes, en verdad y por entonces, nunca tuvieron más autoridad que la de antiguos oráculos ante lo desconocido.
Además, esa parte siempre fue la que menos me gustó de aquellas películas de súper-acción o de las cada vez más numerosas ficciones apocalípticas y post-apocalípticas con cada vez mejores efectos especiales y personajes cada vez más planos cuya única función es la de perecer o sobrevivir y fundar un mundo nuevo a destruir más temprano que tarde (como si ya no fuese suficiente con la coda a un aria del fin del mundo y se necesitasen innumerables variaciones antes de volver al punto de parti-

da que será punto de llegada, el punto final, la meta alcanzada donde perderlo todo). Lo mejor en ellas, para mí, siempre era el momento de la gran destrucción: nunca al principio y siempre al final. Meteoros y terremotos y volcanes y rayos mortíferos y alienígenas. O, mejor aún, todo eso a lo largo de todo el asunto (como en una Big Vaina mundial) sin escatimar en efectos especiales actuando tanto mejor que los actores a los que afectaban (y tal vez esto, esta fascinación por el cataclismo interminable se debiera, ahora que lo pienso, al haber nacido en mi hoy ya seguramente del todo inexistente país de origen tan dado siempre a la normalización de lo anormal y a la catástrofe sin fin y al volver a empezar para poder volver a terminar). Por lo contrario, todo lo que venía después en esas películas, la inverosímil reconstrucción posterior alabando la resiliencia (esa palabreja que se puso muy de moda en los últimos tiempos) del espíritu humano nunca me interesó. Jamás me creí ese impostergable afán del hombre por recuperar la civilización y todo eso (no, ahora no veo a nadie preocupado por volver a «los buenos viejos tiempos») empezando por la restauración de esa estatua con antorcha hundida en la tierra o decapitada, pero siempre resultando inevitable blanco favorito de todo Armagedón que se preciara de tal. Y mucho menos me atrajo en sus tramas (y me niego ahora a ocupar ese rol) la constante presencia de alguien (por lo general un niño quien, seguramente, no podía sino ser un genial hijo de...) milagrosamente inmune a lo que todos padecen y a partir del cual se podrá desarrollar un antídoto y cura para lo hasta entonces incurable. Insisto en ello: siempre me cansó (casi tanto o incluso más que a sus protagonistas y enseguida supervivientes profesionales y neo-robinsones) el *después* de todas esas hecatombes. Desastres que –durante mi infancia– se contaban al completo en cualquiera de esas súper-accionantes películas de sábado en poco más de noventa minutos y no, como hasta hace poco, demandando varias temporadas en serie: porque parecía que había mucho que contar a la hora –a las largas y cientos de horas– del espanto de «no-infectados» escapando de mutantes radioactivos o de resucitados famélicos entre ciudades convertidas en junglas.

Lo mismo me pasaba con esas farragosas suposiciones (por lo

general apelando a científicas y duras y difíciles de digerir explicaciones) acerca de lo que había sucedido y cuáles eran sus causas. ¿Qué sentido tenía el *saber* en detalle qué y por qué pasó lo que pasó cuando ahora se estaban viviendo y padeciendo sus consecuencias sin final a la vista? Además, todo tipo de supuesto esclarecimiento sobre el turbio horror (en ocasiones bordeando peligrosamente su disculpa) solía ser decepcionante. En estas ocasiones, pienso, no había nada mejor que el *no saber* qué y por qué sucedió lo sucedido. El saberlo para mí degradaba su condición de gran desastre y restaba gracia a la desgracia y, seguramente, impediría la posterior escritura de tan demenciales como inspirados textos sacros responsabilizando a dioses o a demonios de semejante estropicio.

Estoy seguro de no ser el único que pensaba así, porque seguro otros ya habían experimentado un cierto fastidio ante últimas horas de terremoto que habían causado el derrumbe de una iglesia en plena misa y aplastado a decenas de fieles. Nada me causaba más sorpresa entonces que las voces trémulas ante la tragedia preguntándose cosas del tipo «¿Cómo es posible que Dios haya querido que sucediese algo así?». Interrogante para el que hay —siempre lo pensé— sólo dos respuestas posibles: «Dios no existe» o «Dios es un tipo de humor muy cambiante y del que nunca conviene esperar demasiado en lo que hace a un comportamiento lógico para con aquellos cuyo único verdadero pecado ha sido el de creer en él».

En cualquier caso, yo no creo que esté de más aquí ofrecer ciertos detalles, recapitular ciertos acontecimientos; pero no con esa voz profética y solemne y en off para introducirnos y situarnos en un determinado momento histórico de aquellas películas de aliento bíblico que vi durante los sábados televisivos de mi infancia. Películas en las que algún legionario descubría que era mucho menos complicado y costoso creer en un solo dios que en tantos dioses y entonces veía la luz y los títulos finales llegaban acompañados por un plumífero revuelo alado de coros celestiales.

Pero no fue así esta vez.

Ni redención ni salvación; y todo evocaba más no a la contundente furia de Yahveh que a la más traviesa malicia de Zeus.

Hágase la oscuridad.

Entonces tuvo lugar (en todo el mundo, por primera vez una mala noticia planetaria) y hora (ese momento terrible, ese minuto entre una misma hora clavándose en todas partes al mismo tiempo) lo que, en perspectiva, podría haberse denominado como el estreno de la Era de las Grandes Catástrofes Cotidianas. Una acumulación de tragedias y una sucesión de desgracias que afectaban absolutamente a todos; y de ahí que, por lo tanto, ahora todos lo recordaban: porque era algo que les había pasado a todos. Algo que, a diferencia de lo que sucedía hasta entonces con guerras y crisis económicas y hambrunas —donde al menos se podía identificar a hipotéticos culpables con rostro y nombre— de pronto parecía descender sobre la humanidad, como remitido por potencias invisibles, algo traído no por palomas mensajeras sino por repartidores murciélagos.

Así, primero fue aquello del ya mencionado confinamiento y las mascarillas y el *swish-swish* de pantuflas y el *wash-wash* de manos y el piyama/pijama despierto como uniforme casi espacial para no salir al espacio y la gente trastornada y la carrera de las vacunas y un absoluto encerrarse en sí mismo por lo mismo y en el nombre del miedo total a lo desconocido. Abundaron teorías, maneras de protección, distancia de seguridad, recomendaciones científicas y supersticiones tribales. Y todo valía y nada era valedero: porque la particularidad de este virus era la de no tener una sintomatología clara y de no producir efectos similares en todo aquel que lo contraía. Era un virus creativo tan creativo que resultaba imposible de editar y mucho menos de corregir. Algunos lo tenían sin siquiera darse cuenta de que lo habían tenido; algunos morían fulminados por fallo multiorgánico a las pocas horas de contraerlo; algunos perdían el gusto y el olfato y la vista y el oído; algunos desarrollaron dolorosas lesiones en manos y pies como si los hubiesen expuesto a las más escalofriantes alturas; algunos dijeron que era lo mismo y poco más que una «gripe fuerte». Demasiados —¿otro síntoma?— salieron a los balcones de sus casas para obsequiar/torturar a sus vecinos declamando monólogos célebres o cantando a los gritos para los demás las partes más conocidas de óperas cuyos nombres jamás habían oído o, simplemente, para aplaudir a «héroes de la sanidad» (protegiéndose en hospitales con uniformes confeccionados con bolsas para la basura como esas que alguna vez se habían llenado con restos de libros). O, enseguida, cuando los pocos días de encierro se convirtieron en demasiados, a delatar a quienes andaban por la calle contraviniendo las órdenes de no andar por las calles (y alguien —corrió y ladró el rumor junto a video fuera de foco on line— se comió a su perro en un balcón: ese perro que había adquirido en un mercado negro canino porque, de pronto, los perros eran mercancía valiosa ya que autorizaba el poder salir por un rato de casas y pisos con la coartada de pasearlos pero, en verdad, ser paseado por los perros).

Y todos conocieron a nuevos muertos basados en más o menos viejos vivos.

Y había algo tan perturbador en ello: la idea de que el virus (que añadió a su carácter polimorfo el rasgo perverso de decrecer o intensificarse en sucesivas e imposibles de anticipar oleadas) fuese como una lotería. Y que podía tocar en versión leve o en modelo fulminante que ni siquiera ofrecía el consuelo de ser entendido/padecido como algo comunal e igual para todos: ricos y pobres, genios e imbéciles. Todos, quisieran o no, habían apostado a salir perdiendo.

Y todos sospechaban que cuando volviese la normalidad —esa entonces rebautizada y encomillada «nueva normalidad»— no iba a ser del todo normal. Ni nueva. Iba a ser una «clásica anormalidad» sólo que más anormal que nunca. Y correspondió preguntarse entonces cuántos ya se habrían vuelto adictos a esta extrañeza e irían a extrañarla cuando se fuera y prefiriesen quedarse adentro de y en ella. Sin salir y sin salida diciéndose y definiéndola como «anormalidad que algún día, tal vez, sea considerada más o menos normal por aquellos que no recuerden cómo fue la normalidad y que, seamos sinceros, tampoco era muy normal».

Y, claro, al poco tiempo no pudo decirse que el brusco giro en la trama los decepcionase; porque lo que sucedió a continuación fue algo que nadie imaginó ni vio venir y, de todos modos, no hubo mucho tiempo para pensar en que nadie vio venir o imaginó lo muy inimaginable que vino.

Y así yo lo contemplé todo, desde el balcón terraza de mi dormitorio, con vistas al abismo recién abierto de Gran Ciudad III, cantando aquello de «Sitting on the hillside / Watching all the people die» con el contrapunto y acompañamiento de ese coro de sirenas de ambulancias entonando su encendido y azul y rojo *no-me... no-me... no-me...*

† Insertar micro-relato ficticio a modo de preliminar de la maxi-no-ficción que está a punto de llegar.

Y así yo contemplé también, desde tan lejos, desde las alturas de Gran Ciudad III, las malas vistas de Gran Ciudad I semicubierta por las aguas (allí, todas esas librerías cada vez peor surtidas como en las orillas de neo-canales venecianos) y de Gran Ciudad II azotada por un terremoto constante (ese inmenso socavón de bordes aserrados donde alguna vez se había erigido Residencias Homeland). Y lo que yo veía allí —a distancia pero en pantalla cercana con ojos de dron— no tenía nada de la tremenda potencia digital de los efectos especiales en esas ya mencionadas y desastrosas películas sobre desastres variados y (casi) finales del mundo. No, por lo contrario: todo parecía hecho y deshecho como con frágiles e inverosímiles maquetas de torpe y muy primario cine fantástico pero que, a la vez resultaban tanto más verosímiles en su hasta entonces imposibilidad. Y las letras a pie de pantalla de todas esas imágenes informando acerca de número de muertos y cantidades de dinero en pérdidas me recordaban a esos carteles entre escenas enmudecidas en las que alguien abría y cerraba y movía mucho la boca con muecas muy exageradas y, a continuación, en blanco sobre negro, se leía nada más que «Help!».

Y, claro, nadie me había ayudado nunca a librarme de ese síntoma previo a la escritura y que me resultaba incontrolable, incontenible, inevitable: el de *tener ideas*. Y el único remedio posible era, sí, tenerlas y que pasasen lo más rápidamente posible, como una gripe de verano, como un romance de otoño, una fiebre de invierno, como una alegría de primavera.

Y así fue (como alguna vez se le habían ocurrido a Land historias con jóvenes aprendices de hechiceros y vampiros escolarizados a quienes las Matemáticas se les hacían tan sencillas y vengadoras anónimas y doncellas vírgenes en cuclillas y atadas en capillas S&M) que se me ocurrió una variación pandémica. Asimétrica en su conducta y sintomatología con lo que estaba sucediendo. Ese truco sencillo a la hora de plantar una trama o replantear una personalidad: contar lo mismo pero de manera contraria o en dirección inversa al estilo los feos son hermosos o los malos son buenísimos o los extraterrestres son los terráqueos.

Así, pensé, de pronto la gente ya no soportaba estar adentro, en sus casas. Tos y fiebre y diarrea y dificultades para respirar y muerte. Y una poderosa capacidad de contagio. Y pocas cosas más angustiantes había que –como Land durante su infancia y adolescencia– el estar en el sitio propio cada vez más inseguro de quien se era y de cómo se había llegado allí. Y no demoró en descubrirse que si uno se mantenía fuera de su casa las posibilidades de contraer ese virus disminuían. Algunos se arriesgaban a regresar a sus viviendas (y revisitar bibliotecas) entendiendo que el verse rodeado de objetos familiares podría darles algo a lo que aferrarse, un cierto conocimiento ante lo desconocido. Pero no se aguantaba allí dentro más de quince minutos y, enseguida, el aire se volvía irrespirable y había que volver a salir de allí para poder seguir viviendo. Así que las personas comenzaban a irse a otros lugares. A casas de familiares o de amigos. Se canjeaban departamentos y apartamentos y pisos como alguna vez se cambiaron figuritas y barajitas y cromos difíciles en los álbumes de la infancia o parejas fáciles en las fiestas de los padres de hijos de... Pero se trataba de una solución pasajera: cuando la nueva morada comenzaba a hacerse familiar, se empezaban a sentir los mismos síntomas. Ni siquiera –cuando ya nadie se arriesgaba a hogares– los locales de *fast-food* o los supermercados o los cines vacíos o aeropuertos en trance conseguían distraer y esquivar por demasiado tiempo al virus. Así, había que irse pronto, a otro lado, a cualquier parte. Ya no se buscaba una vacuna porque se temía que el virus mutase y que todo fuese aún peor (¿tal vez el ya ni siquiera poder estar cerca de «los nuestros»?). Afuera, en bosques y calles y bajo autopistas, el virus parecía tener más dificultades para propagarse. Pero había que tener mucho cuidado con encariñarse con esa cueva o con ese árbol o con esa esquina. Así que carpas sencillas de erigir y bolsas de mal dormir y esos pocos metros donde instalarlas se dejan atrás cada semana. Fue así como luego de tantos siglos de sedentarismo se volvía a ser nómadas en círculos. Nunca alejándose demasiado de «los sitios que solíamos frecuentar», regresando a ellos como fantasmas asustados sin nadie a quienes asustar. Pronto todos estaban yendo y viniendo. Todo el tiempo. Afuera de allá y fuera de aquí. Gente llamando a puertas, queriendo entrar más que nada y que nadie. Necesitando volver. Todos ahora ahí fuera, soñando despiertos e insomnes con volver a estar dentro.

Y, por supuesto, de inmediato, yo decidí olvidarme de todo eso.

Más tarde –enseguida, siempre hay una mejor/peor idea– llegó el Nome, llegó el N.O.M.E.

† Inventar y describir algo intangible y a la vez omnipresente (ejemplo: una enfermedad, un brote, un virus, una pandemia) como justificativo para tantas cosas que no deben mencionarse sino intuirse. Una buena enfermedad como casi disculpa para una mala salud y/o peor conciencia. Y recordar y no olvidar (nunca mejor dicho) lo ya especificado acerca de la figura del narrador poco confiable.

En principio el N.O.M.E. fue algo secreto aunque no silencioso. «Secreto a voces» es una expresión que nunca me gustó pero que –lo mismo– expresó a la perfección lo que sucedía. Porque de pronto todos parecían escribir en sus pantallas con mayúsculas. Como gritando para ser oídos y atendidos. Pero, a la vez, como a escondidas y enmascarándose bajo alias. Todos opinaban acerca de todo y hasta demandaban explicaciones acerca de todo porque se sentían autorizados a hacerlo simplemente por tener espacio y plataforma disponible que no requerían de una previa mínima información o conocimiento acerca de lo que se opinaba sin ningún tipo de filtro o rigor. Y lo hacían, tan ensimismados y enchufados en sí mismos. Sin haber razonado antes a aquel antiguo y estoico filósofo advirtiendo en cuanto a que «Lo que perturba a los hombres no son las cosas en sí, sino las opiniones sobre las cosas» que yo había leído como epígrafe en *Tristram Nome*: novela que parecía no empezar nunca porque parecía muy preocupada por demostrar antes de ello todo lo que podría llegar a conseguir una novela a leer como si se estuviese escribiendo. Y todos se ofendían por casi todo; porque pensaban que todo lo de los demás era algo personal que les incumbía o influenciaba o, sintiéndose cada vez más sensibilizados, que los traumatizaba más allá de toda reparación o cura. Y todo eso fluía y se propagaba a través de la airada estática del aire, emitiéndose desde tensas antenas terrenas, haciendo aún más evidente la estupidez humana. Y pronto, las personas comenzaron a enfermar de virus nuevos que acaso no eran otra cosa que la variación para humanos de todos aquellos virus que hasta entonces habían circulado por redes informáticas y computadoras portátiles. Eran desordenadores virus que se instalaban en el disco a ablandar de las personas y detectaban puntos débiles de sus sistemas y los descomponían primero y los apagaban después. Y, fundidos, fueron muchos los que ya nunca pudieron volver a resetearse o siquiera encenderse y se descubrirían como completamente inútiles para hacer cualquier cosa porque habían confiado casi todas sus habilidades a una memoria ajena y externa.

Pronto, la gente tuvo miedo de un siempre inminente «Gran Apagón». Pronto se temía el salir por la posibilidad de ya no recordar cómo volver a entrar, aunque aún no se lo confesasen los unos a los otros y atribuyesen tanto olvido al stress. Luego, se hizo una pausa (que no fue otra cosa que el breve y engañosamente calmo ojo del irritado huracán) y todos volvieron a las calles y muchos habían perdido sus trabajos o sus ganas de trabajar. Pero, como siempre luego de una catástrofe, la supuesta realidad (y, mirando la biblioteca, miro fijo un libro de Vladimir Nabokov y me acuerdo de que César X Drill alguna vez le dijo a Land que el ruso decía que la palabra *realidad* debía escribirse siempre entre comillas) volvió a ser más o menos normal o menos o más anormal, como de costumbre. Y la realidad no era «nueva» sino más rara pero, enseguida, se vivió como antes: porque todo era raro, todo era *igual* de raro.

† N.O.M.E. / Nome (explicarlo por fin pero sin aclararlo por completo; porque se trata de una de esas cuestiones que jamás llegan a aclararse del todo: algo que forma parte de una ciencia inexacta y que, misteriosamente o no, su sintomatología parece más que pertinente para el cuerpo y mente de quien la contrajo y la estudia y la cuenta).

Un sociólogo francés lo nombró primero como *Syndrome de la lumière du réfrigérateur*: algo que en principio, en sus manifestaciones, recordaba a esa extrañeza y desorientación que se experimentaba en una cocina a oscuras, iluminado por el frígido resplandor (el antecesor directo de esos congelantes resplandores en pantallas de teléfonos o de computadoras) con la mano en la puerta abierta del refrigerador y la cabeza preguntándose qué estaba haciendo uno allí y qué era lo que buscaba con tanta urgencia como para, en cuestión de segundos, haberlo olvidado por completo.

Un neurólogo norteamericano lo rebautizó después como *Tip of the Tongue Condition*: eso que parecía aferrarse sin soltarse a la punta de una desafilada lengua como aquel que se demora en el borde de un trampolín muy alto diciéndose que, después de todo, no había ninguna razón para saltar porque resultaba tanto más agradable y seguro el permanecer allí: flexionando apenas las rodillas, subiendo y bajando ligeramente, amarrado por ese muelle, seco y al sol y disfrutando de ese movimiento que se parecía tanto al de una cuna.

Luego, nadie se adjudicó pero sí se impuso el esperanto de las siglas que enseguida perdieron los puntos que separaban a unas de otras iniciales mayúsculas. Y todo se convirtió en fonética sencilla y, en principio, fácil de olvidar menos: N.O.M.E. y Nome. En principio, otro de esos virus cada vez más extraños y frecuentes (los periódicos habían incorporado una nueva sección junto al pronóstico meteorológico y al horóscopo y al recuadro con las muertes de escritores anticipando posible «virus de la semana»). ¿Se trataba de un castigo bíblico y teofaníaco por los excesos cometidos con los dones recibidos? ¿Una versión para todas las edades de aquello que solía dedicarse principalmente a personas mayores con su cerebro ya cansado? ¿Había «escapado» de un laboratorio secreto? ¿Era el producto de la mierda de algún murciélago exótico y fan de *Drácula*? ¿Importaba su orígen? No: lo que importaba era su destino. En cualquier caso, no se demoró en bautizarlo con acrónimo oscuro y vantablackiano y que equivalía a *No Organism Met Earlier*. Acrónimo (como todo acrónimo un tanto forzado para que funcionase como tal) que, en realidad, no era otra cosa que la admisión de no tener la menor idea en cuanto a qué era y de dónde había salido y por dónde entraba y cómo se propagaba el bacilo en cuestión. O qué era lo que hacía que todas las personas vacilasen y dijesen la palabra *Nome* cuando, cada vez más seguido, no se recordaba una determinada ubicación de lugar o autor de libro o título de canción o actor de película o apellido de conocido de pronto desconocido como si todo y todos fuesen paraguas tan fáciles de olvidar bajo la tempestad de la desmemoria. Y no era desmemoria arbitraria o asistemática: se iba olvidando desde adelante hacia atrás, desde el presente al pasado.

Y enseguida una empresa tecnológica diseñó y fabricó y vendió una «personal memory» con el nombre de YesterDAZE: «recordador diario» de todo lo que «se considere importante» (incluyendo una *tecla nome*, que tenía/escribía una carita con boca y ojos muy abiertos y un signo de interrogación en la frente, para señalar aquello de lo que uno no se acordaba). Y, claro, pronto se denunciaron hackeos de memorias y pedidos de dinero a cambio de devolverlas. Y nada de eso importó demasiado, porque primero se olvidaron las contraseñas aunque se las hubiese anotado (para leerlas preguntándose a quién o a qué correspondían) y luego se olvidó lo que se había olvidado.

Más allá de nombres y de iniciales, lo cierto es que todo volvió a ser y a vivirse como una Edad Media pero con electricidad (por el momento, pero quién sabe hasta cuándo, faltaba menos para que se cansase y se cayese y se retirase) aún corriendo a través de los cables. Pero era una mediocre Edad Media con más bien escasas posibilidades de Renacimiento en su horizonte y sí mucho *Hic incipit pestis*. Aun así (más allá de estar mejor iluminados y de ser parte de ese paisaje desde principios de milenio) se reforzó aún más la idea de que este era un mundo poblado por nigromantes delirantes, rumores y leyendas, traiciones y conjuros y emplastos elaborados con pétalos de nomeolvides, pestes satisfechas y hambres insaciables, ejecuciones masivas y hogueras individuales, y feudales comerciantes mucho más poderosos que reyes fantaseando con la inmortalidad de la carne y la conquista de las estrellas mientras todo se pudría y se estrellaba a sus pies.

Y, al principio, los síntomas del N.O.M.E. fueron tan dispersos que se demoró en asociarlos a una sola causa.

A saber:

La necesidad de darse duchas tan largas como si fuesen baños de inmersión verticales.

El solo reírse de esos chistes que se consideraban malos pero que, curiosamente, eran los que, a diferencia de los que se consideran buenos, se olvidaban menos (y teniendo presente que todo chiste nunca será un buen chiste —sobre todo los mejores malos chistes— si no está ligado a una buena idea).

La fobia a conocer (a tener que *aprenderse*) a nuevas personas.

Y, finalmente, algo que se denominó como *non déjà vu* y que era la propensión a decirse —en voz alta y cada vez que algo sucedía— que «Ya nunca pensaré que esto es algo que ya me sucedió».

Y, de pronto, algo que *sí* sucedió y comenzó a suceder, lo que ya apunté: el ya mencionado olvido imposible de olvidar.

Las personas comenzaron a olvidar cosas, muchas cosas, casi todas las cosas. Primero las llaves de sus casas, luego el sitio donde estaban sus casas y, por último, el propio nombre del dueño de esas llaves y del habitante de esa casa que ya no sabía dónde estaban ni una ni otras ni él. Y, también, olvidos más extraños y novedosos como ir al concierto de una artista planetaria que había construido su repertorio a partir del no olvidar nunca (decenas de canciones dedicadas a su numerosos ex novios con una mezcla de furia y perdón) para descubrir, de regreso en esa casa cuyas llaves se habían olvidado y cuya dirección no era del todo clara, que no recordaban casi nada de lo vivido y sentido a lo largo de más de tres horas de luces y sonido y voz atribuyéndolo a un tornado de norepinefrina («neurotransmisor responsable de la conservación de los recuerdos de alto contenido emocional») liberada en exceso.

Pero no.

Todo se debía a otra cosa.

¡Oscuridad Total y Absoluta!

N.O.M.E. como otra La Transformación o, mejor, como La Deformación. O La Desinformación.

N.O.M.E. como, de pronto, miles de millones de personas en las calles intentando en vano decir sus nombres pero, habiéndolos extraviado, lanzando Wilhelm Screams y, sí, de pronto todos se llamaban Wilhelm. Y todos gritan —ese 31 de diciembre a la medianoche, en Times Square, la última noche vieja en la que importó algo eso del año nuevo— «No Me... No Me...» como deseo y promesa de que a ellos no les toque la cumplida promesa de ya no ser ellos y de ya no acordarse, dentro de doce meses, de qué era eso que solían festejar.

N.O.M.E. como *our minds are going* (y se sabe que si hay algo que da más temor que el perder la razón es el pensar que se está perdiendo la razón; el miedo a una cosa suele ser mucho peor que esa cosa a la que se le tiene miedo, me digo recordando aquello que una vez me comentó César X Drill acerca del estar quedándose calvo y del ser calvo).

N.O.M.E. como Punto de No Retorno porque ya no se recuerda a dónde se debía regresar.

N.O.M.E. como ola gigante poniendo todo patas arriba y cabeza abajo, cubierta bajo el agua y quilla sobre la superficie, y todos intentando subir desde donde cayeron.

N.O.M.E. como virus futurístico infectando en el presente para acabar con el pasado confirmando aquello de que la memoria cree antes de que el conocimiento recuerde.

N.O.M.E. que extinguió al hasta entonces cada vez más grande dinosaurio del ayer para reducirlo a algo de lo que sólo quedaba la microscópica memoria de sus huesos desplumados.

N.O.M.E. como aquel vaporoso primer aliento que salía de las bocas en aquellos inviernos infantiles, y el raro orgullo y satisfacción que se sentía al emitir esas nubecitas de dragoncitos cantores desafinando rumbo al colegio, fugándose de fiestas adultas pero tan malcriadas y del casi festivo y cascabelero y *jingle bells* sonido de hielos en vasos: todos allí, en esas heladas mañanas todavía nocturnas y de veredas mojadas en las que se iban encontrando unos con otros por el camino hasta conformar una procesión entre mártir y santa a reordenarse luego, de menor a mayor estatura, en el patio frente a esa bandera alta en el cielo.

N.O.M.E. como la breve lluvia ascendente que provoca no el tomar carrera de un solo trago y lanzarse a una piscina en cuyos bajos fondos esperaba algo que no se esperaba, sino el ser arrojado allí; y, bajo el agua no azul marino sino azul submarino, sentir en todo el desalmado cuerpo la vergüenza y el dolor rojo de puños y patadas.

N.O.M.E. como aquella bestia en la jungla y aquella figura en el tapiz, acechando y escondidas pero siempre puntuales.

N.O.M.E. como túnel del tiempo sin luz al final, como oscura máquina del destiempo.

N.O.M.E. como la hora señalada en un reloj y no en un teléfono de esos a los que la gente les grita porque las personas con la que hablan están lejos y creen que no los escuchan o, tal vez, porque están frente a ellos con otro teléfono y sin límite de tiempo en sus manos. Como la hora que era en uno de esos relojes «como los de antes» pero, en verdad, como los relojes de siempre. Relojes que daban y marcaban y clavaban mejor a ese tiempo esférico porque tenían agujas. Relojes que se abrazaban a una muñeca y a su pulso, que era aquello que los mantenía viviendo y matando el tiempo. Relojes cuyo tick-tack era el contrapunto al tack-tick del corazón y que, al quitárselos por las noches, se constituían en la prenda del empezar a desnudarse para irse a soñar (yo sigo teniendo y llevando uno; aunque lo que menos importa ya es qué hora es, porque siempre es la misma: hora de olvidarse de qué hora es, así que, mejor, concentrarse nada más y nada menos que en ese minuto entre una y otra medianoche).

N.O.M.E. como algo de pesadilla: algo que no estaba y de pronto estaba pero no se sabía que estaba y enseguida se supo que estaba en todas partes.

N.O.M.E. como musculoso alien abductor que convierte a todos en poco objetivos y muy volados y con la incapacidad de identificarse.

N.O.M.E. como excusa para que, en nueva versión de *Colosos de la Lucha*, el favorito de todos los niños sea el gladiador olvidadizo Lapsus.

N.O.M.E. como penitencia celestial o infernal perdón, daba

igual; porque quién iba a acordarse de precisar eso: las incuestionables cuestiones de la fe religiosa —que ya no movía montañas sino que, ahora ni siquiera aludida, era sepultada por aludes olvidadizos— eran lo primero que parecía licuarse en la memoria por ausencia de prueba incontestable o de testigos confiables; y así esos dioses que se habían desentendido de los hombres ahora eran no despreciados sino, peor, ignorados por ellos.

N.O.M.E. como el por fin identificado germen que hasta no hace mucho apenas disolvía, por lo general, la memoria de sueños y de chistes y extraviaba a algunas palabras pero ahora alcanzando proporciones pandémicas.

N.O.M.E. soplando en el más idiotizante de los vientos.

N.O.M.E. como el ser humano volviendo a las aguas del río del olvido para sólo poder acordarse con la supuestamente breve memoria de los peces.

N.O.M.E. como psico-maniobra distractora y coartada perfecta y justificación culposa para todo acto en nombre de lo que no se recuerda y/o por culpa del olvido (nada como el infortunio universal para distraer de o enmascarar una desgracia personal).

N.O.M.E. como adiós a los malos recuerdos y a los buenos también y hola a la duda de si recordar era bueno o malo.

N.O.M.E. como la aceptación de que hay mucho para olvidar y no hay tanto para recordar y entonces muchos consolándose con un qué buena suerte la de esta mala suerte, qué enfermedad más curativa, qué inmenso y único alivio a tantos dolores de tamaños variados.

N.O.M.E. como *adieu* a eso de sentir que se ha olvidado a quien no se debió olvidar y a eso otro de acordarse de personas que no se acuerdan de uno.

N.O.M.E. como una enfermedad que se puede leer pero no se debe escribir a la vez que alivia la fatiga de recordar.

N.O.M.E. como imaginativa o imaginada coartada perfecta para seguir más a solas que nunca y así ir olvidándome de mí mismo sin nadie que me recuerde o me lo recuerde.

N.O.M.E. como verdadera mentira para un secreto.

N.O.M.E. como, sí, la vaina esa.

Y, al principio, no estuvo del todo mal el borrado de toda esa materia memoriosa que se pensaba prescindible. Peso muerto y recuerdos en coma y la sensación de que se recuperaba tanto espacio libre en los agotados discos duros de la vida. Pero muy pronto comenzó a olvidarse información que se consideraba y se quería y creía imprescindible y, por lo tanto, inolvidable. Y enseguida todos se dedicaron a no hablar/informar de nada que no fuera el N.O.M.E. y lo representaban como una metilénica y capilar-fijadorística esfera espinosa que recordaba un poco a las minas submarinas de viejas guerras o a ancestrales y paganas deidades. Aunque nosotros –Land y yo– preferíamos imaginarlo como gotas de tinta roja y de tinta azul cayendo en un vaso con agua, mezclándose en violentas espirales violetas. Corrigiéndose no para sintetizarse sino para expandirse, mientras pensábamos que hay personas que, por corregir, entienden cortar y acortar mientras que otras corrigen expandiendo y aumentando; y adivinen qué tipo de personas somos nosotros.

Los últimos telediarios y tertulias –por entonces casi exclusivamente dedicadas a los terremotos políticos y a los estremecimientos de la farándula y a bailes peligrosos y desafíos suicidas compartiéndose en redes sociales– parecían haberse, sí, olvidado de todo lo que no fuesen hipótesis científicas o misterios neurológicos. Así, todo era pura suposición e incertidumbre sobre el modo en que la mayor parte de las personas *intervenían* en sus recuerdos ejerciendo una forma alternativa del olvido que pasaba por la reescritura, consciente o inconscientemente, de sus pasados para así poder leerlos como algo más soportable o justificable.

Y se recogían teorías diversas sobre «cerebros rotos» que hasta ahora podían explicar toda supuesta percepción paranormal. Teorías de pronto «concentrándose en la captación de lo normal como si se tratase de algo sobrenatural» o «desperfectos en el tratamiento de codificación» o «variaciones en el método de priorización de lo que se decide descartar o preservar» o «la manifestación excesiva del miedo como factor que borra mucho de lo que vivimos porque, de pronto, sólo importa lo que estamos viviendo en el presente».

Y hubo quien teorizó –un poco en broma, bastante en serio– que el N.O.M.E. era consecuencia directa de la dependencia de lo almacenado por teléfonos inteligentes que fueron atontando la capacidad del recuerdo volviendo mucho más enfermiza y frágil a una humanidad que, de pronto, sólo necesitaba memorizar claves y abracadabras confiando en que todo lo demás fuese almacenado y rememorado cuando se lo necesitase por aplicaciones en las nubes. Hubo quien apuntó que las cada vez más largas y demandantes conversaciones con inteligencias artificiales vía chat y las constantes noticias verdaderas acerca de noticias falsas (las noticias casi se habían reducido, expandiéndose a todo, al dirimir qué noticia era real o inventada) volvieron aún menos necesario el que algo cambiase y sucediera. Y convirtieron en algo tanto menos atractivo para todos (y algo hasta reprochable) a la necesidad de ser creativo para crear algo que no había sucedido: ya no hacía falta crear nada creativo o mejorar algo mejorable. La inspiración del hombre mutó a espiración de las máquinas. Hubo quien acusó al abuso de la exposición a cosas que se suponían dignas de recuerdo (pero que no lo eran) de ser la causa de esta reacción y necesidad de olvidar. Hubo quien llegó a culpar a la expansión incontrolada de la llamada *auto-ficción* a principios del primer siglo del tercer milenio: las excesivas flexiones por narrarse a uno mismo en el acto habían resultado en la fractura del evocarse a uno mismo. Hubo quien fue aún más lejos marcha atrás y advirtió que el principio de todo estaba ya en los primeros video-games y video-clips musicales imponiendo versiones prefijadas y comunes a y para todos en donde antes cada uno había imaginado recorridos y canciones a su propia y única manera. Hubo quien avisó de que esas conversaciones con máquinas imitadoras y plagiadoras y resucitadoras de ausentes y generadoras de *pastiches* acabarían por volver prescindible cualquier forma de imaginación personal a partir del recuerdo privado sólo limitándose a manifestaciones y regeneraciones de lo ajeno implantado en la memoria colectiva. Hubo quien anunció el ya tardío «hallazgo» de que existían diferencias fundamentales de tipo molecular y genético entre los recuerdos positivos y los negativos: que eran desiguales en múltiples aspectos, que se almacenaban en sectores dispares del cerebro interconectándose por vías alternativas o algo así, que se había declarado una guerra en nuestras mentes. Hubo quien reflotó aquella teoría de la «memoria celular» (lo de que los recuerdos podían ser hereditarios, lo que explicaría esos momentos de recibir mensajes como de paternales encarnaciones pasadas) y que toda esa experiencia ahora se perdería para siempre o que, por lo contrario, se potenciaría: no recordaríamos quiénes somos sino, apenas y muy fragmentariamente, quiénes fuimos y de dónde vinimos antes de ser y de llegar, cuando habíamos sido otros, anteriores.

Hubo negacionistas y conspiranoicos y teóricos de alguna manifestación producto de un mal funcionamiento en mecánica cuántica y grieta en realidad alternativa borrando de a poco la nuestra para corregirla con una nueva versión de todas las cosas a renombrar. Y hubo −por supuesto y como de costumbre− voceros a los gritos de un castigo del Señor cuyo nombre, por suerte, no tenía por qué ser recordado porque ya era impronunciable por mandato divino.

Y se aventuraron posibles soluciones cada vez más complejas y tan ineficaces como imposibles: apuntar todo en post-its; hipnosis regresiva; la fantasía (como en aquella película) del diseño e implante de recuerdos a medida como si la memoria fuese una prótesis.

Pero no hubo tiempo de desarrollar ningún proyecto.

Y lo cierto es que a nadie le apasionaba demasiado la idea de ser −como androides replicantes− dueños de una memoria que no era la suya, muriendo con lágrimas en la lluvia o lágrimas en la nieve y despedirse con un «Todos esos momentos se perderán en el tiempo» o con un «Todos los mejores recuerdos son los de ella» (un *ella* que ahora yo, rememorándola y oyéndolo, elevo aquí junto a Land a un *Ella*).

Pronto, los encargados de conducir estos mismos programas de TV donde se aventuraban todas esas hipótesis se quedaban en silencio y mirando al vacío de cámaras y pedían constantemente pausas comerciales que, al poco tiempo, ya sólo eran ruido más negro Vantablack que gris *eigengrau*. Y llegó la noche de ese día en el que se dejaron de emitir. Y me pregunto de quién habrá sido la idea entre graciosa e irónica de despedir para siempre las transmisiones con una canción titulada «I'll Remember» y cuyo estribillo −luego de precisar que «Pensando en eso ahora, en lo que pudo haber sido / Pensando en eso ahora, en que las cosas ya nunca serán igual»– repetía una y otra vez que «Recordaré todo lo que me dijiste». O tal vez haya sido otra canción, «Don't Forget Me» (no confundir con aquella otra reiterando un «don't you… forget about me») entonando un «No me olvides, por favor, no me olvides / Hazlo fácil no más sea por un rato / Sabes que pensaré en ti / Déjame saber que también pensarás en mí». No estoy seguro. Da igual: promesa de una o ruego de otra, el mensaje era el mismo y era ya un mensaje imposible de responder.

† Si la explicación para un determinado fenómeno inédito hasta entonces no parece suficiente o verosímil, nunca intentar el simplificarla sino, por lo contrario, volverla más compleja y enigmática (lo que no se entiende se acepta más rápidamente que aquello que se comprende y, si se sigue sin entender, pronto se presta más atención a otras cuestiones no tan generales más allá de su particularidad y más particulares en su generalidad).

Enseguida, ya nadie recordaba demasiado y se reían mucho repitiendo todo el tiempo un «Mejor ni me acuerdo…». Y se decían que esta era una y otra manera de decir y de decirse, de convencer y de convencerse, de que había que vivir pura y exclusivamente el momento (entendiendo por *el momento* a cada largo minuto) y ya no estar sometidos a ese tiránico concepto bajo el que el hombre había vivido desde sus inicios. Sí, ya nunca más eso de «Todo tiempo pasado fue mejor». Los recuerdos apenas recapitulados, como los sueños, acabarían siendo apenas un fragmento distorsionado de lo vivido con los ojos abiertos o cerrados. De ahí que –como sucedía durante esos interrogatorios en comisarías o en tribunales– sería tan sencillo reconducirlos a placer y conveniencia para así culpar y condenar sin demora o exonerar e indultar rápidamente. Así, las distorsiones de la memoria pulsando junto al latido de las intermitencias del corazón (y Land leyó que tiende a creerse, erróneamente, que el corazón es un buen consejero en cuanto a lo que vendrá cuando lo cierto es que apenas sabe un poco de lo que ya ha sucedido). Durante milenios, la humanidad había vivido resignada al hecho de que la memoria –como la vista o el apetito sexual o la capacidad de aprendizaje– disminuyese con el paso de los años. De pronto, todo cambiaba: todo se olvidaba casi de golpe y sin esa lenta suavidad de las enfermedades degenerativas que son como árboles en otoño despidiendo a sus hojas de una en una. De pronto, la vida volvía a vivir en objetos olvidables aunque se pensasen inolvidables: en un libro y en un disco y en una foto y en una película y en una carta. Y estaban separados y cada uno por su lado y no todos juntos en un dispositivo a mano y en mano. Y no demoró en hacer evidente el síntoma aún más extraño de esa extraña enfermedad. Porque esta forma de amnesia no era, en verdad, total pero sí era extraña y particular: se olvidaba todo lo propio, la propia vida. Pero *no* se olvidaba (y hasta se recordaba más y mejor) la vida de los demás, hasta en sus más mínimos detalles. (Y algo parecido había leído yo en una de las últimas biografías que se publicaron de ese siempre retro–adelantado *songwriter* norteamericano cuyo nombre ahora se me escapa por completo, incluso más allá del Nome Nome, para que ya no lo alcance. Allí se revelaba, en sus propias palabras, que el artista padecía de tanto en tanto de raptos de olvido sin rescate; lo que le obligaba a acometer sus tan celebradas y/o condenadas periódicas reinvenciones a partir de vidas y versos ajenos por ya no recordar muy bien quién había sido o cuáles eran sus canciones más festejadas e inevitables; y así ir reescribiendo estrofas y revolucionando imprevisibles repertorios y desconcertando a su público y acabar volviendo a empezar a partir de fichas suyas que otros le devolvían de a puñados para que él pudiese seguir atendiendo su juego). Ahora todos eran un poco como lo había sido él. Ahora todos estaban como flotando en el viento y rodando como piedras. Ahora no eran los tiempos los que estaban cambiando sino el ayer el que se iba yendo, yendo, y se fue. Ahora todos contenían a multitudes que no los incluían. Ahora se hablaba mucho pero sólo para así poder escuchar más a cambio sin pensarlo dos veces. Ahora todos conversaban con voz rara y cadencia cambiada y todos jugaban al mismo juego de reglas torcidas. Ahora toda partida no tenía llegada ni final preciso. Ahora todos iban en busca no de que les cantasen las cuarenta sino de que se les cantase mucho más que eso: que se pusiesen todas las cartas marcadas o no sobre la mesa sin reservarse ningún tramposo as en la manga con cara de póker y a la espera de un cambio de suerte sin saber ni jota de corazones rotos o de diamantes falsos o de tréboles más o menos afortunados o de picas a poner en la Flandes de la historia personal. Ahora se apostaba por los demás a cambio de que los demás apostasen por uno mediante trucos y trueques y mentiras y verdades y secretos. Ahora se repartían boca abajo naipes cuyos reversos eran invariablemente rojos o azules. Ahora se rogaba, por favor, mostrar las cartas al final de una mano para así darla y estrecharla mientras se hablaba hasta por los codos. Ahora se cruzaban los dedos y se chocaban talones y se ponía vista al frente a la espera de que, patriótico, el ayer volviese a desfilar con uniforme de gala frente a uno. Ahora se marchaba a redoblado paso más RESET que REWIND y lo que se grababa hoy, se grababa encima y se borraba a lo de ayer a la vez que lo estiraba, como podía llegar a ocurrir con uno de aquellos cassettes si no se los manipulaba con cuidado o si se los hacía girar y retroceder con la ayuda de un bolígrafo. Ahora se impartían órdenes en el desorden y, a menudo y cada vez más, esas órdenes eran y estaban cada vez más inseguras y olvidadizas de sí mismas. No un ¡Acuérdate! sino un ¿Te acuerdas? Sí: se le ordenaba a la memoria que hablase, pero la memoria cerraba la boca y hacía silencio en lo que se refería a uno mismo; aunque no dejaba de parlotear acerca de todos aquellos a los que se conocía o que alguna vez se habían conocido.

Inversión de postulado socrático: conoce a los demás para conocerte a ti mismo. «Dale mis recuerdos», «Dame mis recuerdos».

Así, pronto, unos necesitaron de otros para saber quiénes eran, quiénes habían sido.

Así, todos se contaban los unos a los otros pero ya no a sí mismos y (aunque era aún demasiado pronto para sacar conclusiones del tipo socio-histórico) se quiso creer y hacer creer que después de todo y de tanto —una vez superada la extrañeza y desorientación de estos primeros tiempos— el mundo tal vez acabaría siendo un sitio mejor: menos nervioso y más amable y en donde todos contarían.

Así que sólo quedaba contar, seguir contando mientras se pudiese contar con algo y con alguien. Y la gente volvió a salir a los balcones (a esos mismos balcones en los que no mucho tiempo atrás había salido a aplaudir a otro virus) pero esta vez para contar, a los gritos, la vida de otros, a cambio de que le contasen la propia.

Y, al principio, esos contadores de vidas ajenas pronto fueron conocidos como *lectores*.

Y, dentro de esa especie, fueron divididos en dos variedades muy diferentes pero complementarias: Los *estilistas* y los *elementales*.

Y las personas acudían a unos o a otros cuando necesitaban saber algo muy clásico y puntual y práctico (elementales) o, por lo contrario, cuando buscaban el alivio de algo tal vez muy elaborado pero no de manera obligada y estrictamente lineal que les devolviese un poco ese modernista libre fluir de conciencia y asociación de ideas con el que alguna vez se narraron a sí mismos (estilistas).

Y, por lo general, los estilistas privilegiaban la existencia de secretos mientras que los elementales parecían concentrarse más en la propagación de verdades.

Lo que no impidió –por supuesto y casi de inmediato– el ejercicio de estilistas elementales o de elementos estilísticos: de secretos mentirosos o de mentiras secretas. Después, casi enseguida, ya nada de todas esas diferentes *escuelas* de recordamiento importó. Y todos los pronósticos optimistas –a veces pasa, suele ocurrir– no se cumplieron, del mismo modo en que toda buena noticia parcial (como esa que se recibe en un check-up médico anual) no hace más que acercar un poco más a la peor noticia de todas.

Sí: pronto se advirtió que era más que posible que el N.O.M.E. desatara un incremento jamás visto de secretos y mentiras. Se temió entonces una lucha de poderes y relaciones de fuerzas respecto a lo que unos recordaban (o mentían recordar) de y a otros.

Y así fue.

Se supo que la memoria era, de pronto, la intangible pero más poderosa de las monedas. Se pagaba y se cobraba por recuerdos, falsos y auténticos; como si fuese ese opio que te dejaba sonriendo al final de una larga película dudando de si todo lo visto y vivido por el protagonista (incluyendo a ese teléfono que no dejaba de sonar y a esa sonrisa que no dejaba de sonreír en el último fotograma) era memoria incierta o alucinación precisa. Se comprendió que quien controlase la memoria (que no era otra cosa que el pasado donde y cuando se asentaba todo, ese *Había una vez*... de los cuentos infantiles alcanzando la más tremenda madurez) tendría dominio sobre los diferentes posibles giros en el relato de la Historia. Y se supo que —en un plano quizás menos trascendental pero igualmente decisivo— había que estar muy atento y tener muy claro en quién confiar y en quién no.

Pero esto no era algo fácil.

El efecto inicial fue especialmente perturbador entre padres e hijos: los primeros no recordaban haberlos tenido y necesitaban de los segundos para que se los recordasen mientras que los segundos no recordaban haberlos tenido y necesitaban de los primeros para que se los recordasen.

Pronto ese vínculo fue —por motivos piadosamente prácticos— completamente olvidado. Pronto, ya nadie fue padre de nadie ni hijo de nadie. Y aquellos padres quienes pensaban que el N.O.M.E. era, por fin, la oportunidad perfecta para ser los mejores amigos de sus hijos, aguantaron un poco más; pero no demoraron en también sucumbir. Y así las personas prefirieron establecer una nueva cofradía y establecer nuevos vínculos y confiar más en quienes fueron denominados *hijos de*... (hijos de conocidos) o *compañeritos* (amistades por elección) para enterarse de qué había sido de sus vidas. Seres no tan cercanos pero sí más fiables que los supuestos seres queridos o familiares directos donde abundaban viejos rencores o flamantes cuentas a saldar amparándose ahora en un justificable pero a la vez tan desconfiable «No recuerdo haber hecho nada de eso»; mientras que «Me olvidé» se convertía en la justificación que nadie olvidaba esgrimir al ser acusado de algo que, en cualquier caso, enseguida se olvidaba.

Sí, yo no pude sino contemplar todo eso con ceja arqueada y sonrisa irónica y poco confiable: súbitamente todos, sin haberlo deseado, eran autobiógrafos, *ghost-writers*, fantasmas de lo nuevo suyo en función de lo viejo de los demás. Sin querer serlo, sin que esa fuese su vocación (o, como en mi caso, que esa fuese la manera que yo había tenido de contener otra vocación y un más que posible impulso de ser escritor implantado por mis padres queriendo lavar mi cerebro desde que tuve memoria).

Y el olvido era terrible sólo cuando todos los demás recordaban menos uno. Pero si todos olvidaban...

Y suficiente de esto, de los demás, de lo que me invento (de lo que ocurre y se me ocurre) sobre todos ellos para por fin poder olvidarlos e irme de allí para volver a lo mío, a lo nuestro, con Land y con Ella, conmigo y con ella...

† **Aquí, entonces, ahora (dar lugar, situarse allí).**

... y cada vez más lejos de mis fantasmas por escrito. Y, claro, no es el momento ni el sitio donde nombrar los nombres que yo no tomé en vano sino que me fueron ofrecidos por sus dueños para que yo hablase —elemental y estilista— en su nombre. Hubo muchos, hubo cada vez más en los últimos tiempos, antes del N.O.M.E.; y me pregunto si esta abundancia no habrá obedecido a la intuición de que cada vez quedaba menos tiempo para recordar o ser recordados.

Quién sabe...

Sí sé que yo los escuché contarme y que yo conté lo que me contaron. Y que lo hice, claro, en primera persona (la suya) con mi persona (una tercera persona de pronto de primera).

Mencionaré, sí, tan sólo a uno de ellos no por su nombre pero (de poder recordarlo alguien aún) inmediatamente identificable para casi cualquiera.

Y lo mencionaré sólo porque él fue el responsable directo de que yo viva donde vivo y, de algún modo, necesito de su presencia para explicar mejor dónde estoy y cómo se ha llegado aquí.

Aquí tengo un ejemplar de su vida mía. Por eso puedo recordarlo mientras lo relea.

Él fue un triunfal espécimen de esa nueva raza de famosos simplemente famosos no por haber hecho o logrado o alcanzado algo en concreto sino —apenas, pero al completo— por haberse vuelto famosos sin haber conseguido nada por sí mismos salvo la fama en sí misma. Alguien quien primero fue concursante de uno de esos irreales *reality shows*: aquel que se llamaba *Gran*

Apóstol y en el que varios más o menos famosos (entre ellos un sacerdote mediático al que posteriormente se acusó de perseguir monaguillos y una ex monja devenida en actriz porno) hacían el Camino de Santiago pasando por pruebas como las de hacer votos de castidad y de ayuno y de silencio y pruebas de resistencia a tentaciones de todo tipo y a autoflagelaciones hasta, juraban por Dios, experimentar visiones místicas y...; luego se convirtió en *influencer*; y casi enseguida tuvo pequeños papeles en grandes películas no necesariamente buenas y coros en pequeñas y tontas y tropicaloides canciones de mucho éxito (su canto convenientemente robotizado *à la page*). Alguien, sí, ese, él, quien de pronto y por la inercia de tiempos estúpidos se descubrió como candidato a la presidencia de su país (el país en el que ahora vivía yo en esta Gran Ciudad III) y yendo primero en todas las encuestas como *espectacular* político. Uno de esos políticos que venían a «cambiar la política» asumiéndola y haciendo asumir sin disimulo el circo que en verdad siempre había sido. Pero lo cierto es que su vida —que para muchos era tan digna de admiración y asombro— era para mí *tan* aburrida, con *tan* poco que contar, *tan* escasamente autobiografiable. Así, yo había acudido a recursos clásicos: exagerar una infancia terrible (un par de nalgadas de sus padres ascendidas a la categoría de casi torturas en mazmorras), primera novia muerta en accidente de tráfico muchos años después de la ruptura y de quien ni siquiera había sabido de su fallecimiento hasta que yo lo investigué (y ahora, súbitamente, comprendiéndose que había sido el amor de su vida), recuento de épicos y hercúleos trabajos para y hasta lograr «ser alguien» (básicamente el repaso al casting que le permitió ingresar a ese concurso que ganó y ser «querido por todos, simplemente, por ser quien soy»), aterrizajes de emergencia y escalas en vicios (drogas, alcohol y video-games) o, mejor aún, trastornos de riesgo (en los últimos tiempos se había vuelto muy común y prestigiante y de moda la confesión de algún desorden mental, por supuesto, ya superado con gran sacrificio y disciplina, pero recién luego de enfrentarse a su «lado oscuro» y vencerlo en duelo a todo o nada luego de lamentarse el sentirse tan a solas frente a los cientos de miles de personas frente a las que actuaban y que las adoraban pero no las «querían de verdad»). Nada y todo presentado como algo digno de entonado canto de gesta histórica. Aun así, el resultado final había sido para mí tan poco digno de interés que, sin decirle nada al sujeto en cuestión (quien, por otra parte, ni siquiera se había molestado en leer las pruebas de imprenta; tarea que recayó en su representante quien seguramente las repasó muy por encima y más que nada preocupado porque su criatura dijese algo fuera de lugar que pudiese derivar en demandas de segundos y terceros), me tomé la libertad de, en las últimas páginas, insertar un sueño de mi creación. De acuerdo, los sueños no suelen ser algo recomendable en la ficción, pero resultan tan útiles en la no-ficción. Allí, los sueños funcionan como ese espacio donde el autobiografiado puede expresar cualquier locura en la que crea despierto disimulándola como polución de su inconsciente o de su «desbocada y poderosa imaginación». Allí entonces, al final del libro, mi autobiografiado se quedaba dormido en su jet privado, yendo de un mitin a otro, y soñaba con que uno de sus fans lo asesinaba para así (eso declararía el «magnicida» de inmediato apresado) «inmortalizarlo».

El hecho de que el día de la llegada a las librerías de la autobiografía (coincidiendo con el último acto de una campaña arrolladora que no dejaba duda alguna de su triunfo ese próximo domingo) sucediese exactamente eso, su asesinato a manos del presidente de su club de admiradores, convirtió a mi sujeto en un «fantasma escrito» de verdad. Espíritu santo al que ahora, además, se le adjudicaban poderes anticipatorios y proféticos. Y quien, por ello, no demoró en convertirse en un nuevo mesías inmolado con su/mi libro como inesperada biblia de su culto, traducido a todas las lenguas, vendiendo millones de ejemplares y resultando en un considerable aumento de lo que ya había en mi cuenta bancaria. Fue gracias a él que me gané la lotería del autobiógrafo. Y, como toda persona más o menos sabia ante un súbito e inesperado encuentro con la mejor fortuna, yo sabía que la felicidad no pasaba por el hacer todo lo que a uno se le diera la gana (lo que suele ser algo cambiante e inabarcable) sino por el *no* hacer todo lo que uno ya no tuviese ganas de hacer (territorio mucho más preciso y dominable y, finalmente, tanto más gratificante). De ahí que ya no escuchase más a nadie contarme la vida para que yo la contase. No me hacía más falta: a diferencia de lo que solía ocurrir con toda autobiografía (cuya presencia es inicialmente omnipresente para, al poco tiempo, ausentarse casi como si nunca hubiese estado allí y languidecer en mesas de saldos o ser convertidas en pulpa de guillotina) esta del casi presidente asesinado había llegado para quedarse y volvía a trepar a lo más alto de las listas de ventas cada vez que se reportaba una aparición del ungido redentor, se le adjudicaba un nuevo milagro, o se informaba de que estaba cada vez más cerca de ser beatificado en San Pedro. Así −bendito y alabado sea su nombre y su gracia− pagué en efectivo esta vivienda de luxe. Demasiadas habitaciones vacías, piscina, y una pequeña edificación separada de la estructura principal (los dueños anteriores la habían construido como especie de búnker y más paranoide gran almacén de riquezas varias que habitación del pánico). Recinto donde yo −luego de reformarla y abrirle ventanas de esas como de hotel, que no se abren− instalé mi estudio y cada vez más indomable y expansiva biblioteca. Así aquí y entonces y ahora, en los altos de Gran Ciudad III, la casa no de mis sueños sino, literalmente, de mi sueño que yo había hecho que soñase otro. Una casa que no se parecía a aquella mansión de Ciudad del Verano (porque nada tiene menos sentido que el intentar hacer realidad viejas fantasías si no se lo consigue de manera exacta) pero que sí me la recordaba. Esta casa era la memoria inexacta −como toda memoria− de aquella mansión. La fiel imprecisión del más preciso de los sueños. Esta gran casa que era algo así, o así me gustaba pensarlo, como el equivalente (no en estructura arquitectónica y comodidades pero sí en estructura mental y espiritual) a aquella pequeña cabaña que había construido Ludwig Wittgenstein en las alturas de un fiordo noruego y al borde de un acantilado abismal. Una de las tantas construcciones de Wittgenstein (quien antes y después también había erigido pequeño habitáculo para el diseño de cometas y donde experimentar con cámaras de combustión, casa en Viena para su hermana, refugio para la observación de aves en una isla de Irlanda) donde poder estar o sentirse solo y a solas.

La casa a la que −poniendo fin a mi propia soledad días atrás− llegó ella con la voz de Ella.

† Redactar la llegada de un personaje importante pero al que jamás se esperaba porque el narrador desconocía por completo su existencia. Describir un objeto que alguna vez fue tan significativo y que vuelve a serlo. Reflexionar, de paso, sobre la frágil naturaleza de milagros que, por supuesto, nunca son tales.

Ahí estaba y ahí la vi. En la puerta, al otro lado de la verja que da a un jardín cada vez más parecido a jungla africana y donde la piscina recordaba cada vez más a laguna amazónica. Caminé hasta la puerta y la vi y no me la creí y me tuve que acercar para creerla y verla mejor. Pero ahí estaba: era real, y hasta podía sentir el olor que transpiraba. Sí: era Ella y estaba exactamente igual a como la había visto por última vez. Ella con dieciséis años, en Residencias Homeland, junto a otra piscina, sonriéndome esta misma sonrisa torcida y como de modelo con un par de copas de más y a punto de decir que ya estaba cansada de posar o ni siquiera decir nada y ponerse de pie y salir de allí.

Y he aquí renovada evidencia de que no soy ni quiero ser uno de esos escritores que anunciaría y describiría semejante momento (aunque ya lo hice hace muchos años, lo admito, ha quedado debidamente grabado) como la más definitiva de las epifanías, con rayos de luz descendiendo desde los cielos y armonías ascendentes de coros divinos y todo el séquito solemne o absurda comparsa que suelen acompañar a este tipo de fenómenos. Tampoco, siquiera, añadiría el signo de admiración de un *Believe It or Not!* En cualquier caso, enseguida, no hace falta apagar reflectores y bajar el volumen: porque de inmediato se impone lo verdadero sobre la ficción y la prosa no seca pero sí contenida de este autobiógrafo, prosa respetuosa con la personalidad y con el tono de su autobiografiado. Y es que, aunque el tiempo transcurra lento, también es cierto que los años pasan volando.

Y Land ya no es quien fue en su infantil Gran Ciudad I o en su adolescente Gran Ciudad II. El Land de Gran Ciudad III está tan cansado, y poco y nada me interesa el que algo altere a alter ego en la trama uniforme de nuestros días.

Y a no olvidarlo: Land y yo —como el resto de la humanidad— estamos más dedicados a olvidar que a recordar.

Además, apenas unos segundos después del supuesto portento, toda posibilidad de milagro revierte en algo tal vez más asombroso que cualquier gesto sobrehumano. Porque lo que entonces estaba ocurriendo no era más que otro de los tantos imprevisibles gestos que de tanto en tanto hace el cada vez más espasmódico rostro de la realidad. Uno de esos prodigios incuestionables por lo a la vez sorpresivo y simple en su explicación: algo como lo que tiene tiempo y lugar cuando la mano suelta una pelota y esta, en lugar de mantenerse suspendida en el aire, gravemente, cae al suelo.

Porque entonces esa chica me dijo que no era Ella sino que era la hija de Ella.

Y que Ella me había rastreado a través de las redes, y que la había enviado a ella aquí, conmigo.

Y que ella me traía algo de parte de Ella.

Entonces ella (a quien me refiero desde su llegada a mi historia con *e* minúscula para, por idéntica, diferenciarla de su madre) abrió su mochila. Y me entregó primero una caja llena con muchos cassettes. Y luego me dio algo que (suele ocurrir con aquello que se conoce de memoria y en la memoria tanto y por tanto tiempo) demoré en reconocer no por el N.O.M.E. sino conmovido por el simple hecho de volver a verlo.

Supongo que algo parecido les sucederá a todos aquellos que, saliendo de un coma profundo o de un shock estremecedor, contemplan un amanecer o recuperan el don de la lectura luego de haberlo perdido.

Ahí estaba, otra vez, de nuevo: esa grabadora color rosa fluorescente con forma de corazón y micrófono externo a modo de punta de flecha y cable como de arco invisible y recubierta por calcomanías con brillantina para que así pareciese más un juguete que algo que ya no lo era. Algo cuya función, seguro, había sido la de algo muy adulto más allá de su aspecto infantil: la desde siempre necesidad de Ella de contener y asentar y poseer todo sonido y todo silencio, desde los más ruidosos a los más secretos.

Y ella metió dentro de la grabadora un cassette y hundió la tecla de PLAY.

Y entonces volví a oírla a Ella y a Ella pidiéndome que la oiga.

Y la voz de Ella —en un primer cassette etiquetado como *Aquí estoy #Intro*— no era la voz que yo conocía. Era como la voz de una carta de amor escrita desde una casa en llamas (o al menos así quería y amaba oírla yo ahora). Era una voz como de seductora a la vez que indiferente d.j. en una radio emitiendo su última transmisión desde el planeta de los monstruos, sí. Era una voz desde tan lejos y a la vez tan cerca. Una voz que, a medida que hablaba, parecía retroceder en el tiempo y aproximarse más y más a aquella que yo había oído junto a mí: su aliento alentándome a que yo le hablase y a que respondiese a todas sus preguntas. Y que cada una de mis respuestas fuese lo más parecido a lo que se siente justo antes de un beso. Ese primer beso que tanto miedo me daba dar entonces (ese beso al que Land tanto temía y nunca dio) y al que, por lo tanto, atemorizado, yo disimulaba abrazando con palabras y más palabras.

«¿Qué tal mi enviada?... ¿No te parece lo más hermoso que jamás has visto?... ¿A quién te recuerda, ja, ja, ja?», preguntaba y reía ahora la voz de Ella.

Y allí Ella me explicaba que ella era su hija: «Mi hija exacta», decía con una de esas en principio normales pero enseguida —una vez oídas y como si se las leyera— tan extrañas expresiones de Ella. O viceversa. Y Ella me informaba de que me había enviado a ella para que me «hiciese compañía» y que, juntos, esperásemos su llegada. Me decía también que estaba «prófuga y perseguida». Y que su hija podría darme más datos de todo eso porque Ella ya no se acordaba de mucho. Ella se acordaba cada vez menos de todo lo suyo y cada vez más de lo de los otros, y entre esos otros, por supuesto, estaba yo.

Y Ella me ofrecía también allí —con su hija exacta como emisaria— la ofrenda de mi pasado más o menos exacto, como forzosamente lo es todo pasado: la viva dádiva de mi otra voz (la voz de Land) alguna vez contándole en Residencias Homeland su infancia y adolescencia. Y ahora, después de tantos años, Land contándomela a mí para que yo las recuerde y las haga mías recuperando su memoria. Allí, en muchos cassettes prolijamente numerados dentro de una caja de lata. Una de esas *lunch boxes* en las que se llevaba la comida en los colegios de Gran Ciudad II. Una de esas latosas cajas decoradas con motivos de cómics o de películas o de series y (me pregunto de dónde la habrá sacado Ella) esta tiene en su tapa, en relieves, a Rod Serling con esa puerta entreabierta y a esa ventana cerrada y a esa espiral y a ese ojo sin párpado y a ese reloj y a ese muñeco articulado y a esa fórmula $E = mc^2$ (que yo nunca llegué a entender y que tan malos resultados le dio a Land en el colegio San Agustín). Todo eso que aparecía flotando en el espacio de los títulos de apertura de *The Twilight Zone*. Sí: ahí adentro mi voz narradora y no la de Rod Serling; pero aun así la voz de Land en los límites de mi realidad y en la dimensión desconocida de mi pasado ahora —por orden de Ella— obligado a ser conocido. Ahora, más bien, la voz de Land como la locución en los títulos de esa otra serie anticipando ese viaje a la «frontera final» donde «ningún hombre jamás ha ido antes». Allí, las instantáneas sónicas de una sucesión de instantes revelados tanto tiempo después y ayudándome a recordar. Land haciéndome oír su voz como si me contratase para ser su escritor fantasma: para que cuente a su vida con la voz de otro que ya fue (que yo fui) pero que aquí vuelve. Su primera persona junto a la voz de Ella de allí y de entonces: comentando, acotando, pidiendo más de eso que tanto le gusta, sobre todo ahí, de nuevo, no te detengas, por favor, eso, en esa parte y en esa otra.

Voces jóvenes con el para mí de inmediato reconocible (arrullo de palmeras, canciones de pájaros, chapoteo de piscina) sonido ambiente de El Parque en Residencias Homeland.

Su voz y mi voz juntas entonces y ya no disgregadas y por fin reunidas en el piadoso cielo de nuestras conciencias.

† **Reproducir un diálogo donde, de manera casual, se ofrezca al lector una información importante.**

«¿Y de dónde salió ese nombre tuyo?», dice Ella en uno de esos cassettes.

«Ah... sí... Bueno... Sale del protagonista del primer libro que publicaron mis padres en su editorial. Un libro muy antiguo y, por lo tanto, libre de derechos y gratuito para ellos... Un libro francés: la *Chanson de Roland*... Y si yo resultaba niña, me iban a poner Aude, el nombre de la prometida de Roland... El libro lo tradujo y prologó un amigo de ellos... Un muy amigo *mío* que se llamaba... se llama César X Drill... Y el libro tuvo mucho éxito sin que se supiera muy bien por qué. Tampoco se sabe muy bien quién lo escribió, aunque se teoriza que fue un monje, Turoldus, porque su nombre aparece en el último verso que es muy misterioso: «Ci falt la geste que Turoldus declinet». Aunque ahí *declinar* pueda interpretarse de maneras diferentes, tanto como *negarse* o como *enunciar*...», dice Land.

«O *declarar*... *declararse*, Land...», dice Ella.

«Y me pregunto si Turoldus no será figurita en algún cuadro de Bosch... Pero bueno: la *Chanson* es la historia de Roland, un heroico caballero medieval... Y de su formidable espada Durendal... Una especie de Excalibur cuyo nombre, explicaba César X Drill, provenía del francés: *durant* y de *dail*, que dura mucho o algo así... Por las dudas, yo nunca me subí ni me subiré a un caballo... ¿Has oído hablar de César X Drill? ¿En tu país conocen a La Evanauta?», dice Land.

«Uh... No... El nombre en francés suena bien... Pero en español es horrible... Parece más un verbo que un nombre. Me suena a *rodando*», dice Ella.

«Sí... bueno... puede ser... A mí nunca me gustó mucho», dice Land.

«Hagamos una cosa: vamos a cambiarlo. Vamos a buscarte un nombre secreto. Un nombre tuyo sólo para nosotros dos... ¡Ya sé!... ¡Land!... Yo te bautizo como Land», dice Ella.

«Ah... Me gusta... O.K.», dice Land.

Y Land lo dice (me acuerdo de por qué lo dije entonces) pensando en que le gusta porque le gusta tanto que le guste tanto a Ella. Y piensa en que (Ella, en perspectiva y entonces, como su impensada y diferente variedad de *ghost-writer*) en el nombre de Ella, su nombre, el nombre que Ella le dio, ahora sea el suyo.

† **Describir un libro. Contar la historia de ese libro y no la historia que cuenta ese libro.**

Yo ya no tenía en mi biblioteca de Gran Ciudad III el libro de César X Drill que habían editado mis padres en su Ex Editors. Sabía, sí, que lo había tenido hasta no hace mucho (ese libro, aunque mío, no había sido parte de la biblioteca de Land aniquilada en Gran Ciudad II y estaba, en cambio, en la de mis padres, junto con todos los otros libros autografiados). Una seguramente muy valiosa para muchos primera edición, firmada y dedicada por Drill en el centro de alguna de esas fiestas de su infancia: «Para quien piensa que yo soy otro y, tal vez, esté en lo cierto. Y ya que estamos: disculpas, aunque la culpa no sea mía, por lo de tu nombre».

Y yo (al oír a Land contándoselo a Ella) me acuerdo de ese momento no como si fuese ayer sino como si fuera hoy, para siempre, como preservado en esos pequeños cubos de acrílico que en mi infancia cobijaban mariposas raras y valiosas: porque me apresuro a archivarlo en mi memoria no como un recuerdo de Land sino como un recuerdo de Drill. Allí está: Drill pálido y con esa profunda y abismal fosforescencia (Land no podía saberlo entonces, lo sé yo ahora) que despiden todos aquellos que ya estaban listos para vivir una muerte inminente. Drill escribiendo con una inesperada letra redonda e infantil y no con la letra titánica de La Evanauta cuando más que hablar proclamaba.

Yo (ahora me acuerdo y me acordaré nada más que por unos segundos) le había prestado el libro de Drill a un amigo escritor (el único amigo escritor que tenía, no tenía amigos escritores por miedo a un posible contagio al que, seguro, yo tenía más que predisposición). Ese amigo escritor era, además, dueño de un restaurante y así prefería considerarlo yo: un profesional de buen provecho. Después, al poco tiempo y sin que nadie lo esperase salvo, quién sabe, él mismo, su amigo murió. Y si los vivos no devuelven los libros, entonces los muertos los devuelven aún menos. Los muertos no devuelven los libros; pero los escritores, todos, inevitablemente, acaban siendo los fantasmas de aquello que escribieron, y vuelven allí una y otra vez. La obra –para bien o para mal, para mejor o para peor– permanece y sobrevive al autor. La obra es la casa embrujada. Y, a veces, piensa Land, ese autor espectral mueve a uno de sus libros vivos para señalar que todavía anda dando vueltas y vueltas de páginas por ahí. Y, de pronto y sin aviso, un libro cae (o, más bien, salta) desde un estante de la biblioteca sin que nadie lo empuje. Y queda abierto en una parte a la que, por las dudas y antes de devolverlo a su sitio, no conviene asomarse demasiado por miedo a leer ahí un mensaje, una respuesta, una advertencia. Y están aquellos que buscan su suerte en naipes con significados arcanos. Y están aquellos que arrojan tres monedas para recibir el dictado de ambiguos ideogramas a los que desean esclarecedores. Y están los que prefieren seguir las líneas en las palmas de sus manos como si se tratasen de trayectos trazados sobre un mapa. Y están también los que buscan la ayuda más o menos profesional de bolas de cristal o de voces de muertos brotando de los labios de vivos (sí: lo extraño que resulta el pensar en los muertos. Funcionando y descomponiéndose bajo tierra o encendiéndose al ser abrazados por las llamas. Y, de algún modo, aun así y así, manteniéndolos de este lado).

Otros, en cambio, optan por plantarse frente a los estantes de sus bibliotecas, elegir un libro sin pensarlo demasiado, abrirlo al azar y leer allí lo que allí se comunica y entenderlo no como instrucciones para el futuro sino como algo más útil y de inmediato verificable, como diagnóstico de los síntomas del presente. Pero mejor aún si un libro cae: si no es uno quien escoge ese libro sino ese libro el que lo elige a uno.

Y, claro, pienso esto y un libro cae y se abre y allí leo algo. (Y el síntoma más perturbador del N.O.M.E. ahora tal vez fuese el que me costase mucho más leer que escribir. Transcribir –parte importante de mi oficio– era como el compromiso de un término medio. No un triunfo ni una rendición, pero sí un armisticio. Así que con ese ánimo fue que me puse a transcribir, a leer el sonido y pasar a palabras a la voz de Ella y a la voz de Land junto a Ella).

Ahora, por ejemplo, ese libro que cayó al suelo es un libro titulado *Literary Distractions* y firmado por un tal Ronald Knox.

Y en la página por la que se abrió se lee lo siguiente: «Ha sido afirmado por una amiga de mi familia que yo solía sufrir de insomnio a la edad de cuatro años; y que cuando ella me preguntó cómo me las arreglaba para ocupar ese tiempo de mis noches yo respondí: "Me quedo acostado y despierto y pienso en el pasado"».

Mi caso ahora, pensé cerrando el libro y volviendo a colocarlo en su sitio.

Y lo primero en que pensé entonces –deformación del deformante oficio– fue un «Ah, qué bien que me habría venido esta cita para aquella autobiografía de...».

Pero no pensé demasiado en eso.

De un tiempo a esta parte, de noche, con los ojos abiertos, yo sólo pienso mucho en Land pensando en Ella.

Y pienso en Land como símbolo representativo de todos aquellos a quienes dejamos de ver pero a los que seguimos pensando y, a su manera, reviéndolos. Imaginando qué habrá o no habrá sido de ellos teniendo cada vez más claro algo que, en realidad, no es sino la más pura de las turbulencias: imaginar –quién podía imaginarlo– es sinónimo de recordar. Al recordar uno imagina lo que pasó e, inevitablemente, se lo revive. Y, en el tránsito de traerlo desde ese más allá a este más aquí, se lo altera y se ocupan los espacios vacíos que llenó el olvido con retoques, variaciones, correcciones, alteraciones. Hasta que, tarde o temprano (porque el recordar *bien* agota de verdad), el pasado no es otra cosa que algo que sucede en el presente: en ese momento en que nos mentimos que todo eso que imaginamos es, en verdad, lo que sucedió.

Son los que recuerdan y no los recordados quienes tienen la última palabra, la imprecisa versión definitiva, los que deciden cómo ocurrió aquello que tal vez nunca haya ocurrido.

† Repintar (o, tal vez mejor, pintarrajear o tachar o editar indiscriminadamente en rojo o en azul) un concepto anterior más bien figurativo como algo mucho más abstracto para así volver al narrador aún menos confiable de lo que ya era. Hacerlo –de ser posible– utilizando/apropiándose de un texto ajeno que, en

639

su reescritura, se volverá propio. El mejor y más productivo estilo pictórico/literario ideal para llevar a cabo semejante ejercicio suele ser el surrealismo que –según el diccionario– es aquel que intenta sobrepasar lo real impulsando lo irracional mediante la expresión automática del pensamiento o del subconsciente.

Así que así estoy yo: atrapado, sin exagerar lo más mínimo, por esta acepción, por lo que yo entiendo (lo que yo y Land entendemos) como manifestaciones objetivas de mi (nuestra) existencia. Todas esas fugaces pero, por el tiempo que duran, deslumbrantes manifestaciones más o menos ordenadas. Restos de otra época, de un tiempo que posiblemente no fuese ni mejor ni peor que este pero que sí parecía más y mejor afirmado en el tiempo. Aquello que más o menos se perpetúa dentro de los cada vez más estrechos y asfixiantes límites de esta vida. Mi (nuestra) vida como una actividad cuya auténtica dimensión me (nos) resulta cada vez más completamente desconocida: como si caminase a oscuras por el palacio de la memoria tanteando sus paredes en busca de interruptores de luz que no encuentro. Hasta que, siendo yo un *ghost-writer*, la voz de Land me enciende: no como luz poderosa sino como haz de linterna concentrándose en detalles aquí y allá pero jamás iluminando la totalidad de salones y pasillos y escaleras. Con la más que atendible diferencia de que en esta oportunidad –en Mi Caso que vuelve a abrirse y en Mi Mundo que se redescubre– me la cuento a mí mismo mientras la voz de Land me cuenta puntuada por la voz de Ella, a quien se lo contó entonces. Así, la imagen que yo hasta ahora tenía del ser un laborioso y escritor fantasma (con todo lo genéricamente convencional de su oficio así como en su impuesta obediencia a ciertos parámetros dictados por el sujeto a ser poseído por mí) representaba no la manifestación perfecta de un tormento que podía sentirse como eterno (sí, lo admito, lo siento: fueron más bien pocas las ocasiones en las que disfruté de vivir vidas de otros) sino todo lo contrario: la manera de, por fin, alcanzar el reposo último del descanso en paz. Así, es posible que mi vida presente y sin demasiado futuro (o la parte de mi vida que ahora puedo preservar con cierta fidelidad gracias a y por Ella) no sea ni vaya a ser más, de aquí en adelante, que la exploración de parte (la parte grabada y conservada y evocada) de mi pasado latiendo dentro de ese delator corazón de plástico. Y que entonces yo –fantasma al fin– esté no condenado sino que haya sido absuelto para así poder volver sobre mis pasos. Vuelva a insistir una y otra vez y con paso firme sobre Land. Vuelva a reconocer lo que debería ser capaz de reconocer perfectamente y, no pudiendo hacerlo hasta ahora, a reaprender una mínima parte de cuanto he olvidado. Esta percepción sobre mí mismo (a partir de la voz de Land primero y de inmediato acompañado por el *flange* de la voz de Ella) no se me hace desacertada salvo en el hecho de que me confina a un ayer que parecía herméticamente cerrado y envasado al vacío. Vacío que yo abro y lleno con el más líquido ahora: colocando arbitrariamente (pero también lógica y filosóficamente) a mi estilo de los elementos en un plano anterior, como si entonces ya fuese una representación acabada de mi actual pensamiento. Ideas (buenas o malas) que no tienen por qué respetar la temporalidad. Lo más significativo de todo esto es que las aptitudes particulares que poco a poco voy descubriendo en mí, aquí mismo, en absoluto me alejan de la pintura y del paisaje de todo lo que me rodea y acorrala. Más allá de todas las cuestiones pasadas en las que me reconozco (de las afinidades que noté y noto en mí, de las atracciones que experimenté y experimento, de los acontecimientos que me sucedieron y suceden, sin preocuparme por la cantidad de movimientos que yo me veo hacer o de las emociones que únicamente yo siento y siento a través de Land), yo me dedico a averiguar no tanto en qué consiste, sino de qué dependió mi singularidad con respecto a los demás. Sólo en la exacta medida en que sea consciente de esta diferencia entre dos partes cuya vida depende una de otra, podré revelarme a mí mismo (y a Land) lo que, entre todos los demás, yo he venido a hacer en este mundo. Entonces sabremos cuál es el mensaje único del que Land fue y yo soy portador en nuestras cabezas, sí, pero siempre con el corazón de Ella.

† **Fotografiar (describir) una foto.**

Y la mochila de ella parece no tener fondo y rebatir toda ley física. Desde su llegada ella no deja de sacar más y más cosas de ahí dentro. Ahora saca unos libros y me pregunta si los leí. Le digo que no, pero que creo haber oído acerca de ellos (digo eso que suele decir uno, con una mezcla de exculpación y disculpa, cada vez que le preguntan si leyó algo que no leyó). Me cuenta que son «una saga», y que tratan de tres hermanas que viven en la Luna. Las hermanas Tulpa. Y que desde allí escriben o transmiten historias acerca de una especie de diosa-guerrillera lumínica que se llama Stella D'Or quien es la soberana del Reino de Darkadia. Le comento que eso, que esa, me recuerda a La Evanauta. Y le pregunto si leyó a La Evanauta o a las hermanas Brontë y ella no me responde, como suelen hacerlo y no hacerlo los que siempre hablan solos aun cuando creen que conversan con alguien al que sólo necesitan para que los escuche y al que nunca necesitan para escucharlo.

Y ella me informa de que la autora antes de ser «mundialmente famosa» (y cambia el tono de su voz cuando pronuncia esas dos palabras, como si las subrayase con respeto) fue amiga de su madre, y que después murió en el incendio del sanatorio mental en el que estaba recluida. Y entonces yo asiento como si la escuchase pero no la escucho (como ella conmigo) y sólo pienso en que tengo ganas de seguir escuchando otro de los cassettes de Ella para volver a recordar.

Aunque me alivia que ella sea fan de esta escritora que suena tan, sí, lunática y no de la más bien enloquecedora Moira Münn.

Y ella abre y cierra esos libros como buscando algo. Y lo encuentra y saca de entre las páginas un pequeño cartón que es una foto y me la pasa para que la vea. «Mamita», dice ella; y pocas veces una palabra tan pequeña y frágil y alguna vez prohibida me sonó tan inmensa y todopoderosa y casi imposible de asumir (y me di cuenta de que, hasta este momento, el que Ella fuese madre de ella se me hacía algo que no tenía por qué comprender e incluso ni siquiera creer aunque fuese algo cierto; algo como la mecánica de las mareas o la de los vientos o la de los amores).

Sí: ahí estaba Ella en esa foto, posando junto al borde de la piscina de El Parque, en Residencias Homeland. Y llevaba puesto un traje de baño estampado en rojo y azul con rayos y centellas parecido al de aquella visión que tuvo Land: eso que no era un traje de baño sino algo como vidriado y barnizando buena parte de su cuerpo. Y en la foto sus pies parecían suspendidos unos centímetros por encima del suelo y su rostro estaba como tenso por la furia pero próximo a relajarse en una sonrisa. El click de ese segundo entre una cosa y otra. Y a espaldas de Ella, en el agua y un tanto fuera de foco, estaba alguien a quien a cualquier otra persona le costaría reconocer pero a mí no me costaba nada saber quién era. Era Land. Era yo. Vestido y más hundiéndome que flotando. Y no estaba seguro si de pronto recordaba o imaginaba algo: Land queriendo abrazarla a Ella y Ella empujándolo al agua y alguien tomando (¿ese chico grande con motocicleta?) una foto y... Y de pronto el agua de esa piscina me mojaba los ojos con lágrimas y levanté la vista para mirarla a ella, igual a Ella entonces. Pero ella ya no estaba allí. Se había ido. Seguramente ella era una de esas jóvenes que sólo soportaban sus propias lágrimas y que se sentían agredidas y ofendidas en su sensibilidad, «acosadas», si alguien se les ponía a llorar enfrente o a un costado.

Así que ahora allí estamos sólo los tres: yo y Land y Mamita.

Y Land y yo lloramos y —si este momento fuese parte de un libro— deberíamos llorar por al menos unas cinco o seis páginas contando como si fuesen dos o tres horas. Algo que se lee en unos pocos minutos y vaya a saber uno (nada me interesa menos, no seré yo quien lo haga) cuánto demoró en escribirse.

† **Contar mucho en pocas líneas.**

Horas después —tal vez porque me ve muy distraído o tal vez porque quiere distraerme— ella empieza a contarme cosas de Ella: qué fue de su vida y cómo vino todo lo que sucedió desde que yo ya no supe nada de Ella. Me cuenta que las tres hermanas mellizas se casaron con tres hermanos mellizos de gran apellido (uno de esos apellidos que constan de tres o cuatro apellidos) y aún más grande fortuna (producto de sucesivas uniones con otras grandes fortunas) en una pequeña ciudad casi feudal de un gran país extranjero. Y que las tres bodas fueron al mismo tiempo y que se festejaron entre pirámides desde las que alguna vez se arrojaron escaleras abajo a corazones recién cortados y todavía latiendo. Me explica ella que allí esas bodas eran el momento más alto y excelso en la vida de toda mujer y que, a partir de entonces, sólo restaba parir un heredero varón o varios (se admitían hembras que luego funcionarían para fundir apellidos poderosos en enlaces con extranjeros de sangre aristocrática, pero sólo y recién después de haber asegurado la continuidad del linaje). Y luego ser una «noviuda»: una esposa que soporta con elegancia las faltas siempre presentes y constantes de su marido infiel y quien sólo soñaba fielmente con enviudar lo más pronto posible. Me cuenta que las dos hermanas de Ella no pudieron tener hijos pero que Ella sí, y que entonces sus hermanas se convirtieron para Ella en sus hermanastras y, para ella, en dos brujas. Ella la tuvo a ella (y luego no tuvo ningún varón). Y pronto se comprendió que Ella poco y nada tenía que ver con «ese circo» donde el chisme interfamiliar era algo así como la cultura local: el equivalente del leer para aquellos que no leen y prefieren reescribir y recontar todo acerca de los demás (especialmente lo malo) e intentar conocer lo menos posible de sí mismos (algo así como una versión familiar y anticipada del N.O.M.E., pensé). ¿Qué se decía de Ella, de Mamita? Se decía que se cubría los ojos con una venda por una hora al día para «ver cómo era no ver y así apreciar más el poder ver en un lugar donde nadie veía nada sin necesidad de vendarse los ojos». Se decía también, por ejemplo, que le gustaba hacer el amor montando a su esposo (para así, juraban que había dicho, «subir y bajar mirando fijo a ese Cristo colgado sobre la cabecera de la cama y pensando en que el pobrecito se había perdido de éxtasis tanto más fáciles de alcanzar e igual de beatíficos y celestiales») y que no le permitía alcanzar el orgasmo de no alcanzarlo antes Ella, por lo menos dos veces. Y que, en ocasiones, «lo ataba a la cama y lo abofeteaba y hasta le daba puñetazos en la cara y por eso el pobrecito bajaba a desayunar con los ojos así». Y un día su esposo, tal vez desorientado por la sesión amatoria de la noche anterior, murió en un «accidente de caza» («Por las dudas te explico que donde yo nací un accidente de caza nada tiene que ver con un accidente de tránsito... No es algo que suela ser muy... accidental, digamos», me dice ella). Y entonces salió a la luz lo tantas veces rumoreado a oscuras: conexiones con traficantes de drogas, lavado de dinero y crímenes de «alto standing» para así ir ascendiendo en estructuras *top* de poder *secret*. Y ella se había convertido en la única heredera de esa dinastía y se quería que Ella fuese una especie de Viuda Dragón. Y Ella era muy codiciada por varios capos de carteles de la droga que, entre serenata y serenata bajo su balcón, se batían a duelo en su nombre. Y se la envidiaba porque, mientras el resto de los maridos ya eran arrastrados por, se quejaban sus esposas, ese «segundo viento» que los acercaba a mujeres más jóvenes (cuando en realidad era el mismo viento de siempre, cuando en verdad era que lo que había dejado de soplar –le decía Mamita a todas ellas, lo que no la hacía muy popular– era el viento de las mujeres por el bochorno sofocante de la menopausia extinguiendo un deseo sexual que en cualquier caso nunca había sido muy intenso cortesía de la educación represora de monjas reprimidas). En cambio, el Huracán Mamita parecía seguir soplando como siempre y más y mejor que nunca, y así algunas muchas de sus «amigas» no dudaron en creerla «poseída». Porque sólo alguien con el diablo en el cuerpo podía decir cosas como «Qué extraño: Dios hizo la luz y creó a la mujer a partir de una parte del hombre, pero luego son las mujeres quienes crean y dan a luz a los hombres para que estos puedan crear a Dios y creer en él» o «¿Qué se siente vivir en el Infierno y descubrir que cada una de ustedes es su propio y privado y posesivo Satanás?». Y yo la escucho a ella decir las cosas que decía Ella y que Ella le decía a ella (cosas como «Todos mis recuerdos un día, muy pronto, van a ser tuyos»). Y me doy cuenta de que ella es una chica dura y que está asustada. Y hay pocas cosas más conmovedoras que una chica dura cuando está asustada y que habla no para que yo la escuche sino para oírse a ella misma pasando las cosas en limpio pensando que así todo volverá a estar en su sitio y en orden. Y ella sigue limpiando y ordenando y pasando y hablando. Y, por supuesto, de inmediato, el *cliché* de esos atronadores rumores que relacionaban a Mamita con jardineros, con profesores de tenis y de equitación y –sentí un escalofrío al imaginar esto, por razones obvias– con esos chicos (muchos de ellos hijos de... con padres de distinto signo de los míos, padres caudillos y terratenientes y banqueros y políticos) que se encargaban del mantenimiento de las piscinas y del cuerpo de las maduras pero bien conservadas nadadoras que los seducían no con sus cantos sino con sus miradas de sirena. Y, como si recitase una lección sobre su materia favorita, continúa ella: «Pero Mamita se negó a esos cortejos y se convirtió en persona non grata y ahora la tienen prisionera; y, por suerte, como era costumbre, a mí me envió a un colegio en el extranjero; y yo me fugué del colegio luego de que Mamita me lo ordenase y me dijera que viniera aquí, contigo; y que aquí la esperase, la esperásemos y...».

Y yo la oigo pero no la escucho porque –habiendo recuperado la voz de mi infancia y mi adolescencia– poco y nada me interesa todo lo que me pudo haber ocurrido después.

Yo no quiero ser *ghost-writer* de Ella.

Yo no quiero ser *ghost-writer* de nadie.

Yo ahora soy un *ghost-writer* muerto que no ha dejado espectro narrador de los demás.

De nuevo: *Exit Ghost*, sí. Pero esta vez sin próxima escena en la que declamar o reclamar nada.

O tal vez sea que me resigno a ir al demorado encuentro del darlo todo por perdido o por ni siquiera buscado; olvidando todo eso como algo a lo que sacrifico y arrojo al fuego del olvido a modo de ofrenda para que así me dure más y mejor aquello que no quiero perder ni olvidar. Ella, entonces, como mi Mnemósine bañándose en una alberca a la que van a desembocar las aguas del río Lethe. Ella quien, acordándose de mí, me hace recordar y me obliga a contarme.

Y ella sigue hablando; pero lo cierto es que no sabe contar bien y que yo soy como el más desinteresado de los sultanes. Signo de los tiempos: ella, a diferencia de su madre, cuenta saltando de un momento a otro. Sin lógica ni continuidad, frases cortas, se ríe sola de cosas que no tienen la menor gracia, remata oraciones afirmativas con una interrogación que no pide respuesta de mi parte sino que se pregunta a ella misma y que sólo admite un *sí*. Dejo de prestar atención por completo cuando llega a la parte en que Ella se hace amiga de la autora de esas novelas con hermanas en la Luna que tanto le gustan a ella («Otra viuda no alegre pero sí loca... No sabes lo que hizo, lo que fue su boda... Algo rarísimo...», dice ella). Así que de tanto en tanto asiento o emito uno de esos pequeños sonidos afirmativos que no aprueban nada y que sólo desean invitar a que se pase a otro tema o, mejor, a que se cierre la boca. Por otra parte, a medida que ella avanza en su relato, tengo la creciente sospecha de que va inventando todo a medida que me lo cuenta. Y entonces pienso en las cosas que vuelven para que, recién ahí, las cosas puedan irse para siempre y ya no regresar.

† **Escribir un episodio de extrema violencia.**

Aunque nunca hay que dar nada por seguro o terminado. Siempre hay algo o alguien que acaba volviendo o que vuelve para acabar del modo menos anticipado.

Como cuando un par de noches atrás escuché ruido de cristales rotos y bajé las escaleras y crucé el jardín hasta mi biblioteca. Pensé que podría haber sido alguno de los jabalíes de la sierra que ahora se reproducían aún más descontroladamente de lo que ya lo hacían cuando se controlaba que no se reprodujeran en exceso.

Pero no.

Se trataba de otro tipo de bestia.

Ahí estaba: un descontrolado intruso.

Demoré un tanto en reconocerlo otra vez. Su rostro —iluminado por el resplandor de una antorcha que sostenía en una mano temblorosa como visitante a castillo de no-muerto o a laboratorio de sí-revivido— era casi una caricatura desaforada de aquel al que había vuelto a ver no hace tanto. Aquel hijo de... escritor: ese escritor que siempre había querido ser escritor y al que hace un tiempo me había encontrado por casualidad en la presentación de las memorias más bien *a piacere* y un tanto imaginarias de Moira Dünn.

El hijo de... escritor estaba temblando junto a mi biblioteca, repasando a la luz de su fuego títulos con ojos que veían pero cerebro que ya no sentía nada frente a ellos porque seguramente ya no recordaba haberlos leído o haber mentido que los había leído. Tal vez buscaba algún libro suyo. No había ninguno y, enfurecido, se dio vuelta y me vio y algo parecido a una sonrisa le llenó la cara de dientes.

«¡Cuéntame! ¡Cuéntame!», me gritó con una mezcla de orden y pedido. Y no es el típico grito de típica película de miedo que le grita a algo ahí fuera sino el atípico grito de atípica película de miedo que le grita a algo aquí dentro: esa clase de grito que, a la hora del montaje sonoro, se lo funde elípticamente con el de un tren a toda velocidad o el de un avión despegando o el de una explosión explotando o el de una sirena alarmada o el de un grito aún peor. No un grito que tiene miedo sino —de nuevo, nuevo fantasma— un grito que da miedo. Un grito fuera de este mundo. Y, no, el hijo de... escritor no tenía nada de la eficiencia de un *Midwich Cuckoo* o de la frialdad de un *Body Snatcher*. El hijo de.. escritor estaba más cerca de todos esos vulgares y despersonalizados y carnales y podridos zombis que se habían puesto de moda a principios de milenio porque el suyo era el disfraz más económico para Halloween (ropa rota, rostro enharinado, ketchup y que te diviertas y no hables con desconocidos pero sí acepta sus caramelos) y, tal vez, debido a que, en un mundo cada vez más empobrecido socialmente, escaseaban los condes sanguíneos, barones electrizantes, sacerdotes faraónicos, licántropos sufridos y, mucho más, los espíritus de seres supuestamente queridos y mucho más demandantes de lo que ya lo habían sido en vida.

«¡Cuéntame!», gimió y rugió el hijo de... escritor editando y reescribiendo a sus antecesores cinematográficos: aquel «Brains... Brains...» por un «Memory!... Memory!...».

Y, claro, no debe haber nada más terrible para un escritor de ficciones que la pérdida de su propia y real memoria sabiéndola materia prima de y para todo lo que se inventa. Debe ser algo parecido a convertirse en uno de esos balleneros que —en aquella novela con nombre de ballena— acababan arponeados por su propio silencio cuando, luego de tanto tiempo en altamar, ya no les quedaba ninguna broma o recuerdo que contar salvo la sospecha impronunciable de que sería posible, con los años, hundirse aún más para encallar en un puesto de empleado de aduana pesando mercancías venidas desde puertos lejanos a los que ya nunca volverían. Y por eso el hijo de... escritor ahora lloraba añorando no un presente de gloria ni una posteridad eterna sino un pasado irrompible. Y, sí, el hijo de... escritor había llegado hasta mi casa porque, seguramente, yo era la única persona cercana y cerca de él que podía recordar algo de su pasado: darle una dosis de quién había sido que lo mantuviese satisfecho al menos por un par de días antes de que volviese el N.O.M.E.

Y lo cierto es que yo pensé en ayudarlo. Pensé en contarle algo de lo que yo le había contado a Ella y que Ella había grabado. Incluso estaba dispuesto a hacerle escuchar alguno de esos cassettes en los que se describían nuestros encuentros en Gran Ciudad I y en Gran Ciudad II. Y hasta no hubiese tenido problema en narrarle —en autobiografiarle— su patético mini-secuestro infantil sobre el que había construido toda su obra en los últimos tiempos más que necesitada de rescates y restauraciones múltiples. Pero de pronto el hijo de... escritor saltó sobre mí y me arrojó sobre el escritorio y comenzó a estrangularme. Y podría jurar ante un jurado que lo que hice luego lo hice en defensa propia y no mentir, aunque sí estaría ocultando mis verdaderas motivaciones: porque entonces el hijo de... escritor (como si de pronto fuese un chico grande viejo, sus manos en mi garganta sin demasiada fuerza, porque no es cierto eso de que el terror nos dote de un vigor extraordinario o de una desesperación invulnerable) me grita, con inesperada y súbita elocuencia, que fue él quien nos espió desde detrás de unos arbustos. A mí y a Ella ese día, en El Parque de Residencias Homeland, en Gran Ciudad II. Ese día en que los chicos grandes me dieron aquella gran paliza. Y que vio cómo Ella me rescató del fondo de la piscina y me salvó y me abrazó y me acarició. Y que vernos así le dio tanta envidia y que lo excitó tanto. Y que lo describió y escribió y que la escribió y describió y la usó y abusó de Ella en tantos de sus libros («Libros que seguro no leíste», me acusa sin demasiadas ganas) y, en ellos, Ella cayendo y saliendo de piscinas. Y que se acuerda de eso pero que ya no se acuerda, recuerda apenas, de nada más que de esa escena. Ella como esa «maldita chica» saliendo y cayendo en tantas «piscinas de mierda». Y que así él había sido mi «jodido autobiógrafo» sin nunca haber querido serlo. Y que a él lo único que le interesaba era la ficción; pero que para poder volver a practicarla necesitaba tanto saber de su propia vida, necesitaba de todo lo que yo pudiese llegar a recordar de él, de las verdades y mentiras y secretos de su pasado y que... Y que por qué de lo que mejor se acuerda ahora, de lo que nada más recuerda era, una y otra vez, ese momento más importante para mí que para él y qué es lo que ha hecho él para merecer semejante tormento. Y entonces ya no quiero ni puedo seguir oyéndolo. No puedo soportarlo. Me duele oírlo y oírlo me impide respirar y siento como si el hijo de... escritor no me amputase ahora una parte de mí sino como si él me explicase recién ahora cómo fue que me la extirpó hace tantos años sin que yo siquiera me hubiese dado cuenta de ello. Y esa parte es Mi Entusiasmo. Y yo la quiero de vuelta. Yo la reclamo. Yo necesito esa parte mía para poder seguir viviendo y reviviéndome. Mi vida es mi vida y es mía. Mi mano buscó y encontró lo primero que se le puso a mano. Y le clavé la estaca de un lápiz rojo-azul en el cuello. Le clavé la parte roja de ese lápiz con tanta fuerza que se hundió en su garganta hasta la parte azul. El hijo de... escritor no gritó pero pareció soltar entonces algo demasiado parecido a un gemido como de alivio vampiro (tal vez, pensé, toda su vida pasaba ahora frente a sus ojos, tal vez ahora recordaba todo lo olvidado) y se desangró encima de mí en dos o tres minutos. Y tengo que reconocerlo, no puedo negarlo: si me preguntan qué se siente al matar a un escritor no diré que se siente bien, pero sí confesaré que no se siente nada. Se siente La Nada que alguna vez quise hacer sentir en aquellas redacciones mías para La Maestra Magistral y Moderna en el colegio Gervasio Vicario Cabrera, n.º 1 del Distrito Escolar Primero. Se siente como se siente alguien que no dejó que lo hicieran un escritor haciendo que un escritor deje de ser. Creo, estoy casi seguro, que le hice un favor acabando con su tormento.

Enrollé su cuerpo dentro de una alfombra marroquí (de las que, dicen, nunca hay que pisar los diamantes de su bordado porque da mala suerte), limpié todo, y busqué cuál había sido la ventana rota por la que se metió en la biblioteca; pero no encontré cristales rotos por ninguna parte. Después saqué su cuerpo alfombrado y cavé un pozo y lo enterré en los fondos del jardín. Y no me di cuenta de que me había olvidado por completo de la antorcha encendida cuyo fuego, mientras yo cavaba ahí fuera, trepó ahí dentro por los estantes y acabó con buena parte de la tercera biblioteca de mi vida. No había nada que hacer y poco por salvar y me consolé pensando que mi atlas de constelaciones estaba en la mesilla de noche, junto a la cama: ya no necesitaría más que ese libro, pensé. Allí –acompañado por la caja metálica con los cassettes y la grabadora de Ella donde escuchaba la voz de Land y la suya antes de dormirme, como si me contasen un cuento– estaba todo lo que estaba, todo lo conocido y por conocer, todo lo que había y permanecería y no se iría a ninguna parte: la constelación de sus palabras y las estrellas inolvidables porque cada noche las miraba mirarme. Cerré la puerta y el fuego se extinguió por sí solo –al agotarse el oxígeno ahí dentro– tan rápido como se propagó. Era un fuego educado y culto que, habiendo leído todo lo que había para leer, se fue a dormir satisfecho. Un fuego próspero y tempestuoso y especialmente dedicado a la quema de libros y que, iluminando, no dejaba de ser una cosa de oscuridad que yo no podía sino reconocer como parte mía. Ese fuego que entraba de improviso en un cuarto a oscuras por mucho tiempo con esa luz que no cambiaba nada de lo que había allí pero, a la vez, alumbrando con su palidez, cambiándolo todo. Y entonces pensé como pensaría Land hace tanto: no pude dejar de temblar pensando en qué pasaría con todo lo que se olvida que se leyó, en todo lo que se leyó y se olvida. Pensé como Land en qué pasaría con todo lo que desaparece cuando muere alguien que leyó mucho durante su vida: todos esos recuerdos –a veces claros y a veces difusos– de todas esas vidas leídas que, pensaría Land, desaparecido el recordador deberían recibir la recompensa de ir a un cielo común. O ser depositadas en una suerte de subterránea bóveda colectiva para su preservación y memoria. O, al menos, ser contadas, casi recitadas, como en ese libro donde se quemaban los libros. Pensé en Land pensando *Nome 451* y arrancando las páginas de su ejemplar de *Fahrenheit Nome*. Pensé en Land pensando en todo eso mientras rompía libros y metía sus páginas en bolsas negras a ser arrojadas al incinerador de Residencias Homeland por orden de sus padres. Land pensando en un futuro no muy lejano en el que las personas se contarían –unas a otras y en voz alta, para conservarlos– tantos libros inolvidables. Libros que se contarían como si fuesen vidas de pronto enfermas y olvidables, como si fuesen fuegos que no debían apagarse.

Yo contemplé ese fuego a unos metros de distancia, no de lejos pero sí desde fuera. Yo lo vi prenderse y apagarse, expandirse y extinguirse. Y, sí, volví a decirme entonces que la arrobada contemplación de las llamas fue, seguro, la primera forma de lectura que tuvo el ser humano. Desde el principio de los tiempos, el mirar esos crepitantes rojos y azules produciendo tan inexplicables como incontenibles ganas de ponerse a contar las ardientes historias que el hombre creía ver allí: un deseo de abrazar esas historias con –si se descuidaba, si se dejaba embrujar por ellas– tantas ganas de abrasarlo. De nuevo y de ahí que enseguida me forzase a pensar en otras cosas: porque nada más peligroso que el tener combustible madera de escritor, porque basta apenas una chispa para acabar ardiendo por completo.

Debo reconocerlo: esta tercera masacre de una biblioteca mía no me afectó tanto como el abandono político de esa otra en Gran Ciudad I o la destrucción manual de aquella en Gran Ciudad II. Por lo contrario: en la quema de la de aquí, en Gran Ciudad III, había para mí algo de casi inconfesable alivio en el que todo eso que ya no recordaría (y ya era difícil recordar lo leído en tiempos sanos) se volviese antes y ahora cenizas uniformes sin importar estilo o género. Así que mejor perderlo del todo. Alguna vez había leído que, cuando alguien le había preguntado al nonagenario editor y escritor Nome Maxwell si le daba pena el morirse, este había contestado que no; pero que lo que sí le daba pena era el que ya no podría seguir leyendo del otro lado. Ahora, mi biblioteca había muerto y yo seguía vivo pero sin poder leer. Ya no había Paraíso ni Infierno. Todo era Purgatorio. El que todos esos libros que yo leí en silencio y el que todas esas voces en *memory cards* ya no estuviesen allí ya no sería una constante conmemoración de todo lo perdido. Así que mejor perderlo del todo.

Para cuando ella se despertó (y hubo realizado su ya acostumbrado desfile de bostezos y estiramiento de brazos y refriega de rostro y rascamiento de culo y apertura y cierre de la puerta que conduce al comedor con brusca pero casi mágica indiferencia) todo estaba más o menos en su sitio. Y le comenté que había habido un pequeño accidente en la biblioteca por un cortocircuito, pero que ya estaba todo controlado.

Sí: yo me había acordado de dejar todo eso ya listo para ser olvidado.

† **Reflexionar acerca de un posible suicidio (y sobre la naturaleza del suicida).**

Antes, yo había pensado en acabar con todo, en darme por acabado, en suicidarme (el olvido es, también, una forma de suicidio). Pensé en amenazar con suicidarme a mí mismo pero no como mis padres o tantos padres de hijos de... lo habían hecho tantas veces, afirmándolo o sugiriéndolo (aunque en estos últimos casos, lo admito, tal vez alguna de esas sucesivas insinuaciones de parte suya, ¿por qué no?, habría sido la proyección de algún impulso homicida de mi parte). Pensé en, sin decírselo a nadie, hacerlo en secreto y de verdad y sin mentir. Volví a pensarlo entre las ruinas de mi biblioteca en Gran Ciudad III.

Pero no me pareció bien dejarle mis restos a ella y que (aunque lo dudo) pudiese llegar a sentir algo de responsabilidad por mi decisión.

Yo no quería eso para ella. No se merecía algo así de mi parte.

Lo que me hizo no hacerlo fue, en realidad, mi naturaleza lectora: quería ver cómo seguía la historia. El suicida, en cambio, era ese alguien que dejaba de leer y saltaba capítulos para llegar antes al final (me refiero aquí, se entiende a un suicida riguroso y exitoso en lo suyo, debut y despedida, y no, por supuesto, a un consumado suicida no consumado como Silvio Platho quien, supe no hace mucho, acabó muriendo, sin darse cuenta y sin siquiera poder anunciarlo, al caerse en la ducha y romperse el cuello). El suicida estricto y cumplido —otra forma de *ghost-writer* después de todo— era como un adelantado de su propia vida; pero que, al mismo tiempo y a un tiempo, decide quedarse para siempre en la retaguardia de la historia pero invadiendo todo santo campo de batalla. El suicida como un general pesado de medallas y apoltronado y satisfecho en el casino de oficiales alzando su copa y contemplando —ya invencible, intocable— cómo las tan vitales tropas marchan hacia el frente de batalla para luchar en su nombre y a su memoria. Sépanlo: un suicidio nunca da clemencia alguna; un suicida nunca descansa en paz porque su muerte es, en sí misma, un acto de guerra contra sí mismo.

O tal vez todo fuese mucho más sencillo y hasta un poco vulgar e inconfesable: tal vez lo que perturbara del suicidio de otro es que funcionase, siempre, precisa o veladamente, como el reflejo más o menos posible del propio suicidio. El suicidio de esa persona —uno— a la que uno respeta algo, a la que quiere bastante, y a la que muy de tanto en tanto admira: esa persona que lleva nuestro nombre y nuestro cuerpo y nos lleva quién sabe dónde y para qué. El fin de la historia de otro continuándose en la nuestra. El cuento acabado de nunca acabar y al que siempre se continuará corrigiendo sin importar que se seque su sangre roja o se desprenda de los huesos su carne azul.

De ahí que muchos inmensos escritores —al recordar los tiempos que pasaron en alguna parte mientras trabajaban en su *magnum opus* a la que se obligaron a dar por terminada porque, de no hacerlo, acabarían terminándose a sí mismos— repitan eso de «Di mi vida por ese libro» o «Dejé mi vida ahí» o «Escribirlo fue la muerte».

De ahí que haya muchos escritores suicidas y que muchos que nunca escribieron se conviertan en escritores al redactar esa primera última carta. Esa última primera carta para todos, para nadie, para el mismo suicida quien —remitente y destinatario simultáneamente— es en verdad ese «Sr. Juez» que imparte y ejecuta sentencia.

Una carta digna de ser enmarcada y colgada y releída una y otra vez, como si fuese más un cuadro que se ojea que una carta que se hojea.

† **Reproduce el diálogo entre dos personajes comentando y contemplando algo en detalle. Algo que el lector no puede ver hasta que sí lo vea y comprenda que ya lo vio, pero que nunca lo vio *así*: como lo ven esos dos personajes. Provocar entonces la in-**

quietud y sospecha de que *absolutamente todo* lo muy conocido y visto sólo está ahí a la espera de ser visto como nunca ha sido visto. De ser leído de otro modo, único, personal. Subtexto: toda obra de arte se olvida de sí misma para recordarse diferente cuando nadie la está viendo como a una obra de arte, como a una pieza de un museo pronto a cerrar, como un libro cerrado que mejor no volver a abrir.

El Viejo Mundo. Pero Nuevo. De nuevo. No siento nostalgia de lo no vivido pero sí de lo sí deseado. Ah, cómo me hubiese gustado ser parte de esos tiempos más inteligentemente sencillos y más sabiamente complejos en los que todo estaba por hacerse o deshacerse y cuando no imperaba esta presente sensación de asunto terminando mal. Vivir en esos oscurantistas pero también luminosos años en los que se trazaban mapas tan ignorantes pero a la vez tan ocurrentes. Los vi en vitrinas de museos o en uno de esos tan deseables pero a la vez insostenibles libros (como aquel de Hieronymus Bosch, el que Land miraba con Ella, pasando las páginas tan despacio, más despacio aún, para sentirla tan cerca el mayor tiempo posible). Mapas en los que —en sus numerosos espacios blancos y vacíos y aún desconocidos— se insertaban figuras de titanes inquietos o de árboles colosales o de caballeros andantes o de bestias sobre cuyos lomos descansaba el peso de la Creación toda incluyendo al de sus mentes más creativas y cartográficas. Allí, planos del planeta y del espacio que lo rodeaba representados como complejos mecanismos de ruedas y palancas y poleas y ejes. Sobre todo y más que nada, ejes. ¡Axis Mundi! Ejes elevados y fantásticos y voluntariosos y amorosos moviendo Sol y demás estrellas para inspiración de hombres y de dioses creados por los hombres que resultaban tanto más creíbles que muchos de los hombres que hasta hace poco regían nuestros destinos.

Ahora, el súbitamente e inmenso plano de mi casa es un poco así, como alguna vez fue el mundo.

Y poco antes del después que es el ahora, volví a ver ese cuadro «en persona» en aquel museo. A meses de que el mundo entero se convirtiese en el museo del mundo: el museo de todo lo que el mundo había sido y ya no volvería a ser. Toda vida era ahora como museo de sí misma y no: no era un *Mi Museo Maravilloso*. El interior de las cabezas era cada vez más expresionista y abstracto como lo de Jackson Nome & Nome Rothko; mientras que los pisos y calles y negocios cerrados que ya nunca volverán a abrir tenían un aire inequívoco y melancólico como el del realismo figurativo de Nome Hopper. Y el surrealismo llamando todo el tiempo a la puerta mientras la sonrisa de la Gioconda se parecía cada vez más a la sonrisa en las cajas y embalajes de esa empresa que hasta hace no mucho vendía todo a domicilio (aunque empezó vendiendo solo libros). Paquetes a los que todos se despertaban a esperar cada mañana para así sentir y convencerse de que aún había algo que esperar pero, a la vez, ya no recordando muy bien para qué habían comprado eso que tampoco se acordaban de qué era.

Y me acuerdo de ese cuadro (y de tantos otros cuadros) porque entonces, en esa última visita a ese museo, compré una postal. Y ahí estaba —no se había quemado— clavada en la pared frente a mi escritorio: *El jardín de las delicias / The Garden of Earthly Delights*. Y siempre me pareció que la falta de esa palabra inglesa en el título español (un *terrenales* al que siempre consideré muy importante y ahora más importante que nunca) era una errata roja a subsanar fácilmente en azul y que sin embargo nadie se había tomado el trabajo de corregir.

En cualquier caso, ese título no se lo había puesto su autor: se lo habían puesto más tarde; porque por los tiempos en los que se pintó aún no era costumbre que los cuadros llevasen nombre. Y Land (luego de un, por orden cronológico, primer panel con una Tierra rebosante de animales pero despoblada aún de hombres y mujeres donde sólo figuraban Adán y Eva y un Jehová que parece estar probando cómo le queda el disfraz de Cristo y un Demonio escondido junto a un estanque; y de un panel central donde ya todo y todos cabían en el más libre pero a la vez espiritual de los albedríos y, aparentemente, sin mirada ni presencia divina que los vigile y contenga) no entendía muy bien, panel derecho, qué hacía ahí esa parte nada deliciosa y en absoluto ajardinada del más infernal de los Juicios Finales o algo por el estilo y que, había leído, era al que más atención y tiempo le dedicaban sus visitantes.

Y siempre me gustó más *Hieronymus Bosch* que *El Bosco*. Lo mismo pensaba Land, claro. Y en verdad lo que más nos gustaba de ese tríptico (que parecía reprobar a la vez que celebrar los placeres de la carne como en un parque de múltiples atracciones) no era su frente sino su detrás: su espalda, aquello que se apreciaba más y mejor al cerrarse sobre la tabla central. Ese otro paisaje de una esfera terrestre —en dos partes divididas por la mitad— de un color gris verdoso que tal vez fuese otra de las posibles tonalidades del *eigengrau*. Y allí —en su ángulo superior izquierdo, fuera de todo y por encima de todo— alguien flotando en un firmamento sin Sol ni Luna. Allí, la imagen de ese pequeño Dios como disfrazado de Papa, de Santo Padre original, y enfrentado a la inmensidad de su Creación: el origen de ese mundo por fuera que, por dentro, llegaba a su último día. Esa mínima presencia divina comprendiendo y a la vez, al cerrarse, conteniendo a todas esas tentaciones humanas. Y ese alguien estaba allí —sí, cómo no, porque no podía ser de otro modo— leyendo. Y Land se negaba a reconocer que eso que leía Dios pudiese ser una Biblia (antes de la existencia de la Biblia) más allá de que sobre esa figura, lo buscó y lo encontró, se lea una cita en latín del Salmo 33: «Ipse dixit, et facta sunt: ipse mandavit, et creata sunt».

Era la obra más célebre de alguien que no había pintado demasiado (a Bosch se le atribuían apenas unos veinte cuadros y ocho dibujos, leyó Land en ese libro) y quien había demorado en terminarla, con pausas e interrupciones, casi dos décadas, pintándola como si fuese el *ghost-painter* de aquel quien pintó todas las cosas sobre el cielo y sobre la tierra y sobre las aguas.

Y yo ahora vuelvo a ver y a oír —sus voces saliendo de un cassette— a Land y a Ella mirando ese cuadro. Y su reproducción como retablo cerrado (esa esfera cristalina conteniéndolo todo pero casi ignorada por un Dios que ya parece estar leyendo las instrucciones para lanzarle su primer castigo por Big Vaina) no puede sino evocarme a Residencias Homeland y a El Parque. Todos allí como dentro de una burbuja protectora. Y, ahí dentro, Land y Ella y ese libro al que miran con una lupa para ampliar detalles y una grabadora para registrar voces.

«Dicen que lo pintó como una especie de regalo de bodas

para alguien…», dice Land, dice la voz de Land saliendo ahora desde ese corazón de Ella para que yo la escuche.

«Qué romántico», dice Ella.

«Sí…», dice Land. «Se supone que pertenece a algo que se conocía por entonces como *speculum nuptorium*… Aquí lo dice: "una guía didáctica para el éxito de esa alianza de amor y a la vez una visión de conjunto de sus ventajas y peligros…"».

«Y mira cómo mira Eva a Adán, me parece que le está queriendo decir algo, ¿no?… Ventajas y peligros… No hay unas sin otros…, Land… Más vale que lo entiendas lo más rápido posible y saques ventaja de ello porque, si te lo piensas demasiado y no haces nada, siempre está el peligro de…», dice Ella.

«Sí…», dice Land.

«Pero hay mucha gente desnuda, ¿no?», dice Ella. «En la parte del centro parecen estar pasándola muy bien, ja. Es como El Parque pero…».

«Ah… Sí…», dice Land de nuevo y cambia de tema y añade: «Tiene tres partes porque dicen que la imagen que muestra el tríptico cerrado es la del tercer día de la Creación siendo tres un número perfecto, ya que encierra el comienzo y el durante y el final: lo trino y a la vez único y sagrado… Y, ahora que lo pienso, yo empiezo a percibir todo como estructurado en tres partes, como *esa* película con nombre de un año y que se lanza más allá del Infinito, como *esa* canción que transcurre en un día en la vida y que después entra en un sueño y… Otros, en cambio, han interpretado que lo que esta pintura muestra y retrata, con esos tonos tan nublados por nubes, es el Diluvio Universal… Pero no es seguro. Bosch no dejó nada escrito y no se sabe mucho de cuáles eran sus ideas y pensamientos más allá de sus creencias religiosas… Eso sí: le gustaban mucho las lechuzas y los búhos a Bosch. Hay muchos en sus cuadros…».

«Me encanta cómo dices *Bosch*», dice Ella. «Y qué roto que está este libro, Land… Faltan páginas… Está muy… recortado».

«Es que mis padres usaron muchas de sus páginas e imágenes para portadas de libros de su editorial», dice Land.

«Ah…», dice Ella. «En cambio la parte del Infierno… Da un poco de miedo… Aunque parecería que allí hay buena música… Mira todos esos instrumentos… Y ese Hombre Árbol…».

«Algunos estudiosos de su obra dicen que es un autorretrato de Bosch, una autobiografía pintada…», dice Land. «Y mira lo que dice aquí: "En esta obra, Bosch consigue realmente una composición cromática armónica con los colores rojo y azul, que estaban considerados como absolutamente opuestos e irreconciliables por entonces"».

«Y qué es lo que dice ahí arriba de ese hombrecito… ¿Quién será?… ¿Sabes a quién me recuerda?», dice Ella.

«No…», dice Land.

«A un tal Land… Siempre con un libro a mano… Así vas a terminar, Land… Así vas a quedarte de solo si no dejas de leer al menos por un rato para ver a tu alrededor y darte cuenta de que nosotros y que yo y… ¿No ves, no ves?… ¿O necesitas que te lo ponga por escrito para que recién ahí puedas entenderlo leyéndolo?».

«Es Dios… Dios que ya no escribe sino que lee lo que escriben en Su Nombre y Hágase Su Voluntad. Dios que sólo lee y que ya no escribe y que por eso es Dios. Escribir es humano, leer es divino. Y lo que se lee y dice ahí, en latín, es "Porque Él dijo, y fue hecho; Él mandó, y existió"», dice Land como si no la oyese.

«Ah, algo así como "Sus deseos son órdenes", ¿no?», dice Ella.

«Supongo que sí… Algo así…», dice Land.

«Estoy a tus órdenes de mis deseos, ja», dice Ella.

«¿Cuál será el título del libro que está leyendo Dios?… Espero que no sea *The Elements of Style*», dice Land.

Y es tremendo oírla ahora a Ella dándome cuenta de que no supe oírla entonces, de que entonces yo no me daba cuenta de casi nada, de que Ella fue tanto más directa y audaz y lanzada de lo que yo la recordaba sin haberla sabido sintonizar.

† **Fin de las noticias del mundo (sintonizarlas para que recién después todo pueda seguir el curso de los acontecimientos).**

Y un día ella estaba sentada frente al televisor. Y lo había desarmado y vuelto a armar y me explicó que había un canal que todavía continuaba transmitiendo las señales al azar de satélites que capturaban escenas allí y allá y las lanzaban a la Tierra y que, con un poco de suerte, todavía podían ser captadas. Atornillando y desatornillando y volviendo a atornillar, ella continuó con sus explicaciones técnicas (me explicó que no era un canal de TV sino una aplicación a la que continuaban cargándose y descargándose videos; fragmentos y nunca totalidades cortesía de la azarosa inercia de un algoritmo desorbitado en algún satélite que te dirigía a cosas conocidas que te gustarían pero nunca hacia aquellas desconocidas que podrían primero interesarte y luego acabar gustándote o no) y yo no entendía nada pero a ella no parecía preocuparle.

Vimos gatos cayendo y chicas bailando y chicos llorando y a más de uno tragando cápsulas de detergente o aguantando la respiración («Son desafíos», me informó ella, casi desafiante). Y, de tanto en tanto, aparecían fragmentos de últimas noticias que habían sido las últimas noticias. En ellas, dos conductores (por lo general un hombre y una mujer que no dejaban de dedicarse indirectas supuestamente subidas de tono pero más bien muy altas en infantilismo) eran quienes difundían informaciones a las que nunca parecían comprender del todo. Noticias difusas e incompletas que, enseguida, eran decodificadas y hasta completadas por teletexto a pie de pantalla donde los espectadores (uniendo retazos restantes de sus memorias) más o menos le daban un cierto e incierto sentido a todo eso.

Ayer mismo, por ejemplo, ella y yo vimos algo que se transmitía desde los sótanos sumergidos de una galería en Gran Ciudad I.

«Yo estuve ahí cuando era chico. En su centro había una cúpula con eco», le dije.

Y allí se informaba del hallazgo (detrás de una pared, mientras realizaban tareas de reconstrucción) de un esqueleto que llevaba oculto, calculaban, más de medio siglo. Alguien había tecleado que en los bajos de ese lugar «funcionó» un «centro de detención». Alguien más apuntó que conocía a alguien que había sido torturado allí. La escena me recordó —por un par de minutos y hasta que volví a olvidarla— a esa otra en aquella película: una excavación en un cráter lunar en la que se había encontrado prueba irrefutable de vida inteligente (muy inteligente) en otro planeta. Reflectores y personas moviéndose muy despacio dentro de trajes protectores, casi ingrávidos ante la gravedad solemne y trascendente del momento a inmortalizarse. Ahora, la cámara mostraba imágenes del esqueleto descubierto. Llevaba anteojos/gafas de cristales muy gruesos y su armazón estaba roto a la altura de la nariz y unido por cinta diurex-scotch/teipe/cello. La calavera era una calavera rara: algo deforme, achatada en un costado. Y el esqueleto sostenía en sus manos un papel enrollado que, al desenrollarlo, mostró el dibujo de algo que parecía ser una diosa resplandeciente y –dentro de un globo, mayestática– proclamando un «¡VOLVERÉ Y SERÉ EONES!». Enseguida, el fondo de la pantalla repitió, una y otra vez, furiosamente tecleada por cientos de telespectadores (en muerto y en directo, como en un eco de cúpula) la palabra *Evanauta*.

A continuación, la conductora dijo que había más «noticias craneales» y el conductor le dijo que, cuando terminase la emisión bien podían irse juntos a «mover el esqueleto». Y los dos se rieron mucho, demasiado. Y ahora las imágenes llegaban desde una jungla donde se había descubierto la existencia de una tribu que adoraba a una cabeza pálida y reducida (pero que aun así conservaba un poderoso peinado afro). Una tribu cuyo cacique decía que estaban a la espera de la llegada de una «mujer de las estrellas» de cuya existencia les había contado el dueño de esa pequeña cabeza leyéndoles «un libro sagrado hecho de imágenes dentro de cuadrados».

Y yo vi todo eso y recordé todo aquello. Pero, aunque se pudiese seguir haciéndolo, jamás hubiese informado de nada de eso a los demás (he decidido que mis recuerdos deben ser sólo míos). Y mucho menos hubiese revelado cuál era el nombre de aquel esqueleto (que no demoraría en conocerse). O el nombre (que tal vez no se conocería nunca) de ese otro desaparecido que había perdido esa cabeza que alguna vez había escrito un cuento titulado «Todos los nombres se pronuncian en mi nombre» y de cómo había llegado a esa tribu y por qué había muerto y sido reducido/editado en esa selva.

Y a veces siento –y volvía a sentirlo entonces– como cuando La Evanauta exclamaba «¡CLARIDAD TOTAL Y ABSOLUTA!».

Y entonces La Evanauta lanzaba un rayo desde su tercer ojo para que penetrase en la frente de alguien y entonces le permitiera ver a esa persona —víctima sacrificial pero también privilegiada ofrenda— lo que vendría: la consecuencia de sus acciones, lo imperdonable de su crimen. No El Futuro pero sí su futuro. Y, también, las implacables vistas al por qué acabaron así como son ahora. Y la posibilidad de cambiar ese destino. Ahí, el comienzo de su final con toda precisión y no como se había decidido invocarlo. Y, sí, parte de su premio-castigo era entender al *ahora* como si lo entendieran desde el *después* pero en el mismo momento en que sucedía... Y de nuevo: a veces me siento un poco así. Viendo demasiado, con claridad total, todo lo tenebroso y parcial y relativo y maldita sea pero... Y, claro, La Evanauta es hermosa; pero no es tan hermosa como fue Ella o como es ella.

† **Describir escena que parezca fuera de lugar y cuestionable pero...**

Hoy a la mañana la vi a ella caminar hasta el borde de la piscina, desnudarse, y quedarse allí de pie, no como si posase para una estatua sino como si ya fuese una estatua. Y no pude evitar sentirme un poco Nome Nome Rochester, amo de Thornfield Nome, y el decirme que exactamente así era Ella por entonces. Y que así hubiese sido (de haber sido yo un poco más, de haber sido yo un poco menos) de haberla visto alguna vez desnuda en El Parque de Residencias Homeland. Ella estando como está ella. Exacta, sí. Y, claro, me perturbó el verla a ella así pero, al mismo tiempo, no me perturbó lo suficiente como para dejar de verla. La vi con mis ojos de sesenta años (los ojos del modelo más joven de viejo, pero aun así viejo antes y después de todo) y por las dudas y por educación y por temor, eso sí, enseguida me dije mejor verla con aquellos ojos de Land. En cualquier caso, lo cierto es que, insisto e insistí en ello, no bajé ni aparté la vista.

Después de unos minutos —no podría asegurar si se sabía observada o no— ella pareció cobrar vida y, graciosamente resbaladiza como una gata caliente, se zambulló en el agua con la suficiencia y tranquilidad de quien regresa a casa.

† ... haya producido una cierta inquietud y refuerce todavía más la poca confiabilidad del fantasmal narrador.

En cambio, hay días en que la miro y, para mi sorpresa (aunque ya no me sorprende tanto la segunda vez y todas las varias veces que me sucede eso después), no se parece en nada a Ella. Y, además, no puedo sino preguntarme de dónde sacó y por qué se pone ese uniforme de enfermera.

Y a veces es como si ella se esfumase mientras le hablo, como si fuese señal que viene y va hasta que se interrumpe, como una de esas algorítmicas noticias en el aire.

Y entonces estoy hablando solo y ella ya no está.

Ni desnuda ni vestida.

† Utilizar el recurso del flashback de manera que esté plenamente justificado y no como una forma gratuita y forzada de hacer un alto en el presente y, por lo contrario, que amplíe algo que ya se contó para que...

Y otro cassette extralargo y de dos horas. Etiquetado ahora como *Land #Bla-Bla-Bla* tachando su letra donde antes se leía *Big Vaina #Land*. Ese cassette extralargo que Land grabó para Ella contándole todo lo sucedido en su vida mientras Ella estuvo lejos de Residencias Homeland. Land contándoselo cuando Ella volvió a Residencias Homeland tan cambiada, contándoselo como si fuesen episodios de una serie que nunca llegó a ver. Le doy a la tecla de FFWD y luego STOP y luego PLAY y a ver y a oír dónde y cuándo cae, en qué parte de mi odisea.

De nuevo, la impresión de escuchar mi propia voz siendo aún otra aunque (a diferencia de las grabaciones con Ella y no para Ella) aquí ya anticipando más claramente cierta gravedad cada vez más lejos de toda agudeza. Y, otra vez, el renovado impacto de que yo ya entonces era muy bueno contando como desde afuera una vida (las primeras personas de mi voz y la de Ella) para así acabar refiriéndonos a nosotros mismos desde adentro y en tercera persona y autobiográficamente.

Ahí estoy, ahí oigo a Land buscando el ejemplar único y sólo para él de *El Señor en la Fortaleza* de César X Drill. Y no lo encuentra. No está bajo el colchón de su cama en su habitación ahora sin libros. Y está seguro de que lo dejó allí luego de leerlo una y otra vez hasta sabérselo de memoria. Entonces sus padres lo llaman desde la sala, ordenándole que vaya allí de inmediato. Y le recriminan el haber «traicionado nuestra confianza» (su condena había sido aligerada: Land estaba en libertad condicional para volver a El Parque, pero el veto a lecturas aún no había sido levantado, exceptuando a *Los elementos del estilo*) y le muestran «lo que encontramos escondido debajo de tu colchón». Y, sí, es la novela de César X Drill. Sus cubiertas en blanco y sin título ni nombre. Y lo que ocurre a continuación es algo absurdo y terrible al mismo tiempo: sus padres arrojan a *El Señor en la Fortaleza* a un cesto metálico y lo rocían con líquido para cargar encendedores. Y —sonriendo y sonriéndole con la exageración de quienes saben que su sonrisa no es una sonrisa alegre sino otra cosa muy diferente— dejan caer allí dentro un fósforo y bailan alrededor del fuego lanzando grititos. Y viéndolos, Land piensa en qué suerte que esto esté pasando y que, finalmente, no haya tenido que ser él y sean sus padres quienes, sin saberlo, cumplan las instrucciones de destruir la novela de César X Drill después de que Land la haya leído.

Minutos después —cuando todo ha sido consumido y consumado— es el turno de Land de sonreír. Y les dice: «Les aviso de que lo que acaban de quemar es el único ejemplar que había de *El Señor en la Fortaleza*, primera y última novela de César X Drill. Y que era muy pero muy buena».

Y, ah, cómo le gusta ver entonces a Land cómo los rostros de sus padres parecen como los de los dibujos animados que por entonces ya casi ha dejado de ver porque ya no le causan la menor gracia.

† ... así alcance su pleno significado y más que trascendental importancia revelando algo más o menos inesperado.

Alguna vez Land, a punto de subirse a su primer avión, comparó a aeropuerto con hospital. Ahora, tantos años después, me toca a mí comparar hospital con aeropuerto.

De nuevo, lo mismo de siempre: *arrivals and departures* y demoras y cancelaciones y, en ocasiones, el misterio de un avión impaciente que desaparece en el aire y no llega nunca a destino. Supongo que a esta última categoría pertenecen mis padres, quienes pasaban sus últimos días en algo que no era ni aeropuerto ni hospital pero que sí tenía algo como de sala de espera y check-out de ambos: una «residencia hospitalizada».

Ahí estaban mi madre y mi padre entonces.

Más ex editors que nunca. Compartiendo habitación, en camas separadas pero enchufados a las mismas máquinas que traducían sus signos vitales a ruidos rítmicos y acompasados, como eso que se escucha en los discos y entre las canciones de esa banda que le cantaba a corazones atómicos y a lados oscuros de la luna y diamantes locos y a animales y a paredes y a ecos como el de esa galería a la que alguna vez César X Drill nos llevó a Land y a mí.

Y, sí, Land *no* desearía estar aquí. Yo también. Yo tampoco.

Es posible que todo tiempo pasado no haya sido mejor pero sí es probable que todo lugar pasado haya sido peor.

Aun así −hasta que el N.O.M.E. autorizó a olvidarlo todo, incluso a lo inolvidable− yo visitaba a mis padres en mis cada vez más esporádicas visitas a Gran Ciudad I mientras se pudo entrar y salir de allí. Y en realidad lo hacía no tanto por cariño sino para asegurarme de que seguían allí: recluidos y a salvo de ellos mismos y de que, libres y liberados, no se habían convertido en un peligro para la sociedad.

Antes de entrar a su habitación, cada vez que llegaba allí, yo los miraba desde la puerta y sin que me vieran. Los miraba habiendo alcanzado esa edad en la que siempre parecían tener restos de comida en su barba o en su mentón aunque no hubiesen comido, como si la supurasen (la verdad sea dicha: yo mismo ya había alcanzado esa edad). Los miraba *no* habiendo alcanzado

—negándose a ello con lo que les restaba de fuerza— esa edad, la Edad del Óxido, a la que se arriba luego de haber agotado tanto metal precioso. Tiempo de descuento en el que sólo (y nada les interesaba menos) quedaba el sacar cuentas y pensar, pensar mucho en lo que pasó y en lo que no pasó y en lo que consiguieron o impidieron que pasara. Y, entonces, puestos y obligados a pensar, pensaban sólo en sí mismos: editándose y corrigiendo todo y actuando siempre desde su punto de vista, primera persona del singular, con todas las demás personas funcionando simplemente como *atrezzo*, como utilería a usar y a descartar, víctimas de fuego mal amigo, daños colaterales, bajas para que ellos pudiesen subir. Los miraba diciéndome que no hubiese estado mal el haber tenido un hijo sólo para poder arrojarles un nieto como se arroja una granada de fragmentación. Los miraba a ellos como ellos lo miraban a Land cuando volvían de alguna fiesta y reunión (y, en la oscuridad, sus siluetas a contraluz, asomándose a la puerta de su cuarto) pensando en si él estaría bien pero, al mismo tiempo, en que tal vez no estaría del todo mal que ya no estuviese en absoluto, que nunca haya estado.

Ahora, los roles se habían invertido y ahí estaban mis padres: casi últimos exponentes de su generación a la que se le había impuesto el desafío imposible de cambiarlo todo durante su juventud. Y —a la Era de Acuario le había seguido la Era de Cáncer— no sólo no habían cambiado nada sino que ellos mismos continuaban siendo los mismos de siempre. Ahora, yo no podía sino compadecerlos por la épica magnitud de su derrota que, de algún modo, era celebrada en sucesivas *chansons* como algo digno de ser inmortalizado. Como el mal paso de las Termópilas, como la caída por los acantilados rojos de Chibi, como los arranques de cueros cabelludos en Little Big Horn, como la carga ligera en Balaclava, como el extravío en el bosque de Hürtgen... como tantas refriegas y fricciones íntimas en livings mortales y retiradas naufragando para llegar con las fuerzas justas al gran conflicto en las playas terminales de Nome. Tal vez no se merecían beso ni aplauso pero sí, por lo menos, el consuelo diploma por participar y medalla conmemorativa. Habían estado allí, habían corrido esa carrera y, a diferencia de Land, no habían sido expulsados por no entender restas y divisiones. Habían sido héroes y los héroes no tienen la culpa de acabar siendo anti-héroes. César X Drill lo había predicho aquella tarde cuyo eco todavía oía: «Los héroes de su generación serán los perdedores que sobrevivirán como mártires». Pero mis padres no tenían conciencia de ello y, más que mártires, se sentían como santos elevados a los altares no como premio a sus padecimientos sino como recompensa a sus milagros: al milagro de haber hecho siempre lo que quisieron hacer, a *su* manera, a *su* imagen, a *su* semejanza de sí mismos, tan divinos. Nada les había producido más placer que les rogasen y jurasen por ellos y que tomasen su nombre no en vano sino para potenciar su vanidad. Jamás conocí a nadie (incluyendo a todos mis soberbios autobiografiados) que creyese más en sí mismo que mis padres. Ahora sólo se tenían el uno al otro para creer en ellos.

Y, sí, era casi milagroso el que siguiesen allí.

Ahí estaban mis padres.

Ahora N.O.M.E.nizados; pero, en verdad, ya olvidando/editando mucho a voluntad desde hacía décadas (al punto de sostener, apenas un par de años después de acontecida, ante conocidos y extraños, que la Gran Masacre de la Biblioteca de Gran Ciudad II era algo que Land y yo habíamos soñado o delirado, algo que nunca había tenido tiempo ni lugar).

Ahí seguían mis padres, siempre encantados de estar aún vivos y habiendo faltado a su palabra (durante su infancia, cada vez que habían sufrido algún tipo de percance o enfermedad, le habían dicho a Land, una vez más, que no se preocupase: «Somos inmortales porque acabaremos suicidándonos. Pero eso no te significará ningún problema, porque seguro que morirás antes que nosotros, ja»).

Ahora, en cambio (estaba claro que el suicidio se les había hecho la más incómoda de las direcciones), lucían como los más satisfechos sobrevivientes a esa calamidad que eran ellos mismos. Pero parecían no darse cuenta de ello o no querer darse cuenta y, de tanto en tanto, se desacomodaban en poses que se querían juveniles o con algún eco de gimnasia oriental a la hora de incorporarse en la cama. El efecto era, claro, devastador y producía en el visitante un quebranto como el que se experimenta frente al más quebradizo de los desastres. Sus cuerpos eran como las cáscaras de cuerpos vacíos, como esos moldes cenicientos de Pompeya aún tibios después del volcán. Y esto no dejaba de conmoverme: ambos parecían estar siempre tomados de la mano (manos donde aquellas jóvenes islas de pecas estivales ahora se habían unido en continentales e invernales manchas hepáticas; y Land es tan consciente de ellas porque ya comienza a avistarlas en el mapa y horizonte de sus propios dedos) como si tuviesen miedo de que viniera alguien a despegarlos. Sí: habían vivido en un constante separarse y reencontrarse para volver a separarse y, ahora, acabar unidos para morir pero negando por completo el que estuviesen muriendo. Se estaban muriendo pero no podían creerlo, porque se les hacía incomprensible el hecho de que *algo* suyo —sus vidas— no fuese a terminar al mismo tiempo que *todo* lo de los demás. No podían comprender el que todo no acabase junto con y a ellos. Se les hacía muy inapropiado que el fin de ellos no coincidiera con el fin del mundo aunque, sí, el mundo tal como lo conocieron y lo recordaban pronto fuese a ser algo primero olvidado y luego desconocido. De pronto —en hospitales y asilos y residencias que, se sabe, son sitios muy peligrosos porque mucha gente muere allí— la hora señalada y el rol no deseado (y sus caras viejas rejuvenecidas por el temor) de afrontar ese brutal shock. Ese impacto luego de toda una vertiginosa vida de hacer lo que se les dio la gana al comprender, pero sin querer entenderlo, que la vida ya no tenía más ganas de verlos y mucho menos de aplaudirlos. Y que los hasta esa escena actores de reparto a los que tan poco les habían repartido reclamaban ahora sus primeros planos. Recién y hasta entonces, la súbita conciencia y la inmediata negación de que fueron extras multitudinarios en una película que siempre creyeron protagonizar (una película más de catástrofe que de súper-acción) les impedía asumir la idea de que faltaba muy poco para que dejasen de ser proyectados y bajasen de cartel sin ya tener resto para como, en otras ocasiones, sumar una nueva fuga de otro hospital.

Los médicos me han pedido que les diga algo que los conmueva, que los movilice, que los saque un poco de ese letárgico hechizo que empieza y termina en uno y en otra.

«Hola, PAPI... Hola, MAMI...», les digo casi gritando sabiendo que no me oyen; no porque no puedan oírme sino porque ya no escuchan a nadie más que a sí mismos: hablando solos y sólo entre ellos. Trance que sólo se rompía, cada vez que me veían entrar en su habitación, dándome la bienvenida, invariablemente, siempre con las mismas palabras y negándome y borrándome y editándome:

«¡César!... ¡X!... ¡Tanto tiempo sin verte!... ¡Siempre dijimos que no podías estar muerto! ¡Que eso de haber desaparecido era otra de tus bromas! ¡Qué alegría volver a verte!».

Y lo cierto es que yo los entendía: porque yo también podría jurar el haber visto alguna vez a César X Drill en todas partes; como a alguien a quien se atisba desde una ventana alta de la noche, en un portal oscuro en la acera de enfrente, repentinamente iluminado por un auto que pasa y con un gato enredándose en sus piernas. Aunque –a diferencia de mis padres cuando me veían a mí– yo veía a César X Drill todo el tiempo y en todas partes. Mis padres, en cambio, veían a César X Drill sólo cuando me veían. Y, como siempre entonces, cada vez que mis padres invocaban su nombre, mis ojos buscaban y encontraban al espejo más cercano. Aquí, un espejo estratégicamente ubicado en su habitación de residencia hospitalizada (casi una suite) y pista de despegue. Un espejo colgado en un muy preciso ángulo de la habitación perfectamente calculado para que los pacientes no se vieran demasiado tiempo en él, pero que también los hiciese conscientes de su presencia allí, en esa pared. Y se consolasen pensando en que, luego de toda una vida de vampiros, aún se reflejaban en este espejo (su función muy distinta a la de los espejos enfrentados en los departamentos de mi infancia y cuya función era la opuesta: verse todo el tiempo, admirarse multiplicándose hasta el infinito en un ejército de dos sabiéndose legión).

Y, sí, es posible, no hay dudas, en esto la locura de mis padres no estaba tan loca: yo era más o menos igual a como sería César X Drill de haber él alcanzado mi edad. Ese César X Drill nunca *forever young* sino desde siempre *forever old*.

Y entonces a pedido de ellos –quienes aplauden como niños– les cuento un nuevo capítulo de *El Señor en la Fortaleza*.

«¡Gracias, César! ¡Gracias, X!», casi gritan.

Y tiempo después escribo y paso de primera a tercera persona algo que digo en uno de los cassettes que grabó Ella:

«Y, ah, por ahí −en rojo sobre azul sobre aire amarillo− circulaba, primario, un colorido Nome al que mejor no darle mucho Nome en cuanto a que la Nome de Nome, durante uno de los tantos *paréntesis* con el Nome de Nome, "Nome Nome" con Nome Nome Nome. Nome al que mejor dejar en punto muerto, en puntos suspensivos, en punto y coma y en coma, en punto no final: porque no habría sido algo tan *importante* después de todo. Y lo que más importaba era la Nome Nome entre los Nome, así que mejor punto seguido y a seguirla».

Y entonces (sobre mi escritorio tengo también esa foto de César X Drill agarrándose la cabeza como para que no se le caiga por su propio peso, apoyado en sus codos, contemplando desde arriba una página en el blanco Vantawhite más vacío) me digo que, sí, el parecido es imposible de negar.

Y vuelvo por unos minutos a esa parte en ese cassette y edito a toda velocidad esa parrafada suplantando tanto Nome con algunas palabras. Y escribo y leo que cuando yo era chico, ah, por ahí, circulaba, primario, un colorido rumor al que mejor no darle mucho empuje en cuanto a que la madre de Land, durante uno de los tantos *paréntesis* con el padre de Land, «tuvo algo» con César X Drill. Rumor al que mejor dejar en punto muerto, en puntos suspensivos, en punto y coma y en coma, en punto no final: porque no habría sido algo tan *importante* después de todo. Y lo que más importaba era la relación profesional entre los tres, así que mejor punto seguido y a seguirla.

Después −para bien o para mal y por suerte buena o mala− el Nome regresa y arrasa todo y todo se olvida o al menos eso es lo que yo no me olvido de creer que así fue y así es.

Y luego vienen a buscarme un doctor y una enfermera y me llevan a otra habitación de esa suite. «Mi habitación», me dicen. Y me ordenan que no salga de ahí hasta que pase la emergencia.

Pero me escapo de ahí y no pienso volver nunca y me duele la cabeza de tanto mirar fijo radiografías craneales que, me dicen, son mías y no de mis padres.

Adiós entonces y por última vez a ese lugar donde los padres y madres de los hijos/hijas de..., uno a uno, van dejando de existir; se extinguen como pequeñas velitas no de iglesias sino de tortas/pasteles/tartas de cumpleaños de la infancia. Los padres y madres de los hijos e hijas de… estaban muriendo del mismo modo en que esas actrices y actores ahora ancianos y hasta hace poco eternos galanes o mujeres fatales de pronto agonizaban en todas y cada una de sus películas. Todos y todas se esfumaban como dioses ancestrales hundiéndose en el olvido de sus fieles partiendo a mansiones en los altillos del cosmos y de las que ya nunca descenderían.

Y pienso en que lo único que necesito ahora –como lo único que necesitó Land en su momento para evadirse de todo– es un centro comercial y las escaleras de un centro comercial con librería. Y quedarme ahí leyendo horas y horas hasta que aparezca un ajedrecista alucinado y me pregunte si tengo ganas de jugar una partida. Y me diga –sonriendo y tentador– que si le gano podré recordar mi infancia y mi adolescencia, y que si pierdo podré olvidar todo lo demás, y que si hay tablas…

† **Contar velozmente de qué trata** *El Señor en la Fortaleza.*

Aunque algunas cosas del ahora *también* merezcan ser preservadas. Por ejemplo, ahora yo y ella, sentados en el suelo con el acorazonado grabador entre nosotros, como si fuese una pequeña y elocuente fogata. Escuchamos el cassette TDK D120 al que rotulé como *Big Vaina #Land* y editado por Ella como *Land #Bla-Bla-Bla* y que le dejé a Ella como despedida.

Y ella, escuchando, a veces se ríe y a veces abre bien los ojos y mueve la cabeza como no pudiendo creer lo que oye. «¿Cómo era que tú y tus amigos pasaban tanto tiempo juntos, en persona? ¿No tenían teléfonos para verse desde lejos sin necesidad de juntarse?», «¿De verdad Moira Münn te hizo eso? Pero, un momento, si en su libro lo cuenta de otro modo… No lo puedo creer… Qué mierda de persona… Justo cuando pensaba en hacerme fan suya porque tenía sitio libre para ser fan de alguien más después de que se muriese un…», me dice ella primero con el desconcierto de saberse engañada pero enseguida con el alivio de quitarse algo de encima y antes de un «¿Para qué leías tanto?».

Y me digo que tal vez ella no sea de cristal. Tal vez ella sea de acero o, mejor, de teflón. A su generación nada se le pega y se limpia muy fácilmente. Medio ciegos por pantallas y casi sordos por audífonos (pero no la noble ceguera y la digna sordera de aquellos quienes, se sabe, ven y escuchan cosas invisibles e inaudibles para quienes gozan de visión y audición perfectas). Viven informándose para desinformarse. No les importa y mucho menos les inquieta no entender lo que ven pero no soportan no entender lo que leen (y es por eso que leen poco). Les preocupa tanto el calentamiento global, pero tan sólo como si fuese una pequeña parte de su escalofrío personal. O tal vez sea porque —como se maravilla ella— su generación se haya relacionado con casi todo no «de cerca» sino a través de pantallas larga distancia: lo que permite un vínculo veloz y un desvincularse aún más velozmente. Concentrarse en algo y no concentrarse en alguien con un chasquido de dedos y un parpadeo de ojos como de quien se autohipnotiza o sale de ese trance en el que entró por sí solo: como ese voluntario para el siguiente truco que nunca es magia sino ilusión y que, por lo tanto, es el truco más difícil de todos. Todos entrando allí pensando en que todo cabe y sale de allí. Descendientes directos de aquellos quienes, frente a un paisaje deslumbrante, comentaban a modo de elogio deslumbrado un «Parece algo salido de un cuadro» sin siquiera llegar a pensar que es el cuadro el que había salido de ese paisaje. Tal vez, pienso, para ellos —para ella y su generación— el N.O.M.E. haya sido una bendición maldita porque después de todo los libraba de pensar en que, en primer lugar, nunca habían tenido demasiado para recordar, así que era tanto mejor imaginar que se había olvidado mucho.

Ahora, la voz de Land en el cassette empieza a contarle a Ella el argumento de *El Señor en la Fortaleza* y presiono PAUSE cada tanto para añadir algún dato, para precisar algo porque, seguro, la trama de la novela (y el lugar y la época en la que transcurre) será un tanto imprecisa para ella. Y le explico quién fue César X Drill. Y ella me escucha con boca entreabierta y ojos entrecerrados: con esa cara que es la cara primal que pone todo aquel a quien le están por contar una historia. Le explico lo que pasó en Gran Ciudad I, en la ciudad en la que nací, durante mi infancia.

Le explico quién fue aquel que volvió y murió para que, enseguida, muchos se fuesen o murieran y que está inspirado en El Primer Trabajador (y le explico quién fue el vampírico El Primer Trabajador y le cuento acerca de sus manos, sus manos cortadas). Le explico también que en *El Señor en la Fortaleza* ese alguien que volvió no vuelve: que no llega a volver porque muere antes de volver. Le explico que entonces la historia –la Historia– se modifica y que tal vez vaya a ser mejor de lo que fue o era o sería. Aunque nunca se sabe y queda sin saberse; porque la novela termina antes de que se narre qué acabó sucediendo luego de ese no-retorno. Aun así, por encima de todo y de todos, está ese extraño personaje: El Señor en la Fortaleza. Y me escucho contando que toda esa alteración espacio-temporal es consecuencia del auto-exilio de un hombre que se recluye en una mansión en lo alto de un monte y quien, desde allí, corrige y edita los acontecimientos históricos y... «Ahora que lo pienso la novela de César X Drill tenía algo de simbólicamente profético: toda esa gente yéndose sin poder regresar», le digo a ella.

Entonces ella vuelve a presionar PAUSE y me dice:

«Pero me parece que esto no es una novela... Me parece que esto es como tu autobiografía pero escrita por otro, ¿no?».

† **Poner/ponerse en jaque.**

Lo que se oye a continuación en ese mismo cassette es el recuento del día en que la Big Vaina llega a su fin (a ella le encanta lo de Big Vaina y me dice que sería muy buen nombre para una de esas bandas coreanas o, mejor aún, para una de esas jóvenes estrellas con caderas agitadas y voz mecánica recitando versos casi pornográficos).

Land está en las escaleras de Salvajes Palmeras y no tiene ganas de leer y entonces ve a ese ajedrecista alucinado. Se acerca despacio y cada tanto mirando hacia atrás, asegurándose de que tiene espacio libre para salir corriendo por si el hombre empieza a gritar y lanzar golpes y patadas a rivales invisibles (alguien en Salvajes Palmeras le comentó a Land que tuviese cuidado con él, que estaba loco, que una vez estaba tan abstraído jugando consigo mismo que se prendió fuego con un cigarrillo y no hizo nada por apagarse y tuvieron que extinguirlo, porque, indiferente a las llamas y en llamas, el hombre ardía fuera del mundo y dentro de una movida). Ahí está, inmóvil, el ajedrecista alucinado sentado en una silla plegable y con el tablero de ajedrez sobre una mesa también plegable, como esas que usan los militares de alto rango para contemplar carnicerías desde lejos. Y jugaba consigo mismo. Y hablaba solo y movía las piezas con cierta dificultad: porque ese tablero era muy pequeño y se cerraba sobre sí mismo para convertirse en una pequeña caja donde se guardaban las minúsculas piezas (que no eran blancas y negras sino rojas y azules) y que se encajaban en el centro de pequeños orificios en cada casilla. Era lo que se conocía como un «ajedrez de viaje», y estaba claro que el hombre llevaba mucho tiempo viajando.

Y entonces Land recordó lo que había aconsejado/ordenado César X Drill. Así habló César X Drill (y así escuchó Land): «Nunca juegues con esos... seres. Son sabios terribles. Pueden anticipar hasta cincuenta jugadas y, por eso, de algún modo pueden ver el futuro. Son como personas que abren una ventana y asoman la cabeza y ven el mundo entero. Pueden ver el futuro, sí... Y hasta alterarlo cambiando el curso de una partida. Ni siquiera los campeones mundiales se arriesgan a jugar con ellos y casi se persignan cuando los ven allí sentados y expectantes, como si fuesen *djinns* a la espera de cumplir deseos a su manera, en Washington Square o en el parque Gorki. Y entonces apartan la mirada y siguen de largo acelerando el paso. Y no lo hacen por temor a perder (aunque suelan perder cuando se arriesgan a enfrentarse a estos sabios) sino por terror a no volver a ser quienes eran antes de esa partida sin vuelta. Tienen pánico de que el haber sido expuestos a semejante influjo (a tales jugadas fuera de todo manual y lejos de toda lógica) les haga replantearse no sólo el sentido de su juego sino de la vida entera y queden atrapados en una especie de bucle... Se puede decir que –como en el amor– durante una partida de ajedrez siempre hay uno que escribe y otro que lee. Y que ambos se preguntan qué es lo que va a pasar, aunque sólo uno de ellos sabe qué pasará».

Pero Land –tal vez por todo eso de lo que le advirtió César

X Drill, porque necesita un gran cambio– desobedece y se sienta a jugar con el ajedrecista alucinado.

Y la partida termina tan rápido que pareciera ni siquiera haber comenzado.

Y lo más extraño –piensa Land poniéndose de pie con dificultad, como pieza caída y devuelta a un tablero secreto, para regresar a Residencias Homeland– es que no recuerda haber ganado, pero tampoco haber perdido, o hecho tablas, empatando de un modo que no tiene nada que ver con un empate romántico aunque sí, de algún modo, muy emocional.

Lo que sí sabe Land es que el ajedrecista no era alucinado sino alucinante, y que ahora el alucinado es él.

Lo que sí recuerda Land es que su futuro ya no sería el que iba a ser hasta entonces.

Y así fue.

Su futuro, en cambio, en gran cambio, es este, qué grande, qué vaina.

† **Preguntarse si hay alguien allí. Responderse que no se sabe.**

Esta madrugada escuché cómo una familia de jabalíes entraba a mi jardín por un agujero en la verja. Decidí dejarlos, no hacer nada, dejarlos hacer.

Al amanecer salí a ver cómo lo habían dejado todo. Y allí estaba ella, junto al sitio en el que había enterrado el cadáver del hijo de… escritor. Temblé y quise atribuirlo a ese frío que es el que se siente justo antes de que se encienda el sol. Pero no: era otro frío. Un frío no de fiebre sino de temor. Me acerqué hasta donde estaba ella mirando hacia abajo. Caminé hasta allí con piernas que apenas me sostenían (piernas que eran como brazos cuando se camina cabeza abajo) y sentí como si hubiese demorado no un largo minuto sino una breve hora en llegar al borde del pozo. Estaba claro que yo no había cavado lo suficiente y que lo había enterrado a poca profundidad. Y que los jabalíes, olfateando algo comestible, habían escarbado allí con sus pezuñas y colmillos hasta dejar la alfombra al descubierto. Entonces, ella saltó ahí dentro junto a la alfombra y empezó a desenrollarla. Cerré los ojos para no ver y, cuando los abrí, ella me miraba fijo y me preguntó qué era todo eso. Todo eso dentro de esa alfombra. Eso que no era un muerto sino, ahí, todas mis vidas de otros: ejemplares de mis autobiografías ajenas, bajo tierra y ahora exhumadas. Me mira con cara de no entiendo. La miro a ella con cara de no entender y pensando que toda la escena bien podría ser una variación de esos ejercicios de escritura en los que no se dice nada, en los que nadie dice nada y que, en las películas musicales, de nuevo, es cuando la música sube y lo cubre y descubre todo.

† **Ejecutar variaciones sobre un aria.**

Ayer volví a escuchar —conozco su nombre porque lo leo— el *Aria mit verschiedenen Verænderungen vors Clavicimbal mit 2 Manuale.* Mejor y masivamente conocidas como —leo la portada del álbum— *Goldberg-Variationen* o *Variaciones Goldberg* de J. S. Bach y compuestas a pedido de un noble insomne que necesitaba de música para dormir. No canciones de cuna sino transmutaciones de lecho. Y J. S. Bach recibió el encargo de su cliente y, de algún modo, le compuso una autobiografía soñadora. Esa aria y sus desgloses que sólo se van para volver a encontrarla al final (como yo, porque Ella es el aria a partir de la que yo varío) y que, siglos después, recompondría el pianista canadiense Glenn Gould en dos versiones y tiempos: la más veloz amaneciente de 1956 y la más reposada y crepuscular de 1982. Ayer por la noche, mientras escuchaba la segunda de ellas —la que más escucho—, la luz se fue para aún no volver. Adiós a lo eléctrico y la sensación de que, con el adiós a la energía, el mundo es ahora más primitivo y sus sonidos han vuelto a ser los que compusieron ese silencio durante milenios.

Ya es el mediodía de la mañana siguiente y algo me dice que la electricidad no volverá, que lo acústico ha llegado para quedarse. Por lo que ahora me la paso tarareando esa aria y sus irradiaciones para, así, comenzar con el rito de la preservación de su recuerdo por todo el tiempo que pueda.

Glenn Gould era, sí, aquel pianista que me mencionó César

X Drill aquella tarde en que pasó a buscarme por el colegio Gervasio Vicario Cabrera, n.° 1 del Distrito Escolar Primero. Aquel al que me señaló y a quien definió con un «el Wittgenstein del piano, va a ser tu intérprete de música clásica favorito». Ese que César X Drill ponía como música de fondo para su tormento despierto pero a la vez soñador cuando se sentaba a escribir y a gemir, como Land lo vio esa noche en su casa en Gran Ciudad I. Como en tantas otras cosas que heredé de él, César X Drill estaba en lo cierto. Glenn Gould se había retirado de los escenarios a los treinta y un años, en la cumbre de su carrera y fama, para convertirse en su propio paisaje sabedor de que cuando un hombre se convierte en el único paisaje de sí mismo es cuando alcanza la forma de la soledad perfecta y, por lo tanto, muy bien acompañada. Glenn Gould se había aislado para, a partir de entonces, limitarse a grabar las partituras de otros, sus «voces», pero reformulándolas (todo intérprete musical es también un autobiógrafo, un *ghost-player*), así como a dedicarse a sus muy personales collages/montajes sónicos en busca de la frecuencia precisa (aunque murmurada, susurrada, gimiente) de la melodía de la soledad. Soledad que le fascinaba como condición, y a la que investigaba sin pausa reportando que «No sé aún cuál es la proporción precisa, pero siempre he sospechado que por cada hora que se pasa con alguien hacen falta X horas a solas, para compensar; algunas vez calcularé la proporción exacta».

En eso estaba yo —brusco cambio de repertorio, supertrampeando y cantando «If Everyone Was Listening»— hasta que llegó ella con la voz de Ella.

† Escribir párrafo en el que alguien habla y alguien le dice a quien habla que «No tengo la menor idea de lo que me estás hablando».

A veces, con sólo mirarla, experimento unas incontenibles ganas de hablarle a ella casi como a una hija. Diciéndole cosas en las que quiero creer, reforzándolas con citas de otros, tal vez influenciado por aquella canción que grabé en uno de los cassettes y en la que un padre y un hijo conversan y discuten y tal vez se reconcilian en sus diferencias. Intuyendo –pero en mi defensa jamás deseando ser su mejor amigo, como un verdadero padre– que no es que sea tan importante lo que le digo sino que me importa mucho el que me escuche.

No es un gesto generoso, claro, sino más bien egoísta: sentir que la paternidad se limita a eso (a ejercer por apenas unos minutos como sabio) y después poder seguir siendo alguien quien nunca quiso perpetuarse en otros.

Así habló Land y hablé yo (y así fingió escuchar ella): «Sabes... No sufras... Nunca volverás a ser tan joven como en el momento en que piensas en que ya no eres joven... Ten paciencia. Tu futuro pronto llegará y se echará a tus pies como un perro que te conoce y te ama sin importar lo que seas. Comprendemos que el pasado no nos alimentará ni calentará ni comprenderá ni amará... Y es así como avanzamos hacia el futuro; hacia el espacio entre las estrellas donde nos espera la constelación de nuestro amor... Seguramente allí nos entenderán... Tengo un libro con mapas del espacio, con esos nombres que les imponemos a planetas y nebulosas para sentir que los conocemos y, bautizándolos, creer que más o menos los comprendemos y dominamos, como si fuesen hijos nuestros y no, en realidad, la materia de la que provenimos y estamos hechos... Y es que si no pudiésemos nombrarlos nos volveríamos locos, nos volverían locos... Te lo puedo mostrar, si quieres... Y entonces comprenderás que todos los momentos, pasados, presentes y futuros, siempre han existido y siempre existirán... De nuevo: supongo que en el fondo más profundo es por eso que las personas tienen hijos: para así inmortalizar su mortalidad... Para ganar tiempo mientras lo pierden... El Tiempo Puro, el Tiempo Perceptible, el Tiempo Tangible, el Tiempo Libre de Contenido y Contexto... Todos los tiempos al mismo tiempo: un tiempo santo y un tiempo más allá de este mundo y en otro mundo... Hay tiempo, siempre lo habrá... Y a veces, incluso, se *tiene* tiempo... Y ese tiempo nunca será el mismo y cambiará siempre de carácter... Porque debes saber que se puede ser desesperadamente infeliz siendo fundamentalmente feliz. Y creo que tú lo eres. Eres una de esas personas para las que la infelicidad es como una tormenta de verano. Esas que hacen pensar en que el cielo te caerá encima pero de pronto ya fueron, ya han dejado de ser... Y, de acuerdo, se puede pensar que el pasado fue y será siempre mejor, pero sabiendo que se lo hace desde un presente en el que aún está todo por suceder. Y, por eso, podrá superar a todo lo sucedido... Tienes toda la vida por delante... Todas las vidas... Ya sabes, ahora y hasta hace poco estuvo muy de moda todo eso del metaverso, de múltiples dimensiones... Todo muy ciencia-ficción... Pero yo siempre creí que todo eso era real y en presente y era así desde siempre... Es decir: cuando nacemos, todos somos muchos y llenos de posibilidades y de... versiones. De variaciones. Y a medida que vamos creciendo, con cada decisión que tomas, una de esas versiones y variaciones desaparece. Una tras otra. Hasta que al fin acaban reencontrándose con el aria de la que empezaron surgiendo. El secreto está en elegir sin descartar... Y, de acuerdo, no son buenos tiempos, son tiempos desafinados... Pero algún día todo esto pasará. Como han pasado tantas otras cosas. Como pasa la infancia, los padres, la adolescencia, las ideologías, los exilios que son, también y a su manera, enfermedades de las que se sale más fuerte. Lo mismo sucederá con el N.O.M.E. Un día despertaremos y no nos daremos cuenta de que es esa mañana cuando todo comienza a volver a ser no como alguna vez ha sido sino mejor de lo que jamás fue y...».

«No tengo la menor idea de lo que me estás hablando... ¿Qué es todo eso del N.O.M.E.?», me dice ella.

Y yo entonces prefiero pensar que no tengo la menor idea de lo que me está diciendo ella.

Ese (creo, lo descubro recién ahora, comprendo que estamos bien, que estamos mejor de lo que estábamos, que estaremos cada vez mejor de lo que nunca estuvimos) es el tan frágil secreto de la más sólida de las felicidades.

Y no hay nada más que decir.

† **Decir algo más.**

O sí: porque entonces ella me mira y me sonríe como nunca me ha sonreído hasta ahora y me dice, por una vez, con una voz igual y exacta a la de Ella a su edad.

Así habló ella (y así la escuché yo):

«Lo estuve pensando y me parece que lo que quiero es ser escritora».

† **Pensar algo más.**

Pero, tal vez, en verdad esa actitud mía no sea otra cosa que un eco de aquellas conversaciones mías con Ella. Casi todas bien preservadas en cassettes, pero en más de una ocasión sonando para mí con la ambigua fidelidad de un animal embalsamado (cualquier animal embalsamado pero, por favor, que no sea la jirafa de Moira Münn). Algo que estuvo vivo y ya no lo está pero que se empeña en parecer como si aún respirase: en posición de ataque o de reposo, da igual. De ahí que, con el paso de los días, cada vez escuche menos esas grabaciones porque, suele ocurrir, me devuelven el eco de algo que no era como yo lo recordaba. Algo que yo recordaba como a un «Hola» y que ahora me suena más a un «Adiós».

Ayer escuché aquel momento de viento entre palmeras y loros de plumaje casi sinfónico en sus colores. Minutos y minutos de sonido ambiente y, de pronto, la voz de Ella rompiendo ese tan sonoro silencio y diciéndome: «Todo lo que no ha sido dicho está dicho para siempre».

Sea.

† **Soñar algo más.**

Un sueño más. Un sueño importante: el tipo de sueño que el soñador —aunque sea consciente de que está en un sueño— se dice que debe esforzarse por no olvidar para así apreciarlo mejor y más descansado una vez despierto. Pero, claro, los sueños, sueños son y, como vampiros, se hacen polvo con la luz del amanecer. Y entonces ahí está uno: intentando coser jirones de tela color Vantablack o uniendo palabras sueltas que se apuntaron en una libreta gris durmiendo junto a la cama. Cama sin sábanas, colchón con un estampado a rayas que es como el de uno de esos piyamas clásicos, como de pijama antiguo.

Y hasta donde supe y sé (hasta donde por el momento recuerdo) todavía no había certezas científicas en cuanto a por qué el hombre sueña. (Y, sí, si soñando desde hace milenios el hombre aún las razones de eso no estaban claras, poco y nada me costaba pensar que faltaba mucho para saber qué era el N.O.M.E. y por qué había venido a recordarnos que había llegado la hora de olvidar). Se decía que lo que sí estaba probado era que se olvidaba más o menos el 95 % de lo que se soñaba. Se decía que con los ojos cerrados se procesaba buena parte de la información que se recibió con los ojos abiertos. Se decía también que, por lo contrario, era cuando se dormía que la mente purgaba aquello que, pensaba, no tenía razón alguna de ser o de ser pensado; y que allí y entonces se batía el duelo entre lo olvidado y lo olvidable. Y sí se habían mapeado —como si se tratase del suelo del más profundo de los mares— diferentes zonas del cerebro: órgano admirable aunque no el más ideal para la retrospección constante, por lo que preserva casi al azar vistas parciales y episodios fugaces nunca de manera fiel y completa para que, tal vez, así pueda intervenir posteriormente la selección y edición artística de lo real (de ahí que las personas con mejor memoria no sean las más imaginativas). Se habían propuesto interpretaciones míticas y neuróticas o científicas danzas de neuronas. Se habían publicado muchos *diarios de sueños* cuya información no podía ser muy fiable y mucho menos completa. Se había entrevistado a quienes sueñan más y recuerdan mejor los sueños y a quienes dicen nunca haber soñado. Se había concluido —aunque aún sin evidencia del todo firme— que el soñar y el recordar eran movimientos complementarios de lo que hasta no hace mucho se consideraba incompatible. Así, recordar el pasado era una forma de sueño y soñar con el futuro vendría a ser otra manera de hacer memoria. Inventar era soñar despierto sin olvidar.

Y me acuerdo de algo que leí sin acordarme de dónde lo leí: Inventar era recordar hacia delante. Recordar era inventar hacia atrás. Soñar era recordar inventando de arriba abajo.

Y, ahora que lo pienso, tal vez la verdadera razón de esa parcial y cotidiana amnesia onírica desde hace milenios haya sido implantada allí para acostumbrarnos de a poco y ayudarnos a soportar mejor el insomnio de este nuevo olvido donde todos vamos cayendo sin saber si alguna vez volveremos a levantarnos. Sí: la vida será sueño.

De ahí que ahora, esta noche, opte por contar –como si lo grabase– este último sueño a medida que lo sueño. Atesorándolo como a –por fin conseguida– esa largamente buscada figurita/barajita/cromo con la que lleno y completo con el sueño de mi vida al álbum de mi vida.

Aquí viene. El sueño comienza con un fondo de luces y sombras y una voz narradora que no es la voz de Rod Serling sino la voz de Ella con la voz de ella, y a quien, de pronto, vuelvo a ver elevándose junto a aquella piscina, magnífica y todopoderosa.

Y así –*flanging*– hablan Ella y ella:

«He aquí la historia que, yo también, cedí al deseo de contarte, cuando apenas te conocía aunque sabiendo que te conocería para siempre. A ti que ya no puedes acordarte, pero que has influido en mí tan oportuna, tan violenta y tan eficazmente, para recordarme sin lugar a dudas que lo que yo deseé siempre fue un final abierto desde el cual poder volver a entrar. Entrar a nadie más que a ti e invitarte a que entres en mí. A ti que haces admirablemente lo que haces y cuyas espléndidas razones, que yo no considero en los confines de la locura, relampaguean y caen mortalmente como el rayo. A ti, que has sido puesto en mi camino para que yo experimente la memoria que conservas en ti y en el estilo de tus elementos. A ti que habiendo contado tantas otras vidas te olvidaste de contar la tuya y ahora, finalmente, la cuentas y te la cuentas».

Luego, todo se veía como desde las alturas, donde yo no podía verme a mí mismo pero sí me sabía –ni volador ni desnudo– de nuevo con aquella gorra de cuero y chaqueta impermeable. Yo era infernal y angélico. Yo volvía y era eones con una claridad total y absoluta. Yo flotaba sobre la Gran Ciudad I de mi infancia. Gran Ciudad I contenida dentro de una esfera de cristal. Y desde fuera yo, ahí dentro, contemplaba columnas de personas desbordando sus calles. Y no eran las habituales columnas de manifestantes a favor o en contra de algo o de alguien. No: eran columnas de abuelos y padres e hijos. Todos en procesión, como al final de esa película dibujada y animosa –luego de aquel aquelarre de fantasmas y esqueletos y de ese gran demonio surgiendo de un volcán– entonando una música sacra y virginal y santa y pura. Todos marchando de nuevo maratónica pero, también y por fin, armoniosamente sabiéndose que todos los que salieron saldrían ganando. Y todos cantando una canción que era –ahora sí, en serio, de verdad– música maravillosa. *Chanson* de gesta recién parida y que no es la mía y la de Land; pero que de improviso sentíamos como de nuestra propiedad y tan apropiada aunque no entendiésemos del todo sus versos (porque en los sueños se canta pero nunca se recuerda la letra). Lo único que alcanzaba a oír yo allí, con deslumbrante claridad, era una parte en la que se gritaba de corazón un «¡Perdón... Perdón... Qué grandes son!». Sí: eran todos *muchachos perdonistas* (con la plural *s* pronunciada, correctamente acentuados, ya no agudos en su condición, ahora graves y llanos y sin necesidad alguna de ser corregidos) quienes por fin, familiarmente, unidos y triunfales, se perdonaban los unos a los otros. Y se perdonaban porque se acordaban de todo y de todos. Se perdonaban de verdad: sin secretos ni mentiras ni voluntariosos olvidos. No a causa de una nueva enfermedad pero sí por esa Causa de haber estado tan enfermos durante tanto tiempo sin siquiera haber sido conscientes de ello, sin haber podido solucionar Su Caso en Su Mundo que ahora se cerraba y resolvía. Todo resuelto, todos resueltos. Examen por fin rendido y aprobado y exacto y matemáticamente correcto y corregido con las más excelentes de las calificaciones. En suma: lo que fue reprobable rojo sobre página en blanco ahora era azul y respondido al completo y aprobado. Y ya no hasta la victoria siempre sino la victoria para siempre. Y, graduado, yo –readmitido, admitiéndomelo– también les pedía perdón a todos, y estaban todos perdonados.

Y, en la pacífica y amorosa multitud, distinguí a un hombre solo junto a un semáforo. Y parecía tan triste y distante y fuera de todo. Así que atravesé la membrana que recubría los bordes de la esfera y –como si flotase en líquido amniótico, fundiéndome con y absorbiendo a quien alguna vez había sido mi otro yo– descendí hasta ese hombre. Y le sonreí y me sonrió y le pedí a César X Drill que se sumase a la fiesta. Y se unió a la marcha. Y —así habló César X Drill (y así lo escuché yo)— me dijo algo que entonces me emocionó mucho. Algo que siempre quise oír, algo que había esperado oír desde hacía tanto tiempo. Una palabra a la que yo respondí con otra pero que, ambas, por fin se juntaban y nos unían en mutuo reconocimiento. Y, atardecía, la marcha hacía un alto frente a Residencias Homeland, en Gran Ciudad II. Y de allí salieron aparcados y aparcadas de El Parque para jugar a El Escondite. Y todos —«Piedra libre para todos mis compañeros» y «1-2-3 por mí y por todos»— se encontraban para ya nunca perderse. Y entonces yo corrí como nunca había corrido hasta las escaleras del centro comercial Salvajes Palmeras. Y allí estaban, juntos otra vez, William Strunk Jr. y Ludwig Wittgenstein sentados —arcángeles resplandecientes— a diestra y siniestra de aquel ajedrecista alucinado que se parecía tanto a ese pequeño dios en las afueras de aquel gran cuadro y quien clavaba furiosamente las piezas azules y rojas en el tablero y me invitaba a jugar. Y la partida duraba segundos o días, como duran poco y mucho y al mismo tiempo todas las cosas en los sueños. Y, al llegar el momento de la última movida, todo se movía y temblaba. Y los montes que rodeaban a Gran Ciudad II se abrían como esas cajas-sorpresa. Y de allí dentro brotaban naves extraterrestres (una de ellas lanzó un rayo de luz y pulverizó al colegio San Agustín, ¡aleluya!) y sus compuertas se abrieron y de allí brotaron jabalíes como los de Gran Ciudad III. Y sobre uno de ellos, de pelaje casi albino, montaba el hijo de… escritor con ese lápiz rojo y azul en alto y gritándome: «¡Los libros deben parecerse no a sus lectores sino a sus autores para que así, luego de leerlos, sus lectores puedan parecerse a esos libros! ¡La realidad no imita a la ficción porque la ficción no quiere que la plagien! ¡Nos convencemos de esto para que las desgracias sean más soportables al ser dignas de ser contadas! ¡No: es la ficción la que no quiere y mucho menos necesita imitar a la realidad porque no tiene el menor interés en que la limiten! ¡Así que inventémonos el vivir y el haber vivido! ¡Seamos todos *ghost-writers* de nosotros mismos! *Enter ghost-writers!* ¡Los fantasmas existen no sólo en Navidad y la festejan todo el año! ¡Felices Fiestas!».

Y entonces una explosión atómica en blanco y negro y todo era cubierto por un pesado telón no de terciopelo azulado sino de impenetrable color Vantablack.

Y el sueño terminó de contarse para que –habiéndolo contado y ofrecido mi testimonio– yo pudiese empezar a olvidarlo.

† **Redactar algo entre paréntesis: Tema estar redactado entre paréntesis.**

(Cuando se alcanza y se cuenta un final feliz, en la mayoría de los Casos del Mundo, no se repara, o se prefiere no reparar en ello, en que ese final feliz tenga o no tenga garantizada su duración más allá de esa última línea. Un final feliz siempre estará entre paréntesis –como la realidad entre comillas– y cerrando con puntos suspensivos. Un final feliz es como contemplar el más engañosamente pacífico de los océanos en la noche y desde la orilla: se ven sólo sus bordes y se intuye y se confía en su inmensidad en las sombras, pero quién sabe... Por lo que es recomendable proponer finales felices sin final. Y los únicos posibles entre esos finales felices son aquellos que no miran hacia delante sino hacia atrás. Dicen que algo así sucede o se desea que así pase en el último momento de la breve vida y en el primer momento de la larga muerte: eso de todo lo vivido revivido, en reversa, frente a los ojos cerrados o demasiado abiertos. Y lo cierto es que yo nunca fui muy amigo de esas video-instalaciones funcionado como cuadros en movimiento de todos aquellos que no sabían pintar. Pero debo decir que sí me inquietó, me movilizó mucho, la filmación de un mar en sentido contrario: las olas, una tras de otra y marcha atrás, como variaciones del aria de una primera ola, retrocediendo desde la playa hasta volver a las profundidades... Olas a descontar como si fuesen ovejas... En lo que hace a la posibilidad de la muerte detonando síntesis y resumen de todo lo vivido, a mí me gusta pensar otra cosa. O al menos lo preferiría. No eso que leí o vi en más de una ocasión y en lo que se ofrece, como forma de paraíso, a la repetición constante, en un loop, del momento más querido de la vida y que (como con los genios embotellados o las patas de mono) siempre suele elegirse mal al no recordarlo bien. Lo que me gustaría a mí sería que toda esa vida condensada no respetase, hacia atrás o hacia delante, el curso de lo acontecido sino, por lo contrario, que todo estuviese reordenado y catalogado en categorías temáticas. Y que se pudiese elegir o descartar como quien cambia de canal televisivo: todo el dolor junto, todo el sexo junto, todo el aburrimiento junto, todo lo que se leyó junto, todo lo que se soñó junto, toda la súper-acción junta, todo lo que se perdió o se olvidó junto, todas las mentiras y las verdades y los secretos juntos y entonces todo...).

† *Aquí estamos #Intro.*

Ahora ya sin electricidad en los cables, afortunadamente, la grabadora es todo corazón y funciona también con baterías. Así que ella bajó a Gran Ciudad III, sorteó ruinas recién hechas. Y entró por el escaparate roto a una tienda de esas con letreros que las identificaban con un «24 Horas» (de tanto en tanto yo también realizaba pequeños y veloces raids por ellas y volvía de allí, cuando encontraba alguna en la que los refrigeradores aún congelaban, con botes de helado de sabores clásicos pero, de tanto en tanto, exóticos o demenciales en nombre de los viejos tiempos, y con muchas cajas de hamburguesas prefabricadas y de puré instantáneo a las que añadía al cocinar numerosos ingredientes naturales para alterar su composición y que me supiesen lo menos posible al sabor de mi infancia sin, por supuesto, jamás conseguirlo demasiado). Tiendas ya fuera del tiempo y de todo horario y que ahora ya nunca abrían, por lo que la función de esos carteles era sólo la de recordarnos cuántas horas cabían en cada día.

Y ella abrió su mochila y la llenó hasta los bordes con pilas.

Una semana después yo terminé de transcribir todo lo que contaba el corazón súbitamente rejuvenecido de mi vieja voz (mi voz de niño y adolescente) y la voz de Ella (el contrapunto y seguido de su voz de adolescente en llamas y su voz de mujer quemada). Y está muy bien que así haya sido porque no pude disimular la creciente presencia de sus sucesivos *Nomes* en el texto contaminando el sonido de nombres que ya se me escapaban y perseguía y a veces alcanzaba y otras ya no. He preservado lo que más me interesaba. Lo más distante y a la vez lo más cercano. He preservado lo que pude preservar. Mis inicios que, marcha atrás como en olas, ahora es lo último que puedo recordar hasta que ya nada recuerde. El resto —todo lo que vino después— es pura bruma. Bruma tan espesa que impide no sólo la visión sino, también, lo que se vio y que, claro, de tan turbio, no me interesa en absoluto volver a ver.

A modo de disculpa y a la vez de justificación, diré en mi defensa que no queda tiempo para mucho más. Y lo digo no con frágil valor sino con la cobarde entereza de quien, en ocasiones, piensa que se ha inventado primero y que ha acabado creyendo en sí mismo. Alguien quien —con una amnesia planetaria como máscara mordiendo su rostro— no puede admitir una suya y nada más que suya enfermedad pero, a la vez, tan conocida y abundante y vulgarmente mortal. De ahí tal vez esta necesidad mía de convertirla en algo raro y nuevo y hasta ahora desconocido para, sintiéndose tan mal, sentirse mejor contagiando a todos con algo que imagina como único y nuevo. Alguien con algo bailando —así lo muestran las últimas tomografías computadas— por zonas de color rojo fuego forestal y zonas de azul marino contaminando un cerebro que, por favor, sea el de Land y no el mío. Y de acuerdo: no creo que ningún médico se atreva a reconocerlo (ninguno me lo reconoció), pero para determinados trances sin remedio probablemente no haya mejor cura que revivir fielmente el pasado desde un presente inventado. Nadie sabe esto mejor que un autobiógrafo. Afortunadamente —lo muy bueno dentro de lo demasiado malo— este tipo de pensamientos y de ideas (esta plena y sin anestesia conciencia del modo en que de verdad son las cosas, sin secretos ni mentiras) dura poco más de lo que demora su formulación. Y, por suerte, enseguida todo vuelve a ser, si no corregido, al menos editado por la alucinación y el delirio (pero con su lógica y coherencia) como quien ya no se mira en un espejo sino en un espejismo.

Lo que tal vez, de algún modo, me haya acercado a ser el escritor que nunca quise ser y que quizás debí haber sido.

No importa, no es grave.

En algún momento —más o menos pronto y como ya olvido nombres y alguna que otra situación o episodio— olvidaré primero cómo se escribe y un poco más tarde cómo se lee.

Pero no quiero pensar mucho en eso.

Confío en que, antes de que eso suceda, habré olvidado que eso sucedería y, de no ser así, ya he dado y dejé firmadas instrucciones para ser de inmediato desactivado.

Me animo —me engaño— diciéndome que tal vez haya algo bueno en olvidarlo todo, que tal vez esto sea mejor que recordarlo todo; porque entonces jamás se podrían superar los malos recuerdos y los buenos recuerdos serían insuperables.

Así, quién sabe —y hay algo de alivio en pensar que nadie podrá saberlo con certeza— la paradoja de olvidar todo primero para recién después intentar recordar todo ofrecerá, también, la oportunidad de un volver a empezar.

Olvidarlo todo permitirá recordar cualquier cosa. Acordarse de olvidar para alcanzar, después de milenios de guerra, la paz del firme e inviolable acuerdo del olvido.

Mientras tanto, aquí seguimos movidos y conmovidos por esa poderosa energía a la que recién se accede cuando somos conscientes de que el final está cercano.

Hoy, al regresar de Gran Ciudad III, ella me mostró con orgullo que también había «conseguido» varios cassettes vírgenes. Le dije que pensaba que ya no se fabricaban más. Me dijo que así era hasta hace poco; pero que habían vuelto a fabricarse, como los discos de vinilo, como todo lo que había empezado a volver desde el pasado justo cuando comenzamos a quedarnos sin presente y futuro.

Así que ponemos pilas a la grabadora y metemos un cassette.

Y comenzamos a grabar, a RECordar.

A dos voces, ella y yo y para Ella.

Nuestra historia presente y lo que sabemos de la historia pasada de Ella.

Aquí estamos #Intro, escribimos en la etiqueta del cassette.

† *Allá vamos #Outro.*

Así que así y ahí estamos ahora: ella y yo. Juntos. Impacientes en un mundo de pacientes. Recostados en dos reposeras frente a un atardecer tornasol y ¿ese canto es el canto de un búho? Uno de esos atardeceres que no nos debe nada pero que es tanto lo que nos regala.

Uno de esos atardeceres que no podía sino ser como los atardeceres de un mundo nuevo y en los que el ser humano aún no lo era del todo y andaba por ahí, oyendo voces cósmicas y arrojando huesos al cielo del futuro.

Uno de esos atardeceres que te hacen sentir que ese no puede sino ser el único y por lo tanto inmejorable atardecer de tu vida, como deben de sentirlo esas efímeras moscas que apenas viven un día.

Uno de esos atardeceres que muy pronto será anochecer.

Y, de acuerdo, tal vez sería más apropiado simbólicamente que la siguiente escena transcurriese no al caer el sol sino a su salida: un nuevo día, una nueva vida y todo eso. Pero también es cierto que uno nunca está del todo seguro por cuánto y hasta qué momento debe contemplarse un amanecer; mientras que un atardecer-anochecer tiene límites claros y oscuros.

Un atardecer-anochecer es algo más preciso, más definitivo, más final.

Y el final de algo muchas veces es el principio de algo.

Y, de acuerdo, recuerdo muchos finales así —finales propios e impropios— como suspendidos en el aire del propio final.

Uno de esos finales a los que se reconoce y conoce como «abiertos».

Finales en los que empieza algo.

Así que aquí estamos y deseamos estar aquí.

Cada vez menos luz eléctrica y ajena, cada vez más luz natural y propia. Y, en lo personal, la certeza de que existen fuerzas superiores a nosotros. Fuerzas cuya naturaleza siempre nos será extraña e incomprensible; pero (como con la satisfacción de quien inventa primero una enfermedad para luego poder patentar su cura, como cuando se fingía estar enfermo para no ir al colegio y, a mitad de mañana, uno se recuperaba, uno se *corregía*, como por obra de un milagro; el fingir y el inventar, como el leer y el escribir, son, ahora lo conozco y lo reconozco, territorios mucho más cercanos el uno del otro de lo que se cree cuando se crea) aun así concediéndonos de tanto en tanto el privilegio y placer de espiarlas como a través de una puerta entreabierta y permitirnos el pensar que sabemos mucho más de lo que pensamos saber. Entonces, un cambio en la temperatura de nuestro cuerpo, una puesta en marcha de partes que hasta entonces nunca se habían movido, la percepción y reconocimiento de un misterio dentro de nosotros que acabará modificando por completo nuestro exterior. Supongo que las mujeres sienten algo así al darse cuenta antes que nadie y que ningún test de que están embarazadas. Espero que no se trate de ningún virus despertándose y sacudiendo su cornamenta de antílope. Sea como sea, así me siento yo ahora. Y me gusta pensar que es algo parecido a lo que pensé que sentía Ella cuando no la vi sino que la visioné coronando un obelisco de agua, como en lo más alto de una alta fontana: sus más interrelacionadas células interconectadas en el interior de células interconectadas en el interior de células interconectadas en el interior de un único vástago que era yo y que ahora vuelvo a ser en su nombre y en su voz.

Ahora y por eso, la certeza de que mi mente hasta hace poco y por completo muerta vuelve a filosofar.

Y no le digo nada a ella aunque me parece que algo intuye. Porque primero en silencio (abre su boca muy grande, como queriendo demostrarme todo lo que cabe y podría brotar de allí dentro) pero enseguida, sin aparente motivo para mí pero tan motivada, ella lanza un aullido.

Le cuento entonces la historia del Wilhelm Scream y —ahora es mi turno— le grito uno de esos gritos para que ella sepa cómo sonaba. Me sale muy bien. Son años perfeccionándolo. Y le enseño a ella cómo gritarlo (y esa foto de esa mujer con dedo sobre sus labios no parece feliz con nuestro comportamiento, pero nada nos preocupa menos). Pronto, ella —quien de nuevo lleva su uniforme de enfermera— logra y grita una más que aceptable versión del viejo y buen Wilhelm.

Así que los dos gritamos despidiendo al sol que cae, como herido. Sonaríamos como coyotes para cualquiera que nos escuchase. Pero no: somos y sonamos a otra cosas. Sonamos como si cayésemos por un acantilado. O como si volásemos por los aires.

O más preciso aún: como si nuestros corazones fuesen atravesados por la más amorosa de las flechas. Una sola flecha para dos corazones.

Ambos confiando en que las cosas sólo pueden mejorar a partir de ahora y que no nos olvidaremos de confiar en ello aunque nos olvidemos de todo lo demás.

Porque amar es tan fácil: lo difícil es tener confianza. Y la tenemos.

No es el pasado quien nos persigue: somos nosotros quienes perseguimos al pasado. Y, si hay suerte, lo alcanzaremos. Confiamos en ello y en que así será.

Después, ella guarda el más absoluto de los silencios. Lo guarda bajo llave y lo hace —quiero así pensarlo— porque ya no hace falta decir nada más. Pero el suyo es un silencio tan silencioso —es un silencio que sabemos contiene a todos los sonidos, es el Vantablack de los silencios— que hasta me da un poco de miedo mirar a la reposera de al lado y descubrir que está vacía, que siempre lo estuvo.

Así que cierro los ojos —fuera de todo, suspendido entre estrellas— como si yo fuera un pequeño Dios juzgando en el final a las últimas líneas de su gran libro y declarándose más o menos inocente de toda culpa y erratas en lo que hace a su obra y vida. Y dictamino y edito edicto que ordena que ella estará allí al abrir mis ojos, y hágase mi voluntad, y ahí está.

Hoy es un día más para que sea un día menos para su llegada. Para que llegue Ella.

¿Demorará cinco años? Esperemos y espero que no. O tal vez sí: pero que sean y hayan sido cinco años a partir de *algo* para Ella. Y que esos cinco años ya estén a punto de cumplirse. Tal vez se cumplan hoy a la medianoche o —doce campanadas y doce campanadas más; ahora, por fin, lo entiendo: las primeras doce campanadas son la vida y las siguientes doce campanadas son su autobiografía— hoy a la segunda medianoche.

Tal vez mañana y mañana y mañana.

O la semana que viene.

Pronto.

Sea cuando vaya a ser, será el tiempo exacto y el minuto preciso (ese largo minuto cuando el estilo de los elementos alcanzará la velocidad de las cosas y cuando, sí, trinos y santos y tres serán los tiempos, presente de las cosas pasadas, presente de las cosas presentes y presente de las cosas futuras) y cuando, juntos, conoceremos la única y última y mejor *aneda* de todas.

Aquí llegará Ella, descendiendo a toda velocidad: *Look out!...* *'Cause here She comes... She's coming down fast!... Yes, She is... Yes, She is...* (¿Dónde fue que escuché esta Nome?... ¿Qué vaina era esa vaina?... Ah, sí...).

Lo importante es que estamos seguros de que Ella vendrá, que ya está llegando.

Y —cuando llegue y venga— nosotros confiaremos en Ella y Ella nos confiará todo lo que sabe sobre nosotros. Nos reconocerá y nos ayudará a conocernos y creeremos en lo que Ella nos diga y nos cuente.

Y nosotros le contaremos todo lo que sabemos acerca de Ella.

En familia, en la familia mejor amiga.

La familia que a veces es el refugio de la tormenta y a veces, tantas, la tormenta en sí misma, pero aun así...

Yo y ella.

La Escondida y El Escondite: escondiéndonos y encontrándonos. Piedra libre y 1-2-3 por mí y no por todos sino sólo por nosotros: conociéndonos, su vida suya y mi vida mía, sin interferencias del otro ni de la otra, sin autobiografiarnos; leyéndonos y no escribiéndonos para que acaso nos escriba otro y nos lean otros, encerrados en sus habitaciones mientras todo arde.

Nosotros viviendo no para contarla sino para ser contados, para contar con ello, de nuevo, otra vez, una vez más, mientras el mundo se descompone pero el universo respira.

Nuestras vidas por separado pero juntas y enunciadas con esa deferencia que se tiene con la diferencia entre el hablar solo y el hablar solos y a solas: el ser los únicos en poder hablar acerca de todo esto y de toda esta.

Nosotros hablando de y sobre y por Ella, cada vez más próxima. Nuestro Entusiasmo. Bienvenida y bienvenido. Durante la noche y desde tantas grandes ciudades distantes. Y no arribaremos a la más triste historia jamás contada (*Ella está aquí. Él está allá...*) sino a la historia más feliz que jamás se contará como si se tratase no ya de una mentira secreta sino de un secreto de verdad: Ella estará aquí, y ella y nosotros también. Unidos e inseparables y sumados y –para Land y para mí– ya no fraccionados y, por fin, matemáticamente comprensibles. Y, sí, *enunciados, declinados, declinando... declarados.* Y entonces, en nuestro museo maravilloso, viviremos juntos el resto de nuestra vida.

Y como elementos diferentes de un mismo estilo pero con nuestras voces como una sola voz –así hablaremos nosotros (y así escucharé yo)– no cesaremos de contarla y de contárnosla, contándonos, para no dejar de recordar.

Y nos diremos a nosotros mismos que fue y que es y que será una vida inolvidable.

Y diremos a todos los demás que tendremos y tenemos y tuvimos una vida maravillosa.

Mientras tanto y hasta entonces (sólo para que yo las lea siguiendo sus líneas con la punta de un dedo, sólo para que yo las señale, ya nunca en rojo y por siempre en azul) aquí vienen las constelaciones.

Las conozco a todas por su nombre.

EL MÉTODO DE LOS AGRADECIMIENTOS:

Una nota final

Detalle de *El jardín de las delicias* (1500-1505),
Hyeronimus Bosch (Museo del Prado, Madrid, España)

El pasado late dentro de mí como un segundo corazón.

JOHN BANVILLE, *The Sea*

Cuán real es algo del pasado debiendo revaluarse cada momento para así hacer posible al presente.

WILLIAM GADDIS, *The Recognitions*

Esa es la sustancia del recordar –sentido, vista, olfato: los músculos con los que vemos, oímos y sentimos, no la mente, no el pensamiento: no existe tal cosa como la memoria: el cerebro recuerda exactamente lo que los músculos buscan a tientas: no más, no menos; y la suma resultante de ello suele ser incorrecta y falsa y sólo digna del nombre de sueño.

WILLIAM FAULKNER, *Absalom, Absalom!*

¿En cuanto a mí? Mi disfraz habitual. La mascarada continúa.

DENIS JOHNSON, «The Largesse of the Sea Maiden»

Hace mucho tiempo, en una galaxia muy, muy lejana (cuando yo ya era escritor pero aún no había escrito ningún libro salvo aquellos de otros que ya leía como si los reescribiese), me decía con una voz que ahora no es la mía pero que sí decía muchas de las cosas que sigo diciendo hoy: «Cuando sea grande, voy a escribir una novela de vampiros y una novela de fantasmas».

Melvill —mi libro anterior a este— es, a su muy personal manera, esa novela de vampiros, pienso.*

Y los vampiros, se sabe, son un monstruo que —más allá de cláusulas personales que se le añadan— viene con manual de instrucciones. El vampiro es un monstruo práctico y teórico.

Los fantasmas, en cambio, son el «monstruo» más difícil porque no son exactamente monstruos y nada está del todo preciso en ellos más allá de su parpadeo a adivinar y transparencia nunca del todo clara. Y, además, es sin dudas el más «literario», porque la idea del fantasma es ya de por sí una idea muy literaria: el fantasma es ese pasado que no pasa ni es pasado, los vivos reescriben a los muertos, y un fantasma es como una ficcionalización de un muerto que alguna vez fue vivo o es el modo en que los fantasmas miran a los vivos cuando vuelven. Y se necesitan los unos y los otros para existir. El fantasma —quien a menudo, además, suele ser un «ser querido» al que se conoció en vida— es, de nuevo, el más complejo de todos los monstruos de la literatura fantástica. Todos los otros monstruos —el vampiro, el hombre lobo, la momia, el monstruo resucitado— tienen una historia gremial y reconocibles accesorios tipo Barbie; mientras que cada fantasma es un misterio ambiguo y sin reglas fijas ni horarios de trabajo ni conjuros milenarios ni lunas llenas ni voltajes alternativos. El fantasma va por la suya y cada uno de ellos tiene su personalidad y modales. El fantasma no pertenece a una especie ni a una determinada tradición y hasta cambia mucho según su origen y nacionalidad. El fantasma es una corriente de aire frío, un imprevisible y caprichoso y muy histérico ahora-lo-ves y ahora-no-lo-ves y ahora-vuelves-a-verlo porque vuelve para ser visto e, incluso, para provocar la duda de que se lo vio y de que se lo vivió, de que ha ocurrido. Y hasta consigue dejar de ser y que se lo extrañe y se lo espere. Es más y como le dijo César X Drill a Land: el fantasma es el único entre los monstruos al que se llama, invoca, convoca.

El fantasma —algo que fue y sigue siendo, como todo aquello

---

* O quiero pensarlo así para poder dar por rendida y aprobada —no más sea con lo justo temática y genéricamente— esta asignatura.

que, escrito, vuelve para ser leído– es, fundamentalmente, el recuerdo del pasado, pasado a recordar: algo que no se olvida y no permite que lo olvidemos pero que nos concede el derecho retorcido de decidir cómo queremos *verlo* y recordarlo.

Así, todos aquellos quienes fuimos (y que seguimos siendo) somos a la vez fantasmas y médiums de nosotros mismos: el pasado es nuestra casa embrujada y su memoria la sábana que cubre sus muebles y a nosotros para así descubrirnos.

Esa novela de fantasmas «clásica» que yo planeaba hace años y para la que iba acumulando abundante bibliografía (ahora en buenas mejores manos) se ha quedado, por el momento, en apenas un título: *Tres Golpes.*

Vaya uno/alguien a saber si alguna vez la escribiré.

Mientras tanto y hasta entonces, me gusta creer e intento convencerme de que *El estilo de los elementos* –si estás ahí da tres golpes, si estás aquí da tres golpes– es, también a su manera, *esa* novela de fantasmas.*

Y si no es una novela *de* fantasmas, al menos, me digo (del mismo modo que entendía a otra novela mía, *El fondo del cielo*, no como una novela *de* ciencia-ficción sino como una novela *con* ciencia-ficción), es una novela con fantasmas escritos: una novela de/con *ghost-writer.*†

Algo es algo.‡

Y hace ya, también, unos cuantos/demasiados años (son cada vez más años, más de cinco años en cualquier caso), fuimos a cenar

<hr/>

* Véase anterior nota al pie.

† Por otra parte, mi (pre)ocupación por la figura del autobiógrafo fantasmal es algo que arrastro y vengo cubriendo –como con cadenas, como con sábanas– desde el cuento «El sistema educativo», incluido en mi primer libro, *Historia argentina*, y del que aquí reproduzco/retoco fragmentos, tantos años después, como si ya se tratase de la obra/recuerdo de otro al que escribí yo en otra vida que también es la mía.

‡ Aunque en verdad toda historia es ciencia-ficción y fantasmal: porque es algo que se produce eléctrica y ectoplasmáticamente en esa mansión embrujada/laboratorio loco que es el cerebro.

con John Irving, quien estaba de visita/presentación de un libro suyo en Barcelona. Allí y aquí, por entonces, Ana estaba embarazada de nuestro hijo Daniel. Y fue entonces cuando el autor de *The World According to Garp* (acaso uno, si no el mejor, libro a la hora de retratar la vida doméstica de un escritor y los muchos modos en los que su Historia influye a sus historias) sonrió y me dijo: «Prepárate para lo que te va a ocurrir...». Cuando le pregunté a qué se refería, me explicó así, con otras palabras pero con estas otras palabras que yo pongo ahora en su boca: «Ya verás: con cada año de tu hijo recordarás cosas que te sucedieron a ti a esa edad. Vas a recordar, fantasmalmente, cosas que te pasaron o que pensaste cuando tenías un año o cinco o doce... y así sucesivamente... Por otra parte, y dentro de lo mismo, bienvenido a El Terror Constante, al Terror mayúsculo e inagotable de que algo le pase a tu hijo y, tal vez, sobre todo, de que ese algo sea algo que te pasó a ti, a sus sucesivas edades, y que por nada en el mundo quieres que le pase a él. Claro que puedes desentenderte de El Terror Constante; pero eso te convertiría en el tipo de padre que, por lo que te conozco, no estarías muy interesado en ser o terminar siendo».

La teoría de Irving —no lo de El Terror Constante, de lo que no dudé en absoluto; sí, en cambio en lo que hacía a eso de las regresiones del padre en sincro con las progresiones del hijo— me pareció tan interesante como improbable.

Conversamos también (o así lo recuerdo yo ahora y si no fue así lo es a partir de ahora)* acerca de lo fácil que era explicar la decisión de *no* tener hijos, lo difícil que era explicar la decisión de *sí* tenerlos, y cuya verdadera y más elocuente e indiscutible justificación recién se alcanzaba ante el hecho consumado y si todo había salido bien: si un buen hijo ayuda a convertir a alguien en un buen padre. Y viceversa, pero menos.

Y luego la conversación fue por otros sitios y temas.

---

* Es bien sabido (o, seguro, así lo habría dicho César X Drill) que es en la no-ficción donde reside lo más ficticio —porque cómo se puede ser fiel poniendo algo real por escrito— mientras que en la ficción viven las más absolutas verdades, porque cómo no ser fiel escribiendo todo aquello que se imagina o inventa.

Diecisiete años después de esa cena, nada me cuesta reconocer/agradecer que —como en tantas otras ocasiones y cuestiones— John Irving tenía razón. En todo. De pronto, meses más tarde y ya desde recién nacido Daniel, flashbacks: no ácidos ni lisérgicos pero sí agridulces y mnemotécnicos y ya como envueltos entre las telas de lo casi mítico y tan personal.* No exactamente un *hacer* memoria sino algo más parecido a volver a ver una serie de televisión que no se veía desde entonces (la de la propia infancia/adolescencia que no se emitía desde la propia adolescencia/infancia) con uno mismo como protagonista pero ahora contemplado desde fuera, en tercera persona, con risas y lágrimas grabadas y con el propio hijo como apuntador en el estudio y al otro lado de la cámara. Escenas sueltas, sketches, episodios que podían regrabarse en tomas y dacas desde diferentes ángulos y con intensidad ajustable e intención distinta. Diálogos por completo olvidados que se recordaban con la precisión de lo recién memorizado y, por supuesto, momentos favoritos desde siempre para bien o para mal y que, súbitamente, cobraban un nuevo sentido al ser ahora acompañados por la recuperación de detalles que se creían per-

* Vaya por delante y desde muy atrás que de ahí la infinidad de referencias de época y lugar en las sucesivas Grandes Ciudades que —al mezclarse y confundirse en la experiencia y memoria del protagonista— se presentan en *El estilo de los elementos* sin ningún tipo de afán documental sino más bien como evocadas con aliento marcopolesco y sólidamente invisible y más cercano al viaje extraordinario con rumbo a reinos imaginarios. Land y su escritor fantasma lo expresan mejor que nadie en la primera parte. Allí, Land preguntándose a quién (de elaborarse en el futuro un atlas/inventario/archivo de todos esos sitios por los que va y viene y de todos esos objetos y reliquias) podría interesarle todo esto. Y cómo harían para no marearse y perderse entre tanto desconocimiento exótico para ellos. Y se responde (yo hago que se responda) que, seguramente, la técnica a utilizar sería la misma que se practica —con sudor, sí, pero también con alegría— «cada vez que se adentra en las comarcas y desfiladeros y linajes de alguna de esas sagas *fantasy* con espadas y brujerías. O cuando se teletransporta a las galaxias complejas y nunca armoniosas de *space operas* donde todos —en el futuro, pero un tanto anacrónicos— parecen todo el tiempo tan maravillados por tanto avance futurístico. O cuando se vaya a vadear pantanos sureños de un condado de nombre tan raro».

didos, sucedidos antes o después, como Caras B a redescubrir acompañando al *greatest hit* y potenciándolo con un nuevo y más potente significado y volviéndolo aún más pegadizo.

Y, sí, de nuevo, aquello de Proust en *À la recherche du temps perdu/La Prisonnière* –y que cita aquel que fue Land– en cuanto a la relativa pertenencia de los recuerdos propios y de esas pequeñas y desconocidas y pequeñas puertas que conducen a ellos, que sólo descubrimos y jamás nos habíamos atrevido a cruzar, y que recién trasponemos por la ambigua amabilidad de ese «vecino» (en verdad nosotros mismos) que nos conduce de regreso para así salir a entrar a casa.

Y una vez y otra vez allí fuera y dentro la cuestión, luego, pasa por el qué hacer con todo eso pasado colándose en nuestro presente.

Así que ahí vamos, así que aquí volvemos.

Escribí/terminé la primera versión de *El estilo de los elementos* en agosto/septiembre de 2022* con mi hijo Daniel cumpliendo dieciséis años.† Y, sí, acompañándolo de cerca pero a distancia, recordé de nuevo muchas situaciones e ideas que vi y tuve a esa edad y de las que, al menos conscientemente, no me acordaba pero volvieron a mí (lo mismo me venía sucediendo, con cada uno de sus años, desde su nacimiento).

Lo que no implica –de nuevo, por las dudas– que yo sea Land, pero sí que compartimos la raíz de más de una experiencia así como ciertas geografías en común y afectos y desafectos cómplices. Y, sí, compartimos también la construcción de una misma mentira/secreto durante la cual, leyendo como nunca,

---

me convertí para bien y para mal en el escritor que soy (pero que no es ni quiso ser Land). Más allá de todo lo anterior, Land luego, por supuesto, se va por las ramas. Y yo no hice más que seguirlo a él desde mi raíz hasta lo más alto de su copa.*

Y antes que nada y después de todo, acaso lo más importante a esta altura del libro y ya casi de salida: que no se lea aquí ningún ajuste de cuentas sino –de nuevo César X Drill *dixit*– un ajuste de cuentos. No es un *roman à clef* sino un *roman à serrure* con, espero, buen ojo y mirada de ex espía crepuscular y supuestamente retirado pero al que de pronto se vuelve a reclutar para una última y definitiva misión. No se trata aquí entonces de un retorno a la escena del crimen para su reconstrucción sino de la escena reconstruida y retornada, tantos años después, a aquel ahora en libertad bajo palabra, sobre palabras. A ese tal vez acusable o tal vez excusable quien sube al estrado a dar testimonio en su defensa y jura que *El estilo de los elementos* –como bien previene Nabokov en el prefacio a su *Despair*– «afín al resto de mis libros, no brinda comentario social alguno, ni trae entre los dientes ningún mensaje. No resulta edificante para el órgano de la espiritualidad de los hombres, ni enseña a la humanidad cuál es la salida más correcta. Contiene muchas menos "ideas" que esas suculentas y vulgares novelas que tan histéricamente suelen ser aclamadas a lo largo del breve y rimbombante paseo que va del alboroto propagandístico al abucheo».

O algo así.

Y se sabe: toda carencia y precariedad en rojo genera, casi automáticamente, abundancia y fortaleza en azul. Así que no tengo ningún recuerdo traumático (o al menos no me ha cau-

---

* Se sabe, una vez más: en la no-ficción es donde están todas las mentiras que no tienen lugar ni cabida en las ficciones que se quieren auténticas. Ejemplo (y antes de que me lo pregunten): Ella/Derrota nunca existió pero podría haber existido, de ahí que ahora sí exista. Lo mismo César X Drill. Y no: mis padres nunca fueron editores.

sado trauma que yo pueda detectar, seguramente sí, pero me parece que nada demasiado grave) de mi infancia/adolescencia.* Pero *sí* tengo muy buenas historias. Y todos los allí y en ello implicados –cercanos y más o menos próximos, permanentes y pasajeros– me la hicieron pasar muy bien aún en los momentos más complicados y cuestionables. Y está claro que los momentos más oscuros de *El estilo de los elementos* no podrían haber sido escritos sin esa(s) buena(s) memoria(s) de todo(s) aquello(s). Muchas gracias a todos.

Y acaso la diferencia más entendible y definitiva entre lo/el uno y el/lo otro: entonces yo leí mucho como Land pero, a diferencia de Land, yo siempre quise ser escritor.

Y –todo o.k. y todo k.o.– soy escritor.

El segundo detonante de/para *El estilo de los elementos* (explosión de una potencia proust-magdalenística) fue ver la película *Licorice Pizza* de Paul Thomas Anderson.† Antes de eso yo ya venía considerando/admirando a Anderson como lo más parecido que podemos tener a Stanley Kubrick por estos días. Pero este film (su último hasta le fecha en la que escribo esta nota final) me retrotrajo a mi adolescencia como nada lo había conseguido hasta entonces: esa época, ese color, esa vida en la calle, esa ausencia de pantallas, esa proximidad de los cuerpos. Hacía mucho que no me emocionaba tanto en la oscuridad de un cine y gracias por eso a P. T. A. (y, también, a Bret Easton Ellis en *White* y a Quentin Tarantino en *Cinema Speculation*, donde ambos exploran paisajes parecidos e intensidades similares a las evocadas en la segunda parte de *El estilo de los elementos* desde la que, de algún modo, irradiaron fantasmagóricamente la primera y tercera parte del libro).

* Lo que no significa que ello me impida reconocer que, por influjo de la generación anterior, he visto a alguna de las mejores mentes de mi generación bla,bla, bla…

† El segundo gran estímulo –vuelto a leer luego de tantos años– fue *Nadja*, de André Breton, al que puede considerarse, también, elemental y estilísticamente imprescindible para *El estilo de los elementos*.

En lo que hace al cierto sentido o sinsentido histórico y a los «efectos» que pueda llegar a producir en algunos lectores más o menos sensibles este libro, me remito a lo expresado por, de nuevo, Vladimir Nabokov en su libro recopilatorio de entrevistas *Strong Opinions*.

Allí, en junio de 1969, Philip Oakes de *The Sunday Times* pregunta:

«Cuando escribe usted sus novelas, tiene un notable sentido de la historia y la época, aunque las situaciones a las que se enfrentan sus personajes reflejan dilemas permanentes. ¿Cree usted que hay un determinado tiempo que crea problemas especiales que le interesan como escritor?».

Y Nabokov responde nabokovianamente:

«Deberíamos definir lo que entendemos por "historia", ¿no le parece? Si "historia" significa "relación escrita de hechos" (y eso es casi todo lo que la musa Clío puede reclamar), averigüemos quién realmente (qué escribas, qué secretarios) la puso por escrito y qué aptitudes tenía para su trabajo. Me inclino a suponer que gran parte de la "historia" (la historia elaborada por el hombre, no el testimonio cándido de las rocas) ha sido modificada por escritores mediocres y observadores parciales. Sabemos que los estados policiales (por ejemplo, los sóviets) han recortado los viejos libros y han destruido los hechos pasados que no coincidían con las falsedades del presente. Pero hasta el historiador de más talento y más escrupuloso puede equivocarse. Dicho con otras palabras, no creo que la "historia" exista aparte del historiador. Si intento elegir un archivista, considero más seguro (al menos para mi comodidad) elegirme a mí mismo. Pero nada recogido ni pensado por mí puede crear problemas "especiales" en el sentido que sugiere usted».

En resumidas cuentas y a la hora de contar: *El estilo de los elementos* (al igual que *Historia argentina*, *Esperanto* y los diferentes tramos/apariciones, cada vez más espectrales, de mi casi inexistente país de origen en subsiguientes libros míos) no es ni quiere ser un libro «histórico». Sino (cabe destacar/aclarar también que lo que aquí se narra acerca de Land no es algo exclusivamente mío sino que, además de imaginado, contiene espinas y risas y pétalos y lágrimas de las infancias/adolescencias de muchos amigos y conocidos contemporáneos a los que se consultó y preguntó) que se propone como el libro de un archivista.* Un archivista (o, melvilleanamente, «un sub-sub ordenanza de biblioteca en los largos Vaticanos y puestos callejeros de la Tierra») que trabaja lo suyo a partir de una memoria muy selectiva a la vez que colectiva y que no aspira a crear o darle a nadie ningún «problema especial» y/o en especial.[†]

En este sentido, una única instrucción de mi parte: *El estilo de los elementos* está para mí más cerca de la comedia que de la tragedia.

* Como advierte James Salter en su magnífico *A Sport and a Pastime*: «Nada de esto es cierto... Estoy seguro de que te darás cuenta de eso. Sólo apunto detalles que penetraron en mí, fragmentos que pudieron romper mi carne. Es una historia de cosas que nunca existieron aunque la más mínima duda de eso, la más mínima posibilidad, sumerge todo en la oscuridad. Sólo quiero que quien lea esto esté tan resignado a ello como yo... No hay una vida completa. Sólo hay fragmentos. Nacemos para no tener nada, para que se derrame por nuestras manos... Uno no debe creer demasiado en una vida que puede desvanecerse fácilmente... Ciertas cosas las recuerdo exactamente como eran. Simplemente están un poco descoloridas por el tiempo, como monedas en el bolsillo de un traje olvidado. Sin embargo, la mayoría de los detalles se han transformado o reorganizado hace ya mucho tiempo para poner a otras cosas en primer plano. Algunos, de hecho, están obviamente falsificados; no son menos importantes. Uno altera el pasado para darle forma al futuro».

Salter, por supuesto, sabe que lo que dice *tampoco* es del todo cierto. Y sabe también que escribir ficción –que la literatura– es inexacta y exactamente *eso*.

† Y me gusta mucho –y estoy muy de acuerdo– con esto que dijo la escritora «histórica» Hilary Mantel en una entrevista: «La evidencia siempre es parcial. Los hechos no son la verdad, aunque forman parte de ella: la información no es conocimiento. Y la historia no es el pasado, es el método que hemos desarrollado para organizar nuestra ignorancia del pasado. Es el registro de lo que queda en el registro. Es el plan de las posiciones asumidas cuando paramos el baile para anotarlas. Es lo que queda en el tamiz cuando los siglos han pasado por él: algunas piedras, retazos de escritura, retazos de tela. No es más "el pasado" que un certificado de nacimiento es un nacimiento, o un guión es una actuación, o un mapa es un viaje. Es la multiplicación de la evidencia de testigos falibles y sesgados, combinados con relatos incompletos de acciones no comprendidas completamente por las personas que las realizaron. No es más que lo mejor que podemos hacer y, a menudo, eso se queda corto».

No es una tragicomedia. En todo caso es una *comedigedia*. Y –*last but not least*, lo más importante de todo, antes de que alguien comience a lanzar alaridos, aunque seguramente ya me los esté lanzando– es la mirada parcial y de ojos entrecerrados de un niño/ adolescente posteriormente desgrabada por un adulto un tanto desmemoriado y al que en verdad no le interesa recordar más y mejor que lo que decidió recordar casi en el momento aquel de quien alguna vez fue y de pronto vuelve a ser. Y poco y nada me cuesta imaginar sus escenas y escenarios como a esos cortes longitudinales en las escenografías (escenografías que son casi un/ otro personaje protagónico) en las películas de Wes Anderson o, reciente adquisición, en la maravillosa *The Marvelous Mrs. Maisel*; pero, al mismo tiempo, con esos colores enmascarantes sobre fotos (muchas de ellas viejas pero repuestas y puestas a nuevo y a punto) en las pinturas/serigrafías *by* Andy Warhol.

Y, sí, como exclama el hijo de... escritor dentro de un sueño de Land casi al final de *El estilo de los elementos*: «¡Los libros deben parecerse no a sus lectores sino a sus autores para que así, luego de leerlos, sus lectores puedan parecerse a esos libros!». Ese es el mandato de este libro y de todos los libros (del estilo de sus elementos y de los elementos de sus estilos) que más me interesaron y que más me interesan y que más me interesarán como lector que escribe.

¿Y cuál es el sonido de todo eso y de todo esto, cómo suena lo que se recuerda o qué sonido es el que ayuda a recordar? Es –desprendiéndose del gramaje pesado de neo-vinilo color negro con etiqueta de la Vantablack Recordings– un *thin mercury sound* (Bob Dylan) procesado con *flanging* (George Martin & The Beatles) y remezclado con *Pink Floyd sound* (y no olvidar que el nombre original de la banda era The Pink Floyd Sound).

Sonido que –con los elementos del otro estilo de la enfermiza y, de nuevo, muy vantablackiana y eigengrauística tercera parte– ofrece disonancias «en directo» en contraposición con las dos primeras partes, desgrabadas «en estudio» y que acaban siendo su resultante entre tanto oscuro ruido blanco.*

Por lo demás y nada más pero nunca del todo suficiente, mi acumulativa voluntad de seguir agradeciendo a los de siempre y (por lo tanto) seguir inquietando a los desagradecidos y desagradecedores de costumbre.

Allá ellos.

Aquí, en cambio (y, seguramente, con la inevitable errata[†] desobedeciendo orden alfabético que dejo en mano y ojos del corrector de pruebas a pasar, la magnífica Lourdes González y el formidable José Serra, para que me la marquen en rojo y yo agradezca en azul):

ABBA («Chiquitita»), Nick Adams (Ernest Hemingway), Darío Adanti, El Agujerito, Damon Albarn (*Everyday Robots* y *The Nearer the Fountain, More Pure the Stream Flows*) & Blur, *Apocalypse Now*, Aurelius Augustinus «San Agustín» Hipponensis (*Confesiones*), Woody Allen, Martin Amis (*Inside Story, London Fields, The Infor-*

---

* ¿Revelaré aquí que su composición final coincidió con la súbita aparición y larga persistencia de un covid tardío pero cumplidor y contundente en lo suyo? Mejor no. Porque, seguro, no faltará quien utilizará este dato clínico como in(des)mejorable oportunidad para alguna torpe autopsia de lo mío arrancando con la ya habitual acusación y condena de y por «innecesarias» o «explicativas» (sin entender que lo que aquí se ofrece no es más que la foto fija de un instante cruzada con mi ambigua y henryjameseana «real right thing» que no tiene por qué ser la definitiva u original, como nunca lo es ninguna canción de Bob Dylan) a estas si no agradecibles sí muy agradecidas páginas finales. (En cualquier caso, aclaro, este efecto de turbia disociación y dislocación de la tercera parte ya había sido inoculado a *El estilo de los elementos* para su expansión antes de todo virus de ahí afuera dentro de mí. Y detalle irónico-paradójico: uno de los efectos/síntomas más persistentes de *mi* covid —y es que no hay dos iguales porque, pareciera, se trata de enfermedad ineditable e ilegible en constante redacción y cuyos elementos no dejan de cambiar de estilo— fue inesperado. El síntoma/efecto fue el de una dificultad para leer pero no para escribir, mal que le pese —y a mí me pesó mucho; mal negocio, pienso— a Land.)

† Una de ellas, aviso, es adrede y está fuera de lugar pero no fuera de sitio.

mation), Paul Thomas Anderson (de nuevo: muy especialmente por *Licorice Pizza*), Wes Anderson, *Anteojito* y *Billiken*, Arcade Fire (*Funeral* y *The Suburbs*), Arctic Monkeys (*Tranquility Base Hotel + Casino* y *The Car*), Roberto Arlt (*El juguete rabioso*), Charles Atlas, W. H. Auden («Funeral Blues»), *The Avengers* (Emma Peel & John Steed), Lauren Bacall (*To Have and Have Not*), Nicholson Baker, Carlitos Balá, J. G. Ballard (*The Atrocity Exhibition* y *High-Rise*), Bárbaro (bar), Barcelona, Barnabas Collins, James Matthew Barrie, Donald Barthelme (*The Dead Father*, «Not-Knowing», *Overnight to Many Distant Cities*), Frank Bascombe (Richard Ford), Franco Battiato, L. Frank Baum, Noah Baumbach (*Greenberg*), Beat Argentino-Porteño (Donald, Leonardo Favio, Julieta Magaña, Safari, etc.), The Beatles (& George Martin), Samuel Beckett, The Bee Gees (*Saturday Night Fever* y «To Love Somebody»), Saul Bellow (*More Die of Heartbreak*), best-sellers (E. L. James, Stieg Larsson, Stephenie Meyer, J. K. Rowling), Pepe Biondi, Adolfo Bioy Casares, Sven Birkerts, *Blade Runner*, de Ridley Scott (guión de Hampton Fancher y David Peoples) y *Blade Runner 2049*, de Denis Villeneuve (guión de Hampton Fancher y Michael Green), The Blue Nile (y *Midair* de Paul Buchanan), Marc «T. Rex» Bolan, Roberto Bolaño (otra vez transmitiendo desde el planeta de los monstruos), Tato Bores, Jorge Luis Borges, Hieronymus «El Bosco» Bosch, James Boswell, David Bowie («Ashes to Ashes», *Blackstar* y *Toy / Unplugged & Somewhat Slightly Electric*), Joe Brainard, Vytas Brenner, André Breton (por su *Nadja*, de nuevo, y cuyo espectro es también un poco el espectro en este libro apareciendo fragmentariamente aquí en remix de la traducción al español de José Ignacio Velázquez y de la traducción al inglés de Richard Howard así como de mi propia escritura), Harold Brodkey («Innocence»), Emily Brontë & Sisters, Buenos Aires, Charles Burns (*Black Hole*), William S. Burroughs, Kate Bush, Honorio Bustos Domecq, Stephen Dixon, Roberto Calasso (*Memè Scianca*), Taylor Caldwell (*Captain and the Kings*), John Cale («Big White Cloud» y «Paris 1914» y *Mercy*), Glen Campbell («I'm Not Gonna Miss You»), «Canción mixteca» (Antonio Aguilar), Elias Canetti (apuntes de la época de los trabajos preparatorios de *El otro proceso / 1967-1968*), *Capitán Escarlata* (*Captain Scarlet and The Mysterons*), Caracas, Jim Carrey, *Casablanca*, Juan José «Si Ves

Al Futuro, Dile Que No Venga» Castelli (y su colegio que fue y es y seguirá siendo el mío y mi alma mater: el n.° 1 del Distrito Escolar Primero), William Castle (Mr. Sardonicus), Centro Comercial Mata de Coco (Chacao), Raymond Chandler & Dashiell Hammett (largos adioses y cristal de llaves), *Chanson de Roland* (¿Turoldus?), François-René de Chateaubriand, Clawdia Chauchat, John Cheever, Sergio Chejfec, Chespirito, Gilbert Keith Chesterton (*The Man Who Was Thursday*), Luis Chitarroni, *Chitty Chitty Bang Bang*, Winston Churchill, Brian Clemens, Jean Cocteau, Coen Bros. (*Raising Arizona*), Lloyd Cole (*Mainstream* y «Can't Get Arrested»), Michael Collins (astronauta), Editorial Columba, Frank Columbo, Frank Conroy (*Stop-Time*), Copito de Nieve, Roger Corman (& Ray Milland & Vincent Price & Edgar Allan Poe), Julio Cortázar, Elvis Costello, Guido Crepax (*Valentina*), Diego Curubeto (*Cine de Súper Acción*, con Fernando Martín Peña), Dante, Larry David, Ray Davies & The Kinks («A Place in Your Heart», «Big Sky», «I'll Remember», etc.), Lydia Davis, Sergi de Diego Mas (*E-mails para Roland Emmerich*), Lana Del Rey, Philip K. Dick («I Hope I Shall Arrive Soon», «THE EMPIRE NEVER ENDED», *The Valis Trilogy*), Joan Didion & John Gregory Dunne & Quintana Roo Dunne, Charles Dickens (*David Copperfield* y *Great Expectations*), Stephen Dixon, Edgardo Dobry, «Don't You (Forget About Me)» (Simple Minds, aunque la canción no sea suya pero sí lo sea y sin importar que no hayan sido la primera opción para grabarla), Doctor Mortis, Don Quijote de la Mancha, Geoff Dyer, Bob Dylan, David Eagleman (*Sum: Forty Tales from the Afterlife*), Electric Light Orchestra («Telephone Line»), Bret Easton Ellis, Brian Eno + David Byrne (*My Life in the Bush of Ghosts*), Epícteto, M.C. Escher, Frederick Exley, *Fantasia*, William Faulkner (todos mis libros tienen un santo espíritu tutelar y sus sagradas escrituras; y el de este es esta, tan pre/ocupada con y obsesionada por la idea de El Pasado como fluvial tiempo que no deja de fluir: *Absalom, Absalom!* y *The Sound and the Fury*), Librería Fausto (Santa Fe y Callao), Jack Finney (*The Body Snatchers* e *Invasion of the Body Snatchers* de Don Siegel y de Philip Kaufman), Francis Scott Fitzgerald, Fogwill, Jane Fonda (*Barbarella*), Ford Madox Ford (me gusta pensar en que la tercera parte de *El estilo de los elementos* producirá en algunos cuantos un efecto un tanto perturbador similar a la para muchos caprichosa cuarta sección de *Parade's End* poniendo en práctica lo que Ford –quien sostenía que lo único que necesitaba un escritor para hacer bien lo suyo era memoria– definía como «relevancia tangencial»), Forges, E. M. Forster (esa foto suya a la que imita esa foto de César X Drill y ese «Only connect!», esa foto que está en la portada de la edición de Penguin Classics de *Aspects of the Novel*, libro/manual formidable que sólo resultará muy pero muy útil siempre y cuando uno cuente con el mucho talento como para escribir novelas de E. M. Forster), Alain-Fournier (*Le Grand Meaulnes*), John Fowles, Freddo (helados), Sigmund Freud, Peter Gabriel («Solsbury Hill» y «Here Comes the Flood»), William Gaddis, Galería del Este, Galerías Pacífico, John Gardner (*The Art of Fiction, On Becoming a Novelist, On Moral Fiction*), Charly García/Serú Girán/Sui Generis («Y el fantasma tuyo sobre todo...» y *Clics modernos* y *Piano Bar* y *La hija de la lágrima* y *Hello! MTV Unplugged*), Manuel García-Ferré, Daniel Gascón («Es mucho peor de lo que piensas, leyó en uno de los libros que había comprado», en sincro, en *El padre de tus hijos*), William H. Gass («Narrative Sentences» y «The Aesthetic Structure of the Sentence»), Genesis (*Seconds Out* y «Firth of Fifth» y «Supper's Ready»), Ricky Gervais, Robert Gibson, Daniel Gil (Alianza Libro de Bolsillo), Marcos Giralt Torrent (*Algún día seré recuerdo*), Glenn Gould/J. S. Bach (*Goldberg-Variationen* - 1956/1982), David Gray («The Incredible»), *Grease*, el maestro y contemplador plácido y contemplativo feroz Henry Green, Daniel Guebel (*Un resplandor inicial*), Ernesto «Che» Guevara, Nacha Guevara, Barry Hannah («Love Too Long»), L. P. Hartley, Werner Karl Heisenberg, Ernest Hemingway (*The Sun Also Rises*), Amy Hempel, Katharine Hepburn, Michael Herr (*Dispatches*), Werner Herzog, Clinton Heylin, Hermann Hesse, George Roy Hill (*Butch Cassidy and The Sundance Kid* y *Slaughterhouse-Five*), *Historia argentina*, Rust Hills (*Writing in General and the Short Story in Particular*), Robyn Hitchcock («Airscape» y «One Day (It's Being Scheduled)»), Aldous Huxley (*Crome Yellow*), Narciso Ibáñez Menta, *The Invaders*, John Irving, Chocolatín Jack con sorpresa (y Caramelos Media Hora y Corazoncitos Dorin's y...), Henry James (*The Portrait of a Lady, What Maisie Knew, The Ambassadors*), *Jason and the Argonauts*, Billy Joel («Just the Way You Are», «Honesty»), Denis

Johnson, Spike Jonze (*Scenes from The Suburbs*), James Joyce, Charlie Kaufman, Jack Kerouac, Brian Kiteley (*The 3 A.M. Epiphany*), Stanley Kubrick, *Kung-Fu*, Osvaldo Lamborghini, Giuseppe Tomasi di Lampedusa (*Il Gattopardo*), La Paz (bar), Héctor Larrea (*El Mundo del Espectáculo*), Fran Lebowitz, Arthur «Love» Lee («Alone Again Or» y «The Red Telephone»), Sergio Leone y Ennio Morricone (y esa sonrisa telefónica al final de *Once Upon a Time in America*), Richard Lester, Konstantín Dmítrich «Kostya Levin» Lyóvin & princesa Catherine «Kitty» Alexandrovna Shcherbátski, Lucía Lijtmaer (*Casi nada que ponerte*), Les Luthiers (Carlos Núñez Cortés era el favorito de Land y sigue siendo el mío aunque ya no esté en Les Luthiers), Jack London (*Martin Eden*), Lord Cheseline (fijador para el cabello), Ray Loriga (*Cualquier verano es un final*), *Lo Sé Todo*, Elizabeth Loftus, Luna Park, H. P. Lovecraft, Robert Lowell (gran patriarca de la poesía confesional e impúdico profanador de penas ajenas, quien, en su *Notebook 1967-68* anota algo que seguramente Land —pero no yo— rubricaría: «En verdad y por lo general parezco haber sentido los placeres del vivir; es en el recordar, en el registrar, gracias a los dones de la Musa, donde está el dolor»), Malcolm Lowry, Leopoldo Lugones (sala), Susana «Pirí» Lugones, David Lynch (por todo pero, muy especialmente, por ese «Me gusta recordar las cosas a mi manera… Me refiero a que las recuerdo no necesariamente del modo en que sucedieron» de Bill Pullman en *Lost Highway*, y por «The Return», episodio 8 de la tercera temporada de *Twin Peaks*), Paddy «Prefab Sprout» McAloon («The King of Rock 'N' Roll», *I Trawl the Megahertz*, «Adolescence»), Paul McCartney («The World Tonight»), Carson McCullers (*The Heart Is a Lonely Hunter*), Norm Macdonald, Norman Mailer («The Time of Her Time»), Barry Manilow («I Write the Songs»), Thomas Mann (*Der Zauberberg*), Alessandro Manzoni (*I promessi sposi*), Peter Max, *Melody* (de Waris Hussein & Alan Parker & Andrew Birkin), Herman Melville, Eduardo Mendoza (*La isla inaudita*), *Meteoro* (*Mach GoGoGo*), Leonard Michaels, Lydia Millet (*Dinosaurs*), Czesław Miłosz, Steven Millhauser & (J. Jeffrey Cartwright & Edwin Mullhouse), *Mitología* (Editorial Abril, Argentina), *Mi Museo Maravilloso* (Editorial Sigmar), *Mission: Impossible* (serie de TV), Ray Monk, Ted Mooney (*The Same River Twice*), Edvard Munch, Murasaki Shikibu (*The Tale of*

Genji), Gerald Murphy, Bill Murray, Robert Musil (*Agathe or, The Forgotten Sister*), Vladimir Nabokov, Guadalupe Nettel (*El cuerpo en que nací*), Harry Nilsson («Don't Forget Me», «Remember»), Héctor Germán Oesterheld, Michael Ondaatje, Oliver Onions, J. Robert Oppenheimer, Peter Orner, Violeta Parra, hamburguesas Paty y puré Chef/Maggi/Knorr, Federico «El Coso» Peralta Ramos, Georges Perec, *The Persuaders!*, Tom Petty, River Phoenix, Piccolo (Café, Sabana Grande), Ricardo Piglia (*El último lector* y *Los diarios de Emilio Renzi*), Pink Floyd, *The Porky Pig Show*, Francisco «Paco» Porrúa, José Guadalupe Posada, *The Poseidon Adventure* (Irwin Allen), pósters surtidos, Antony Powell, Hugo Pratt (*Corto Maltés* & Co.), John Prine («Lake Marie»), Marcel Proust, *Providence* (Alain Resnais & David Mercer), Pulp (*This Is Hardcore* y, una vez más, eso de «This is the sound of someone losing the plot...»), Quilapayún, Quino, Dante Quinterno, *Radio Rochela*, Gerry Rafferty («Baker Street»), Mario Raitzman (autor de esa/esta foto: algo así como el retrato oficial de mi infancia), R.E.M. («That's me in the corner...»), The Residencias Country Gang (incluyendo, *no hard feelings*, a los chicos grandes), Anne Rice (*Interview with the Vampire*), Arthur Rimbaud, Tom Ripley (Patricia Highsmith), Michael Richards (en auto y tomando café con Jerry Seinfeld), Mordecai Richler, Rainer Maria Rilke, Henri-Pierre Roché, Salman Rushdie (*Languages of Truth / Essays 2003-2020*), Sábados/Cine de Súper-Acción, Ornella Saccomanno (*Perder la costumbre de bailar*), J.D. Salinger, James Salter, Santo Tomás de Aquino (colegio), Domingo Faustino Sarmiento, Diego Saydman, Will Self (por el dicho tradicional ur-bororo), Peter Sellers (& Blake «The Party» Edwards), Javier Serena (*Cuadernos Hispanoamericanos*), Rod «The Twilight Zone» Serling, Joan Manuel Serrat («Vagabundear» y Antonio «Cantares» Machado), William Shakespeare, Irwin Shaw (*Rich Man, Poor Man*), Tommy Shelby, *Sick in the Head* y *Sicker in the Head* (Judd Apatow), Charles Simic (*No Land in Sight*), Simon and Garfunkel («The Boxer»), Paul Simon («Still Crazy After All These Years»), Alack Sinner, William Sloane, Phil Spector («Unchained Melody»), Regina Spektor («Better»), Scott Spencer (*Endless Love*), Paolo Sorrentino, «Stand by Me» y *Stand by Me*, Harry Dean Stanton (*Partly Fiction*), Laurence Sterne, Cat Stevens, Leslie «The Outer Limits» Stevens,

Robert Louis Stevenson, Al Stewart («Year of the Cat»), Bram
Stoker (*Drácula*, Rodolfo Alonso Editor; a diferencia de Land, yo
sí conservo esa edición), Tom Stoppard (*Jumpers*), Peter Straub
(«Ashputtle» y *Houses Without Doors*, siempre), The Strokes («The
Adults Are Talking» y «Bad Decisions» y «At the Door»), William
Strunk Jr. & E.B. White (*The Elements of Style*), Theodore Stur-
geon (*More Than Human*), Gonzalo Suárez, Suetonio, Supertramp,
Matthew Sweet («Girlfriend»), Taylor Swift, Cecilia Szperling (*La
máquina de proyectar sueños* y *Las desmayadas*), Quentin Tarantino,
Television, 10cc («I'm Not in Love»), Paul Theroux (*Mother Land*
y *The Mosquito Coast*), *The Third Man* (de Graham Greene &
Carol Reed), «This Magic Moment» (Doc Pomus/Lou Reed),
Titanes en el Ring, todas esas series y películas en la televisión de
mi infancia (canales 13 y 11 y 9 y 7), Pete Townshend («Stop
Hurting People»), François Truffaut (me gustaría que esta novela
se leyese/oyese —no me refiero a audiolibro, se entiende— con esa
voz más impasible que implacable y ese fraseo casi clínico de
cuando narra en off a su Antoine Doinel y a las novelas de Henri-Pierre Roché en sus películas, porque esa es la voz de Truffaut, ¿no?), Paul Valéry, Vallvidrera (campanarios de), Vampirella, Vantablack, Viedma, Enrique Vila-Matas (siempre, *Una
casa para siempre* + *Mac y su contratiempo*), Juan Villoro (*La figura
del mundo*), Kurt Vonnegut, Christopher Walken, David Foster
Wallace («Forever Overhead» y un fragmento de una conferen-
cia que alguna vez di sobre él y sobre la naturaleza del suicida /
suicidio ha venido a dar a la tercera parte de *El estilo de los elementos*), David Wallace-Wells (*The Inhabitable Earth*), María
Elena Walsh, Rodolfo Walsh, Andy Warhol, Evelyn Waugh (*A
Handful of Dust*), Ludwig Wittgenstein y familia y colegas y
discípulos y biógrafos (Wolfram Elienberg y Ray Monk y Ale-
xander Waugh; las citas y algunos comentarios de/sobre *Tractatus
logico-philosophicus* salen de la versión e introducción de Jacobo
Muñoz e Isidoro Reguera para la edición de Alianza Libro de
Bolsillo; y las de *Aforismos* de la edición en Austral de G.H. von
Wright con la colaboración de Heikki Nyman y traducción al
español de Elsa Cecilia Frost), The Who (*Tommy*, «Baba O'Riley»,
Quadrophenia), Oscar Wilde, Thornton Wilder, Joy Williams,
Kevin Wilson («Grand Stand-In»), Tom Wolfe, Wong Kar-wai

(*Days of Being Wild, In the Mood for Love, 2046*), Robin Wood, Sheb Wooley (a.k.a. Wilhelm Scream), John Wyndham (*The Midwich Cuckoos*; y *Village of the Damned* de Wolf Rilla), Yes (*Tales from Topographic Oceans*), Alejandro Zambra (*Literatura infantil*), Warren Zevon («Desperados Under the Eaves»), Zorro...

... y a Miguel Aguilar + Albert Puigdueta (y todos/tantos en Penguin Random House en España: Raquel Abad, Carlota del Amo, Patxi Beascoa, Jaume Bonfill, Jonathan Botas, Núria Cabutí, Carmen Carrión, Silvia Coma, Eva Cuenca, Juan Díaz, Conxita Estruga, Roberta Gerhard, Carla Gómez, Lourdes González, Nora Grosse, Victoria Malet, Núria Manent, Carmen Ospina, Irene Pérez, Melca Pérez, Pilar Reyes, Carme Riera, Cecilia Sarthe, José Serra, Núria Tey y a todos los demás también, en PRH Argentina y en PRH México y más allá), Carlos Alberdi, Javier Argüello, John Banville, Eduardo Becerra, Juan Ignacio Boido, Edoardo Brugnatelli (y Mondadori Italia), Andrés Calamaro, Martín Caparrós, Mónica Carmona, Andy Cherniavsky, Julio Crespo, Iván de la Nuez, Laure De Vaugrigneuse (Seuil), Abel Díaz, Ignacio Echevarría, Mariana Enriquez, María Fasce, Laura Fernández, Marta Fernández, Juan Fresán, Nelly Fresán, Silvina Friera, Jeremy Garber, Alfredo Garófano, Leila Guerriero, Geraldine Ghislain, Isabelle Gugnon (& Monsieur Marc), Andreu Jaume, Mark Haber, La Central (Antonio Ramírez, Marta Ramoneda, Neus Botellé, Alberto Martín & Co.), Lata Peinada, Walter Lezcano, Claudio López Lamadrid, María Lynch (y todos en Casanovas & Lynch), MacServiceBcn (Villarroel 68, Barcelona), Aurelio Major, Juan Antonio Masoliver Ródenas, Norma Elizabeth Mastrorilli, The Memory Squad (ellos saben quiénes son; no los menciono aquí para que no se los haga corresponsables de mis irresponsabilidades), Valerie Miles, Annie Morvan, J. M. Nadal Suau, María José Navia, Óptica Toscana (Provença 249, Barcelona), Pere Ortin, Fito Páez, Alan Pauls, Juan Peregrina Martín, Andrés Perruca, Paula Pico Estrada, Pedro Plaza (nuestro hombre en Caracas, pero aquí), Chad Post (y Kaija Straumanis y todos en Open Letter), Patricio Pron, Alessandro Raveggi, Guillermo Saccomanno, Florencia

Scarpatti, Javier Serena, Pere Sureda, Will Vanderhyden, Glenda Vieites, Enrique Vila-Matas, Silvana Vogt, Familia Villaseñor, Brian Wood, Giulia Zavagna, y todos los desconocidos que me conocen bien y son aquellos para los que yo escribo...

... y, por supuesto, Daniel Fresán y Ana Isabel Villaseñor Urrea.

Todos ellos –a su manera y en mayor o menor grado, siempre presentes– son también elementos del estilo de este libro. Libro que aquí cierra sus puertas vecinas pero ocultas y que, de salida, tira la llave a la alcantarilla; no sin antes abrir las ventanas y dejarlas bien abiertas para que entre el nuevo y secreto y mentiroso y verdadero viento de un próximo libro (todo libro por escribir es como un fantasma por invocar) a lo lejos pero cada vez más cerca.

A ver y ya veremos (cierro estas líneas de agradecida despedida y, D-Day, salgo rumbo al concierto de Bob Dylan presentando *Rough and Rowdy Ways** con qué maneras y modales y en qué dirección y con qué estilo soplarán sus elementos...

R. F.

Barcelona,
1-31 de agosto de 2022
31 de marzo de 2023
31 de mayo de 2023
30 de junio de 2023
31 de agosto de 2023
31 de octubre de 2023

* Álbum de 2020 en el que se incluye una de mis canciones favoritas entre todas las suyas –«Key West (Philosopher Pirate)»– y donde Bob Dylan canta y dice con esa voz, y para que nosotros oigamos y nos emocionemos, eso de «Such is life - such is happiness» y eso otro de «That's my story, but not where it ends».

Pues eso, pues exactamente esto.

ÍNDICE